教育部人文社会科学重点研究基地重大项目"20世纪传统诗学批评文献整理与理论研究"（16JJD750011）成果

民国报刊诗话

选编

周兴陆 杨婷婷 张晴柔 辑校

东方出版中心

图书在版编目（CIP）数据

民国报刊诗话选编 / 周兴陆，杨婷婷，张晴柔辑校
. –上海：东方出版中心，2023.6
ISBN 978-7-5473-2162-1

Ⅰ. ①民… Ⅱ. ①周… ②杨… ③张… Ⅲ. ①诗话 –
诗歌研究 – 中国 – 民国 Ⅳ. ①I207.22

中国国家版本馆CIP数据核字（2023）第037105号

民国报刊诗话选编

整 理 者　周兴陆　杨婷婷　张晴柔 辑校
策　　划　梁　惠
责任编辑　陈哲泓　刘玉伟
装帧设计　钟　颖

出版发行　东方出版中心
地　　址　上海市仙霞路345号
邮政编码　200336
电　　话　021-62417400
印 刷 者　上海盛通时代印刷有限公司

开　　本　710mm×1000mm　1/16
印　　张　45.5
字　　数　652千字
版　　次　2023年6月第1版
印　　次　2023年6月第1次印刷
定　　价　168.00元

目 录

1

前　言

张晴柔

　　诗话，是中国古代一种独特的诗学批评文体。其名始于北宋欧阳修《六一诗话》，本是"以资闲谈"，随笔成章，记事存人，摘句评诗，贴合中国诗歌的内在特点。诗话发展至清代，已臻极致。正如郭绍虞先生所说："诗话之作，至清代而登峰造极。清人诗话约有三四百种，不特数量远较前代繁富，而评述之精亦超越前人。"（《清诗话续编序》）至近代，虽然中国学术体系整体转型，大量系统性较强的诗学专著、论文开始取代传统的批评文体，但诗话并未沉寂消亡，而是别开生面，另起高峰。从数量上看，诗话因短小自由、轻松活泼，适应现代报刊载体，故能借力于报刊之兴盛，遍地开花，民国（1912—1949）诗话数量多达数千种，远超前代；从题材上看，民国诗话兼具雅俗，极大地扩展了诗话的题材；从学术价值上看，民国诗话在清诗话的基础上，对古典诗学批评进行了集大成之总结，且在新旧文学批评融合的形势下产生了许多新的诗学理论；从诗话学的意义上看，在民国时期，诗话的体式出现了很多创新发展，而诗话学也正是从这一时期发轫。民国诗话，可谓是文献繁富，包罗万象，建树颇多。

　　民国诗话具有如此重要的价值，但长期以来却处于湮没不彰的状态。这是因为，中国现代文学史始终将白话新文学作为现代文学的基本体式及主要研究对象，而旧体文学创作及批评向来被看作"死的文学"，不被主流文学史所重视。如一些名为"民国诗论"的选集，所选也仅仅是新文学作家论新诗的文章，旧诗话在其中没有一席之地。事实上，这些旧诗话不仅批评了占民国诗坛半壁江山的旧诗，对新诗也有颇多论述。忽视它们，将不利于我们全面、客观地认识民国时期诗歌理论的总体格局和具体思想，不利于充分继承民国诗论的优秀传统。

近年来，这一情况有所改观。越来越多的学者开始重视民国诗话的丰富矿藏，也有部分诗话开始得到发掘研究。已面世的文献，给我们展现了许多长期被遮蔽的文学现象。例如，民国诗话存在从雅向俗的明显转变。虽然历史上诗话也重视趣味，但其主要还是面向知识精英，格调较高。而近代以来涌现的报刊诗话，面向的读者群则是普通市民阶层，为迎合其消闲娱乐之需，各报刊编辑和撰稿人有意识地将诗话内容娱乐化，乃至于庸俗化，使诗话出现"下沉"的情形。又如，诗话始终与白话新文学同步发展，从同光派、学衡派的旧体诗话对新诗的关注，到旧体诗人林庚白在诗话中赞赏新诗，再到20世纪20年代后出现通篇专论新诗的"新诗话"，诗话始终未在现代最重要的文学进程中缺席。再如，自从外国诗歌传入中国，传统诗话就在对之进行批评。晚清梁启超《饮冰室诗话》以传统诗话"叙本事，论高下"的范式评论了荷马、莎士比亚等诗人，开以诗话评译诗之先河；及至民国，出现了专论译诗的胡怀琛《海天诗话》（上海广益书局，1914），又有吴宓《英文诗话》（《留美学生季报》，1920）、梦飞《东瀛诗话》（《益世报》，1928）、孙泽民《也算东瀛诗话》（《益世报》，1928）、王维克《法兰西诗话》（《小说月报》，1931）、张其春《明治维新诗话》（《文艺先锋》，1945）等踵随其后，本书收录的李定夷《墨隐庐诗话》（《小说新报》，1915），专录日韩汉诗，也是其中一例。这证明，传统的批评体系并非故步自封，而是始终在寻求和西方诗学相结合的可能性。这些发现，都扩大了我们的视野，打破了一些成见，对今人重新理解传统与现代、本土与外来、白话与文言等重大文学命题，有着深切的启发。

编者积年整理民国诗话，已搜集两千余种文献。这些文献，是应笼统地影印出版，还是应加以点校叙录？愚以为，客观而言，民国诗话卷帙浩繁，实是泥沙俱下，有相当一部分著述，或拼凑前代笔记，或剽窃他人作品，更有甚者，一味低俗，不堪入目，虽自有其文化史上的意义，但并不值得全部整理再世。因此，有必要编撰一部选集，去芜存菁，选取一些最有代表性的作品展示给读者。这即是我们编撰点校此书的初衷。

本书在编选上，首先注意时代上的代表性。民国诗话大概可以分为四个阶段：一、民国初年（1912—1917）的诗话，主要是清诗话的延续，一方面是闺秀诗话、地方诗话等清诗话中常见的主题继续发展；另一方面是通俗诗话延续晚清《庄谐诗话》等新题材，开始涌现于诸多消闲报刊。二、新文化运动以后（1918—1927）的诗话，与时俱进，开始出现对白话新诗的批评，甚至出现专门评论新诗的"新诗话"；亦有"新派诗话"欲在新诗与旧诗之间寻求一条中庸之道；而随着20世纪20年代消闲报刊的勃兴，通俗诗话的数量和题材也达到了极盛。三、从北洋政府结束到全面抗战爆发（1928—1937）期间的诗话，显现出新旧文学批评理论的交融，对历代诗学的总结也正在走向高峰；同时，随着时局的紧张，关注时事的诗话开始增加。四、从全面抗战开始到中华人民共和国成立（1938—1949）期间的诗话，积极反映抗战救亡的时代主题，出现了许多抗战诗话、民族诗话。这些时代特征，都能在本书中找到踪迹。

其次，本书既为"选编"，也注重考虑选篇内容的多样性，务求兼容并蓄，博采众家。全书收录民国诗话八十七种，所选诗话的形式，既有以文言写成、摘句评诗的典型传统诗话，亦有以白话文写成、类似诗学论文的新型诗话。诗话作者，有著名学人如游国恩、胡怀琛、萧劳，报人如江家桢、李定夷，亦有在校学生。所选诗话之内容更是力求多样，有些专录某地诗人及掌故，如《诗中之伯》之记台湾诗人，《红琴绿剑楼诗话》之记宜兴诗人；有些专录女性诗歌，如杨芬若《缩春楼诗话》、缃叶《绿荫阁诗话》；滑稽诗话、游戏诗话常是小报拼凑抄袭的重灾区，本书格外注意，选篇各有特色，彼此无重复。还有些诗话的题材甚为创新，如蒋瑞藻《苎萝诗话》，专录诸暨闺秀之诗，是一种颇具地方特色的妇女诗话；雷瑨《沪滨诗话》，主要记清末民初上海寓公之作，真实反映上海租界的生活；《佛教诗话》专门汇集历代诗话中有关佛门的内容；《中秋诗话》《消夏诗话》《迎凉诗话》，以时令为主题，饶有趣味；医师钱缙甫《医家诗话》，专录与医患相关之诗；徐枕亚《鲍家诗话》，专录仙鬼之诗；程瞻庐《闺丑诗话》，则是对闺秀诗话的戏仿。通过这些诗话，读者可一窥民国诗话题材的丰富性、创新性，可看到当年的报刊编辑和撰稿人是如何尽力搜寻材料，使得时事节日、花鸟虫鱼，乃至于衣食日用、百业风俗，无不可以入诗话。今日，翻阅这些诗话，就如展开了一幅生动的时代风情画卷，谁又能说这是"死的文学"？

本书中还有一些诗话别具亮点，有很高的学术价值。如胡怀琛《新派诗话》，是全面系统总结其"新派诗"理论的著作，在现代诗学史上具有重要意义；《樊川诗话》，是游国恩在北大读书时所作，能体现其早年学术思想；杨韵芝《合肥诗话续集》，是李家孚《合肥诗话》的续编，前者已点校出版，而后者是首次得到整理；胡徇道《幽默的诗话》，受林语堂"幽默观"影响，首次将"幽默"概念引入诗话，点评与传统滑稽诗异趣的新诗，体现出新旧文学观念的融合；叶倚南《历代诗体略说》论及上自骚体、下至同光体共三十四种诗体，有清晰的诗学史观；《现代诗话》则体现了黄沙诗歌会诗人孟英对新诗的现实主义主张。这些诗话，或能补文献之缺，或阐发新的诗学理论，实在不可埋没。

如今，翻阅这些民国诗话，我们当能感到传统批评体式在近现代的生命力。虽然在白话新文学和西方文艺理论的冲击下，"旧体"文学作品和批评著述逐渐失去了主流地位，在文学史的书写中退居边缘，但它们其实并未消亡。这是因为，这些作品直接承续着中国文学传统，符合民族审美心理，自有其不可取代的意义。兴观群怨的诗学传统无论如何也不会彻底断绝，言简意赅的文言对句无论如何也无法用欧化白话文完全代替，而意象、气韵、风骨等传统批评的术语无论如何也无法弃之不用。单就诗话而言，这一文体虽被朱光潜批评为"零乱琐碎，不成系统"，缺乏西方诗学的严密逻辑、完备体制，但实际上，其随笔成章的特点也别有优势。新文学作家李长之就说："诗话的好处是可长可短，可庄可谐，可精可粗，总之，可以随自己的兴致。它像书札，也像谈话，好处是'亲切'。"[1] 因此，他用传统诗话之体来点评新诗，创作了《新诗诗话》。署名 G. L. 的《新诗与新诗话》一文中则明确指出诗话亲近读者、普及诗歌的功用："细查旧诗入人甚深的原因，诗话之力也是不少！我们试看各家诗话，很可看出个人对于'诗'的零碎的意见，而读诗话的人，也就因此得引起作诗的兴趣，以及读诗的兴趣。因而旧诗在我国的势力，甚为浓厚了。我们既是要谋新诗的发展，那么，我们也需要注意诗话上的努力！试看新诗萌芽在我国已经六年了，

1　李长之：《新诗诗话》，《中国诗艺》，1941年复刊三。

而人众尚未能彻底的了解的原因，便是没有得着诗话的辅助。现在要救此病，只有希望国内的诗家，把你们自己对于新诗的见解，努力于新诗话的执笔，使新诗在中国的势力能渐渐发展起来。"[1]而以新诗著称的徐志摩，也曾有过创作诗话的创想，他说："我早已想做一种西洋诗话，记述西洋诗人有趣味的逸事，他们各个人的诗的概念，以及他们各个人砥砺工具的方法。"[2]虽然此念未及实现，但徐志摩显然是看到，诗人的逸事、碎语，通过诗话之体来呈现最为适宜。很多接受新教育、致力于新文学创作的作家都有诗话之作，如周作人、关露、任钧、王维克，这足以证明，"旧体"文学批评并非僵化衰落，而是仍有绵延不绝的力量。

在今天，对于建立中国文化本位的文学批评体系的呼声越来越高，传统诗话、词话、文话等"话体"文献得到了越来越多的重视。对于民国诗话，也已经有了不少整理与研究。而编者认为，我们在检阅这些汗牛充栋的著作时，应该注意一些问题。第一，我们应带着整体的诗学史观来看民国诗话，始终把它们放在现代的诗歌史中来理解。新诗和旧诗并非泾渭分明、水火不容的两种事物，而皆是民国时期文学的一部分，新旧、雅俗、激进和保守，此消彼长，碰撞融合，共同创造出民国诗坛多元的格局，也为当代诗歌的成熟提供了基础。这一时期的诗话，正是在作者对当代文学现象的关注、对"中国诗的前途"的思考中产生，它们绝不仅仅局限于承续中国古典诗论，或对前代诗论进行补充、总结和反思，而是始终受着各种时代思潮冲击，响应着时代主题。本书在选篇时，即注意择取关于唐宋之争、白话新诗之优劣、抗战爱国诗歌等重大命题的诗话，以与现代诗史相呼应。

第二，应注意民国诗话的内在演变。民国时期虽短暂，但经历了民族革命、新文化运动、抗战救亡等种种剧变，诗话内容随着时代演化而发生变化，如民初"兴味"文学繁盛时，滑稽诗话、妇女诗话较多；新文化运动时期，新旧之争是诗话的重要内容；抗战时期，弘扬爱国精神成为诗话的新主题。如果我们只是简单地将诗话按题材分类研究，如将整个民国时期所有的"妇女诗话""滑

1　G. L.：《新诗与新诗话》，《孤吟》，1923 年第 3 期。
2　徐志摩：《杂记》，《努力周报》，1923 年第 49 期。

稽诗话"放在一起笼统分析，难免忽略其中的演变，强行找出一些牵强的"共性"来。其实，1914年的"妇女诗话"，可能与1944年的"妇女诗话"截然不同，不宜等而论之。只有将民国诗话看作三十余年间不断动态发展的文学现象，我们才能真正知其全貌，了解其演变史。本书选取不同时代的滑稽诗话、妇女诗话，数量或有过多之嫌，其实正是为了这一宗旨。

第三，应客观辩证地看待"传统"。我们既应认识到，研究民国诗话有助于克服中国现代文学批评过度西化的思维特征，提升对民族传统的重视；也应明白中国文化的优势正是兼容并包、调和众长，具有高度的灵活性、开放性和延展性。从本书选篇中即可看到，在新文化运动后不到三年，传统诗话的体式中就容纳了欧化白话文，而十年之间，融合旧形式和现代诗学论文的诗话就已比比皆是，时人顺其自然，不以为怪。后来，诗话更可以与小品文结合、与杂志文摘结合、与报纸时评结合，这或许早已与"传统"异调，但也是诗话传承不绝的原因。直至当代，仍有叶嘉莹以《驼庵诗话》整理顾随讲义，吴奔星以《鲁迅诗话》《沫若诗话》辑录鲁迅、郭沫若的诗论，长江日报编辑部编写《楚天诗话》以向读者普及湖北名胜人文，这些著述即是以"传统"与"现代"和谐相融的佳例。

旧报刊文献的整理有其特殊性，爬罗剔抉，非为易事。我们不揣固陋，为每篇诗话撰写提要，列于篇首。提要内容，包括诗话连载出版之信息、作者介绍、重点概括等，刊载诗话的重要报刊信息，首次出现亦作简略介绍。全书按年代排列，以观诗话之发展演变。民国诗话文献多逾万种，本编所选仅为沧海一粟。因学力有限，肯定存在一些讹误，还望方家不吝斧正。

北京大学中文系六位同学和复旦大学中文系硕士生郑欣等同学参与本书的校对，在此一并表示感谢！

爽籁阁诗话

梦　隐

　　连载于《庄谐杂志·副刊》1909年第1、2卷,《友声日报》1918年7—9月。作者署名梦隐,生平不详。

　　《庄谐杂志》是晚清重要刊物,1907年创刊于上海,五日刊,由中国图书公司发行,内容丰富,刊著诗歌、小说、谈丛等,亦庄亦谐。《友声日报》是民国上海文艺小报之一,1918年创刊于上海,1919年停刊,为环球学会会刊,主要刊载会员创作的小说、诗歌等。

　　本篇诗话作于清末,主要题材有三:一是滇籍或客滇诗人作品,如陈佐才(翼叔)、僧读彻、尹艺(虞农)等人之诗,稔知滇南,或与作者生平有关;二是南宋、南明忠臣遗民之诗,赞颂忠烈,显示出晚清民族意识的兴起;三是与时事相关的诗作,如《粤报》所载陈钝庵《澳门即事诗》、柏香主人《镜湖感咏》,详细记录葡萄牙殖民者侵害澳门人民之历史,《香山旬报》所载乐府《民之蠹》,记"预备立宪时代"官府征粮之惨酷,此类诗篇感深家国,可为诗史。诗话中还论及英国诗人拜伦(摆伦),引译诗两首,赞其"缠绵悱恻,近于温李;而淋漓慷慨,又近于青莲","译笔亦极瑰丽"。此译诗一为骚体,一为古体,可见近代早期译诗之面貌,亦可见当时拜伦诗在中国的广受欢迎。

—

　　余于诗,最嗜乐府,以其陈词痛切,读之能使人惊心动魄也。顷由秣陵琴溪生钞示数章，谓从近今诗界中觅得者，惜未谂为何人之作，行将邮书问之。琴溪钞寄凡五章，今录其三。《铜山崩》云："铜山高，地不爱其宝。铜山低，外人闻之喜。神州芊芊百万里，满地金银如敝屣。敝屣犹是主人弃，铜山卖尽剩清议。吁嗟乎，虎狼之欲未可遏，铜山崩矣伥焉活。东痈西痔可奈何，他年剩个销金窟。"《菜市去》云："菜市去，一腔热血溅如雨。珥笔江郎老且壮，笔尖横扫狐与鼠。狐鼠纵有城与社，乃公象笏不轻恕。菜市故多忠义骨，青磷碧血相呼聚。逢帝怒，翩然去。"《殿试卷》云："殿试卷，不辨春蚓与秋鳝。十年海外读奇书，归来酬我壮头颅。呜呼，国家养士数千载，士之气节随风靡。上之求兮下之应，奈何相率而为伪。一阁殿试卷，祸之媒兮乱之祟。"数诗指陈近事，慨当以慷，言者无罪，闻者足戒矣。

二

陈翼叔先生，以明季遗老遁迹山林，与墨客诗僧互相唱和，高风亮节，为世仰重久矣。顷读其《天叫集》残稿，或深微淡远，或凄楚激越。盖虽洁身高蹈，而隐忧孤愤，未尝一日忘也。其五言绝如《观棋》云："分明古战场，胜负暗埋伏。趁我老犹闲，看他未了局。"《山居》云："得趣在深山，课儿种草药。不栽桃与李，那见花开落？"《题某花园》云："名园城市外，游客几回环。我欲来清赏，问花何日闲。"律诗如《赠嵩谷和尚》云："傍水依山结数椽，石头作枕草为毡。肝肠寄在梅花上，节操存于竹干边。肥马轻裘成梦幻，箪瓢破衲却尘缘。欲归无地容双足，混迹头陀别有天。"《别静阴沈道士》云："晚花楼上望弥殷，野草城边饯别君。独往不携猿鹤侣，孤行直入虎狼群。铜风吹散山头雾，铁雨敲开水面云。寻得玄关归旧隐，丹成应许我平分。"《题知空和尚画》云："从来画意由心得，安有伤心画不成。草木皆含征战气，江湖尽带乱离声。男儿流落悲云变，妻子萧条哭月明。空屋尚闻双燕语，似言家破国亡情。"《冬寒》云："鸿雁归飞远别难，凄凉时候客衣单。暖炉只助陶朱醉，苦雨焉知范叔寒。骨傲惟将毛盖胆，肠柔赖有铁为肝。梅花若是寻朋友，舍尔其谁共尔欢。"《春夜》云："何以酬良夜，抱琴理旧弦。一更已酒醉，三鼓就花眠。斜月低于树，远山高过天。来年此处住，有耳听流泉。"《送月希上人》云："放下诗书担，儿曹自去挑。只提临济棒，不用许由瓢。别去身无累，归来路又遥。孤踪何所似，一叶任风飘。"《乱后怀友》云："放情何处好，溪外野云屯。柳树连三里，桃花共一村。诗朋常抵户，酒友不离门。叹息兵戈后，而今独我存。"《读徐方伯诗集》云："君诗言似浅，君言意自深。忘家因爱国，吊古为悲今。句句穷猿哭，篇篇孤鹤吟。但能倾耳听，未有不伤心。"按，方伯名宏泰，江西人，永历间仕滇。明亡，未知所终。或传剃发为僧，逃隐于腾越云峰山，盖亦先生之同调也。

三

《天叫集》残稿中，又有《冬日过榆城赏唐梅并访担当和尚》一首云："岁久年深枝未枯，风磨雨洗色偏殊。我来看到月将孤，杖策归时宿处无。遥望乱烟山外起，数椽破屋雪堆里。此中有一老知己，苦伴梅花冻不死。"按，担当和尚名普荷，晋宁州人，旧为唐氏子，名泰，号大来。年十三，补弟子员。天启中，以明经入对大廷。回滇后，值中原板荡，祖国沉沦，担当痛之，乃剃发从无住禅师受戒律，结茅鸡足山。工诗善画，著《橛庵草》。有《题画》四首云："僧手披霜色有无，千层林麓尽皆枯。尚留一干坚如铁，画里何人识董狐。""孤灯照影不胜情，近水茅堂冷气生。不待西风摇落尽，笔尖动处有秋声。""过人穷壑总难登，应接还需策短藤。三昧在于无墨处，不须画里觅痴僧。""地偏惟恐有人来，画个茅堂户不开。陵谷虽无前日影，老僧指点旧时苔。"又《听三塔寺钟同友人赋》云："拨开古雪又相逢，携手同登十九峰。可奈峰多愁不减，廿年心事一声钟。"《子规》云："陇首黄茅剪后齐，子规徐唤日初低。天津桥上收声后，不到江南莫乱啼。"《雨蕉》云："老去春多梦，尘情苦未消。怪来连夜雨，只是打芭蕉。"《感怀》云："一身何散淡，两眼遍疮痍。水国鱼龙斗，山城虎豹窥。逃亡谁肯问，老大独堪悲。自保头颅拙，从他雪乱垂。"《送客》云："此去堪消息，垂杨响杜鹃。扁舟常不定，两鬓已苍然。江上故人酒，雨中寒食天。况兼烽火急，何处问吾滇。"其他断句如《池亭玩月》云："霜老羁禽悲落木，水枯明月照残荷。"《题画》云："老衲笔尖无墨水，要从白处想鸿蒙。"《赠汪宸初》云："一代孤忠草莽间。"《游传衣寺》云："花比啼鹃血更红。"剩纸零缣，虽寥寥不多觏，然亦可以窥见其指趣矣。

四

《渔洋诗话》论近代释子诗，推滇南读彻为第一，如云："一夜花开湖上路，半春家在雪中山。"又如："乱流落叶声兼下，听彻寒扉不上关。"以为皆警句也。按，读彻号苍雪，云南呈贡人，性沉毅，有才学。崇祯间游江南，晚年回滇。其哀感愤懑，一见诸诗。顷见《滇人诗话》中纪其《金陵怀古》一首云："石头城下水淙淙，西望江关合抱龙。六代萧条黄叶寺，五更风雨白门钟。凤凰已去台边树，燕子仍飞江上峰。抔土当年谁敢盗，一朝伐尽孝陵松。"伤心亡国之音，真令人不忍卒读矣。

五

《滇人诗话》中，又纪松江彭孝颐《题元马楼》诗云："游子悲摇落，关山岁月深。十年湖海意，万里故园心。傲骨留长铗，闲愁急暮砧。嗟嗟虚壮志，我醉且浮沉。"又云："元马河边元马楼，昔时旌节此曾留。苍烟青锁庭前树，绿水遥分郭外洲。荒冢无情嘶夜月，暮云有骨葬春畴。年来作客偏多病，花放鹃啼总是愁。"孝颐名学曾，负性英武，胸怀韬略，困于时势，抑郁不得展，潜游江湖。尝自蜀客滇，往往触境兴怀，辄为诗歌以见志云。

六

厓门在广东新会县，南宋陆丞相负少帝蹈海处也。少帝为元兵追至其地，水师濒燔，农民马南宝献粟饷军，帝剧嘉其忠义。宋亡后，南宝赋诗两绝以志哀。其一云："翔龙宫殿已蓬飘，此日伤心万国朝。目击厓门天地改，寸心难与夜潮消。"其二云："黄屋匡扶事已非，遗黎空自泪沾衣。众星耿耿沧溟底，恨不同归一少微。"又有《游绍兴寺》一绝云："坐阅人间几劫灰，试从清浅问蓬莱。此水此山自古有，是佛是仙何处来。"

少帝至厓门时，东莞李罗洲先生之母陈氏，遣罗洲勤王，而自沉于黄木湾。罗洲赴厓山行在，得潮州教授而还，痛母，筑堂望之，曰望止堂。三水郑琴石有诗云："大星陨海天运变，破碎山河余血战。厓门终古水滔滔，行人谁识慈元殿。当时帝跸驻厓山，势穷力竭国步艰。官民兵仅廿余万，勤王谁肯逾间关。

李公慷慨应诏起，呜呼贤母有贤子。贤母能成贤子名，贤子名成贤母死。贤母虽死名犹芳，六百年来望至堂。子能矢忠母矢节，青史耿耿留其光。名成母去嗟何补，筑堂望母心逾苦。乌沙村与黄木湾，此堂此水自千古。"按，明亡时，弘光继位江南，陈公子壮归粤省母。其母曰："吾以汝为死矣。"盖不喜其脱身而归也。后陈公殉国成仁，母亦自缢，与李母事差相类。

近人有号大哀者，曾作《厓门吊古》四律，今录其二云："江门南去即厓门，一水微茫白日昏。烟雨忽来山骤合，桄榔生处庙犹存。苍凉独有遗民拜，惝恍难招少主魂。自数兴亡亦常事，不堪胡骑蹒中原。""岁晚芙蓉尚未开，幽禽啼血岂胜哀。琼楼玉宇今何在？地老天荒我独来。潦草觚棱瞻宋阙（庙门一额题'有宋存焉'四字），凄其风雨泣寒灰。慈元殿阁终多幸，唐桂何年一庀材。"（杨太后母子得圣明御宇而彰显之，若隆武、永历二帝事同一辙，不知何日为之哀恤也，可恸）。

七

澹公写寄明遗老诗廿余章，中有刘毅庵先生《梦游五岳》之作，亟录之。其一云："拟飞片纸叫天阍，十载蹉跎绕梦魂。蝶化欲寻青雀舫，云开忽见碧霞门。秦坛汉畤空尘土，新甫徂徕尽子孙。七十二君无觅处，岱宗山下暮烟昏。"其二云："御风直上祝融巅，叠叠崔巍断却连。云绕层台封紫盖，雁回南浦带湘烟。禹碑磨灭功犹在，铜柱荒凉事更传。谁解灵均多怅恨，几番搔首问长天。"其三云："三峰壁立锁烟霞，俯视咸阳道路赊。北枕秦关凌凤阙，西连汉畤控龙沙。风惊石鼓朝云乱，雨障仙崖夜月斜。回首不堪重怅望，镐丰昔是帝王家。"其四云："常山迢递绕边城，风卷寒沙度角声。地蔽黄云通绝域，峰回紫塞拱神京。宝符窃去多湮灭，珪璧传来几变更。遥忆昭君坟上草，青青长向汉家营。"其五云："群峰高踞洛城东，目极关河感慨中。八百姬年残照在，三呼汉帝暮烟空。缑山不住吹笙迹，石屋徒传面壁功。俯首未知何计是，金鸡唤醒五更风。"

八

腾越尹虞农作《岁波准歌》，其自序云："岁波准，缅语也，犹华言中洲。永历帝奔缅，缅人置之于此，今其遗迹犹存。凭吊过之，无限唏嘘。"歌曰：

"大江滔滔日夜走，势如云奔声雷吼。两山夹送折千曲，万派汇归葫芦口。口到窄极山愈高，日光不到浪争淘。百里平铺凝不动，湛然澈底无波涛。出口波涛势欲遄，潴蓄束缚不能忍。夭矫突出两白龙，弄珠双抱岁波准。平铺弥望犹一抔，此亦蛮疆白鹭洲。秋水时至百川灌，望洋无际渺难求。何岁何日有奇事，何代何人曾此驻。水高沙洲亦并高，水落沙洲平如故。土蛮父老又曾玄，朱离口语相流传。依稀记得前朝事，的确说是永历年。当年天朝五帝把，护从万人驱万马。流离辛苦入蛮天，思延国脉寓阿瓦。缅王内悸心忡忡，谬为敬礼滋愈恭。于此为王屯众士，于此为王奠行宫。自谓天子到海外，中国圣人忍加害。置之死地姑生之，水发定逐流水去。焉知呵护有神灵，水涨竟不波前汀。从此一抔成古迹，年年草木长深青。群蛮啧啧骇奇事，尊汉天子比天帝。年年正月十五日，万众云集来赴会。会名肃怕纷喧哗，会终各已归其家。例有排山洪涛起，洗涤污秽湛清华。吁嗟乎，三百明家社已屋，诸陵秋草樵出没。茫茫九有无立锥，剩此奇踪在荒服。日月无情去悠悠，翠华一去三百秋。江山不管兴亡恨，留作人间吊古愁。"按，虞农，道咸间人，名艺，又字树人，著书数十卷，待梓。其所为诗，尤长于怀古，悲凉感喟，撼蓄忿而发幽情。近人雪生，甄录其咏史诸章，入《滇南诗萃》，兹篇其首选也。

九

古今送春诗，固多佳作，曩闻先大人激赏人一绝云："春竟归何处，年年说送春。可怜春自在，送尽古今人。"盖其铸语之沉痛，为前古所未有。时余童稚，未记作者名氏，今余抱终天之痛，而春尚顽然如旧，偶一讽咏，泣潸潸下矣。然人生情感，固触处而异，每有哀时客子，爱国羁人，值花飞草长之时，增《麦秀》《黍离》之痛，其伤心怀抱，形诸歌咏者，视感逝惜别诸义，动人尤深也。顷读近人《饯春》二诗，即本斯旨。其一云："杜鹃啼罢黯销魂，春去犹留血泪痕。芳草无言空自绿，东风愁煞旧王孙。"其二云："等闲孤负少年身，客里何堪又饯春。满地落花浑不管，伤心故国属他人。"见海外某埠日报，惜亦未署姓名。

一〇

暹罗某报尝载《亡国吟》二章，下署亡国遗民林贞吉稿。其一曰："大声何处哭铜驼，麦秀禾离不忍过。生死几人完责任，英雄无地起干戈。江山依旧前朝样，人物无如姜妇多。我亦四千年睡醒，痛心常唱《大风歌》。"其二曰："国破君亡事可哀，江流犹带血痕来。当年屠戮难追忆，此日昏霾尚未开。皮骨空存怜赤子，头颅轻掷哭英才。仇深报复知何日，不信黄魂唤不回。"两诗沉郁顿挫，悲感苍凉，盖字字以血泪迸结而成。每诵一遍，辄为呜咽不能已也。

一一

《香山旬报》中曾刊载乐府一篇，题曰《民之蠹》，其先有小序云："征粮一事，虽为国课所关，然亦视县官之贪否为宽严，无定法也。去年征粮之酷，为数十年来所仅见。预备立宪时代，尚有此狐鼠纵横、暗无天日之举，可哀也。"诗曰："县官下令严征粮，狼差蠹役走且僵。城隅巷曲日狙伺，乡愚拘获如犬羊。我家国课完已久，粮籍能稽记谁某。尔家虽完尔族有，尔族遁逃谁执咎。银铛囚首登县门，殴笞榜掠吁何言。妻啼子哭且勿计，犴狴明朝度新岁。"写官吏昏暴之状，诵之使人扼腕。其号署嵯雪两字，盖亦今之伤心人矣。

一二

吾人谈西国文学者，咸知有文豪摆伦氏，然固罕得睹其著作。盖文字重译，微邃于吾国文学，又深通希腊古文者，不能饷人以只字也。近人苍生君，尝从西友假得摆伦集，因得读其遗诗数章，谓其缠绵悱恻，近于温李；而淋漓慷慨，又近于青莲。集中第一篇，为其少时吊碧伽女士墓作，其最警句云："万木无声兮风寂寂，黄土一抔兮血痕碧。草自芳兮花自红，我所欢兮今在帝之宫，帝亦无情兮遽夺予之爱侬。"哀感顽艳，一往情深，可想见其为人矣。闻其所著诗多散失，今集中收录者仅其一斑而已。

顷又于《文学因缘》中得读摆氏诗数章，盖其留别雅典女郎之作也，译笔亦极瑰丽。诗云："夭夭雅典女，去去伤离别。还侬肺与肝，为君久摧折。薰修始自今，更缔同心结。临行进一词，吾生誓相悦。鬒发来及笄，九曲如肠结。垂睫水晶帘，秋波映澄澈。骈首试香腮，葩染胭脂雪。慧眼双明珠，吾生誓相悦。朱唇生异香，猥近侬情切。锦带束纤腰，中作鸳鸯结。撷花遗所思，微妙超言说。痴爱起悲欢，吾生誓相悦。夭夭雅典女，侬去影形灭。会当寂寥时，相念毋中绝。依身不可留，驰驱向突厥。魂魄待赠君，永与柔肠结。此情无穷期，吾生誓相悦。"

一三

明宗室朱寿琳以部院入滇中，鼎革后被执，不屈，死之。其《绝命词》云："丈夫劲骨傲千秋，青史丹心一片留。金碧有磷随我化，江山多故情谁收。烟尘已暗中原路，风雨仍翻彻夜愁。宁使忠魂归见帝，肯教含诟对深仇。"

一四

曹京山先生大镐，贵池曹村人。桂王时，寄籍广信，官兵部尚书，挂平海大将军印，封定南侯。时江闽间有四营，先生将其一。庚寅夏，兵溃于邵武，为清兵所执，解至章江门，不屈死。有《绝命词》二首云："百浪千涛可自安，久将神理研心观。生成侠烈柔非易，道在从容莽亦难。金铁逢炉还有焰，须眉对剑不增寒。途穷事即苍穹性，白日何妨黑夜看。""天命难回数已违，貔貅常逐阵云飞。宝刀麾去锋流血，铁甲磨穿肉作衣。八载雄征空有愿，一身报国恨无归。忠魂未肯随风散，夜夜寒光护紫微。"

一五

清入关后，吴江计甫草先生东，以《和陆丽京无题》六章呈吴梅村祭酒，其词怨诽而不乱，殆深得《小雅》之遗音者欤。诗云："广庭长恨月明多，小立阑干蹙黛蛾。胆怯几回看瘦影，夜深偷自试新歌。依稀斗帐人双宿，恍惚灵风雁独过。可惜故夫曾未识，孀居空有泪如波。""半额长眉学画成，临妆私许意盈盈。高楼柳暗谁相待，别浦莺归空复情。团扇旧经郎眼见，镜台还照妾心明。最嫌寂寞银灯上，挑得双花落又生。""边风吹落到炎洲，岁岁音书滞还邮。妾梦长随庾岭外，欢闻翻隔楚江头。真成薄命原无怨，便祝他生似莫愁。俯仰阿婆衰鬓畔，可怜自小教箜篌。""忆年十二正调妆，鬒发毿毿覆额长。多摘桃花娇靥酽，满裁蛱蝶点罗裳。同心蚤结青陵树，再笑差依白玉床。自捣守宫双约腕，不烦夫婿重提防。""嫁衣垒垒不胜秋，深锁空箱怕见愁。但得回身邀半席，敢辞碎首坠层楼。梁间栖燕惭孤女，门外藏乌学并头。一任东邻新少妇，樱花永巷斗藏钩。”“不胜幽怨却生疑，又见杨花满地吹。小妹生男良宴会，阿姨新寡又于归。一时轻薄横相诱，几度踟蹰不自持。日暖游丝争入户，辘轳肠内有谁知。”

一六

顷又得《天叫集》残稿数片，中有《闲居》四首云：“独守穷庐已数年，利名断隔小桥边。莫云我懒无生活，一枕清风不用钱。”“墙角古梅六七树，萧然破屋两三间。此中有我痴如此，不为饥寒卖去闲。”“几卷残书秋复春，数椽破屋可藏身。门前种有千条柳，不系朝来暮往人。”“把锄锄地种桑麻，却幸余生自有涯。惟是眼空无处放，长年只看故园花。”又《黄菊》一首云：“那堪人有送迎，谁知物无新旧。渊明别去多时，菊花如是黄瘦。”又《闺思》云：“边城风景异，况是秋深时。不寄寒衣去，归来未可知。”《天旱》云：“朱将日染红，云被风吹死。畴非天之民，抑亦荼毒只。”《月夜赏梅闻笛》云：“疏影画空墙，斜枝贴冷屋。笛声夜半吹，恍是梅花哭。”盖翼叔先生心事鲜有识者。以上数诗，殆其感愈深，而其言愈宛者矣。

一七

澹公来书，并写寄伯瑶君《潮州怀残宋古迹》四首，其一《太子楼》（宋少帝驻跸南澳，叠石为楼，后人名曰太子楼。今海水汪洋，不可复识矣）云：“红螺山下水茫茫，板荡行宫落大荒。运去苍龙应出海，路穷白虎复周堂。西湖灯火烧天尽，南国山河裂地当。忍使冬青啼望帝，数峰寒碧锁斜阳。”其二《莲花峰》（潮阳城东南二十五里海门外，文信国尝登此望帝舟）云：“海外孤峰不可梯，怒涛汹涌至今迷。地从华夏穷边尽，天向沧溟阔处低。孰与皇穹争气数，直疑撮土剩苍黎。莲花终古吹成石，无限悲风日又西。”其三《陆厝围》（陆端明与陈宜中议不合，安置潮州，居澄海城南港口，后人呼陆厝围）云：“宋家学士屋全墟，想见娲皇石旧储。禹甸未能归尺土，杞人谁遣托闲居。仓皇白简台司错，呜咽红袍砥柱虚。闻借鲁阳戈作枕，肯容混迹入樵渔。”其四《辞郎洲》（宋帝迁甲子门，都统张达从之。其妻陈璧娘送至南澳海洲，作《平元曲》赠行。及达殉难，不食而死。后人以名其地）云：“辞郎洲外即天涯，不哭离鸾哭世乖。宇宙孤忠留将校，君臣大义到裙钗。从龙入海天皆动，化石凌空雾尽埋。惟有寒潮归故国，年年春草绿如阶。"四诗声情激越，气韵悲凉。于酒酣耳热时读之，不愁唾壶不敲碎也。

一八

范伯子先生当世，诗名满中国，识与不识，咸爱重之。顷得讽咏其全集，录其《果然》一首云："一纸相看事果然，朝娱盱哭到穷年。游丝忽落三千丈，锦瑟真成五十弦。老寡可怜垂涕晚，大僚应记受恩偏。愚生只把春王笔，载自尧天入舜天。"《闻说》一首云："闻说鸡鸣驿，吾皇昨驻兹。移家无百乘，遮道有群蚩。暧旷虚臣苶，艰危仗母慈。风狂兼月黑，惟以涕涟洏。"《读皇上罪己诏》云："可怜鹿马迷凄后，惨淡无言到圣仁。一昔惊闻诏罪己，万方流泪善归亲。问安已过鸡鸣驿，失路应悲萤火津。最痛三良前死殉，至今欲赎亦无身。"词宛意微，感深家国，洵非漫为无谓牢骚者比矣。

一九

澳门画界，为近今国际一大交涉。吾人但知国土不能轻弃，而于葡人侵害澳民之历史，尚不能言其详。顷从《粤报》得陈君钝庵《澳门即事诗》，柏香主人《镜湖感咏》各十截，其状葡夷之穷凶极恶，读之令人发指。移录之，可作澳门诗史观也。钝庵诗云："江山如画好神州，太息蛮儿据上流。贾谊上书忧汉室，苶筹犹幸有留侯。"（据澳原始。）"村南村北万人家，指点莲峰落晚霞。莫问中原干净土，于今莺粟当桑麻。"（贩运私烟。）"彻夜胡筛断续鸣，莫愁门第黯无声。佳人已属沙陀利，犹见昭君带泪行。"（奸淫妇女。）"咸阳一炬火秦宫，痛惜斯民浩劫同。不是吴王纵仇敌（吴大澂），管教勾践计无功。"（焚掠民居。）"元戎小队出郊埛，筛鼓喧喧汉将营。莫道螳螂当弗住，如何车骑不前行。"（辱吴中丞。）"入笠追豚百计工，小民涕泪哭苍穹。枢臣惯献和戎策，应念人间室九空。"（捉猪虐民。）"飙轮鼓浪动鲸鲵，夹岸声声杜宇啼。伫看龙旗正招展，蛮风吹落镜湖西。"（逐官轮下国旗。）"一掷金钱好彩来，灯光如电万人哀。樗蒲误尽苍生计，况有裙钗夜不回。"（设赌害及妇女。）"万金悬赏购萑苻，狡兔藏踪混鼠狐。底事未开三面网，居然王者少征诛。"（庇匪贻患。）"一寸山河一寸金，挥金如土竟何心。九重纵有苍生泪，精卫难填碧海深。"（背约占界。）柏香诗云："海疆重镇弃前明，一度胡笳一度惊。总是鲸鱼吹浪起，至今江水未曾平。"（葡夷贪欲无餍，陆界海域频年越占。）"博场歌馆充官帑，流寇逋臣作上卿。留得苍生无限劫，钗环绔袴伴宵行。"（澳门嫖赌成风，奸宄托庇，民同化外，淫荡卑鄙，为吾族羞。）"大三巴外小三巴，烟雨芙蓉处处家。聚铁铸成千载错，忍将莺粟换桑麻。"（葡人营业不端，通商以来，绝无利益，运械济匪，已成隐患。专贩洋药，种祸尤深。村妇农民，半罹斯毒。良可慨也。）"日映黄龙上国旗，鏖船高挂过瑜基（湾仔地）。蛮风飒飒吹回棹，底事无人问是非。"（庚子、丁未两年，有驱逐官舰事。）"禾黍龙田怅故闉，楚人一炬竟烧秦。白头野老吞声哭，一样中原有弃民。"（丁未，龙田阁村惨遭焚毁，流离迁徙之苦，实不忍闻。）"东望洋台鬼火青，雕鞍游子玉亭亭。此中别有伤心事，曾听蛮儿唱后庭。"（葡人野心秽行，辱及童乌，种种恶迹，言之发指。）"金钟山下黑旋风，浩劫生逃死尚逢。白骨如山谁是主，伤心一例葬龙宫。"（刨坟露骨，抛弃江流；存殁埋冤，无可控诉。）"莫愁谁更说卢家，入笠追豚试虎牙。剩有墙茨长不扫，蛮风吹堕女儿花。"（葡人淫暴，强玷闺阁，羞愤舍生，非止一二。）"飞沙关外万家坟，黑夜悲风起阵云。九死不忘争汉土，鬼犹如此况人群。"（甲午关闸外，出为魂厉，格斗葡兵，夜常数起，延僧忏悔，事始寝息。）"博采刍荛民气伸，祥开皇极溥皇仁。早知赵使能归璧，况有留侯倚重臣。"（喜勘界得人。）

二〇

《香港实报》亦载《澳门杂诗》十二章，其咏华洋杂糅之风景，颇隽永，盖古竹枝词之遗韵也。诗云："走出中原海外天，大禹浮动九州烟。石门一角三巴寺，已阅沧桑四百年。""折戟沉枪冷劫灰，石岩碑刻满莓苔。诗人谁吊金梅士，总统闲从墨国来。"（白鸽巢岩上，有诗刻数石，上镂铜像，记葡人金梅士也。金曾从征非洲，眇一目，著诗隐此。美国总统某，卸任后，尝至澳谒其像云。）"白饭晨餐敁与虾，乌龙犹胜架非茶。发晴黑似吾华种，已见葡萄属汉家。""楼台十里锦茵铺，彻夜笙歌旧镜湖。修到柔乡莲蒂上，美人端合住莲须。""叶叶风帆出树坳，望洋东去鸽归巢。荷兰一带花园路，斜日轻车看马蛟。""报仇自出虬髯辈，屠狗宁非义士伦。海外我来寻大侠，深宵物色博中人。""往日红楼阿小家，六如谁为榜香斜。东风拟访银娘墓，关闸乌啼正落花。""田横岛上汉家儿，只手挥戈事最悲。片碣谁题沈义士，不闻穿冢傍要离。""凿石题诗古藓封，水天吟啸欲惊龙。乱山树入秋空碧，斜日来听海阁钟。""楼台树杪碧如烟，帘外波光莽接天。一带长虹吸海水，南湾灯火似灯船。""运筹帷幄到红闺，竹镂牙牌夜猎围。收拾英灵屯八阵，满天麻雀掌中飞。""新岁围炉绮席开，春盘入市好衔杯。明虾膏蟹家家有，只爱肥蚝吉大来。"著者老剑，未谂其姓名。

二一

余录曹京山先生《绝命词》入诗话，友人吟侠见之，更写京山遗诗数章见寄。兹录其《感愤》云："文星黯淡照焚兰，万里霜飞玉叶残。沧海未蒙新日月，洪都谁念旧衣冠。怒看宝剑肠犹热，事到伤心胆亦寒。有血不教终化碧，留随风雨洗长安。"《吊黄侍中》云："正气空江汉，烟波酬主恩。何年北风厉，吹起夕阳魂。人世谁无死，孤忠竟一门。江头儿女子，清怨作啼猿。"《续梦》云："只缘家国重，夜夜哭霜林。出世知天远，临归得道深。怀亲千里梦，报主一生心。形影期无愧，何劳勒古今。"（自注谓"怀亲千里梦"二语梦中作。）

二二

张南皮督湖广时，修《湖北通志》，程某（忘其姓名）司笔削之任。志书成，程赋《美人诗》四十首，以遗南皮。诗意绵邈，有弦外音。十年前曾觅得其全稿，今检行箧，不可复得矣。惟记其一云："美人弦上意，的的为知音。不惜筵前误，难违听者心。玉颜芳草瘦，春恨落花深。闷倚云和睡，知宽缠臂金。"

诗 中 之 伯

图南诗史

载于《汉文台湾日日新报》1909 年 9 月 21 日、9 月 26 日、10 月 3 日。作者署名图南诗史，生平事迹不详。本诗话专论我国台湾诗人，指出施士浩、丘逢甲、许南英、林启东四人乃其中翘楚，"洵我台湾二百年来士林之秀，文学中之表表者"，而"得此四人，亦足为海国诗人生一特色"。所录诗亦均关乎台湾风物、历史，颇具特色。

本篇诗话属于专录某地诗人及掌故的地方诗话。这类诗话，在清代已蔚为大观，如《全闽诗话》《全浙诗话》《滇南草堂诗话》等；民国时期此类诗话更多，典型的有李家孚《合肥诗话》、江瑔《绿野江边一草庐诗话》（专收广东乡梓贤达之诗）、屈向邦《粤东诗话》等。这些地方诗话的兴起，和地域性的文学流派与文学社团的兴盛密不可分，体现出一种地方认同感，对地方文献保存和地域文学批评也颇有意义。

一

台湾进士号称能诗者有四人焉：一为施士浩，二丘逢甲，三许南英，四林启东。余则碌碌无所短长也。云舫之诗，清特秀气；仙根之诗，雄郁莽苍；蕴白之诗，沉郁悲壮；乙垣之诗，温厚和平。此四人者，其生平行谊，皆有可为士人钦式者也。云舫如古书生，仙根如古豪杰，蕴白如古志士，乙垣如古君子，其所为诗，各肖其为人。洵我台湾二百年来士林之秀，文学中之表表者。惜乎亡者亡而死者死，老者老而隐者隐，所留为后人作齿牙余论者，仅几编诗而已。虽然，诗者发乎性情，止乎礼义，见其诗而见其人也。

《云舫集》中，有《台湾杂感》诗，上下千古，睥睨一切，笔亦雄秀雅健，所谓《集》中之冠。诗云："大鲸东去海门青（郑成功起兵时，有一僧，知其前因，曰'此东海大鲸也'），石井雄风卷四溟（成功者，南安石井人也）。掘地草鸡新谶纬（明末有人于厦堀地，得砖。有草鸡夜鸣，长耳大尾，字凡四十，如字谜也。或以鸡属酉字，加以草头大尾长耳，合为'郑'字），筑城荷鬼旧膻腥（赤嵌城在今安平王城西，古为荷兰人所筑，清时尚留旧地，今已改易无存矣）。横飞鹿耳空中舰（成功袭台，荷兰先梦有人骑鲸从鹿耳门入港），寸剪牛皮岛外庭（时台湾为倭所据，荷兰初借地于倭，乃给之曰'得一牛皮，多金不惜'，因剪牛皮如缕，围数十丈，遂筑此城）。极目赤嵌楼一望（赤嵌楼即古之红毛楼，至清时光绪初年，依旧址筑为海神庙，迄今三楼鼎峙，远瞰海山），木冈叠叠敞云屏（即此楼东负一带之远山也）。"

二首："吠尧无复肆狂龙，伏莽朱林戡献双（盖指朱一贵、林爽文两次倡乱，而靖海侯之孙施世骠与福康安前后平定之也）。草泽闲谈鏖战地（盖指台湾嘉义之古战场也），榕阴小辟读书窗（清时台南有海东书院，院中有古榕一株，在五子祠前。庭畔筑坞，环之讲学。时士子往来，栖息其间。上有书舍数椽，故曰榕坛月课。曾以此两字命题，试士作赋咏诗，遂成古迹。今已改为官舍矣）。布衣梦蝶人何处（明末遗老李茂春渡台幽隐，有园曰'梦蝶处'。后来台湾改隶清籍，依其地辟为法华寺。寺左仍存'梦蝶'遗踪，寺壁傍立一石，刻《梦蝶园记》，乃明郑王参军陈永华所撰也。勒石时，乃清嘉庆年间。所立之人，想即搜永华旧作文稿而为之勒铭也），石鼓游龙气未降（旧志：朱子尝登石鼓山，占地脉，曰'龙渡沧溟五百年后，海外当有百万人之郡'，盖指台湾也）。信有山川妙钟毓，至今五马说奔江（成功高祖葬处名曰'五马奔江'）。"

二

古诗人如云舫、仙根、蕴白、乙垣，可谓台湾文学中之秀出者。后来台湾所刊诗话，得此四人，亦足为海国诗人生一特色。如施云舫之诗，秀劲绝伦，已于《台湾杂感》几首见之。

其次云："毗耶风景似琼雷（台湾古称毗舍耶国；琼雷即今广东琼州、雷州海岛也。接近台湾，风景相仿佛焉），花木长春四序开。凭吊北园怀别馆（北园别馆在台南城北，距市三四里，明郑王筑以奉母者。今为开元寺，已近三百年矣），纵观东海上澄台（澄台在台南旧道署内，台高数丈，俯瞰沧溟。《府志》以'澄台观海'为八景之一。纪诗甚多，殊少出色）。婆娑洋古华严现（凡海中番岛，昔人如谓乾坤东港华严婆娑洋世界，盖指台湾之鸡笼，即今谐其音，改其字，为基隆也。非婆娑洋在鸡笼也，海中番岛皆可称之），桔柣门高割据来（郑氏改安平门，曰桔柣门，以春秋时郑国有此门也）。谁道蛮烟兼瘴雨，玉山中有小蓬莱（玉山在大武峦山后，今改名新高山，从明治皇帝赐敕也）。"

其四云："伺影含沙笑射工，郎哥揆一水边雄（荷兰时，郎必即里哥为郑芝龙所败。其国王弟，曰揆一，复以夹板船十五只来据台湾）。舳舻戈甲风烟外，城郭人民岛屿中。百雉坐收千里险，七鲲苦费十年功（按安平镇西南一道沙线，自一鲲身至七鲲身，皆为荷兰人所筑旧城，城高如台，沙环水曲，故曰湾，此台湾二字之名所由来也。改清籍后，清廷从疆臣所奏，名曰台湾。与古时赤嵌之名，又不同矣。唯'安平'二字，至今尚存）。无端凿破洪荒窍，蜃市龙宫劫火红（台湾自荷兰而后，有倭荷之争，有西荷之争，有郑荷之争，有施郑之争，有朱林之争。台湾自此多事，降至今日，而又改隶于日本明治矣）。"

第五首："水自东流日自西，楼台金碧望中迷。垦荒迹纪开山庙（开山王庙非清时始有之也，隋虎贲陈棱略地至此，郑氏建开山王庙祀之，是开山王庙乃祀陈棱，非祀今之郑成功也。相传二百六十余年之久，乡邻父老至今犹盛称之，曰'开山王'。迨台湾改隶清国，又以郑成功为开山王，敕建祠宇，为'延平郡王祠'，并祀翁太妃、宁靖王五妃、郑监国克臧、陈烈妇及两庑将军、幕府僚属，皆从郑王来台同殉国难者。今改为开山神社，则是以开山王称陈棱者称郑成功，盖纪开山之功也），靖海师来动地鼙（林爽文乱时，施琅襄壮公率师平台，封靖海侯，勒石纪功于台湾之台南城南，丰碑有九，建祠祀之。今已成废址，仅有碑存于荒野之间，无有呵护之者）。龙种孤魂空玉葬（明宁靖王东渡依成功，后殉国难葬于竹沪，不封不树，所有王田皆遗赐村民。至今父老犹有能道之者），鲛人别泪尚珠啼。数行绝命天球笔（王别号天球，有绝命词《玉带歌》，纪于旧志），大节千秋重赫蹄。"

第六首："半壁东南一梦阑，太师招讨竟封官（明隆武封芝龙为太师，成功招讨大将军）。林投井在红毛遁（林投井，即荷兰所凿井也。或曰乌鬼井，当时之呼乌鬼，指红毛奴也。林投，树名，叶长五六尺，有刺，今之林投帽，即此树为之也。实即乌鬼乃南洋岛中之蕃族，与红毛奴又异。当时中原人一概目欧西人为红毛奴，非仅指荷兰也，今则有英、德、美、法、荷兰、西班牙之别焉。荷兰井之在台南厅界者，尚有四五井，皆台湾三百年前之物也），竹沪坟荒白骨寒（竹沪有宁靖王墓在焉）。复甫经营真将略（复甫者，明郑王参军陈永华之字也。当时在幕中经画，算无遗策，陈烈妇即其女也），斯庵痛哭老儒冠（沈光文亦郑氏门下士，别号斯庵，著有《台湾赋》数千言，囊括宇宙，时比之《三都》《二京》。后落拓，往来于台湾山前山后，课儿童读书，又不得意，遂落发为僧）。《逸民传》上张卢辈（明遗老如张士郁、卢若腾与沈斯庵，皆在郑王门下，为台湾老寓公，不臣于清国者，是亦夷惠之流也），不数当年戴叔鸾。"

其第七首云："控制民番斗海疆，百年文武又成康。冰夷北拱环三岛，星使东巡驾四黄（旧有巡台御史）。地种释迦诸佛果（《方志》载，台湾有释迦、南无、佛手、波罗蜜诸佛果），山埋魁斗五妃香（明宁靖王五妃墓，在台南城南门外。魁斗山，或名桂子山，今之南门城楼，已毁去。其门左立有五妃墓道，题诗勒石，亦改移他处，有拟仍立五妃庙侧，以妥神灵）。新诗读罢《瀛堧咏》（张鹭洲为侍御来台，作有《瀛堧百咏》，皆指台地名胜俗尚），闲展双眸邀八荒。"

其第八首云："斐亭胜地近如何（台湾八景有'斐亭听涛'，在今旧道署后。唐景崧设诗钟于此，啸集文人学士，击钵催诗。时有涛声隐隐自脚底，谡谡而起；竹影半庭，栏干六曲，朗朗犹在目前也），手泽遥遥字未磨（旧有《施龙门重葺斐亭记》）。龙门即云舫父也。云舫少有父风，父子皆以名进士，为海东书院堂教，称大家焉）。漫说橘冈多变幻（相传有樵者，至古橘冈，后失其所在），即论桑海几经过。采风难问狌猱俗，守土谁为政事科。绝岛妖氛今日靖，力田饮酒听山歌（番社山歌，有'力田饮酒'诸阕）。"

三

云舫秀气独钟，所为诗，皆近清丽一流。唯《挽阿美女校书》一律，尤为

16

沉丽。诗云："大江东去日西斜，岂独伤心为落花。一例才人葬鹦鹉，十年商妇咽琵琶。须眉巾帼余奇气，莺燕楼台问旧家。侬有裙钗知己感，不堪上计忆秦嘉。"尤集中之雄而秀者，余则率尔操觚，弹不成声矣。至若林、丘、许三家诗，亦各有集，皆少时入云舫门下也。后来再为检入诗话。

绾春楼诗话

杨全荫

载于《妇女时报》1912年第8期。

杨芬若，原名杨全荫，字芬若。著名诗人杨云史长女，小说家毕倚虹之妻，后与毕倚虹离婚。著有《绾春词》。

《妇女时报》，1911年6月11日创刊于上海，1917年停刊，不定期出版，共21期。由包天笑和陈冷血轮流编辑。其宗旨为提倡女子学问，增进女界知识。着重提倡女子参政和从军，主张男女平等，提倡振兴女学。主要撰稿人有汪杰梁、吴徽兰、江纫兰、冰心、恽代英、汤修慧等。

杨芬若前有《绾春楼词话》，亦刊于《妇女时报》。此篇诗话专录近代闺秀诗，其中选录曾季硕《虔共室遗集》、陈衍之妻萧君佩（道管）《萧闲堂诗词》、周琼（羽步）诗、梁绍壬妻黄巽（顺之）《听月楼诗》、江峰青妻王韵珊《佩珊珊室诗存》、郑兰孙（娱清）诗、梁佩琼（霭）《飞素阁诗词集》、毕倚虹之妹毕仪莲诗作等。所收女子题壁诗、邓秋门妻杨依依《送外北上》"此去且休论得失，科名原不是功名"之句，俱新颖不俗，显示出作者的渊博涉猎与高雅趣味。与清代各种闺秀诗话不同的是，本篇诗话中时常体现出时代新思想、新女性的精神风貌。如作者特意记录辛亥革命上海女子军事团北伐一事，并录杨雪子《送军事团北伐》古风一首，认为"亦他日革命史中别材也"。杨雪子诗中"健儿不作等闲死，死于安乐寿考胡乃非俊杰。生当报我国，死当扫其穴。须知锦绣好山河，血泪斑斑红点缀。祝我诸姊莫回头，休惜生离与死别"之句，慷慨豪迈，为前代闺秀诗所未有。作者友人唐素娟（英）亦是留学海外、关心时事的新女性，"尝自谓人既读书，当穷天下之时变，古今之治乱，岂吟风弄月，剪翠裁红者，即谓为读书耶？"其辛亥纪事诗识见不凡。诗话中又颂扬庚子以后赞助女子教育的吕家三姊妹惠如、眉生、碧城，特意选惠如、眉生诗。作者还从批判专制的角度来解读传统的宫怨诗题材，认为专制君主强选宫女，"女子之受专制荼毒，此殆最酷。沉沉长乐，寂寂朝阳，是中不知断送几许好女儿矣"。作者记录从东北女友处得知的前清选秀女情况，"满人亦苦为苛政，每届选期，女之父母，或略有司除名挑选；或不得已应选，必垢面毁容；或伪饰眇跛，以往宫中，冀邀幸免"。可作一则史料。

序

春间曾取闺秀小令清词，撰《词话》一卷，刊第七号《妇女时报》中矣。日来骄阳肆威，热恼苦人，雪藕饮冰，读诗自遣而已。偶有所获，笔之于书，积时兼旬，成诗话若干，则胥为闺秀之作。写定后，仍付梓《妇女时报》中，或可佐红闺销暑之资，殊未敢自诩于著作之林也。壬子荷花生日，芬若自记。

一

闺秀诗集，开卷每多律绝，古体恒不多见，气力究有所不胜也。近见华阳曾季硕女史（彦）所著《虔共室遗集》，有《春别离》一章，情文绵婉，气韵逸畅，古芬扑人，真乐府遗响。求之挽近诗家，已属凤毛麟角，况在闺秀邪？诗云："别来曾几日，荼蘼花已白。春华正氤氲，如何不遑惜。此意定谁知，天上月盈魄。生憎天上月，不似人间镜。流光徒盈盈，照人不留影。千里同时观，想见君引领。仲春三五时，与君立玉墀。季春二八月，与君隔天涯。情知不关月，胡为鉴别离。玉墀影依旧，天涯各回首。何许似人心？横塘鸳鸯偶。何许最关情？乌啼檐前柳。乌啼天欲曙，梦醒芳兰路。谁云沧海遥，中宵几回度。晓风吹流波，记路津桥树。"此景此情，城南思妇、天涯羁旅，当必不忍卒读，惟有雪涕而已。

季硕五律诗尤工，意味隽永，雅似唐人，为录二首，以志一斑。其《舟中即景》云："春风吹客思，高咏满山川。落日疏林木，孤帆贴暮天。潮平鸥梦稳,江静月华圆。漫说征途苦,深宵未忍眠。"《夏夜同子馥作》云:"桂苑月华洁,无花清露香。蝉声过别树,萤影度横塘。坐久云鬟冷,宵深玉簟凉。隔窗人睡觉,闻说夜初长。"季硕为张子馥先生室,工诗而外,复擅篆隶,惜不永于年,早岁便卒矣。

二

邮亭驿壁、逆旅颓垣中,时有哀姬怨女题壁之作,往往凄艳动人,不忍卒读。前就耳目所及,约略记之。如沂州店女子题壁诗云:"绿杨城郭藕花居,二八年华水不如。欲向王昌问消息,五更扶梦上征车。"又赵雪华自号吴中羁妇,有题壁诗云:"不画双蛾向碧纱,谁从马上拨琵琶。离亭空有归乡梦,惊破啼声是夜笳。"又卫辉旅店中有秦淮女子宋蕙湘题壁诗云:"风动江空羯鼓催,降旗飘飏凤城开。将军战死君王系,薄命红颜马上来。"(按,蕙湘生当明季鼎革,国破家亡,可哀孰甚,故其诗不自知其沉痛。徐伯调先生所谓"若无海水添成泪,莫话尊前宋蕙湘"是也。)又金陵女子王倩娘北上题驿壁诗云:"忆昔雕窗锁玉人,盘龙明镜画眉新。如今流落关山道,红粉空娇塞上春。""毡帐沉沉夜气寒,满庭双月浸阑干。明朝又向渔阳去,白草黄云马上看。"情辞凄断,婉转悲凉,如听银筝呜咽矣。(或云王倩娘诗为吴汉槎先生所作,托名倩娘,以自写其数奇沦落,万里投荒之慨云。)

三

萧君佩女史(道管),一字道安,为侯官陈石遗先生(衍)室,淹贯翰墨,诗文名籍甚,著《萧闲堂诗词》。余绝嗜其《有所思》一章,义山之绮丽,长吉之幽艳,道安殆兼有之,非寝馈唐人集中,曷克臻此。因亟采录,度亦为艺林所歆赏也。诗云:"桔槔声里月如烟,危楼虚倚愁不眠。梦魂飞越路三千,碧云楼阁何处边。下有清影照婵娟,亭亭隐约画廊前。此时幽怨鬓斜偏,紫霄鸾凤乘何缘。西风写韵传一篇,不让湖色西子妍。波纹滑笏如春笺,飘零风露共叩弦。云鬟香雾湿可怜,弃掷宝枕梦游仙。销歇锦瑟张鹍弦,胡为落叶听哀蝉。蘧蘧蝴蝶去不还,秋更一一年后年。"

四

在昔科举时代，士人科名观念极深，闺中寄远赠别之作，无不以泥金捷报，蕊榜相期，独杨依依女士（名明月，为顺德邓秋门先生室）《送外北上》诗云："浮云西北帝王京，衰柳荒江又送行。此去且休论得失，科名原不是功名。"可谓独具卓见，非寻常儿女子解矣。依依以如许学识，惜其诗不多见，仅附刻此一首于秋门先生《小雅楼集》中而已。

五

辛亥秋末，革命事起，全国响应。海上女学界，当时有女子军事团之组织，红粉英雄，千古美谈。城东女学校杨雪子女史，有《送军事团北伐》古风一首，意殊遒壮，气吞万夫，真堪掷地作金石声也。亟为录存，亦他日革命史中别材也。其原序云："元月二十日，女子军事团，由上海出发江宁，会同北伐。同学张君志学、志行，黄君慧慊及姊氏雪琼，均与其队。爰作长句以送之。"诗云："北风劲逼衣如铁，脆骨当之靡不裂。况乃久处温度中，不见坚冰与窖雪。一旦联袂从军行，舍身誓把匈奴灭。怯者瞠其目，顽者咋其舌。疑难起非谤，百般来摧折。吾谓攻城在攻心，心力当先自团结。不见木兰一乡女，投杼代父从军热。又闻红玉乃贱人，黄天荡里著勋烈。彼皆了无军事识，尚能致果杀仇敌。矧为堂堂节制师，讵云智巧反不及。饥餐胡虏肉，渴饮匈奴血。健儿不作等闲死，死于安乐寿考胡乃非俊杰。生当报我国，死当扫其穴。须知锦绣好山河，血泪斑斑红点缀。祝我诸姊莫回头，休惜生离兼死别。"读此参观杜陵"车辚辚，马萧萧"之篇、王翰"醉卧沙场君莫笑，古来征战几人回"诸什，徒见其气馁而已。

六

女史周羽步名琼，一字飞乡，有《赠范洛仙》句云："黯淡销魂独倚楼，登山临水又逢秋。檐前垂柳丝千尺，只系柔肠不系舟。"又云："萧条越客独淹留，汗漫西风柳岸秋。安得东风解我意，好吹此恨到扬州。"颖秀清逸，雅有唐人绝句意味，余每爱诵之。陈迦陵先生所著《妇人集》，曾载此诗。

七

诗词中"美人""佳人"等名词，人多谓属诸女子，其实古不尽然。观于长洲沈归愚先生《说诗晬语》有云："美人佳人，初无定称。《简兮》以西周盛王为美人，《离骚》以君为美人，汉武以贤士为佳人，光武称陆闳为佳人，而苏蕙称窦滔云：'非我佳人，莫之能解。'是又妇人以男子为佳人矣。"

八

萧山黄顺之女史（巽），亦字蕉卿，为钱唐梁绍壬先生室。年甫三十，猝得风疾，沉绵床笫，未及一载，竟以不起。著有《听月楼诗》二卷，未付梓人，仅附刊数诗于梁先生所著《两般秋雨庵笔记》中。余绝爱其《湘湖采菱曲》，清绮可人，寄意杳远，脱非于古乐府中三折肱者，不易办此也。诗云："吴江女儿采莲花，凌波绰约如朝霞。越江女儿采菱角，隔水轻盆笼芍药。儿家生小湘湖边，只种秋菱不种莲。种莲莲子心中苦，剥菱菱实心中甜。湘湖一夜西风紧，三五鸦鬟荡双艇。戏牵菱叶钓竿好，笑指菱花影戋戋。采菱菱角红，颊晕双涡浓。采菱菱角绿，眉痕两峰蹙。菱根丛杂菱刺多，纤纤素手临清波。鲤鱼风起芙蓉外，蝉鬓生寒可奈何。春风采莼莼欲子，秋风采菱菱渐老。年年春去又秋来，不及儿家颜色好。采菱复采菱，菱船四面来前汀。湖水净逾碧，湖山瘦且清。双桨只在波中停。菱歌静后不知处，却向湖头浣纱去。"

九

王韵珊夫人（纫佩），为婺源江湘岚先生（峰青）继室，所著《佩珊珊室诗存》，有《别离词》五古一首，悱恻清隽，真得风人之遗矣。诗云："临别尚不觉，既别情更凄。郎纵如浮萍，妾心如澄泥。浮萍不沾泥，飘飘东复西。归期未可信，月落夜乌啼。"

一〇

庚子以后，全国竞开学校，然女子教育提倡而赞助之者，以吾所闻，当时首推吕家三姊妹为最著，即惠如、眉生、碧城是也。吕家姊妹之科学深邃，其声誉已蜚腾学界，无俟赘述矣。三君舍碧城外，吾未睹其诗词。惠如、眉生，余箧中均藏有其诗。惠如时工近体律诗，眉生则擅长古风，各有所长，两不相掩。兹各摘写一二首，度必为爱慕者所乐读也。惠如《长江舟中》诗云："廿载京江路，重来印爪鸿。云栖高士宅，草绿寄奴宫。北固青山在，南朝铁骑空。幼安词笔健，感慨古今同。"眉生《古剑行》诗云："宝剑切石如切水，夜夜跃鸣雄欲起。忆追穷骑单于逃，风沙一震夫容死。斩房建勋血点殷，滴作胭脂塞花紫。壮士由来重报恩，黄金台上酬知己。而今边靖楼兰朝，更无人佩谁磨洗。愿挂徐君墓树表高谊，羞藏玉匣金函里。"（三君皆旌德吕凤岐太史令媛。）

———

一一

金陵有徐姬者，善属诗，蚤死，尝有句云："杨花厚处春阴薄，清冷不胜单袷衣。"娓婉不胜，令人意消。徐姬名氏，殊不可考。此二语得之吴县吴昌谷先生所作《徐姬诗注》中也。

一二

落花之咏夥矣，大都悲怆摇落，意主凄婉。钱塘郑兰孙女士娱清（仁和徐花农先生琪母），有《咏落花》七古一章，不惜眼前之飘零，惟盼明年之再发，立意殊不犹人，可谓于落花诗中别开生面矣。诗云："年年二月春光展，李白桃红斗深浅。廿四番风次第催，花梢费尽东皇剪。昨夜封家作势雄，绿肥红瘦事匆匆。谁言倾国倾城貌，自在诸香世界中。寻春竞向春堤早，满径杨花轻不扫。从此浓阴匝地天，狂吟兴趣何时了。天壤编余觅句人，情怀脉脉暗伤神。欲将一管寻诗笔，化作人间万里春。韶华岁岁何尝易，错铸空嗤九州铁。一度花开一度飞，梨花雪后酴醿雪。造物循环理易知，人生何苦太情痴。凭他粉黛凋零后，看取明年又满枝。"

一三

山阴刘再仙女史（之莱）《春夜遣兴》云："月照阑干忘夜永，凭阑昨怯罗衣冷。吟诗惊起睡鸳鸯，一池春水荡花影。"寥寥二十八字，意境幽绝，是殆得气之清者欤。

一四

专制君主，纵情声色，多强选民间女子以充后宫。数千年来，沿为苛政。然粉黛三千，承恩者不过一二人耳，他则银钥黄昏，玉阶白露，长门深锁，坐老芳春，所谓"有不得见者三十六年"。女子之受专制荼毒，此殆最酷。沉沉长乐，寂寂昭阳，是中不知断送几许好女儿矣，及今回首，有余痛焉。偶阅《豫章诗话》，载明嘉靖庚戌宫人张氏卒，身畔罗巾有诗云："闷倚雕阑强笑歌，娇姿无力怯宫罗。欲将旧恨题红叶，只恐新愁上翠蛾。雨过玉阶天色净，风吹金锁夜声多。从来不识君王面，弃置无情奈若何。"宫中哀怨，可以见矣。不必读韩汝庆《长安宫女行》，而始为陨涕也。（前清挑选秀女，满人亦多苦为苛政，每届选期，女之父母，或赂有司除名逃选；或不得已应选，必垢面毁容；或伪饰眇跛，以往宫中，冀邀幸免。《长安宫女行》所谓"东家有女如花萼，旦入黄金名已落。西家有女如玉莹，夜剪乌云晨不行"是也。余生长都门，时晤满洲女友，因知之较详，附志之，亦女界痛史也。）

一五

偶读近人选本、诗集、笔记，得闺秀所作断句若干联，萃而录之，亦殊别有意趣也。商宝意先生女公子长白咏苔云："昨宵疑有雨，深院更无人。"仁和孙秀芬女士咏夕阳云："流水杳然去，乱山相向愁。"仪征毕仪莲女史《春病》云："愁深偏讳病，年少转伤春。"宁乡钱淑生女士《江天晚眺》云："江空来雁少，山远夕阳多。"钱塘顾启姬有云："花怜昨夜雨，茶忆故山泉。"仁和方芷斋女士（芳佩）《金陵》诗云："啼鸟犹呼奈何帝，今人尚说莫愁湖。"萧山黄蕉卿女史《寄颖卿妹萧山》诗云："家远愁看花姊妹，病多难配药君臣。"扬州李华女士《小孤山》云："戴天以外全无倚，江水东流我不移。"鸳湖黄鬘因女史（篆）《题涵香女冠子清修图》云："有情方作佛，薄命却多才。"《拟玉溪无题》云："夜阑烛泪灰难梦，露重花枝嫩欲扶。"

一六

天台吴茜云女史有《闺怨》七律一首，内嵌一二三四五六七八九十及百千万丈尺半两单双诸字，复以溪、西、鸡、齐、啼为韵，诗云："百尺楼前花一溪，七香车断五陵西。六桥遥望三湘月，八载空惊半夜鸡。风急九秋双雁去，云开四面万山齐。子规不辞愁千丈，十二时中两两啼。"鬼斧神工，巧思绮合，殆与苏蕙回文异曲同工矣。

一七

吾友唐素娟女士英（为剑秋先生女公子），秉性敏慧，冠绝侪辈，博涉群籍，造诣弥深。尝自谓人既读书，当穷天下之时变、古今之治乱，岂吟风弄月、剪翠裁红者，即谓为读书邪？其志趣远大若是。辛亥岁末，素娟归自东瀛，怀怆时局，成《感事诗》四律，传视于余。中有"诛秦人具荆轲胆，治蜀谁为葛亮才"二语。今日读之，益佩其远识矣。

一八

番禺梁佩琼女史（霭），为潘兰史先生室，著有《飞素阁诗词集》。其七古，词意幽艳，绝类昌谷。如《梦天行》云："雕阑十二花满天，青鸾啼破花间烟。胡蝶一双下驮梦，仙人招手芙蓉巅。软玉屏寒怯难倚，百锦氍毹蹴珠履。瑶阶旧种碧桃花，几度花开结成子。银河十丈琼台高，卷起红帘呼月姊。"《琼楼曲》云："琼楼下瞰春茫茫，花枝入帘明月香。雁柱七弦素心远，蛾眉一尺春山长。宝镜瑶钗笑幽独，夜凉不放鸳鸯宿。花魂知弱怯东风，静掩瑶窗呼小玉。"其他律句如"花阴匝地凉如水，柳色遮帘澹入诗""燕子何时相语别，鸳鸯好是不离家"诸句，亦俱颖秀可诵。惜天啬其寿，年未三十，便即长逝。兰史先生赋《长相思》词十六章以悼亡，闻者多掩涕焉。

一九

小姑毕仪莲，颖慧静淑，不苟言笑，工绣事，里有针神之目。年十九未嫁，以瘵殁，有遗诗一卷，自署《秋莲吟》，虽删剩不足卅首，而凄婉中人，览者多悲其人而哀其年也。兹摘写其绝句两章。其一《清明》云："又来载酒听啼莺，无那伤春一段情。芳草明年依旧绿，人生能得几清明？"其一《春望》云："心事同谁话短长，小亭人静立斜阳。蘼芜绿透江南路，不必春残已断肠。"窃尝谓士女之怀才抱异者，往往不永于年。造物忌才邪，抑才干造物忌邪？安得向造化小儿一叩其究竟也。

滑 稽 诗 话

喋喋江湖汉

载于《滑稽杂志》1913年第1期。作者署名"喋喋江湖汉",为江家桢笔名。江家桢,字荫香,别署梦花馆主、喋喋等,江苏苏州人。曾任《滑稽杂志》总编辑。《滑稽杂志》,1913年创刊于苏州,刊登滑稽论说、文粹、诗词、小说等,总体追求谐谑、娱乐,本篇诗话亦符合其宗旨。

滑稽诗话在民国时期盛行一时,这类诗话以选评滑稽诗、诙谐诗、打油诗为主,常题名为"滑稽诗话""游戏诗话""说诗解颐"等,后来又出现了"幽默诗话",但旨趣与"滑稽诗话"有所不同。滑稽诗话起自晚清李伯元《庄谐诗话》,风格俚俗,甚至类似笑话集,纯属消闲之作,与严肃的诗学批评类诗话迥异。不过,在诋嫚亵弄之外,有些滑稽诗话也有古人"主文谲谏"之风,涉及对民国政治时事的批判,可作一部社会风情画卷观。本篇诗话,即很能体现民国滑稽诗话的特征。它记叙古今滑稽诗事乃至淫亵之语,如嘲村学究、村妇、身体残缺者等,都是此类诗话常见内容。而如杨少坪《别琴(西语)竹枝词》、孙惧斋《和俞稷卿戒洋烟诗》等,在滑稽外又包含讽刺社会现象的意味,赋予了诗话多元的价值。

序

居今日而作诗话亦太呆矣。古今诗话,汗牛充栋,岂待我作哉。然我作者,乃滑稽诗话,读者或不我责也。

一

昔人有嘲教书先生云："都都平丈我，学生满堂坐。郁郁乎文哉，一个也不来。"后又嘲医生四句云，盖仿其意，诗云："心肝脾肺贤，飞轿走街前。心肝脾肺肾，问也无人问。"即此可见世之颠倒是非，混淆黑白，可叹可叹！

二

友人情泪生，以龌龊妇人诗示余，中有一联云："胯下斜拖骑马布，裙边翻转划龙船。"虽形容过甚，而属对颇工也。

三

"一阵乌鸦噪晚风，诸徒齐逞好喉咙。赵钱孙李周吴郑，天地玄黄宇宙洪。《千字文》完翻《鉴略》，《百家姓》毕理《神童》。就中有个超群者，一日三行读大中（《大学》《中庸》）。"盖村学诗也。见海昌郭臣尧《捧腹集》。曩有人咏黑人诗颇佳，余只记得数联，诗云："汗流如泼墨，屁出似窑烟。"又一联云："忽然人不见，立在炭篓边。"其黑可想而知矣。

四

近邻某姓夫妇，夫有三寸丁之号，妇有金刚妹子之称。余戏咏一绝曰："金刚妹子伴幺麽，蹄状面浪踪只虾。一个大来一个小，何妨就此斗尖叉。"

五

非小解处，往往画一乌龟以禁。一日余散步街头，见墙壁上有诗一首云："两足走来八字开，双手捧出令尊来。君家自有灵山墓，何必在此哭哀哀。"虽只此二十八字，然颇得古乐府神理。

六

前清国初定制，三品以上，乃得衣貂及舍利狲，系任葵尊为御史时所疏定。渔洋戏为诗曰："京堂铨翰两衙门，齐脱貂裘舍利狲。昨夜五更寒彻骨，举朝谁不怨葵尊。"虽谐语，实可为一朝掌故。

七

"一去二三里，前村四五家。亭台六七座，八九十枝花。"余改之《上海咏事诗》云："一去二三里，妓院四五家。舞台六七座，八九十电车。"尚可诵读。

八

余以乞丐装小影，征求海内。承同文不弃，惠我珠玉卷，有六七十卷之多，余不知几生修到如许之眼福。中有仲复君一卷，颇可解颐，敬录入诗话。诗云："几辈时髦新少年，金丝眼镜雪茄烟。谁知好个绣花枕，笑煞旁边一丐仙。""七尺昂藏意态狂，可儿风貌乞儿装。阮郎岂效穷途哭，为痛斯文吾道亡。""文章空有生花笔，气节常留一竹竿。可惜街头势利狗，见人只咬破衣衫。"仲复诚滑稽派也。

九

逸民不知何许人也，曩于《国魂》见有嘲某少年《点绛唇》一阕云："顾影翩翩，生来俊俏何郎貌。张氏园中，膀子天天吊。　幺二长三，个个恩相好。添烦恼。夜夜归去，拼着夫人闹。"可谓形容尽致矣。

一〇

家君曾在茶室啜茗，见候补某气焰凌人，睨睥一切，爰讥之以诗曰："小小前程何足奇，官场习气竟难移。欲求富贵须呵卵，只重钱财不要皮。马屁有时常拍拍，牛屁无刻不吹吹。若然此辈来余室，鸣鼓而攻切勿迟。"

一一

余素滑稽，挚友情泪，竟比余为西方朔，并赠诗云："曼倩偷桃已作仙，世间留得滑稽篇。君今是个西方朔，后日应登极乐天。"余愧不敢当。

<h2 style="text-align:center">一二</h2>

古时鲜于叔明嗜食臭虫，权长孺喜食人爪，刘邕之爱食疮痂，唐舒州刺史张怀肃、左司郎中任正名、李東之好服人精，贺兰进明好啖狗粪，辽丹东王好食人血，南京刘俊喜食蚯蚓，明驸马都尉赵辉喜食女人阴津月水。近有某甲佚其姓名，亦夙好舐妇人阴户。有人仿唐诗以嘲之曰："越舐越希奇，公然舐到脐。全凭三寸舌，卷入两重皮。味在酸咸外，声闻吮呷时。较诸呵卵者，犹算讨便宜。"

<h2 style="text-align:center">一三</h2>

余于癸丑之夏，忽患恶疮，痛痒难熬，朝夕呻吟，动作上颇不自由，以诗自嘲之。诗云："恶疾染来恨更长，那堪药石苦相尝。嗜痂纵未深成癖，挖肉如何好补疮。数月牵缠今尚甚，一身痛痒最难当。不同都督风流客，沪上曾开水果行。"

<h2 style="text-align:center">一四</h2>

十年前有某学究，以诙谐著名者，尝以粤语作诗。今录之以助茶余酒后，但非解粤语者，不知其趣。又俗字多不可书，不能如口诵之神妙。其《垓下吊古》七律一首，诗云："又高又大又峨嵯，临死晤知重喝歌。三尺多长锋利剑，八千靓溜后生哥。既然禀砑争黄帝，何必频轮杀老婆。若使乌江晤割颈，汉兵追到屎难痾。"亦诗界中之别开生面者，见《小慧解颐录》。

<h2 style="text-align:center">一五</h2>

有《咏妇人便桶词》一阕，佚其姓氏，但记其词云："金漆铁箍腰，贴香臀，坐阿娇。浑如仰放中军帽，红螬螬小巢，翠茸茸细毛。依稀谱出淋漓调，涤辛骚。夕阳影里，疏竹响萧萧。"

<h2 style="text-align:center">一六</h2>

缪莲仙俗语诗，一字不加，一字不减，咸称佳作。家严亦有俗语诗三截，

其一云："命里穷来只是穷，破船又遇打头风。一钱逼死英雄汉，拾着黄金就变铜。"其二云："不怕凶来只怕穷，有何面目见江东。时来风送滕王阁，昨日今朝大不同。"其三云："明日无钱明日愁，人生几见月当头。阎王注定三更死，一旦无常万事休。"

一七

改诗一事，实非易易。有改一字而不成句，有改一字而成极佳之句，固不一也。忆昔年《文娱报》将"万事不如杯在手，一年几见月当头"，改为"万事不如钱在手，一年几见赎当头"，虽每句易得一字，然已成雅谑矣。

一八

茶商某私昵一妓，其妓年方二八，犹自为小先生者，实则与茶商偷期密约，暗渡蓝桥，已非一二次矣。家君戏代茶商赠之以诗曰："碧螺春色映珠帘，香片还欣雀舌添。记否松萝裙带夜，旗枪用后变毛尖。"

一九

村媪诗颇可发噱，诗云："竹为押发木为钗，面目离奇语亦乖。又有一桩堪笑处，尺余老脚着红鞋。"见《尘天影》。

二〇

"世乱奴欺主，时衰鬼弄人。"唐杜荀鹤诗也。"今朝有酒今朝醉，明日愁来明日当。"罗隐诗也。"但知行好事，莫要问前程。"五代冯道诗也。"闭门不管庭前月，分付梅花自主张。"南宋陈随隐自述也。王渔洋曰："恶诗相传，流为里谚，此真风雅之厄也。"余曰："不然，以滑稽眼光观之，的是无上上品。"

二一

释氏焰口所祀之神，名曰寒林。某士子尝改《清平词》云："纸想衣裳锭想容，秋风扑面粉花浓。若非水陆场中见，定向盂兰会上逢。"

二二

余曾有《嘲老学究》诗一绝，颇可轩渠。诗云："三家村里读书堂，者也之乎说惯常。莫笑冬烘头恼甚，人人称我猢狲王。"

二三

有新嫁娘夜遗其溺者，人作诗以调之曰："丹青不画自成龙，梦里频频告出恭。智伯有头无可用，沛公如厕莫相从。非关云雨巫山湿，若决江河大地通。枕畔忽惊郎唤醒，方知身在水晶宫。"诚雅谑也。

二四

上虞朱素贞女史来函，误余为钟剑公先生。余故作二十八字以寄之，诗云："曾经梦里笔生花，我亦江郎未敢夸。不是唐朝钟进士，何来宝剑斩群魔。"

二五

冷红有咏女子俏痧云："从来碧玉本无瑕，何故眉心点绛霞。谅是昨宵染清恙，教人好认守宫砂。"

二六

韩愈七言诗，有"鸦鸥鹰雕雉鹄鹇，雒驳骊骆骊骢驐"（整理者按，后半句为苏轼诗）。五言诗，韩诗"蚌螺鱼鳖虫"，卢仝诗"鳗鳝鮎鲤鯈，鸂鶒鸽鸥凫"，蔡襄诗"弓刀甲盾弩，筋皮毛骨羽"。此种句法，实令人所不解，近代诗词亦无见之。

二七

海上忘机客，有《上海小乐府》，其词余颇爱诵。词云："欢爱碧桃花，侬歌白团扇。电线蛰海底，往来谁得见。""琉璃莫作镜，火油休爇灯。但照见郎面，不照见郎心。""明月不长明，好花不长好。怪煞轻气球，随风会颠倒。""昨夜锦上花，今朝途中棘。铁厂生郎心，机械安可测。"四作古意新声，淡思浓采，如读《子夜》《前溪》诸曲。

二八

神交陈倚槎君，多才多艺，尤善诙谐。一日谓余曰：有某绅士，具有烟霞癖，姬妾多人，争妍斗宠。然广田多荒，不免中苴贻耻。一夕其姬人某，从所欢遁去。好事者嘲以诗云："主公夜傍姬房宿，饱吸清香吹短竹。烟消日出不见人，阿呀一声帽子绿。"又云：扬州妓女多嫁盐商，利其富也。有某名妓将嫁盐商，好事者又赠以诗云："淡红衫子淡罗裙，淡扫蛾眉淡点唇。只觉一身都是淡，将来付与卖盐人。"两作读之俱堪喷饭。

二九

杨少坪，别署洗耳狂人，曾著《别琴（西语）竹枝词》，百首之外又有五十首。余择其佳者，录入诗话，亦诗界中别开生面者也。一云："纳粟捐来买特鳞（官），狐裘补服且章身。新年拜客新丧外，仍是平常生意人。"二云："乞儿慎勿讨铜钱，四对升（巡捕房）中坐两天。明日送君城里去，途中个个吃洋鞭。"三云："两约书中真道传，超痴（礼拜堂）施洗满堂前。通商各口善男女，近水楼台先上天。"四云："头衔哀贰与披哑（三字元音），专送文书不致差。六刻怕思奥勿思（工部局书信馆），替人传信到人家。"五云："执司恼（方才）本是方才，失脱（关）哑奔（开）关与开。借问倍陪（小孩）何处去？南丝盖立（乳母抱也）赴洋台。"六云："谷唐蛮是栈房头，一件货儿一会筹。记否过磅多少重？一边出去一边收。"七云："兑四克为写字台，吉姆出脱送书来。杀阴簿克（签名簿）签名字，立待还云唵煞（答信）回。"八云："年高哑而少年阳，法达父兮梅达娘。密克司高会审处，从前大概叫公堂。"九云："开花弹子曰虽而，炮号连珠最入时。来福洋枪样不一，伦敦（英国京城）监造有专司。"十云："楼名福托葛来夫（照相），拍照人间各样图。药水房中常黑暗，只传儿子不传徒。"十一云："报关另纳报关钱，都道如今生意穿。愿给瓜端派逊脱（照占价二厘半），皆因怕出会防捐。"十二云："信息能将电气传，霎时万里寄华笺。行名推累葛蓝姆（电报），铁线曾从海底穿。"多是经意之作。

三〇

孙惧斋《和俞稷卿戒洋烟诗》二十六首，兹选其佳者四首。其一云："原非有意吃洋烟，朋友同淘不出钱。那晓瘾头真个上，翻云穷富听凭天。"其二云："买土烧烟当正经，朝朝暮暮不曾停。床中宛像灵台样，常点洋灯一盏青。"其三云："烟楼耽搁不还家，乏钞如何做大爷。人若请伊烟一箸，深恩胜比嫡亲爷。"其四云："目色迷离无米淘，搜寻一幅小单条。卖来依旧钱三百，先到烟间不待邀。"

滑稽诗话百则

胡延龄

载于《滑稽杂志》1913 年第 1 期，内容不完整。作者胡延龄，《滑稽杂志》撰稿人，生平不详。本篇诗话有些诗作格调较高，与纯粹低俗调笑者有别。

一

河间人唐皋，善诙谐。及冠，名满大江南北。顾七下南闱而卒不售，盖其文章出于游戏也。有人传述其场中七律一章，读之殊堪捧腹。诗曰："昨宵枕上细思量，四十年来总姓唐。但觉鬓毛随雪白，不知腰带几时黄。人言死后还三跳，我要生前闹一场。名不显扬心不死，挑灯读坐看文章。"闻其题为《辛勤读书》四字云。说者谓文人末路，何无聊乃尔！事在洪杨役后之七年。

二

江阳有王三者，早日喜食刘二麻子店中麻花。一日，刘麻子西游，王三因以诗吊之曰："麻花妙出刘麻家，麻油浸润将麻夸。麻王今过麻花店，可怜麻面别麻花。"盖王三亦满天星斗者流也。诗虽不佳，殊堪发噱，一时传为笑谈。

三

海陵木商洪达，不幸子夭，人多吊之。达独别具心肝，以诗自贺曰："富家有子传宗嗣，贫鬼生儿不值钱。早死一年早省俭，免为他累到穷嫌。"语虽矫情，然人死不能复生，达哉达也！事在明末博野，钱谦益先生解人记略，载之尤详。

四

昔媚云夫人草竹枝词，嘲宁属师范学校现象，词凡十八首，句句传神，读之者无不眉飞色舞。今记其一诗曰："监学皤皤大度容，斋夫提着小灯笼。检鞋掀帐人无有，十室居然九室空。"予以夫人之辞气，令人卒倒，曾登入《民呼报》文苑中。

五

相传清初有乞丐某，讨活于燕市，语多滑稽，市人听之忘倦。一日，踞于庙门石狮子上，大发狂吟，诗曰："六日三餐不算饥，老天一色我无依。玉露为茶风为扇，明灯如月石如棋。自然风景多生趣，人事迁移作嫁栖。我比帝王高一丈，无忧无挂度穷年（读仄声）。"诗意至深，或谓丐为明遗老云。

滑 稽 诗 话

载于《滑稽杂志》1913 年第 2 期。由多人合著，其中可考的作者有以下几人：卢天牧，原名祖霈，号闲闲居士，民国初在《约翰声》等刊物上发表大量文章；喋喋，即江家桢，字荫香，别署梦花馆主、喋喋等；张曾荫，字樾侯，南通人，诗人张麟年之侄，著有《晚翠庐诗集》；梦鸥，即徐梦鸥，四川人，南社社员，常在各种旧派文艺期刊上发表诗词作品。

本篇诗话除选录历代笔记滑稽诗外，也多录作者自身闻见之作，很多作品为亲友所写。篇中滑稽诗嘲弄的对象有医生、塾师、诗人等，涉及麻将、男女时装、近视眼等社会事物，内容驳杂丰富。

一

昔有戏效杜工部体，咏如厕诗者曰："板厕尿流急，坑深粪落迟。"传咏艺林，播为佳话。近更有戏咏放屁诗者，得五律一章，中有二句，亦效杜牧，兹录如下，想阅者掩口之余，亦且掩鼻也。诗曰："屁精人不见，屁响我能知。眼急声传细，肛深气散迟。错疑官发话，莫是客吟诗。夏器通何在，扶摇直上时。"

某生素以善谑著。一日有客过访，盖一大胡子也，形容可怖，稍与谈论，忽触诗兴，因笑谓客曰："仆昔集人诗两句，以此赠君，可以形容君之状貌。"客请教，则"人面不知何处去，一团茅草乱蓬蓬"，客为之绝倒。

　　昔于《沪江报》载某君作笑话诗三首，颠倒鸳鸯，颇堪发噱。诗云："月明云碧雨声多，釜底何人唱棹歌。我欲山巅挂帆去，社公祠里拜湘娥。""极目遥听欸乃歌，耳中忽见片帆过。鲤鱼飞在树头上，波面何人跨黑骡。""芒鞋竹杖快遨游，一叶扁舟岭上浮。长笛一声天欲睡，有人骑犬上高楼。"

　　伏猎弄獐，久传笑柄。尝忆昔人有以枇杷果馈其友，误书琵琶，友以诗戏之云："枇杷不是此琵琶，只为当年识字差。若使琵琶能结果，满城箫鼓尽开花。"此可谓善谑矣。又闻粤中甜橙为果中珍品，有某误"甜凳"，其友见之，亦戏以诗云："橙与凳兮字不同，橙添双脚妙无穷。若教橙子无双脚，新会焉能到水东。"此与《咏枇杷》诗可谓无独有偶矣。

　　前见喋喋《诗话》中有《嘲黑汉》诗两联，颇觉形容尽致。余因亦记得一首云："黑有几等黑，惟君黑得全。泪痕如墨汁，屁味似煤烟。熟藕为双臂，熏蹄作两拳。倘眠漆凳上，秋水共长天。"

　　有《赤鼻》诗云："非晒亦非烘，都因肺气冲。风吹茄子色，日炙荔支红。仿佛猪肝样，依稀狗肾同。如何将此物，挂在脸当中。"此与《嘲黑汉》诗可谓异曲同工。又《跷脚》诗云："后合还前仰，身躯立不牢。腰同堤柳摆，体似沼荷摇。遇水应能渡，逢潭不许跳。凭他双脚直，终是死跷跷。"（卢天牧）

二

　　《竹坨诗话》：崇祯癸未年，湖广巡抚宋一鹤败，家属没官，有妾娶金陵陈氏，美而艳，门客王屋聘焉，谢参政上选先期娶之。徽州有贡生程奎者，作诗以嘲之。诗云："歌舞丛中度岁华，一朝忽去抱琵琶。前生定是乌衣燕，不入王家入谢家。"

　　解大绅四岁时，出游于市，天方阴雨，失足坠地，咸笑之。解起，遂吟曰："春雨贵如油，下得满街流。跌了解学士，笑杀一群牛。"众问之，解曰："我所言者，乃笑坏众公侯，非笑杀一群牛也。"其明敏如此。按，此诗传闻不一，有一首与此较同，但词意深雅，录之于此，其诗云："细雨落绸缪，街坊滑似油。凤凰跌在地，笑杀一群牛。"

　　闻有改唐诗以嘲畏内者，一首云："月白星明半夜天，教侬犹是跪床前。时人不识予心苦，将谓偷闲学拜年。"可谓妙极。并有改剪发归乡者一首云："有辫离家无辫回，乡音无改鬓毛衰。老妻相见不相识，笑问僧从何处来？"可谓形容尽致矣！

相传有一诗云："收拾乾坤一担担，上肩容易下肩难。劝君高着擎天手，多少旁人冷眼看。"盖宋贾似道当国，时杭人知其业之不终，作此以讥之也。

《坚瓠集》载有一医治一肥汉而死，尸属谓之曰："我饶汝不告状，但为我枢抬至墓所可耳。"医率妻子共抬至中途，力尽不能举，乃吟诗云："自祖相传历世医。"妻续云："丈夫为事累连妻。"长子云："可奈尸肥抬不动。"幼子云："如今只拣瘦人医。"按，治病一道，实非易易，庸医杀人，自古以来不可胜计。谚云："说嘴郎中无好药。"岂不然哉！

《敝帚斋余谈》云：向来有《四喜诗》，曰："久旱逢甘雨，他乡遇故知。洞房花烛夜，金榜挂名时。"成化间人曾以宋公序子京兄弟之事实，演为传奇，后因戊辰科有广文登第者，山阴王对南相公，每一句加二字，曰十年，曰万里，曰和尚，曰教官，以谑之，已堪捧腹。万历壬辰科，翁青阳太史以浙中教抡大魁，馆中又于七字之下，增曰："甘雨又带珠，故知为所欢。和尚选驸马，教官得状元。"一时传笑，以为无加矣。近复有覆试被斥者，改四喜为四悲曰："雨中冰雹败稼，故知是索债人。花烛取得石女，金榜覆试除名。"盖俱重在末句，而他则借以翻案，闻之者亦为之捧腹云。

有善诗者出一帖云："求诗者一文作一字。"一妓将十七文求诗，遂吟曰："美貌一佳人，妖娆体态新。调脂并傅粉，观音。"有一僧以十六文求诗，亦吟曰："和尚剃光头，胡芦安个柄。睡到五更时，硬。"（桐乡冯荷）

三

家叔峰石别号七七生，有奇才，工词章，生平著书不下十余种。《闲居自遣》云："一个羲皇以上人，不衫不履布衣尊。月来歌舞云来卧，竹做篱笆花做门。件件衣裳都典库，双双父母未酬恩。此恩何日何时报，屡把中心不住扪。""莽莽前程与后程，星星鬓发一无成。筑三间屋避风雨，读万行书知死生。怕看亲朋求富态，爱听妻子怨贫声。得开怀处开怀去，岂有闲情与世争。""十二万年一梦中，年年春雨复秋风。生埋草莽悲何补，死葬花丛算善终。今日有钱今日醉，不愁富贵不愁穷。世人问我家何处？家在蓬莱东复东。"

舍弟曾度,塾师杨某,夏日昼寤,以扇驱蚊,误倾便壶,学生哄堂。杨大怒欲责之,生不服。杨曰:"能咏一诗者罢。"舍弟先成,其诗曰:"先生睡中觉,蚊子啮卵泡。伸手打蚊子,尿壶打碎了。"杨复大怒,舍弟正色答之曰:"有命在先,不敢不敢。"时舍弟年方九岁。

某君有《题十二幅春宫》诗,仅记其一,亟录之以告阅者。图中作一男子将去,女子以手扯其襟,某君题云:"行不得哥哥,哥哥可念奴。念奴才十五,行不得哥哥。"

某说部载有某甲能文好嘲,与乙至省,乙以无知,遇督抚出而未避,被责十二板。甲作词一阕,逢人说项。其词曰:"一日几时辰。羡甘罗,早得名。金钗对列天缘定,栏干遍凭,巫山遍临。今年岁月偏无闰。恨奸秦,金牌召,岳令箭,插全根。"盖句句暗藏十二也。

二弟曾庠,字翠庵,读袁枚诗至《斑竹赠潘校书兼调香岩》诗,中有:"巫山努力行云雨,一夜溪头助汝忙。"即谓余曰:"此二句如闻其声。"余大笑。

《左传》"疕作而伏",注:"疕,疟也。"《古今诗话》载有病疟者,杜子美云:"诵吾诗当愈。"乃令诵"子章髑髅血模糊,手提掷还崔大夫"二句,果愈。《坚瓠集》载,有患疟者,以黄纸朱书"江西人讨木头钱要紧要紧"十一字,男左女右,系于手腕,当愈。二说迷信特甚,然偶试之亦验。(樾侯张曾萌)

四

《嘲海上某医》七绝三首,其一云:"喝六呼幺轿子扛,将人性命木钟撞。摇头舌咋眉双锁,装出郎中道地腔。"其二云:"心肝贤肾说专家,到死终归勿认差。忽发天良施妙药,几包木屑太湖沙。"其三云:"不挂方壶挂短琴,江湖访友觅知音。看封奉送无须虑,号金叨光八百文。"特不知何人所作,而穷形尽相,可发一噱。

咏矮人诗甚夥。曩日《神州日报》,亦有此诗,颇脍炙人口。偶阅《两般秋雨盦随笔》,有词一阕调寄《黄莺儿》,云:"矮子寸三高,进阴沟,插雉毛。鹅黄蚕茧烟毡帽。扇箍儿束腰,拐杖儿灯草,黎园檀板官材料。定睛瞧,重阳白菜,错认作老芭蕉。"可谓谑而又虐矣!(江湖汉)

五

家君有《咏叉麻雀》七律一章，兹录入以供读者。诗云："竹林畅叙兴偏多，抛掷驹光隙里过。一色澄清空妄想，百端要索不嫌苛。俨然党派分新旧，确肖军情定战和。胜负到头方可决，频将结局问如何。"

近日男女时装，纽扣极多，有三档，有二档，有十档，以为美观。昔解缙见女人衣衫上用九重纽扣，作诗调之曰："一幅绫绢剪素罗，美人体态胜嫦娥。春心若肯牢关锁，纽扣何须用许多。"

有人《嘲近视眼》诗云："笑君两眼忒希奇，子立身边问是谁。日透瓦棂拿弹子，月移花影拾柴枝。因看画壁磨伤鼻，为锁书橱夹断眉。更有一般堪笑处，吹灯烧破嘴唇皮。"一副神情都被描出矣。

昔无灯僧《咏走马灯》诗甚佳，录入诗话一粲。诗云："团团游了又来游，无个明人指路头。除却心中三昧火，枪刀人马一齐休。"（喋喋）

六

有《登坑》七言排律一首，读之令人捧腹，荒斋枯坐，泚笔志之。诗云："神情急遽步苍忙，曲巷招寻仄路傍。茅舍及肩防触帽，石条蹲足乱褰裳。清虚脏腑融渣滓，浓郁波兰腻汁浆。布裤脱时春鸟唤，木樨开处后庭香。偷看肤白臀无困，苦挣颜红首欲昂。或有先声通下气，也将正色配中央。斜晖久照沉沉黑，侧影轻浮个个黄。历历蛆钻图饱哜，营营蝇集快新尝。坑深迟落千锤硬，窍窄孤悬一线长。雅学研都携笔墨，酣酣诗咏亦包藏。"

"世人盲心不盲目，先生盲目岂盲心。可怜终日街头走，知己茫茫何处寻。""一铛一杖一三弦，只论阴阳不论钱。到底穷通参不透，今年卜过又明年。""皂白青黄久不分，懒开双眼见同群。瞎人翻羡聋人好，不见何如听不闻。""八门遁甲术无灵，千日山中酒易醒。安得似君诸事了，任人加白与垂青。"语有寄托，非寻常讥笑謷目者比。

有某塾师命蒙童学作诗。一日，其师与之改正时，见有"橄榄红"三字，师诘之，徒曰："我见报上有'樱桃碧'者，我岂不可云'橄榄红'乎？"师亦好作谐谑者，因作一截云："识得樱桃今始碧，想来橄榄古终红。天生一对真才

子，学界稚儿报界翁。"某报之误人子弟，正复不浅。（亚兰）

<h2 style="text-align:center">七</h2>

予里龟溪有为诗翁者，其别号曰"剑南吟吏"，生平素喜文墨。有诗稿曰《蜀时草》。稿中之诗，自以为合李白者居多。蜀人讥其狂妄，皆呼为"谪仙第二"。予俟诗翁归组后，趋谒诗翁，诗翁果喜文墨，出示以诗，欲予结文字交。予因年长于予，又为世叔，予拘尊长，不敢冒昧。况予文笔过弱，断无争长之理，而诗翁之命，知不能违，姑为文友。一日，予入诗翁室，见其拈毫写字，予以为裁笺答人者，惟书而已，不意正书七字诗一首已，将誊就予。正耽视，见笺上末二句系"炉火红时汤欲沸，移时煮熟牢一团"句，以为所咏之诗必有寄托，夺而视之，知其题为《允妻某之求欢，竟夕，遂赋此诗》。予惟正色读去，免失恭敬。毕后，闲谈片刻，即回家。（梦鸥）

还自笑庐滑稽诗话

岩 岩

连载于《快活世界》1914年第1、2期。署名"岩岩"，经考，1921年有何丹初在《小说新报》上发表的《还自笑庐谐联丛话》，或许"岩岩"为何丹初笔名。何丹初，嘉定人，生平不详，除上述两种著作外，还著有《淮联丛话》《咏梅轩谐联丛话》等。

《快活世界》，1914年8月创刊于上海，庄秉黄编辑，属消闲娱乐刊物。

本篇诗话内容广博，涉及颇多上海风俗，如对沪上"荷花大少"、假名士之嘲讽，对嘉定龙舟竞渡之称美，饶有趣味，生动多彩，尽显一时世风。

序

诗以言志，而近人每喜以滑稽出之，亦东方曼倩之遗意也。余不善诗，而好阅此种诗，将所得记忆者录之，以博阅者一粲，亦可为诗界别开一生面也。

一

新名词流行中土，学时髦者率填砌满纸，实文体之一变相也。某君赋诗嘲之，其一云："处处皆团体，人人有脑筋。保全其目的，思想此精神。势力圈诚大，中心点最真。出门呼以太，何处定方针。"其二云："短衣随彼得，扁帽学卢梭。想设欢迎会，先开预备科。舞台新政府，学界老虔婆。乱拍维新掌，齐听进步歌。"其三云："欧风兼美雨，过渡到东方。脑蒂渐开化，眼帘初改良。

个人宁腐败，全体要横强。料理支那事，酣眠大剧场。"其四云："阳历初三日，同胞上酒楼。一张民主脸，几颗野蛮头。细崽皆膨胀，姑娘尽自由。未须言直接，间接也风流。"运用字面，妙造自然，知其亦非视译本如换骨之金丹，寝馈以之者不办。

二

闻有北人某，邀一苏州人、一日本人、一英国人，宴于某菜馆。酒半酣，北人兴致飙发，把盏以联句请，首唱曰："咱们今日闹三壶。"日本人接咏曰："吭心孤连吭德孤。"（译言多谢也。）苏州人接口曰："呀呀呜来皮老虎。"英国人闻之都不能解，遂愤然作色，起而续成之曰："谭痕难免要敷卢。"（译言入地狱也。）此诗真好笑煞人。

三

端阳俗以粉团角黍称庆，蒲酒满斝，酩然一醉，亦沪人行乐之时也。唯一般滑头大少、空心大老官，自枇杷黄后，即上债台，咸缩头不敢露一面，负此大好时光，独不免有向隅之叹。好事者因仿唐人春闺绝句以讥之，有云："滑头大少惯逍遥，春日纷纷上妓寮。忽见盘中卢橘色，恨他堂子不相饶。"哈哈，想若辈读之，也应顿展愁眉，吃吃作鹭鸶笑不置也。

四

昔人《咏乞丐》诗云："头发洋灰鼠，胡须草上霜。"取譬确切，令人解颐。乃有讽反穿皮衣者，记其一绝云："一团芳草乱蓬蓬，疑是披蓑作钓翁。却怪旁观近视眼，把他当作大毛虫。"亦可谓形容尽致矣。

五

尝读施耐庵《水浒传》，至玉麒麟卢俊义投梁事，吴用题反诗于壁以陷之，其诗平头，系"卢俊义反"四字。又《说岳传》说部载，金兀术被困黄天荡，有《老鹳河走》一诗，亦用此法，于是遂沿为小说别裁，然方家则究鲜为之。忆有《夏日即事》一绝，赠城南某君者，虽属涉笔成趣，亦谑而虐矣。其诗曰：

"荷风十里送幽香，花雾空蒙月转廊。大好夜深荡舟去，少从世界觅清凉。"颇觉超脱，而作者姓氏终不敢一露云。

六

某甲粗识之无，辄以能诗自命，啸侣看花，踪迹所至，必有题咏。一日，偕朋辈三四人至某妓院，甲以某妓娇憨，见而艳之，当场索笔作七言诗一首，见者无不捧腹，诗曰："绝妙芬芳一朵花，酥胸鸡肉味堪夸。女之不信耽兮恨，六月下旬未破瓜。"洛诵之下，不禁为之肉麻。

七

啸月楼主为余言，其乡有某公子与某宦之女结婚，公子新人，俱谙文墨，合卺之夕，为赋《定情》诗一首云："银灯照洞房，私自卸红妆。莫嫌春夜短，携手梦巫阳。"时有伴娘在旁，见公子温文尔雅，一往情深，不觉暗中艳羡。次夕回家，以语其夫，谓人家伉俪之间，何等斯文，谁似尔一味粗鲁。其夫固业整容匠者，闻妻言，颇觉羞惭无地。久之，乃冲口而出曰："尔谓我不斯文乎，吾亦为尔赋《定情》诗一首，如何？"即摇首高声曰："丢下剃头刀，剥了瞒裆裤。请出大毛锥，替你取耳朵。"妻听其吟毕，不禁连连唾之曰："谁要你取什么耳朵！"

八

沪上某翁，现已物化，生前以书画鸣于时，而尤善狂草，所谓假名士也。所作之字，率尔涂鸦，骤观之，几不能辨。有人作一诗调侃之云："春蛇秋蚓太模糊，绝似茅山道士符。挂壁不徒能吓鬼，教人吓得骨都酥。"然至今日，获其寸缣尺幅亦颇宝之，斯亦奇矣。

九

某生好诙谐，戏将吴谚编成试帖诗数首，对仗精工，真似天衣无缝，记其五言警句有云："毒蛇呵一口，小狗记千年。等开老虎灶，翻转画龙船。""口大喉咙小，头鲜尾巴腌。毛头小伙子，伸手大将军。"七言则如："青天旸不箸帽大，皇帝亦有草鞋亲。"一字不易而能却到好处，亦可谓独具巧思矣。惜未阅其全豹。

一〇

北里中某大姐，喜趋时。天未炎热，一日忽衣生丝衫，裤跟在灯光之下，掩映分明，狎客某见之，忍俊不禁，赋两绝赆之。诗曰："雪肤花貌太参差，怪底炎凉两不知。尚在熟罗时代内，忽然出现到生丝。""七洞何堪又八穿，当筵见者便怡然。不须透骨回光镜，电火而今号恋毡。"亦颇刻画，见者皆为之绝倒。

一一

前清某京卿，夤缘得出使法国，以法人嫌其官小年少也，复运动得三品卿衔，并一面留须，谚曰："嘴上无毛，办事不牢。"某京卿亦可谓善于做官矣。又忆昔有新留须者一人，高吟"池上于今有凤毛"之句，留须者误为"嘴上于今有蓬毛"，几与争执，辨明后，始各大笑。今政界学时髦者，辄留须以买老，殆亦学京卿以免办事不牢之诮乎？一笑。

一二

魇叟咏苏医某事，填《黄莺儿》两阕云："惯把妇科瞧，说传家，手段高。血亏肝郁谈来妙，停经要细调，怀胎要节劳。娘姨大姐恭维到。最糟糕，人家小姐，一见便魂销。""这次太荒唐，进深闺，戏小娘。乃翁怒气三千丈，打两记耳光，喝拜了四方。先生未肯从轻放。最肮脏，六枚马桶，个个掇来香。"闻之喷饭。

一三

相传樵李有姓朱名然者，应试屡不售，某岁忽登乡荐。邻近无赖者，书"偶然中式是朱然"七字于其门，朱笑置之。未几，成进士，朱喜极，遂续其后云："难道偶然又偶然？世间多少偶然事，要到偶然不偶然。"朱亦太自负矣。

一四

嗜鸦片者，人辄以鬼呼之，盖讥其无人形也。忆有自署慕牺者，作《新试帖》云："嗜竭形如鬼，名因号吃鸦。睡乡分片席，黑籍认通家。一榻横渠话，三人葛亮夸。焚膏同性命，癖瘾此烟霞。但弄无腔笛，凭他载怪车。抵谈如谷子，流涕亦长沙。磷火生前活，精神分外加。君身仙骨炼，其奈毒中华。"何其刻画乃尔，不识沉溺此中之老枪，阅之以为何如。

又见其《赋豚尾奴》云："犹自拖豚尾，甘心作满奴。族无同种念，党欲保皇呼。牛后遮难密，猪豝爱切肤。侨妆唯院妓，依样半车夫。宴社鸡为伴，居家犬与俱。乞怜摇暮夜，追放遁泥涂。忍得新人笑，狂留故态迁。文身休断发，怕不齿韩卢。"真与前作异曲同工。

一五

吴中某君长于诗，歌咏极富，蔚为巨观。吾友铁庵言前见其《记游》五排十二韵，盖涉足山梁中所作，涉笔成趣，无不典丽。惜余未见其全作，唯忆中有一联云："法界新桥北，胡家旧宅西。"俯拾即是，绝无斧凿痕，颇足为步贾大夫后尘者一传诵之。

一六

有咏驼背者云："人生残疾是前缘，嘴在胸前耳在肩。仰面喜能观白日，侧身方可望青天。眠如心字无三点，坐似弯弓少一弦。最苦百年身死后，棺材只好用犁圆。"穷形尽相，作者想是写真专家，否则必自哈哈亭里摄取得来，故能酷肖至此。

一七

沪上有"桂花黄，小姐慌，大少藏"之谚。有人作《感事》诗云："丹桂已飘香，荷花大少慌。鼻边闻不得，眼内看难当。蹩脚愁将近，缠头恨莫偿。早知今日急，应悔昔时狂。"又见作《讽林》云："炯炯金丝镜，飘飘铁线纱。猋驰电掣橡皮车，都道这些大少号西瓜。南北年年走，东西处处赊。一关逃过是枇杷，奈有逼人咄咄木樨花。"同一用意也。

一八

某翁负债累累，其子若孙挥霍过度，逋负且尤甚焉。翁无如之何，尝咏《欠债组诗》三章以自嘲，诗曰："自从出世债缠身，旧欠暂偿又转新。恰喜儿曹尤胜我，堪称欠债老乡绅。""如今当欠有良图，国债堪将危局扶。怪煞区区先欠债，将来如许令高徒。""思量欠债最难过，国债如何不怕多。我债却无田产抵，想来国债有山河。"抚时感事，弦外有音。闻翁系毗陵人，殆所谓"虱多不痒，债多不愁"者，非与？

一九

"老大离乡少小回，乡音无改嘴毛摧。老妻相见不相识，笑问儿从何处来。"此光复时改之以贻岑三者。又忆某君自撰一绝云："炮火连天杀气高，堂堂宫保亦魂销。割须微服仓皇走，好似曹瞒遇马超。"皆革命声中为岑三写照也。

二〇

有《咏睡汉》诗者，录之，颇足为黑甜中人唤醒梦梦。其一云："偃卧果然似死人，紧闭双目挺其身。凭他有事如天大，不作渔郎一问津。"其二云："其呆如木烂如泥，定是宵来被鬼迷。张口流涎呼好好，莫非想吃好东西。"其三云："任人呼唤何尝痴，尽汝推摇总不知。却被儿童恶作剧，面旁拍粉点胭脂。"其四云："更把饧糖一阵涂，苍蝇扑面聚来多。饧糖胶住苍蝇足，一片蝇声唤奈何。"其五云："儿童伸手扑苍蝇，巴掌频敲睡汉醒。两颊可怜红且肿，镜中一照失人形。"

二一

忆某君《咏妓捐》诗云："赖有皮毛全国计，誓将涓滴答皇恩。"其旨微矣。

二二

竹禅有《咏雀戏》七律一首云："叉叉麻雀敢嫌烦，搬座得风认本门。西北东南夸四喜，红中白版碰三元。杠头最好开花色，海底何妨撩月痕。记取嵌当须自摸，再从一色辨清浑。"可作赌经读也。

二三

印人性淫而好龙阳，直无耻之尤者。见腠君有《咏印人黄世仁事》八绝，其一云："短短虬须卷似钢，红头黑面类金刚。居然也作风流想，扯得张郎又李郎。"其二云："怪它汉帝太风流，断袖深情史册留。地狱忽然呈变相，泥人罗刹也温柔。"其三云："佛氏曾传非法淫，如何遗种启他心。料应瞥见莲花貌，顿觉情肠不自禁。"其四云："七尺蛮躯似五丁，缘何竟作假惺惺。居然辟到蚕丛地，大力输他古巨灵。"其五云："无端异想竟天开，三寸钢刀裤下裁。石女若能行此法，寒林顷刻变春台。"其六云："蛮奴毕竟是痴虫，利器何能代化工。料彼突生新理想，必称智识少人同。"其七云："传闻印地重龙阳，同类缠绵味更长。料得下班归去后，夜深一派木樨香。"其八云："即因其道治其身，我有祥刑惩此人。多选辽东真大汉，壶卢依样画来新。"盖所以诛之者亦深矣。

二四

虱色白而蚤色黑，《续博物志》云："土干则生蚤。"《玉篇》："蚤，啮人虫也。"今人以其似虱而善跳掷，谓之跳虱，然虱与蚤非一物也。得蚤者辄糜之指甲间，其为害身则同。吾忆忏花僧两绝云："风流别字号琵琶，读罢《阿房》静不哗。族类纷纷依败絮，却如群雁宿芦花。""不敢纵横富贵场，每逢寒士更颠狂。任君学得猢狲跳，难出先生裤子裆。"然以今之物理家言之，则蚤之体积，苟大至千百倍，虽高如昆仑，亦能跃而过之也。

二五

吾乡卫君确生应童子试，久困场屋，年将花甲，始得一衿。尝赴娄东州试，舍正场外，终不得一覆。当揭晓之日，必先自吟歇下两句，颇足解颐。其句云："今朝出案其仪不，明日开船之子于。"厥后凡名落孙山外者，辄吟二句以自解嘲。

二六

昆剧盛行时，如沪上之三雅等园，名伶辈出，难以枚举，京城亦一时风尚所趋。然昆角之最有名者，惟小丑杨三一人而已。未几，杨三作古，而此调遂等诸《广陵散》矣。有某太史精音律，素与杨三善，时深悼之，一日口占一句云"杨三已死无昆丑"，下句尚未有续，适某侍御至，具道寒暄，而某太史犹苦思力索，吟哦不已，几捻断髭茎，终不得就。少顷，某侍御曰得之矣，叩之，曰"李二先生是汉奸"，乃相与抚掌大笑。又忆甲申中法一役，当时黑旗兵刘毅，屡败法军，而法提督孤拔亦阵亡，于是法人来求和，政府本无战意，时李鸿章力主和议，故时人有"平壤卯金刀杀敌，中原木子相和戎"之句，争传诵之，此与"宰相合肥天下瘦，司农常熟世间荒"，同工异曲也。

二七

沪上某伶，勾引得某氏良家妇。妇既入彀中，遂倾囊倒箧，资其挥霍。嗣为金某所知，某伶惧为所发，必步李春来之后，因不惜曲意媚之，卒以假父事金。未几，金忽被人暗杀以死，某伶悲痛过甚，竟辍演旬余，至举丧之日，某伶亦白衣冠，执杖徒行，克尽假子之礼。吴兴某生为作七绝一首嘲之，云："抱臂风寒断袖痕，弄儿假父与温存。今朝试尝当年味，一弹洞穿粪后门。"亦伶界一段趣史也。

二八

吾乡徐君讳鋆，字诵然，别号寄傲生，又号文长后裔，风流跌宕，长于吟咏。十余年前，与予及惕吾日以诗文各抒胸臆，积成巨帙，嗣君竟以瘵疾不起，稿本悉散佚无存，虽欲收拾末由。一日，吾友指衡于谈次出君手写诗稿一册，而余之杂著亦附录焉。盖君生前欲与予合稿，亏其编次者也。时指衡珍藏诸箧，未及厘订，而不意今复失之。呜呼！古人云："拾人文字而存之，比之掩骼埋胔为更切。"回顾前尘，心滋戚矣。兹于丛残故纸堆中，得君《咏雏妓竹枝词》十绝录之，曷胜黄垆之感。其一云："自嗟命薄入勾栏，卖笑迎人苦万般。若使连朝生意淡，阿侬鸨母要为难。"其二云："官纱不着着洋纱，衫子轻松价不奢。

只为家贫流入妓，忍将皮肉作生涯。"其三云："涂脂抹粉晚妆成，姊妹欢呼结伴行。偶见滑头还一笑，眉梢眼角替传情。"其四云："轻摇莲步面生春，且上茶楼走一巡。佣妇几多真讨厌，笑容向客作媒人。"其五云："每当生意太清寥，膜拜财神去一朝。坐得东洋车子快，小东门外把香烧。"其六云："雏妓居然有著名，青莲不去到升平。乡音强改操苏白，时露维扬辣块声。"其七云："听得鸣钟十二时，街头粥粥立群雌。问津若个无人到，只怖难求夜度资。"其八云："洞房夜夜有情郎，不管郎来李复张。一事关心须记取，沿途拉客恐违章。"其九云："房门顷刻许双关，也算今宵相好攀。烟瘾过完时已晏，鸳衾同梦赴巫山。"其十云："小小娘姨正妙年，每逢客到替装烟。应酬大少低声道，明日须多下脚钱。"噫！山阳残管，最足移情，每一展玩，为之陨涕，安得摘我《楚辞》，招我亡友哉！

二九

俗传七月十九为观音诞日，余适经大马路，见虹庙门首，妇女烧香者而络绎来，因亦入庙一览。其中香烟缭绕，如堕五里雾中，而膜拜者、求签者、作喃喃语者，殊堪发噱。尤可观者，一二娇艳动人，花枝招展，携二八雏，环而拜倒于诸佛脚下者，如轻燕之随风飘转，又足以惹人之注目，故一般驻足而观者，亦颇不少。诵昔人"观音无别福，受尽美人头"句，不觉真有此情景。吾友某君易二语云："虹庙观音无别福，朝朝受尽野鸡头。"具有深意，足令良家妇女入庙烧香者猛省。

三〇

清河西坝有虞四者，盐务巨贾之子也。年逾弱冠，不解文字，善修饰，颇以风流自命。娶同邑钮氏女，幼颖悟，及笄通经史，工吟咏。于归之夕，烂其盈门，洞房花烛，一对璧人，令人艳羡不置。金谓定情却扇，必有一段佳话矣。讵虞固色中之饿鬼，真个消魂，急何能择。女婉言却之，虞犹纠缠不已。女认以为风雅士，爱赋一绝以戏之，曰："木鸡养到十年功，此道于今三折肱。乍赋桃夭花灼灼，落红片片裤裆中。"虞不解其所谓，女曰："此床笫之言，不足为外人道也。"虞益疑之，女曰无他耳，自指其私处而告以故，始恍然悟。盖是夕女适红潮泛至，渔郎那得问津耶。后虞饮于其友张生家，醉后泄其语于生，生固佻达子，遽谓之曰："尊阃如此风流，惜乎遇人不淑，真所谓对牛弹琴矣。某不揣冒昧，请步原韵一绝，乞君介绍之，如何？"虞固门外汉，欣然诺之，归而呈诸妇。其句云："血流漂杵奏肤功，乐不可支枕曲肱。若使三郎逢劲敌，红心一箭射当中。"女得诗大恚，深咎良人之不解事。又赋一绝以答之云："七夕佳期良夜何，牵牛织女渡银河。劝君休作乘槎想，投石支矶早拒梭。"读女诗，前绝颇涉狎亵，后绝的是风流蕴藉。若张生者，得毋太谑也乎？

三一

吾乡每届天中令节，有龙船竞渡之举，点缀良辰，及时行乐，亦一时盛举也。船多至六七艘，有青、黄、绿、白、紫、金百子、老乌龙等名，旗帜鲜明，粉饰焕然。先数日，由好事者拈阄以定起赛之先后。领首者，俗谓之"当头"，轮流竞赛，秩序井然。是日，必兴高采烈，争奇斗异，各树一帜。间有雇群儿装扮戏剧于船之首尾，仿佛彩阁。聚赛处，谓之"做胜会"。彼此交互往来，竞演水上，谓之"练条阵"。然此各有一定之地点也，以视当头者为之指挥。唯城中汇龙潭，尤为最热闹之绝好风景，水绕泥山，秀色扑人眉宇。潭之四围，本多隙地，而绿杨阴里，临时或架竹棚，或庋板屋，茶社酒肆，林列其间，游人如织，大有山阴道上应接不暇之势。至若九流三教，以及江湖卖戏，来至远方者，咸集于此，靡不利市三倍。而青云桥畔，又有苏州画舫，俗名灯船，先期而至，多以百计，间有歌妓者，粉白黛绿，俗呼之为"鼻烟壶"，可谓形容尽致矣。再杂以无锡快、南翔网船等，悬灯结彩，踵事增华，数亦相垺。而一般雇船以观者，随龙船而衔尾以进，橹声欸乃，衣香扇影，人语嗷嘈，入夜则灯月交辉，笙歌竞作，猜拳拇战，竹滥丝哀，至达旦，鸡声三唱，始各与晨星俱散。此时驾一叶扁舟，邀二三知己，打桨于其间，或泊树阴下，作壁上观，亦快事也。予十年前曾有《嫏城竞渡竹枝词》十首，刊诸沪上各报，今俱不复记忆，欲录其一二不可得矣。

三二

维扬某君，积学士也，前在沪上某报社编辑小说，实用违其长。一日登载小说一则，间有运用罗敷事实，而为手民所误排者。吾友振声君，读竟不禁哑然失笑，曾作一诗以贻之云："桑妇原来自有夫，如何今日变为无。先生岂是冬烘辈，错认罗浮作罗敷。"想某君得诗当亦莞尔。

三三

湘人谭某，世家子也，工书，习岐黄，但未尝出而问世，故知之者甚鲜。迨游幕北直，适某制军与谭某之兄有师生之谊，因此招致节幕，襄助文牍，颇为制军所器重。援例捐纳直州刺，指分到省，历委要差，所谓"红人儿"也。会制军偶感冒，谭某适因公晋见，门者以制军政躬违和对，辞勿见，而谭某竟毛生自荐，愿请诊视。门者本与谭某同乡，且曾在节署，素通声气，遂介绍诊视之，一服而愈，于是医名大噪，而谭某亦颇自矜。然谭某为人诊病，所开药方，辄用附子、肉桂等味，故一时有刽子手之名，即制军亦直呼之矣。旋有同寅某观察，为同乡祖饯，设宴于醉六居，而谭某亦在座。酒半酣，某观察忽患腹痛，泄泻不止，咸以为中暑者，急觅痧药等，勿得。谭某即开附片、桂枝数味，嘱侍者购药煎服，讵侍者未回，而观察之病已霍然矣。观察浮一大白，戏吟绝句云："歌诀汤头附桂方，胡椒不辣再加姜。差幸吉人有天相，未遭刽子手来戕。"合座为之粲然。后制军闻之，亦大笑不止，见谭某，辄戒之曰："嗣后临症，须要对病发药，勿以人命为儿戏也。"谭某唯唯而退。

三四

某报记外交某总长，交涉之失败，略言外部，向做圆活之文章，而某总长又深受其同乡王仁和之衣钵，以"小琉璃蛋"著名。盖唯唯诺诺，而外交失败之原因，实基于此矣。兹有同学友指南君，曾咏一绝云："精圆明亮水晶球（仁和本有此号），相国当年雅号留。还有琉璃小光蛋，外交断送几根须。"以总长出使某国时，因年少而始留须，故云。

三五

某翁光复后，背后犹垂豚尾，颇有我头可断，发不可剪之概。一日午梦正酣，竟被其爱姬潜行剪去，及醒，则翁发种种，与秃不啻矣。愤甚，嗣知为姬所剪，遂亦安之。有滑稽者赋诗以嘲之云："谁人竟剪辫子去，此地空余光朗头。辫子一去不复返，此头千载空悠悠。"亦发史上一段佳话也。

三六

槎溪某太史诸生时，赋五言一首，为同里某孝廉写照，盖讥之也。久矣脍炙人口，比与友人话旧，为余道其一二。首句云"乃父曾名燕（孝廉父名贻燕），其儿却号鸿（孝廉字伯鸿）"，中有"债将行木赖（欠木行债，历久不还），诗欠店茅通（春闱北上，咏晓行诗有'一鞭初入店茅门'句）。眼偕令坦白（翁婿眼均微白），面共老爷红（地保某甲日与孝廉同饮于酒肆，因此大红）"等句，颇堪发噱，惜余未窥其全豹。

滑 稽 诗 话

阳武、秋梦、箸超　等

载于《民权素》1914 年第 1 期。

《民权素》，民初重要文艺刊物。1914 年 4 月创刊于上海，1916 年 4 月停刊，最初由刘铁冷、蒋箸超编辑，从第二期起由蒋箸超一人编辑。主要撰稿人有徐枕亚、刘铁冷、吴双热等，主要刊载旧派小说、旧体诗词等。《民权素》的前身是《民权报》，该报因激烈反对袁世凯，而被袁强制停刊。后《民权素》停刊后，蒋箸超编《民权素萃编》一书，其中收录十四种诗话。

本篇诗话由《民权素》同仁合著。选诗多讽世情，如嘲吸鸦片者、量少之餐馆、酒徒浪子等，皆穷形尽相。篇中有一则记袁世凯行暴政，有人作诗嘲之曰："请看杀头者，人亦杀其头。"讽刺辛辣，体现出《民权素》鲜明的反袁立场。

一

有人作《鸦片烟枪铭》云："酒之余，饭之后。桂之馨，兰之臭。榻上一点灯如豆，短笛无腔信口吹，可怜人比黄花瘦。"谑而不虐，其针砭痼疾之微意，自流露于言外，可谓善于词令者矣。（阳武）

二

某甲略识之无，辄喜弄文翰。一日作书致其姻亲某乙，姻兄误作烟兄，乙作诗嘲之云："生性何尝解吸烟，雪茄鸦片总无缘。姻兄竟把烟兄唤，黑籍沉冤太可怜。"甲闻之,不解所谓,喜弄文翰如故。

沪上名妓某,色艺双绝。有李天才者眷之,历久情愈笃。而同时又有郑国才者,亦与有一面缘,欲深交之而未得也。无何,李郑二人皆旋里,妓思李切,欲致函其家,又以其家范素严,惧为其父所呵责,乃登报速其来沪,柬首只称才兄,不敢直指其字,恐其家人知也。不意郑见报误会,即日来沪,而李相距远,未及至。郑见妓,自述来意。妓知其误会,因作诗嘲之曰:"天才未必即凡才,一是仙根一俗胎。解得侬心相系处,何须千里惠然来。"郑大惭而去。

余亲串中有绮荷轩主人者,好听盲女奏技。因与盲女善,作七律四章书于齐纨以赠之。既嫌其太少,嘱余代续数章。余献为八章以补之,主人颇为击节。兹录其四章云:"弦管生涯计已非,筵前心事两相违。调音未必输师旷,送眄何须效洛妃。望断秋波人不见,触来春恨泪空挥。羞从尘世舒青眼,品格如卿世所稀。""何须对镜画双蛾,深浅描来总任他。山好不嫌秋水涸,月明空怅暮云多。丰神未减罗敷媚,艳曲新谱子夜歌。为恐檀郎禁不起,临行从不转秋波。""茫茫世事总如烟,赢得闲愁付管弦。眼界何妨空一世,情苗应已苗经年。哀丝豪竹樽前泪,软玉温香梦里缘。莫怪眼前无一物,太虚原是有情天。""飘零何处证前因,送眄无心却解颦。世界任他成黑暗,年华今已误青春。人来洛浦终疑幻,梦入巫山恐未真。星眼向人羞不启,怕看灯下影横陈。"虽刻意形容,终觉肖象之处多,言情之处少。盖余本非个中人,故难为之代表也。(秋梦)

三

辛亥秋夕,予过旧雨梅村,见其著作中有句云:"削发为和尚,留须效老人。"予即顾梅村而笑。盖梅村年仅弱冠,和尚也,而又老人矣。然予此时,则犹是一和尚耳。梅村因亦笑谓予曰:"君既与我共做和尚,盍与我共做老人乎?"予曰:"即自今夕始,此于思于思者,予当记取焉。"越数月,予居然一老人矣。因作五言诗一首云:"剪了一条辫,添之两撇胡。增前已减后,故我复今吾。"以示梅村,梅村为之一笑。(鹤岩)

四

清军入关,下令剃头。时人有《剃头诗》之作。自今民军败绩,袁势大张,逮捕党人，殃及无辜，今日枪毙，明日杀头，时有所闻。因戏仿之，作《杀头诗》一首，诗曰："闻说头堪杀，无妨日杀头。有头皆可杀，无杀不成头。杀自由他杀，头还是我头。请看杀头者，人亦杀其头。"（方人）

五

桃花门巷中，小家碧玉，多有倚门而立者，其目的大都偷盼行路少年郎也。及人行近时，则又急转入内，门轰然扃矣。女儿心肠，殊难意测。为畏羞计耶？则何必倚门。为卖娇计耶？则何必扃户。安得有情人，破其扉，入其室，一握伊人纤纤素手而问其原因也。通州张茂才《题巷口即事》云："转过街头转巷湾，倚门有个小云鬟。怕侬瞧见娇模样，扑的一声门忽关。"二十八字，直将女儿倚门现象描写尽矣。"怕侬"两字，如见其人；"扑的"两字，如闻其声。

某君性诙谐，善作俳体诗。其嘲海上某医诗曰："喝六呼幺轿子扛，将人性命木钟撞。摇头咋舌眉双锁，装出郎中道地腔。"其二云："心肝脾肺说专家，到死总归勿认差。忽发天良施妙药，几包木屑太湖沙。"其三云："不挂方壶挂短琴，江湖访友觅知音。看资照送无须虑，挂号叨光数百文。"时医丑态，活现纸上，不知若辈见之，能无汗颜否？

某郡有女学一所，男教员某，翩翩年少，一浊世之佳公子也。与某女生结不解之缘，春风一度，豆蔻含胎。无何彭亨欲动，为同校生所讥笑。回里未几，即呱呱堕地矣。有好事者题二语于校门首，曰："教育教——育。"次曰："学生学——生。"亦谑而虐矣。

有某君作《戏送穷》诗，曰："劳尔相陪已几年，今朝祖饯特开筵。一盆豆腐斋羹饭，三炷清香下草船。对你磕头当速去，饶予活命莫多缠。从今好把阮囊洗，等待明天贮老钱。"噫！今之民国穷极矣，亦安能将穷神送之而去哉？或曰："民国今年，亦曾发了二千五百万磅的大财。无如实在命穷运穷，故大财亦到手就空。"（文郎）

六

吾乡某公，素有文名，而傲物殊甚。一日过烟霞山，见壁上题诗颇夥，心轻鄙之，援笔草二十八字于后云："高山滚鼓何人腔，料得诗翁丈二长。不是诗翁长丈二，如何放屁到高墙？"虽语近谑薄，然亦足为世之妄自作诗者戒。

保邑西北，滨于河。河之左岸有高山矗立，绝壁峭然。地学家谓其于治中之文风有碍，思法以解之。遂雇工石凿横书"天开文运"四字，字大两丈。某岁学使观风至三县，有李生者，献竹枝词云："石壁天开文运昌，不知做甚么明堂。我也曾问过岩匠，他说大家无事忙。"学使阅之大噱，批曰："我于此诗亦然。"（南村）

七

有张姓者，爱财若命，家虽小康，然聚赌抽头，为日用资，意亦良得。一日邻里某甲，约三人至其家，为叶子戏。至夜半，托张身代，己则潜入其室而私其妻。盖张之妻甚美，甲涎之者久矣，终莫得逞，故以是饵之。及张归寝，侦知其事，而某甲等已远扬矣，卒因名誉有关，事遂寝。有知其事者，嘲以诗曰："抽头度日事荒唐，何况家中号小康。妻被人淫甘结舌，绿巾博得姓名张。"张闻之，乃卜居于他乡也。至今人述其事者，莫不捧腹大笑云。噫！世有和峤之癖者，可知戒矣！虽然，吾又为有张生之行者不取也。（五病）

八

友人彭舜臣言，客有馆吴中者，每食肉片汤，既少且薄，如水面落花，飘飘荡荡，一下箸则潭水悠悠。意甚恶之，戏咏一绝粘于壁曰："浅浅飘来薄薄铺，厨头娘子费功夫。等闲不敢推窗看，恐被风吹入太湖。"形容薄字，可谓无微不至。

客石首时，同学张阆仙言，某士人善画工诗，因愤世故，绘一铁拐李，衣破衣，抛拐杖，枕葫芦，席地卧高堂大厦前。旁绘一犬，对之作狺狺态。颜曰"天涯觅食图"。题一绝云："我讨我的饭，与你甚相干？可恨势利狗，单咬破衣衫。"弦外有音，不仅描摹乞丐之口吻，亦可谓谑而虐者。

刘茞臣先生为金陵参将时，有车笠交位居其下。每通讯，辄自署"标下如兄"，盖有清一朝最重过节也。幕中王君以游戏语书其后，为李董庸见之，因闻王檄文中，有"是谁之过欤"之笑柄，亦赘一诗云："标下如兄事不奇，只因过节太矜持。是谁之过加欤字，笑语于今倒笑谁。"

英雄壮志，儿女柔情，极端反对，自古已然。近有军人戏改唐诗一联云：

"无端嫁得军官婿，辜负香衾事早操。"双方隐衷，一语道破。

彭舜臣少时，好作滑稽。客金陵时，同幕中屈、张、孙、蒋四子，别有一种趣旨。因作诗戏之云："屈张孙蒋四名家，迂腐寒酸竞自夸。流丽端庄好文字，此中还算蒋星槎（蒋字星槎）。"一时传为笑柄。

余少时就食某公处，公菲饮食者也，同人或不甘之。余作一绝云："日食万钱无下箸，千秋奢侈笑何曾。须知淡泊能明志，风味还当嚼菜根。"以示同人，某公见之，连声"是是"，遂略从丰。

余学幕汪介生师处，适病起，馈粥未尝，师命作小楷，余不敢违，作《征人怨》一章云："手握兵符太不情，三君抱病也从征。贪夫自作封侯梦，那管他人死共生。"为师瞥见，笑而免之。

某君一妻二妾，购巨宅，隔院居二妾，而置妻于密室。余时年少，闻之，戏作宫词一律赠君，云："开元宴处在深宫，户有三星乐事融。上苑深严春不漏，一枝幽逸信难通。关防狮吼安排好，画扫蛾眉浅淡工。信是几生修艳福，教人无处问天公。"后又闻其妻红颜未老恩先断，而雅弗介意。余偶与君谈话，因笑曰："余有致尊夫人一书，君肯为我作寄书邮否？"君错愕者久之，余曰："君勿少见多怪。"遂书二绝示君云："深宫何事竟昏昏，天下三分去二分。秾李夭桃春处处，满天风月独关门。"及有"鱼水君臣终不恋，是儿今日竟忘恩"之句。君始恍然，相与一笑。（豁盦）

九

予友陈子畲，潇洒风流。宦游沈阳时，尝与朋辈品花北里，眷一苏产妓，投桃报李，如漆如胶。妓名莲子，朋辈之能诗者，皆为之题联，刻画入妙者甚夥。一日征言于余，余立成一流水嵌字格嘲之曰："莫道莲心堪喻苦，须知子夜不飞单。"句虽不佳，然有合乎箴规之义。子畲阅之，为之爽然。

苏人某甲，有刘伶癖，然不良于饮，每饮必醉。一年三百六十夜，十之七夜，不省人事。及宵而醒，则豪兴自若也。一日，饮于某酒家，复大醉，独行无侣，倾倒路旁，头触石，血流被面，强起，忍痛而归，耗去医养费数十元始愈。余偶书一绝嘲之曰："如今悔学酒中仙，大好头颅竟不圆。医渴何如医痛好，问君多少杖头钱？"（箸超）

沪 滨 诗 话

雷瑨

载于《文艺杂志》1914 年第 4、5 期。作者署名均耀、颠公，即雷瑨。

雷瑨（1871—1941），字君曜，一字均耀，别署娱萱室主，笔名云间颠公、缩庵老人等，松江人。清光绪举人。在光绪年间任《申报》编辑，民国后任扫叶山房编辑，主编《文艺杂志》。著有《青楼诗话》《闺秀诗话》《闺秀词话》等。编选有《清人说荟》《近人诗录》《近人词录》《古今诗论大观》等。

《文艺杂志》，创刊于 1914 年夏，由扫叶山房发行。扫叶山房是江苏席氏创办的书坊，主要从事古籍的收藏、刻印、销售。其历史可追溯至明万历年间，清同治年间在上海开办分店。《文艺杂志》主要由主编雷瑨及其友人供稿，刊登文章诗词、诗话笔记，其宗旨是"商榷文艺，网罗典籍，保存国粹"。

《沪滨诗话》主要记录清末民初客居上海的诗人之作。开篇云："沪北自辟作租界，洋场十里中，金碧楼台，燕莺世界，所居皆富商大贾，文墨之士，殊不敢托足焉。盖地以繁华胜，不以风雅名也。惟既当江海要冲，轮轨四达。各省名流，或为旅客，或作寓公。幸胜地之乍临，或吟情之偶寄。流连景物，付之咏歌。抚时感事之余，亦有不能已于言者。"作者披览各家诗集，遂有意辑录诗话以采风。诗话共三十则，录钱塘袁祖志、海澄丘菽园、龙阳易顺鼎、吴县叶廷琯等沪上寓公之诗，还多录与上海胜地、风物有关之诗。如记载徐园与小万柳堂的来历，以及小万柳堂的文人雅集；二马路楼外楼的哈哈亭、喷水池；味莼园的兴建始末和幽雅环境，并录陈三立《味莼园晚坐》一诗记其景物。这些记载都可作为上海地方掌故。在记录海上繁华之时，雷瑨不忘租界乃是国人的耻辱。他说"沪上租界繁盛，为中国各埠冠。然国事不振，权皆握之西人。热血志士，心焉伤之，发为诗歌，动多凄感"。录狄葆贤《沪渎感事》，记黄浦江边花园、草坪、跑马场等地不许华人入内，甚至不许华人马车越过西人之前，读之令人悲愤（这几首诗后又被王蘧常选入《国耻诗话》，在当时可谓名作）。从雷瑨所选之诗中，也可看出时人对上海这一处于外国人庇护之下的"安乐窝"有各种不同看法。有人悲愤，也有人庆幸。如何其超诗云："城北开夷域，居然气象新。征兵防剧寇，转货济穷民。炮震花飞弹，船移火运轮。有功能利物，莫漫讥西人。"总之，这篇诗话对上海租界的景物、生活，以及其中寓公的心境，都有着真实的反映。

序

沪北自辟作租界，洋场十里中，金碧楼台，燕莺世界，所居皆富商大贾，文墨之士，殊不敢托足焉。盖地以繁华胜，不以风雅名也。惟既当江海要冲，轮轨四达，各省名流，或为旅客，或作寓公。幸胜地之乍临，或吟情之偶寄。流连景物，付之咏歌。抚时感事之余，亦有不能已于言者。仆以暇日，披览各家诗集，有所得则辑而录之。不敢云著述，聊附轺轩采风之意云尔。

一

钱塘袁翔甫祖志，为随园后人，自号仓山旧主。沪上寓庐，颜曰"杨柳楼台"，其地在福州路大新街迤西。予初到沪时，犹见一带粉墙中，碧柳数株，飘拂于春风夕照时也。袁有《李三三词》，一时传诵，可与《比红儿诗》同传佳话。其诗云："此邦风月冠江南，万紫千红任客探。行过章台三十里，无人不道李三三。"又云："寻春兴致十分酣，醉入花间蛱蝶憨。阅遍环肥兼燕瘦，风情都逊李三三。"又云："容光四射暗香含，压倒群芳定不惭。愿把金铃营十万，深深重护李三三。"时又有张盈盈者，亦艳绝一时。翔甫作《盈盈曲》云："又从花下遇云英，眉语难传目已成。妾屏铅华郎傅粉，相逢那禁笑盈盈。"又云："分明雁落又鸿惊，说到飘零感慨生。一曲琵琶数行酒，那堪低唱泪盈盈。"

二

"五百田横亡命客，三千管子女闾家"，此某君咏香港诗也。"烟花黑海二三月，灯火红楼十万家"，此某君咏沪上诗也。沪上妓馆林立，埋香瘗玉之处，无胜迹可寻，亦一憾事。毗陵李伯元于万花丛葬处，树玉钩斜碣，征诗成集。程甘园有一首云："揉碎鸳鸯魄，蛟鼍窟底埋。炉香犹袅篆，蜡泪未成灰。铸骨金谁换，沾泥絮作堆。梅花三百树，肠断贺方回。"

三

海澄丘菽园孝廉炜萱，有《沪游》四律，小序云："乙未春仲，计偕北上，道出沪江，小住浃旬。感成四律。"云："昔年蛮徼剩诗囊（少时客新嘉坡者八年），今既征帆望帝乡。海上有山疑缥缈，巫峰成梦本荒唐。沈郎十载从教瘦，杜牧三生未敢狂。正是春申春色好，竭来此地问仓茫。"又云："盈盈一水占风流，花月春江据上游。西国输琛来食货，南方作镇此襟喉。出城芳草连天碧，拔地层台得气秋。欲问卅年前往事，不堪榛莽说从头。"又云："子野闻歌唤奈何，繁华无着叹狂波。果然知己天涯少，未觉苦人世上多。流水似车龙是马，散花有女梦称婆。剧怜走遍章台客，知否春光日易过。"又云："载酒寻花事事非，谁家双影下重帏。横塘梦入文鸳稳，明月魂惊杜宇归。乍别乡园愁自易，试谈身世事偏违。放怀且作逢场戏，珍重吴娘金缕衣。"

四

上海园林以徐园与小万柳堂为最幽胜，徐园为浙商徐棣山所建，初在老闸桥后，迁至康脑脱路。台榭曲折，花木幽深，绝无丝毫尘俗气。小万柳堂则无锡廉惠卿君与吴芝瑛夫人栖隐处也。春秋佳日，风雅之士时一往游。龙阳易实甫顺鼎有《游两园》七古一篇，甚佳。小序云："壬子清明前一日，偕左笏卿、金滋轩、汪笃甫、潘兰史，及兰史之如君姜月子女士，由康脑脱路徐园游曹家渡之小万柳堂，访廉君惠卿及其配吴芝瑛夫人，归途有作。"诗云："天九日雨一日晴，我九日苦一日乐。风光正催茧栗梢，游事将践龙华约。同人聚谋忽改辙，本似禅心无住着。貂裘不走胭脂坡，马路直穷康脑脱。五三六点雨都干，二十四番风不虐。一二三里村断连，八九十枝花开落。菜花如海真叫绝，方罫田原交绣错。兹区果然秀而野，佳处正在疏而略。曹渡绿波绿可怜，徐园绿苔绿不恶。雨催吴水一夜生，花疑秦火三月作。踏青女伴惜尚少，惨绿少年亦非昨。若使我迟卅年生，又使春早十日觉。临桃花水看桃花，折芍药人如芍药。不知为乐复何如，正恐此愿亦难获。吾侪且喜能疏狂，老左少金不寂寞。汪作道士改妆束，潘携细君淡梳掠。有妇人焉吴兴鸥，非子也耶赤壁鹤。乡人少见本多怪，拍手儿童争笑谑。梵王渡访浦西头，苏州河绕园东角。夫妇无双帆影楼，主客有二剪淞阁（廉君、潘君，俱号剪淞阁，不约而同）。赵松雪后馆重开，廉野云孙堂再拓。芝瑛夫人好夫婿，出示妙墨逾卫铄。首楞严经一笔书，澄清堂帖千金橐。如凤与星留墨林，有虹贯月在海岳。高名真足继万柳，旧事不堪谈五柞。羽琤娜嬛都窥探，今日之日福不薄。揖别告归兴未阑，更觅醉饱倾杯杓。吁嗟浦西真福地，南阮北阮皆可托。况有驰道宽且平，饿死不至填沟壑。朱五经儿何必虑，黄四娘家已先诺。填词且追黄与秦，好客定有朱兼郭。只愁明日是清明，惹起枯鱼泣衔索。"

五

爱俪园在泥城桥西静安寺路，园主人哈同，犹太籍。初来华，贫不能自存。娶粤东某氏女为室，薄有奁资，赖以存活。后经商而富，拥资数百万，因建是园。园中胜景极多，一切经营皆宗仰上人主持之。哈同夫妇颇好交游，沪上达官巨绅多有与之往还者。平日非有绍介，游人不能入园。遇有慈善事业，则开园纵人游览，所得券资悉充善举，故其名甚籍籍于社会焉。濮君一乘，有《爱俪园听月霞法师讲楞严经赋呈宗仰上人》三律云："斜桥西畔路，突兀见名园。驰道凉过雨，清阴昼掩门。略嫌嘉树少，唯爱异花繁。不见余居士，凄凉旧爪痕。"又云："清净香花座，楞严凤所崇。雄文穷委宛，妙谛析虚空。池水晴偏涨，炉烟袅不风。夕阳归鸟尽，小立悟圆通。"又云："仰公甚希有，三载久知名。接席窥微妙，题诗见浑成。敢言当世事，不慊俗人情。谁是知音者，鲲弦变徵声。"按宗仰上人又号乌目山僧，为园主人所引重，故常年住于园中。

六

大马路泥城桥外有张园，一名味莼园。园主人为无锡张叔和，前清曾以道员分发江西，缘案褫职，归隐沪渎，建筑是园。广庭遹旷，可容千人，窗扉四辟，花木扶疏，若远若近，绕庭如屏障。庭外隙地数十弓，浅草铺茵，柳阴路曲，板桥临水，乱石纵横。池中芙蕖盛开，春夏秋极有佳致，冬则古木荒池，寒风料峭，游客但能于安垲地大洋房围炉茗话而已。陈伯严吏部癸卯秋重至沪，有《味莼园晚坐》诗云："回廊绕尽马蹄声，茗坐看人若有情。浅草栖香莺馆在，灵风引佩鹊桥成。一家四海余间地，隔世孤吟见此伧（自注：不到此园已七年）。且趁残阳数飞蝶，乱云槛外正纵横。"《丙午夏再至张园》诗云："灯火恼人意，挥车丛薄间。张园终自好，万态复相还。草树䌷香吹，星河见酒颜。循廊同阅世，飞骑对闲闲。"张园风景固佳，得名流歌咏以纪其景物，而游目骋怀之娱，海内益增其声价已。

七

沪城之南郊有龙华寺焉，暮春三月，踏青士女联袂偕来，鬓影钗光，与十里桃花相掩映，亦嬉春之韵事也。南海潘若海秀才博，有《游龙华寺看花》二绝句，摹写情景毕肖，风韵亦雅近渔洋。诗云："杨柳丝丝拂晓烟，落花黯黯扑吟鞭。平芜十里江南路，细马驮春记少年。"其二云："塔铃不语昼阴阴，大有游人布地金。细雨蒙蒙春梦湿，寺门一尺落花深。"

八

醴泉宋芝栋侍御伯鲁，仪度和雅，诗亦工绝。其绵丽幽秀处，雅似长吉锦囊中仙句也。兹录其《沪江曲》云："红美绣祥金沙色，碧玉年华貌倾国。檀槽一曲怨未终，珠帘月上梨花白。江边年少骄青春，宝马流苏光照人。红楼教唱白鹦鹉，绣幕斜压金麒麟。花冠翠羽催归曙，雨散云飞定何处。落花舞絮芳春泺，娇莺飞上樱桃树。"此诗或谓系袁爽秋太常作，未知孰是。

九

沪上租界繁盛，为中国各埠冠。然国势不振，权皆握之西人。热血志士，心焉伤之，发为诗歌，动多凄感。溧阳狄君楚卿，尝作《沪渎感事》诗六章，综其故事，言皆可征。太史陈诗采风，古人入境问禁，读者其亦有俯仰今昔之感乎！诗云："路别仙凡逝不回，更谁花外一徘徊。银河香渺风帆渡，那许萧郎入梦来（自注：上海黄浦滩旁有公园，严禁华人入内游览）。"其二云："江干何处立斜晖，碧草清阴与梦违。燕子不知巡警例，随风犹得自由飞（自注：黄浦滩岸边草圃，本中国官地，且未经升科者。草圃中所设铁椅，曩时中西人均可小憩，久之渐禁华人之短衣者，又久之并禁长衣者，今则华人偶一涉足其地，辄遭巡捕之呵逐矣）。"其三云："同行游侣尽如花，席帽鞭丝意气夸。偷向绿阴残照里，银骢飞驾嫩黄车（自注：租界马车违例辄罚锾，妓女为尤甚。比定新例，华人马车不得越过西人之前，西人马车则迟速可自由也。惟张园内马路，外人之车辙颇稀，游园士女至此，始得一试驰骋之乐）。"其四云："碧天露下悄无声，银电依微恰四更。惟惜空江好烟景，旧时明月照铜人（自注：英人巴夏礼铜像，矗立于黄浦滩江岸）。"其五云："浅草如茵拓地宽，蹴球竞马任盘桓。香车过处争回首，应许红妆侧面看（自注：泥城桥外跑马场，为各国人竞马赛球之地，亦禁华人入内。惟经此场外者尚容平视耳）。"其六云："危楼大有沧桑意，占断斜阳脉脉红。流水孤村何处是，古槐驰道辨西东（自注：租界外一带田园村落，转瞬间，画栋连云，红墙夹道，尽化为西人住宅矣）。"各诗意曲而词婉，悲愤之概，时于言外见之。

一〇

新新舞台戏园，在英租界二马路、三马路之间。洋楼三层，高矗云汉。其最上一层颜曰"楼外楼"，茶室数楹，颇轩爽。外有假山池河以及花石树木，均系人力所成。其登楼仿西法用升降机，名之曰"飞梯"，四方人士以其新奇不经见也，群争趋之，人纳小洋银一枚。有惜费或自矜健步者，则外另有盘梯，步行九折而上，如螺旋然。石阡陈笑山有《重阳日携鹤孙游楼外楼》诗云："层楼天外绝攀跻，海上无山可与齐。老我自夸腰脚健，飞梯不上上盘梯。"其二云："宗动高居列九重，水池终日喷铜龙。洋楼尖凸纵横列，如立莲花第一峰。"其三云："扑帽清风近槛吹，品茶泼醴最相宜。下方歌舞千人坐，上界调丝两不知。"其四云："一角东西控大洋，四围千万簇蜂房。中铺芳草如棋罫，十里青青跑马场。"其五云:"欲携好句问苍穹,人似秋雁掣半空。自笑未遭韦诞吓,下来仍是白头翁。"其六云:"目极南云客忆家,衰年王粲尚天涯。故乡无数佳山水,欲倩西风问菊花。"笑山名景星,著有《叠岫楼诗草》。楼外楼居租界之中心点,地势又极高,凭栏远眺,四周风景一览无余。第四首云云,颇能尽斯楼之妙境也。

——

每届岁除前数日,乡人以天竹、腊梅、水仙等各花罗列于二马路外国坟山左近。青红相间,触鼻奇香,遥望之不啻一片香雪海也。陈笑山有诗咏之,题为《除夕前一日,过二马路口,见卖梅花及南天竺者,捆列成市,感赋》,诗云:"故园梅树多珍惜,风雪时防片蕊伤。此地贱同凡卉伍,岁除鬻作馈贫粮。枝攒竺实千珠丽,途拥花佣一市香。争似老松能养晦,傲寒终古色苍苍。"按,乡民所售之花,自腊月廿四五日起,至除夕止,盖以备店铺住户岁朝点缀品也。自改历法后,新历过年,既不陈饰,旧历岁首,意兴亦复阑珊,逆料此后花市,必日见衰歇,不复再睹此如云如荼之盛况矣。

一二

黄岩王咏霓太守子裳,又号六潭。由进士官刑部,出守安徽某府,学问宏通淹雅,而尤长于诗。所著《函雅堂集》,清词丽句,芳艳绝伦。中有《洋场歌》四首,描写沪渎繁华,笔尤秾艳,亟录之如左。诗云:"今我不乐涕滂沱,握管且作洋场歌。洋场始自何王代,岂鹥天汉通银槎。昔从海外设互市,今据江表争官衙。佛郎荷兰欧罗巴,红毛黑鬼米利加。帆樯万树蔽申浦,开辟阛阓税有科。磨砖累甓高嵯峨,结构与世殊白窠。市上罗列具百怪,奇技淫巧嗟为何。就中有人晓译语,供彼使令随遣诃。出门高车与驷马,金钱入手如泥沙。鲜衣炫服美且都,寻芳日夕留倡家。吁嗟兮!东风渐高奈乐何。"其二云:"酌君兰陵之美酒,饮君蒙顶之新茶。烹羊臛羔未为异,龙肝凤脯旨且多。松江鲈鱼正肥美,何必更取鳇与鲨。江瑶风味留齿牙,河豚脂肪亦孔嘉。春初早韭才发芽,玉酥冰酪相调和。万钱岂必无下箸,十日大醉朱颜酡。有时醉饱想饥醒,饮芙蓉汁驱睡魔,吁嗟兮!东方渐高奈乐何。"其三云:"吴中女儿颜如花,丹唇皓齿双翠蛾。盈盈含睇凝秋波，吟吟笑颊生圆涡。上有盘桓之宝髻，下有戍削之鸣珂。金泥作裙香作履，绣襦黼帐羞纨罗。鸣琴挟瑟弹琵琶，青青子夜扬清歌。弛服表裹角枕施，博山烟气凌双霞。愿为菟丝系女萝，吁嗟兮！东方渐高奈乐何。"其四云："瑶台十丈填星河，海日倒挂珊瑚柯。氍毹宛转发清唱，百枝照耀青铜荷。铜荷照耀石火气，左右上下无参差。地中纳影任颠倒，列炬街陌平不颇。行人络绎鲜秉烛，古有不夜今非讹。儿乘舆轿郎乘车，红笺约共梨园过。并坐不用苏幕遮，岂其身入众香国。琼楼玉宇无纤阿，更阑归云明月斜，吁嗟兮！东方渐高奈乐何。"乐易流于淫，规即寓于讽，读者须审其用意，不宜徒赏其词句之绮丽也。又有七绝一首，题为《煦东谈申江旧游枨触有感》，诗云："春江花月自年年，影事凄凉梦未全。沪渎场中春似海，洋泾桥上月如烟。"风韵独绝。又有《沪渎杂诗》八首，其一云："夜夜琼楼按玉笙，朝朝绮陌度车行。那知一滴蟾蜍泪，中有千春感遇情。"其二云："欢闻重唱恼侬歌，楚楚衣裳集芰荷。莫道涉江秋色晚，苦心莲子已无多。"其三云："兰芷依然江上秋，愁心还共水东流。空山未必无知己，肯向西风怨蹇修。"其四云："云鬟鸦髻绝时新，笑语能生四座春。欲采蘼芜寄芳讯，五湖烟水更何人。"其五云："解作明妃塞外装，琵琶一曲恨偏长。燕支山下春如海，不遣东风到建章。"其六云："灵犀一点逗心香，减字偷声得未尝。羞唱六幺花十八，不知顾曲有周郎。"其七云："才讳言愁我亦愁，客中送客木兰舟。明明一片西江月，曾照离人心上秋。"其八云："妆成还待异香熏，鼻观心清息息闻。寄语东坡老居士，可容净业忏朝云。"

一三

近来各省偶有风鹤之警，居人相率迁避申江，盖以其地为各国租界，托庇外人宇下，即足保其身家。洋场十里地，几视为世外桃源矣。当前清道光庚申、辛酉之间，东南各省，都为发匪蹂躏，独沪渎一隅，晏然无鼙鼓之惊。其时开埠未久，而西人之威力已足慑悍寇之胆，故居民联翩戾止者，无不视上海为安乐窝。其间翰墨名流往往寄意吟咏，以消遣此客中之岁月，吟坛词社，颇盛一时，汇而录之，亦足见彼时沪滨之情状也。如何古心《夜宿沪城感赋》云："缥缈蓬瀛海上寻，擘麟胶凤太荒淫。无田可种仙人玉，有窟能消荡子金。豆蔻风情春盎盎，芙蓉气味夜沉沉。繁华更是兵戈后，入境应寒智士心。"其二云："放眼真疑域外游，陆沉谁信是神州。月明静夜移鲛室，雾卷长空出蜃楼。量海反贻河伯笑，仰天徒抱杞人忧。蘧庐一宿浑闲事，冷入冰壶梦亦幽。"《侨居沪场杂感》云："小邑成都会，孤城抵海潮。贾船行万里，夷屋接三霄。沪渎前朝垒，吴淞外国桥。蜗居聊此寄，坐使壮怀消。"其二云："城北开夷域，居然气象新。征兵防剧寇，转货济穷民。炮震花飞弹，船移火运轮。有功能利物，莫漫讥西人。"又《旅居无聊杂书成篇》之第一首云："入秋已多感，况乃遭乱离。此身如落叶，萧飒随风飞。沪城未罹祸，官失守在夷。西北数万家，赁屋千金资。缅惟昔圣言，居安不忘危。寂寂守穷巷，居陋将何为。"又《侨居沪场即事成诗》云："贝阙珠宫焕彩霞，水为径路陆为家。一方只共天边月，四季常看海外花。不信虚无三岛隔，竞将奇巧五都夸。汉时西域唐南诏，未受中朝宠秩加（义国人华尔，忠勇善战，统领常胜军，屡立奇功，受职易服）。"何古心名其超，江苏青浦人。所著名《藏斋诗钞》，共六卷。

一四

吴县叶调生先生廷琯，所著《楙花盦诗》二卷，又附录及外集一卷，中有《浦西寓舍杂咏》六十四首，清道光庚申年避乱华泾时所作也。兹择其有关上海故实者录之，诗云："寇深直逼沪城隈，不战缘何万骑回。驱净妖氛声一震，开花夷炮果如雷（自注：七月初，贼扑上海南西二门甚锐，兵勇皆敛手不战。初六日夷人助兵，用落地开花炮连击之，遂被创而退）。"又云："百步桥西梵宇开，江流到此势潆洄。佛家自有修罗劫，法雨难消两殿灾（自注：龙华镇濒黄浦，以龙华寺得名。寺规模甚宏，贼火焚其二殿）。"又云："沪渎兵灾首水仙，一时壁垒受锋先。南朝南史能完节，华胄遥遥更象贤（自注：晋吴国内史袁崧筑垒以御孙恩，后殉难于沪渎。咸丰三年秋，红头之变，摄上海令小村袁公祖惠亦被难，公为钱塘简斋太史枚冢孙，兰村明府通之子也）。"又云："春风红遍万桃花，十里江波映海霞。何必便论堪避世，看花我欲暂移家（自注：龙华镇以北数里，沿浦居民，皆以种桃为业，花时如在画图）。"又云："此方佳果等仙桃，褚少孙曾选谱劳。我忆分甘乡味美，绥山虽食不能豪（自注：水蜜桃为上海著名土物，乾隆时邑人褚文洲文学华尝撰谱，颐道先生为序之）。"又云："宏奖风流旧宰官，卅年吴下冷骚坛。尧峰倘有归来鹤，城郭人民忍再看（自注：先外舅钱塘陈云伯先生讳文述，嘉庆中曾摄上海令，先生以诗名一时，著有《颐道堂集》。寓吴既久，没葬尧峰山麓）。"又云："谁言吏治近来难，乱世人偏遇好官。不负师恩宁负国，须知古谊出忠肝（自注：上海令松岩刘公郁膏，河南太康人，我郡许达泉进士源，宰鲁山时分校所得士，公至吴，存恤其家甚厚）。"又云："使星往岁照东瀛，早见鸡林仰盛名。一品集烦重译读，香山爨妪属书生（自注：三年前松岑尚书花沙纳公奉使来沪城，夷人购得其诗集刻本，属宝山蒋君敦复以夷语译之，写寄其国）。"又云："无端平地郁嵯峨，杰阁飞楼蜃气多。此是海东真海市，畅观惜不遇东坡（自注：东坡诗以得见海市为快，然犹蜃气结成，须臾即散。今之夷场则真境也，设使东坡见之，不知更当作何语）。"又云："畚锸西郊集万工，红兜劫冢事相同。冬青义士今如在，欲拾寒琼计亦穷（自注：夷场昔年筑馆，多掘人坟墓为之，骸骨狼藉不顾。近开西马路亦然。元时杨髡发宋诸陵，恐无如是多也。寒琼拾骨，见宋人诗）。"又云："岁残闻警更移居，风雪争趋北郭庐。今日桃源何处问，蜃楼鲛室是乡闾（自注：冬杪，浦东全陷，城乡居民及侨寓者大半迁避夷场，赁值虽昂不顾。因当道与英法二国有会防之议，恃以无恐也）。"又云："浦东佳布例称尖，纺织工须细洁兼。侥幸丁娘遇朱老，百年声价为诗添（自注：朱竹垞《曝书亭集》有《丁娘子布》诗，当是游上海时所作。百年前浦东尚有丁家尖之名，疑即其后人，所织值倍他家之布）。"各诗歌咏时事，兼及风俗，亦竹枝之类也。注尤详赡，足资考证。中惟花沙纳事恐不可信，聊备异闻耳。

一五

潘钟瑞，字麟生，自号瘦羊，长洲县诸生。家世清华，才情藻丽，性孤洁不随流俗，喜与文士交游，著有《百不如人室诗稿》。兹录其《黄浦滩》云："百丈危樯十丈旗，艨艟过处鸟飞迟。春申名旧犹存浦，杞子风移竟变夷。突兀楼台排海市，陆离货宝炫波斯。笑余贫到无锥地，来向扶桑借一枝。"又《黄浦晚眺》一联云："岑楼贴水画金碧，远树消烟天蔚蓝。"绘景颇妙。又《洋泾竹枝词》云："外洋泾接里洋泾，处处横桥客舫停。九达康庄万间厦，游人踏尽草青青。"又云："相识曾来燕子家，一番风雨又春华。垂杨到处凭人折，莫向苏台怨落花。"又云:"潮去潮来朝暮天,趁潮人趁去来船。暮潮已换朝潮水,何况船中估客钱。"又云:"几重窗网几重纱,认取青楼大道斜。六角玻璃烛一桁,墙匡明处是侬家。(路隅置灯以照行人)。"又云:"妾貌妍于莺粟花,妾心浓更嗜烟霞。可怜烟瘾深难解,似妾痴情渐渐加。"又云:"九回肠作表中炼,十二时听钟自鸣。一个钟楼常独立,惊寒终夜有凄声。"又云:"万花浓醉各謷腾,天上霓裳谱未曾。问说神仙高处有,画楼新起第三层。"又云:"从来路鬼惯揶揄,暮夜俄惊醉尉呼。一笑汉官仪尚在,公然学作执金吾(夷人夜禁行路,犯者牵去闭室中,直立终夜,罚钱乃免)。"又云:"真真唤彻为谁描,解语花从镜里娇。镜自常圆花好在,一留情影不能销(西洋写照,以药水淬镜背,照镜即象形惟肖)。"又云:"竹脆丝清第一班,吴歈都唱念家山。旧人可有何戡在,为我停樽向小鬘。"又云:"南部烟花录更新,重楼十二遍浓春。销金窝在桃源境,如此繁华说避秦。"各诗皆描写上海初开埠时情景,与近日已迥不相同。盖各国租界划定后,初时沿城一带最为繁盛,洋泾浜者尤繁华之中心点也。迨后市面愈趋愈北,而洋泾浜左右遂日见衰象,此亦莫之为而为者。今沪城已平,浜亦填为马路,非特今昔盛衰不同,且欲求遗迹而不可得矣。是亦沪市之小沧桑也。又《蛮花曲》云:"乐府歌成菩萨蛮,钿蝉稠叠隐云鬟。风人咏到凝脂句,方空纱中见玉颜。"又云:"抹却九梁金步摇,锦靴贴地万花飘。画裙细摺多于蝶,谁斗纤纤杨柳腰。"又云:"礼拜耶稣两意虔,归途人比玉双肩。漫擎缨络遮阳伞,好是微风不雨天。"描写西国妇女,情态颇工。

一六

林暾谷名旭,福建侯官人。清光绪癸巳举人,官内阁中书。有《晚翠轩诗集》。兹录其《同太夷丈洋泾桥对月》云:"河干风月足情文,暂获皆从清赏分。夹岸人多俱有役,当楼曲好与谁闻。伤春日往心犹在,兴利是迂议尚纷。不遣诗人忧世事,还留回眼醉红裙。"又《上海胡家闸茶楼》云:"已近乡心那得休,谁曾一笑妄成留。依回避疫情何怯,牵率言欢意易遒。十里人声趋短夜,百年海水变东流。闲来独倚原无事,只为凉风爱此楼。"又《张园同旭庄四丈》云:"树影鞭丝一晌中,如何行乐绝匆匆。少年为客思还倦,举国从人懒独雄。隔座婵娟怜好月,回车駊騀梦凉风。平生看竹饶真赏,到此题诗也要工。"以繁华器俗之境，而有此清夷静穆之诗，是楼是园，殊足生色矣。

一七

长沙程子大名颂万，著有《楚望阁集》，集中有《长歌述南北胜游赠易中实》一篇，补叙京师、上海、珠江三处繁华状况，造句妍丽，读之如置身春申江畔也。兹节录述上海一段云："为君歌沪渎，海外楼台地中缩。树簇妖磷不夜城，窗攒毒螫诸番屋。夹道焱轮鹤共乘，分邮电埏龙相续。队队天魔下彩霄，坊坊脂夜团妖窟。黑云烧断伍胥愁，红鬼不为黄歇哭。笼鸟都成比翼禽，园花平薙相思木。镜槛三千列若眉，屏风十二围成肉。积气应凭球上升，福水多从壁中伏。欢子歌翻北渚莲，秘辛书削南山竹。网得西施定沼吴，到来刘禅休思蜀。"语极浓艳，写尽沪渎妖淫情态。

一八

张子虞太史预，有《沪游杂诗》十首，兹录如左。诗云："枕水层城似斗宽，鳞鳞烟郭绕晴滩。夕阳楼阁参差起，十里江光上画阑。"又云："绿油窗子紫泥墙，碧眼儿童黄发娘。中外即今皆率土，不妨闲地着夷场。"又云："横江烟火走晴雷，海上轮船驾浪回。岭峤荔支闽峤橘，一时分佐客中杯。"又云："寒潮无信半晴阴，浦上人家对晚吟。为有黄公余韵在，女儿多学李环琴。"又云："烟寮月阁敞江衢，百桁湘帘翠袖扶。绝似秦淮全盛日，倡楼沙顿客丁苏。"又云："尘宵压路动香辒，灯火歌场彻夜然。十部梨园京调好，江南闲煞李龟年（自注：优场最尚京二黄腔，昔之南北曲院本，遂为《广陵散》矣）。"又云："酒楼争写食单新，炰鸭寒鸽品绝珍。昨夜夜航偏解意，梨花载得故园春。"又云："园亭日日插花嬉，柑酒曾无砭俗时。差许闲情近风雅，偶逢游女乞题诗。"又云："归云瀤瀤傍江村，遮住春申上下屯。谁信劫灰飞不到，万家安稳住桃源（自注：贼遍扰大江南北，而上海独完）。"又云："春花秋月随人度，好水佳山扫地无。江上寓公须可惜，迟他归梦到西湖（自注：杭人避兵至沪，多未归省）。"子虞，浙之钱塘人，由翰林出为江苏知府。所著名《崇兰堂集》。沪游各诗，系同治初元之作也。

一九

《崇兰堂集》又有《花卿词》，甚妍丽，序用骈体，工整可诵，兹录之云："江南九春，沪北十里。冠盖既集，轩车屡烦。锦帘沽酒之楼，氍席观优之院。宝钗妆阁，续南部之烟花；金弹游踪，仿西园之裙屐。莫不延蝶路于深巷，选螺樽于广场。春风荡而帘幕开，夕月升而歌吹沸。脂腻江水，曲飞陌尘。长春之国仙游，不夜之城佛说。然而风流薮泽，礼法糠秕。卷须奴之楼台，膻腾蜃海；大腹贾之酒肉，臭逐铜山。矧夫镜里徐娘，旋非风韵；场中鲍老，只益郎当。憔悴者如斯，龌龊者如彼。亦足辍冬郎之咏，销春女之魂矣。乃有产本淮堧，居从沪渎。借花作姓，生自馥芬；比玉为身，方期朗润。金銮问字之岁，便堕兵尘；明妃入宫之年，仍淹妓籍。偶然薅苫，樽前握手之心；无限悲凉，帘底回身之泪。昔者司勋感遇，爱赋杜红；香山悟禅，亦吟樊素。溱洧芍药，《国风》往观之思；沅湘芷兰，《离骚》迟暮之怨。咏叹不足，发为歌词。古人善忧，于斯益信。嗟乎，桃花薄命，泛蓻海者身轻；萍梗随缘，登情岳者涕缕。天涯沦落，顽艳均悲也。偶效吴祭酒体，为《花卿词》云：'花卿十七颜如花，丰姿婀娜娇春华。红绡慧性解擎酪，碧玉芳情初破瓜。自言生小珠湖住，三十六陂最深处。杨柳春藏鹦鹉楼，芙蓉秋护鸳鸯渡。一朝劫火惨飞灰，琐尾全家事可哀。洗泪钿裙啼雨出，划香罗袜蹴尘来。频年唱遍无家别，一棹江南归不得。阿母琵琶去马遥，阿兄萍梗归鸿绝。春申浦上烟花林，娇鸟樊笼入已深。渡口谁移桃叶桨，海滨来鼓女环琴。海滨楼阁纷难数，十万娇花浪无主。去来人意汐复潮，翻覆世情云共雨。秋月春风度几时，向人欢笑背人悲。断红镜脸羞梨晕，约素衫腰怯柳枝。枇杷门巷樱桃院，一笑江边再相见。素手搴帷夹道车，青鬟执烛通宵宴。宴罢花前璧月新，清光照损黛眉颦。可怜红粉娇娆女，长作青楼歌舞人。去日青楼来日少，今年红粉明年老。才人厮养古所悲，刺史多肠春亦恼。世事伤心最黯然，好花茵溷各由天。东家同梦醉蝴蝶，西院悲啼咽杜鹃。鹃啼蝶梦寻常局，局外闲情惟一哭。手提鸳锦匹不成，泪数鲛珠斛犹足。卿若言愁我始愁，风尘沦落共春秋。诗成更唱懊侬曲，酒醒将为汗漫游。'"

二〇

李小瀛名曾裕，江苏上海人。官浙江候补知府。著有《舒啸楼诗集》。上海王叔彝尝辑入同人诗录，中有《春申杂咏》七古，描写沪俗繁华，颇极酣畅之致。诗云："君不见，春申潮后风萧骚，春申门第多猗陶。南通闽粤北齐鲁，连樯大舳峨峨高。握算居奇善服贾，十万腰缠何足数。网得珊瑚海上回，锦帆惊起鼋鼍舞。郑犉徒劳十二牛，越潮空费三千弩。吁嗟乎！承平日久斥堠空，九州虎豹多蒙茸。何况海天苍莽波万里，谁向重渊斩毒龙。"（其一）"相思草，来夷岛。西域葡萄入汉家，玉山不醉常倾倒。流苏宝帐散春云，香雾氤氲袭龙脑。金银望气已全消，杞人怀抱忧心捣。玉颜不再来，相思令人老。荧荧灯火达旦时，春风大地相思草。"（其二）"姑苏春水冶春愁，东来并作吴淞流。一帆烟月桃根桨，十里春风燕子楼。河东三贾富囊橐，日日笙歌恣欢谑。折简频呼苏小车，缠头一诺丁娘索。红蕤青琐春可怜，金尊银烛鸣鸥弦。珠玑巧制三千履，脂粉争投十万钱。莲花晓漏声声急，昨宵鸳瓦霜痕湿。销金帐底不知寒，似闻门外哀鸿泣。"

二一

黄燮清，字韵甫，浙江海盐人。清道光甲午举人。著有《倚晴楼诗集》。所著《海上蜃楼歌》二十四首，烟云缥缈，读之飘飘欲仙。兹录其诗云："六洲界外有闲田，突起琼楼住水仙。十二阑干云万里，笑看帆影下青天。"又云："碧油帘幕太空蒙，玉砌雕廊面面通。百叶明窗自开合，但留云气不留风。"又云："瘦石清池绿树阴，别开丘壑养珍禽。倒翻海底珊瑚网，笼住云天万里心。"又云："绣绒错彩介驹骒，夹镜双瞳信不虚。动地雷声烟外过，金根飞转四轮车。"又云："芍药开残芳事稀，华屏风斗紫蔷薇。氍毹五色翻嫌俗，更剪青莎作地衣。"又云："华鬘圆转学盘螺，窄袖长裙细马驮。扶下绣鞍联臂去，生尘从未解凌波。"又云："雪色倭雏艳绝群，青纱笼面却尘氛。仙裙乞得天孙锦，贴地都成五彩云。"又云："金轮激浪走春雷，水势翻凭烈焰开。前路若通星宿海，火龙应犯斗牛来。"又云："重重芳树簇檐牙，短槛长篱尽种华。却笑中原干净土，长年辛苦为桑麻。"又云："堤划银砂路玉绳，云梯螺旋俯三层。门前夜夜留明月，尽挂琉璃七宝灯。"又云："银箭何须报水龙，法轮自转玉玎珰。洞天容易忘昏晓，但听高楼几点钟。"又云："檐头云气袅青天，兽炭翻从地底添。玉宇琼楼寒不到，始知烟火有神仙。"又云："四面雕墙短又环，满园春色不须关。楼台自涌金银气，谁向波斯夺宝山。"又云："世界玻璃绝点尘，碧廊翠槛月为邻。生怜幻作天魔国，不贮风鬟雾鬓人。"又云："碧螺春换紫霞浆，一样天生续命汤。不是蛮神具茶癖，如何宝气返重洋。"又云："细柳营荒过禁烟，戈船散后见朱船。自从沧海扬尘后，化作琼瑶万顷田。"又云："鬼市金银夜有光，估帆云集为蚕桑。江南一事差堪喜，丝贩鲛人价渐昂。"

二二

南海潘兰史征君，今之老名士也。近见其《偕易实甫游哈同园观桃花》二律云："却少湔裙士女哗，观鱼濠上证南华。偶随浅碧弯弯水，饱看猩红树树花。谁琢千峰追北苑，似邻十刹访西涯。主人爱俪真仙福（园本名爱俪），长羡天台更有家。"又云："竹里轩窗署此君，湖光拖到练光裙。当春竟日吟红雨，消夏全家住绿云。苹芷半篙呼鹤渡，琴尊一席要鸥分。桃根桃叶相迎接（是日小妾侍花琴夫人同游），除却王郎那得闻。"有此风流韵史，名园亦为之生色矣。

二三

二马路之楼外楼，有哈哈亭、喷水池诸景，游客由电梯而上，陵虚远览，颇豁心胸。近时诗人多喜咏之。黄岩王漱岩先生葆桢，有《子夜歌》五首云："怕损鸳鸯履，随欢蹑电梯。陵虚怯小胆，素手索欢携。"（其一）"今夜侬无事，请欢来吃茶。渴中须择饮，记取雨前芽。"（其二）"蝉翼纱衫薄，脂香袖底过。劝欢莫久坐，风露夜凉多。"（其三）"小立哈哈亭，镜中看欢面。欢面有时改，侬心还未变。"（其四）"彳亍喷水池，水喷如散珠。还家裙子湿，偷换合欢襦。"（其五）以齐梁之风调，写沪渎之繁华。绮思艳情，读之令人心骨俱醉矣。

鲍 家 诗 话

徐枕亚

载于《小说丛报》1915 年第 9 期。

《小说丛报》，月刊，1914 年 5 月创刊于上海，由徐枕亚等主编，是旧派通俗小说家的中心刊物之一。其中小说占主要部分，也有诗词、弹词、剧本等。徐枕亚，原名徐觉，字枕亚。南社社员。曾任上海《民权报》新闻编辑，著有著名文言艳情小说《玉梨魂》。

这篇诗话题材颇为新颖，是一种"仙鬼志怪诗话"。篇名《鲍家诗话》，典出李贺"秋坟鬼唱鲍家诗"之句，"鲍家诗"即南朝鲍照《蒿里行》，凄婉哀伤。徐枕亚开篇即云："谈仙说鬼，通人所病。然仙何尝不可谈，鬼何尝不可说哉？或鬼或仙，无非妙话。能谈能说，便是解人。世间果有神仙，地下果多才鬼，我方崇拜之不暇，奚摈斥之足云？"又说自己创作此诗话的缘由，是"以破客闷"，聊以遣怀。"本欲与仙鬼结因缘，不愿觅知音于尘世也"，并不一定要追求读者的认同。其选诗标准是"择其尤雅驯而为常人所不能道者"，整体风格较为高雅。如选明代葛棠为桃花仕女古画所化之妖作诗，其中有"石头城外是江滩，滩上行舟多少难。潮信有时还又至，郎舟一去几时还""西湖荷叶绿盈盈，露重风多荡漾轻。倒折荷枝丝不断，露珠易散似郎情"等句，徐枕亚评曰："置之次回集中，应乱楮叶……以浅近之语写深远之情，而造语浑脱，有类歌谣。求之古人中，惟青莲有此思笔耳。"徐氏一向喜爱缠绵悱恻、婉约细腻之诗，《玉梨魂》中才子佳人诗作率为此类。在他的诗话中也体现出这种审美倾向。

诗话中有仙诗和鬼诗两类诗。仙诗多是出世淡泊之作，所谓"目空世界，非仙人那得有此意境"，"醒世语，足以发人猛省"。比如隐士吴师禹死后为诗："蓼香月白醒时稀，潮去潮来不自知。除却醉眠无一事，东西南北任风吹。"徐枕亚称之为"仙家妙旨"；而其"世路无媒君莫悲，开阑看取牡丹枝。姚黄魏紫俱零落，能得春风有几时"一首，徐枕亚称之为"世界警钟"。而鬼诗常凄怆，"萧然有鬼意"。如元末华亭全、贾二生支持张士诚，事败而死，后鬼魂赋诗，有句云"几年兵火接天涯，白骨丛中度岁华""沙沉枯骨何须葬，血污游魂不得归"。徐枕亚评曰："如在荒郊丛冢间，听白杨萧萧作人语也。虽然，此特寓言耳。若果有之，彼黄花岗头七十二鬼中，不乏能诗之人，与全、贾二生同此沈恨，胡独寂寂无闻耶！"除感慨诗中悲凉之意，还对黄花岗烈士寄予了沉痛哀思。

总之，这篇诗话表面以仙鬼诗为主题，实际体现出作者对哀婉、出世、凄楚之诗的爱好。徐枕亚工骈文，感情又较为细腻。他赏评这种辞藻雅驯、情感偏于消极的诗，大概是伤心人别有怀抱。这篇诗话并不是为阐述诗论而作，消闲遣怀的成分较大。但总体格调较高，内容既有趣味性，也能给读者带来美的享受。

序

谈仙说鬼，通人所病。然仙何尝不可谈，鬼何尝不可说哉？或鬼或仙，无非妙话。能谈能说，便是解人。世间果有神仙，地下果多才鬼，我方崇拜之不暇，奚摈斥之足云？年来琴剑累人，文章憎命。一灯坐对，半卷行吟。遗世独立，徒退企夫仙踪；顾影自怜，已久谙夫鬼趣。操觚之暇，偶浏览明清两代志怪搜奇之作，蓬瀛俊侣，尽多断句零章；墟墓游魂，亦解吟风弄月。因择其尤雅驯而为常人所不能道者，辑成诗话数则，以破客闷。阅者若谓离奇之笔，词系步虚；凄楚之音，言难入耳，则仆之为此，本欲与仙鬼结因缘，不愿觅知音于尘世也。

乙卯孟春，青陵一蝶徐枕亚识于懵腾室

一

永乐十三年，龙川诸生古琏、李选同游霍山，见岩壁上有题句云："人间富贵尘如海，虚度春风三月花。"石壁数仞，攀缘不得上，不知何自留题。归而述其异于人。邑人李贵闻而奇之，往访其处，不见前诗。别有句题其上，墨沈犹新，乃"八表烟云共一家，蓝桥到此作生涯"十四字也。合前题之句，适成一绝。知为仙笔也。昂头天外，游目寰中，读之令人悠然意远。

二

林鸿，字子羽，洪武时诗人也。方为将乐县训导时，与客携酒同游玉华洞，对饮甚酣。既醉，藉草卧。梦入瑶华洞天，见一缟衣女郎，自称洞主第三女，小字芸香。延入一轩，颜曰"天葩"，案有诗集，题"霞光"二字。林随手翻阅，女郎曰："严君阶列地仙职，司文衡。凡文人才子之诗，皆选录集中，以备上帝御览。妾曾见集中有君诗数十首，若'一鸟镜天净，万花潭雨香'与'橄雨古潭暝，礼星寒殿开'之句，尤严君所称赏也。"因挥翰赋诗，留连而觉。翌日避客独游，梦径宛然。石壁阻绝，潭深莫测。林甚怅惘，书一诗投之。炊时许，遥见水面有蜡笺浮出，上有诗云："天葩小院敞银屏，鹊散天河逗客星。欲识别来幽意苦，晚峰长想黛眉青。"循所得笺，乃一黄叶，字亦随灭。伤离怨别，情见乎词。岂仙人亦未能忘情耶？林自为记述此事甚详，黄叶上诗亦载其集中。或云文士好名，"香""开"两联为林得意之作，恐知音之不赏，因托之仙梦以自表示，是或然欤？

三

葛棠，绍兴人，博学能文，下笔千言，未尝就稿。尤豪于饮。景泰中筑亭圃口，日夕浩歌纵酒。壁张桃花仕女古画，倩妆艳绝，棠每对之，戏曰："诚得是儿捧觞，何惜千金买醉哉！"一夕饮半酣，见画中人冉冉而下，至棠案前曰："日间重辱垂念，请歌诗以侑觞。"棠曰："吾欲一杯一咏。"饮百杯，美人连咏百绝，不觉沉醉睡去。晓视画上，不见仕女。少焉复在。回忆昨夜歌诗，强半遗忘。忆得者只八首耳。诗云："梳成松鬓出帘迟，折得桃花三两枝。欲插上头还住手，遍从人问可相宜。""恹恹欹枕卷纱衾，玉腕斜笼一串金。梦里自家搔鬓发，索郎抽落凤凰簪。""家住东吴白石矶，门前流水浣罗衣。朝来系着木兰棹，闲看鸳鸯作对飞。""石头城外是江滩，滩上行舟多少难。潮信有时还又至，郎舟一去几时还。""浔阳南上不通潮，却算游程几日遥。明月断魂清霭霭，玉人何处教吹箫。""山桃花开红更红，朝朝愁雨又愁风。花开花谢难相见，懊恨无边总是空。""西湖荷叶绿盈盈，露重风多荡漾轻。倒折荷枝丝不断，露珠易散似郎情。""芙蓉脂肉绿云鬟，几许幽情欲话难。闻说春来倍惆怅，莫教长袖倚阑干。"诸诗旖旎风光，置之次回集中，应乱楮叶。余尤爱其"石头城外"及"西湖荷叶"两首，以浅近之语写深远之情，而造语浑脱，有类歌谣。求之古人中，惟青莲有此思笔耳。

四

南唐徐温之二子知证、知谔，降神于闽。明帝遣使迎其神祀京师，即洪恩灵济宫也。闽人录其降笔诗文，成集行世，名《徐仙翰藻》。录其《偶作》一首云："静里乾坤不计春，非非是是任纷纷。醒原醉白今何在，云外青山山外云。"目空世界，非仙人那得有此意境。

五

苏小小葬处名西陵。杨仪《骊珠杂录》载弘治初于京兆景瞻解组归杭，与诗人马浩澜同泛西湖，马吟诗云："画舸秋风湖上来，水通天碧静无埃。一双鸂鶒忽飞下，千朵芙蓉相映开。鸟似彩鸾窥宝镜，花如仙子下瑶台。风光堪赏还堪赋，其奈江南庾信哀。"明日再游，坐中有客扶乩，浩澜以前诗请和。运乩如飞，诗毕曰："钱塘苏小小和马先生昨日湖桥首唱。"诗云："此地曾经歌舞来，风流回首即尘埃。王孙芳草为谁绿，寒食梨花无主开。郎去排云叫阊阖，妾今行雨在阳台。衷情诉与辽东鹤，松柏西陵正可哀。"与马诗另一意境。"王孙芳草"一联，幽情苦绪，尽此十四字中。就诗论诗，无愧名句，不必其果为小小作也。

六

洪武十七年，五羊田洙字孟沂，从其父赴成都教官，馆于郊外。日暮还学宫，遇山下桃花盛开，徘徊久立。一美人延伫花下，目成笑语。携归其家，自称文孝坊薛氏女。相与赋诗联句，往来数月。主人翁觉而伺之。美人泣曰："数尽矣。"质明郑重而别。主人曰："此地相传为薛涛所葬，故郑谷成都诗有'小桃花绕薛涛坟'之句。"乃悟文孝坊者，教坊也。洙后中甲戌榜进士，为曹县令。《今古奇观》中载此事甚详。事虽怪诞，而联吟诗句，颇多佳妙，不能因而弃之也。兹录其《落花》联句五排廿四韵云："韶艳应难挽，芳华信易凋（薛）。缀阶红尚媚（洙），委地白仍娇（薛）。坠速如辞树（洙），飞迟似恋条（薛）。薛铺新蹙绣（洙），草叠巧裁绡（薛）。丽质愁先殒（洙），香魂痛莫招（薛）。燕衔归故垒（洙），蝶逐过危桥（薛）。黏帙将晞露（洙），冲帘乍起飙（薛）。遇晴犹有态（洙），经雨倍无聊（薛）。蜂趁低兼絮（洙），鱼吞细杂藻（薛）。轻盈珠履践（洙），零乱翠钿飘（薛）。鸟过生愁触（洙），儿嬉最怕摇（薛）。褪英浮雨涧（洙），残蕊漾风潮（薛）。积径教童扫（洙），沿流倩水漂（薛）。媚人沾锦瑟（洙），瀹茗入诗瓢（薛）。玉貌楼前坠（洙），冰容梦里消（薛）。芳园曾藉坐（洙），长路或追镳（薛）。罗扇姬盛瓣（洙），筠篱仆护苗（薛）。折来随手尽（洙），带处近鬟焦（薛）。泥涴犹凄惨（洙），瓶空更寂寥（薛）。叶浓阴自厚（洙），蒂密子偏饶（薛）。岂必分茵溷（洙），宁思上砑硝（薛）。香余何�窈（洙），佩解不须邀（薛）。冶态宜宫额（洙），痴情妒舞腰（薛）。妆台休浪拂（洙），留伴可怜宵（薛）。"格律谨严，满篇珠玉，自是工力悉敌之作。鬼诗无佳于此者，故吾谓孟沂遇薛涛不必有是事，不可无是诗。

七

吴江沈韶，年弱冠，美姿容，工诗，而意致洒落，不就绳尺。洪武初避征辟，泛舟游襄汉。次九江，登琵琶亭，月下仿佛闻歌声。江阔天寒，颇有司马青衫之感。明夜复往，徙倚亭中，俄一丽人姗姗而至，呼韶同茵坐曰："妾伪汉陈主婕好郑婉娥也，年二十而死，殡于亭侧。"旋命侍儿钿蝉取酒，歌《念奴娇》二阕，曰："此即昨夕郎所闻者也。"韶与留连半载，谈元末群雄兴废及伪汉宫中事，历历可记。临别以金条脱为赠。曾口占一律赠韶曰："凤舰龙舟事已空，银屏金屋梦魂中。黄芦晚日空残垒，碧草寒烟锁故宫。隧道鱼灯油欲烬，妆台鸾镜匣长封。凭君莫话兴亡事，泪湿胭脂损旧容。"韶依韵答之曰："结绮临春万户空，几番挥泪夕阳中。唐环不见新留袜，汉燕犹余旧守宫。别苑秋深黄叶坠，寝园春尽碧苔封。自惭不是牛僧孺，也向云阶拜玉容。"按，此事与林四娘事绝相类，诗亦似之。白骨长埋，余丝未尽，偶逢佳士，聊诉幽衷。情鬼多才，于兹益信。韶同游梁生为作《琵琶佳遇歌》，以过长不录。

八

方明兵围姑苏时，上洋人钱鹤皋起兵援张氏，华亭有全、贾二生，慷慨谈兵，参与谋议，事败，皆赴水死。洪武四年春，华亭士人石若虚因事出郊，遇二生于涂，忘其已死，相与班荆道故。二生各赋一诗，诗就，悲歌叹息，挥手别去，不知所之。全生诗云："几年兵火接天涯，白骨丛中度岁华。杜宇有冤能泣血，邓攸无子可传家。当时自诧辽东豕，今日翻成井底蛙。一片春光谁是主，野花开满蒺藜沙。"贾生诗云："漠漠荒郊鸟乱飞，人民城郭叹都非。沙沉枯骨何须葬，血污游魂不得归。麦饭无人作寒食，绨袍有泪哭斜晖。生存零落皆如此，但恨平生壮志违。"河山犹是，风景全非。死而有知，能毋痛哭！诵此二诗，如在荒郊丛冢间，听白杨萧萧作人语也。虽然，此特寓言耳。若果有之，彼黄花岗头七十二鬼中，不乏能诗之人，与全、贾二生同此沉恨，胡独寂寂无闻耶！

九

成化间，侯官吴洪，字师禹，结屋吴屿江上，种竹读书，不问世事。月夜辄棹小舟，载酒与渔翁共饮。酣歌相和，以此自终。至嘉靖时，师禹物化已久。有士人张君寿者，氍氍浪游，八月十四夜泊吴屿江，见流上扁舟如雀，一老翁荡桨浩歌，声沸江水。侧耳听之，其歌曰："郎提密网截江围，妾抱长竿守钓矶。满载舫鱼都换酒，轻烟细雨又空归。"又歌曰："蓼香月白醒时稀，潮去潮来自不知。除却醉眠无一事，东西南北任风吹。"君寿异而问之，曰："我吴师禹也。"邀至其家，碧流环绕，图史分列。出蔬笋饷客，饮酒乐甚，旋取罗纹笺书一诗置几上。夜阑共寝，睡觉乃在丛筱中，视石上诗笺犹存，随手灰灭，只记其句云："世路无媒君莫悲，开阑看取牡丹枝。姚黄魏紫俱零落，能得春风有几时。"上二诗是仙家妙旨，下一诗是世界警钟。

一〇

天启中，王士龙弃官学道，有《彻鉴堂诗》，谓有灵真降唉，所载均荒诞不经之作，且词意多在可解不可解之间。唯有二首尚佳，一《谪星绝笔》，一《萧贞玉怀春》诗也。《谪星绝笔》，注系娄圣妃西江绝笔，其诗云："画虎屠龙叹旧图，血书才了凤晴枯。迄今十丈鄱阳水，流尽当年泪点无。"《萧贞玉怀春》诗曰："沉印香花四寸罗，银尖弹凤丽情多。可怜十度传觞手，未向红窗写翠蛾。"仙人而有怀春诗，亦异闻也。

一一

嘉靖甲子，福清诸生韩梦云授经于邑之蓝田。过石湖山，见遗骸，哀而掩之。宿蓝田书舍，一童子款扉投刺曰："娘子奉谒。"俄有丽人立灯下，裣衽再拜，谢掩骸之事。问其家世，曰："楚人也，姓王氏，名秋英，字澹容。父德育，元至正间，以兵曹郎参军入闽，妾从任，遇寇石湖山，投崖而死。今得与公遇，亦凤缘也。"遂荐枕席，作诗词以赠生。生还家，英复遣童子遗诗。明年寒食，生携鸡黍奠英墓上，少顷英至，藉草痛饮。英谓生身已怀孕，恐以鬼子贻邻里羞，当归楚，寄儿楚人，十八年后复相见。后果得儿于湘阴朱黄桥家。英遗韩诗颇多，率皆凄婉可诵，亦女鬼之多才者也。录其《冬日寄韩》诗云："朔风振撼似潇湘，满树归鸦噪夕阳。不见王孙停驷马，惟闻牧竖唤牛羊。荒山野水悲长夜，懒鬓疏容怯冻霜。漠漠阴云愁黯黯，几时相对一炉香。"读之萧然有鬼意。又《归楚留别》一律云："两年欢会梦魂中，聚散人间似转蓬。岁月无情催去燕，关河有信寄来鸿。剑沉延浦光终合，瑟鼓湘云调自工。他日扁舟寻旧约，夕阳疏影楚云东。"

一二

南靖黄醒轩，授徒县之古楼。道过梁山，遇一老人，自称梁公，与谈《易》

理颇奥妙。不觉日暮，老人邀之宿，壁间悬诗一轴，题五言绝句云："青青千里草，隐隐独家村。日暮客投宿，山深虎守门。"诗中用"虎"字每难工，此诗与"山猿簸石下危岩，恶虎衔柴入荒草"之句同为用"虎"字之佳者。老人旋出酒饮黄，席间赠诗一章。俄而就寝，比醒，则露卧草间，四无人迹。唯忆其赠诗曰："自有安车自不知，劳劳奔走欲何为。回头打紧修工课，似我南山种豆时。"醒世语足以发人猛省。

一三

叶世奇《草木子》云，鬼作《脱翠亭》诗云："一径入青松，飞流澹晴绿。道人晚归来，长歌振林谷。深山不知秋，落叶下枯木。须臾翠烟开，月色照彩服。"句幽而丽，鬼诗得此亦足传矣。昔危太朴学士与范德机先生同晚步，范得二句云："雨止修竹间，流萤夜深至。"与前诗结句相似，然有其幽而无其丽，是人作反不如鬼作也。有兄弟同溺死采石江，后其友夜泊溺处，翼旦见沙上大书一律云："长风吹浪海天昏，兄弟同时吊屈原。千古不消鱼腹恨，一门谁识雁行冤。红妆少妇空临镜，白发慈亲尚倚门。肠断不堪回首处，一轮明月照双魂。"此诗殊不类鬼作，或有过客知其事者作诗以吊之耳。

一四

吴人竹溪翁读书山中，夜分鬼叩其门，不纳。鬼诵诗云："墓头古树号秋风，墓底幽人万虑空。独有诗魂消不得，夜深来访竹溪翁。"有鬼如此，可以友矣。闭而不纳，鄙之耶，抑怖之耶？何竹溪翁之未达也！

一五

侯官唐濒微时，泊船永福溪。夜闻溪头二鬼共语，各吟一诗，拟得其句，知一为溺鬼，一为馁鬼也。溺鬼诗云："随波逐浪滞孤魂，白骨沉沙漾水痕。几寸柔肠鱼啮断，不关今夜听猿啼。"馁鬼诗云："饥乌送我棠梨道，雨打风吹梨花老。寒食何人奠一卮，髑髅载主生春草。"二诗均凄怆不可卒读，信乎为鬼之苦矣。

一六

某寺两松，为大风吹折一株，寺僧吟诗云："庭前两株松，风吹一株折。"久而不能续，郁抑以死。其后凄风冷月之夜，每闻院中吟声啾啾，所吟即前二句也。后有士人宿于寺，闻而续之曰："朝减半庭阴，夜灭半庭月。"自是鬼吟遂绝。无续句则上二句绝无佳处，所谓"文章本天成，妙手偶得之"也。异哉此僧，苦吟至死，死复苦吟，若无人为之代续，一缕吟魂将与此十字相终古矣。

一七

清宝坻王子铨任惠州太守时，曾于夏日与僧灵源辈饮于官署。署后遍山木棉，因以"朝霞一片木棉花"为题，诗未竟，客有索西瓜者，忽见一人担瓜数十在傍。审视其貌，虬髯碧瞳，迥异凡相。王心异之，遂尽买其瓜而去。历三十年，王官浙江温处巡道，解组寓姑苏。患痢颇剧，扶乩请方，乩书曰："朝霞一片木棉花，太守筵前曾卖瓜。屈指于今三十载，劝君依旧服胡麻。"盖王少时患痢，曾服胡麻丸而愈。因再服之，果痊。又雍正四年四月恩科，福州士子召仙，竞问得失。有李生者疑之，拉江陵张鸿斋往观焉。路折芭蕉一叶，纳左袖中，甫至坛下，仙即书云："左袂携来一片青，知君意不问功名。可怜今夜潇潇雨，减却窗前数点声。"李始惊服。及归寓，二鼓后果雨。此二事均载查心谷《莲坡诗话》，亲见亲闻，非谬说也。若胡青坳《窭存》所记，有乩书降坛诗云："兰有秀兮菊有芳，兰馨桂馥不同香。道人为爱秋光好，特控青鸾下草堂。"起句已用"芳"字，下句复重用"馨""馥""香"。且上句既言兰菊，下句复说兰桂。拉杂如此，足称仙笔耶？若此者决为术士妄托，不足信矣。

墨 隐 庐 诗 话

李定夷

载于《小说新报》1915 年第 1 期。

李定夷（1889—1963），江苏武进人。字健卿，一字健青，别署墨隐庐主。定夷是其笔名。曾为《民权报》《中华民报》《小说新报》等刊物编辑。著述有长篇小说集《李著十种》、短篇小说集《定夷丛刊》《定夷说集》等。

《小说新报》，月刊，创刊于 1915 年 3 月，休刊于 1923 年 8 月。由上海国华书局发行。由《小说丛报》蜕化而来，为五四运动前后旧派通俗小说家的重要刊物之一。刊登各种体裁的文学作品，以小说为主。分设说林、短篇小说、长篇小说、谈屑、谈荟、说汇等专栏。主要撰稿人有李定夷、许指严、姚民哀、周瘦鹃、胡寄尘等。

本篇诗话很有特色，专录日韩汉诗。其中所录诗人有韩国志士全海山、韩国官员金醉堂、日本社会党领袖幸德秋水、日本首相伊藤博文、日本汉学家森槐南。李定夷对处于日本侵略之下的韩国人民寄予了深切同情。说"韩国自覆亡而后，志士辈出。或掷荆卿之匕，誓报国仇；或起讨虏之兵，谋驱异族"，赞扬韩国抗日志士的壮举"惊天地而泣鬼神"。记载义军首领全海山被日军俘虏后英勇就义，其绝命诗"从今别却荣山路，化作啼鹃总可哀"，似是化用文天祥诗句。又记录无政府主义者幸德秋水被日本政府杀害之前，作诗寄其母："风风雨雨家山夕，七十阿娘泣倚门。"哀婉动人。对于已被刺杀的日本首相伊藤博文，李定夷认为若不论其生平，只论其诗，则其诗虽不甚佳，亦有气格豪迈之句，如其少年时诗作，语气

"毕竟不凡"。可见李定夷对日韩局势的关注和对这些政治人物的了解。

一

韩国自覆亡而后，志士辈出。或掷荆卿之匕，誓报国仇；或起讨虏之兵，谋驱异族。若安重山、全海山诸人，其行为皆足以惊天地而泣鬼神也。全海山为义兵首领，既被日人所执，神色不改。狱中赋绝命诗曰："书生误作战征衣，太息空因素志违。痛哭朝廷多奢贼，忍论海外寇侵围。白日吞声江水逝，青天咽泪雨丝飞。从今别却荣山路，化作啼鹃总可哀。"缠绵悱恻，令人不忍卒读。未几被戕。

二

金醉堂，韩国遗老也。仕韩，任按察使议事官等职。国变而后，挂冠归隐。尝航海来我国，驻旌秦淮烟水间，对人辄言忧国之泪已枯，忠君之怀未遂。每独居无聊，即赋诗见志。其《金陵怀古》云："殷社旧墟草色多，春风立马暮云过。千年东海孤臣泪，一洒长江添碧波。"《登金陵南城有感》云："春雨金陵晓泊舟，登高一荡百年愁。山河尽带氤氲气，天地中间佳丽州。日满古宫香雾宿，风清紫陌淡烟流。回头宇宙男儿老，恨未曾生此夏州。"《谒明孝陵》云："春草荒陵暗夕烟，石麟古刹几经年。东臣旧服余恩泽，拜泣彤廷辇路边。""鹧鸪雨过暮鸦来，瞻望松形如揖陪。凄彼风泉无限感，钟山依旧荆花开。"统观数诗，忠君忧国之忱，情见乎词。古人云："诗以言志。"诗者，心之声也，文之华也。金氏遭国多故，宜其诗如是之沉痛也。

三

吾友某君赠韩人诗曰："故国河山依旧在，谁弹血泪吊遗民。而今亡国翻新样，纵有桃源难避秦。"言辞沉痛，读之不禁涕泪滂沱，诚恐一刹那间，此点点滴滴者，将不暇为他人洒耳。

四

幸德秋水者，日本社会党首领也。以谋去除政府故，为日政府所捕，而置之极刑。秋水家有老母，年七十余矣。闻秋水被捕，因婴重疾。时秋水尚在狱中，知母病危殆，既不能侍奉汤药，又不能定省晨昏，寄诗邮呈其母曰："鸠鸟唤晴烟树昏，愁听点滴欲消魂。风风雨雨家山夕，七十阿娘泣倚门。"其母获诗，倍增愁思，因偕义子熊太郎走东京，晤秋水于狱。而戒秋水曰："家事勿愁，母病无妨，宜洁汝最后之身体，虽死犹生矣。"呜呼贤母也！不愧秋水之母。

<h2 style="text-align:center">五</h2>

伊藤博文为日本重臣，生平毁誉，姑不具论。闻博文颇好诗，而不甚佳，常就正于其友森槐南。其《将之韩国志感》曰："乾坤不变，今古相通。鱼跃渊水，鸢飞太空。"又《述怀》云："身世委古剑，心分社稷忧。功名千载下，聊欲补重猷。"雄心杰意，概可想见。又《车中》二首云："千里归程五日间，沧波看尽又青山。人生逆旅无安息，日月循环也一般。""韩山五载梦魂清，谈笑三回协约成。世上毁誉何足问，丈夫晚节不求名。"读其末联，博文固具自知之明。往复抚诵，不禁兴无限感观，"流血风云儿"之徽号，非偶然也。

<h2 style="text-align:center">六</h2>

森槐南者，东方诗人也。当伊藤博文在哈尔滨被刺时，森槐南亦同时受伤，盖以深于汉文，故博文挈之同行。博文乘铁岭丸渡满洲时，船长某善吹洞箫。一曲雅奏，软媚老雄。森槐南即景赋诗，以呈博文云："翔鸟千群驻碧霄，鱼龙夜静海迢迢。仙心已跨辽东鹤，铁岭秋高闻洞箫。"不逾日，博文竟死于安重根手，"跨鹤"之句遂成谶语矣。

<h2 style="text-align:center">七</h2>

伊藤博文生平极嗜色，年七十余，尚作狎邪游。其少年时为某妓书扇曰："豪气堂堂横太空，日东谁令帝威隆。高楼倾尽三杯酒，天下英雄在眼中。"玩其语气，毕竟不凡。

医 家 诗 话

钱缙甫

载于《神州医药学报》1915 年第 3 卷第 3、4 期。

《神州医药学报》，由上海神州医药总会创办，以振兴中医为宗旨，主张中西汇通，是民国初期影响较大的医药学刊物。

钱缙甫，前清老儒生，清末任江阴礼延学堂教员。研习《内经》《伤寒论》《金匮要略》等中医典籍，成为医学名家。著有《知医捷径》。

本篇诗话选材独特，是以医学为主题的诗话。篇中有病人之诗，如一人疟疾痊愈后感谢医生，作诗曰："活我自知缘有旧，离君却恐病难消。"既惜别又留别。亦有医生之诗，如江苏名医薛生白"一生那有争闲日，百岁仍多未了缘"，钱缙甫称赞说："医虽小道，凡能以术鸣者，其胸中必非空无物也。"还有一类，是与养生有关的诗，如"无思绝妙催眠法，不饱真为却病方"。

作者深知医道关系重大，借诗告诫天下医者："药能活人，亦能杀人。故医也者，可为而不可为者也。昔人有诗云：'尝遍苦甘千百味，活人常少杀人多。'盖学术不精，其弊必至于此。今之医者，乱写药方，轻用厉剂，可不戒哉！"同时，还借医术为譬喻，从医治病人联想到医治国家："近来时局甚危，内忧与外患交迫。有人吟云：'外感毒邪宜解散，内伤元气急滋培。莫教竖入膏肓域，始觉良工望挽回。'借医道说时事，甚切合。"足见作者一片医者仁心，多忧国忧民之感慨。篇中还表达了一些其他观点，如作者对西医颇有指摘，记叙俞樾弟子朱伯华"误服西医药而卒"之事，评论说："愚谓西医治病，每著奇效。然药多霸烈，且不谙元理，拘泥形质。罹其害者，已指不胜屈矣。"显然，对西医是持否定态度的。这篇诗话的特别之处，在于作者钱缙甫借诗话之体，来发表自己对医学、医术的看法。可见诗话已不再局限于论诗纪事，而开始成为一种运用更为广泛、内容更加丰富的文体。

一

或患暑疟，一医为之治，反呕逆，头眩不止，觉血气自胸偾起，性命在呼吸间。易一医，曰此阳明疟也，前医误用升麻、羌活升提之，妄血逆流而上，惟白虎汤可治。因以石膏和他药投之，甫饮一勺，如以千钧之石将肠胃压下，未尽剂即沉沉睡去。既醒，思食西瓜，并购而食之，病遂愈。病者能诗，因赠后医以诗，曰："活我自知缘有旧，离君却恐病难消。"盖惜别也，亦留别也。

二

有人年八十外，偶染疾，医曰："胃家实，须用大黄。"时议者皆谓年高不可试重药。病者放胆服之，服之竟愈。因自吟云："医学全凭放胆为，将军专断敌方摧。"盖大黄有将军之号，故云然也。于此可见有病病当之，倘畏虚而不攻，则患如养痈，必至妨人生命矣。

三

一儒者不信医，长守不药中医之说。一日腹痛甚，不得已延医，服药两剂，霍然愈。因口占一绝云："半生自守不延医，日日吟哦少病诗。谁料腹中忽凝滞，方知世上重黄岐。"据此，亦足见医道之可贵也。

四

近来时局甚危，内忧与外患交迫。有人吟云："外感毒邪宜解散，内伤元气急滋培。莫教竖入膏肓域，始觅良工望挽回。"借医道说时事，甚切合。

五

有士人弃儒行医，或以诗投之，曰："九折肱须亲历过，千金方要苦求来。

阴阳表里精分辨，补泻温凉慎取裁。务使十全无一失，存仁重义戒贪财。"愚谓此诗虽平浅，凡为医者，莫之能违也。

六

药能活人，亦能杀人。故医也者，可为而不可为者也。昔人有诗云："尝遍苦甘千百味，活人常少杀人多。"盖学术不精，其弊必至于此。今之医者，乱写医方，轻用厉剂，可不戒哉！

七

夜不安睡，莫如去思虑，宋儒所谓"未睡目先睡心"是也。纳食无使过饱，乃易消化，岐黄家所谓"饱则伤脾"是也。诗曰："无思绝妙催眠法，不饱真为却病方。"此见道之言，诗笔亦清稳。

八

十年前曾见一诗，不知出于何书。诗云："昔有行道人，陌上见三叟。年齿各百余，精神齐抖擞。停车问三叟，何以得此寿。上叟前致词，室内妇貌丑。中叟前致词，饮食节所受。下叟前致词，夜卧不覆首。"愚按，饮食男女，人之大欲，然寿夭往往因之。此诗词朴理真，意旨绝妙，养生家莫能外也。

九

人有病须人服侍，然善服侍者惟妻耳。子妇皆隔一层，奴仆更无论矣。诗云："夜深犹累妻煎药，仆懒翻劳客请医。"二语可谓曲折善达。

一〇

自来作诗者往往借题发挥。有某君得一爱妾，为大妇所逐，心窃不平。偶过扁鹊墓，题诗云："一杯能起膏肓疾，九死难医嫉妒心。"愚谓扁鹊尝论病有十不治，虽不列妒病，然有"骄恣不论于理"一条，岂非妒病之类乎！

一一

俞曲园高弟朱伯华与曲园相依甚久。及卧病津门，误服西医药而卒。曲园诗云："门墙最久是朱游，一误刀圭命竟休。"愚谓西医治病，每著奇效，然药多霸烈，且不谙元理，拘泥形质。罹其害者，已指不胜屈矣。

一二

明季龚云林为太医院吏目，著有《寿世保元》十卷行世，一时缙绅多与之交，赠以诗者亦夥。有二句云："国步艰难民瘝急，仓公何以破吾愁。"余谓不但诗词温厚，与今日时局亦恰肖也。

一三

吾吴近世良医，叶天士之外，争推薛生白、徐灵胎。二君不但精于医，即文才亦非俗士所及。徐有诗云："一生那有争闲日，百岁仍多未了缘。"吐属高雅，识学俱超。薛有诗云："且喜无人为狗监，不妨唤我作牛医。"典切工稳。然则医虽小道，凡能以术鸣者，其胸中必非空无物也。

绿 旄 阁 诗 话

细 叶

载于《妇女时报》1916 年第 18—20 期，1917 年第 21 期。作者署名细叶，生平不详。

本诗话是一篇妇女诗话。主要选录晚清闺秀诗。所录诗人约三十人，提及别集约二十种。末附日本女诗人一人。全篇选诗多而评论少，可为清代闺秀诗目录补遗。格调与清代诸闺秀诗话一脉相承，尤喜清雅可诵、气韵雅健之诗。每感叹女诗人之薄命，"才媛不寿""福慧竟难双修"，寄予深切同情。

一

《澹宜书屋诗草》二卷，仁和高凤楼五云女史所著。女史，胡书农学士之德配也。读其诗，文弱不胜，然秀气灵怀，纷披墨表。集端有黄颖卿履女史一序，其略云："有恬澹之怀抱，乃有冲远之诗境。所以渊明之诗，叶乎天籁；香山之作，老妪能知。"又云："生长名楣，绝无纨绮之习。渊懿性成，事亲以孝，恭俭仁恕，则操行之澹也；诸子百家，率皆成诵，尤好内典及道书，不喜俪词，则好尚之澹也；不御纨绮，则自奉之澹也；为诗不求人知，有求题者，概不应，曰：'诗写意耳，岂以沽名？'则志趣之澹也。故其诗未尝刻意求工，即景流连，纯真而无饰，读其咏史诸作，则器识渊深；读其感逝诸作，则骨肉情挚；读其病中诸作，则胸襟旷达。此《南华》之所云'澹与泊相遭'，而淑人之所以自号澹宜欤！"今记数章于此。《偕越垞九兄、芝检十弟及荻浦侄集书画舫》云："载酒频来曲槛前，荼蘼开尽柳飞绵。桃花雨后梨花雪，浣出清和四月天。"《小病》云："炉香微袅上灯时，帘幕重重燕语迟。病起心情无着处，小楼春雨学填词。"《薄暮登北楼》云："手拂瓶荷水未干，葛衣新换晚凭阑。夕阳山色浑如画，卷上珠帘仔细看。"《咏史》云："一饭能酬僖大夫，却使绵山介推死。欲市恩偏成寡恩，千古英雄尽如此。""宸游朝夕近天容，辞辇芳名出禁中。团扇秋风伤往事，月明犹照未央宫。""昔日曾经百战身，临江横槊更无伦。可怜老去英雄事，卖履分香属美人。""一篇青史最分明，得失贤愚总不平。灯地酒阑浑寂寞，美人名将莫长生。"《春夜》云："瑟瑟风初软，潇潇雨乍收。有情花弄影，无意月当头。薜荔绿盈壁，荼蘼香满楼。夜深浑不寐，还起上帘钩。"《古意》云："罗帏明月来，顾影共徘徊。相忆不相见，坐使朱颜衰。登山复临水，鱼雁何时回？"《昭君怨》云："浮云蔽白日，不得近天容。断肠辞故里，伤心出汉宫。蛾眉遭众妒，雁碛去和戎。琵琶杂胡语，胭脂凋朔风。却登金城上，回望玉关重。漠漠沙草白，依依边柳红。生还妾念绝，魂归君倘逢。凄凉关塞月，如听未央钟。"句云："当时若共鸱夷去，也合黄金铸象来。"（《文种》）"薰风吹入红尘里，无复空山听雨声。"（《蕉扇》）"飘来灞岸春留迹，飞遍河梁淡有痕。"（《飞絮影》）"夜雨每增乡国梦，春风不似武林天。"（《天津道中》）"天际有鸿皆北去，世途如水总东流。"（《江行》）"万叠云山愁里过，百年惆怅梦中生。"（《山东道中》）"轻帆影里乡关迥，柔橹声中客梦惊。"（《舟中别诸兄》）"四壁寒蛩惊独梦，半林残叶送秋声。"（《忆长安》）皆可诵也。

二

《兴平县旅壁》二绝，作者自署俪琴女史，其首章云："浮生夫婿尚飘蓬，锦幰相随西复东。阅尽古今兴废地，绝无形势胜关中。"如此笔力，疑非女子所为，殆好事者伪托也。

三

又有琴仙女史者，《题石壕旅舍》七律一首，婉约轻盈，雅可讽咏。诗云："何曾有梦到天涯，十二巫山锁妾家。一线寒光收晓月，半窗香雪落梅花。冰肌乍减凉先觉，睡眼才开泪便遮。愁餍锦茵眠不稳，起来强理鬓儿斜。"

四

《莲峰诗草》若干卷，浙水陈长史夫人秀眉女史所著。女史，道咸时人，莲峰，其小字也。其诗多哀感之作，宛转幽怀，寄诸吟咏，盖长史金屋别贮阿娇，女史有秋扇之悲，故思深也。集中如《怀人》云："柔情如水又如云，推去还来那肯分。只有一时沉睡好，醒来无刻不思君。"《对菊》四十首，余尤爱之，中有云："目见黄花似故人，客乡相对倍相亲。可知我意同君意，一样清凉不近春。""如海愁情不胜言，常常自语菊花前。时人不识诗痴意，只道侬心近似颠。"又句云："菊意知侬非爱酒，为求引梦到家山。""菊慰余情余慰菊，冷时花对冷时人。"其意更显矣。又有《题朱吟梅孺人述怀小序》句云"七孔心如蕉叶卷，九回肠似藕丝牵"，"不为淑女传红叶，却与村郎选翠娥"等句。朱亦不得于外，郁郁以殁者也。

五

吴芸佩女史，字浣香，著有《漱云书屋稿》若干卷。其诗音清格老，迥非摹写儿女私情、秋月春花之作者所能望其项背。集中五古尤为特出。《拟古弃妇词》云："奄忽十二载，相弃中心伤。清晨起梳沐，对镜洗铅黄。出门何所止，涕泪百余行。迢迢归路远，复上君子堂。入门佯不识，瞻对自傍皇。君心似流水，妾心似冰霜。两心本无猜，一旦成参商。检点旧时衣，中有双鸳鸯。鸳鸯未离群，胡为天一方。君有新饰襦，妾有旧罗裳。新衣不如故，反复藏空箱。"五言近体如《夜起》云："斜月照庭树，微风透薄罗。夜凉憎梦短，人静觉愁多。深苑鹿初吠，长空雁正过。乡书犹未达，搔首欲如何。"《中秋感怀》云："万里纤云尽，清光海外同。素娥应有志，青鸟去无踪。何处霓裳曲，飘来桂子风。可怜无限事，都在月明中。"七言近体如《正定途中步题壁韵》云："征途懒自照菱花，乡梦重寻路已差。前度行踪迷洛下，重来心事感京华。霜寒画角催归骑，月落荒城起曙鸦。旅馆灯残人未睡，好将险韵斗尖叉。"女史适宛平袁厚安。袁于丁未以第二人及第，咸丰中，观察福建延、建、邵。时顺昌为贼所围，袁不屈，孤城援绝，粮尽而死，著有《味梅斋烬余草》。其诗近于苏韩，与女史之笔绝不类。然亦间有相近者，如"远树低含云外月，疏灯遥映雾中花"

等句是也。女史适袁，未几即殁。袁继配左夫人，亦工诗。

六

左夫人字芙江，名锡璇，工诗善画，有《卷葹阁偶存草》。集中有七律《感怀》四首，为厚安殉节后所作，哀感沉挚，读之令人想见其人。录二章于此："西风夜卷角声来，往事回思意亦哀。隐语都成身后谶，愁颜难向醉中开。忠君虽定千秋业，浊世空怀一代才。阅尽荣枯多少事，不容心志不成灰。""镜奁砚匣久埋尘，懒向眉窗理鬓云。空负深盟期共死，更无知己可论文。延津剑折嗟难合，绝塞孤鸿叹失群。惭愧此生仇未报，请缨我欲效终军。"末二语壮甚，亦痛甚也。稿中之诗又有极清远之作，如《秋水》云："秋光浮水国，千里共迢迢。雁语落江濑，龙吟送海潮。荻花合雪卷，帆影接天遥。我欲携孤艇，西风试画桡。"又句云："诗怀千古共，心事一灯知。"（《独坐》）古诗如《忆别》云："新月如修蛾，纤纤贴空冷。帘开野竹香，当户一峰静。虫语寒嘤嘤，凉屏抱秋影。幽行捐古欢，思子泪如绠。西风吹愁来，悬梦江城迥。"《秋夜》云："罗衣如云曳烟冷，寒蛩啼霜出苔井。微风吹壁香入帷，一树葱茏桂枝影。""银屏凉悄夜未眠，萝阴如障苔如钱。残丝系愁别魂小，露脚荧荧湿幽草。"是二诗，直欲与庞眉书客争席矣。

七

女史有女弟曰冰如，名锡嘉，适曾吟村先生（咏）为继室，亦工诗画，足与女史竞爽。才同遇亦同，福慧竟难两修，可悯也已。吟村先生以农部出守吉安，殁于安营军中，女史仰事俯畜，伫苦停辛，故其诗凄婉绝伦。与吟村先生唱和之诗，又复壮采明丽，盖文以境迁也。所著有《冷吟馆诗集》，佳者如《春夜》云："香烬漏声阑，吟魂总未安。乡心随落雁，花意酿春寒。离思和砧诉，新诗刻烛残。为怜今夜月，愁向梦中看。"《移住百花潭》云："未能勉俗绝尘埃，独守清贫傍水隈。横束小桥依寺隐，惯分曲闸引泉来。山寒不减眉峰瘦，野旷聊容眼界开。偶结芳邻潭上住，杜陵相对愧非才。"集中古诗尤妙。五古如《游子行》云："游子志四方，千里如一室。拂剑出门去，岂复惜离别。腰间双龙鸣，奋飞振六翮。行色何匆匆，焉知吴与越。鞭丝向前山，马蹄碎残月。"《月夜鸣琴》云："满月如妆镜，照我双蛾眉。天风吹白云，片片莲花飞。披襟坐清夜，浣手拂玉徽。长松生奔涛，野鹤时来归。悠然心自得，清景毋相违。月落凉露下，山色含朝晖。"七古如《新纩词》云："春风二月梨花雨，村落家家购新纩。东邻两舍悄无语，十指凝冰擘丝缕。愁心入夜丝缕长，孤儿自课灯微茫。缲丝断续书琳琅，遗挂在壁月在床。寸丝尺缕计衣帛，深夜迢迢补暑刻。书中微旨贵心得，孤儿孤儿漫休息。"此诗逼近古乐府，可珍也。

八

黄岩卢俪兰夫人，名德仪，一字梅邻，处士肃柾之孙女。适王菊人名维龄，著《焦尾阁遗草》一卷，南汇张文虎为之序。夫人精《尔雅》《文选》，诗其余事也。其诗清逸，论者谓其源出苏州，理或然欤。略举数首于此。《夏日》云："无事聊闲坐，春光逗嫩阳。鸟声含雨润，蝉语引风长。翠重浑凝滴，窗虚乍觉凉。当年陶靖节，曾此乐羲皇。"《春草》云："春色渺无际，春心何处藏？昨宵微雨过，一线草痕长。泥润看成活，风过别有香。天涯羁旅客，为尔更思乡。"《委羽山怀古》云："寂寂空明境，仙踪何处寻？亭前双白鹤，展翅入云深。"又五古《回首》云："闲闲上高楼，山远楼与齐。绿竹罩春霭，子规啼复啼。有时微雨过，芳草何萋萋。耕夫荷锄来，款款晴一犁。风景岂不佳，所伤客邸栖。回首望家园，嗟哉云与泥。"句如《寄大弟温州》云："增我怀思宵半月，滞人归梦客边花。"《和夫子游委羽山》云："清磬一声声破晓，闲花如雨下春山。"《春日》云："一桁垂帘春昼永，桃花如雪燕飞来。"均佳。夫人性爱花木，尤嗜兰蕙。同治四年卒，其殁之夕，兰芬其室，经晓而散，殆生有自来者也。又著有《焦尾阁脞录》二卷、《正气集》四卷，未行于世。

九

吴县黄美之绍赞悼亡诗，有句云："万古有情多缺陷，三生无计补重圆。"情哀词婉，一时佳流多赏之。其夫人玉英女史姓朱氏，名希蕴，同邑人，雅好编籍，能诗。著《昙华阁诗》若干卷，前有紫华女史丁采芝一序。其诗淡逸，集中如《访菊》云："莫道闲情怯莫游，荒园晓色尚淹留。篱边冒雨寻三径，鬓上簪花爱九秋。流水欹桥人寂寂，寒蛩瘦蝶路悠悠。风流太守今何在？送酒无人慰故侯。"《春莫书怀》云："春来春去最多情，花落花开百感生。鸿雁何时来寄语，关山间阻梦难成。"《望家书》云："凉雨潇潇节已秋，夜深剪烛坐妆楼。关心故国音书杳，欲向寒虫说旅愁。"《咏白蝴蝶》句云："舞逐梨花落，轻随柳絮飞。"《夏日早起和外子》句云："三升花露收荷叶，百尺松枝护鹤巢。"女史年未三十，遽归碧落，才媛不寿，可悲也。

一〇

西蜀胡爱华女史，字莲仙，幼工吟咏，斐然成章。曾见其遗诗数首，《夏夜玩月》云："修竹引清风，人来小院中。月光如水泼，露气似烟笼。槐阁高轩敞，荷亭曲径通。新诗吟正好，题上粉墙东。"又《答人》云："疏懒情怀燕子知，湘帘半卷雨如丝。风光自是江南好，不寄梅花只寄诗。"

一一

余前记琴仙女史题旅邸壁诗，顷又见兰仪女子姬凤笙题壁绝句数首，视琴仙之作，尤为婉丽凄清。诗后有跋，其词云："生耽咏絮，雅慕簪花。方期明月双圆，卜玉台之有咏；其奈小星旁列，嗟金屋之无缘。名花既堕于涴尘，弱柳弥悲夫摇落。频年蜀道，肠断蚕丛；此际秦川，心伤马足。高堂白发，倚闾常望眼之穿；大妇红颜，织素少同心之侣。生来薄命，造化弄人。爱写幽吟，藉抒怨臆。大雅君子，见而嗤之，不敢辞也。"诗凡五首，其一云："少年生长绮罗丛，绣到鸳鸯苦未工。一自锦坊花样改，负他断绿与残红。"其二云："梨云梦醒月黄昏，枕上春冰夜夜痕。枉说垂鱼夫婿贵，空怜桃叶与桃根。"其三云："铸错难成暗自伤，情天恨海两茫茫。输他老女金闺里，犹得秦楼待凤凰。"其四云："前度金台负好春，那堪再踏软红尘。挑灯欲把《离骚》读，何处湘兰吊美人？"其五云："间关此去又残年，惆怅莺花蜀国弦。小婢不知人意懒，宜春乞与写红笺。"似此诗才，殊不让邵飞飞也。

一二

旧箧抄存宣少圃夫人均仙女史《寄怀兄妹》五言绝十首，不忆从何处写得。

其诗质朴意挚，骨重神清，亦作手也。诗云："夜静清难寐，寒添绮阁秋。灯花自开落，愁见月当头。""试写团圆字，心期事事违。平安万金抵，珍重慰庭闱。""记得重阳节，茱萸插满钗。今宵一痕月，蹴损凤头鞋。""此地无佳日，风严雨更寒。孤城山万仞，东望路漫漫。""沥沥南飞雁，冲寒夜尚征。欲将两行字，凭寄锦官城。""眼底人千里，边关尚有亲。飞鸿长不到，愁杀白头人。""寒夜长于昼，谯楼鼓几挝。下帘双袖冷，手挂玉钩斜。""俗韵闺房少，云烟满画屏。闲教鹦鹉语，亲自授《心经》。""收拾残缃轴，编摹幼妇词。掩书频叹息，相望各天涯。""宵漏更三转，心情柳万条。诗成郎解和，乐在此中饶。"女史姓钱，名篆珂，元和人。

一三

咏古美人事最难，以前人之作多，易落窠臼也。东海女史徐若兰《马嵬题杨太真墓》二诗，独抒机杼，笔力卓绝。其一云："欲将一命报君王，再见无缘此恨长。怕听车前铃铎语，声声犹似怨三郎。"其二云："烽火狼烟满目惊，梦魂空自忆长生。美人未必能倾国，天子何为太薄情。"

一四

金匮华蘅芳先生，近世著名算学家之一。夫人同邑邹女史佩兰，工吟咏，著《纫余小草》一卷，颇隽爽清逸，七律尤妙。《夜泊燕子矶》云："荒矶一片燕飞遥，江上茗烟锁寂寥。南北千秋争战地，乾坤终古去来潮。霄凌宝气金应尽，沙浸寒光铁未消。惆怅西风明月夜，数声渔笛在横桥。"《金陵怀古》二首之一云："十四妆楼锁寂寥，风华谁与续南朝。板桥烟雨萧疏柳，画舫春波上下潮。名士旧邀桓子笛，美人近忆嫩儿箫。多情剩有当时月，冷照青溪碧未销。"又句云："词赋有人余感慨，江山终古阅兴亡。"《病起漫赋》云："堆床重理读残书，结习经今悔未除。借酒消愁能几许，问花能语又何如。身同杨柳眠还起，心似芭蕉卷未舒。十二碧栏慵倚处，自怜清影照凉蜍。"《春闺漫赋》云："云阴低护锦屏虚，料峭春寒二月初。绿树雏莺如学语，红楼栖燕是同居。尘偏识懒先封砚，风不知愁又展书。金鸭坐销香一炷，碧桃花萼未曾舒。"七绝之佳者，如《偶成》二首之一云："卖花声唤过街东，睡起拈针作女工。绣出荼蘼春已了，留春无计怨飞红。"《乙丑送别》云："枫叶芦花两岸秋，阳关一曲动离愁。大堤无限青青柳，不系归舟系去舟。"《丙寅送别》云："日易斜晖月易昏，天涯底事问王孙。请看一碧东风里，春草春波总断魂。"《题画》二绝之一云："才过长亭又短亭，垂杨一带暗前汀。小杨笠影冲烟破，雨后青山分外青。"《看月》云："才能圆满又潜消，上下弦随大小潮。正好无如十四夜，一分留得待明宵。"《咏古美人》四首，《西施》云："馆娃宫里住蛾眉，吴主欢娱越主悲。十里荒塘无处问，泛湖人去几多时。"《虞姬》云："红粉飘零霸业空，楚歌声里怨重瞳。可怜艳骨埋芳草，庙貌空留汉泽中。"《昭君》云："一骑明驼别故乡，后宫粉黛效胡妆。虽然远嫁缘图画，毕竟无情是汉皇。"《杨太真》云："正舞霓裳谱妙音，忽惊胡骑已相侵。马前宛转因何事，只为君王爱未深。"五律之佳者，如《白云寺观荷》云："好泛蓉湖棹，侵晨露满裳。恰当初日下，翻似早秋凉。有子心先苦，无花叶自香。庄严七宝座，端合礼空王。"《勉弟》句云："静能开慧性，学可廓胸襟。"《草》云："一度东风绿，天涯岁又更。客来应有恨，花好不知名。古驿夕阳暗，小桥春水平。踏青谁氏女，结伴绮縢行。"《游二泉》云："结伴春游去，今朝喜乍晴。小桥春涨暖，野岸杏花明。九曲峰峦秀，一潭泉水清。好山看未足，星斗又纵横。"五绝佳者如《水阁》云："一屋小于舟，四面兼葭水。坐看白云飞，堕入芦花里。"《村居》云："谡谡岩下松，无风亦成响。落叶满空山，闲云自来往。"《晚眺》云："月照沧波阔，云连远树低。孤舟向何处，寒雁一群飞。"集中又有《咏三国事》四首，极似渔洋小乐府，记二首于此："三万观瑜破，英雄迥不同。如何赤壁战，传说待东风。""宛洛无军出，祁山枉用争。可怜炎火熄，恨向麦城生。"夫人又著有《诗余》一卷。

一五

许尚书滇生之夫人项氏，泉唐人，名铏。幼年即工咏事，尤善画。人偶得其一纸，皆什袭珍藏，曾见其题画句云："爱写生绡没骨花，要摹神韵谢铅华。笑侬题款先停笔，腕弱先防作字斜。"幼时所作也。又自题画竹云："年时避暑爱江乡，种得琅玕倚短墙。今日移来纨扇里，无风无雨自生凉。"

一六

闺秀马士祺著有《漱泉集》若干卷，为人窃取，集无副本，竟尔失传，至可惜也。遗稿有《片玉斋烬余草》五卷，其子为之刊传。诗清秀，楚楚有致。如《落花》云："烂红残紫位高低，痛惜行人踏作泥。六代铅华蝴蝶梦，一林风雨鹧鸪啼。徒闻湘瑟人何在，再问胡麻路已迷。元亮犹存松菊径，不须空说武陵溪。"士祺字韬雪，适张氏，祥符人，佚其名。

一七

吴声槐，字音木，以诗名于咸同朝。其妹适徐（名业钧，字鸿野），著《绣余吟草》二卷，皆散佚不全。友人记曾见其断句有云"冷风欺败屋，疏雨断寒烟"之句。后鸿野令临淄，夫人卒于道。说者谓"冷风"句颇败。盖诗谶云。

一八

声槐之大母蔡宣卿，时有临安才女之目，名桓，有《百美图》诗百篇，为世传诵。尝见其《咏秋荷》诗云："出尘花品爱池荷，零落秋风可奈何。共羡莲房多结子，子多赢得苦心多。"又《瓶花》云："折枝皆可添瓶供，贵贱看来有小差。一夜繁英都落尽，紫薇不及马盘花。"其诗稿不自爱惜，随成随毁，故传世者颇少。观此二诗，笔致清澈，意态潇洒，可见一斑。

一九

何词仙女史，惠州人，适张邦佐（字星门，顺德人）。张工书画，诗才清绮，闺中唱和，取作极多。女史诗笔飘逸，与星门不伴，记其数首于此。《次罗汉洞原韵》云："千年古洞忽重开，知是神仙小谪来。夙此灵根未磨灭，山中认得旧蓬莱。""新诗妙画一齐开，写出故乡山水来。我本罗浮邦里住，披图心更忆蓬莱。"《通天岩》云："有岩号通天，屹立回飞鸟。谁能踏层云，一览人间小。"《面壁僧》云："灵石即神仙，万缘知已寂。与子了无求，何妨长面壁。"《石船》云："石船泊山下，可坐不可乘。呼渡寂无人，空谷遥相应。"《谈心石》云："客来石上坐，悠悠怀太古。悟得上乘禅，散作天花雨。"《石屏》云："石屏倚重岩，此境真幽僻。隔断洞口云，掩映山月白。"《和星门园中十二咏》之四云："一望如铺锦，云从何处来。古藤花满树，春树艳成堆。莫道浓阴密，能教眼界开。夕阳红一角，烘出小楼台。"（《紫云楼》）"空亭堪小憩，松下更怡情。自得山林趣，浑忘世外名。云深谁放鹤，境静不闻莺。倚枕消长昼，时闻风雨声。"（《白松亭》）"一带回廊曲，寻诗偶到斯。无言停履候，得句拍阑时。壁上题常满，更深步漫移。兴酣浮大白，妙思更无涯。"（《敲诗廊》）"九曲池谁凿，清流断复连。镜空涵月影，浪暖漾荷钱。机动随人悟，波纹几处圆。昨宵春雨足，涨到小桥边。"（《九曲池》）又引人胜处句云："春色皆诗料，山光入酒杯。"吐属隽逸，雅非寻常闺秀所作艳词绮语所能比拟也。

二〇

余往读梁溪顾兼塘《拜石山房词》，有题其女兄羽素女史《绿梅影楼填词图》调寄《高阳台》云："折竹敲风，幽泉浣雪，词仙合住高楼。暝坐围垆，疏香飞过银钩。冻云一片寒无鹤，只苔阴、古石痕留。傍檐牙，瘦影交横，似到罗浮。　　图中依约寻诗路，记左芬才调，妙句频搜。花底闲吟，华边艾蒳忘收。新词谱上银光纸，问何如、缀向钗头。愿年年，绿尊开时，常侍清游。"以为词意所称，不无溢美。顷读《绿梅影楼诗词稿》，其诗秾丽，酷类温助教，信乎左芬之誉为不虚，而陈云伯大令题词所谓"无双人静如诗好，第二清泉觉韵长"之句有征也。集中七古之妙者，如《锦树林吊卞玉京墓》云："龙山绣岭迷云树，罗绮余香艳春坞。肠断残碑幼妇词，犹记黄尘葬眉妩。晓来飞雨织苔钱，郁郁埋愁经几年。草色裙腰依旧绿，就中疑染六朝烟。六朝韵事人争话，洗净铅华冷泉泻。游女寻将翡翠翘，村人耕出鸳鸯瓦。有谁杯酒酬春厓，幽恨难消玉匣埋。七里钱塘连越苑，二分璧月照秦淮。谁知山下蘼芜路，不识香车几回度。蛱蝶仙裙已去时，尚传苏小西泠墓。三尺春坟落日中，杜鹃血溅泪花红。青山想见春魂影，一树榕阴盖殡宫。"《秋夜词》云："云花屏展蟪蛄甲，月缀铜铺冷银钥。竹影交间锁绮窗，梦醒琼楼有飞鹊。玉虬咽漏寒水凝，莲缸背壁摇青荧。瑶奁不启茉萸匣，黯黯盘龙飞古尘。水晶帘底调银瑟，帘影玲珑如不隔。露色参差冷曙光，满庭夜气秋兰白。"《题美人摘阮图》云："檀槽制月条寒玉，咀徵含宫贮图腹。龙香捍拨金画鸡，谱作人间凤凰曲。隔帘鹦鹉唤小红，蜀丝写韵吟春风。春尖慢捻卸银甲，跳珠嘈杂藏玲珑。玲珑宝轸蛮弦止，铁马铜虬入愁思。松烟竹雨绿窗虚，一片清商泻流水。兰堂夜掩龟甲屏，更调幽怨敲寒星。瑶钗叩彻冷银板，琅玕碎戛声泠泠。新愁掩抑凝湘柱，凄切寒音如泣诉。蛾眉蹙损背秋灯，响遏琼楼白云住。"《弹筝曲》云："东风不启琅环锁，十三条弦豹囊裹。红兰卸鬓抱琼徽，欲语春愁袂双掸。钿蝉微弄宫与商，银甲拨声声细长。啼珠咽玉怨春雨，娇吟忽听孤飞凰。斜吹露脚寒无影，珠阁憺憺深更静。银云如梦颓不流，弹作烟丝落秋暝。铜荷照壁夜寂寥，几回转轴弦重调。此音不合在人世，应知飞琼碧玉箫。"五言排律如《次帝塘弟煮茶原韵》云："纸阁眠初起，湘帘晓旭明。无聊留宿醉，何计析朝醒。不必杯三雅，惟分水一泓。且教寻紫笋，岂用问乌程。碎藻溪流活，残花涧雨晴。那须通翠笼，尽许注银罂。品自鸿渐著，经传顾渚名。呼僮携短铫，倩婢理圆铛。剖竹山泉煮，爨兰活火烹。渐看香乳泼，庄爱嫩华生。涤盏临芹沼，移炉就豆棚。松烟浮影绿，荷露滴香清。待得龙团孰，翻将蟹眼轻。虚疑问爽籁，沸觉换秋声。雪冷从牙沁，风疏到胁鸣。居宜依竹屋，卧欲展桃笙。异日红丁焙，多令翠笼盛。但为吟石鼎，长此试茶枪。君有相如渴，曾无军将惊。倘教酬茗战，合署水衡卿。"五律如《梁溪晚归》云："遥山青入画，孤棹镜中行。凉夜经初雨，溪光爱晚晴。鸥肩秋水冷，鸦背夕阳明。指点苍烟树，依微辨远城。"《偕兼塘弟蓉湖秋泛兼怀春樵》（按，春樵杨先生，为女史之夫婿，雅擅词章，尤工倚声，其题女史填词图《声声慢》上半云："缟衣梦后，翠羽来时，词仙合住层云。飞上吟笺，千枝窈窕春魂。楼头罢吹横笛，怕寒多、掐损银星。闲吟处，正暗香疏影，秀句催成。"）四首之二云："蟹断霜肥后，相游桂棹游。帆随归鸟落，霞带断虹收。湖上双鳞远，云间一雁投。珠江漂泊客，相别又经秋。""落日蓉湖口，烟光澹欲昏。人归黄叶岸，水抱夕阳村。婉转争联韵，回环共把樽。今宵放船好，流碧涨新痕。"《野望》云："落日留残照，柴扉水一湾。诗随黄叶瘦，心共白鸥闲。松响忽疑雨，云移欲动山。归鸿南渡影，洒泪认阳关。"《晓起》二首之一云："卷帘开晓色，山影落檐端。树密含残雨，楼空贮薄寒。愁深眉样窄，病久带围宽。笔砚留余渖，幽香墨本干。"《蓉湖秋泛》四首之一云："欸乃烟中橹，回环入画图。水清摇翠荇，秋老瘦红芙。细浪浮鲂婢，凉沙卧鸭雏。三间湖上阁，岁岁足鱼租。"七律如《秋夜词》四首之二云："制罢回文夜院间，银铺霜冷掩铜环。明知远梦成来易，都恐榆关到亦艰。紫砚光浮鸲鹆眼，红炉香擘鹧鸪斑。卧听清漏声幽咽，斜属云屏一叠山。""轻寒破梦睡初回，香冷秦篝剩麝煤。斜织吴绫云影乱，平铺净簟水纹开。半庭月色和帘卷，一片秋声度竹来。欲寄征衣刀剪冷，怕闻砧杵夜相催。"《病中有怀》二首之一云："满庭兰露静涓涓，瘦影伶俜只自怜。纸帐薄寒愁似水，秋灯背壁夜如年。一痕萝月扶花梦，半榻清风袅药烟。料得天涯肠断客，思家应是未成眠。"《白菊》云："蛾眉淡扫出群葩，瘦损庭中绿萼华。一点冰心应有恨，十分冷艳本无瑕。樊川夜月迷残雪，彭泽秋风梦素霞。堪笑幽香人不爱，但知把酒对黄花。"《春日写怀》云："细雨侵阶长绿苔，药炉烟里小窗开。三眠弱柳看莺坐，一桁疏帘待燕回。身为惜花常小病，心因怅别减清才。起来慵炷宣炉火，留得沉香未烬灰。"《春柳四首为风时二弟题册》云："垂垂丝雨到斜门，流水弯环曲抱村。衣上尘红游子泪，镜中蛾绿美人魂。低侵水榭烟初合，半罨疏帘月有痕。却忆青樽江畔路，酒帘摇曳近黄昏。"（其一）"萧疏翠缕冒檐牙，步屧廊空忆斗茶。月槛净红斜曲屋，水窗深碧隐纤纱。一春梦雨花王国，三月轻阴燕子家。绿意只如人意瘦，鬖丝发髻未成鸦。"（其二）"伶俜疏影照春池，百折阑干翠一丝。眉样浅深和露画，腰围消瘦怕风吹。画船水暖迎桃叶，玉笛横吹唱竹枝。谱到江南肠断句，伤心残月柳郎词。"（其三）"溟蒙净绿扑帘钩，阁住轻云淡不流。一枕尖风侵晓梦，三分细雨湿春愁。天涯芳草迷归路，陌上斜阳系紫骝。暝色依人青不断，丝丝扶影上西楼。"（其四）《师班以诗寄示，即用原韵奉答》云："斜倚梧桐月上时，一襟清露细如丝。绿窗风冷虫声急，紫塞天遥雁影迟。好藉新诗消世虑，愧因俗侣话心知。吟里每忆深情处，无限离愁付柳枝。"《咏春柳》云："飘零风信更番番，绿到钱塘苏小门。春水溅裙芳草渡，晓山如画夕阳村。花飞梨梦三分白，影钓晴丝一缕魂。想见宫袍青染处，金莺百啭易斜昏。""临风婀娜吐飞绵，弱质偏宜谢女怜。翠线欲牵游子骑，横塘深覆美人船。伤心南国相思树，黯淡蓉湖送别天。恰是楚宫歌舞倦，长条脉脉惜华年。"《题绣余诗草后》二首之一云："落梅庭院闭重门，手浣蔷薇袖未温。兰露吹烟欺病蝶，柳枝扶影葬诗魂。青牛帐掩前宵梦，朱鸟窗寒夜月痕。惆怅人吟憔悴句，怕闻新雨近黄昏。"截句如《晓起》云："庭院净无边，暗蚕栖露叶。缺月挂林梢，一丝堕残白。"《秋雨》云："帘影压净苔，疏疏戛湘竹。小雨冷敲窗，灯花梦秋绿。"《有怀琴清阁》（按，琴清阁为杨女士蕊渊，杨蓉裳农部之女，名芸，工诗词，著有《琴清阁集》。于羽素为中表姊妹，退庵题词所谓"中表崔卢同抱绝，当时王谢本名齐"者是也。蕊渊题《绿梅影楼诗词调寄湘月云》："旧时月色，照新愁点点，谁与评拍。吹笛南楼破晓霁，霜淡丁星珠箔。缄怨湘中，忆春垄上，寒浅三分萼。隔花人瘦，石阑新句重索。　　仿佛起舞瑶妃，风鬟凌乱，妒杀横江鹤。半枕游仙算慧业，一缕灵缘堪托。檀粉轻销，空香碧化，写梦罗屏角。宫移羽换，翠禽枝上偷觉。"）云："净影相窗绿羽丝，双鳞信断黯琴知。纱屏残翠新吟处，自写梅溪竹屋词。"《秋夜》云："残芜黯黯雨丝丝，小约裁笺夜漏迟。冷瘦湘花帘不卷，一痕秋绿上蛾眉。""月华如水漾秋星，隔竹斜扉晚半扃。凭遍阑干江草绿，微吟犹恐蝶魂醒。"《忆花》二首之一云："玉笛吹寒露气香，一帘疏影月如霜。最怜秋后黄花瘦，那禁愁人不断肠。"《秋日杂咏》六首之二云："小立筠廊彩袖寒，薄罗初试褪冰纨。年来省识离情苦，不种相思种合欢。""刻尽铜签细细长，露葵移影上银墙。喜看绿意红情好，故种芭蕉近海棠。"《废园》四首之一云："怪石玲珑饰作堆，短扉犹傍夕阳开。阑干一折如残画，曾倚当年翠袖来。"《春兰》云："柳枝和恨一丝丝，嫩绾韵华脉脉垂。小院日长莺正静，美人新梦落花知。"《病中口占》云："垂垂柔绿乍和烟，小阁春寒称病眠。一枕新凉风似水，桐花吹堕绣帘前。"《送春》四首之一云："帘纹荡漾绿阴秋，转眼繁华酣梦中。自是花好容易谢，莫将多事怨东风。"句之佳者，如："风引愁心悬塞外，漏催残梦落灯前。"（《秋夜词》）"花意也如人惜别，隔帘犹送暗香来。"（《送春》）"五日东风三日雨，新阴催上碧桃花。"（《偶成》）"从来万事将圆好，说与姮娥应得知。"（《拟唐张夫人拜新月》）"野风半笠僧归寺，红瘦夕阳塔一支。"（《蓉湖即事》）"夕照红环花外阁，好山青入竹间楼。"（《雨后》）"红豆有情空宛转，绿梅无梦更相思。"（《春日有忆》）"善病那堪伤作客，言愁岂必讳安贫。"（《有怀寄兼塘弟》）女史又有"诗在梅花小梦边"之句，雅韵宜人，余最爱之。

二一

《芸香阁诗草》若干卷，名英桂，晚岁自号醉醒老人，顺德人，何琴斋先生之德配也。何氏故岭南巨族，家门之中，妇女工吟咏者良多，而诗华苍劲深厚，则首推老人，记数首于此。《桐叶诗》云："一叶初飞动客愁，天涯何处不知秋。寒飘金井西风冷，影落银床夜月幽。流水有情曾得句，剪珪无戏合封侯。赏心别会琴中趣，百尺枝高近玉楼。"《送兄公车北上》云："北风迢递上金台，饯别殷勤酒一杯。帆影远冲江上雪，马蹄轻踏岭头梅。数传诗礼欣能纵，三策天人想易裁。弹指红绫颁赐日，双亲应为笑颜开。"《滕王坟》云："残鱼耻食怒捐躯，爱女情深殡转愚。霸业已看飞宝剑，香魂空为护珠襦。装成石椁尸犹朽，殉尽苍生鬼亦孤。国沼不须怨范蠡，好还天道合亡吴。"句云："江亭见影还疑月，雪地闻香如信花。"（《雪夜访梅》）"泥浅根能固，霜深节亦坚。"皆佳。老人姓麦氏，顺德世族。

二二

醉醒老人之妹芳兰，名又桂，何怀向之夫人也。诗名与醉醒老人相埒，著有《谢庭诗草》。何方水为之叙，略云："性聪颖，幼承庭训，工诗。长适怀向，甘与食贫，频年授徒以活。虽处极困，而绝无哀痛迫促之音。盖得诗教之正者也。"《岭海诗钞》载其诗颇多。其淡远者，《梅花月下独酌》云："爱种梅千树，春时花满林。风姨与月姊，来助我清吟。明月劝饮酒，香风吹弹琴。醉后万缘尽，冷境空人心。我欲乘风去，瑶台寒不禁。徜徉以适志，闺阁谁知音。嫦娥似私我，永夜独相临。"其清新雅健者，如《送兄公车北上》云："盛世求贤亟，豪游入帝乡。风随帆影远，花逐马蹄香。笔墨吾曾弄，文章孰与量。明年消息好，争道是家光。"《姑苏》云："一水湾环市古城，消沉金虎霸图倾。笙歌自冷君臣梦，薪胆徒深父子情。残烛已消亡国泪，寒潮犹咽沼吴声。鹿麋游遍繁华地，独上胥台夜月明。"其沉厚警切者，如《厓山吊古》云："荒山古殿野烟匀，杜宇声中正暮春。一块肉难延国祚，两厓波竟葬君臣。黄龙北去金轮竭，白马南来血战新。和议共成千古恨，艰难四广与三闽。"《朱仙镇》云："欲挽颓阳竟不成，南宫从此怨长征。可怜五国城边骨，空望中原阵上兵。正喜攀辕饶父老，岂期叩马有书生。英雄千古同遗恨，愁听金山战鼓声。"《汉中》云："群雄逐鹿费经营，芒砀龙兴帝业成。储子恩疏凭羽翼，若翁情薄忍杯羹。功关天授蛇犹哭，猜甚人谋狗亦烹。枉向大风歌壮士，那知泉下泣韩彭。"《分宜故里》云："依旧楼高百尺阴，玉窗红槛已消沉。早知狡兔难藏窟，悔向郿中广聚金。原火祸成消不得，冰山势尽计难任。休嗟余食穷年苦，泪滴茅檐一样深。"《伏波庙》云："千古真名将，华夷仰慕深。柱留交趾国，珠惨老臣心。马革功勋重，麟台姓字沉。崇祠遗像在，俎豆到于今。"又句云："澹宕风光催梦老，萧条情味少人知。"

二三

《宝鸡题壁》诗云："归来半载又登程，一曲骊歌万里行。久客已忘云栈险，巴猿莫作断肠声。"后跋云："下邽马象乾，字连三，送姊入蜀，过此题记。"后又附一诗，盖其姊和作也。诗笔潇洒，读之令人想见其人。辞云："青山红树记前程，落日浮云逐马行。蜀道固难难亦好，饱看山色听江声。"

二四

陈退庵大令购得评本《玉台新咏》，得乌丝小笺写一绝句云："微吟宫体说萧家，深夜春寒透碧纱。残烛欲销钟未起，樱桃花落月西斜。"末署翠卿，盖闺秀手笔也。余得旧本《修辞鉴衡》，中间一角花诗笺，亦有一绝云："湘竹帘外雨如丝，夜阑幽怨锁修眉。无憀一枕江南梦，隐约青山是旧时。"题云："春夜寂寥，偶占一绝，却寄淑君。苕溪曾琬。"纸尾捺一印，文曰"小字蘅姝"，书法攲斜不整，确为闺秀无疑。其诗娟秀，庶几与翠卿抗手。

二五

近日渐水闺秀之能诗者，有二邵，长曰倩侬，次曰慧侬。倩侬《暮春感怀》四绝，丰神绰约，颇可讽咏。其一云："如此韶光最闷人，鸟啼花落雨沾尘。画楼金线年年恨，只绊愁肠不绊春。"其二云："锦绣园林转服非，送春赢得是沾衣。江南我亦初为客，怕见帘前燕子飞。"其三云："疏灯残月映孤楼，高树鹃声啼未休。如此春宵如此景，总无风雨也添愁。"其四云："亭榭凄凉雨后天，红消香断总堪怜。无知要算游蜂蝶，依旧临风舞蹁然。"

二六

慧侬名萍青，所为诗，清雅蕴藉，可与倩侬抗手。《幽居》一首云："小园幽寂近江村，细雨声声昼闭门。绿蚁未堪消壮志，青萍那得断愁根。风压海内寻灰烬，云水天涯染泪痕。便作桃源深处看，此中人语向谁论。"

二七

岳威信公钟琪，功业彪炳，为有清一代有数人物。而文雅风流，兼耽吟咏。夫人高氏，贤而有才，娴弓马，谙军务。威信公出征，署中布置，有伦有脊，皆夫人力也。夫人又工咏事，故公悼亡诗有云："一字如金爱惜之，却因相敬故如斯。从今永阁闺中笔，自此无人能和诗。"盖纪实之语。顷见夫人诗数首，记三首于此，世之景仰威信之功业，及追怀夫人之德者，当乐读之也。《雨中看芙蓉花》云："夫容花面艳妆新，细雨微风洗瘦尘。有泪却无湘女恨，无言宁有息妫嚬。遥思洛下凌波袜，想象华清出浴人。相对莫愁秋寂寞，一生颜色不伤春。"《画中美人》云："镜中窥影喜如真，谁信豪端幻出身。一捻焉支污玉颊，却疑曾佩守宫人。"《蕉》云："寒蕉雨净碧纷纭，似浣湘江六幅裙。梦觉午晴回枕看，梳风擘絮一窗云。"其诗清新华妙，其人婉仪而明毅，真奇女子也。

二八

《松竹集》，敬季苹女史著。女史字有斋，华阳人，赵君遵素室，工吟咏，其诗疏朗，有逸致。记其《九日寄外》一首："尺书迢递滞云端，红蓼花开露正浼。雁叫南云秋黯淡，人瞻北斗夜阑干。安心领略愁中趣，努力加增病后餐。记得刀环曾有约，茱萸香泛酒杯宽。"恳挚情怀，语语神往。

二九

《绣余草》若干卷，孝妇张汝传著。妇松江人，徐宗顼室，诗以七律为长。《铁马》云："珊珊应拟佩环轻，清彻如闻秦女筝。庭畔惊残栖乌梦，楼头敲动玉关情。高垂仿佛花铃系，骤响依稀铁骑行。占得一年风力健，不知吹作几番声。"《题桃花源图》云："孤舟垂钓几经旬，此日来寻渡碧津。风动落英随舞蝶，水黏飞絮聚游鳞。座中白发衣冠古，世外青山岁月新。一自武陵人去后，桃花开尽不知春。"又七绝《吊西子次韵》云："响屧廊空遍地芜，吴宫明月照啼乌。不知亡国千年恨，烟水孤篷逐五湖。"五言《秋思》云："霜林叶影疏，摇落感金气。萧瑟淡秋晖，西风吹络纬。"其诗风格，适近晚唐，可贵也。

三〇

《揖翠楼诗集》，袁慧婋女史著。女史字蕙贞，又字淑养。工绘事，闲事词章，斐然可观，古诗最工。《尝药吟》云："既无庞氏鲤，可以佐藜藿。又无唐氏乳，可以忘齿落。怜姑筋力衰，愧我孝养薄。奈何一夕间，旧疾忽然作。夫子行未归，堂上悲萧索。含愁不忍言，宛转尝汤药。"不假修琢，自然情深。盖女史平生最嗜乐天诗也。女史适保成德。父洋，通州庠生。

三一

淑春女史同邑王仙婉女史，名兆淑，归孙汝宝，亦善诗。曾读其《山村》五律二首，心焉慕之，俟又得见数首，略记于此。《山村》二首其一云："红桥溪遍绿，茅屋树光斜。水定幽潭月，云藏隐士家。鹧鸪啼冷竹，蝴蝶梦飞花。放眼景何极，闲愁应更赊。"其二云："暇步舒遥望，岚光塔影圆。美花分密绿，媚柳袅轻烟。云物看三变，山林别一天。草虫声不断，鸟语复相连。"《寄碧君顾姊并述旧事》云："尘念一时静，闻君旧日琴。弦留泉壑意，调仿水仙音。窗纸摇灯影，茶烟袅鹤心。谈深不知夜，明月落枫林。"《晓巡北圃同外子作》有句云："石色苔明连水绿，花光风熨照山青。"可谓幽雅。

三二

钱女史翔青，名宛鸾，吴江人，适贝氏。美而聪敏，工翰墨，儒雅风流，擅绝三吴，并时名侔，莫不企仰其才。其诗丽而雅，如《秋霁》云："一雨新秋后，千林暑气收。归云依落照，飞叶满荒丘。树杪蝉声咽，天空雁影浮。良宵清不寐，秉烛上南楼。"《春恨》云："风雨闲庭锁寂寥，又看春色望中消。翠屏斜倚思无奈，梦捉飞花过小桥。"几道词云："梦魂惯得无拘检，又踏杨花过谢桥。"当为女史此诗所本。又有句云："魂迷蝶枕三更梦，肠断花笺一纸诗。"风流绰约，如见其人。

三三

女史女弟宛兰，小字卉玉，适吴太史宏安。能诗，工绘事，《题罗巾》云："宫门未入独愁予，可叹良缘尚子虚。堤上风光春又过，全凭双鲤一封书。"亦颇可诵。

三四

吴门钱氏才媛最盛，翔青姊妹外，又有名蕙字凝香者，适徐氏，尤工诗，著有《兰余小草》。《采莲曲》云："美人家住沧洲道，翠盖红妆似莲好。旧岁花开与郎别，郎不归兮花颜老。""十里清香日过午，采莲荡桨过南浦。采花莫并莲子摘，莲子丝牵妾心苦。""花谢花开总是空，妾情一片水流中。从今抛却伤心事，一任芙蕖飏晚风。"此诗颇得乐府之遗。又《吴山别墅漫成》云："竹篱三径远尘氛，涧柳垂垂挂夕曛。诗思闲中多健句，兰芽午后发清芬。窗临青嶂留寒月，路绕丹崖入乱云。山野不知名利事，笑人车马自纷纭。"凝香性爱兰，临殁，手握兰题一诗，有句云："含情淡素慵无力，人与名花一样愁。"冲淡韶秀，非夙具慧根，何能潇洒如是！

三五

《撷芳草》一卷，凝香同族撷芳女史著。撷芳名珂，于归某氏，莫得而考。曾见其《腊日》一绝云："气暖阳初动，花枝渐入春。故园梅自发，不待未归人。"可谓遣辞蕴藉矣。

三六

李怡亭女史，成都人。工咏事，所著有《好静堂稿》，其诗近体最为擅长。论者谓其诗"风神近青丘"，虽未必然，而其逸韵处，固有可称者。《游王氏园亭同周大司马绪楚夫人》四首之二云："路引芳丛入洞天，兰亭修禊忆群贤。隔篱绿竹猗猗净，夹岸垂杨细细烟。远近云山舒望眼，钩辀鸟语杂歌弦。锦江二月题诗处，小树桃花似去年。""湖山佳处可人留，女伴频邀上小舟。金缕歌成无限曲，听莺谁在最高楼？安排彩笔分题咏，指点花名作酒筹。预约夫人须切记，明春携手踏青游。"又句云："桥边竹坞啼歌鸟，篱外人家飏酒旗。"《和刘邦彦上元五夜原韵》五首之三云："初试华灯月正明，龙含宝树吐高棚。珠帘楼启夫人镜，纤指窗调少妇筝。爱听管弦喧绮陌，那知钟鼓动层城。只嫌夜短为欢促，谁借良宵闰一更。"又："乘兴偏宜乐事饶，轮蹄笑语晚来潮。声声爆竹喧金屋，朵朵梨花照玉桥。隙地有灯皆锦绣，朱楼无处不笙箫。明朝喜见团圞月，屈指佳期隔一宵。"又："频添绣袄怯轻寒，楼畔灯留绛烛残。早起卷帘花绰约，夜深闻笛韵阑珊。闲将沉水金炉爇，坐抱琵琶玉手弹。小婢不须嗟落寞，明年看月兴漫漫。"《癸未九月晦，雨中游平山堂绝句》十四首之九云："跨鹤无心到水涯，江山如画雨余佳。竹西歌舞今如昔，游女犹簪殿脚钗。""小艇惊飞水面鸥，虹桥如带雨初收。绿萍红蓼俱萧瑟，香老莲房九月秋。""笑语吴音姊妹呼，双双红袖指罗敷。儿家濯锦江边住，不远文君卖酒垆。""粉垣高峙竹篱扉，夹岸平芜燕子飞。无数绮罗烟雨里，画船歌舞未曾归。""商人恃富竞繁华，心计谁推第一家。欲把淮阳堤上土，尽栽桃李弃桑麻。""云外楼高水底天，夫容含粉柳含烟。芭蕉剥落梧桐老，断续蝉声曳管弦。""柳下花骢户外车，扬州美女好楼居。繁华地有清闲趣，戴笠山人跨蹇驴。""直下西门路不长，静芳园里菊芬芳。斜阳柳外行人少，红烛催归半臂凉。""从来香艳在迷楼，帝子仙乎迹尚留。留得故宫无赖月，照侬侬亦爱扬州。"又《京华即事》八首之四云："迟云楼上卷湘帘，巢补新泥看燕添。闲坐焚香风日静，绮罗丛里拥牙签。""叹息龙川冰玉姿，风标林下仰襟期。旧吟销夏清于水，不是桃花咒雪词。""南星门外访王园，花下曾停士女轩。可惜断桥残柳外，题痕谁拂旧颓垣。""白塔亲蚕寺太遥，驰车直下御河桥。妆楼团殿犹如昔，附会燕人只记萧。"女史名瀛洲，适顾汝修。顾历官至顺天府尹，有政声。女史之女兄风亭，名龙川，亦工吟咏，可与女史抗手。寄女史诗有云："调高和寡寻常事，不少宫商少子期。"《新店望平川》绝句云："桃花开后柳垂堤，千顷平田涧水西。江上人家浑似画，藏名何必武陵溪？"又《家慈生辰寄四妹瀛洲》句云："遥想兰堂诸姊妹，尊前应念未归人。"皆清雅可诵者。

三七

《绿窗小草》，松江袁女史寒篁著。其诗颇得力于晚唐诸贤，故气韵健雅。

《隋堤》云："汴水溶溶浸碧空，只今何处认隋宫。乱鸦自集斜阳外，芳草犹存断岸中。惟有客舟随夜月，不留御柳舞春风。千秋艳态真陈迹，珍重罗衫浅浅红。"《初晴》云："厌绝风声杂雨声，忽看云散晚来晴。归帆路远波光直，浓树烟开鸟语轻。山翠有痕犹敛黛，池荷余滴尚珠倾。不知何处渔村好，掩映垂杨夕照明。"《自遣》云："疗饥自有忘忧处，乐此衡门水一湾。漫讶家贫无四壁，家无四壁好看山。"《远眺》云："帘卷倚高楼，青山相对愁。夕阳摇酒斾，野渡系渔舟。树密烟光乱，江空水气浮。敛眉无限恨，身世等悠悠。"皆集中之最者也。

三八

吴江顾文婉女史《惜春词》云："东风吹骨试轻罗，人对梨花唤奈何。独坐摊书听漏永，满庭风雨落红多。"《寒词》云："小屏人静玉笙寒，一点残灯伴漏阑。为爱焚香消夜永，满庭明月不曾看。"幽蒨之极，可谓无一点尘染其笔端。

三九

梁溪瞿云子女史（雯），工画，所作小诗，亦超俗尘。尝画梅寄人，题一绝云："格比瑶台贵，姿如绿萼华。年年并张硕，夜夜泛仙槎。"允称雅词。

四〇

杭州阮子祥先生德配孙女史（莹培），钱塘人，工绘事，善词章。所著有《翠薇仙馆诗稿》两卷，《诗余》一卷，稿中佳作如林。五言如《古松》云："万木咸低首，凌霄色更浓。几经人去感，不改岁寒容。涛响惊眠鹤，云开既伏龙。清轩陪雅操，声韵两玎琮。"《湘潭月夜放舟》云："舟泛潇湘月，苍茫夜气侵。水光连远岫，塔火露疏林。人静橹声碎，天空云影深。蓬窗闲语久，不觉斗星沉。"七言古体如《秋声有感》云："挑灯兀坐夜未眠，有声飒飒来窗前。铿锵叩檐铁马响，荡漾绕幔金钩悬。初时淅沥鸟乍惊，久之澎湃厦欲倾。鸟呼此声何为至，深夜闻之百感生。才入夏来夏已已，又作秋声秋深矣。一年四季如过驹，秋去春来实可吁。春来明媚百草发，秋古萧条万木枯。春花秋月年年好，只是红颜容易老。人生百岁能几何？半是离愁半烦恼。愀然正襟长太息，出户徘徊倚槛侧。明河在天星皎洁，四无人声惟月色。"又《对菊放歌》一首，笔致极意模玉局，颇有合处。上半云："乙卯随任大定时，后圃荒园有废基。呼童攘剔得数圳，遍插黄花手自移。栽培肥土仗老婢，灌沃清泉任小姬。苗茎渐长根渐活，交加翠叶尽离披。重阳将近重蕚吐，风雨未到花先知。蛩鸣雁度开何晚，露拒霜迎放故迟。东篱竞缀秋光媚，五色纷披亦自奇。红者带笑枝头艳，醉日流霞无限姿。白者含颦清欲滴，素彩幽芳冰雪肌。内中黄者尤号最，贞秀孤芳吾所师。"结段又用拓笔，甚驰骋，有云："徘徊虽说新园好，逡巡犹作故乡思。六桥烟冷兴难没，三径霜寒泽欲离。飞来峰上云缥缈，冷泉亭下水涟漪。黄公墟畔飞枫叶，白傅堤边垂柳丝。古来胜地赏不尽，亦与好花名并驰。蒲阳桃花彭泽菊，更有寒涛松万枝。"此诗气势极为蓬勃。

翠薇七言近体佳者亦夥，如《过昆仑关》云："高关一角拥云烟，景物而今尚宛然。数道泉声流巨壑，两行山势插蛮天。金樽宴乐传兹地，铜面感声忆昔年。何事道旁松郁崛，野氓犹说凯歌还。"《白菊》云："争含白质傲秋光，宜雨宜晴浅淡妆。纤手偶携苍玉佩，窄身初试素罗裳。心清印得庭中月，面冷迎来塞上霜。懒向朱门斗华丽，自甘幽静竹篱旁。"《秋日有感》云："镇日悲亲敛翠蛾，伤怀又况别离何？新诗每向愁中得，好梦翻惊客里多。（大儿长庚楚游未回。）秋色也应怜子美，黄花怎不笑维摩。年来俗事萦怀甚，赢得丝丝鬓欲皤。"《忆大儿康》二首之一云："春寒衣薄不胜情，转念征人万里行。仕隐殊途同落魄，分离异地等浮生。花开冷艳春应瘦，诗假愁肠句更清。追昔抚今多少事，临风几欲泪珠倾。"《秋夜病中有感弟》二首云："自惭疲骨病难支，潦倒穷途费主持。千里烽烟怜戍客，一灯风雨动乡思。手调善药瓯无继，鬓染新霜镜有知。世态翻云何足数，交如管鲍感当时。"《送别汪淑娟女史（余与女史有约赏菊，三年，不果。今岁菊开更茂，适女史自梧州回，遂得共饮花前，而明日又将解缆，作此送别）》云："屈指重阳久订期，年年辜负九秋时。西风有意吹归棹，明月多情照酒卮。王粲登楼休作赋，汪伦送别可无诗。匆匆又唱阳关曲，百幅蛮笺寄远思。"《秋葵》云："独立亭亭着淡黄，风流学得道家装。朝朝清露枝头滴，那不倾心向太阳。"《怀韵兰李夫人弟》四首云："无限离愁无限情，芭蕉声里漏三更。那堪夜更闻秋雨，密密疏疏滴到明。"《题画》第三首云："江山转眼都陈迹，图画春秋深复深。一幅冰绡游不尽，始知笔底有清音。"《唐夫人邀赏牡丹席上得绝句》六首之一云："数枝融冶露华凉，占得春光冠众芳。回忆西湖金品艳，六桥三竺美人装。"《春日》云："春来庭院最清华，绿意红情映碧纱。一带烟痕笼翠柳，几番风信到名花。桐阴鹤梦闲阶冷，萍梗人遥去国赊。归计何时聊且慰，六桥三竺隐渔家。"《寄园寄兴杂咏十六绝》之五云："郁郁春阴城郭浮，衫湖一曲下渔钩。朝来何事添诗思，山色青青入画楼。""清和四月雨余天，绿树阴浓处处蝉。录罢新诗无个事，添香微倦枕书眠。""溽暑炎炎夏日长，绿窗闲写十三行。忽然一阵催诗雨，洒上花笺带墨香。""柳荫深护小方塘，吹送池莲透晚凉。一曲松风弹夜月，水晶帘底放余香。""金井风凉日影斜，低垣一带绿云遮。最宜清静书斋里，闲折松枝细品茶。"句如"春树暮云怜远别，画梁落月忆初回"（《寄覃绣瑛女公子》）；"云山天外净，城郭望中浮"；又"崖悬灵凤集，风峭瓦松倾"；又"西风斜倚人月淡"（《王实卿为其母以素扇索画菊》）；"经纶治世谈何易，耕读传家事最安"（《示侄孙天元调元》）；"篱竹影随三径月，杖藜香发一肩秋"（《家翁郁林别墅寄兴》）；"隐约罗浮寻宿契，参横月落酒初醒"（《梦梅》），皆清雅有味。

按，女史尊人为茶耘太守蒙，最工诗，书法入晋人室，惜所作不传。女史之兄阆青刺史（第培），诗画一时无偶，为曾文正高弟。以不谐俗仕不进，著作亦多佚。曾见刺史《自题画松长幅》云："十丈长松画不来，画来恐被雪霜催。朝廷梁栋求方切，纸上能容作散材。"又《画兰贻友人题》云："径仄易为当户草，山深难作异岑苔。十年一别秋江上，忽地重逢心更哀。"亦可以觇其遇矣。两诗因记女史诗忆及，附缀于此。

四一

江马瓥，日本美浓人。余于《东瀛诗记》中得见其断句。《闺蓄春兰二盆，一盆岁岁着花并蒂赋诗》云："春风寂寞闲窗底，何意年年并蒂开。"女史盖守北宫之志者，故云。瓥，字细香，号湘梦，著有《湘梦遗稿》二卷传于世，惜余未得见其全豹。又有多田李婉，名顺。断句云："憔悴花前自恨春，花开花落白头新。"又云："天壤王郎空有恨，谢家门巷落晖时。"身世之感，于以见之。

碧琉璃馆诗话

张恂子

载于《文友社第二支部月刊》1918 年第 3、5、6、7、8、10、11、12、14、15 期。

作者署名恂子，即张恂子（1897—?），名崇鼎，字恂子，号春茧生，籍贯上海南汇，旧派通俗小说作家。新文化运动兴起后与王小逸等人成立文友社第二支部，创办月刊。后与王小逸前往上海，与顾佛影等人集合文友社旧友，创办地方小报《浦东旬报》（后改为《浦东星报》），兼办三日刊《显微镜报》。张恂子于 20 世纪 20 年代中期至 40 年代末期，共计创作长篇通俗小说二十余部，在通俗小说界颇有美誉，与王小逸、顾佛影并称"浦东三杰"。

《文友社第二支部月刊》，即张恂子与友人所立文友社第二支部之社刊，1917 年创刊于上海。主要刊载文苑、诗文、笔记、小说、剧话等。

本诗话选有文友社第二支部社友之诗，并对同社王小逸、黄岗等人诗风予以点评。讨论诗之命意、写景造境等命题。为香奁诗张目，批评"今之伪道学者，排斥香奁艳体，不遗余力，适足见其不知诗耳"。对诗分唐宋的问题，作者认为宋诗佳者亦是唐人面目，"若宋初之杨、刘，则瓣香义山；东坡、山谷，渊源亦得自唐人；放翁澹远，雅近香山。读者但知玩其皮毛，翼翼然谓宋人之神髓已得，不知穷其所自，则取唐人之神，而遗其貌耳"。故而唐宋之争实为无谓。

一

诗之命意立言，视人处境而异。古人谓诗以穷而益工，盖人不穷则意志不能专一。一旦置身庙堂之上，志得意满，所作诗必尘俗。亦有匹马从军，则豪气万丈；燕私床第，则情致缠绵者。此无他，时使之然耳。清初昆山王圣开妻，尝为父报大仇，其《纪事》诗有"杀贼血漉漉，手握仇人头"之句。后归王，作《村居》诗云："席门闲傍水之涯，夫婿安贫不作家。明日断炊无暇问，且携鸦嘴种梅花。"视前诗如出两人，可谓奇女子。

二

"香雾云鬟湿，清辉玉臂寒"，杜陵望月思家之句，哀感顽艳，千古无两。余今岁来龙沙日，适为元宵佳节，辜负良辰，黯然欲绝，就灯下偶作日记云："是夜月色朦胧，大有雪意。想广寒仙子恐人间佳节易动我辈离愁，故虽第一良宵，不把满轮捧出。寄语银蟾玉兔，为我致谢素娥，当待花好月，春浓日丽，庶几团圆双照，拜汝药栏苔砌间也。"乃悟白香山《寄内》诗"月明月暗总愁人"之句，写尽离人心事。

三

亡友胡明均，为人敦厚温柔，而有大志。所作诗如其人。殁时年仅十八，而诗稿已裒然盈册矣。余忆其《闻火警有感》云："每欲救灾无着手，可怜寂寞对孤檠。"又云："祝融竟继兵荒后，世界何堪再破残。"胡君殁后，其未婚妻江焕明女士，青年守节，予哭胡君诗云："落落襟怀潇洒身，青年长逝最伤神。画眉影事空如梦，薄命原来属美人。"即指此。

四

写景状物之诗，不嫌刻画，然亦不可过于刻画，必不即不离，斯为尽美。药根禅师诗云："雨窗话鬼灯先暗，酒肆论仇剑忽鸣。"徐澹庐诗云："荒田和骨垦，健卒戴头归。"舒问梅诗云："远岫翠浮村树杪，夕阳红堕水窗前。"某女士诗云："红是桃花青是柳，不分明处是春愁。"皆蕴藉可爱。若《儒林外史》之"桃花何苦红如此，杨柳忽然青可怜"一联，则如佛家之所谓堕入饿鬼道中者。

五

偶阅《耐冷谈》，见有论古诗一则，可与吾诗话相发明。略谓古诗有自然之天籁，却有一定之音节。今人作古诗，谓上下联平仄可以不拘。此不知诗者也。此说可为初学者下一针砭。

六

诗之能凄楚动人者，莫如言愁病、伤离别，然伤离别须忧而不怨，得温柔敦厚之旨方佳。如《秦风·小戎》诗，致其私情，不忘公义，有忧思无怨刺，既雄壮，又缠绵。杜工部《新婚别》，则不免于怨，读之便令人不乐。国势之所以不振，何尝非诗人阶之厉哉！

七

诗有意境相同而风趣各异者。宋张文潜绝句云："亭亭画舸系春潭，直待行人酒半酣。不管烟波与风雨，载将离恨过江南。"明女子陆娟《送客之新安》云："万点落花舟一叶，载将春色过江南。"两诗同用"载将"与"过江南"等语，而张诗宛然诗人吐属，陆诗的真闺阁手笔，不可强同，亦足异已。

八

东坡论作诗，喜对景能赋，必有是景，然后有是句。若无是景而作，即谓之脱空诗，不作贵也。予谓此种境界，非闭门造车之徒所能到。王君醉沙自铁沙乘舟返，得句云："蟹籪临河半，渔灯映水双。"（见本月刊第三期）余为敛手叹服，即同游者，金谓对景能赋也。

九

竹枝词起自刘梦得守巴渝时，所谓巴人俚曲者也。厥后又有柳枝、橘枝诸体，作者颇多，顾难以此见长，因雅俗共赏，正是不易耳。刘原作，如"江上朱楼新雨晴，瀼西春水穀文生。桥东桥西好杨柳，人来人去唱歌行"，又"瞿塘嘈嘈十二滩，此中道路本来难。长恨人心不如水，等闲平地起波澜"，皆俗而愈见其妙者。近读某杂志，有《渔家竹枝词》云："无数游鱼戏白波，一齐来听叩舷歌。鱼姑下网鱼郎钓，钓得何如网得多。""月满芦花水满江，今宵正好泛渔艭。阿郎下网侬收网，网得鱼儿总是双。"又某学使《五溪竹枝词》云："五溪山水清且鸦，五溪女子会当家。五溪男儿不识字，火墨壁上画叉叉。"皆不厌百回读也。

一〇

好风景必有好诗写之，方尽造化之妙。王渔洋诗云："皖公山色望迢遥，皖水清凉不上潮。青笠红衫风雪里，一林乌柏马萧萧。"此景真堪入画。近见广东黎某诗云："会仙桥下雨潇潇，翠绕羊肠路转遥。几树芙蓉夹杨柳，一僧扶伞过虹桥。"又皙庭诗云："模糊树色近黄昏，剥落红墙古寺门。淡淡烟痕秋水碧，一天凉月入孤村。"此种诗，良夜读之，可当卧游。

一一

诗之不同，各如其面，不必强效古人，须存本来面目。今之伪道学者，排斥香奁艳体，不遗余力，适足见其不知诗耳。清徐雨峰先生巡抚江南，为政风行雷厉，刚正不阿，人以为继汤潜庵后一人而已。然其《偶书》句云："归来惹得山妻问，侍女薰香近有无。"则一何绵丽也。是以能作香奁诗者，未必皆不道德。

一二

吾友朱石痴诗，为恬适一派。《陶靖节》云："我思陶靖节，自号葛天民。拂袖谢尘世，桃源好避秦。文章示己志，松菊委闲身。试读荆轲咏，何尝隐者伦。"澹远绝俗，宜其知音之不多也。

一三

星璇先生云："梅、菊等题，久已名作如林，后人最难着笔，总须孤诣苦心，别出机杼，以我驭题，直抒胸臆，藉见熟题生做之法。"

一四

心田师云："渔洋《秋柳》诗与工部《秋兴》，同一题外着笔，虽咏秋柳，自有一段掌故在，时人纵多和作，奈胸中疏疏落落，无可发挥，终于不及已耳。"

一五

先伯父心一先生，讳尚纯，工古近体诗，尤长于竹枝词。于香草先生赠联："卅载文坛负重望，一枝诗笔惯轻描。"其倾倒如是。殁后原稿散佚，近虽选入《海曲诗草三编》，而佳作尚多，暇当从事搜辑，勿使先人手泽长就飘零也。

一六

偶读古人闺中寄衣诗，辄为之雪涕。唐裴悦妻羽仙《寄征衣》诗云："细想仪形执刀尺，回刀剪破澄江色。愁捻银针信手缝，惆怅无人试宽窄。"明叶正甫妻《寄衣》诗云："剪声自觉和肠断，线脚那能抵泪多。长短只依原样式，不知肥瘦近如何。"清席佩兰诗云："欲制寒衣下手难，几回冰泪洒霜纨。去时宽窄难凭准，梦里寻君作样看。"三诗同佳，席更沉郁。明女子季贞一诗："寄买红绫束，何须问短长。妾身君抱里，尺寸自思量。"唐王驾妻陈玉兰《寄夫》诗："一行书信千行泪，寒到君边衣到无。"明胡仁夫反之云："应知薄幸思罗绮，不着年年寄到衣。"清张船山《忆内》诗："香泪在征衣，因君不忍浣。"松江曹黄门夫人秀林山人《寄外》诗则云："客裘自着江边雨，莫作临行泪点看。"金纤纤《寄外》诗云："纸样罗衣秋样瘦，那能禁得水天凉。"又上元朱菊如《雪中寄怀外子》诗云："重帘不卷寒侵骨，尚有征人在玉鞍。"怜惜之意，写到十分。读此种诗，那不使人魂销魄醉。

一七

予尝仿王弇州评诗例，评同社诸君子诗：星璇先生如天女散花，极五色缤纷之妙；绍周先生如老吏断狱，抉择精审；梦我如十三四好女儿，顾影自怜；

醉侯如吴宫教战，刚健中时露婀娜之致；醉沙如菜蔬当前，一切珍羞，皆成土羹尘饭；啸泉如空林清籁，自然入妙。或问予诗何若，予曰：如闺中小儿女，村讴俚曲，或可取悦一时，勿能久也。

一八

光绪丁未，我乡有马某之妇，虐妾致死。案发，乃贿胥吏诿为病毙。时家大人方主《浦东报》，独于报端作不平鸣，一时舆论颇激昂也。先伯父莘伊先生，作《妾何病》新乐府云："妾何病，妾无病。九死犹延一线生，得生反致死非命。断肠一语甚寻常，竟有人死真断肠。问彼何故真断肠，客不忍言言弥长。里有马氏郎，取妇介珠王。廿年生女不生子，耸郎买妾填偏房。妾填偏房妇悔妒，妾自怨艾命宫苦。郎君且畏吼声狮，弱质奚堪猛苛虎。虎生女，狠如狼。马有妾，柔如羊。羊见虎狼心悚惶，遑言交颈比翼双鸳鸯。马郎负气出门走，八月乘槎上汉口。轻离重利本商情，况又妻孥日相诟。诟不成兮羞成忿，手愈辣兮气愈愤。遍体笞鞭膝缠绳，针针见血棉塞吻。吻塞兮舌结，气竭兮命绝。杖楚阴兮丹流血，肠迸裂兮曳之出。彼何人斯首发难，妇犹长舌言精悍。秋风一起病百端，吾家人死尔无干。不平激动黄衫客，一言顷刻传千百。运筹决胜仰留侯，治狱平情推定国。群公议白官为地，清官明镜烛奸吏。裂肠寸剪血洗红，胡马工谋吏会意。吏会意，手指二。三翻四覆呈官视，鸳针暗度弥天弊。听客伤心语，令我泪如雨。多钱自古可通神，遑问沉冤伸不伸。翻手为云覆为雨，解铃仍是系铃人。"又黄梦畹先生《马家雌虎行》云："愁云惨惨罨秋浦，怨气弥天天不语。有客新从杜浦来，怒磔虬髯说雌虎。雌虎分明出马家，长林丰草久磨牙。崭崭白骨如罗刹，齿齿浓眉似药叉。郎君镇日肠千结，伯道中年愁嗣绝。拟续《风》诗赋《小星》，虎须怕将只忧泣。薄游乘兴到申江，申江有女貌无双。娘号荔枝年正稚，郎迎桃叶胆犹双。入门瑟缩依郎肘，虎威先已如雷吼。陡起摧桃斫柳心，狠施笞凤鞭鸾手。谋将鸩酒毒娉婷，无奈郎君侧耳听。至竟杀人心不死，时时誓拔眼中钉。浮梁客至催郎起，小妇含悲大妇喜。三尺长竿十尺绳，正好斯时下手矣。杖阴缢颈毒刑施，宛转呼郎欲毙时。但得郎知妾如此，股身甘化肉成糜。比邻此际皆闻见，平明里巷喧传遍。齐说沉冤似此深，应教六月飞霜霰。阿谁仗义慕黄衫，浓墨书成大字函。为乞使君烛秦镜，急催津鼓挂征帆。使君明直燃犀似，离座再三亲验视。笑说何劳琐谳为，此是病中胎堕耳。黄金价重朱颜轻，朱封标出桐棺盛。车骑如飞使君去，路人那敢与争衡。路人之目虽能掩，路人之心终难慊。万口流传入报章，笔花发出丹黄焰。我已年来雪满颠，闻言也觉泪如泉。愿为恨海波千丈，付与西山精卫填。"

一九

五律之工，难于七律，以每句不可落一闲字也。唐人中惟老杜最工，如"星临万户动，月傍九霄多""暗水流花径，春星带草堂""星垂平野阔，月涌大江流"，三联同一景也，而首联则咏宫廷，次联园林，三联羁旅，十个字中，何等力量！他如"浮云连海岱，平野入青徐""文章憎命达，魑魅喜人过"，皆千锤百炼，无一闲字，使近人为之，不拖泥带水者几希。即王摩诘"明月松间照，清泉石上流"，亦复铢两迥殊，不敌远甚。

二〇

或谓唐诗主神，宋诗主骨，两者截然不同。岂知论诗而分唐宋者，皆胶柱鼓瑟之侪。若宋初之杨、刘，则瓣香义山；东坡、山谷，渊源亦得自唐人；放翁澹远，雅近香山。读者但知玩其皮毛，嚣嚣然谓宋人之神髓已得，不知穷其所自，则取唐人之神，而遗其貌耳。庐陵《游春》诗："红树青山日欲斜，长郊草色绿无涯。游人不管春将老，来往亭前踏落花。"石湖《横塘》诗："南浦春来绿一川，石桥朱塔两依然。年年送客横塘路，细雨垂杨系画船。"固犹是唐人面目耳。

二一

上海李史香女史有《论诗》七律一章云："随人学步总难先，无论唐贤与宋贤。一点灵能生骨格，十分清自露毫巅。奇思原欲搜天外，好景从来在眼前。得领骚坛真妙解，敢将管见质神仙。"寥寥数十言，堪作诗学迷津宝筏。

二二

平章风月，不可谓诗人之能事已尽，处此国步艰难之会，诗人当亦有履冰蹈尾之惧也。陈卧子《小车行》云："小车班班黄尘晚。夫为推，妇为挽。出门何所之？青青者榆疗吾饥，愿得乐土共哺糜。风吹黄蒿，望见墙宇，中有主人当饲汝。叩门无人室无釜，踯躅空巷泪如雨。"今日之粤湘，天灾人祸相逼而来，读此更忧心如捣。尝与顾君柘村论渊明诗，柘村谓陶诗妍丽入骨，故表暴于外者，转归平淡，学之者但于字面上求其相似，得真诠者，我见亦罕矣。柘村不多作诗，而论诗之中肯如是。

二三

《妙香室丛钞》载一闺秀，逸其名，惊才绝艳，十五于归，唱随自得。有《香闺杂咏》三十首，其佳者云："晓霞如绮照妆楼，出茧青蛾淡欲羞。同此双弯新月样，一经郎画便无愁。""乍喜南枝映绮门，檐冰齐挂玉钗痕。泥郎代取花间雪，指冷双携袖里温。""扫将晴雨试煎茶，暖阁沉沉翠幔遮。小饮助郎诗思好，一盘生菜供梅花。""乍觉春寒暖被池，云鬟半向枕边欹。梦中忽忆销魂句，推醒萧郎索和诗。"丽句缠绵，不减次回也。

二四

社友顾君枚生，藏有乾嘉时诗人瞿桐封先生《古樵诗草》两册，拟为之刊行。余于啸泉处得见其下册，集中咏荷诗多至四十二首，如《新荷》云："年未破瓜怜碧玉，心犹半卷学红蕉。"《白荷》云："君子自来矜本色，美人只合抱冰心。"《荷色》云："玉井银塘清欲绝，晓风凉月秀堪餐。"《荷韵》云："彩笔一枝吟谢客，绿波双桨荡吴姬。"《荷魂》云："三更梦逐鸳鸯断，一缕情禁水月销。"《荷酿》云："结社恰宜邀靖节，开樽先合寿濂溪。"《赠荷》云："舍尔有谁堪解语，怜卿如我可无言。"《残荷》云："吴宫风露悲秋冷，楚客衣裳怯影寒。"《忆荷》云："涉江消息风中断，荡桨情怀梦里多。"又《怅怅词》云："含羞未易逢人问，有泪频教向母垂。"允推佳句。

二五

集中咏物诗甚多，其《雨具》四律，尤婉而多讽，深合风人之旨，亟录之以公同好。《钉鞋》云："制异芒鞋与靸鞋，钉头簇簇几行齐。前途到处能留迹，没齿何当惯辱泥。莫为沾濡轻弃掷，几经风雨藉提携。阮家蜡屐差相似，曳足还堪一品题。"《雨盖》云："廓落依然六合并，长身高立敢相轻。此君出处关风雨，只手撑持任侧倾。讵比苍穹能遍覆，恰如荷盖向空擎。若论交道浑非昔，莫漫金华订旧盟。"《蓑衣》云："依然无缝是天衣，组织何须上锦机。雅制叩来丝乙乙，高情披趁雨飞飞。黄裳政治风犹古，绿野耕耘草正肥。一自元真相识后，赏音谁复到柴扉。"《箬笠》云："岌岌田园照影过，坡公图貌几摩挲。戴来只觉青天小，覆去应怜酱瓿多。陇上风高歌侧帽，江边雪冷只披蓑。老农莫道儒冠好，误尽今生却是他。"四律中末首尤胜。

二六

昔人寻诗有句："镇日觅不得，有时还自来。"盖佳句每在偶得，不可强求也。吾友许醉侯，诗兼绵丽豪爽。其《西湖偶得》断句云"夕阳人影背风斜"，又云"一朵红云缺处明"，诗中有画，令人拍案叫绝，而在尔时则固信口所成也。

二七

悼亡诗作者如林，欲求其悱恻缠绵，而不落俗套者，竟难多得。宝山邵韵述先生，古之伤心人，亦多情人也。其妇金玉霏女史，亦能诗，闺中倡和，伉俪甚笃。女史殁，韵述作《悼亡》诗十六律，刷印多纸，遍征和作。余偶于旧篋中搜得一纸，为录其尤者如下："生涩鸳衾梦未同，分飞先赋首如蓬。淡妆略带儒酸气，慧性偏多道学风。习静怕闻春语燕，寄情难托晓归鸿。可堪新妇遭家难，缟素随予哭阿翁。""才携纤手学围棋，便倚香肩泥和诗。寒玉有声闻落子，瘦筇无语写相思。绿窗昼静呼仙友，红烛宵深拜女师。清福原知天靳与，倘非离别久难支。""苦语君须强自宽，离居无计劝加餐。讳愁只恐灯窥见，含泪空教镜照干。凄绝蛾眉从此病，仙乎蝉蜕为谁拚。婿乡千万温存意，风雪罗溪梦未寒。""采鸾只合嫁文箫，梦境新奇意也消。乍喜珠玑圆入掌，渐看裙带瘦无腰。望迷春草君山路，梦怯秋风白下桥。总为浮名赚离别，年年累汝泣鲛绡。""拟学浮家张志和，城东僦屋又牵萝。绣愁纤指丝抽茧，呕血吟身药作窠。下第仍归穷杜默，小楼长侍女维摩。百年伴守裙钗老，夜夜心香祝大罗。""懊恼春来恶梦忙，向侬不忍说郎当。似曾换骨嫌衣重，懒起梳头恨发长。蠢妪岂能调药饵，娇儿未解慰糟糠。寒闺多少愁滋味，付与书生子细尝。""平时低唤与娇应，竟去无言痛不胜。两字私称防婢觉，一生知己更谁凭。病姿百转花成梦，瘦骨千摩玉起棱。是我负卿卿负我，晓窗哭晕帐前灯。"数诗皆极哀感顽艳。嗟夫，好梦不长，彩云易散，令人读此辄唤奈何！

两株红梅室闺秀诗话

李玉成

本诗话先载于《青年声》月刊 1918 年第 1、2、4 期，共 3 期。《青年声》停刊后，继载于《劝业场》报 1919 年 2 月 15 日至 3 月 1 日，共 8 期。均署名"安徽冰如张李玉成女士"，从内容知为江苏南通张樾侯之妻。张樾侯，即张曾荫，见前《滑稽诗话》（《滑稽杂志》）。诗话有序述创作缘由，称外子樾侯索稿，欲寄与《青年声》，方有此作。事实上，张樾侯时任《青年声》名誉编辑，有为刊物组稿之责，女士诗话得以保存，与此不无关系。

诗话既为闺秀诗话，所载亦为女子诗，有范姝、蔡季玉、刘璋、柴静仪、徐蕴华等人作品。其诗出处不仅出于诗稿，亦有出自《妇女杂志》等报刊者，可见时人接受信息方式之转变。诗话中诗歌出于女子之手，不乏叙述相思、自怜之作，如范姝《闻蟋蟀有感》述空闺思夫，颇清怨可颂。然尚有刚健洗练者，刘蜀生《木兰从征图》《二乔观兵书图》即是。

序

丁巳十二月，外子樾侯自泰县寒假归。索拙编诗话甚亟，云将寄往《青年声》刊登者。因以草本，仍倩樾侯去取。

一

毕秋帆先生之抚陕西，其母夫人留居山东。以诗贻之，曰："读书裕经纶，学古法政治。功业与文章，斯道非有二。汝久宦秦中，溽膺封圻寄。仰沐圣主恩，宠命九重贲。日夕为汝祈，冰渊慎惕厉。譬诸槥栌材，斫小则恐敝。又如任载车，失诚则惧踬。扪心五夜惭，报答奚所自。我闻经纬才，特重戒轻易。教敕无烦苛，廉察无苛细。勿胶柱纠缠，勿模棱附丽。端己厉清操，俭德风下惠。大法则小廉，积诚以去伪。西土民气淳，质朴鲜靡费。丰镐有遗音，人文郁炳蔚。况逢郅治隆，陶甄综万类。民力久普存，爱养在大吏。润泽因时宜，搏节善调治。古人树声名，根柢性情地。一一践其真，实心见实事。千秋照汗青，今古合符契。不负平生学，弗存温饱志。上酬高厚恩，下为家门庇。我家祖德贻，箕裘罔或坠。痛汝早失怙，遗教幸勿弃。叹我就衰年，垂老筋力瘁。曳杖看飞云，目断济山翠。"

不意先生晚年，竟违母训，而谄事和珅。身后遭籍殁之惨。太夫人姓张，名藻，字子湘。

二

崇明施学诗，适蔡某。闺中倡和甚得也。无何，夫卒。学诗有《哭夫诗》三十绝，仅记其二，云："肝肠断后何能续，点点斑斑血泪枯。今日园中千万竹，不知也有泪痕无。""同怜同病更同心，恩爱情多一往深。山水文章诗酒友，房帏从此失知音。"一字一泪，不能卒读。

三

"月欲来时先拨雾，蝶纷飞处总多花。"梁溪余春星断句也。

女子咏镜诗，佳者绝少。常州王氏女云："高堂明镜感青丝，女伴闲来照影时。见得分明全不语，教他好丑自家知。"淳安赵玉馨云："垂髫全改旧丰神，对镜浑如又一身。自笑娉婷年十六，生疏从未识斯人。"此二绝余绝爱之。

四

姑白夫人能诗，然不常作。某年夏夜，忽得句云："风送荷香入画帘。"命外子续成。次日诗成，诗云："秋节将临尚苦炎，微凉生处趣能添。月拖梧影归书阁，风送荷香入画帘。身世徒劳仙草觅，人情堪笑佛花拈。消闲独自庭前立，多少浮云不忍瞻。"终不能及也。

五

"宝篆全消鸭不温。怕黄昏又到黄昏。断红零落无寻处,风雨凄凄独闭门。"闻系乌程戴秋琴《春暮诗》也。读之令人黯然。

六

外子出《绣余吟草》见示,泰州曹湘浦遗著。曹字楚卿,清光绪时人。年二十一病肺卒。佳句如《渔舟》云:"破网捞明月,孤篷唱晚风。"《落叶》云:"影凄蝉韵歇,声蹴马蹄干。"七绝如《病中》云:"碧纱风袅药炉烟,细数铜壶夜似年。病里诗魂扶不起,一楼残月枕书眠。"《秋闺》云:"幽闺风景太萧条,蛩诉秋寒转寂寥。最是此声听不得,满天风雨洒芭蕉。"

七

钱塘平素娴《香闺杂咏》,佳句如:"画梁渐见燕将雏,一径萱花小雨濡。阿母书来羞竟读,隔年频问有身无。""花里房栊月下楼,十年长拥合欢裯。枕边细数团圆夜,除却离家总并头。"一气呵成,不加雕琢。

八

康熙时,名臣高文良公其倬之夫人蔡氏,名琬,字季玉。诗集不传。兹得其《九华寺》一律云:"萝壁松门一径深,题名犹记旧铺金。苔生尘鼎无香火,经蚀僧厨有蠹蟫。赤手屠鲸千载事,白头归佛一生心。征南部曲今谁是,剩有枯禅守故林。"盖为其父绥远将军毓荣作也。将军以讨三桂夺爵削职,乃弃家归空门,长斋奉佛以终。九华寺,即其杖锡处也。

九(以下见《劝业场》)

雉皋诸生李延公妻范氏,名姝,字洛仙。《诗草》二册,录其《闻蟋蟀有感》云:"秋声听不得,况尔发哀吟。游子他乡泪,空闺此夜心。已怜妆阁静,还虑寒垣深。萧瑟西风紧,行看霜雪侵。"

一〇

前录蔡季玉《九峰寺》一律（稿刊《青年声》杂志），兹又得其《葵花》云："落寞西风暗淡姿，倩谁谱入上林枝。只怜一点丹心在，不为斜阳影便移。"忠义之气，溢于言外。

钱塘柴静仪，字季娴。《勖子》云："君不见，侯家夜夜朱筵开，残杯冷炙谁怜才。长安三上不得志，蓬头鼃面仍归来。鸣乎世情日千变，驾车食肉人争羡。读书弹琴能自娱，古来哲士能贫贱。"有《凝香室诗钞》行世。佳句如林，以不可尽录为憾。

沪妓赵也仙，工诗，归士人某。《自感》云："教坊落籍洗铅华，一片春心对落花。旧曲听终空有恨，故园归去却无家。云鬟半軃临青镜，雨泪频弹入绛纱。安得江州司马在，尊前重为赋琵琶。"

——

巴陵刘珹字蜀生，为故提督长清淑女。《题木兰从军图》云："机杼声停东阁东，新妆卸却便从戎。黄河黑水临前敌，铁甲银刀别故宫。十载干戈同将士，一时巾帼忽英雄。可怜吾父沙场老，涕洒天涯恨未终。"《二乔观兵书图》云："台榭姑苏吊故墟，西施去后复何如。乔家喜得周郎婿，吴国群谈孙子书。貂锦三千环蕙帐，鸾刀一对引莲舆。江南山水多蹂躏，粉褪花残市井墟。"《梁夫人援枹图》云："江淮半壁势危艰，转战孤军夷夏间。南宋旌旗屯玉垒，中原鼙鼓起金山。指挥如意兵心振，臂助全收战血斑。老鹳潜通功未竟，诏书又召岳飞还。"《秦良玉倚马图》云："桃花小马是名驹，马上红妆一色朱。英武足教豪杰愧，轻盈不用健儿扶。金铃个个锵鸾珮，玉帐重重握虎符。怊怅残疆徒苦守，云台未画美人图。"端庄流丽，刚健婀娜，不可一世。

蕙芳学妹以《合存诗钞》见示，为满人永寿妻思柏所著。余最爱其《七夕》一绝云："渺渺天河风浪多，一年一会尚蹉跎。人间更有黄泉别，鹊去桥空可奈何。"

一二

"寂寂闲庭夕照天，秋山一角耸吟肩。寒花影里低鬟立，不许人怜只自怜。"石门徐蕴华《自题小影》诗也。"二月韶光半已空，玉梅花谢杏花红。天涯处处生芳草，人在江南细雨中。"汉军高景芳《杏花》诗也。余两爱之。

申屠氏美而艳，名希光，适董昌，《临行留别》云："女伴门前望，风帆不可留。岸鸣蕉叶雨，江醉蓼花秋。百岁身为累，孤云世共浮。泪随流水去，一夜到闽州。"入门，不复吟。见明李清《女世说》。

闽县张季琬，字宛玉，工绘事，记其《自题蝴蝶图》云："蘧蘧飞出宋东家，春去何心梦落花。描得滕王新粉本，小窗只当写南华。"

南海诗人王隼之女瑶湘，有《送别》一首云："孤舟暮归去，别路江南树。烟外有钟声，故人在何处。"能得言外之味。

"灯前课子诵芸编，百事关心逼岁阑。泉路十年音信断，空山风雨一家寒。"吴县张凌仙《岁暮感怀》诗也。如此贤母，令人安得不敬。

一三

《浣青诗草》，尚书钱文敏公女、观察曼亭崔公妻所著，著者名孟钿，字冠之。《天末》云："天末愁摇落，秋声不可闻。晚花犹滟滟，凉露自纷纷。道远迟归雁，山寒入暮云。病中惊节换，谁与慰殷勤。"

某期《妇女杂志》有崇明施淑仪背面题蕉小像，并附诗云："背花捎拭泪痕干，愁绪如蕉下笔难。自顾年来憔悴影，怕临青镜怕人看。"句句入题，便于初学。

太仓王蕙，字韫兰，父名长源，官学史，适常熟诸生朱某。佳句如《冷泉亭》云："人世热何处，我来清到心。"《移居旧宅》云："松菊尚存思祖德，蓬蒿不翦见家风。"诗名甚籍，惜未睹其全集。

华亭朱吉士大韶，好藏书，闻某君有宋椠袁宏《后汉纪》，系陆剑南所评，遂以美婢易之。婢将行，留诗云："无端割爱出深闺，犹胜前人换马时。他日相逢莫惆怅，春风吹尽道旁枝。"朱见之，甚为惋惜，未几卒。

钱塘项纫，一名茧章，字屏山，归许文恪。《题画》云："爱写生绡没骨花，要摹神韵谢铅华。笑侬题款还停笔，腕底先防作字斜。"夫人善画，曾供奉内廷，著有《翰墨和鸣馆集》，惜未之见。

一四

不祥之语即成谶，然有验有不验也，故人每忌用之者以此。黎春熙，字文绮，顺德黎召民之女也。《咏红梅》云："香生纸帐独开迟，日照园林发数枝。缟袂修成丹换骨，绛罗褪出玉为肌。吴宫醉舞独含笑，唐苑新妆正点脂。任尔春花争富贵，红颜原抱雪霜姿。"未逾月，竟失所天。

某报纸刊有陈翠娜仿小桃花馆二首，《春日吟》云："饧箫吹困春风天，湖光镜里摇青烟。篆香如丝剪不断，落花飞入鸳鸯弦。梦里骑云入幽处，满院绯桃坠红雨。嫩寒如黟嵌云屏，一夜芭蕉作愁语。"《秋宵吟》云："星河历历生凉波，娇云抱月颦青娥。帘中美人拥秋坐，小颗流萤隔花堕。粉窗咽香凝空青，相思薰透芙蓉屏。疏桐辞枝趁风舞，络纬声声梦中语。"诗句如此，不可多得。

歙县有毕著者，字韬文，昆山王圣开室。《村居》云："席门闲傍水之涯，夫婿安贫不作家。明日断炊何暇问，且携鸦嘴种梅花。"颇有名士风味。

嘉定侯若英，字怀风，有《感昔》一律，惜不记其全作："大地尽抛金锁甲，长星乱落玉门关。"诗中之尤感喟苍凉者。

一五

赵兰畹《漫成》佳句云："酒因解恨倾杯易，诗到无题下笔难。"《寄琴香盟姊》云："身因闲绝翻多病，心到愁深转觉空。"皆未曾经人道过。

温倩华佩蕚，无锡人。有《冬闺》四绝云："小窗倦绣唾香绒，半卷罗帏出画栊。双颊断红浑不管，玉楼高处听松风。""消寒雅会斗尖叉，冻合瑶天雪意赊。毕竟聪明推小妹，诗情清过玉梅花。""林开雪霁晓烟轻，踏雪寻梅约伴行。一路低头看屐齿，是谁印得最分明。""日影穿帘淡欲无，绮窗呵手细研朱。胭脂不注沉檀颗，填入消寒第几图。"诗情丽雅，清能绝俗。

徐若冰《七夕》云："银汉横斜玉漏催，穿针瓜果饤妆台。一宵要话经年别，那有工夫送巧来。"独出心意，他人不能道也。

商河邵氏云清《闺七夕》佳句有"前言犹在耳，别泪未曾干"之句。

某书选有胡玉亭《女郎词》云:"相呼同伴到帘帷,偷看新来客是谁。又恐被人先瞥见,却从纨扇隙中窥。"真所谓诗中有画。

一六

范姚,名倚云,桐城人,为南通范伯子先生德配。《用欧公四十四韵寄夫子津门》云:"忆昨送君时,风光正春日。别离那可论,此心良忽忽。虽有千万言,心悲不能出。深恐扰君思,回肠忍泪殁。自君远行役,承欢双亲膝。黾勉敢惮劳,夙夜怀栗栗。初来未尽谊,儿女相辅弼。惭惶提斯心,安得往时逸。风月非无趣,每每看令失。时或有佳致,十不能得一。感念高堂慈,遇事必宽恤。有时怜其苦,命之和新律。亦欲博亲欢,苦思真咄咄。流光何迅速,夏去秋风疾。相思惟自知,乌能向人述。忽得桐城书,青山已卜吉。览之涕交流,岂敢望归必。老人竟颔头,许其返蓬荜。又得津门书,周旋语意密。极论劬劳恩,去日若鞭挞。汝心苟不从,遗恨当斧锧。故尔辞两亲,脱身不用乞。在道感君怀,反复视君笔。忧思安能已,徒有泪横溢。君诚不自聊,尚恐吾心郁。何以报深情,珍重为君匹。倦极入幽梦,相见在仿佛。忽为晨钟醒,劳生待谁嫉。茫茫大块中,尔我定何物。好留泡影嬉,只待白头毕。从兄复登舟,亦任风涛飔。万里若乘槎,苍茫近太乙。云际山迢迢,枫林秋瑟瑟。寒沙群雁嗷,荒渚幽虫唧。皓月一周天,片帆抵官室。悲喜涕重闱,亲情绕诸侄。旧日闲闺中,妆台尽散佚。芙蓉尚含苞,丹橘犹结实。依依我亲傍,留连复惕怵。聊慰罔极恩,寸心终自效。且复爱年华,新妆待君栉。翱翔好致身,憔悴嗟吾质。不然陶翟耳,吾岂慕高秩。堂上七十年,人情三百级。"古意磅礴,琐琐而写,允推情文兼至之作。

苎 萝 诗 话

蒋瑞藻

载于上海《妇女杂志》1919 年第五卷第 9、10 期 "杂俎" 栏目。

蒋瑞藻（1891—1929），浙江诸暨人，字孟洁，号花朝生，又号羼提居士。曾任上海澄衷学堂和杭州女子中学国文教员，著作颇丰，著《小说考证》《小说技谈》《新古文辞类纂稿本》，选编李慈铭《越缦堂诗话》《续杜工部诗话》等。此外还有《花朝生笔记》《花朝生文稿》及《羼提斋丛话》等文稿未及付印，后皆焚于兵火。

《妇女杂志》，1915 年 1 月 5 日创刊于上海，1931 年 12 月停刊。月刊。由商务印书馆发行。历任编辑有王蕴章、章锡琛、杨润余。主要撰稿人有恽代英、沈雁冰、叶圣陶、胡怀琛、钱基博等。前期提倡 "贤妻良母主义"，后转型为革命与激进的妇女杂志。

本篇是一种颇具地方特色的闺秀诗话。题目 "苎萝" 一词来自诸暨苎萝山，该地有浣纱村，相传为西施故里。《苎萝诗话》所涉皆是诸暨闺秀之作，故以此为名。诗话论及女子包括孟蕴、胡净鬘、陈道蕴、戴玉莩、徐昭华、胡慎仪、骆思慧等十余位明清闺秀，其中记徐昭华（伊璧）最详，文后又附闺阁诗二十余首。所收诗词，很多都不见于他处。

　　诸暨，浙东下邑也。自秦置县，至于今历年三千，而声施烂然，见于史册者绝少其人。文字小技耳，传者亦复寥寥，不难屈指而数，至于闺秀则尤少矣。

孟夏四月，余大病，谢绝人事，日与药裹相周旋，间亦与女友白冰卿谈艺为乐。冰卿喜诵闺秀诗，各家媛集，搜罗略备，而出自邑人手者独鲜，因谓余能致知乎。余无以应，则为考之志乘，旁及杂记短书，草诗话一卷遗之。篇帙之少，盖限于地与人，末如之何也。苎萝，邑山名，离县五里，今在城南门外，实西子之故乡，艳迹冠绝千古，故以名诗话。明诗话为邑闺秀作，亦以邑百不如人，独此浣纱女郎，可以傲视今古而已。戊午六月蒋瑞藻 提斋中书。

—

孟蕴，字子温，父名铤，明初诸生，梦女冠送云冠绣裳于庭，生蕴。性慧，读书工诗，善画墨兰。会同里蒋文旭者，年十七，应洪武二十九年乡贡，授河南道监察御史，巡按湖广。聘蕴未娶，陈时政忤旨赐死，蕴闻讣大恸，请于父曰："儿蒋氏妇，文旭之不幸，即儿之不幸也。愿得一履蒋氏门，事舅姑。"父母未许。蕴私念文旭枢归，必过门，乃密为衰麻蒙丝，俟枢过，从门间跃出，裂所蒙服，长号扶枢去。既而文旭父母死，无嗣，铤迎之归，宅后岩间，构柏为楼，令处其中，曰："《柏舟》之意也。"聚书千卷，晨夕观玩，足不越梯。有《雪前种柏》诗曰："绣衣御史柏为台，乌府庭前夹道栽。今日凌霜无可睹，为君植此寸心摧。"一日，楼后岩石间，梅花盛开，赋诗曰："傲雪经霜已有年，凡花未许与争先。乘骢人去无缘折，留得清香满世间。"先是，蕴矢志守贞，侄妇童氏进曰："贤姑此志，可质鬼神，无相违也。"因披心相翼，情若共生。蕴有《与童姬夜话》诗曰："树底蜩螗聒耳，窗前蟋蟀齐鸣。话绪无端搅断，明河天际云横。"亲党有饷荔支者，蕴曰："此玉环所嗜物，何为至我前！"作诗却之曰："金盘谁荐紫袍新，野骑无端扰汉津。纵使夷齐心不易，难将青眼笑红尘。"年九十三卒，发无纤白，人称黑发姑。生卒皆重九日，乡妇于是日会拜墓前，至今犹然。

二

孟子温咏梅诗，凡一百篇，中两篇云："疏林幽萼雪中开，馥馥清香绕镜台。一样冰姿和月色，高低流影入窗来。""几枝开放军营晚，吹角当林月影孤。无限断肠成百结，幽香引入小单于。"前诗幽娴，后诗激冷，深合贞女身份。

《自题画松》诗曰："森森老干倚晴空，万木参差谁与同。自昔栋梁人已去，谩将彩笔写遗容。"

三

胡净鬘，老莲先生陈洪绶侍姬也，草虫花鸟，皆入妙品。扬州铁佛寺，在堡城，为杨行密旧宅，先名光孝院，寺前后多红叶。先生携净鬘往来其间，命写一支悬帐中，曰："此扬州精华也。"胡，扬州人，故云。泉唐冯砚祥贻陈诗："吴兴女子工花草，侍制丹青步绝尘。三百年来陈待诏，调粉杀铅继前人。"盖调之也。

四

陈道蕴，章侯先生女，画得家法，工翎卉人物，尤善写竹，师管夫人，晴筜新篁，潇脱出尘；小楷学赵松雪。先生尝命之写经，精致绝伦，因题其所居曰"写经轩"。

五

净鬘解禅学，人比之于东坡朝云。老莲有《自笑》诗云："文词妄想追先辈，画苑高徒望小妻。"韵人、韵词、韵事，与梅墅祁氏，抗绝一时。

六

戴玉萼，字绿华，甬人，归邑诸生余荫祖。有《谢外寄春衫》诗曰："窄袖春衫小样新，劳君远寄别离身。几回对镜增长叹，不是当年绮丽人。"读之令人增亢丽之情。又有《送外之河北》诗曰："一轮冰鉴满，照见物华新。入幕君宁贵，持家我固贫。素弦挥宝瑟，清泪掩罗巾。去去还无恙，前途有故人。"则又孟德曜、桓少君之亚也。

七

徐昭华，字伊璧，性好莳兰，自号兰痴。上虞徐征君咸清女，其母则商太傅女景徽也，著有《承雏堂集》，与女兄祁忠敏夫人商景兰俱能诗。景兰女祁湘君，子妇张楚缨、朱赵璧，诗什播海内，而皆无专集。继起者则昭华与其舅妹商云衣也。云衣又早亡，《绿窗集》乃掇拾所得，零翠碎玉，珍秘无多。惟昭华为毛奇龄女弟子，才又甚高，下笔都利，如遥林秀树，使人弥望不能却。咸清尝燕奇龄于传是斋，酒半，昭华请试题，为命二题，一《拟刘孝标妹赠夫》，诗曰："流苏锦帐夜生寒，愁看残月上阑干。漏声应有尽，双泪何时干"。又曰："夫容花发满地红，黛烟香散度帘栊。画眉人去远，肠断春风中。"一仿六朝。《赋得拈花如自生》诗曰："明珠照翠钿，美玉映红妆。步移摇彩色，风回散宝光。蛛丝髻上绕，蝶影鬓边翔。谁道金玉色，皆疑桃李香。"又请题，会昭华画蝶，遂命题画蝶五绝，限东韵，昭华立成诗曰："蛱蝶翻飞去，翩翩彩笔中。虽然图画里，浑似觅花丛。"西河次其韵曰："滕王有遗谱，描之深闺中。羞煞东园蝶，翩翩满绿丛。"燕毕，又书二绝句于传是斋曰："四十年来老自惊，新收门下女康成。不知书面缋花好，试看阶前带草生。""深堂桦烛照衔卮，隔幔新吟画蝶诗。不是小鬟频乞试，那知闺阁有陈思。"初，昭华读《濑中集》毕，诗曰："燕支花落覆红蚕，兽颈初垂火自含。坐对西河才子句，浑如秋月照澄潭。"又："少小曾观白石词，芦中人去竟如斯。溧阳浣女空相殉，悔不先吟濑上诗。"西河和韵云："秋霜如雪裹冰蚕，石阙高嶙口重含。不道美人居洛水，能怜才子在昭潭。"又："欲唱回波未有词，盐车无复聘鸡斯。向非道蕴真才女，若个能吟中散诗。"嘉兴曹侍郎溶曰："左嫔苏若兰后，文章之盛，无如昭华者。"昭华又善鉴，山阴童珏二树，方呀角，抱之膝上，手为傅粉，口授唐诗，谓人曰："此子异日必以诗文名世，惜不达耳。"已而果然。所著有《徐都讲诗》《花间集》《凤皇于飞楼诗》若干卷。婿骆襄锦，字佳采，诸生，陈迦陵所谓"问其桑梓，千春西子之乡；询彼丝萝，四杰骆丞之婿"也。毛西河《宿传是斋赠佳采》诗曰："开卷烟云集，当轩花树明。赘为齐地客，少传义乌名。永夜看挥麈，论年及请缨。闺中有徐淑，莫忘述婚情。"时工诗者，推盛唐王锡，而西河谓俱不及昭华，以其解唐人法外意也。

<h1 style="text-align:center">八</h1>

徐仲山以七夕死，昭华以《禁日哭父拟〈木兰词〉》寄毛西河，读之不觉泪下。时汪东川司成在坐，曰："声调哀苦，体格苍劲，有女如此，即以当木兰

何过也!"其诗曰:"戚戚复戚戚,天孙罢机织。只道天边欢会期,不道人间别离日。人间别离真可怜,天边欢会知何年。凄凄登我堂,不闻鸟雀喧。但闻老母痛哭声连连。啾啾入我房,不见瓜果陈,但见蛛丝虫网相钩牵。前年当此日,天河正弥弥。分将五色缕,聊作百年厄。去年当此日,天柱方倾颓。桂阳城北乘羊去,緱氏山头跨鹤归。况复今年当此日,百岁堂前丧灵匹。欲洒麻衣两泪悬,但启书楼寸肠磔。天河有时挽,天星有时转。惟有乘槎一去人,万古千秋不复返。穿针徒望眼,不使泪我亲。九重空照地,不照泉下人。黄姑此夕依然渡,惟有严亲不知处。木兰空自夜停机,愿代耶行竟无路。戚戚复戚戚,作此七夕词。欲知此日心中苦,视此河流无尽期。"昭华多哭父词,有《登青来阁检父遗帙》七律,中有四句云:"青松出瓦根俱龆,碧柳当窗荫渐疏。卷榻已无新注帖,开箱惟有旧藏书。"又一律后四句云:"山长似向空栏断,月隙还随小楄圆。有女愧无班氏笔,遗书万卷续何年。"

九

毛西河寓大善寺,吴尼御符,为天童晓公付法,以扫塔过越,谒西河。西河以女僧不当与酬酢,遣昭华报之。濒行,尼出折扇乞诗,不得已,书一律云:"不信才观世,幡然去普陀。传衣真是锦,剪发尚如螺。贝叶箱中薄,莲花水面多。阿潘方学道,相待洛桥波。"次日,越中女士,合钱于国门,见扇,齐声索昭华和诗,盖借此相难也。昭华连和二诗,一曰:"前身本灵照,开口即弥陀。乞食施山鸟,装香在海螺。乡程云外近,别思晚来多。试看千江月,徐徐出绿波。"二曰:"几欲还慈室,无缘款白陀。毫分眉际彩,掌合指头螺。赠拂留狮尾,翻经度贝多。龙宫看神女,何处不凌波。"又《送尼》诗曰:"夫容曲岸散红霞,送客江边疏柳斜。兰桨行时飞化雨,绿茵铺处布金沙。乘杯欲渡吴閶水,拂麈曾开鉴曲花。一自水田相顾去,何年重把绿袈裟。"

一〇

高邮孙孝廉无燀,其尊人吏部公,以乡官为当事龃龉,瘐死狱中。孝廉内人潘氏,刺血写经以忏救之。及潘年五十,孝廉避乱归里,泉唐钱石城进士妻林以宁,吏部同年女也,为潘作骈启征诗。毛西河属徐昭华应以诗曰:"高邮湖水清且涟，湖旁有第高巉屼。梅花日出照锦烂，夫人五十饶朱颜。考之氏族华以繁，黄门之后典午迁。世居淮服控海澜，先人尝著獬豸冠。通家有子孙巨源，以之作配年又年。自从少小却佩环，鹿车长挽鲍与桓。公车门下虽升贤，仍如韦素心所便。只惜中道遭家艰，劲刃剸尾及孔鸾。夫子卖饼安丘间，还乡元节足尽跰。只今日霁浮云骞，健持门户晚景安。覆巢卵毂犹瓦全，秋分双融生羽翰。群从羯末女令娴，皆言绛帐由文宣。独怜诠部留狴犴，度人经写百千番。螺腕刺血和泪丸，写入贝叶翻红莲。予母自小愁不年，曾书三部《华严》笺。一藏佛腹一塔砖，其一送置天台间。夫人为此更何怜，闻之涕下如澜汍。今来设悦事足传，顾家闺秀文如椽。深愧学步非敢然，称觞祝君寿绵绵。"

——

——

山阴商云衣，商太宰孙女，伊璧闺友也。伊璧有《月下和云衣韵》诗曰："一弯初月出云新，照见花前满面春。羡尔双蛾似初月，不须相待画眉人。"浴花台为太宰第中之胜，后归姜京兆。伊璧同云衣登此，不禁今昔之感，有诗曰："习家池上覆春云，此地曾经刺绣纹。近槛游鱼浮碧水，当阶细草拂红裙。风吹二月莺声度，露滴千岩花气熏。行到浴花台畔路，不禁双泪落纷纷。"

一二

昭华《西湖竹枝词》曰："赤石矶边湖就姑，长将绿发石边梳。妆成只怪西施巧，那便花花似此湖。"徐野君选入《竹枝类编》。泉唐吴宝厓与友约作《西湖竹枝词》，每人百首，自以为穷极工巧，见昭华诗，叹为铁崖亦未曾有，遂毁己作。昭华又有《拟婕妤宫怨》诗曰："不羡玉阶迎翠辇，不羡金箱赐锦衣。只羡新来翠尾燕，翩翩独向御帘飞。"亦为吴宝厓所赏，谓惠心隽齿，别有机趣。

徐昭华《送虞英嫂归诸暨》诗曰："落尽红衣莲子多，相看渌水木兰过。晓风不解吹愁去，偏送佳人到苎萝。"按，虞英嫂今无考，必伊璧酬唱闺友也。据此诗知吾邑诗媛，旧志不无失载者矣。

一三

胡慎仪，字石兰，山阴胡稚威天游之从妹，父世绎，籍大兴，官元城教谕，

135

遂家于燕。与天游妹慎淑字景素、慎容字卧云，俱擅诗名，称"越中三才女"。后归邑诸生枫桥骆煊，随煊客岭南，卧云与之俱，霜邮露驿，擘笺和诗，语多穷愁。既而煊客死，携家及五橡北归，抚卧云女思慧为女。读其《归装过庾岭》诗曰："五橡十三人，艰危仗此身。经年泪洗面，百感痛伤神。江左无茅屋，燕南有老亲。如何千树雪，不似去时春。"可谓极闺中之苦境矣。吾家心余太史，中表弟也，石兰尝寄诗曰："如何疏散卧江皋，却负诗中一世豪。沽酒每闻捐玉佩，济人时复典宫袍。文星下界耽游戏，婺姊天涯苦郁陶。消受吾乡岩壑美，玉堂风月未宜抛。"时蒋方主讲越中，故云。所著有《石兰集》与《卧云红鹤山庄集》，并行于世。

红鹤《途中呈姊》诗："一双冷雁拂天翔，似我天涯姊妹行。半岭梅花成故旧，两肩书本是行装。南瞻粤海愁羁旅，北望燕云指故乡。只有娇痴小儿女，戏凭篮笋索槟榔。"盖随石兰南征之作也，穷郁无聊之状，溢于楮墨，诵之凄然。

一四

骆思慧亦工诗，隽拔幽怨，出入于二母之间。《咏秋山瀑布》曰："劈破高峰最上头，玉龙直下隐潭湫。横空百尺银河泻，挂壁千寻素练浮。溅雪喷云枫叶冷，穿厓度壑翠峦秋。谁来濯足飞泉里，洗尽红尘一泳游。"（《随园诗话》第二卷载思慧《过岭》诗"半岭梅花""两肩书本"云云，是思慧生母所作，子才误也，详上。）后归洪洞刘侍御秉恬。《石兰集》有《偕女及聟陶然亭踏青》诗一篇，其词曰："萋萋芳草绿城隅，花外同搴御史车。胜迹登临荒草地，孤亭突兀破窑墟。簪裾雅集庭帏共，鸾凤和鸣宴饮余。倘割菰蒲结茅舍，不嫌来作野人居。"

一五

何九娘，枫桥诸生骆师洙妻，伉俪甚笃。有《寄远》诗曰："阑干闲倚日偏长，别后相思苦断肠。愿得化为松上鹤，随风容易到君旁。"九娘之居，与徐伊璧衡宇相望，往来最密。九娘卒，伊璧挽之以诗曰："芳魂飞上大罗天，不独才郎泣断弦。霜冷齐眉青玉案，尘生簪鬓翠花钿。妆台剩粉香难散，箧底新词韵必传。闻道《关雎》不复咏，仍还仙界却青莲。""贤母名高钟郝同，辛勤勖子苦丸熊。身归碧落情无限，弦断瑶琴曲未终。杨柳烟消枫涧月，梨花艳落苎萝风。欲寻镜里丰姿面，只可相看图画中。"

一六

吕春余，字漱香，监生吕学裘女，诗笔清丽。有《紫霞岩落成纪游》诗曰："福地春深古洞天，紫霞白社已千年。幽岩花簇莺啼树，小径风轻鹤避烟。四壁都为游子赋，名山不许俗人传。我来此地无多愿，祝向慈云尽化莲。"

一七

吴品梅，流子里人，浣西石启渭妻，著有《焚余草》。《雨后浣西晚渡》云："浅水芦花淼淼波，半天黄照雨初过。舟人笑指前村景，秋到西山画意多。"

一八

袁秋华，字菊英，江东人，适澧浦吴文森，亦能诗，《咏白桃花》曰："虢国淡妆原本色，文君缟袂亦风流。天台此去春犹冷，洞口凄迷雪未收。"所著有《绣鸳吟草》。

一九

朱筠，武义教谕朱鼎元妹，归三都章孝廉瑞麟为继室，贤淑工诗。孝廉取筠后，绝意进取，偕隐山中。题壁评泉，画舫竹舆，仿佛鹿门，晚年伉俪愈笃。其咏七夕诗曰："一年三百六十日，天上只当一夕看。牛女何曾怨离别，玉楼人自倚阑干。"

二〇

傅蕙，字佩珊，别字湘苹，傅学士棠次女，归诸生陈宽。学士服官京师，视学广东，均随侍。针黹之余，雅好吟咏，其《留别粤东使署》诗曰："三年使节足句留，红叶题诗景物幽。励志清风盈两袖，行装载石艳归舟。"《咏梅花》诗曰："千万梅花结比邻，罗浮清景记前因。（自注：家大人任广东学政时，曾遍历罗浮诸胜。）莫嫌妆阁清寒甚，尽有骑驴踏雪人。"性又至孝，学士丧归故里，诸家赴杭州迎柩，蕙侍母未行，赋诗曰："父殁将十年，流光逝如驶。卧病溽暑中，遗言犹在耳。头衔本如冰，官清亦似水。拭泪返岭南，行行不得已。侨居武林城，毕竟非桑梓。无端西湖中，朔风清夜起。生既悲异乡，死不忘故里。买棹迎归榇，弟妹半弱齿。儿迹阻凫趋，不能随祭祀。幸有母在旁，此心差慰耳。儿时怕天寒，父亦应如此。人间最可哀，惟隔黄泉里。嗟嗟泪长流，悲情纾一纸。"著有《碧霞轩诗》《小绿天诗草》，年二十六卒。宽继娶余氏，雅州太守余坤妹，亦能诗，工六法。宽尝辑余诗附刻《碧霞轩稿》后，咸丰辛酉毁于兵。

二一

张玉汝，字又嘉。幼惠，始读诗，即有"依依杨柳处，芳草马蹄生"之句。偶仿六朝魏晋诗，每篇出，人争传诵，遂斐然有述作之志。《读书》诗有云："揽笔欲书仍无有，我所欲言与古同。"又云："自恨不知才力薄，翻恨古人多著作。"此岂寻常闺秀语哉？年二十四，归朱生尔田。未匝月，索朱赋悼亡诗。是年九月卒。前言戏之耳，居然成谶，亦奇。著有《金竹山房诗钞》一卷。

二二

赵氏者，佚其名，并亡其夫姓，有《经堂园怀旧诗》云："物是人非已怆然，那堪人物并非前。碧桃遇劫全遭斫，绿柳无辜亦被迁。梁燕重寻无旧垒，沙鸥欲聚少清泉。荒芜一片凭谁吊，唯有寒蝉咽莫烟。"《咏病菊》云："形容憔悴咏仳离，欲转秋光不自持。力弱漫凭笼蝶粉，势孤任尔网蛛丝。西风暮雨千重恨，冷露清宵万种思。焉得更逢彭泽令，休教落寞傲霜枝。"玩其词意，似苦节奇穷，抱身世仳离之感者。

二三

吾邑诗媛，具如上述。病榻多暇，复择其名篇佳句之卓然可传者，汇而录之，以殿此编。前已及者，不复出也。徐伊璧《塞上曲》曰："朔风催雪满刀环，万里从戎何日还。谁念沙场征战苦，将军今又度阴山。"（一）"长云衰草雁行平，砂碛征人向月明。思妇不知秋夜冷，寒衣还未寄边城。"（二）"蒲桃宫锦紫骅骝，走马沙场日未休。觱篥声传明月夜，琵琶弦断玉关秋。"（三）"犷骑三千出汉关，雕戈十万卧燕山。月明近塞频驱马，尚有将军夜猎还。"（四）胡石兰《宴滕王阁饯蒋太安人北上》诗曰："一阁到而今，重看玉佩临。词章随世变，别意共江深。"《夜眠》诗曰："地僻不知更漏永，瞥惊花影过东墙。"《早起》诗曰："一番花信五更风，那管春宵梦未终。"戴绿华《题浦江吴绛雪〈六宜楼诗稿〉四绝》曰："吐属清华蕴若兰，仙风玉貌总珊珊。天人绰约争谁似，应是前身吴彩鸾。"（一）"片羽由来重吉光，偶然陶写味深长。残膏剩粉都堪贵，佳句真宜入锦囊。"（二）"果然玉佩更琼琚，钟郝门风式里闾。问字有缘亲绛帐，瓣香定奉女相如。"（三）"缥缈高楼号六宜，能琴善画更工诗。才人自昔称珠树，争及闺中色色奇。"（四）吕漱香《春莫》诗曰："流莺不解语，犹为落花啼。"《白桃花》诗曰："月明空见影，疑是息夫人。"吴焚余《送春》诗曰："惜春无计挽春华，落尽庭前树树花。低亚阑干围不住，一双胡蝶过邻家。"袁菊英《读管子》诗曰："本未策名臣子纠，何妨屈节相桓公。"张又嘉《初雪》诗曰："犹疑明月在，已被碧云遮。"《卧雪》诗曰："自笑十年宜布被，曾将一梦到梅花。"《夏雨》诗曰："生水添三尺，新凉逼一肩。"《落花》诗曰："霄汉旋升弄玉去，绮楼竟堕绿珠来。"《新春》诗曰："残雪已随疏雨去，晓风犹带旧寒来。"《影》诗曰："先生自号为乌有，之子传神胜白描。"《新绿》诗曰："共道枝头新样好，明朝齐上翠眉尖。"《春寒》诗曰："冷到罗衫帘未卷，东风阵阵劝添衣。"《蚕词》曰："才白东方鹁鸪唤，阿谁有梦到渔阳。"其《拟陆剑南〈芳草曲〉》，尤饶古趣，诗曰："秋去春来燕相续，美人独愁销片玉。奄忽离家已半年，卷帘又见芳草绿。可惜光阴客里销，草色绵绵路迢迢。几番欲归归未得，春愁难凭浊酒浇。春风遍绿江南岸，身在他乡那得看。不知何处最芳菲，柳姑祠外红桥畔。湖头锦绣几成堆，梨白桃红为谁开。一鞭想策路千里，欲行不行重徘徊。强将登楼除烦恼，楼前总是青青草。谁家夫婿觅封侯，封侯何似还家好。"同邑马绛轩相，有《赠又嘉师黄春史》诗曰："何时得近谈经席，一见青丝步障人。"吾邑闺秀，昭华、石兰后，又嘉实后起之秀，年齿虽稚，俨然有都讲之风，特黄非西河比耳。

天声楼诗话

史别抱

载于《大世界》报1919年3月27日至1919年4月11日，共6期。

史别抱，宜兴人，别署芸斋、酒囚、儒冠和尚、情僧。曾任《玲珑》报编辑，并在《先施乐园日报》《劝业场》《大世界》等上海小报长期刊载大量文章。有《醉月楼诗话》《别抱谈屑》《空斋词话》《儒冠和尚谈话》等。

诗话前有序文，据此可知，史别抱诗话作品不止一种，《天声楼诗话》为其余绪。诗话所论兼及古今诗人故实，尤重抉发、表彰女性诗作，涉及牛贤妹、裴羽仙、刘琬怀、竹影女史等。

序

鄙人所编《清正阁诗话》《醉月楼诗话》及《空斋诗话》各一册，按日刊于《乐园日报》，一载于兹矣。今复出其余绪，编就此卷，载于本报，以享诸公。非敢求名，聊为遣性，倘有讹误，还望阅者赐教，弗吝珠玉是幸。

酒囚附识

一

陈白沙《咏崖山》诗句云："奇功第一张宏范，不是胡儿是汉儿。"中国古今人才本多，历史上时有表其特色，惟往往楚才晋用，为可惜耳。

二

李辅侯，别署铁汉。《醉中》句云："醉舞天魔剑，渴饮仇人血。"又《咏史》句曰："汉高一亭长，乃为天下君。项羽不读书，叱咤起风云。"少年英爽之气，流露言表。

三

李敏斋，字笺骚。《感怀》二首，其一曰："北马南船忆大苏，一灯常伴客中孤。昨宵梦醒西窗月，看不分明影自扶。"设想甚奇。

四

姑臧牛贤姝女士，为镜堂制军女公子，适同邑杨某。有《古意》二首，为世传诵。其一曰："欲别牵郎衣，将言屡俯首。昨夜梦郎还，郎曾梦侬否。"其二曰："夫婿去临邛，绣阁空春色。妾貌不如人，敢怨郎情薄。"

五

乡先辈任息斋先生，生平著作，可等牛腰，惜乎贫不能刊。夫人黄氏，蚕绩刺绣，积十余年，倾资为梓以行，即世所称《鸣鹤堂集》是也。或咏其事云："一卷刻成名士集，十年费尽美人心。"噫！如黄氏者，可谓贤妇矣。

六

岳阳周芸台妻秦氏，有令色，郎才女貌，见者艳羡。其《咏春阴和外》云："春色满园林，春阴送晚阴。护持深夜睡，多谢惜花心。"伉俪情深，于此可见。

七

适庵老人句云："乞儿枵腹施偏吝，歌女缠头赏独豪。"可为海上冶游而鄙吝者写照。诗可以兴，诚有功社会文字。

八

张说妻裴羽仙（整理者按，应为裴悦妻），才女也。说征匈奴，时届岁寒，裴为制征衣，絮中夹以诗曰："深闺乍冷开香匣，玉箸微微湿红颊。一阵香风杀柳条，浓烟半夜成黄叶。重重白练如霜雪，独下寒阶转凄切。只知抱杵捣秋砧，不觉西楼已无月。时闻寒雁声呼唤，纱窗只有灯相伴。几展齐纨又懒裁，离肠定逐金刀断。细想仪形执刀尺，四刀剪破澄江色。愁捻银针信手缝，惆怅无能试宽窄。时时举袖匀残泪，红笺漫有千行字。书中不尽心中事，一半殷勤托边使。"怨而不哀，于巾帼中可谓难得。

九

渔洋山人显达时，名倾当代。及乎身后，子孙夷为皂隶。南昌尚乔客有诗哀之曰："当年赤帜竖骚坛，宝树盈庭实可观。名盛久如明七子，孙微今似鲁三桓。谁将裘豹册书燕，曾使华泉后裔安。寒食不须频上墓，鹤归华表恨漫漫。"读之令人增华屋山邱之感。又见《拜经楼诗话》载，宋荔裳卒后，留一幼女，祝发为尼于中山，取名道启。噫！豪门华第，可恃不可恃，如王、宋者，其尤哉，其尤哉！

一〇

皋兰吴贞碧草女士，柳堂侍御女也。娴庭训，孝闻遐迩。又工诗词，取法盛唐，颇得神髓。其《题奋威军之进宝画像》诗云："靖远昔卫今县名，乌兰山势何峥嵘。黄河如雷吼城过，灵气郁结生豪英。康熙之初老濞叛，秦蜀万里连麾旌。将军破敌风雨快，手扶日月摧欃枪。阿谁下笔写褒鄂，令我仰望怀黥彭。虎须猬张欢岳立，想见叱咤千人惊。雕鹗回头作顾眄，英风楼下寒云生。李广身经七十战，耿弇气夺三百城。殊勋千载已竹帛，宠锡十世皆簪缨。君不见，山东相，山西将，屠钓悠悠讵可轻。"措辞慷爽，无屑弱气。忠臣之女，固自不凡。

一一

竹影女史宋姓，杭县人，嫁大腹贾，抑郁成疾，未几即殁。其《三潭印月题壁》诗云："今年春较去年迟，月色湖光总不知。昨夜花先报我到，岭头故放两三枝。"

一二

阳湖刘琬怀女士，字撰芳，著有《问月楼诗草》。《重九寄诸兄弟》云："杞菊花前秋兴豪，未知佳节可登高。好邀明月成三影，莫使星霜感二毛。门外更无人送酒，篱边剩有我题糕。迩来怀抱从谁诉，倚遍西风读楚骚。"诗笔俊逸。

一三

自女教失修，为后母者，恒仇视前妻子女，诚家庭中不幸事也。昔山县农家妇沈氏，临终时作一绝别其夫曰："当年二八过君家，刺绣无心只绩麻。今日对君无别语，免教儿女衣芦花。"读之令人酸鼻。

一四

梁溪邹酒丐先生，四十年前，以词章鸣于时。予去岁以方子骏乎之介绍，得识先生。先生今已七十岁矣，精神矍铄，不减少壮。尝见其《野草》诗云："短陌长堤望外连，碧痕浓到墓门前。离离春影人拖屐，莽莽秋原马嚼烟。南浦送君青匝地，东风吹梦绿浮天。却随蔓荔同消腐，孤抱兰馨只自怜。"又《落花词》五首云："开本无言落已休，东皇有梦不能留。纵飘茵溷都惆怅，一瓣飞英一点愁。""谁将芳讯问天涯，三径无人夕照斜。一种伤心留不得，自浇杯酒祭桃花。""绝好韶华转瞬过，声声杜宇奈情何。一经堕落无颜色，莫羡枝头结子多。""生来薄命总无根，空受东皇雨露恩。绝代风流无觅处，一池清水葬离魂。""憔悴红妆属那家，绿阴深处乱啼鸦。兰香已嫁杨枝死，谁制新词诔落花。"沉浸浓郁，情文相生，洵乎名手杰作。先生去岁曾以《宝玉祭晴雯》之开篇见示，香艳绝伦，予已刊入《乐园日报》矣。

一五

焦桐君，武进人，工诗善文，前曾选其《四季美人》诗入《醉月楼诗话》。又见其《春游》三绝并序云："丁巳春暮，客梁溪，偕沈君颖若、李君希文、胡君达人同游惠山归。适奉到骥江王岳如君《春游》诗三首，即步原韵，以纪良游。"《游惠麓》云："野花开遍斗新晴，襟上香风习习生。空翠扑人同一碧，溪光山色不分明。"《游秦园》云："古树槎枒笼碧溪，青山排列与屏齐。不堪回首前朝事（前清乾隆帝南巡时曾驻跸于此），蔓草荒烟夕照西。"《游李园》云："院落池塘擅李家，碧栏曲折小桥斜。游鱼亦解怜香意，时逐清波唼落花。"清新可爱。

不忘沟壑斋诗话

枫　隐

　　本篇诗话按时间顺序，分别载于三种报纸：1919 年 3 月 28 日、31 日，共 2 期，见《先施乐园日报》；1919 年 4 月 14 日至 1919 年 10 月 27 日，共 77 期，见《大世界》；1924 年 3 月 30 日至 1924 年 5 月 3 日，共 9 期，见《金钢钻报》。作者署名枫隐，即朱枫隐，名鲟鱼，江苏吴县人。为著名谜家，是上海"大中虎社"、苏州"西亭谜社"社员，亦曾加入以鸳鸯蝴蝶派成员为主的青社、星社。供稿于上海《新闻报》《金钢钻》《红杂志》等各类刊物，有《春灯追忆录》《饕餮家言》等。

　　诗话主要收录晚近诗人诗事，尤多吴地乡贤、友人作品。如 1919 年 4 月 14 日篇中作者感于徐西亭《星湄诗话》毁于兵燹，故特录所见残卷以保存文献。而 1919 年 4 月 23 日内容中，也说明了所见《星湄诗话》，乃昆山王严士先生所赠。因此，本诗话有相当的篇幅是抄录《星湄诗话》的内容，可与现存版本互为对勘。在吴地诗人中，作者对汪燕庭评价很高，认为："吾苏近四十年中诗人，当推汪燕庭先生为最。"诗话亦收录了大量汪氏作品。而对所处时代江苏文坛的状况，也有个人见解："吾苏近日文坛健将，如沈君绥成之经学，朱君稼秋之哲理，金君松岑之词章，程君瞻庐之小说，皆一时无两。四君皆居城南，亦一奇也。沈君虽以经学鸣，顾其诗戛戛独造，不屑拾唐宋人牙慧，论其造诣，实在松岑之上。"这对于勾勒晚近吴地诗坛图景，均具有可供借鉴的史料价值。

一

近日偶检敝箧，见有旧报一纸，中载徐哲身《落花》诗四首，音节悲凉，格律浑成，亦晚近诗中杰出者也。亟录之与海内能诗家共赏焉。其诗云："东风昨夜送春回，满目飞花剧可哀。最是美人新怨别，不堪孤客独登台。绿肥波面鸳鸯老，香尽枝头蛱蝶来。今古繁华同一慨，拚教沉醉掌中杯。""声声红豆夕阳天，何处相思不可怜。客散鸦啼高阁外，病多人瘦晚风前。匆匆旧恨生芳草，渺渺新愁接暮烟。借问江南歌舞地，只今谁识杜樊川。""走马长安看已迟，千金曾买斗春枝。空留芍药增离绪，怎得芙蓉寄远思。处处夕阳如梦影，年年社燕感天涯。冰霜亦自凋珠树，翠鸟双栖未解悲。""金铃定费护持心，踪迹飘零未可寻。吹过游鱼黏赤尾，蹴来舞燕点红襟。一生电露随朝暮，三月沧桑阅古今。输与白头奴见惯，家家兴废话园林。"

二

游仙诗须有寄托，方耐人寻味。余友朱君稼秋，尝以《小游仙诗》十首示余，语语含蕴，读之觉郭景纯辈不能专美于前矣。不可不录。其诗云："叱凤鞭鸾种玉田，琪花无实亦堪怜。愧余领略高寒味，身到琼楼已四年。""仙山楼阁郁嵯峨，弱水湾头院落多。苦煞双凫迟受箓，东云西雨任奔波。""淮王鸡犬历年多，领袖居然掌大罗。摹久青禽喙似铁，替传真诰学讥诃。""白云苍狗幻何穷，岁岁年年课不同。莫怪雨云徒反复，原来妙手是空空。""捏沙抟土不成丹，盟牒昭昭誓易寒。书奏一重天万里，任他跨鹤与骖鸾。""闻道顽仙下玉京，上清女伴独多情。云中昨夜相招手，开会灵山约送行。""初平叱石已成羊，雪夜逋仙正悼亡。剩有冲天一辽鹤，数声清唳引孤吭。""东风消息奈何稀，辟谷仙官半苦饥。桃李亲栽三百树，牛郎犹典旧蓑衣。""更从何处听钟声，数着残棋晓月明。谁识洞宾有仙骨，门前柳树未成精。""罡风吹谪堕红尘，忍辱修成亦夙因。天外有天君识否，梅花开遍十分春。"余按，数诗乃稼秋辞某大学教席时所作。篇中云云，皆实事也。噫，天上既多忍辱仙人，又何怪怀瑾握瑜之士望望然去之哉。

三

徐西亭先生，名传诗，昆山真义镇人。与先高祖椒堂公为诗文道义交。著有《星湄诗钞》《星湄诗话》，兵燹后板毁于火。余生也晚，每以未获一见为憾，兹姑得其诗话两卷，读之，其中不乏名篇雅制，亟录数条，以存吉光片羽。

诗话以"星湄"名，谓纪星溪数十里内诗人之篇什及韵事也。盖真义镇有一石，相传为陨星所化，因名其石为"落星石"，溪曰"星溪"。诗话中载有徐云拂《同归元恭、魏立民过星溪》一律云："荒径斜穿竹色清，追随杖履布袍轻。一村篙橹鱼虾气，两岸柴扉鸡犬声。溪上人逢多问姓，望中山远不知名。欲寻当日繁华处，寂寂寒墟野鸟鸣。"是诗中二联，描写村游，情景入妙。

星溪左边有一小丘，俗名黄泥山，又谓之太平山。正月三日，游人甚众，谓之登太平。诗话中载闺秀何婉哥，《正月三日登太平山即事》二绝，兹录其一云："春水船俱系绿湾，纷纷此际待跻攀。老翁扶杖溪边立，笑看游人不上山。"作登山诗而偏写一不上山之老翁，悟得此旨，无论作诗作文，自不死煞句下矣。

汤淡如，名场，星溪人，为西亭先生弟子。工韵语，精绘事，先高祖椒堂公，曾题其画卷，载于余诗话中。兹复于《星湄诗话》见其诗数首，择其尤者录之。如《画鱼》云："吾本星溪一钓徒，偶然赤鲤绘成图。不知笔底鳞鬐出，传得濠梁乐意无。"《画红白秋海棠》云："一施薄粉一施朱，同此秋芳两样姿。好似阿环微醉后，招来虢国话相思。"《画菜》云："生平不羡五侯鲭，小摘园蔬足菜羹。寄语朱门肉食辈，休令此色到苍生。"《废宅》云："主人何处问行藏，断础颓垣野蔓长。底事春风双燕子，飞来犹似觅雕梁。"《闻雁》云："夜深飒飒起悲风，蓦听征鸿度碧空。正是南楼人独倚，一时诗思入云中。"数诗皆足当清新二字。又断句如《渔父》云："衰鬓半侵芦雪白，醉颜常映蓼花红。"《病中口占》云："空留弱骨黄花瘦，应累高堂白发多。"亦佳。

赵睒庑，名青来，西亭先生内弟也。尝有《和西亭螯鹤》诗，载于《星湄诗话》中。其诗云："非缘胎化到吟窗，未许元驹贲地扛（原注：蚁扛螯骨，吴下谚语）。冯客弹歌余下箸，坡仙梦境忽横江。云霄健翮思难戢，湖海游鳞气未降。家世孤琴堪作伴，清奇骨相本无双。"咏物诗能无雕琢痕，此境殊未易到。

明龚钝庵先生，名诩，亦星溪人。景泰中吴民大饥，有《寄叶给事民风诗》

数章。《星湄诗话》中录其二首云："一经水旱便流离，风景萧条思惨凄。到处唤春空有鸟，连村报晓寂无鸡。颓垣弃井荒芜宅，苦调哀音冻饿妻。更有社公同寂寞，年来不复享豚蹄。""锅无粒粟灶无薪，只有松楸可济贫。半卖半烧俱伐尽，可怜流毒到亡人。"描写灾民苦况，几乎声随泪下。西亭先生称其有杜荀鹤《时世行》风致，知言哉。

胡梅崖，名鼎铉，著有《山游草》一卷。《星湄诗话》中载其《病起书怀石泉表叔携长孙见过》一律云："晴窗斜日上疏篱，病起东风作便宜。千片飞花春去早，数声啼鸟客来迟。瓶无储粟贫何怨，笔有陈言俗不医。快睹贻孙有家学，星溪风雅更称谁。"又断句云："花喜客来开木笔，鸟知人意唤提壶。""路因再过藤萝熟，寺认前游杖履轻。"俱清超拔俗，不染尘氛。

余外祖家真义魏氏，为明理学大儒庄渠公之裔，至今真义犹有庄渠公讲堂遗址。魏友绳者，庄渠公弟，讳庠之，曾孙讳文心，崇祯壬午举人，曾一上公车不第。明鼎既革，不乐仕进，隐居阳城湖滨，躬耕自食。常着蓑笠，操舟唱吴歌，歌辞多自作。《星湄诗话》中载其数首云："终朝青笠绿蓑衣，自笑生涯傍钓矶。日晚卖鱼谋一醉，早看白月上柴扉。""刈稻归来路未遥，稻舟小住寿安桥。今朝喜得天晴好，装担还乘月色挑。""千顷烟波带浅沙，短篷鸭嘴即吾家。阳城湖水清如许，胡不乘流泛月华。""拂拂千株杨柳青，东亭过了又西亭。此时常欲船来往，绕树黄鹂最好听。""处暑还从六月过，暗风香送一池荷。谁言此日荷花好，记昔荷花好更多。""开遍庭前野草花，两间破屋一篱遮。飞来燕子双双语，我是寻常百姓家。""百念从今俱已灰，琵琶弦里怨声来。那知触拨当年事，不听琵琶亦可哀。""阅世偏教易白头，朝来散发弄扁舟。寻常一样当前景，只有湖波自在流。"后数章故国之思，溢于言表。噫，以未经通籍之一书生，而能守其介节若此，以视钱牧斋、龚芝麓辈，腼颜入贰臣之列者，相去何可以道里计，亦可见庄渠公之遗泽远矣。

古人送行诗，几于汗牛充栋，后人于此，颇难措词。西亭先生诗话中，载其祖石泉先生《送黄孝廉剑友》一绝云："把别匆匆语未休，垂鞭立马楚江头。来朝重觅君行处，雪满寒山水乱流。"作送行诗偏从已行后着笔，而愈见其一往情深，可谓能独辟蹊径者矣。

夏青岩名炜，居星溪之状元泾。天性孝友，以砚田自食。《星湄诗话》中载其《状元泾夜归》一绝云："一树垂杨隐荜门，踏青行忽近黄昏。归途莫道无灯火，月色朦胧已满村。"诗笔清超，想见其天怀之冲淡。

黄野鸿先生，名子云，亦真义人。著有《长吟阁诗集》。七律直逼少陵，沈归愚《别裁集》选其《题太白楼》一章。其实野鹤诗之佳者正多，兹于《星湄诗话》中，得其数首，亟录之。如《沧江》云："沧江岁晏恣高卧，白屋天寒入醉乡。厚禄交游疏问讯，长贫兄弟各村庄。酒中天地愁仍在，枕上功名梦不长。稍喜山妻肯偕隐，薜萝相守事蚕桑。"《春日游莲华洞，用徐师昂发韵与禅上人》云："莲萼青标尺五天，中峰一线磴孤悬。香台迟日春无赖，小阁东风晚更颠。村角鸠呼红杏雨，陌头人拜白杨烟。兴来佳句知多少，取次逢人莫浪传。"《自述》云："屋围青幛盖黄茅，尽日丹经手自钞。行蚁肩摩穿土垒，饥鼯尾接上藤梢。绕篱细嗅新霜菊，开径遥迎旧雨交。即此便为太元宅，何须重构夕阳巢。"《舟中至夜》云："岸气阴森蜡影黄，危樯猎猎过龙冈。一滩月浸三篙水，孤寺乌栖万木霜。扰我梦魂皆骨肉，误人老大是文章。乡心莫逐飞灰动，离恨空随弱线长。"《赠管十二》云："宝剑腰悬三十霜，不将词赋献长杨。侧身宇宙狂无地，浪迹风尘醉有乡。金尽何人收骏骨，路歧是处总羊肠。骊龙睡觉秋将老，寂寞重渊抱夜光。"此等诗于炼字炼句，炼气炼局，无一不臻绝顶，宜其为一代之有数作手也。

大家集中，罕载咏物诗，以其易落小家气也。野鸿有《咏剪刀》一律云："百炼功成翼两分，台端玉尺共殷勤。潇湘细割千重水，巫峡轻裁一片云。心里短长手里见，楼中放落月中闻。不因无事轻开口，成就冠裳实赖君。"此诗体物绝工，而仍不掩其浑雄之气，作家手笔，未许后人轻易学步。

野鸿性嗜蟹，《星湄诗话》中载其《横泾外舅席上食蟹歌》一首，描写老饕豪兴，读之几欲令人失笑。其诗云："西湖湖蟹兴高秋，品馔独此平生求。荻枫萧萧鸿叫野，乘兴鼓枻横泾游。横泾地主我旧姻，门前曲绕西湖流。村墟九月籪未除，到即先与比邻谋。僮仆提筐复四出，黄昏归到声啁啾。青丝挽束授饔人，呼婢取酒须新篘。酱醢姜薤寻常味，于此佐助皆珍羞。移时磊落登盘筵，气犹奋怒张两眸。捧杯大笑号众中，食多我者同寇仇。灯前攘腕了不顾，老眼久注探其尤。暖红入手未须臾，恚然擘落轮囷兜。柔腻或白芙蓉脂，垒块或赤丹砂球。肉房栉比犬牙错，细理剔抉情绸缪。巨螯莘角沾柔毛，偏旁小大如吴钩。齿力宛转碎脱之，肌雪入口无停留。若肥若瘠尽饕餮，毫锐不肯轻弃投。霜月皑皑光照户，素娥流涎久莫收。从酉至亥始罢席，计觥不觉逾百筹。醉看坐客恣狼藉，乖脐垂爪森戈矛。左右岂无刍豢列，对之于我行云浮。齐州盛称淮南闸，岭海一网千万头。往昔华筵颇餍饫，如斯甘美莫与俦。吾闻皇天恶不仁，一物戕害非身修。矧兹百年含糇夫，口腹讵可穷遐搜。呜呼，君不见，夷齐薇蕨颜箪瓢，未闻寿考封公侯。"

真义有元顾仲瑛玉山草堂遗址，《星湄诗话》中载当时诸名士歌咏及后人凭吊诗甚多，惜不能备录。兹仅录明龚钝庵《过顾玉山故居》二律云："阿瑛旧宅绰山前，父老犹能话昔年。楼阁俨如真洞府，主宾浑似小神仙。花时不绝笙歌宴，柳岸常维书画船。肯信至今无片瓦，平芜漠漠锁寒烟。""当时富贵号无前，屈指由来未百年。好事主人金粟老，能文馆客铁崖仙。歌儿舞女花间席，茶灶笔床湖上船。今日我来都不见，数家田舍起炊烟。"噫，百年华屋一旦山丘，自古皆有此感，又岂独玉山草堂而已哉。

真义之东，有村曰绰墩，故老相传为唐伶人黄幡绰墓。清奚沇山先生名涛，尝有《登绰山》诗一首，载于《星湄诗话》中。其诗云："溟溟幽宫泣路隅，伤心野庙乱啼乌。烟迷艳色花如梦，日炙柔香草欲刍。曲岸水吞十里白，小山霞散一村朱。古今遗迹知多少，何用登临独慨吁。"

余之得见《星湄诗话》，乃由昆山王严士先生所赠，先生又得之真义赵君贻琛者也。余尝有《谢严士先生》二律，附志于此，聊存一段文字公案。其诗云："西亭一老道原尊，卜筑星溪绿绕门。家举渊源承畏垒（畏垒先生名昂发，为西亭伯祖），知交攻错有梅村（顾允恭，字梅村，为西亭诗友）。谈风说雅忘寒暑，考献征文彻晓昏（西亭有《咏事》诗百首，皆真义故实）。留得一编遗著在，高人姓字至今存。""夷陵山色马鞍连（夷陵即睢亭别名，余家世居于此。昆山一名马鞍山），孔李通家记昔年。幸获开编闻绪论，宛如挥麈对前贤。校雠心苦劳元叔，投赠情殷感仲宣。读罢几回搔短发，慨余弓冶愧承先。"又前诗未尽意，再赋二律云："芙蓉塘尽是星溪（芙蓉塘即至和塘，相传顾仲瑛欲招至杨铁崖，因杨爱荷花，乃自娄门至星溪沿塘悉种荷。铁崖看花直至仲瑛家，因锡以此名），中有幽人此隐栖。秀挹玉峰青入户，潮生界浦绿平堤。仲瑛宅畔虫声咽，恭简堂前草色迷。多少昔贤题句在，一齐收拾锦囊携。""红羊劫换剧堪哀，邺架曹仓悉化灰（诗话板毁于洪杨之役，赵君重刻于海上，迨民军攻制造局又毁于炮火）。偶有遗编煨烬出，全从神力获持来。料因诸老灵难泯，遂使六丁摄不回。拜赐自当勤爱惜，敢抛高阁积尘埃。"

四

宜兴吴仲伦先生，名德旋，著有《初月楼诗文钞》，其文瓣香桐城，王益吾祭酒曾选入《续古文辞类纂》中。诗虽魄力稍弱，然亦清绝无点尘。兹录其《初夏闻蟋蟀有感》云："才听春庚送好声，忽闻虫语入离情。问渠有底关心事，未到秋来已不平。"《春暮感怀》云："且凭燕子送斜晖，华屋兴衰有是非。落尽海棠飞尽絮，更将何物饯春归。"《岁宴寄内》云："相望一水即天涯，作客经时苦忆家。不合临行订归日，累卿夜夜卜灯花。"《蜂房》云："蜂房各自开户牖（自注：用山谷句），芳径每从蛱蝶飞。世事无过眠与食，得花便可策勋归。"《咏柳》云："春色无端上翠楼，东风吹绿满汀洲。灞陵空有长条在，不系流年只系愁。"《拟查查浦纪梦》诗云："花糕旧俗怜重九，竹柏新园纪岁朝。苦茗一瓯香一寸，清谈也要福能消。"《武陵》云："春水当门长，桃花夹岸开。武陵自人境，谁肯问津来。"《春日同孙庶翼、程子香、黄君仲游西溪作》云："何当便弃嚣尘境，直就烟波作钓家。傍水村墟多秀气，沿堤梅杏有佳花。经行尽是曾游地，来去浑如不系槎。共忆十年前故事，晓看云起暮看霞。"数诗清而不俚，质而能腴，即置之宋元人集中，皆属上乘。又断句云"近花莫打鸭，待月好提壶""檐飘一雨秋全到，经诵多心夜更清""山如含笑看自好，酒可解忧醉不辞""了知明月共千里，但隔乡关有四愁"，皆自然无雕琢痕。

五

吾苏近四十年中诗人，当推汪燕庭先生为最。先生名莒，晚岁自号茶磨山人，即以名其诗集。余尝披阅之，但觉琳琅满目，美不胜收，兹特摘其尤佳者，以实吾诗话。

作诗惟绝句最难，盛唐人中，擅长此体者亦仅寥寥数人。茶磨山人集中，此体佳者甚夥，兹录之。七言如《山行口占》云："满觉陇边林树遮，烟霞岭畔日初斜。布衣墙缺村娃立，惯看游人访桂花。"《山雨竟夕，示东洲上人》云：

"潇潇风雨满云林，坐对龛灯客思深。一步出门行不得，要坚吾辈住山心。"《浒墅舟中》云："浮生苦被利名靰，何似山僧乞食归。港口自撑舟一叶，夕阳红上水田衣。"《题王揖韩桃花便面》云："寻源重放溪头棹，采药还迷洞口春。生怪桃花最多事，神仙儿女误游人。"《绿云楼次壁间韵》云："吴娘暮雨酒边歌，一曲销魂奈别何。回首山塘花月夜，旧时杨柳也无多。"《一醉》云："陶然一醉客愁抛，自信无能分系匏。昨日城南觅诗去，梅花开满短墙坳。"《癸丑社日见燕有感》云："东风庭院旧楼台，营垒将雏任往回。今日江南人似燕，问渠底事尚飞来。"《渡太湖口占》云："天连云水荡胸开，自笑乘风破浪才。七十二峰青不断，片帆飞过太湖来。"《客舍逢严大》云："相逢同抱飘零感，话到存亡雪涕频。欲折梅花更惘怅，故乡春色异乡人。"五言如《山居》绝句二首云："幽如斤竹涧，僻似辛夷坞。四山霜气清，开门缺月吐。""暗水流曲径，疏星透古木。篱根山犬吠，人归隔溪屋。"《杂咏》二首云："一饭感途穷，千金报亦隆。君王真大度，辛苦颉羹封。""轻儒溺儒冠，何异咸阳坑。不应叔孙聘，美哉鲁两生。"皆独抒性灵，不落恒蹊。

茶磨山人又有《光福竹枝词》八首，当以一、三、五、六、八五首为最佳，兹录如下："路转横塘木渎西，十三桥过午鸡啼。人来光福无须问，一塔桥头望不迷。""米堆山下树周遮，路出钱家磡上斜。数里近通香雪海，笋舆一径落松花。""山中果熟客航来，桃杏枇杷摘作堆。辛苦一年衣食计，让他裙屐说探梅。""卖花挑菜踏歌连，村女邻娃袂共牵。铜井山高茶要采，布裙红上翠微巅。""斜阳鱼鼓隔溪闻，船聚潭东市价分。中妇数钱翁换酒，小鱼论斗不论斤。"

游山题壁，本是骚人韵事。近来则无论市侩菜佣，学作几句歪诗，莫不到处乱抹，我为山灵亦当叫屈。茶磨山人有《题石壁》一绝云："湖色天光暝不分，僧庐罩住一窝云。竹膜藓罅都题遍，只无青山不识君。"真足骂尽此辈。

《采莲》《采菱》等曲，前人名作如林，后之作者，颇难着笔。茶磨山人有《采莲曲》二首，云："采莲莫采萍，萍叶难聚首。采莲莫采菱，菱角易刺手。""妾貌如莲花，妾心比莲子。心苦郎不知，貌美郎底喜。"又《西湖采莲曲》四首之三云："长桥月映短桥月，里湖花接外湖花。闻邀女伴采莲去，双桨瓜皮各自划。""采茶四山晓雾湿，采莼三潭朝日鲜。阿侬只爱采莲好，人与花香共一船。""风枝冒袖鸣金钏，露叶盛珠弄玉盘。羡煞鸳鸯惊不散，并头折得泥郎看。"皆能于陈陈相因中，自开生面，余幼时颇爱诵之。

茶磨山人有《山塘画舫歌》四首，兹录其三云："东船西舫管弦声，鬓影衣香夹岸生。窈窕云窗遮半面，看花原不要分明。""灯前记曲串珠喉，步屧何心上虎丘。罗袂偏禁风露冷，伴郎齐出坐船头。""严关无禁叩深宵，骏马如龙仆隶骄。笑煞风流苏学士，钱塘留钥只看潮。"

浙人许星台陈臬吾苏时，尝以《绿牡丹》八律征和，一时应征者甚多。及茶磨山人诗出，诸人皆为敛手。其诗云："谱压群芳第一名，出蓝词调奏清平。云梯贵客排金榜，香国仙人下碧城。垂露松枝双管灿，御风羽帔五铢轻。洛阳社里耆英集，满壁纱笼好句成。""琉璃砚匣镇相随，试和徐陵本事诗。唾袖石华凝合德，浣纱镜影照先施。微波通意垂双睇，浅黛修图写十眉。自是花王清贵品，嗤他俗艳浣燕支。""青翰舟中载酒来，分明绣被鄂君堆。琴眠芳荐阴迷叶，枪卧名园雨晕苔。绿水华裙摹国艳，春旗芝盖咏仙才。奇葩漫认欧家种，珠露盈盈乍结胎。""同心臭吐托兰江，魏紫鞓红意态降。平子才名青玉案，沙哥仙眷碧油幢。春深似海低围幄，纱薄如烟近隔窗。一样污泥莲自忏，亭亭倚立本无双。""沾衣晓露列仙班，学士宫袍拜赐还。美酒酺斟鹦鹉杓，奇香浓染鹧鸪斑。黛描京兆纱橱静，曲奏相如琐闼闲。试与名花征韵事，何须远隔怅蓬山。""凤尾香罗手自缝，轻阴帘幕护重重。净无可唾情逾丽，嫩不胜娇态转秾。衣桁一双鸣翡翠，仙城十二簇芙蓉。恩波长被东皇宠，汤沐频教谷雨供。""惊鸿微步袜尘波，艳比陈思赋若何。天衬蔚蓝修袖弹，池依凝碧舞裳拖。笼烟态弱茵铺草，泫露颜娇盖借荷。论价早量珠十斛，坠楼恐怯晓风多。""步障青绫解议围，高风林下见应稀。蛾眉秀曼凝妆靓，螺髻联娟称体肥。金屋自绡兰蕙佩，朱门偏爱芰荷衣。繁华阅尽甘空谷，翠袖天寒掩竹扉。"余案，此诗雅切，自不待言，妙在气体高华，吐属名贵，自是绿牡丹诗，决移不到绿梅、绿菊等题上去，一时推为绝唱。

读昌黎《王承福传》，知华屋山丘，古今同慨，若夫华屋犹是，而觅此华屋之主人，渺不可得，旁人于此，其感慨当何如耶？茶磨山人有《偕拙庵游金霞庄》一绝云："名园穿筑傍城根，一水弯环绿到门。赢得林亭兵后在，看花无处觅儿孙。"末二句直令人不忍卒读。

　　茶磨山人五律，皆有唐音，兹录其《春日田园杂兴用甫里集中韵》四首，以当尝鼎一脔。诗云："为爱田园景，疏篱自结茅。痴怜鱼竞饵，忙笑燕营巢。春服贫惟布，清尊质用匏。多栽梅与竹，好订岁寒交。""闲凭乌皮几，高眠斑竹床。瓣香供石丈，杯酒策花王。雨过月如洗，风生云亦忙。欲寻山水窟，腰脚未能强。""姓字非高隐，何妨任世知。病将书作药，愁亦酒之资。钞句黏云母，填词付雪儿。芭蕉晴不卷，舒叶待题诗。""乡风敦古道，犬不吠篱门。墙短花迎面，堤崩树露根。小溪环似带，落日大于盆。记取琴材好，高桐乍长孙。"

　　茶磨山人有《白菊》三律，中有一联云："抱将冷淡秋心苦，炼到平生晚节难。"亦能为菊花占身份。

　　茶磨山人有《古意寓感》，后四句云："歌非白雪随声和，囊有黄金与目成。知否怜才真绝世，近来巾帼似公卿。"读之几令人失笑。

　　茶磨山人与许鹤巢先生为莫逆交，集中与许唱和诗甚多，余最爱其二首，一为《寄询鹤巢都中，拉杂书近况》十绝中之一云："丝竹中年已倦游，那堪重话玉犀楼。南屏夕照西泠雨，并入诗心一段秋。"一为《送巢隐归池上》云："春波油油柳短短，绕堤送君归缓缓。溪光山光青不分，湿翠扑人衫袖满。夕阳欲下华子冈，遥指烟生竹里馆。"皆幽隽得未曾有。

　　渔洋诗后人毁誉参半，茶磨山人有《书王渔洋集后》一律云："秋柳吟争逸兴酬，诗名司李遍扬州。骨骞韦孟元音正，体变钟谭别派休。楼阁仙山唐界画，衣冠人物晋风流。惠红豆与崔黄叶，提倡于今少匹俦。"持论平允，渔洋在九原，当亦为之首肯。

　　茶磨山人集中有《棉花》一律云："如雪铃垂密密阴，授衣时节怕寒侵。飞扬捉遍斜阳笠，熨贴缝成永夜针。塞外风霜征士泪，灯前刀尺美人心。一花冷暖关天下，漫道狐裘价值金。"通体不脱不黏，结联尤能于小中见大。

　　茶磨山人有《消夏漫咏》二律云："孤村自觉远尘寰，古木千章水一湾。友是泛交书懒答，人惟守拙事多闲。破窗不补供穿月，短榻频移取面山。好鸟似怜长日静，绿阴深处语关关。""买得田家笠与蓑，雨耕是处听秧歌。催租吏熟求书扇，下学童闲戏种荷。鸠语穿林新霁闹，蛙声到枕晓凉多。此身自笑忙何事，溪北村南日日过。"《除月二十二日清溪返棹雨泊吴兴舟中漫咏》一律云：

"为底春归客未归，清溪临别故依依。云寒山似蒙头睡，风小帆如塌翅飞。游屐拼杀余勇贾，家书应笑食言肥。江湖听雨孤舟泊，残腊中年计总非。"皆熟极而流，显豁呈露，一洗近日诗人蒙头盖面之习。

茶磨山人有《泛舟湖上》一联云："犬吠惊灯影，蛙喧误析声。"《由韬光石径至山半访葛岭半闲堂故址》一联云："隔涧逢僧话，穿云见客还。"皆诗中有画。

茶磨山人有《归舟偶成》一绝云："风吹逆浪簸船头，水国阴天总似秋。布谷声中人满野，一篷梅雨到苏州。"写摹舟行之景入妙。

茶磨山人有《同西脊山人访唐六如墓》一律云："一径横塘趁夕曛，西风同上解元坟。茫茫白眼无余子，寂寂青山长伴君。投阁空嗟扬执戟，看花最忆杜司勋。佯狂摆脱才名累，拚与歌姬记锦裙。"恰合六如身份。

茶磨山人有《水芝仙馆散步》一绝云："梅雨连朝暑不侵，桥痕低涨小池深。风光蝶后蝉前好，一半亭台在绿阴。"幽隽绝伦。

茶磨山人集中古体诗多鸿篇巨制，未能悉录，聊摘数章，以见一斑。如《平望晓发》云："村鸡哑哑乡梦苏，残星欲落天模糊。舟子贪程趁晓发，秋声两岸鸣菰芦。波平风软打桨驶，鹦脰湖边人未起。推篷不辨天水色，已有邻船隔□□。浮名驱人蚁磨旋，刘生祖生争着鞭。吾心得失果何有，灭烛解衣还复眠。呕轧舻枝摇梦稳，十里五里忘近远。觉来旭射蠡窗红，越客闻呼舵楼□。"《春日泛舟新郭石湖有作》云："船头风逆水鳞硬，篙师舵工力相并。晓暾光薄城门开，两岸青山泼眼冷。高低远近淡复浓，篷窗面面瞻瞩供。正如故人久契阔，邂逅忽与天涯逢。舟行出城风势大，平畴弥望开眼界。迷离竹树相蔽亏，寂历村墟入图画。长桥短桥杨柳堤，三里五里桃花溪。遥指田家早饭熟，炊烟茅屋啼午鸡。掉头转港水清浅，风力渐微船亦缓。石矼枯籁不见人，一陂戏鸭菱芦短。前行近镇多桑麻，米盐市散日欲斜。复溪略约碍渔艇，回岸篱笆藏酒家。乡风到此真古朴，绕屋好山作邹郭。柴门面水犬吠人，卧柳嘶风荒渡泊。舍舟登陆信所至，寒食村村踏晴翠。同看一棹破湖光，塔影如人立烟际。"此等诗以清隽之笔，写幽秀之景，可称高绝。

茶磨山人五古，取径亦绝高，兹录二首，以概其余。《古雪居用孟浩然〈宿业师山房〉韵》云："高阁枕涧流，开窗绿阴暝。林深延昼寒，好鸟入清听。僧去钟梵歇，树外湖光定。微闻人语声，不见人来径。"《荷花生日后二日辛芝招同仙洲丈玉荀重泛南湖观荷有作》云："鹜棹鲟溪滨，缺月堕烟水。破晓出郭门，野鸥眠未起。略彴低碍篷，纡回二三里。南湖如镜靓，进艇万荷里。叶白风乱翻，花红露初洗。仿佛湘皋妃，铢衣远尘滓。又疑洛川神，罗袜步芳沚。凉痕沁酒香，诗味得秋髓。披襟不知暑，船窗三面倚。时闻荡桨歌，一叶花中驶。居人启荆扉，菱芡趁墟市。遥指炊烟生，回汀树若荠。置身水村图，清景差可拟。归梦醉乡多，朝阳明舵尾。"

世态炎凉，古今一辙。茶磨山人有《海上书所见》一首，直可为若辈写照。诗云："广场列肆乡音夥，主人酣歌当户坐。自夸骨肉俱生全，遮莫家园付劫火。鸠面鹑衣客三五，扶老携弱卧道左。为言崔卢本至亲，昔者避兵同一舸。相依恩谊誓不忘，频年八口都资我。东家骤富西家贫，乞食登门遭怒嗔。饿填沟壑旦暮事，谓予不信询其人。旁观叹息互指斥，掉头背坐颈微赤。"

咏史诗固须着议论，然亦须有含蓄。茶磨山人有《咏明史小乐府》二首云："夺门功赏罢，建寺报皇姑。恩怨分明甚，谁云少保诬。""建储怒群臣，一击实称旨。君心爱骊姬，申生幸不死。"又《明季南都小乐府》一首云："定策推良弼，夤缘录旧臣。何须求故剑，花满上阳春。"均得显微阐幽之旨。

茶磨山人七言断句之佳者，如："饥驱皮骨消磨易，乱里诗篇感慨多。""事无当意家书少，秋入衰年肺病增。""桃坞人家红雨瘦，桑阴门巷绿云肥。""一拳打破江天碧，两点浮来今古青。""荒村屋舍相向背，小市鱼虾时有无。""风吹池水齐平槛，雨洗山光乱入楼。""战地河山乔木少，名家台沼劫灰多。""旧雨书来莼菜后，西风病起菊花前。""献璞已遭重刖足，爨桐终抱不灰心。""床脚掀泥春进笋，墙头过酒夜呼灯。""窗棂月曙竹筛影，筇底山春梅吐香。""杏花能白非关雨，杨柳初黄不受烟。""胜游踪迹陈偏易，清福林泉享最难。""鸦翻残雪山无影，雁落寒沙月有声。""酒因索句倾三雅，窗为看山拓两边。""客逢佳节增乡思，人到中年减世情。""骨肉之间惩意气，文章以外慎交游。""故里亲朋为客少，异乡风俗入诗多。""到桥帆似经霜叶，过箭船如蜕骨蛇。""避乱无方能辟谷，送穷有计只烧书。""我醒莫问人皆醉，今是方知昨尚非。""夹道松杉交日暗，上方钟磬出云迟。""豆棚瓜架偏宜雨，柳陌菱塘易得秋。""莺争树暖千声啭，马趁湖光一路嘶。""身全浩劫庸非福，诗到名家始敛才。""乳燕池塘垂柳暗，鸣鸠门巷落花多。""涛翻地动日无色，风挟沙飞波有棱。""群峰合沓松藏径，殿古倾欹竹代椽。"皆戛戛独造，经千锤百炼而出，迥非粗心浮气人所能学步。

<h2 style="text-align:center">六</h2>

友人范君益泉，知余辑诗话，因以近人诗数种示余。余披阅之，见一为海盐陈筼珊孝廉《绿蕉馆诗钞》，一为江阴缪少薇茂才《存希阁诗录》，一为归安朱修庭观察《双清阁袖中诗本》，其中颇多可采者，因汇录于下。

筼珊名景高，一字云山，其诗近体长于古体，而近体中尤以绝句为胜。如《和张椒园咏雪韵》云："不须江上放扁舟，指点空山树影稠。翠竹黄茅都压倒，只看松柏不低头。"《自湖上至天竺即景口占》云："树色阴阴荡不开，沿堤仄径几徘徊。青山解识游人意，只在前头引我来。"《吴门舟中除夕》云："雨雪催愁拨不开，一肩行李犯寒来。扁舟此夕枫桥泊，却胜年年避债台。"《邻舫闻歌》云："夜深清梦稳吴艭，何处传来白雪腔。玉笛一声人不见，波光涌月上篷窗。"《车中杂咏》云："屋角西风作吼声，孤灯倚壁色难明。拥衾正梦归家好，唤起登车总不成。""果然一日九回肠，颠倒终朝到夕阳。望见前村有茅店，下车心比上车忙。"《钱花》云："愁向蕉窗卷碧纱，匆匆春色去天涯。年来惯洒将离泪，又向东风钱落花。"《平望》云："西风木叶莽萧萧，孤艇寒威入敝貂。久欲归家归未得，计程又到画眉桥。"《壬寅花朝》云："春色三分已二分，频年踪迹怅浮云。生憎双燕梁间语，偏使离乡独客闻。"《十月九日游孤山》云："无数藤萝绕粉墙，巢居阁上瞰湖光。梅花未放鹤飞去，一角孤亭空夕阳。""落叶如潮不可听，当时曾此驻云軿。世间只有情千古，衰草荒烟吊小青。"皆新颖有巧思。

筼珊笃于伉俪，因频年作客，故集众多忆内之作。《为姑苏小住，又将为玉山之行，不能无诗》一首云："文无不种种将离，倦鸟当还却故迟。地有相知忘是客，家难久住总因饥。絮餐暂托妻为弟，识字还须母课儿。不为看花情已懒，江南况是杏花时。"情深一往，能令旅人读之酸鼻。

筼珊诗中断句之佳者，如："懒极吟将诗句少，病深识得药名多。""少不如人休说壮，身原多病况兼贫。""用世志成强弩末，归乡心切大刀头。""牡丹国色开偏晚，松柏坚心秀独迟。""游兴倦如将去燕，名心慵似乍眠蚕。""花落空阶原命薄，絮随流水尚情痴。""飘扬柳线徒牵恨，络绎榆钱不救贫。""清比寒梅能傲俗，直如修竹不随人。""梦似青云寻未到，愁如碧草断还生。"皆近放翁。

七

少薇，名征甲，一字布庐，又字石心。其诗古体胜于近体，惟稍嫌词费。兹录其二首。《新嫁娘》云："五千买罗襦，十千换珍珠，纳采不可一件无。新娘三日入庖厨，阿姑叹息晨炊虚。"《读史小乐府》云："叶亭粥饭厚恩报，真人大度越高庙。功臣保全骨肉疏，东海王强屡上书。上书幸得全母子，此事差强人意耳。宋宏未免嗤官家，娶妻当得阴丽华。"皆奇倔有别致。少薇又有《题张睢阳庙壁》一绝云："力障江淮第一功，孤城雀鼠亦全忠。桃花刀上蛾眉血，不比寻常薄命红。"持论亦奇。少薇绝句之佳者，如《扬子江晓望》云："五更残梦雁声催，草阁临江眼界开。收尽春寒红日涌，隔江柔橹带潮来。"《宛陵杂诗》云："茅店三间席作门，瓦盆新酿醉黄昏。西风打屋寒星射，添尽衾裯不觉温。""磷磷碎石映流泉，随意寻幽夕照天。独木小桥当路出，倩人扶过水西边。"《九日闻蝉》云："落帽风吹落叶吟，古槐衰柳气萧森。怜他不识炎凉意，空向高枝觅赏音。"皆清新无俗韵。

少薇又有《秋日书怀》一联云："黄金从古重，青眼觉今稀。"语颇警策。

八

少薇诗集，后附其德配武进刘寿萱《梦蟾楼诗录》一卷，其诗亦长于古体。中有《白头吟》一首最佳，兹录之。其诗云："新花开故枝，旧花落多时。郎今勿娱嬉，听妾前致辞。妾为郎后妇，恃爱忘妾丑。郎心置妾怀，妾心印郎口。东市买明珠，南市买罗襦。西市买美酒，北市买银鲈。膏泽面肤悦，衣食信无缺。长跪问前妻，请郎一一说。前妻来归日，值郎贫贱时。无薪炊爨廖，无粟朝忍饥。畜妾今日富，忘郎昔日贫。岂惟忘昔贫，并忘旧时人。旧人为郎死，死后幸有子。劝郎续弦胶，家事须料理。濒危执郎手，惜此呱呱儿。弃置在后人，生死从郎为。妾身赴泉壤，妾魂守家门。孤儿眼中血，新人掌上痕。郎言听未终，新妇声暗吞。结发尚寡恩，新婚何足论。愿移爱妾意，先慰泉下魂。"

寿萱女史有《古意》一绝云："苏武雪中毡，李陵台上月。河梁送别时，知心未知骨。"《忍冬藤即金银花》一绝云："记得炎天香气浓，深黄淡白绕如龙。蓬门不识金银气，换取芳名作忍冬。"皆有新意。

《梦蟾楼诗稿》中又有《苦寒》一律，词颇遒炼。其诗云："欲雪不得雪，寒风彻夜清。拥衾成泼水，惜火胜兼金。瓶胆无端裂，蕉心何处寻。鸳鸯余半幅，冻指怕拈针。"

九

修庭，名福清，其诗务以修词胜，性灵反为所掩。披阅全集，惟二绝最佳。《题画》云："忽依处士忽调羹，折得枝头又赠行。一样托根遭际别，问花花亦不分明。"《梦中忽得间字韵，醒后续成之》云："小桥流水境弯环，知是蓬莱第几山。门内桃花门外柳，短墙何苦隔中间。"

修庭又有《游仙》一联云："不逢神女休留枕，倘遇天公便借钱。"《读史有感》一联云："命薄宫人求入道，时来竖子亦成名。"又结联云："卖文佣字男儿事，不使人间造孽钱。"皆有思致。

一〇

诗有眼前之景，一经点缀，便觉引人入胜者，即司空表圣所谓"俯拾即是，不取诸邻"者也。吴县盛稚秋先生，名朝意，著有《拙娱轩诗钞》。其《即事》一绝云："饥雀下庭墀，母啄辄回顾。风吹落花飞，惊上最高树。"袁青士先生名兰升，著有《铜井山房类稿》，其《村居漫兴》一绝云："野花开处篱笆矮，秋涨生时略彴低。牧笛斜阳吹两两，水牛浮鼻渡前溪。"又一联云："茅檐午饭树阴直，一阵稻花香到门。"此等诗皆写景入妙，即使李龙眠执笔绘之，恐无以复过也。

稚秋先生《即事》又一首云："僮报腊肉啮，众鼠夜来窃。一笑姑置诸，张扬吾不屑。"读之可以想见其存心之仁恕。又《老农》一首云："心力瘁秋成，桑麻课后生。雨来占甲子，风至识阴晴。岁熟常谋醉，孙多渐替耕。问年喜自说，屈指少同庚。"语语稳炼。《自白茆买鱼舠至相城省兄》一首云："小别经句耳，重逢喜不支。将疑来梦寐，各自诉流离。豕突欣初远，鸰原好护持。平安何处寄，海外忆连枝。（自注：时家四兄远客台湾。）"一气卷舒，雅近老杜。《湖上杂咏》中《双峰插云》一首云："冈峦幽邃树葱茏，南北峦峤峙两峰。一径樵歌天欲雨，翁然松顶白云封。"又《湖心平眺》一首云："湖如满月丽当空，着个亭台皓魄中。咏到霓裳须尽醉，人间亦自有蟾宫。"皆有画意。

兵以平匪卫民也，然有时兵之害，反甚于匪。稚秋先生有《兵退后由杭旋苏感赋》一绝云："劫免红羊力已凋，那堪兵比虎狼骄。请看一路经行处，野老吞声怨莫消。"又《从军杂咏》一绝云："庆贺筵丰醉绿醅，铙歌凯唱壮怀开。酒阑起看团圞月，画角凄凉野哭哀。"《而子秋回里省墓途中作》一绝云："松陵城外水茫茫，震泽遥通暮色苍。不是近乡情更怯，燹余风景太荒凉。"数诗皆当洪杨事定后有为而作，操兵柄者读之，可以惕然深省矣。

青士先生有《咏雪》八首，兹录其三。《深山》云："空山寥寂朔风寒，独坐高斋岁又阑。危石嶙峋盐虎踞，枯藤夭矫玉虬蟠。清谈有客门方叩，高卧今朝梦倍安。艳说庐陵留赏处，龙门终古是奇观。"《渔舟》云："独钓遥知一叶横，漫天风雪画难成。竹然野渡酒无力，棹拨荒江冰有声。孤艇扑嫌芦絮重，短篷糁比柳花轻。却思此日山阴道，别有扁舟乘兴行。"《书斋》云："正是三冬足用时，花飞六出又如筛。乌丝待写时晴帖，白战先成禁体诗。客至不嫌瞑坐久，夜深最是读书宜。千秋除却梁园赋，抽秘骋妍更有谁。"数首不事剑拔弩张，而自然深稳。又《客窗漫兴》五首，兹录其二云："书声人识寓公家，茗碗香炉静不哗。稚子读经时断续，童孙作字半欹斜。坐无俗客惟三益，囊有新诗斗八叉。最是离怀剗未得，夜深望月忆京华。""壮不如人事可知，此身只合住茅茨。书因破睡雠三豕，酒为浇愁醉一鸱。浅碧闲花黏蝶粉，半黄病叶冒蛛丝。邻家又赛鸡豚社，叠鼓鼜鼜田祖祠。"数首皆近剑南。

青士先生有《秋兰》诗，用渔洋山人《秋柳》韵，一联云："品贵应为芳草冠，格高不逐落花飞。"下七字真属神来之笔。

《拙娱轩集》中，断句之佳者如《舟中晓望》云："烟开残月隐，日上远山晴。"《灵岩晚归》云："几行投宿鸟，一阵落花风。"《晚过白茆》云："落叶随身卷，飞沙扑面迎。"《乱后喜晤沈大》云："乱余境况同寥落，别后亲朋半死生。"《秋兴次韵》云："华发看随黄叶落，雄心输与白云飞。"《石浦留别》云：

"喜种芙蓉因耐冷，怕看芍药为将离。""为避山泉移筑室，爱尝畦菜迭编篱。"《铜井山房集》中断句之佳者，如《村居漫兴》云："连霄雷动争掀笋，比舍风香正焙茶。""溪痕夜涨桃花水，燕剪晨抛杨柳风。"《郭巷》云："襄衣市小喧风晓，茭白船多聚日斜。"《中秋后一日招同人为吹台之游》云："斜日半窗移塔影，清风满院飏茶烟。"《袁浦》云："孤城落日帆初卸，旅馆孤灯客未眠。"《露筋祠》云："甘棠湖畔埭，杨柳水边祠。"《徐州道上晓行》云："瘦马河堤立，荒鸡野店鸣。"皆刻划入细，不同率尔操觚。

———

清太傅陆凤石先生未第时，颇有文名，惜其诗余不多见。《铜井山房类稿》中，附载其《陵口挤船行》一首，读之觉熟极而流，雅近大苏，因呕录之。其诗云："前船牵挽如蚁忙，后船拥挤如蜂狂。哀然林立高桅樯，西风乱卷旌旗扬。陵口河身十里长，排列不见清波光。大船争先意气强，小船宛转河之旁。撩衣赤脚抠裆裆，冷水没踝靰且僵。纵横高下相推搪，脱橹堕桨顾未遑。平者忽侧低者昂，篙师变色心惶惶。大潮望穿眼两眶，一寸二寸频料量。富商财货满船装，泥胶船重尤仓皇。渔翁卷网收笭筐，鱼鹰忍饿鱼竿藏。贫民号叫持空囊，今年江北多蝻蝗。扶老携幼来避荒，三日不通当绝粮。就中一船来西洋，圆轮曲突朱其吭。蓝眸炯炯足跳踉，亦无善策徒彷徨。我行急欲归金闾，数千里始来丹阳。计程三百通官塘，平时只须一苇杭。何期中道多周张，转觉前路真茫茫。安得大水来江乡，舟行便捷如康庄。倚舷危坐搜枯肠，描摹情事难为详。东船袁叟诗最良，持此往索和我章。"

《铜井山房类稿》有同郡殷诒谷序一篇，笔意雅近六朝，余颇爱之，因为附录于下。其文云："客腊读老友陆君九芝诗。时庭雪压竹，檐冰作花；薄酒不温，冻弦欲折。洛诵一过，如挟楚矿，如吹邹律。意怦怦其有感，怀跃跃而欲宣。爰缀小文，附归大集，非敢云序也。今春，九芝复以其旧友袁学博青士《铜井山房类稿》邮示，并代致殷拳，属为弁首。仆心恶焉，未敢应也。继取其稿读之，诗则语挚情真，文则言近旨远。淡云襟于农圃，为恋鲈莼；笃风义于师门，亲营马鬣。椎髻有能诗之妇，挽须来问字之儿。兴到看花，朋来剪韭，尽多逸致，都付吟篇。盖其悱恻缠绵，有流溢于楮墨间者。噫，可以传矣。然而吴绵丽密，非裸壤之所知；郢曲高寒，岂巴人之能和。而猥欲叩声闻于俗耳，询迷路于盲人，迹有类于嗜痂，事且同乎画足。揆诸鄙见，殊不谓然。况仆名不出于里门，学未窥其堂奥。小时了了，难解客嘲；世路茫茫，频逢鬼笑。穷鸟绝飞翔之望，磨蝎临身命之宫。逝者如斯，方虑我躬不阅；老之将至，徒忧没世无称。复何敢妄试莛撞，漫为喤引。顾桃潭千尺，爱我良深；而桐树孤生，赏音难得。缘虽悭于半面，情难已于一言。因不辞炫璞之讥，冀聊答投琼之雅。若夫丝漉水而益洁，花窨蜜而逾甘。剑因万灌而称神，丹以九还而见宝。是则独张健弩，更上层楼，能赴圆程，并超方格之说也。仆不敏，请还质诸九芝。"

<h2 style="text-align:center">一二</h2>

数年前，余于冷摊上，得抄本《黄溪诗征》卷四至卷六一本，其中皆吴江一邑之作，所选不尽可采，然亦颇有佳者。此书未必有刻本，因摘录数章于下，俾其不致湮没。

钱新原名熹，字绍洙，号雪岩，又号灵颜，震泽诸生。有《醉后又题》七古一章，颇似太白。其诗云："赤日不求利，何为鸡鸣即在市。白月不好名，何为午夜走燕京。苍山苍山不可攀，我欲与尔订往还。尔能许我住山中，我便移家东海东。秦皇汉武不足道，弱水蓬莱岂能到。李青莲，号谪仙；张志和，泛钓船。秋风清箬笠，春柳绿蓑烟。翠螺峰顶频呼月，牛渚矶头一醉眠。江山清绝常如此，利名不挂幽人齿。"

雪岩五古，亦有佳者。兹录二章于下。《晨起》云："遥闻鸡唱曙，蠡窗日已旭。夜来酒力深，一枕高眠足。财多则损志，名盛亦减福。世路尚纷纭，徒以身桎梏。开轩坐闲敞，盥漱摊书读。"《喜赵大泰张三纫孙过斋楼》云："春风吹我眉，忽接素心友。忘形到尔汝，谈笑不厌久。主人雅好客，殷勤出杯酒。小酌兴颇酣，名言不绝口。贻我瑶华音，笔底龙蛇走。（即席各赋诗见赠。）交欢良不易，会合诚非偶。愿言絷白驹，何乃遽回首。高楼频怅望，欲别仍把手。离思转盈盈，摇荡风前柳。"皆竟体清适。

雪岩五律如《燕子矶阻风》云："凌晓风逾壮，维舟燕子矶。名山忽照眼，相与共披衣。崖屹看同啄，亭高势欲飞。登临兴未已，梅蕊正霏霏。"《冬至前三日过六弟焘畊仁居》云："村近人依树，云深谷满堆。鸰原犹雪色（前二日大雪），池草渐春回。遥隔同形梦，相逢即举杯。殷勤饶古意，日暮尚徘徊。"亦皆工稳。

雪岩断句，如《停舫斋赠赵大泰》云："空中山雨落，烟际水禽飞。"《村居即事》云："聊尔御冬姑蓄菜，也因农隙为修垣。"皆近放翁。

雪岩绝诗如《雨中归舟》云："平桥流水急，落叶随风扫。作客常愿晴，归家雨亦好。"颇近自然。又《晓起》下二句云："无心与世疏，人自不敢亵。"《瓶中海棠未放》下二句云："世间谁复知花趣，只晓开时说好花。"皆不平庸。

一三

石草字景高，号双峰，亦震泽诸生。有《咏牧》一律，风神秀逸，尤称佳构。其诗云："绿杨村外碧云岑，雨笠烟蓑日日寻。晓度板桥风弄笛，晚投山店月开襟。一鞭芳草春游惯，几树丹枫秋思深。赢得半生安稳过，笑他骑马总劳心。"

一四

福建丘君菽园，尝以《虞美人》七律二十韵征诗，刊其尤佳者十卷行世。余最爱第二名王君睫盦作，能不脱不黏，因录之，以供众赏。其诗云："英雄一剑缘俱了，野士千年恨未休。我感美人化芳草，天教春色度鸿沟。咸阳艳迹随灰灭，垓下离情付水流。吊影只余秦陇月，回头不见楚宫秋。江山风鹤成虚警，子弟沙虫尽旧游。自在香中蝴蝶醉，奈何声里鹧鸪愁。胭脂塞北疑无种，罗绮江东合有楼。前度腰纤原是饿，重来心碎不禁揉。仙衣五色云霞丽，倩袖双垂翡翠浮。雨后啼妆湘女试，风前软舞戚姬偷。呼为罂粟年犹小，幻作瑶芝梦亦羞。解语逢人难说项，断肠亡国为还刘。尘根尚滞输须曼，生气常存胜玉钩。毕竟和歌仍应节，居然拥刺未亡仇。素馨再世娇相似，青冢三生愿莫酬。词苑猜名嫌舜妹，书丛问婿误齐侯。品超九等经谁补，艺冠群芳谱可修。南汜骚怀饶蕴藉，西方诗句寓温柔。倘从本纪卿宜后，若溯萝图系是周。氏爵大书花史上，虞兮碧血至今留。"

余亦有《虞美人》作，附录于后。诗云："拔山力尽奈虞何，别凤离鸾在刹那。一代贞魂化异卉，千秋烈魄傍崇阿。雅州道上名传久，斜谷途中见更多。

每值聆音知起舞，若教解语定能歌。日翻密叶回罗袖，风动纤茎响玉珂。宛转应弦依碧藓，低昂赴节伴青莎。含娇颤动迷芳蝶，有恨依稀蹙翠蛾。映月似添羞靥媚，烘霞错认醉颜酡。柔姿曾受重瞳顾，弱质肯遭隆准诃。根植宁邀汉雨露，花开犹傍楚山河。鹣飞昔作交枝树，雉逝难成连理柯。妾命薄宜为小草，君恩深已付流波。英雄事业归蒿莱，儿女情怀断茑萝。此日篱边容黯淡，当年帐底泣滂沱。愿偕贞木全清洁，岂逐凡葩眩猗傩。草号断肠侪怨妇，竹凝斑泪侣湘娥。韩妻化梓应同调，燕妾征兰却异科。桃李容颜甘殉主，杨华漂泊且由他。独摇取象真维肖，小字称娱或易讹。我欲阶前频下拜，佩环仿佛此经过。"

一五

杨兆麟，字瑞如，号友梅，吴江人。其五古颇近王孟，兹录其三章。《暮相思》云："暮登高山巅，回望云中路。平林带远烟，故人在何处。秋水涌急流，扁舟从此去。如何不见来，夕阳雁边度。"《拟孟山人待友》云："暝色生远村，落日在松顶。云去意常闲，鸟归声亦静。之子期不来，满山黄叶冷。携琴候南轩，竹月弄清影。"《月夜泛舟》云："西山日已敛，荡舟弄清浅。水天上下涵，流光愿常满。渔唱烟际来，激情复宛转。一与静境遇，幽兴从此遣。波上微风生，月明孤棹远。"

瑞如有《梅花》三律，其第一首云："春到江南绝早开，相逢多半傍山隈。一湾流水幽寻后，几处荒村独见来。竹屋雪消寒未散，纸窗香透梦初回。月明欲共花留住，不惜芒鞋染绿苔。"又一联云："开值薄寒微有韵，立残深夜淡无痕。"皆高淡雅洁，不让和靖、青丘专美于前。

瑞如有《对镜词》一首云："妆台镜一奁，拂拭清光遍。不解照郎心，空持照妾面。"颇有古意。

一六

陆甫里，字渔枫，号愚峰，有《沧浪亭怀古》一首，颇近宋人。诗云："沧浪一曲碧玉环，沧浪亭子幽且闲。回波隔断红尘路，居然城市藏深山。山冈郁郁迷竹树，水渚弯弯护烟雾。蓬岛仙人让不居，借与苏侯且小住。苏侯谪自帝乡来，天怜特置瑶池隈。吟风醉月聊游戏，矼南碕北日徘徊。胜地初酬四万钱，佳句曾题六一篇。当年倡和多豪俊，后人想望总神仙。沧桑数易还凭吊，几处登高空远眺。都官园空秋草迷，蕲王庙古寒晖照。更叹姑苏台久湮，广陵宫馆亦灰尘。霸业三吴无块土，孤亭千载属诗人。我来濯缨沧浪沚，隔城山色斜阳里。还怜古月出城东，依旧清光照寒水。"

一七

赵塘，字南叔，号午亭，吴江诸生。有《石湖棹歌词》三首，亦雅洁，亦宛转，允称合作。诗云："白洋湾北水平铺，茶磨盘盘入画图。新筑湖心亭子好，游人多说赛西湖。""桃花雨落红三里，苹叶风牵绿半篙。网得鲈鱼堪作脍，便来蠡市换香醪。""盟鸥亭下水拍堤，说虎轩前瘦石敧。烧香都至楞伽寺，更无人拜范公祠。"末二句寄慨颇深。

午亭又有《喜云峰伯父腾越解任归》一绝云："五载归来万里身，一官匏系鬓毛新。他时纵有平安信，不及今朝见面真。"可谓情真语挚。

午亭有《秋感》一律云："镇日怀愁闷，那知秋已深。一声云外雁，几处月中砧。叶老无风堕，蛩寒不夜吟。堂前摇落意，此日失清阴。"竟体清老，"叶老"一联，尤为刻划入微。

一八

石祖庆，字芬予，号有农，岜子诸生。有《敝衣和陈亦园韵》一律云："驱驰京洛染尘昏，策蹇西风两袖翻。贳酒难谋终日醉，解嘲犹藉一冬温。故交触目惊寒态，游子还家认泪痕。莫欺穷途持赠绝，不才原愧受人恩。"刻划绝工，一结尤见气骨。又《送春》一联云："载酒渐灰绮陌梦，寻芳剩有锦囊诗。"亦佳。

一九

赵培，字稼伯，号房山，吴江诸生。有《玉山草堂怀古》一首，笔意颇雅洁。其诗云："言寻马鞍幽，界溪清且广。当年遗草堂，尚对玉山朗。阿瑛不羁人，风流兼肮脏。常开北海樽，遥契西园赏。迢迢四百年，陈迹已榛莽。奇石翳藤萝，曲池余菰蒋。铁龙杳难寻，金粟邈已往。画手无云林，狮林剩摹仿。

白日下荒墟，西山发樵响。迟回杖策还，海门月初上。”

二〇

王元文，字睪曾，号北溪，吴江贡生，为沈归愚先生弟子。其五古善写山川奇险之景，兹录其《舟过焦山》云：“泄云翳遥空，群峰雾中没。舟人贪利涉，挂席凌晨发。大江涌波浪，浩若泛溟渤。洲长望欲迷，岸绝势逾阔。焦山峙其中，苍翠可揽结。旁峰复斜竖，相对如环玦。洑流下汹汹，奔腾更漱洌。磻碨耳先震，划转胆欲裂。始知万里涛，到此一阻折。客舟乱鹅鹳，争先气不茶。忘身与水斗，紧摇橹易脱。俄顷帆受风，忽夺两崖出。棹拨鸨鹢群，日翻鼋鼍窟。遥遥顾后队，咫尺遂相失。通塞固有时，理命正难必。何以宽旅愁，篷窗聊散帙。”《过河城闸》云：“济运引黄河，支流尚恢恑。西来扬泥沙，到口益迅驶。上水如上山，盘盘漩涡起。牵挽却倒行，进寸退尺咫。邪许千夫声，力尽方过此。不知龙门间，湍悍复何似。屈折经五州，纵横下万里。奔放藉束缚，束缚更触牴。所幸泄之多，力分得少弛。过闸水渐平，观奇心窃喜。”《与钱巽斋同游云门山》云：“朝晖万象开，山翠城头涌。出郭偕故人，携筇历高垄。此间号雄都，诸峰远迩拱。迤逦初尚平，突兀中忽耸。众石雁齿排，其尖剑铓竦。下憩甘就懦，上造强鼓勇。蛇纡足几盘，斗绝面复拥。岩崿重岭横，中天日晻曚。倏然明镜辉，石壁谁剜孔。斜光此穿漏，阴阳隔巃嵸。老树缀悬崖，归云纳古洞。力疲始睹奇，尽胜更蹑踵。”数诗皆缒幽凿险，力摹老杜。

趵突泉，为济南名胜之一，北溪有五古一首咏之，能力摹其奇。诗云：“济水下伏流，原泉此沕潏。坤舆虽厚载，有罅即迸出。在山蹇难行，在地震欲裂。轰轰晴天雷，皛皛白日雪。不作百道飞，惟见三峰揭。怒立指上冲，无垣居不溢。得毋或激之，凭虚耸嶒崒。大声既翻腾，小声复泌瀄。水面惊跳珠，其下千窍穴。眩奇目初骇，鉴空神欲澈。王屋蓄应深，历下涌自凸。挹注养不穷，定无惭井洌。”

君子施恩，原不望报，然有时所报，每有出于意料之外者。北溪有《结交》一首云：“勿言斗水少，可以活枯鳞。人生当缓急，叩门谁可亲。君看翳桑下，乃有报德人。”此时可为济富不周急者当头棒喝。

北溪有《夜过无锡》一首云：“月上淡霜烟，理楫遵江渚。依稀九峰影，峻绝云中峙。乱泉听微微，奇石露齿齿。虫吟并一声，露白方未已。犬吠岸傍村，灯光桥上市。既叹行役劳，复爱林壑美。好风从东来，流云散余绮。葛衣稍觉凉，篷窗怅徙倚。何当税尘鞅，结庐山之址。"此诗雅淡似王孟，"虫吟"十字，尤极绘影绘声之妙。

北溪七古，以《铁镬歌》一首最为雄奇，不减黄子云《卧钟歌》，兹录之。诗云："北固崒嵂横江东，山头佛殿栋宇隆。长松森森夹道立，中有铁镬奇而雄。团团空腹包碧藓，觷觷四角盘苍龙。支撑风雷声窸窣，磨荡日月光帲幪。形模古质气肃肃，疑有鬼物栖其中。标识传自梁天监，伐木选石创梵宫。宝构合沓张云幕，飞梁逶迤落彩虹。更铸精铁为此镬，重逾仙掌镕金铜。当年萧公睨神器，二君六贵遭奸凶。浮山堰筑更溃决，万姓湮没随枯蓬。春秋既高静思悔，欲仗佛力消诸凶。无遮四部设大会，涅槃亲讲开愚聋。可怜台城一围逼，霸业转瞬云烟空。只余此镬阅今古，岐阳石鼓将毋同。我来甘露访古迹，瞻瞩顿豁平生胸。金焦两点翠滴滴，江海一气流汹汹。欲寻狠石不知处，卧龙筹划虚留踪。僧繇名画漫古壁，卫公巨柏余孤峰。惟此嵓嵳峙门外，诸岭环卫犹罴熊。烟交雾凝黯黯黑，苔昏土蚀斑斑红。还携嘉客席其侧，摩挲令我心忡忡。古来器大贵有用，此物宜自天家封。明堂大开餍将士，椎牛宰马千夫饔。何为屏弃置闲地，藤萝荆棘相蔽蒙。群儿嬲恩樵子坐，彭亨似尔真何庸。又闻夏禹铸九鼎，魑魅罔两民不逢。圣王作法皆正道，岂必象教尊禅宗。泗上沦没理可叹，尔独无恙福已丰。洪涛万里经足下，兀然坐镇无终穷。人生安得如汝寿，千载太息怀坡公。"

吴中狮子林，乃元至正间僧天如、惟则、延倪、元镇等四人为之。近人以为倪云林筑者，非也。北溪有《狮子林歌》一首，犹沿袭其讹，然其诗自佳，兹录之。诗云："谁能置石狞狰若奇兽，突兀当风只欲吼。谁能种松盘盘根向石，石上夭矫一千尺。石欹侧，松蒙茸，昔时居此云林翁。云林翁，有仙骨，平生好洁如好色。纷纷俗士等秕糠，铁崖阿瑛俱相得。我来问梅阁，还憩指柏轩。日薄水演漾，风和鸟绵蛮。出洞复入洞，下山仍上山。顿觉千盘万盘之冈势，蹙此一亩半亩之宫阛。坐久山花落衣履，不信此境居城市。白云归尽苍崖幽，圆景了了挂在东峰头。吹铁笛，和吴讴，人寰何处无丹丘。问君安用列八驷，闲身分比坳堂舟。青鞋布袜随地休，欲呼云林共语为余图作逍遥游。"

"禹之治水，顺水之性"，孟子一语，为千古治河之圭臬。后人昧此，悉祖白圭，而河水遂永为中国患。北溪有《客有谈黄河事者，诗以纪之》一首，颇能洞见症结。诗云："下流高，上流卑，筑垣居水水何归。流日缓，沙日伏，水底出于居民屋。中州为患此方安，如人肺病移之肝。以堤束水水刷沙，水行本直难强遮。由来东过必西迸，游波推荡非其性。治河自古曰疏浚，入海滔滔只在顺。"

北溪有《题白洋散人水村图》一首云："若近若远原上山，忽明忽暗柳中烟。烟光山色看不定，一波春水村庄前。庄前夜来好雨过，水长矶头碧天破。客舸轻帆树杪回，渔舠安桨云端坐。浮桥曲折跨当中，何处人来度晚风。遥望家家临水影，似隔垂杨无路通。垂杨几树摇湖口，缭绕飞花舍左右。野凫队队浴门前，修竹丛丛罗宅后。中有幽人坐啸歌，水云间弄清逶迤。得非甪里耽高隐，比似桃源更若何。我亦江湖称漫士，梦回只是寻烟水。披图一粲冷胸襟，便逐鸥群共飞起。"《自邵伯至高邮道中作歌》一首云："一湖未穷复一湖，连绵百里云模糊。此间景似吴淞无，鱼虾为业无官租。半生踪迹乡间滞，何殊新妇帷车闭。出门壮观天地间，却笑开笼放白鹇。孙莘老，秦少游，六百年后余风流。安得起君共明月。湖中载酒相为酬。"二诗皆轻清流利，似宋元人得意之笔。

北溪五律，皆句斟字酌，烹炼功深，兹录数首。《寒夜留外舅家作》云："暮色冷疏砧，乌啼月满林。星悬当户淡，云入远山阴。意气争千古，饥寒仗一心。穷愁相慰藉，聊诵《白头吟》。"《晚过太湖》云："落日下前汀，微茫见洞庭。水吞孤屿碧，云敛乱峰青。野鹭依沙立，寒鱼出网腥。何年叩林屋，手自探符经。"《江行》云："际晓辞京口，风高浪万重。江声奔战马，山影幻犹龙。望里南朝寺，飘来北固钟。船头助长笛，一笑豁心胸。"《宿黄连港》云："苦竹翳深烟，停桡意惘然。乌啼古戍月，人语远江船。出险还余悸，劳生转不眠。更阑星斗阔，矫首望天边。"《归舟》云："风急拜江豚，寒云聚塔根。涛随远岸阔，山逐去帆奔。漠漠疏林晚，沉沉大泽昏。客程淹数日，中夜寄归魂。"《述感》云："疫疠经时作，流尸是处盈。黄昏多鬼语，白昼少人行。祷借巫言重，贫伤药物轻。宵闻邻舍哭，呜咽不成声。"

北溪七律，皆雄深雅健，指挥如意，兹录三首。《次京口》云："铁瓮城高暮角哀，重关屹立势崔嵬。山前鹳鹤盘云去，槛外鼋鼍踏浪来。烟火万家谁保障，战争千载几蒿莱。于今圣代无烽警，只听潮声动地回。"《京口眺望》云："极目滔滔不暂停，神功橐钥果奇灵。东来大海连天白，西去群峰拔地青。变灭古今皆野马，苍茫身世总浮萍。何须岛市寻徐福，且醉京江酒十瓶。"《春日偶占赠吉良玉》云："两年留滞越江滨，又届清明上巳辰。白纻青山乡梦远，斜风细雨客愁新。攻文似我何偏拙，交态如君独见真。一笑相携湖畔去，桃花深处青垂纶。"

江船形甚笨滞，然来往大江之中，除去兜头逆风，纵遇逆风而稍带横风者，皆可行。惟横风行舟，须下桨板耳。北溪有《江船竹枝词》二绝句，颇能形容其妙。诗云："绿水青山管送迎，蛟鼍驯扰不须惊。笑他唱彻公无渡，如此风波大可行。""朝开西北暮南东，雪浪银涛滚滚中。曲折桨帆之字样，侬家不怕石尤风。"

二一

赵基，字开仲，号约亭，岁贡生，官金匮训导。尝有《踏车行》七古一章，言之沉痛，不减聂夷中《悯农》诗。其诗云："蜕蛇僵仆鞭不起，脊梁凹凸翻齿齿。呼儿赤脚早下床，参横斗转蚌珠死。昨牵黄犊卖城南，胜卖儿女作奴婢。足茧心愁腹亦空，宵昼难添一尺水。江头一夜忽漏天，滂沱三日高低连。一寸难添寸难退，车轮向里转向外。"

约亭有《游狮子林》五古一首，与王北溪作，如骖之靳。诗云："一峰一美人，一树一高士。何年擘巨灵，不胫走忽止。想当役五丁，混沌凿未死。云涛沸耳根，但听落松子。我来况薄暝，岩岫涌尺咫。侧立貌荒唐，突出意谲诡。逼仄动摩肩，嵌空不受趾。咄哉大知识，思议穷研揣。狻猊吼复蹲，摇尾窜虎兕。地肺裂半空，九曲蚁穿似。曩年割朵云，失手堕杯水。溶漾浸巉岩，回延露齿齿。林屋洞隔九，到此观止矣。路穷兴忽飞，苍松疑太始。或似偻而迎，或似昂而跂。或作鳞之而，或奋鬐卓尔。变态万不齐，根株互连理。聊络藉藤萝，岁久资石髓。梵宫城北坳，太仓稊米耳。揭来投足音，空谷跫然喜。云林四百年，俯仰一弹指。钟声木末来，习静参微旨。夜深礼大雄，法轮转复起。拈作如是观，天女散瑶蕊。出门屡回顾，苍茫暮烟紫。"

约亭有《人日访王北溪村居》一首，亦近王孟。诗云："昨宵春水生，残梦落烟渚。念我素心人，绿溪拨柔橹。微泽动春膏，园蔬沾小雨。野老正祈年，深林闻社鼓。主人静者流，读书梅花坞。客来喜欲颠，倾倒奚囊贮。风雅道自尊，安用慕珪组。良朋敦古欢，款洽融水乳。高阁面湖光，舒卷白云缕。溪山世外情，收揽入庭户。幽鸟各归巢，斜阳催客去。"

约亭有《杨花追和许尊美韵》二律云："游蜂舞蝶尽摩空，捉取争喧竹马童。攀树有人怜暮雨，托根无地怨春风。将飞复止河桥畔，欲即还离绣陌中。偶藉吹嘘天尺五，飘扬也蹴玉花骢。""风光撩乱去难留，一夕轻飏飑未休。山郭酒旗无定影，绮筵歌板忽成愁。扑来短褐谁青眼，糁向长亭欲白头。流水栖鸦怜往事，不须摇落到深秋。"皆措词清稳，托根句及头字一联，尤有弦外之音。

约亭有《春日杂怀同竹溪诸子作》二律云："奔迅年华下急泷，心情不系类吴艭。探梅屡误山灵约，折柳空翻水调腔。岂有壮怀腾剑匣，漫将幽思寄渔矼。春来中酒兼消渴，甘向骚坛脱帽降。""莲漏深沉报短签，空阶忽听雨廉纤。五更残梦动花落，二月新愁似水添。久识品流分泾渭，尽尝世味辨酸盐。明朝散发扁舟去，频棹桥西认酒帘。"皆能险韵稳押。

约亭七绝，以《春雨不止，乡思顿深，偶成》绝句三首为最有远神。其诗云："莺脰湖南绉绿波，平芜极目隐青螺。昨宵骤涨桃花水，流向我家门外过。""施塔村南有墓田，松楸无恙郁苍然。纸钱洒湿梨花雨，怕说来朝是禁烟。""知交零落似晨星，宿草还从雨后青。细数茅堂闲话侣，白头往事有谁听。"

二二

李堂字摺庭，号香岩，其古诗颇近韩孟联句体，而五古中《种菜》一首，尤为杰出，兹录于下。诗云："贵贱虽异等，谁能忘口腹。万钱固已侈，所营在半菽。葵藿随飞蓬，藜苋萎平陆。青青者菜甲，后圃滋其族。饭讫荷鸦锄，艺莳课僮仆。天寒土不膏，一棱松易剭。量尺掘白科，洒泉滋渗漉。插筱拒鸡侵，结绳抵羊蹴。人目庾郎鲑，我比羊公玉。辛勤加拥护，勃焉生意足。碧茎日已抽，黄叶日已秃。严冬霜雪繁，化机停发育。力聚养菁华，气清含芬馥。澜漫挑满筐，轻冰声戛触。宁藉园官送，免向市儿鬻。晨夕恣下箸，不复思鼎铄。

平生乏寸长，疏食犹惭恶。曹刿尔何人，矢口诋食肉。羲和无淹晷，辛盘只转目。行当饱此味，曝背坐栏曲。"

香岩七古，以《槛虎行》一首最为雄健。其诗云："秋原信步风日闲，看场人压圆如环。非熊非豿竟何物，毛衣飒飒黄而斑。目睛睒睒岩下电，宜长百兽居深山。何为槛车遭急缚，摧颓豪气多惭颜。忆汝窃时恣陵虐，百里樵汲心胆寒。赢羝鼍兔不足道，破衣败絮盈草间。群奸羽翼竞伺候，梼杌饕餮相牵扳。妖狐献计工妖媚，贪狼济恶成凶残。山神白简欲论列，逡巡畏缩莫敢弹。一朝蹉跌失猛势，雄姿遂受他人制。啸风非复岩谷响，攫物难矜爪牙利。叫号跳跃无不为，宛转偏能顺人意。歌场酒社每拦入，招摇市井作儿戏。面目狰狞仍可憎，至竟不能一钱值。平生罪案齐山岳，何得迁延卒年岁。北平已失飞将军，世上岂无饮羽技。饱毂黄间洞胸肋，弓声未绝辄僵毙。截取髑髅留作枕，传观远近警凶秽。"

香岩有《玉泉池观鱼歌》一首，意体轻圆流利，与他篇之以排纂整齐胜者，迥乎不同。而其后半首，尤令人读之失笑。因亟录之。诗云："玉泉之水清而腴，照人直欲数鬓须。仙源远自灵隐趋，合涧桥外来萦纡。凿石作沼甃砒砆，窍以两窦嘘吸殊。上窦涓滴下窦输，旱潦不见盈与枯。正殿辉焕开蓬壶，长廊四周丹膔涂。浮金漾碧难描摹，游鱼泼剌争嬉娱。昂首掉尾如索铺，丹砂玳瑁青珊瑚。黑者点漆白粉垮，其间一种色最姝。蔚蓝天映如欲无，山花四月花模糊。红红白白千万株，山风忽起雪片粗。随风乱向水中铺，织成池面锦氍毹。纷纭呷喋昀且濡，花光鳞片乱一区。心摇魂荡目眭盱，形容不得曰嗫嚅。猵獭远迹鹳鹤驱，更无结网与施罛。昆明衔索良可吁，过河之泣亦何辜。未若此处绝隐虞，乐哉此乐忘江湖。中宵见梦垂头颅，自诉茹苦若堇荼。耽耽寺里诸僧雏，夜半作贼鼓刀屠。割鬐斫鲙充庖厨，淡泊常将蔬笋俱。西湖画舫吹笙竽，红裙既醉乐喧呼。不如早与荐玉盂，一笑犹回美人炉。嗟尔放生亦已愚，夺彼与此何为乎。谁能恻隐赎微躯，报以径寸明月珠。"

香岩长排，有《豆棚闲话二十韵，效长庆体》一首，颇似吴梅村集中得意之笔。其诗云："种豆茎初引，才将碧筱持。绸缪棚早缚，宛转蔓潜滋。翠羽缤纷似，龙须缭绕之。每逢垂荫日，正值纳凉时。不速来邻叟，忘形缺礼仪。有裈皆犊鼻，无扇不蒲葵。谈鬼儿童怖，听经妇女随。唐人丛小说，元代足传奇。

口角天葩坠，耳根仙管吹。团团一夕话，句句解人颐。妙识环中趣，从生海外疑。要除心热恼，遑问话支离。此夜真堪惜，所居最适宜。三檐花作额，四面竹编篱。重露浓成滴，新蟾侧似窥。南风从北折，东宿渐西移。麈尾中间拂，藤床左右施。兴阑闻络纬，聚久饮枪旗。如许宵清暇，何妨昼赫曦。蓬门临送客，明夕预相期。"

香岩有《读剑南诗》七律一首，颇能曲传放翁一生心事，其推崇亦备至，使九原有知，定必呼为知己。诗云："诗人沧海忌横流，南渡而还数陆游。开卷清风时入座，长吟皓月正当楼。平生憔悴淹三峡，到死沉沦痛十州。追配浣花真不愧，忠魂健笔并千秋。"

香岩有《大水后寄沈柳桥》一律云："雨后人如丁令威，流连光景已全非。门迎恶浪摧双板，树撼惊飙倒十围。舟楫竟开新觉路，袈裟不见旧禅衣。（南港至溪渡船十余俱在田中往来。）访君拟坐瓜皮艇，假道西畴抵竹扉。"又一联云："仙人又叹田为海，泽国真成屋是舟。"皆描摹确肖。

二三

吾友程君瞻庐，天才俊妙，其谐文小说，久已脍炙人口，乃令读其祖太翁仲虎先生诗，而知其家学渊源，远有所自也。按，仲虎先生名寅锡，一号胥台山民，学问淹博绝伦，而不求仕进，隐于阛阓，以吟咏自遣。当时与同邑郭季虎角逐骚坛，有二虎之称，盖一代奇人也。所著有《莲芍草堂诗稿》二卷，其诗寝馈于盛唐诸大家，皆能登其堂而哜其胾，爰亟录其数章，以贻爱读瞻庐文者，俾知饮海必先知源也。

《莲芍草堂集》中，有《雪灾行》及《风潮叹》二篇，皆属洋洋巨制，直可与元稹《舂陵行》、杜老《石壕》诸作相颉颃，中晚以下，无此笔力也。兹先录其《雪灾行》云："西邻老人九十七，指手画脚向人说。老休生长太平时，未见初冬摧大雪。今年有闰长三春，桃花含笑李花覃。农情踊跃插秧早，天公何事翻生嗔。四月一雨至六月，红日不见黑云湿。高田背山山瀑冲，低田近水水岸决。千圳万亩秧正长，那堪绣陌成汪洋。秋声不发天复热，处处桔槔车水出。可怜烈日正当天，肌肤欲焦汗成血。心机费尽终局促，一亩田无三斗谷。告荒不准可奈何，只恨蛟龙夺我粟。重阳一过日渐短，县官催科不容缓。前头捉人后卖儿，吏胥嘈嘈不肯转。秋收不获农心瘁，但望来年麦与菜。愿天腊后雪花飘，便是春花一重被。农神遥与雪神语，雪神飞舞不自主。十月初头已见冰，庾岭梅花皆冻死。吾吴本是东南天，青草不枯花常鲜，今冬一冷冷即虐，天意分明有变迁。试看漠漠同云飞，长桥短陌行人稀。一日两日没樵径，三日五日迷钓矶。山中居人更嗟苦，邻里不能通水火。茅檐压折土墙倒，尖风割人不可躲。家家拜手祈天晴，日光凄微吹不醒。寒威逼勒肌骨僵，地头蔬圃愁园丁。芦菔一根钱一串，犹自声声苦嗟怨。天荒地冻雪不融，十指掘泥九指断。连年水荒民困久，雪亦为灾古未有。稻高三尺雪五尺，不少穷途愁糊口。吁嗟乎，豪门呼酒正宴客，貂幔沉沉不知寂。美人倚醋歌阳春，笑指千山万山白。"

《雪灾行》一篇，妙矣。而《风潮叹》一篇，其奇崛亦正相等，此等作若遇尼父删诗，皆当入之《三百篇》中，不得以寻常歌行目之也。因复录之。其诗云："屏翳入暑大病狂，颜色不霁天亦荒。东头挟得海神走，西头呼得河公忙。银涛万堆薄城屋，民其鱼乎遭水殃。缘木不上触石死，结筏未及爬沙亡。丘浮一粟攒蚁蛭，溪壑百道浮猿狼。脱有活命家室无，七八零落呼爷娘。呜呼风兮蠡未觉，将旬累月恣披猖。阴霾昼见失云泽，白日晨避还扶桑。田禾没头土力败，木棉摇落花铃伤。江东地利傥不足，天厨何以供钱粮。邻州百里灾已成，哀鸿折雁尤踉跄。雷塘柳岸漂树顶，高淳石坝搪沙囊。毗陵东邑惨更切，河濠膏血流尸僵。吾乡秋税谬称足，茭菱莲芡难充肠。六月不热损五谷，盛夏安用棉衣裳。昨年旱魃蝗汴梁，今年霉雨通沅湘。吴中人士多好义，千里赍粟安其创。赈恤未葳赤手归，夜起视听心彷徨。柴荒米贵世益困，眼看大地皆痍疮。吁嗟乎，秋风指日无青黄，农夫告籴常平仓。吏胥奉官搜村庄，催科上考称堂皇。年头二麦岁已穰，政令岂得于灾祥。琐琐屑屑乃抗官，官有法度罪莫当。高家堰头看风色，徙尔去作防河郎。"

仲虎先生集中，有《乞巧曲》一首，乃悼其德配清河君而作。其辞云："珠屏乍斗雨气凉，曝衣楼头初晚妆。罗灯避檐月色嫩，明河脉脉秋望望。甘瓜脆藕小筵席，露水浮香玉炉湿。双星窥我曲廊西，故遗蛛丝教谁织。吾家小院桐花冷，翠袖无人拜旌影。梳头阿惜不能愁，兀自穿针恋宵永。年前秋闰劳鸰鹊，眼底心头互盟约。绿蛾残黛一番鞲，苦写青词慰妆阁。明朝丝雨剧相催，洒泪无端上玉台。一般懊恼长生曲，不葬金钿葬落梅。人间苦道相思美，百地牢愁一回喜。天孙闻语呼阿郎，侬你相思没停止。（阿惜，白乐天女。）"

仲虎先生《雪灾》《风潮》二首，以雄奇高古胜。乃集中又有《悼聘妇广陵氏，即题海棠秋影图遗挂之端》一篇，一变为缠绵哀绝，直与白傅《长恨》《琵琶》二作相仿佛，与前二首大不相同，乃知能者固不可测也。其诗云："罡风吹断银河水，织女星昏灵鹊死。小谪红尘十七年，昙花一现有如此。如此尘缘绝可怜，无波碧海有情天。红丝枉说百年系，素质偏惊一旦捐。那时正好中秋月，报道姮娥奔月窟。天上应知列羽衣，人间空自嗟华发。夏驾湖边卿所家，闺中姊妹双双花。女兄脆薄逝黄土，阿母殷勤护碧纱。垂髫咏絮工吟句，唇上脂痕点墨污。寻常不自出中门，花月年年等闲度。东林选婿雀屏开，下得温家玉镜台。锦浪鸳鸯迟入谱，春风蝴蝶早为媒。遥知帘幕沉沉处，定惹相思春不语。十三豆蔻鬌初盘，二八瓜瓤花有主。金屋思量储阿娇，那期紫玉化烟消。半窗明月淡于水，一缕秋魂不可招。从此悲怀时欲恸，伤心怕读临川梦。瑶京无计挽骖鸾，冰弦有意操孤凤。怜卿绝似叶琼章，一样芳年总断肠。月府曾为侍书女，天涯难觅返生香。阿侬心事殊岑寂，疏雨寒窗衾似铁。中宵转辗不成眠，灯光作青窗影黑。玉人鉴我苦相思，姗姗莲步其来迟。几回洒泪含情处，半晌凝眸欲语时。啼红羞涩双鬟弹，聊示海棠花一朵。忍言妾命薄于花，寸许眉尖春怨锁。虎丘山下百花中，多谢檀郎马鬣封。禁得柔魂安麦饭，却教绮梦稳秋风。宵长梦短有时别，别后茫茫两愁绝。绘出仙姝窈窕姿，倩他女史风流笔（图为李定之女史写）。每从画里唤真真，珠鸟瑶簪枉怆神。一笑拈花空色相，回头明月是前身。前生缘拟他生续，惆怅三生悲杜牧。怨句新题绿玉笺，妆楼旧认黄金粟。金粟香中环佩遥，碧天无路夜迢迢。凌波漫鼓湘灵瑟，引凤还吹帝子箫。波光凤影今何在，空叹珠沉怜玉碎。残膏剩粉女儿箱，寒雨凄风慈母泪。狼藉墙东一簇红，轻阴无复护花丛。海棠毕竟秋仍发，人去楼空便不同。胸中那寄愁如许，付与毫尖心共语。月不成圆花可怜，吟筹怕听中秋雨。"

少陵《画马》诸作，千古推为绝唱。乃仲虎先生亦有《题韩干画马》一首，其笔力气韵，与杜相伯仲，安见古今人不相及耶？诗云："大梁韩干善画马，笔力纵横真健者。神妙直匹曹将军，王侯求画不论价。画出龙媒不计年，披图顿觉生风烟。宛然冀北汗血驹，五花气湿蒸连钱。腾骧磊落争神骏，屹然相向如临阵。忽恐呎尺霹雳飞，破纸风雷欲奔迅。拳毛𫘝，狮子雪。倘令突入凡马群，一匹尽可当千百。吁嗟乎，如此丹青世所稀，筋骨骁腾势欲飞，何必更以画肉讥。”

《莲芍草堂集》中有《竞渡篇》一首，乃在鸦片之战初起时作，其时苏垣尚未被兵，篇中前半，极写承平之乐，后半微露将衰之征，直可当一则诗史读。诗云：“君不见，莺湖杨柳摇波绿，烟水苍茫愁濯足。又不见毗陵十里香水清，空向长桥载月明（两处龙舟素盛，今皆无之）。人人尽说吾乡好，五月龙舟出水早。金阊门外接山塘，箫鼓喧阗不知晓。火龙掉尾冲波来，祥光飞舞丹霞开。小龙一起又一伏，粒粒飞涛溅寒玉。吴越健儿好身手，惯入波心弄筋斗。毛桃一篮李一筐，火酒凉茶会朋友。奇瑰百出装龙身，锦棚彩伞辉丹银。游人如堵复如蚁，男红女绿怀芳春。芳春唤醒垂杨梦，争向罗江投角粽。兰舟桂舫美人多，一笑千金不知重。漫怜花底风情足，海外风波愁顿作（时英吉利入寇浙之宁波定海，郡县皆陷，有窥伺吴淞之意）。兵氛压住古兰亭，望里山河云漠漠。鲈鱼鲜美白莼香，愿得秋风夜夜凉。斟酌桥边沽酒客，莫教惊枕似钱唐。”

《丽人行》《饮中八仙歌》等，在少陵七古中为另一种笔墨，盖由其熟极而流，故信笔所之，自然入妙，初非勉强学步者所能几其万一也。《莲芍草堂集》中，有《刘大、许一、金十八集枕剑窝夜饮消寒，伯兄诗先成，因用柏梁体和之》。其诗云：“暖雨夺雪江空波，霜门昼掩生薜萝。岁阑独愁诗债多，笔饥墨渴可奈何。横屏伸纸书擘窠，俗帖不换山阴鹅。有客直入眼一梭，觌面乃是刘伶过。高谈雄辩如悬河，诗魔逐去生酒魔。枫江渔郎来踏莎，雨笠风屐人竛竮。龌龊一笑泥滂沱，敝屣不堪供客拖。抠衣向火聊脚靴，高阳居士短且矬。诗歌尝与相观摩，未曾入户先伊哦。长坐短揖摇婆娑，阿兄既酒面已酡。重裘褦襶如橐驼，容光滟滟巾峨峨。庭前便学乡人傩，哗然来集枕剑窝。寒斋一夕生绮罗，秋水在壁寒太阿。封侯梦懒空蹉跎，壶尊错杂浮碧螺。饮酒食肉皆太和，老饕不让苏东坡。觞政迭变无乃苛，飞花射豆聊消魔。弹丝弄板不须他，西风吹瘦青楼娥。嗤余小子空腹皤，索句不得手独搓。诸公兴酣头欲科，归去莫令醉尉诃。明日晴山策蹇骡，梅花万树交枝柯。东皇睡醒鸣玉珂，柳花替舞莺替歌，当筵唤起春梦婆。”

中国兵制，至清季绿营而敝极，其统兵将帅，大都逍遥养望，剥民自奉，见利则争先，遇敌即退后。仲虎先生集中，有《飞蛾行》一篇，即为若辈写照。

其诗云："飞蛾薨薨遥扑火，智虽不足勇可贾。世间豪杰太解事，毛羽爱惜如顾兔。南垞烟海腥鳄飞，昌黎不作淹卵肥。将军水猎五十日，淞波殢梦珠帘围。忽闻网师得细鳞，绳锹铁釜始出巡。煎炮洗烀叹口福，鱼丽被弦酬水神。水神捧面暗地哭，沙屿摧残负戎屋。强弓毒矢谁与仇，浩波汹汹歼丑族。吁嗟乎，将军善智不善勇，独自朱轩百夫拥。秋风蟋蟀莎底鸣，笑尔头衔拜新宠。蓬宫杳远未觉得，室里铜山久深拱。君不见，抚剑疾视身命轻，丈夫孰是真干城。"骂得可谓淋漓痛快矣。

乐府诗须质而能古，朴而能奥，方为上乘。故有唐一代，工是体者，李杜而外，断推张王。若香山乐府，则等诸自郐以下矣。仲虎先生集中有《吴门新乐府》六首，犹存先正典型，兹并录之。《完神粮》云："神道庙门设长柜，神道庙官当买卖。锣声镗镗催四村，黄阡元宝登庙门。明朝赛会上天府，楮帛烧来皆阿堵。吁嗟乎，官粮莫要欠，欠粮受鞭笞。神道爱民如爱子，神道要粮只要纸。"《借阴债》云："阴间借债阳间用，两手空空受愚弄。鸡豚酒果谢神爷，年年月月利息加。神爷神爷大起家。君不见，袖中两个干瘪纸元宝，赚得愚民好东道。"《养瘦马》云："瘦马瘦马多可怜，昨日拂拭今日鞭。羁头管脚骄不得，何人饮马投金钱。瘦马瘦马毋自苦，皮相少年来作主。君不见，老骥伏枥嘶秋风，安得视如瘦马同。"《放白鸽》云："朱楼画栋栖鸳鸯，白鸽呼来作伴房。一丝一粟受拘束，看看飞去自家屋。劝君莫惜白鸽钱，请君先参白鸽禅。"《听宣卷》云："听宣卷，听宣卷，婆儿女儿上僧院。婆儿要似妙庄王，女儿要似三公主。吁嗟乎，大千世界阿弥陀，香儿烛儿一搭拖。"《还受生》云："不见借得来，只见还得去。何物受生没凭据。盖库须一千，赠库要八百。惟有库官还做得。不如省却受生钱，将来买个库官缺。"

《莲芍堂集》中有《饥民来》一首，亦乐府也。其妙处与前数首同，兹录之。诗云："饥民来，饥民来，大丞摇头小丞拜。长搔头，短摸耳，堂皇冠冕张告示。东村贫，西村富，官勿禁尔寻门户。君不见，去年汴梁远输粟，民其鱼兮官乃肉。"

吴梅村长处，在能合李杜、元白、温李为一手，故能倾靡一时。《莲芍堂集》中，其高者如《风潮》《雪灾》等篇，雄健直突过骏公。若其次者，置诸《吴诗集览》中，几不能辨楮叶。兹录《寒食曲赠郭季虎》一首，以概其余。诗云："桃花如雨柳如雪，燕燕莺莺作寒食。东风隔夜偷下帘，一地香痕独狼藉。涉园才人诗酒豪，爱春入骨春亦骄。桃边柳边阁春住，娱春宴春吹觞箫。觞箫吹得东君喜，特为清明开上巳。湔裙挑菜旧风流，更许尊前补修褉（修楔一本作修褉，衣袂也）。青苔绣上阑干脚，红绳系冷秋千索。娇车细马辨游春，何似兰亭理残酌。南城北郭纷纷是，虎阜归来过鹤市。家家蛮榼不禁烟，麦叶槐柴早炊起。一醒一醉赚年华，赢得风流莫太奢。红桥烟月杨家队，多许宫人陌上斜。"

古人咏猫诗甚少，《莲芍堂集》中有《涉园来乞猫，伯子有媵词，余方失猫，因步其韵》二首云："良驹千里材，愿与伯乐相。苍鹰奋翅翩，寥寥白云上。伯玉独爱猫，琴书永无恙。我室存疲狸，乃与鼠相让。今夏海客来，遗我番中将（余所获洋猫名）。一攫麦五鼠，未觉饮食旺。肥圆似暖雪，威健有虎状。去屋呼不归，空负张搏贶。""吾母喜蓄猫，白黑多妙相。犹记有阿中，时卧绣墩上。一饭手自调，十年乃无恙。猖猖灶根犬，见之辄退让。群狸威爪牙，乌圆拜主将。镇夜居床头，炯炯神独旺。豪间搵有火，种类亦殊状。所憎蚤虱多，年年浴天贶。"此二诗题目虽小，然炼字炼句，一笔不苟，乃知名手每一题到手，决不肯率尔操觚也。

仲虎先生五言古诗，直从右丞左司，上窥陶谢，兹录数首，以见一斑。如《许浚冬梅花老屋》云："天春百禽舞，一鹤抱云卧。贪守梅花山，寒阴满庭户。高人不下帷，月明如有素。照尔香雪中，梦尔罗浮路。"《送宗子紫荷游洛中》云："细柳扶春醒，繁花乱瑶席。对此东风浓，如何苦言别。芳旌指河阳，余晖丽行色。戴月宿高岭，随云溯寒汭。过树千万重，平城绣芳陌。一登西南楼，乡愁咽孤笛。"《游皋亭山梅花正盛》云："寒春约花梦，冻雨掩山翠。独有琼台边，梅英尚洒洒。山客喻我意，移船划东水。皋亭古佳胜，夹巷艳桃李。秾秾未成妆，盈盈呼不起。只有罗浮蝶，依回弄粉翅。照水断古影，穿林误香海。一二小招提，竹树漏青霭。还忆故乡春，邓尉亦荒垒。津桥坐诗衲（谓觉阿），恐愁东风馁。明当报一词，禅床此移徙。还当语同社，便令玉壶买。醉里走吟魂，先来下深拜。"《冷泉亭》云："温泉世无几，斯泉岂独冷。佛说空涅槃，坠落尚火井（天竺观音像，当宋元兵燹置井中）。禅子外寂灭，热中未能泯。不若高人踪，汲古得修绠。涓涓出岩窦，瑟瑟渡云影。坐对忘万缘，卧听了四境。

昔贤何以名，愿令尘俗省。皂之使能洁，喧之使能静。"《访古雪庵牡丹》云："东风日劳劳，春路已如绣。锁窗寂无侣，花气郁清昼。顿忆榆溪西，茅屋掩深秀。迤逦行夕阳，禅扉一声扣。藤花散古雪，雪霏云亦漏。入座草木香，鼠姑正开候。秾秾范阳红，卓卓见领袖。不护沉香妍，那觉佛土瘦。风前频倚栏，新吟莫浪奏。我无富贵相，对此亦大谬。"古音、古节、古貌、古心，兼而有之，真与古人沆瀣一气，决非时下俗手描头画角者所能梦见万一也。

仲虎先生有《拟元遗山效东坡入山》八首，其词甚繁，不能备录，特摘存数首。其一云："西岩古风月，惓惓吾所营。废地得五亩，半为堂户楹。分二植花竹，分三圃芳菁。布衣而蔬食，宴然无俗情。闭关不知寂，林鸟时一声。繁英堕几席，薄霭通帘旌。一笑碧山冷，天地开聪明。"其四云："剑气郁霜斗，鬼神皆梦梦。黄金铸版籍，冠冕何嶙嶒。一暑盗暂息，屋瓦惊飞蓬。百日积千牒，郡县非痴聋。聊聊遣虞候，闲闲事捕风。海蛟斫波起，扬鬐余山东。网师束手看，渔子支头供。投金向濑水，转辗囊橐空。世路竟若此，何以安鸿蒙。"其六云："意思始自谋，青山若有素。昨从铜井东，挥云细瞻顾。东海有残林，蒿莱没庭砟。人弃我曷取，爱此田野趣。屋脚岩花芳，厨头水泉注。高瞩崦上帆，斜通香山路。土墙缘岭围，篱屏贴身护。自合团茅居，还添钓鱼具。拜我太湖公，天爵尚忻慕。唐代有隐人，所怀在鸥鹭。我造天随船，更续兰成赋。"其七云："种桑剡其枝，种麻绳其皮。樗栎不足用，自全得便宜。东坡乐阳羡，仆亦计及之。会有海滨忧，遂生林壑思。故人挽留我，恋此西山眉。恒居未一月，出尘良自期。眉山固卓荦，我志敢自卑。操术在文字，造物皆囊资。读书贵明理，非必因干时。语我黄发儿，他日深思维。"此数诗皆突过苏公原作，与渊明《贫士》《田园》诸作相近。盖先生天怀之恬淡、人品之高洁类陶公，故不求合而自合，若东坡则犹有功名利禄之见存于胸中，宜其不足与于此也。

仲虎先生有《悼清河君》诗六首，语语皆从性情中流出，兹录两章。其五云："归来才十年，迭遭已多更。子女皆幼稚，阿康才能行。阿敫得六岁，痘疹犹未萌。阿受长两年，知识犹未生。外政我自摒，内助良需卿。饥寒虽弗虑，眠食须用情。头面鞋脚手，琐屑宜经营。妇虽病床蓐，勿令生纵横。吾妇今已矣，杂务交相并。一思复再思，呜咽不能声。何以全我体，何以完吾贞。"其六云："妇不事读书，颇喜谈性理。闺房抑何欢，道学见伉俪。或时闲讲究，老庄与列子。于是达性命，弗作儿女态。常谓人间世，那得无老死。既死勿嗷嗷，夫亦命固止。嬉笑办身后，检点皆斐斐。五月为树棺，闻之心窃喜。一凡丁宁语，属为书一纸。濒危无他言，但言吾去矣。吾愿妇生天，逍遥而自在。弗愿妇魂归，蒙此尘中累。唏吁亦何庸，反我元中旨。"愚按，此二诗皆近陶公，其第六首尤超脱，其实极超脱处正是极哀痛处，可为悼亡诗中开一生面。

仲虎先生以布衣工诗，一时名公巨卿，皆愿折节与交，而先生遇之，能不亢不卑。兹录其《报廖观察听涛》一首云："贱士久抑塞，怀居鲜高游。苦吟费百纸，一胜非吾求。只字秘不尽，乃若干公侯。匹如宛陵梅，乍识庐陵修（谓黄司寇日索余诗）。何由博公闻，特意寻寒鸥。寒鸥不可狎，渺渺空江秋。"一结风节凛然，先生之高，于是不可及矣。

仲虎先生又有《黄明府子湘招集嵩光上人院茶蔬闲话，因用韦苏州赋演义法师西斋韵》一首云："霜冷竹扉寂，落木动清磬。癯禅漫萧条，枯坐见道性。独许猿鹤来，寒语入松径。一饭何可酬，斜阳乱烟暝。"又《蓉阁招饮即席赋赠》一首云："我愧孟东野，谬与寒竹谶。非欲冠盖交，所为文字眷。邹子本诗人，今来作丞掾。地主未尽情，先学上堂燕。妙座有琴尊，浓欢谢歌扇。辣蔬收嫩根，酸鱼压芳馔。一□纯羹香，恍与西湖面。我酌既已酣，我诗未敢荐。明年访苏堤，垂杨定依恋。造子故乡庐，应为具蔬膳。"此二诗皆近王孟集中上乘。

仲虎先生七律，命意布局，炼字锤句，无一处肯率尔操觚。集中有《梅雨浸润几砚如沐，赋闷》六首，余读之，每百复不厌。其诗云："五月江深迮绿杨，吾庐元是水云乡。荷穿荇带偷忙绿，兰着梅风出众香。石榻生芝添鹤菜，花墙题篆见蜗房。砚出不竭巴笺腻，作画临池事事妨。""藉茵眠草记分明，春老难追暑已生。百蠹未除书转角，一蚊偷入帐鸣笙。卓牌儿拟杨无咎，欹案人怜都少卿。午梦落荒何处可，西泠桥畔听残莺。""阿香风调易拈酸，倒转黄梅可自拚。麻叶要晴秧要雨，罗衣嫌暖葛嫌寒。笼禽浴罢翎毛瘦，隰蚓吟余骨格宽。补缀萧窗勤检漏，卅年摩诘我能安。""檐花如絮瓮生波，一霎烟云屋上过。竹屋昼开棋战垒，松关夜伏酒幺魔。夕阳庵里闻啼鸠，乱瀑山前忆法螺。回首未忘诗老约，莲峰高处共扪萝。""云驰日驶太劳生，状出江南柳外城。凉入蕉隍安鹿梦，雨余秧国富蛙声。春茶开篓重熏火，暑药初丸急晒晴。最是渔郎废眠食，抱罍厮守野桥棚。""苏州梅雨例痴痴，熨恨蒸愁忆旧时。闻屐睡呼儿看客，卷帘闲乞妇钞诗。频年小课诗能记，百地疏狂酒独辞。此日茅斋多淡薄，鸟巢禅合换门楣。"

仲虎先生有《梅雨》诗，分《水泛》《水驿》《水店》《水冢》《水灶》《水窨》六题，皆细腻熨贴，极钩心斗角之妙，兹并录之。"梅雨压屋，秋水平桥，闭户愁吟，忒自无赖，不作庾信赋《哀江南》，差似元结谱《农臣怨》，率此六诗，可抵一叹已。"《水泛》云："万里千铺久宴安，可堪骤雨太无端。蓼花着屋迷前堠，萍草黏旗上短竿。狼火一笼消逝水，蛙声两部闹迎官。河郎未要防秋泛，天欲渔民自不难。"《水驿》云："使君劳苦递天涯，谁道梅天雨亦佳。荒站连云疑入汉，□亭倚郭本通淮。打钲逻卒□轻艇，□马奚官抱湿柴。我屋南头胥水驿，也同金雁浪中排。"《水店》云："局促松陵暂倚装，门前流水失陂塘。荒鸡惨月潮堆屋，羸犬残灯客据床。愿托萍踪留一宿，枉思杏雨醉千觞。江深草阁闲闲处，定有羁人怨故乡。"《水冢》云："苦雨连朝涨水痕，陇头山瀑已奔豚。谁教波浪攲陵石，长使松楸入梦魂。蒜渚斜阳浮郭墓，柳堤明月浸苏墩。词人多少沧桑泪，合并西江一块吞。"《水灶》云："望断炊烟暮色寒，入门波浪荡阑干。半厨苹藻王孙媚，一镜菱花爨婢看。饥雁芦中同怨苦，游鱼釜底好盘桓。别生炉火煨菰米，谁与桥边学饭寒。"《水窨》云："锦城风雨不堪听，土蚀相瓷浪叠瓶。一片已成天水碧，千峰遥洗越州青。绝无兽火哥哥懒，尽有龙泉户户停。运甓何人波里去，瓦场漂泊石场局。"

仲虎先生又有《后梅雨》诗，分《水衙》《水庙》《水仓》《水库》四题，与前六首虽有虚写实写之别，而其工妙则一，兹亦录之。序云："暑雨积旬，涨痕又尺，天不解事，尚尔浪浪，直欲以阛阓城为水晶窟耶？续拟四诗，而作券证。"《水衙》云："盼煞晴天晒簿书，生平未解泣枯鱼。脂膏以外无知己，廉让之间不可居。四壁蒲荣看夏晚，一官冰冷怕冬初。未须任满先寻钓，也似来鹏只爱渔。"《水庙》云："路头祠宇半漂摇，沙水穿堤没树腰。冷气满堂香火断，漏痕一架鼓皮潮。踏波词当迎神曲，朱漆门充白木桥。最是可怜泥老判，墙边攲卧欲魂消。"《水仓》云："籴尽常平赋未输，江南无岁泣官租。天仓纵怕缠星火，合浦难藏到米珠。入屋生鱼敖当网，上梁饥鼠谷黏须。东屯西廪频年积，一辈思量足叹吁。"《水库》云："通得泉源不赈贫，铜山金穴久沉沦。文澜自合藏书史，公府居然窖水银。濑上投来何异此，海中辇去太无因。铅华满地怜萍氏，管籥还如守吏津。"

仲虎先生集中有《述怀》十律，序与诗皆极凄惋，读之如闻《子夜》清歌，令人有辄唤奈何之慨。序云："丁未之岁，建寅之月，鳏巢居士，齿当三十。眷怀风木，凄焉永感，涉览闺房，怒焉太息。客有具春□逾椒□，顾而颂焉者，辞以诗，复前词曰：'仆小人近市，读书不成。凉秋兮迭悲，芳春兮不欢。张敞之笔，十眉而尘；潘岳之赋，二毛将蘗。三百六旬之度，殊自辜耳；二十九年之非，其何知哉？得沐箴规，逾彼珠玉。敢求词翰，润我蒿蓬。衔益非常，泥祷不已。'"诗云："三十头颅但种愁，横山风木感悠悠。某生计拙黄金死，入世缘悭白袷羞。赖有遗经砭俗骨，已无春气到吟楼。可知蓬岛瑶林路，只许仙人汗漫游。""鳏泪如波泻好春，梅魂清苦落寒尘。雨中蓬户易为夜，梦里山妻难及晨。世事渐看棋局换，人生合向酒炉贫。暝暝斜照离离月，独立川头枉问津。""柴门无计觅烟萝，泽畔行吟水上歌。濠穆书灯临市少，灵胥鼓角傍人多。烟云供养非无福，桃柳贪看亦是魔。为问石楼云谷里，几时深坐学维摩。""廿年前已薄文章，生怕名丝系肚肠。多分闲门生碧藓，可无浓绿煮黄粱。筇山叶水慵慵过，鉴月阑花款款忙。一窖闲愁倾不得，裹桐携笛向沧浪。""传家一片玉壶冰，时样新妆愧未能。要乞春雷催稚子，那堪秋鬓似吟僧。林鸠唤雨疑三月，裘马看花让五陵。回首西斋红烛下，也曾照遍剡溪藤。""绿莎红树映蘼芜，小院重帘锦样铺。独夜霜清吹脽栗，片时愁释薙菖蒲。此生那复营金屋，老去终须住黛湖。一领屩袍穿未稳，岂宜人唤作檀奴。""茜窗花影已沉沉，一度晴霜一度阴。斜抱寒云归瘦榻，细锄春雪葬残琴。江声堆户潮痕见，树色掀帘夜气深。青玉案分眉又蠹，马卿终负白头吟。""年来游兴不曾孤，蜡屐还教入画图。佳友谁为宋比玉，幽居我愧赵凡夫。南溪烟月无钱买，北苑青山信手摹。一笑不知春寂寞，好随风物醉屠苏。""予怀渺渺欲何之，木末天涯不负诗。沪渎曾经观海去，秣陵重记讨春时。鸳湖烟雨怜苏小，虎阜莺花吊雪儿。此后阑干成独倚，相思空诵屈郎词。""中年愁绪乱如麻，慧剑难持手自叉。仆本恨人怜小草，天教薄命堕秋花。弟兄愿作芦中雁，意气寒于井底蛙。拈到诗牌真可愧，枉磨楮墨不笼纱。"

落叶诗，前人作已汗牛充栋，仲虎先生集中有此题二律，独能摆落一切寒臼，必传之作也。其诗云："梦回孤馆正残更，叶叶寒风户户声。堕警已怜无地可，飘扬从此觉身轻。青枫江上思年少，白雨溪头哭世情。秋到几番惆怅事，断霞疏树满山城。""难将萧瑟怨啼鸦，拥帚柴门悟岁华。一夜西风莫留住，满山寒月不教遮。樵青有婢空煨酒，饮绿何人为煮茶。多谢东君好心力，春来重与长新芽。"仲虎先生集中，有《江上同陆朗裁作》一律云："城角东风落日黄，路寒沙古水茫茫。初看帆影疑空落，远忆松寮觉梦荒（前来游焦山宿松寮阁）。春到江花争逸致，雨余山翠各新妆。流波未掩孙吴迹，子敬坟头碧草芳（城南有鲁肃墓）。"又《游华山宿法螺寺》二律云："暮烟薄薄翠依依，认得泉声在竹扉。僧懒不嫌疏话问，花秾乍见斗红绯。月沉松宇春灯瘦，雪里山楼夜雨肥。未向莲华峰上去，梦魂休逐晓云归。""薜荔年深获短垣，虚窗一榻即祇园。佛灯明灭竹癯坠，晓户朦胧山鸟喧。睡起看云增意态，雨余剪韭入盘餐。浮生帻笈重应叹，忍使人间觅卧袁。"三诗皆刻肝镂肾而出，粗心人未许学步。

仲虎先生集中，有《缪篔洲师，为家大人写〈金蕉玩月图〉，命锡纪诗》一律云："沧江夜静碧霞飞，东望银潮带月归。吟动鱼龙僧阁晚，坐残风露客灯稀。酒怀宽处宜闻笛，山气浮来欲上衣。两点螺痕六朝梦，令人还忆谢元晖。"此诗落笔超，结响高，置之唐人集中，亦属上乘。

仲虎先生集中，又有《贝六泉、许浚冬集草堂饯春，即席和浚冬》二律云："东风收拾送余寒，呖呖莺声雨外残。杨柳台池三月晚，棠梨花事一春阑。红楼有梦听钟觉，青鬓无情对镜看。我忆西湖多少岁，逢时休说别离难。（怀无咎从戎西浙。）""绿野诗人载酒来，送春先要酹三杯。重阴小院俱成画，赋柳吟桃便是才。竹里行厨樱笋熟，花前洗盏药栏开。邻园镇日帘栊闭，惆怅东风首重回。（贝丈补图各有系句。）"二诗极似吴骏公得意之笔。

仲虎先生有《蝼蛄岭看枫叶，同缪夫子申尚渔宋菊痴》一律云："一抹霜痕万木丹，倚车诗思未阑珊。断霞不共青山瘦，落日空怀白草寒。岭上云归秋艳艳，江头风急路漫漫。等闲莫负重阳字，黄菊西园正好看。"落想空灵，设色鲜艳，可谓极咏物题之能事。

仲虎先生集中，五律存者不多，兹录其四。《碧云仙馆为郭季虎赋》云："未拟莼乡去，烟波占一湖。琴声在深竹，诗思落高梧。帘雨自生润，林花同可

182

娱。遥怜巨源子,重展绿云图。(杨巨源诗'春山重展绿云图'。)"《辰叔夜话不至》云:"瞑坐闻寒漏,窗深歇篆烟。故人期不至,荒舍冷于禅。拥袖温宵茗,移灯照夜眠。梦魂何处所,吹落画桥边。"《题季虎黄鹤题诗图》云:"漠漠晴川树,摇摇历下城。一枝白玉笛,吹碎万秋声。崔颢落诗魄,谪仙要酒盟。问谁工点染,写尽楚江情。"《寄怀镜潭山左紫荷河朔》云:"风雪江城道,忽忽去伯劳。夜琴弹梦破,晓路踏霜高。大地安吟帜,余尊恋斸袍。故人如念我,红烛写庄骚。"皆高澹有法度。

五言绝句,以能得古乐府遗意者为上乘,仲虎先生有《秋咏》四首云:"秋山澹螺髻,白云为破颜。野花笑人懒,开向山之巅。""秋水似离客,迢迢东复东。不有银河路,鹊桥难会逢。""秋蝶似朝露,依依故园草。不欲西风多,但愿东风早。""秋蝉抱两翼,高栖入白杨。炎凉不在意,愿得风露长。"皆古趣益然。

七言绝句,以风神宕逸,意义含蓄不尽者为佳,故虽工部之才,而此体终逊龙标供奉一筹者,以其缺乏风趣也。仲虎先生集中,有《访苏小墓》一绝云:"当年柳色属谁家,春梦无痕散暮鸦。一样圆成风月果,真娘墓上断碑斜。"又《为张叟研樵赋紫蝴蝶花》云:"深帘浅院草绵绵,拾翠人归午乍眠。紫玉钗头小幺凤,等闲飞去绿莎边。"又《桃花港》云:"嫩白嫣红水一弯,分明花缺露烟鬟。吴趋庵主春闲起,乱点燕支画晓山。"又《题蓉湖女冠云仙自绘小影》云:"玉样精神瘦自支,一般清恨镜奴知。遥呼卞姊量脂粉,画取空山月上时。"数诗神韵皆佳。

仲虎先生有《虞山陈山人新如寓居南园,门临白莲池,投诗邀赏赋酬》五首之一云:"家具携来书一车,匹如东野弃繁华。凭空掉下西施粉,开遍门前白藕花。"此诗神似渔洋《过露筋祠作》。

仲虎先生有《木棉竹枝词》四首云:"乌桕经霜渐渐红,秋柴簌草碧丛丛。今年莫似前年种,一月阴天半月风。""日夜风潮日夜吹,西邻阿妇但愁眉。地头多许花铃子,一半摇风一半开。""晒花容易踏花难,踏得花来先要摊。阿姊今朝多一两,阿娘踏得脚头酸。""踏得花衣去换梭(借叶),剩来花核上油车。龙华布细侬亲织,侬与丁娘是一家。"足补赵子昂《耕织图》诗所未及。

仲虎先生有《赋闲》十二首,描写幽居之景,令读之者悠然神往,穆然意远。兹录其九云："睡足吟余思尚多，清明寒食一时过。绿杨城阁烟中望，未肯啼完两鹧鸪。""江南三月乱游春，宝马钿车蹴麹尘。我自爱吟池上句，柳应须妒杏应嗔。""妥贴庭轩补缀花，扶条接叶上篱笆。牡丹不种兰偏种，谩说园奴未到家。""翠重烟深五月凉，玫瑰开落菊苗长。凡禽不敢啼芳树，午梦无声绿在床。""冰纹格子换轻纱，薄日初熏未碾茶。忆煞碧螺僧院里，一瓶清露煮荷花。""吟尽江桥为夕阳，闲行何处最思量。水村六月浓浓雨，绿上心兑见好秧。""腰褥随身爱曲眠，暮江横在草堂前。忽闻鸥鹭相呼唤，趁好寻诗上晚船。""山窗无事首频搔，卷上芦帘日未高。昨夜一宵干净雨，洗梧浴石替勤劳。""自叠云箱见画衣，谢娥行处径全非。将身化做秋蝴蝶，细雨空山一块飞。"

仲虎先生有《铁铸秦桧戏与一绝》云："铁券山河已乱鸦，相公春梦似梨花。东窗旧事都无迹，聊与金人做一家。"读之令人失笑。又《风栗红菱比例诗》四首云："霜簇灵岩栗似髡，若耶溪畔摘灵根。行人要认西施迹，荒草寒烟乱一墩。""白鸦秋尽见繁枝，歌女凌波正忆谁。卤莽怪伊罗外史，比红诗向画中窥。""风味吾乡漫品题，有人秋戍玉关西。鞓红一曲天涯远，弹破胡山铁蒺藜。""树果江珍画一堆，诗人搁笔故猜疑。乱蓑脱却人何处，几个红鱼上水来。"亦比附入妙。

仲虎先生断句，五言如《黄树斋司寇下访草堂报赠》云："寒日千山晚，高秋万木空。"《润州严德高母六十征诗》云："江山培后起，风雨浩孤贫。"七言如《雪垾》云："逻卒兜寒偷烤火，征人偎冻乍停舟。"《湖上小泛》云："山鸡穿竹叫春雨，水鸟曝衣飞夕阳。"《次韵大兄之官润州留别》云："纵然小别应多忆，不是饥驱尚可狂。"《次韵大兄四十述怀》云："苜蓿官闲贫可贵，江山人病梦能交。"《中秋述怀忆从戎诸君》云："宵笼静火悬弓宿，秋满空闺见镜怜。"《数作湖上游，不觉病顿枕上，治之以诗》云："春生南国由来早，病为西湖也是甘。"《同韦君绣游金山石壁》云："素扇携为山写照，苍崖留待客题名。"皆直逼盛唐，卓然可传。

二四

吴江金松岑，名天翮，近今诗豪也。吾友朱君稼秋，尝以其《鹤望近诗》一册示余，有语不惊人死不休之概，因亟摘录数章，以实吾诗话。松岑五古，以《次日独游黑龙潭》一章为最，以其语沉着，与徒以奇词险句装点门面者有别也。诗云："泰山肤寸云，触石漫宇宙。困沦涧谷底，潜龙卧云窦。云懒耻为霖，封谷如闭瓷。龙亦困久蛰，奄奄饥且瘦。坐令齐鲁郊，焦死南山豆。大汶涸见底，堂堂车马骤。东风日夜吹，黄沙中人瘦。我来看飞瀑，但见涓涓溜。鬼斧劈焦崖，石壁化云皱。芒鞋踏涧过，乱石牛羊遘。童山照赤日，沉沉厌清昼。何当凿涧开，解脱禁龙咒。百道甘泉飞，天半痴龙吼。"

《鹤望近诗》中有七古一章，制题极佳，诗亦与之相称。其题云《寻天池寺，寺已废，衲子金钵叠石为屋，熏修其中。与之言，识西来大意，示我一偈曰："苦行经年往破山，贫僧自闲云自闲。昨夜风来云散去，到底还是贫僧闲。"已复导游文殊台，长吟远眺，因赋诗赠之》。诗云："登山度绝险，一峰复一峰。拨云寻古刹，一重复一重。匡庐之山九十有九寺，千岩百谷酬笙钟。至今尺橼片瓦不复见，狐兔出没榛菅丛。浮云变灭时世换，惟有青山如旧容。我访天池寺，直上文殊台。铁船之低可飞鸟，匡湖洋洋如酒杯。长江带远天，浩浩清风来。风来云吹散，风去云生复铺海。天池衲子笑云忙，坐卧看云解自在。一衲不洗三十春，眼脂烛腻同一尘。赤脚垢面齿如银。春芽冻米覆古瓮，破龛弥勒成主宾。可怜云构万山窟，天池大寺人能说。只今方丈卑田院，风吹茅龙顶又缺。苦行熏修昼闭关，奉经食力筋骨顽。护法虽无龙象力，幸免托钵供嘲讪。世上伽蓝骋巨丽，幡幢璎珞菩萨蛮。盗泉恶木污清净，岂如十指樵青山。恨我俗缘世法未许一朝断，青鞋布袜行复趋尘寰。"

松岑集中又有《入天泉洞，遂寻游仙石》五古一首，颇极缒幽凿险之致。诗云："高高佛手岩，下有天泉洞。雨过天泉发，渗入石屋缝。屋口大箙张，势若侧破瓮。苔花滑两屐，五月犹凝冻。老佛疲津梁，仰屋苦石重。终古云霾山，放眼四无空。偶然闻吹来，乾坤醒大梦。北访游仙石，削壁步难纵。其上青冥冥，摩崖字鸾凤。其下森戈甲，武库恣盗弄。对面亦绝险，恨无仙人鞚。云来裹我身，耳目陡昏雾。脚底石摇摇，寸地数子共。转身堕坑谷，灵魂向天狂。苟无山贼胆，当作老韩恸。天步亦艰难，历险吾何恐。"

松岑诗有逸气者，有《衡山城外投山家宿》一首诗云："衡山负郭风景稀，桑柘夕阴人叩扉。水阁临湘背岳坐，垂竿钓得鳊鱼肥。番茄盐豉伴脱粟，赉酒为典风尘衣。酒酣缺月上东岭，熨眼隔江看翠微。衡阳艇子放江溜，夜深掠过

门前矶。铁笛惊起雁奴梦，红灯掉头去若飞。乱峰沉沉压江重，衡山负郭风
景稀。"

松岑七绝，分慷慨、闲适二种，兹各录数首。慷慨者，如《曲阜城东北
少昊陵》云："马蹄清泗激流波，鲁道风尘躞蹀过。姬孔不生天地老，夕阳高
冢圣贤多。"《题江都赵明湖先生永年陇上吟》云："一别皋兰又几年，惊心河
陇剧狼烟。定知呜咽秦川水，不似江南菡萏天。"闲适者，如《将为长江上游
之行夜乘江新汽船出吴淞口》云："风熟潮回夜四更，万人枕上辘辘声。汽船
载梦不知重，行到海门天未明。"《宿牯牛岭雨不止，遂下山赋诗别山灵》云：
"才向匡山礼白云，山深雨瀑夜难分。瀑流坏道云封路，难访仙人鸾鹤群。"
"五老云中咳不闻，香炉顶上湿氤氲。离歌江上催人急，五岳归来再访君。"
《舟过小姑山》云："马当风利峭帆轻，江上微波脉脉情。才向蠡姬祠畔过，
云中又见小姑迎。""萝带云衣绰约肤，黛梳瑶镜碧澜铺。平生爱煞津亭吏，
日日江头看小姑。""绝代风姿古代妆，小姑居处尚无郎。大姑年事差长大，
嫁得鄱阳水国王。""海云东望起楼台，潮到姑山却便回。我说潮神忙底事，
只应贪看小姑来。"

松岑七律，以《题碧霞玄君祠》一首为最雄浑。诗云："金铺琳宇化人宫，
天半灵旗窈窕风。五岳真形图指掌，九霄玄女佐兵戎。祠依泰壹东皇贵，秩比
观音南海崇。帝女天孙河伯妇，荒唐神鬼话齐东。"

松岑五律之佳者，如《归途驻车临淮关》云："振古钟离地，停车问战场。
长淮来颍寿，天险控濠梁。间道驰京口，孤城蔽历阳。耕屯资富殖，慎莫构欃
枪。"《过滁州》云："北行厌尘土，喜见滁州山。翠巘城三面，芦花水一湾。东
通瓦梁堰，西眺清流关。又放飙轮过，秋空夕照殷。"声调皆响。

二五

吾苏近日文坛健将，如沈君绥成之经学，朱君稼秋之哲理，金君松岑之词
章，程君瞻庐之小说，皆一时无两。四君皆居城南，亦一奇也。沈君虽以经学
鸣，顾其诗戛戛独造，不屑拾唐宋人牙慧，论其造诣，实在松岑之上。惜余未
多见，兹录数首，以见一斑。《步陈荫民四十述怀韵》云："若兰情不让连波，
欲界薰修鬓欲皤。艳艳生辰介仙佛，天然韵耦结丝萝。司香小拓移春槛，媚学

双擎驻日戈。准待明年仙令作，咒桃灵诀未蹉跎。""休瞋屈宋例衙官，巧割香城住鲍桓。文福手争三品管，道容心盎一襟兰。娥春桂腊生微错，佛性莲情辨故难。驿路皇华君莫羡，年年柳雪使星鞍。""劣有山灵冷可依，只今天想益非非。硕仙笙醴花环庆，傲吏门庭刺入稀。双笑影斜初月瘦，单吟思续妙香微。痴龙失所犹神风，碧海丹旻岁等饥。""六义微芒旧侧闻，流传少作半宜焚。愁非酒圣情魔集，梦与花神妙福分。乐性琴觞敦太素，著书灯砚策双勤。同庚俪寿侬迟祝，笺拂缃梅一缕芬。"

又《题荫民槎溪酬唱集，用集中猗园雅集韵》云："衙堂众响叶霜匏，思入阴阳变化爻。剑果灵通舟任刻，瑟操凡二柱□胶。青浮竹箭波双桨，红赁□花米一筲。歌□篜兮欢赠答，文章缔合定天教。""髻螺□隔柳峰□，密酌□斟□互拈。胜地当官清福□，名花夹座苦吟甜。累朝史业褒惩遍，坚壁诗城战守兼。话到刘银淫狎事，形盐欲铸媚□腌。""句如明月孕珠胎，冰雪精神夜酿梅。诗□万情凭墨写，灵驱百妙便心□。浮荣宦水声随灭，胜业名山劫敢灰。各占千秋□片□，文恒造福救三灾。""三槎彦会盍□朋，逸兴常于止舫腾。一卷冰霞传有望，百年星电过无凭。官场改辙名心澹，骚国分荣妙典膺。旧集檀园馨俎豆，风流尚得几番青。"数诗皆故斗险韵，因难见奇，几于想入非非，东坡《雪车》诗视之，真如小巫见大巫矣。

《槎溪酬唱集》中，有李缉芙明经《咏葡萄》五排一首，字字工稳，今之五言长城也，亟录之。诗云："是否西来种，新秋果腹叨。涩酸殊橄榄，甘美胜樱桃。宛产名齐马，回人贡比葵。咀含都道妙，种植敢辞劳。地以三弓步，锄还一柄操。节筠横细细，竿木竖高高。绳引延缘易，藤缠复叠牢。吐花庭馥郁，结荫架周遭。促膝联知己，抬头谢老饕。倒从云幄挂，雅合水精褒。闪烁多松鼠，贪馋甚李蟠。叶铺疏雨滴，丝飔疾风号。落实流丸弹，连枝试剪刀。仆携教馈送，童拾任奔逃。浓液衣犹裹，微瘢甲屡搔。梗残箕帚了，珠密筥筐韬。柔软无藏核，光莹不附毛。弸中欣未蛙，持左笑如螯。圆转鸡头样，淋漓马乳膏。色兼餐紫翠，味顿涤腥臊。倘作凉州醿，谁醅楚国糟。鬼精诚异品，佛手应同曹。盘荐供词客，杯浮待酒豪。莫嫌征事少，消夏赋蒲萄。"余亦有《题槎溪酬唱集》四绝，其第三首云："一编酬唱尽英髦，想见衙斋逸兴豪。为爱长城诗笔健，逢人欲说李葡萄。"即为此诗咏也。

　　绥成诗，余近又得一首，其题云《"日月照耀金银台"，青莲句也。古今才语，无与俪者，为足成律句》诗云："落花沉沉盈我杯，香风裂云仙灵来。文章包涵锦绣谷，日月照耀金银台。无思不忧性弥适，有美一人天所孩。惟清惟宁万宝集，今知造物凭何才。"此诗续太白句，即神似太白，而又加以经术气，直令千古才人学人，一齐俯首。稼秋近作《自由梦长歌》一首，盖仿定庵能令公《少年行》作也。而奇思壮采，更胜龚作，是不可以不录。诗云："吁嗟身世俯仰忧忡忡，安得辟谷仙游从赤松。金仙昨夜来入梦，大声促起扪苍穹。日月五星丽天中，珠联璧合光熊熊。祥风扇海扫氛蒙，赫若帝心示大同。神州否运瞬将终，睡狮醒跃东海东，光明变动天下雄。呜呼，乌托盛世其躬逢。搔首忽悲霜鬓蓬，夕阳不逮朝阳红。百千万劫太匆匆，且莫上生兜率宫。乞添海筹呼碧翁，金丹未炼已还童。精神满宅官明聪，颊丹鬓绿少年容。骨如璚子气如虹，第一国学开大蒙。甄综文史砺词锋，九流百氏填心胸。倒挽银河洗双瞳，古人纰缪扫而空。清晨一杵鸣天钟，大秦西渡乘长风。太学崴屴规模崇，希罗言语皆玲珑。内籀外籀万法宗，求因证果意圆融。物心一贯科学攻，人天出入穷无穷。博士如鲫相磨砻，声名鹊起雷灵隆。偶淡制造惊鬼工，百千专利囊橐充。黄金在手如在镕，东西两派沟其通。归来建树乐时雍，其□大小庠序编尧封。不平社会均求供，平民主义昭众聋。寸天尺地尽归公，桑麻郁郁黍芃芃。象耕鸟耘鲜惰农，新村模范肇我躬。大兴土木招吴侬，面临湖水背山峰。山光平远水悠溶，南滨具区西穹窿。楼阁窈窕树青葱，四时不断奇花秾。春畦栽非菘，秋水寒芙蓉。停云陶彭泽，德星陈仲弓。焦琴弹蔡邕，新茶品卢仝。画师楼叟相过从，名流四海邮诗筒。美人舞罢晚妆慵，秋肌玉雪衣拢松。贻我珰札情何浓，自由俪匹才貌丰。工文善绣兼丝桐，绿窗唱和声喁喁。相偕出游携短筇，双双摄影云之缝。飞艇冥冥随飞鸿，如油眷属上升狮。齐州俯视霏□蒙，指点衡恒泰华嵩。海底有时走艨艟，潜艇奇制宛游龙。水晶四壁窥朦胧，游戏鲸鼍杂鳞鲖。波涛顶上激飞淙，刹那惊电传严烽。强邻压境归从戎，西人疾甚东人惷。运兵恫吓势汹汹，枪林弹雨炮烟□。指挥若定骑青骢，民气屹立坚如墉。帷幄神谋将帅忠，嗟嗟彼敌化沙虫。大小百战始成功，金瓯磐石安饷饔。国势朝旭升曈曈，平生豪想如奔洪。对此一映方和冲，翩然解甲事耕佣。妻女叩门子弟恭，一堂喜气敞帘栊。大酺豪饮葡萄醴，诗吟百首倾千钟。明镜不老长眉丰，奇书照眼列金釭。缥缃卷轴万千重，世界急进敢当冲。拓石转毂风推篷，八方笔战争蠕蝓。上下中西为折衷，井奎两宿化双僮。嘉我著述名山隆，跨越条枝凌崆峒。卑哉汉宋犹蚍蠓，晚耽禅悦常惺忪。参禅见佛华严筒，从不识婆婆利名烦恼丛。忽焉隐去无影踪，但余巍巍遗像高铸首山铜。"

新 派 诗 话

胡怀琛

连载于《俭德储蓄会月刊》1920年第1卷第2、3、4期。

胡怀琛（1886—1938），原名有怀，字季仁，后改名怀琛，字寄尘，号秋山。斋名螺屋、百瓶花斋、波罗奢馆。安徽泾县人。与兄长胡朴安均为南社社员。1910年任《神州日报》编辑，辛亥革命后与柳亚子编撰《警报》鼓吹革命，1912年任《太平洋报》文艺版编辑，后又任《中华民报》编辑。1920年任教于沪江大学中文系，1924年入职商务印书馆，参与初等、中等教科书编纂工作。此外也曾任上海通志馆、广益书局、进步书局等出版社编辑。著有《中国文学史略》《国学概论》等。他提倡的"新派诗"，在民国诗论中占有一席之地。

胡怀琛始终关注旧诗改革的问题，1919年就发表过《新派诗说》，提倡"以旧格式运新精神"的"新派诗"。1920年胡适刚出版《尝试集》，胡怀琛就立即发表了一篇《读胡适之〈尝试集〉》，对胡适的诗作进行批评和改动。1921年3月，胡怀琛又出版《模范的白话诗：大江集》，这是继《尝试集》之后出现的第二部新诗个人专集。本篇《新派诗话》，是胡怀琛全面、系统总结"新派诗"理论的著作，具有重要意义。它主要包括以下几方面：一、新派诗的定义和创作标准；二、区分新派诗与新体诗，否定新体诗相对于旧体诗的优越性；三、点评新派诗作品，传授个人创作经验。

甚么叫做新派诗？新派诗便是采取新旧两体之长，淘汰新旧两体之短，另成一种新派诗。这话说来很长。我对于这事，曾做过两篇文章。一篇叫做《诗之研究》，登在去年《时事新报》上；一篇叫做《新派诗说》，登在第十一号《妇女杂志》上，早把这个问题反复说明了。今天所说的，便是零零碎，没有统绪的话，所以仿着旧诗人的老法，叫做诗话。我做《新派诗话》，天然是鼓吹新派诗的意思。到底我的话是不是，我自己总认他为是，倘然他人以为不是，便指教我，我是很欢迎的。

我要做《新派诗话》，不得不先将新派诗的条例说明了。我现在便将《新派诗说》里头一段摘出来，放在下面。

新派诗例略：

一、命名：以旧体之格式，运新体之精神，命名"新派诗"，以别于新体。

二、宗旨：以明白简洁之文字，写光明磊落之襟怀，唤起优美高尚之感情，养成温和敦厚之风教。

三、宗派：以不假雕饰、天然优美，乐而不淫、哀而不伤为标准，祛除旧体艰涩、生硬、枯寂、淫靡、特别阶级文学、死文学诸习，并祛除新体冗长、粗疏、无音节诸习。

四、体例：以五言、七言为正体，不得如新体诗参差不齐，多作古诗、绝诗，少作律诗。

五、音韵：初学不可不知四声，学成而后，可以不拘。用韵暂以通行本《诗韵》为准，其韵目下注明相通者，通用之。

六、词采：不用僻典。（其典故为人所易知者不妨用之，苟非不得已，仍以不用为宜。）不用生字。

七、戒律：必有真感情、好事实，而后以诗发表之、记载之，不作应酬干禄诗，不作禁体、限韵、和韵等诗。

再将我自己本着这个条件所做的诗，钞录几首在下面。这几首里头，有的是在旁的报上登过的，有两首也是新做成没有他人看见过的。

长 江 黄 河

长江长，黄河黄。汩汩滔滔，浩浩荡荡。来自昆仑山，流入太平洋。灌溉十余省，物产何丰穰。沉浸四千载，文化吐光芒。长江长，黄河黄。我祖国，我故乡。

自由钟（八年四月作，美某国人之独立也）

竖起独立旗，撞动自由钟。美哉好国民，不愧生亚东。心如明月白，血沥桃花红。区区三韩地，莫道无英雄。悠悠千载前，本是箕子封。人民美而秀，土地膏而封。那肯让异族，长作主人翁。一声春雷动，遍地起蛰虫。祖国人人爱，公理天下同。我愿和平会，慎勿装耳聋。

哀青岛（八年五月作）

浩浩渤海水，悠悠胶州湾。林木何葱郁，山峦亦蓊绵。乃有木屐客，见之长流涎。便将一角地，夺入囊橐间。安得鲁仲连，一旦争之还。郁郁泰岱青，沉沉夕照殷。怅望田横岛，烟水空迷漫。

明 月 诗

明月无老少，万古常如兹。皎皎当中天，夜夜扬清辉。忽被大地炉，才盈便使亏。虽曰有圆时，长圆不可期。借问此缺恨，茫茫何时弥。

老 树

庭前有老树，春来抽条新。枯荣有变化，同此本与根。人生亦如此，嬗递秋与春。我死而有子，子死而有孙。根本苟不斫，血脉长是亲。老幼体屡变，生死未理真。眼前儿童辈，都是千岁人。

饲 蚕 词 四 首

日出采桑去，日暮采桑归。但见桑叶老，不觉蚕儿肥。

春蚕口中丝，阿侬身上衣。要侬衣裳好，莫使春蚕饥。

今日蚕一眠，明日蚕二眠。蚕眠人不眠，辛苦有谁怜？

蚕老变为蛹，蛹老变为蛾。饲蚕复饲蚕，一春便已过。

采 茶 词 四 首

朝也采山茶，暮也采山茶。出门晓露湿，归来夕阳斜。

出门呼女伴，上山采茶去。山后又山前，迷却来时路。

昨日新芽短，明日新芽长。不惜十指劳，只怕不满筐。

自从谷雨前，采到清明后。茶苦与茶甜，何人去消受。

秋　　叶

树叶儿，经秋霜。一半青，一半黄。树无知，人自伤。

江　　水

门前水，直通江。我心随水去，迢迢到他方。他方有故人，道路
远且长。不能长相见，但愿毋相忘。

　　我的朋友李辛白，他是一位做新诗的人，他也是一位会做旧诗的人。简直
说，便是他的新诗，和我的新诗一样。我前天看见他有一首《明月》诗，载
《新生活》杂志上。我说他做得极好，把他抄在下面。他的诗道："明月入我房，
明月照我床。明月自无语，离人鬓欲霜。"

　　胡适之的新体诗，我也承认他是各派诗里头一派。若说有了他的一种诗，
旁人的诗都不算诗，这句话我不赞成。（胡适之自己也早已表白过了的，他并没
这个意见。）便说有了他的一种诗，旁人的诗都不算好诗，这句话我也不赞成。
因为他虽有他的好处，旁人也有旁人的好处。若就用意说，他的用意完全是好。
若就措词论，唐伯虎的诗、易实甫的诗比他好得多了。

　　照上面说来，胡适之的诗，用意是好的了，只不过措词不好罢。便有人
说我们只取他用意好，并不管他措词不好。我说这话不对，因为既然叫做诗，
就应该用意、措词两方面都好。倘然只有用意好，措词不好，便不是好诗。

又有人说好的意思、曲折的意思，又不是旧体的格式所以能达得出。这句话也有些不对。达得出达不出只在做诗人的工夫如何，不在新体旧体。譬如举我的诗为例，好像前面《老树》一首，意思也不算不曲折，我不敢说除了我，没有他人能说得出。但是当年的我，竟说不出；一定要今日的我，才说得出。这便是当年的我和今日的我，做诗的学问有高低了罢。又有人说，你的话是不错，但是你的诗不是工夫深的人做不到，不是工夫深的人也看不懂。现在的新体诗，是要普及到一般社会，所以要人人做得到、人人看得懂。我答道，这话须分做两层说，一层是人人看得懂，一层是人人做得到。人人看得懂，是我所极端赞成的，便是要我们做的，叫诗人家易读易懂，我便是本着这个条件而行。但是人人看得懂里头，仍旧有一个好字。倘然只顾了人人能懂，却不管好不好，这诗就可以不必做。（若说到实用，只须文已够了，何必要诗。且诗的实用，便是比文更能感动人。倘然不好，便不能感人。不能感人，便失了诗的效力。人说是实用，我说这正是不能实用。）再说第二层，原来好诗原不是限制他人不许做，只是本人不肯用心，所以做不到。诸君试思世上无论何事，都有代价。文字的代价，便是脑力。又要不肯用脑力，又要做好诗，便是不出代价，要得好东西，世界上断没有这道理。我们对于才力浅弱的人，只好指导他走简捷的路径，享受好文字的快乐，并不能将诗的程度牵低了迁就他们，这便是将好东西售廉价的意思。并不能因为他人买不起，将好的东西丢了，拿不好的东西来充数。明白这个道理，便可以谈诗了。又有人问我道，如此说，旧体诗是艰深极了，也好极了，你何必又要反对，何必又要做新派诗？我说这话不对，旧体诗艰深虽然艰深，那不好的仍是不好。他们一部分的不好，凡是深知旧体诗的人也都承认，不必要新体诗人来攻击他。深知旧体诗的人，都攻击他这种不好处，是甚么呢？便是丢了内容不讲，专做面子上的工夫。好像一个人本来美观一点没有，只是拿奇怪的衣服、辉煌的金钢钻来炫耀他人，到底是美不美也不必辩了。我现在做的新派诗，便是要讲究自然的美，讲究真美。

我前天在《星期评论》上，看见某君所做的一首新体诗，题目叫做《苹果树》。他说了一大篇，其实他的意思，不过用十个字便说得明白。他的原文道：

苹 果 树

夫 公

南山里一个大苹果树，树上聚了一群猴子，唧唧喳喳，好像在那里会议。老猴子说："这树结了无数的果子，我们占住他不让别人来。一辈子还愁没有吃的吗？"忽然一日飓风来了，大树连根拔起，轰然一声，一群猴子都落地。老猴子又说："他倒了，由他倒。北山里也有这样的树，我们快些找去罢。"

上面这一大篇，只消用"树倒猢狲散，又去投别枝"两句，便可说得明明白白，何必又要说许多空话么？

我又在《时事新报》上看见某君所做的一首新体诗，题目叫做《鹭鸶》。也只须用一首五绝，便可写完他一大篇的意思。他的原文道：

鹭 鸶

鹭鸶，鹭鸶，你自那儿飞来，你要向那儿飞去？你在空中画了个椭圆。你突然飞下海里，你又飞向空中去。你突然又飞下海里，你又飞向空中去。雪白的鹭鸶，你到底要飞向那儿去？

这一首诗的意思，改做一首五绝，如下面所写的便是了：

鹭鸶忽飞来，鹭鸶忽飞去。海阔与天空，故乡在何处？

做新体诗的人，也说旧体诗的坏处，便在没有细细的描写工夫。譬如上面一首诗，在新体人的眼光看起来，新体描写得何等详细，你那首五绝写得何等简略！我说只须这般简略，便已够了；像他这般详细，仍不外一只鹭鸶飞来飞去，一个意思。他说他在空中画的是椭圆形，我说他在空中画的断不能成一个真正的椭圆形，不过大约像一个椭圆罢了。这个椭圆形，更不是一个平面椭圆形，乃是一个螺旋的椭圆形。照此看来。他下"椭圆形"三字，仍是简略，和我的"飞来飞去"相差也不多。

便在旧体诗里，细细描写的，也不少。如李太白的"山从人面起，云傍马头生"；张子野的"过桥人似鉴中行"，却依然是自然，依然是简净，所以算好。

我有一个孩子，也学着做诗，有一天他做了一首诗，题目叫做《鸡》，他的诗道："雄鸡喔喔叫，知道天明了。乡人养一鸡，可当钟和表。"我说他这首诗，算是做得好，说他容易懂，便也容易极了，但是认得这几个字的人，断没有不懂的道理；说他容易做也是容易做，只须用一分脑力的代价，也人人做得出。若是连一分脑力的代价也不用，便做不出。譬如有个人，他有了这个意思，不肯用脑力，只是随便说出来，像下面所说的便是：

　　我有一只雄鸡，那雄鸡喔喔的叫，这时候我便知道天已明了。我们乡下人养了一只雄鸡，便可以拿他当钟和表用。

这一段文字，为甚么不成诗？前面的那四句，为什么像诗？不过是经过一番用脑力的工夫，然后说出来。照这样看来，前面的譬如是新派诗，后面譬如是新体诗。那么自然是新派诗比新体诗好了。

倘然有人说，我的才力只能做后面那一种，不能做前面那一种，我只好做新体诗，不能做新派诗。我便答道，这样也未尝不可做。但是只能叫做白话文，断不能叫做诗。

我有一位女学生，他从我学诗。有一天他做了一首诗道："姊妹灯下坐，姊乐妹亦笑。姊言要读书，妹说年尚少。"我说这首诗也好，因为是自然的音节、真确的情景，所以好。若从严格的说起来，"少"字应改为"幼"字，那更好，但是改了"幼"字，又要改上面第二句，太费事了，所以不改也可以的。

做新体诗的人，要废去对偶这一层，我不赞成。我们做诗，固然不可有意求对偶，但遇着天然对偶的地方，也不可有意避去。现在人家只知道律诗有对偶，谁知古亦有对偶，又谁知律诗往往也不要对偶。这个例唐人的诗里极多，不用我举。又谁知最古的歌谣，也有对偶。譬如"日出而作，日入而息。凿井而饮，耕田而食"，岂不是对偶么？可见对偶不对偶，都要听他自然，不可勉强。我再有一个譬喻，好像是植物的叶子，有几种是网形脉，有几种是平行脉。对网形脉的在诗里是散句，那平行脉的在诗里便是对偶。植物的叶子是天然没有雕琢的，也居然有散有骈，可见文字的散和骈也是天然的了。为甚么要废他！

我的朋友姚石子，他见了我所做的那篇《诗之研究》，他很赞成，他也寄了两首新做的诗给我看，仿佛便是本着我这新派诗的条件做的。我把他抄在下面：

咏　蝶

蝶当前身时，吸尽花精液。花蝶相并称，蝶实花蛊贼。借曰传粉蕊，功不与蜂敌。爱花而爱蝶，实使花狼藉。

对　月

春月令人欢，秋月令人悲。东坡之妇语，说谓有诗思。实乃月无定，各随人心移。惟是上弦月，虽缺而含辉。下弦未全损，终觉色惨凄。此中有至理，谦益满招亏。谦光而满晦，悟此道可几。

我的朋友张舟翁说，大概无论做诗、做词、做曲、做新诗，先要性情过人，聪明过人，阅历过人，学问过人，然后人读他的著作，好比用催眠术一样，才能受他催得动，这话我很赞成，我的朋友姚鹓雏也赞成。我因此又想到《国风》。原来做《国风》的人，阅历未见得过人，学问天然不能过人，然而他做的诗却好，这便是性情过人的缘故。在我的新派诗的条例里，叫做真感情，前面已经说过的。

写景的诗用一种譬喻，要用的恰恰好，这个在旧体诗里很多。我近来看见某君做的一首新体诗，题目叫做《登泰山观日》，中间用得一个譬喻，大约是说在山上看东方有些红光，好像是火车点着电灯走过的样子。这个譬喻完全不对。火车点着电灯走过，他的光是一条，不是一片，况且将出未出太阳的光，是很浩大的，差不多红了半边天；火车上的电灯光，在高山顶上，看起来不过如萤火一般，或者如乡下人玩龙灯一般，怎可拿他比太阳光？我虽然没登过泰山，我虽然不曾登泰山观日出，但是这个情景，是可想而知的。写景诗的好处，是要教读书的人如身临其境。这样写法，他身临其境的人，还不及旁人明白，怎样算好！这是不细心的缘故，并不关新体旧体。这个意思，便拿旧体也写不好。

教人做诗的书，以前只有诗话，但是诗话是没条理的，没统序的，且各人有各人见解，各人有各人的党派。看诗话的人，一定先有了鉴别的眼力，然后能看。

近来新出了几部做诗的书，照形式上看起来，似比诗话好点，但是他们所说的法子全不对。其中有一部是谢无量先生的著作。谢先生的学问，我是很佩服。但是这部书，我也不满意。因为他里面所讲的，仍不脱平头、齐脚、蜂腰、鹤膝一派的话，说到音节一层，仿佛也和赵秋谷的《声调谱》一样，难杀人！其实诗的真音节，那里是如此。这一部书，我是说他不好。以外的几部，恐怕更不如了。学我这一派诗的人，这种诗切不可看。旧诗话里头虽然也有好的，但是一部之中，总是有些不好的夹在里头，很难分别。宋人的诗话最多，也最不好。据我说，一大半直是梦话。

文字是一种艺术，诗是艺术中的一种美术。旧体的一部分，是假美；新体诗是没有美。假美固然不好，没有美更不成诗。

有几位女学生，从来没有做过诗的，从我学诗，我教他作新派诗。才三个月，居然做得很好。我把他抄录两首在下面：

晚 秋 杂 诗

朱德蕴

闲游东郊外，秋深落叶多。望见数农夫，俯首割嘉禾。碌碌身已倦，口中犹唱歌。俄而有童妇，匆匆田间过。只为送饭来，不辞长奔波。

冬 日

李殿春

寒风吹落叶，只余老枯枝。围炉话时事，犹现畏寒姿。可怜贫苦者，如何度此时。

我前天在《北京晨报》上，看见一首新体诗，题目叫做《晚秋底公园落日》，我却说他做得极好。如今先把原文抄在下面，再来批评：

晚秋底公园落日

HC

太阳西去了，冷落了公园，寂寞了游人，越显得山沉水静。我们的朋友，也悄悄的。只有那带病容的杨柳，和倔强的古柏，把你留在树梢。回首，这边的电灯也亮了，你却在树柯稀处，暗地窥人。只此一点似有意的回顾，造成了半个黄金世界。

这诗第一个好处，便是清描淡写，又写得千真万确，字句里头都含着一种静穆的态度，断不是粗心人能做得到，也断不是粗心人能领会他的好处。若说音节，虽完全不是旧体诗的格式，却字字都读得响。这种新体诗，我也说他好。这位做诗的先生，他自己不肯题个真姓名，只拿着两个外国字来当个别号，我天然不识认他是何人，但我敢说一句，据我的眼光看起来，这位先生一定是会做旧体诗的。何以见得呢？因为他有精采的地方，如"太阳西去了，冷落了公园，寂寞了游人，越显得山沉水静"；"只有那带病容的杨柳，和倔强的古柏，把你留在树梢"；"你却在树柯稀处，暗地窥人"。这种句法，那一句不是从旧体词曲里变出来的！倘若不是这样说，开口便说"太阳西去了，公园里冷静了，游人都散了"，便觉得不好，可见两个"了"字一定要放在中间，才有音节；放在底下便没音节。有音节便读得响，无音节便读不响。有音节的，都是从旧体词曲里变化出来的。不读旧体词曲，便做新体诗，断不能有音节。

胡适之先生也说他自己的新体诗，多半从旧体词里出来的，沈尹默的新体诗，绝似古乐府。（见胡君所著的《谈新诗》一篇，载在《星期评论》增刊里头。）照这样说，不读旧体词，不能做新诗；不读古乐府，也不能做新体诗。近来做新体诗的人，把新体诗看得太容易了。那旧体词和古乐府，他们固然不肯读，便是胡适之和沈尹默的新体诗，也未见能读得烂熟，自己便要动手做诗，如何能好。

我又在《北京晨报》上，看见一首《树影》的诗。我也喜欢，但是还不如前面《公园落日》一首好。因为他只是描写得细心，也有一种静穆的态度，然音节不及前一首好。我如今把他抄在下面：

树　　影

晚　霞

午后两点钟，一棵老树在"秋色萧条"的一个草场西边。他的影子照在地上不过二尺。三四点钟他增加了五六尺。我站的地位，隔他有好远的距离。他一步一步的侵及我衣。住一回又占了东园墙的大半呢。忽然间越墙飞去，变成无限的长天一色。暗树上两三个小鸟都仿佛道"完了，完了"。抬头看西方的太阳，竟走下了地平线。呀！太阳影子的长短，和太阳的命运恰成反比例。当这时鸟声寂静，抬头再看，"清如水"的太空，浮着一个洁白的团月和几颗亮晶的明星。

胡适之有一首《鸽子》诗，载在《新青年》里，他第一、第二句说道："云淡天高，好一片晚秋天气。"我说这两句算他是好，也完全是两句旧体《满江红》的词。"便是《满江红》词开场的两句。"照这样看来，新体不好的不用说了，便是好的，也不过是无腔调的旧体词。试问无腔调的词，和有腔调的词谁好谁不好？又有人说旧体词因为被腔调拘束了，往往不能充分的发表意思，所以要打破这个范围，做没腔调的新体诗。我说这也未必。旧体词的调子，有好几百个尽可随意选用，为甚么还嫌拘束？如再嫌拘束，要自由做出来，便决不能好。譬如胡君的"云淡天高，好一片晚秋天气"，他的好处，便是能读得响，因为他暗合着词调，所以能读得响。譬如有人仿着他的格式，做一首《初夏》的诗。说道"风和日暖，好一片初夏天气"，试问这两句读得响读不响？又人说旧体词的调子也是唐末五代宋初的人自由制造的，他们能自由制造，我们便不能自由制造么？假使我们现在随便做的新体诗，把他加上一个调名，岂不是我们的一种调子，也可教后人遵守么？我答道，自由制调，是可以的。但要精通此道的人，然后能制；不是一知半解的人，便能制。总之好的新体诗，也不过是旧体词。（专说措词不论命意。）暗和词调相合的，固然是词；和词调不合，却又是好的，也只算自制的一种词调。说来说去，到底是词，何必要说他是新体诗！

我不赞成新体诗，我有一句话，须和读者说明白。我对于新思潮，除了新体诗以外，我都赞成，便新体诗我也赞成一半。为甚么呢？便是赞成他的用意好。我这话须先说明，读者不要误会了。再有一句话，便是我反对新体诗，我一面也反对旧体诗。

我的朋友沈季畴，他是会做旧体诗的，但不轻做。近来他也喜欢做新体诗，有一天他做了一首给我看，像下面抄的一首便是：

冬 天 的 青 菜

沈季畴

　　天气冷了，每天早上雪白的浓霜，压着那鲜嫩的青菜上，好像要灭他生机的模样。

　　那知道浓霜只管下降，这青菜偏天天生长。多谢浓霜，幸亏你加在我身上，使我心甜，使我肥壮。

　　我看了说道，你这首诗，在新体诗里，是要算顶好的，因为读起来，很能顺口。而且言外另有意思，这个意思，便是面子虽然说得是菜，骨子实在说得是人，在《诗经》里叫做比，在后人叫做寄托。这一点也是美文和应用文的分别处。

　　诗既然叫做美文，这种地方是应该有的。季畴又问我道，你能将这首诗的意思，改做一首七绝么？我说改七绝是不能的，因为改出来断不好。若要改一首五绝，倒还可以。第二天我便将他改成一首五绝，像下面所抄的便是：

冬 天 的 青 菜

寒霜打青菜，霜威空自严。不见菜叶死，反叫菜心甜。

　　照此看来，他的一首新体诗，我硬把他改做新派诗了。到底是哪一首好，我自己不知道。

　　我有一天在某处看见某君所做的新体诗，题目和作者的名氏都忘记了，诗的全文也忘记了，只记得中间有一句道："人浸月宫波。"就这一句而论，他的声调，他的词采，完全是一句旧体诗，而且是非常雕琢的旧体诗。这算新体只不过多加上一个符号罢了。便拿旧体诗的眼光来看也是不好，试问比较《西厢》上的"月明如水浸楼台"，到底是那一个好？

　　老实说一句，我的新派诗，也便是胡适之先生的新体诗。不过他的新体诗解放得太过了，太容易做了，所以弄成满中国是新体诗人，却没有几个好的，他的结果反被旧式的诗人笑话，岂不是糟了么！中国的旧体诗，可说是包罗万有，其中多半是不好的，然而真好的也有，不过人家不留心，便把他一笔抹杀了，岂不冤枉！这句话不是我一个人说的，有好几个新诗人也是如此说。《星期评论》里的戴季陶先生，他不是很新的人么？他也说唐朝白居易的诗，是有平民思想，是写实派，他还引了白氏的一首诗，载在《星期评论》上，极力的称他好。又有常常做新体诗登在《时事新报》里的郭沫若先生，他不是个新诗人么？我前天看见他写给《时事新报》白华先生的信，他说他这时正在读李太白的集，又引了李太白几句诗，照新体诗的格式写起来，加了符号，称他像一首绝好的新体诗。又恽震先生也说："那些具有诗的真精神的古诗，仍旧活活的自在。"照这样看来，被新体诗打败了的，都是自己立脚不住的旧体诗。真好的旧体诗，还是做新体诗人的先生。

新体诗的好处，不过是平民的，是自然的。平民的便是没有特别阶级的习气，自然的便是不受雕刻的拘束。但是这两层旧体诗里也多有了。看戴先生和郭先生的话，便明白了，不消我再说，岂不是旧体诗早已包罗万有么？我说这句话，不是提倡旧体诗好，不过说旧体诗之中，有不好的，也有好的。至于旧体诗里那种不好的，比新体诗里不好的还要坏。

我的朋友叶楚伧，他近来也做新体诗，我如今抄他一首在下面，然后加些评论：

柝 声

小 凤

（一）

寂静的天地，连雨停了泪，风断了气，一窗零碎月，入枕上人的眼里。

（二）

三丈高的墙儿，遮断了富贵穷通，遮断了悲欢祸福，一更二更三更四更，墙外是谁来击柝。

（三）

慈悲的柝声，催天开日出，催织的为我穿衣，催耕的为我具食。

（四）

慈悲的柝声，你切莫打五更，我有娇妻美妾、绣枕罗衾，我不愿天明。

（五）

枋说啊呀，代天作主的少爷，你管不得许多，还是梦里去罢。

他这首诗里"连雨停了泪，风断了气"九个字看起没甚么稀奇，其实他人却说不出，因为他这九个字，不知淘汰了几次，才存得这点精华。倘若拿敷衍出来，可就成下面的形式：

一丝丝的风儿，好像病人的气，如今气也断了。一点点的雨儿，好像愁人的泪，如今泪也停了。

就照上面的形式看，在新体诗里也不算十分坏，然而比较小凤的原文，却多费二十八个字。便可见得这二十八个字不是精华，是应该淘汰去了的。小凤把他淘汰去了，所以算好。

又如"一窗零碎月"五个字，他人拿五个字也决说不出。

但是小凤"入枕上人的眼里"七个字，读起来觉得不妥。"入"字上头应该加一个"映"字才好。因为这"入"字只可当他介词用，不可当他动词用。小凤缺了个动词，拿"入"字代充动词，所以不妥。拿"映"字做动词，拿"入"字做介词，便妥了。我对于我的朋友，我不肯回护他的短处，便可见得我称他的长处也是真话。想小凤一定原谅我的。

做新体诗的人，自夸意思比旧体诗好，便要果然比他好。若是有心偷古人的意思做新体诗，或是无意做出来，却也逃不出古人的思想之外，这样新体诗都没有价值。譬如我最近看见的一首新体诗，他的意思唐宋元三朝的人早已说过了，这样新体真无味。读者如不信，我把他抄在下面给你看：

本来干他什么事

（一）

鸟儿好好在天空里飞，他却要费心去捉着把鸟儿关闭在竹丝笼里；鱼儿好好的在河水里游，他又费心去捉着把鱼儿强迫到小水缸里；虫儿好好的在青草里畔叫，他便要费心去捉着把虫儿禁押在瓦盆儿里。

（二）

一回儿他望着笼里，鸟儿撒了他一面的灰；他看着缸里，鱼儿泼了他半身的水。那盆里唧唧咕咕的声音，又闹得他不耐烦不能入睡。

（三）

他就把鸟儿放在天空里，把鱼儿放还河水里，把虫儿放还青草里，我想那些鸟儿鱼儿虫儿本来干他什么事！

他起初为什么要费心那些，他以后可再要费心那些。

这个意思好像是新的，其实是旧的。请看下面三首诗便是了：

和孙明府还旧山

唐·陶雍

五柳先生本在山，偶然为客落人间。秋来见月多归思，自起开笼放白鹇。

画　眉　鸟

宋·欧阳修

百啭千声随意移，山花红紫树高低。始知锁向金笼听，不及林间自在啼。

馆　内　幽　怀

元·郝经

狂花野蔓满疏篱，恨杀丝瓜结子稀。独立无言解蛛网，放他蝴蝶一双飞。

也有一种做新体诗的人，喜欢将一个意思分做几节，每节不同的字，只不过一两个。像下面一首便是个例了：

岸

（姓名不载）

（一）

太阳照在我右边把我全身底影儿，投在了左边底海里。哦！沙岸上留了我好多的脚印！

（二）

太阳照在我左边把我全身底影儿，投在了右边底海里。哦！沙岸上留了我五百多的脚印！

（三）

太阳照在我后边把我全身底影儿，投在了前边底海里。海潮呀！你别要淘去了我沙岸上的脚印！

（四）

太阳照在我前边，太阳呀！你可也曾把我的影儿，投在了后边底海里？哦！海潮儿早淘去了我沙岸上的脚印！

这种格式，天然是从外国来的，但是我说中国古诗里也有。譬如"鱼戏莲叶东，鱼戏莲叶西，鱼戏莲叶南，鱼戏莲叶北，鱼戏莲叶中"，便是个例。然而这种做法，终不能算是好。倘大家都依样做来，那么任便什么诗，一首都可化得出几首来。譬如下面所举的例便是：

第一节

（这是古人的一首原诗）

独坐幽篁里，弹琴复长啸。深林人不知，明月来相照。

第二节

（以下都是化出来的）

独坐幽篁里，鼓瑟复长啸。深林人不知，明月来相照。

第三节

独坐幽篁里，吹笙复长啸。深林人不知，明月来相照。

第四节

独坐幽篁里，攃笛复长啸。深林人不知，明月来相照。

又仿这个法子，再做一首新体诗，试问好不好。

立 在 松 树 下

（一）

我立在松树下，松花落在我的衣裳上。我归到家里来，衣上犹有松花香。

（二）

我的妻子立在松树下，松花落在他的衣裳上。他归到家里来，衣上犹有松花香。

（三）

我的儿子立在松树下，松花落在他的衣裳上。他归到家里来，衣上犹有松花香。

（四）

我的朋友立在松树下，松花落在他的衣裳上。他归到家里来，衣上犹有松花香。

我说一个意思分做几节，这个格式，古时候早已有了，先面引的证据便是《鱼戏莲叶东》一首古诗，但是拿这首诗做证据，不如拿《诗经》做证据更好，如今引两篇《诗经》如下：

螽 斯

螽斯羽，诜诜兮。宜尔子孙，振振兮。

螽斯羽，薨薨兮。宜尔子孙，绳绳兮。

螽斯羽，揖揖兮。宜尔子孙，蛰蛰兮。

桃　夭

桃之夭夭，灼灼其华。之子于归，宜其室家。

桃之夭夭，有蕡其实。之子于归，宜其家室。

桃之夭夭，其叶蓁蓁。之子于归，宜其家人。

这个格式，虽然是个古格式，但是算不得好，做新体诗的人可不必学。

前天看小凤做了一首《雪》诗，做得很好。昨天我也做一首，如今把两首诗都抄在下面：

雪

小　凤

（一）

白如玉，散如粟，嫌饭多的人家，玉！等着吃饭的人家，粟！

（二）

一片两片三片……无数片，似无意似有意的，莫怨冷了你。

（三）

不是从天上来吗？如何禁不起日晒。我能造"寒潮疾风"，遮断日光，愿你留些时儿罢！

（四）

酿雪时暖，化雪时寒。是谁做寒做暖，雪说我"不管"。

雪

怀　琛

雪花飞，飞满天。散如粟，聚如棉。如何只管满地抛，不值钱。富人含笑告邻里，来岁麦熟大有年。贫人含泪对妻子，今宵被破怎能眠！一样对雪苦乐何以异？我欲问雪雪无言，只管千片万片飞漫漫。

我昨日又在报上看见一首新体诗，真是特别，如今把他抄在下面：

弟 弟

（姓名不载）

五弟的事倒没听过，原来湖南这几年，虽然是"废池乔木，犹讳言兵"，奈岳州城挡不住"窥江胡马"，去年冬北军进城来。

五弟一晚子在街头闲耍，不知甚么事得罪了兵大爹。我五弟的背上，被他们用刺刀戳了一下。

家里人只见他，含着泪，忍着痛，扪着背，一步一步的跑回家，解开棉袄看时，已经血只管滴。

难怪妈妈，为他们急得头昏眼花，我听了都害怕，想起来吃饭不下。我回了家，和着两个弟弟，围着一个妈妈，还有个弟媳妇，自小儿同长大，也曾经读书习算，也能够煮饭烹茶。我们三兄弟，又不聋，又不瞎。"学者勤学，工者勤工"，还愁甚么穿，愁甚么吃。只要记得这些艰苦，看如何对得住自己，对得住妈妈。

八月二十日作于长沙

这首诗我别的不佩服他，只佩服他全体白话之中，何以插得进"虽然是'废池乔木，犹讳言兵'"；"奈岳州城，挡不住'窥江胡马'"几句，这首诗我只好说是十八拉罢了。

我自从去年在《妇女杂志》上发表一篇新派诗说，又在《神州日报》上发表一篇《新派诗话》，提倡我的诗说。我原是希望和大家讨论的，发表以后外埠各报纸上已有好几家转载了。据我所看见的，有《南通报》《黑龙江报》《天津益世报》。但是俯赐指教的仍是很少，不过只有《上海学生联合会日刊》上，有一段说起这事。又《南通报》上有一篇批评的文章。他们的意见，大约也和我差不多，我如今把他们两篇文章转录在这里：

读胡怀琛《新派诗说》（见《南通报》）

觉 我

吾人各具有应化力与诗的天性，于新体诗之可读者，当爱读之。或曰不惯读。不惯者，未习也，有习斯惯。但其繁冗与不整齐处，亦当各付之考虑。而胡君《新派诗说》中，则已以此为新体诗之短，可信也。胡君说诗有条理，殆应用科学的研究法为诗的研究，其要旨在"以旧格式运新精神"一语，而以所谓"新派诗"别乎"新体诗"。"新派诗"者，合新旧两体之长，而比较的容易发表之诗也。读胡君说者，以为可益人对于新体诗之趣味否？以为可祛人对于新体诗之疑虑否？以说旧体诗处为至允当否？惟新体诗之音节，颇可探究，必谓其无有，此吾所未敢遽信者。

"新派诗"中有倡无韵诗者，吾亦未敢遽信。吾于十二年前，授师校国文。某上巳日，适为文课，乃予学生作诗。吾举"三月三日天气新"七字为题，即以为起句，任学生各以己意缀为诗，句之长短、句之多少及其转韵，皆无拘束。某生曰"无韵本"，吾谓可各以方音协之。当时之教授如此，以今衡之，亦若为诗的解放之声。胡君谓"用韵准通行本诗韵，注明古相通者通用之"，似尚拘束，无宁解放。古时无韵书，有诗自有韵，而诗的天籁宽；后世有韵书，论诗必论韵，而诗的天籁隘。准之书本，曷若准之作者自己喉舌间，为自由也！

胡君选旧体白话诗，不过略举之以见例。吾意似可多选，以广流播。选文须有适应现时代之眼光，于诗亦何独不然。而学校唱歌集已刊行者，亦不尽适用。歌词中为特别阶级文学，为死文学，为空泛文学，为玩好品者，岂少也哉！小学校主用白话文，已有必至的自然倾向，于歌词亦宜亟亟改进矣。

或谓新体诗兴，则凡不能文言诗者，皆能为白话诗。又或谓吾人是以性灵有诗，非是以形式有诗，惟今之能白话诗者，皆为能文言诗之人。且其所为文言诗，亦必甚佳。若今后不能为文言诗者，而遽为白话诗，是否能断其果为白话诗，而不为白话，即今后为白话诗者，是否能全恃固有的性灵，而绝对不须人为的素养。诗的天性，即性灵，人皆有之，而要各有强弱厚薄之不同。作诗的天性，更须诗的素养。今之为白话诗，确为诗，而非仅为白话者，率诗的天性厚，而诗的素养甚深之人也。若论素养，亦似据有一部分必要之形式，所当遵守。法之诗人威乃侬氏，倡不定形诗矣，而著有《作诗法》。此所谓法，去必要形式之当遵守者不远也。后氏有柳纽者，亦主诗的解放最有力之一人，而谓："只须诗中律吕和谐，拼音数可勿问。"律吕如何可谐，是必不能无法，是必不能无所遵守也。吾意旧体白话诗可多选者，谓此所以为诗的素养之一方便耳。

"以旧格式运新精神"一语，此不惟诗然也，于文亦不妨存此一说，以备有新时代精神、乏国语的素养者之用。尝思白话文当为国语的，毋为方言的。吾人初为白话文时，辄有是否为国语的疑虑。学者有误白话文为新文学者，"略""咧"间见，"那么"迭来。无论其非国语的，即纯然国语的，而精神缺乏，安所谓新？谓新文学中有白话文则可，并有白话诗亦可。若以白话文即为新文学，此则不可。

宋儒语录，白话文也。《石头记》《水浒》，白话文也。《金瓶梅》尤纯然语言之作，文字之积习较《水浒》《石头记》尤剔荡殆尽，而皆不能谓之新文学。新文学者，实以新时代精神为其原素。有此原素，则发表于国语的白话文之形式是为最适。有此原素，而以不含有贵族的臭味之文言发表之，在此时果为绝对不适之物乎？有以美之惠德满、法之威乃侬诗人自托者，则或以胡君为拟古派，比于十七世纪法之柏亚罗其人，而并吾此说，而柏亚罗焉，亦未可知。

胡君谓文字之美能感人，信也。文章之区分，或为应用文与美术文，又或为文言文与白话文，但既曰文，即必有美。美之度不能无高下，美之质不能无殊异，而不美即不文，文之事即美之事，文之事亦术之事。便条二三语，应用文也，固自有美，固自可附以美的判定；而其发表也，固自有术。凡白话文，是为真美。凡文言文，是为饰美。真美者易言之物，而其为术，则非易言者也。亦尝假定以绘话文为文言文之代用词，俾与白话文成对称之名。绘与白若甚有对比之作用与较分明之观念存焉者。如可有所谓绘话文，斯亦可有所谓绘话诗。今后盛行者为"新派诗"，抑为"新体诗"，二者兼胜或偏胜，势也。而此所谓绘话诗者，视为诗中之特体可乎？

新诗略谈（见《上海学生联合会日刊》）

恽　震

自从《新青年》提倡改良诗体之后，赞成的人都努力去尝试，大家不作声，只管做，这也是个好气象，不像从前各事，只见说话不见实行。然而批评的文字，究竟也不可少。批评之性质，要一方面从成绩好的诗里分拆，抽出有价值的精神艺术来，给大家采取；一方面要把成绩不好没有价值的诗，批点出他的坏处来，给大家排除这种文字。当然在这时代有极大的要求。据我所见，只有胡适之先生在《星期评论》上发表的一篇《谈新诗》，和胡怀琛先生在《神州日报》上发表的一篇《新派诗话》，其余差不多没有了。适之先生的意思，以为好诗必要用抽象的题目、具体的写法，不论诗是新是旧，都是一样。又说音节要讲究自然轻重高下，以能够读得响亮为好。他用了许多例子去证明他的话。怀琛先生对于新诗、旧诗的体裁，都不满意。他想另创一种诗体，形式和五言古诗相仿，意义一定要好，给人读了，能生出正确的印象，句子也不避俗语。他又批评了许多现在报纸上所见的新诗著作，很能够把他们的弱点一一指出。不过他后来举出几首他以为好的诗，却仍旧不脱寻常敷衍空泛的习气。可见得要批评还容易，要做范作就难了。

旧诗的破坏，全在他的不真，全在他的把种种束缚来拘束人的真美思想。然而在这种破坏不全的诗体中，尽有人能够把极好的思想表现出来，所以现在那种诗体，虽然破产，那些具有诗的真精神的古诗，仍旧活活的自在。我们不过是更幸运些，表现思想的器具，格外完备自由些，尽我们使用。所以以后的诗，一定可以比较更有进步，只要一般做诗的人努力去做就是。

加莱尔说："每个人多少总有些诗的思想，诗人总是不完全的，从来没个完美无缺点诗人。人人心中都有诗。我们读一首诗，读得有趣，我们自己就是诗人一样。"这几句话，讲得透彻。他又给诗一个定义，说诗是音乐的思想。看了他这定义和解释，我们应该对于"诗"这字有些基本观念。我另外有译的一篇《诗与科学》，是英国温特渥斯所做的。这篇把"诗家是什么"和"诗的归束"都给我们一个明确的观念，阅者可以参看。

诗固然是人人可以做的，但是不必勉强去做。现在寻常人有一个再易误会的观念，以为从前诗体格森严，没有三年五年动不得手，那种诗才可贵重。现在可不对了，叫化子唱山歌，也算做诗。这种误会，全然从他不懂什么是诗而起。新诗的价值，并不在使人容易做，也并不全在使人容易做，却在能够表现更真的思想。

叫化子的山歌里，没有艺术的存在和思想的寄寓，当然不能算做诗。假使那山歌是他的真情所发，其中寓有自然的艺术和真挚的情感，当然也就是好诗了。所以我们看无论那种诗，一定要分两层批评：一是思想，二是艺术。两种缺一，就不能成诗。不过那种艺术的观察的标准，是要看他的自然音节、章法、句法、字法怎样，不像旧时的专门把字眼代进死公式罢了。

寻常人又有一个误会，以为新诗以浅近为要素，使人人能够懂得。不错，新诗固然立在平民的地位，要发表平民的精神，不应该晦涩艰深使人不懂，然而也决不是普及教育的器具。

普及教育自有注音字母和白话文（白话文的好处，也不尽在普及教育）去做工具。诗是一种表现人生最精微美妙思想的东西。方才识字的人，当然不能懂得；没有热烈感情的人，当然也不能懂得。诗固然是社会的，不是个人的，然而在社会程度没有平等的时候，诗还只得是一部分人所有的。不过他准备在那儿，只要普通人受过相当教育，就可以有机会去享受诗的快乐，可是他自己决不能屈尊的。现在做新诗的人真多，差不多大家多要来尝尝这新鲜滋味，我也是冒昧尝试的一个人，自问没有什么成绩，怪不得有一种人要说"新体诗除了胡适之，简直没有别的人可以做"。这种浅陋窄小、崇拜偶像的思想，固然要不得，然而也可见一部分社会上对于新诗的观念。我希望做新诗的人，大家努力些，多用些脑筋，少糟蹋些纸笔。

诗大概可以分做纪事、写景、述意三种。纪事的长诗，西方极多。有许多诗家，把很冗长的故事，用诗来叙述，非常有趣，又绝然不是小说体裁。这种技术，中国旧诗没有，就有也不过是千余字的铺张，没有这样的大魄力。写景的诗最容易，述意的诗最难。杜甫有这样的诗家天才，却给体裁束缚住，做出许多很无识的诗来。他的诗只擅长纪事、写景两种，述意的诗可就不大精深。我希望做新诗的人，在述意诗上努力创造新世界。而诗的创造，全靠着诗家个人身心的创造，大家不去下深刻真实的工夫，只在浮面上吹吹唱唱是没有用的。

近来的新诗，以在《时事新报》常常发表的沫若君所做的诗最好。他很有诗人的天才思想，往往能够把事实参透，细微精妙处也能够写出来，将来一定极有希望。不过他还嫌大意了些，修饰不大周到。因为好诗要经过修饰，却不可以经过妆饰。修饰能把自然显得格外精密些，妆饰把自然遮蔽了，反而露出刻画雕琢的不自然现象来。沫若君又往往把西文字嵌到句子中间去，似乎也不大应该。

《新潮》里寒星君也是一位作者。他的一首《山弦》做得真好，短短的一首诗，读了令人生出无穷的兴趣和生意。《新青年》上陈衡哲女士做的一首《鸟》，本报也曾转载过。那诗后一段，句句精灵，一种爽快的精神，活现在纸上。这两首诗，都是用物语来激动读者的精神，艺术与思想都极高。

《新青年》上，半侬《问独秀》、独秀《答半侬》的两首长诗，都含极其深微曲折思想，一层一层的抽剥进去，又觉得异常的明白，读起来也响亮。独秀的一首更好。

康白情君所做的诗，写景的居多，他的《日观峰看浴日》一首诗，描摹太阳的变化状态到最细微地方，实在不容易，是写情诗里有价值的著作。

《星期评论》上沈玄庐君的诗最多，他竭力要做自然的歌谣，所以在音节上很讲究，他所做的有许多被音节反而带累了。有几首像《海边游泳》《爱》等都极有真实意思，同时还带着极和谐的声调。

最可笑的有许多人把"奋斗""努力""解放""光明"些字堆积起来，再把意义做连贯了，就算做一首新诗，那和旧诗把"销魂""魂断""关山""风雨"堆成的诗，有甚分别？还有些人把这么"我欢迎你""你是我的好朋友"做应酬朋友的新诗，实在太没有意味。诗不是一件应酬的东西，送别朋友的时候，不必一定要诗兴勃发，援笔成章的。心里没有诗的思想，还是少做的好。另外我还看见一种纪事诗，把一种新闻的材料来铺张成一首诗。虽则加上一些字面，其实总归只可以算一条新闻，这种诗也以少做为是。

我对于做新诗有几层意见，简单写在下面：（一）材料切不可勉强去求；（二）段落一定要分清楚；（三）诗成之后，一定要经过几度修饰；（四）音节要讲求；（五）诗里少用专门名词；（六）诗里少引用成语，成语要用得自然，不可以多用的符号；（七）形容词要特别研究，用得精确而通俗。

怀琛对于二君的意见："新派诗"的用韵，我的主张是："暂拿通行本诗韵为准，韵目下注明可通用的，可通用。"觉我君说，这个主张未免太拘束了，不如就各人天然的音韵读得顺口便是了。我说觉我君误会了我的主张，最好是另编一种新诗韵。但是现在既然没有，故不妨暂用旧韵，所以必须用旧韵的缘故，因为各人用各人的土音，这地方的人，读起来顺口；那地方的人，读起来不顺口。不如暂用旧韵，比较的还有的范围。觉我君又说中国古时本来没诗韵。这句话是不差，但是一部《诗经》上的诗，在做的人都是顺口的，在读的人便有许多的觉得不顺口。所以朱子注《诗经》，要用叶韵。不用叶韵，便读不来了。古时没有韵本是没法的。现在既有了韵本，还是用韵本为好。旧韵在今日不适用，天然是要编新韵本，然新韵本没出以前，与其不用韵本，还是用旧韵本好。

觉我君希望我将旧诗里头好的，多选几首出来。这话不差，我将来一定要多选些，放在我这诗话里。以外的意见，他都和我相同了。恽震君说某君做新诗，喜欢将英国字嵌在诗里头，算不好。这句话是不差，但是我还要说句笑话，只看他用得如何，果然用得真好也不妨。譬如唐人的诗"月黑雁飞高，单于夜遁逃。欲将轻骑逐，大雪满弓刀"，原来"单于"二字，是匈奴话的译音，然而他用在中国诗里用得恰好。（一）因为声音恰合；（二）因为拿他称匈奴王，所以算好。倘若：（一）这二字是仄声，（二）拿他称中国皇帝，自夸懂外国话，那便不行了。这还说是译音，便直用外国字的也有，譬如"卍字栏杆亚字墙"（这句诗我忘记了是谁做的），卍字本是印度字，他却用在中国诗里，也是用得恰好。由此类推，便说"H的栏杆O字池"，也未尝不可。倘若用了丝毫不能增加他的意味，但觉得叽哩咕噜讨人厌，那便可以不必了。

前天看见《时事新报》上，载了一篇《新诗略谈》，很有研究的价值。我读过一遍，也做了一篇"书后"，如今把两篇文章都抄在这里。

新诗略谈

白　华

昨天我会着康白情君谈话，谈话的内容是"新诗问题"。因时间短促，没有做详细的讨论，但却引起了我许多对于新诗的感想，今天写出来请诸君的指教。

近年中国文艺界中发生了一个大问题，就是新体诗怎样做法的问题，就是我们怎样才能做出好的真的新体诗？（沫若君说真诗、好诗是"写"出来的，不是"做"出来的。这话自然不错，不过我想我们要达到"能写出"的境地，也还要经过"能做出"的境地。因诗是一种艺术，总不能完全没有艺术的学习与训练的。）

现在我们且研究怎样才能做出或写出新体诗。

我想诗的内容可分为两部分，就是"形"同"质"。诗的定义本是"用美的文字表写人底意境"。这能表写的、适当的文字就是诗的"形"，形所表写的"意境"，就是诗的"质"。换一句话说：诗的"形"就是诗中的音节和词句的构造；诗的"质"就是诗人的感想情绪（Lyrik，叙情诗）或世界人生的事实（Epik，叙事诗）。所以要想写出好诗真诗，就不得不在这两方面注意。一方面要做诗人人格的涵养，养成优美的情绪，高尚的思想，精深的学识；一方面要作诗底艺术的训练，写出自然优美的音节，造出协和适当的词句，但是要达得到这两种境地——即完满诗人人格和完满诗底艺术——有什么方法呢？这个问题我本没有做过具体的研究，不过昨天同康君谈话的当中，偶然得了些感想，自己觉得还有趣味，所以特写出来，请诸君看可用不可用。现在先谈诗底形式的问题。诗形的凭借是文字，而文字能具有两种作用：（一）音乐的作用，文字中可以听出音乐式的节奏与协和；（二）绘画的作用，文字中可以表写出空间的形相与采色。所以优美的诗中都含着有音乐，含着有图画。他是借着极简单的物质材料——纸上的字迹——表现出空间时间中极复杂繁富的"美"。

那么，我们要想在诗的形式方面有高等技艺，就不可不学习点音乐与图画，使诗中的词句能适合天然优美的音节，使诗中的文字能表现天然图画的境界。况且图画本是空间中静的美，音乐是时间中动的美，而诗恰是用空间中闲静的形式——文字的排列——表现时间中变动的情绪思想，所以我们对于诗，要使他的"形"能得有图画（造形艺术）底形式的美，使诗的"质"（情绪思想）能成音乐式的情调。

以上是我偶然间想的训练诗艺底途径。不知道对不对。以下再谈点诗人人格养成的方法：

康白情君主张多读书。这话不错，我所说多与哲理接近也有这个意思。不过，我以为读书穷理而外，还有两种活动是养成诗人人格所不可少的：

（一）在自然中的活动。直接观察自然现象的过程，感觉自然的呼吸，窥测自然的神秘，听自然的音调，观自然的图画，风声、水声、松声、潮声都是诗声的乐谱；花草的精神，水月的颜色，都是诗意、诗境的范本。所以在自然中的活动是养成诗人人格的前提。因"诗的意境"就是诗人的心灵与自然的神秘互相接触映射时这造成的直觉灵感。Inspiration 中直觉灵感是一切高等艺术产生的源泉，是一切真诗好诗的 general conception.

（二）在社会中的活动。诗人最大的职务就是表写人性与自然。而人性最真切的表示，莫过于在社会中活动——人性的真相只能在行为中表示——所以诗人要想描写人类人性的真相，最好是自己加入社会活动，直接的内省与外观，以窥看人性纯真的表现。

以上三种，哲理研究，自然中活动，社会中活动，我觉得是养成健全诗人人格必由的途径，诸君以为如何？

总结所谈，撮旨如下："诗"有形、质的两面，"诗人"有人、艺的两方。新诗的创造，是用自然的形式，自然的音节，表写天真的诗意与天真的诗境。新诗人的养成，是由"新诗人人格"的创造，新艺术的练习，造出健全的，活泼的，代表人性国民性的新诗。

读白华君《新诗略谈》
胡怀琛

我读了白华君的《新诗略谈》，我觉得有许多感触，如今把他写在这里，请读者诸君指教。

白华君说，诗的内容，要分做两部分，一部分是形，一部分是质。白华君所说的形，便是我所说的形式；白华君所说的质，便是我所说的精神。他说两方面都要好，我也说两方面都要好。不过他没有指定要依旧体的形式罢了。他又说诗形的凭借是文字，而文字能具有两种作用：（一）音乐的作用；（二）绘画的作用。由这个原因，所以他的断语，便是做诗的人，不可不学点音乐与图画。

他这几句话，千确万确。白华先生是什么人，我不认识，但是据这话看来，他对于旧体诗也是很有研究的。因为真好的旧体诗，都含有这两种意味。诸君不信么？我再说出证据来。

中国的古诗，一部分本来是可歌的，诗便是音乐，音乐便是诗。在《诗经》里便是颂，在汉以后变为乐府，五代以来变为词，元以来变为曲。这些体裁虽然不同，但都是能唱的，能谱入乐器的。后世词和曲，脱离了诗的范围，乐府仍包括在诗里头。

还有一部分的诗，是不能入乐器的，但是他也有自然的音节。无形之中与宫商相叶。王渔洋称王孟诗，说他"假天籁为宫商"便是了。今人作诗，不能通五音（宫、商、角、徵、羽），必须通四声（平、上、去、入），也便是白华君所说的"不可不学点音乐"的意思。今人但知四声，还不算尽知声调的内容，原来平声有清浊（如通字清字为清，同字情字为浊），仄声有抑扬（去声为扬，上、入为抑；又按，平声亦为扬），倘然将清浊抑扬知道了，做起诗来，对于音节，更能增进得许多便利。若说到何处宜扬，何处宜抑，何处宜清，何处宜浊，这却说不出一定的格式。因为随着诗体不同（如古诗、绝诗，五言、七言之类），随着诗意不同（如乐观的宜清宜扬，如悲观的宜浊宜抑），也随着各人的性情不同（如李太白的诗多属清属扬，孟东野的诗多属浊属抑）；又一首诗中的字，有清有浊，有扬有抑，也要看用在甚么地方有关系，用在什么地方没关系，这里头千变万化，有无穷的复杂，所以我说没有一定的格式。以上所说的许多话，都不外白华君所说的"要学点音乐"的一句话。

但是我还有层意见要说明。既然谈中国诗，要学点音乐，便是要学点中国的古乐，断不是要学点外国的风琴、洋琴，便说中国古乐也只要通点乐理，并不是要能动手弹琴鼓瑟。

至于说到要学点图画，我也有意见。旧式的诗人，有句老话说"诗中有画，画中有诗"。白华君的话，也便是这个意思了。譬如一种景致在眼前，我们用图画的法子，描在纸上，或是用文字写在诗里，都要使人家看了画，读了诗，都如亲眼看见这景致，便算是艺术精了。照此看来，画和诗虽然是两种艺术，然而他们能将天然的景致，收在纸上，供人玩览，是一样的，因此画家拿一种特别的眼光，去考察景致如何，而后可收到纸上来，和诗家拿一种特别的眼光，去考察景致如何，而后可收到纸上来，是完全相同的。至于考察的方法，一是真，便是我们诗里画里所有的景致和真的景致相符；二是截取优点，譬如一种天然的景致他的内容十分复杂，然而使他能够成为美观的，不过一二点。我们得了这一二点的精华，以外的要也罢，不要也罢，不必和真景一一符合。倘然将这一二点精华遗去了，以外虽一一逼真，还是不美。这种截取优点的方法，也是画家和诗家相同。但是诗家能兼做画家固然好，如不能时，只须知画理便够了，不必要能动手作画。倘能动手作画，只知模仿，不懂画理，仍是没用。

说到这里，我再要说几句题外的话，便是无论诗和画，他写景致，一种是形似，一种是神似。先就画说，中国的工笔画和西洋的水彩画都是形似；中国的水墨山水画，画个人，完全不像个真人；画棵树，完全不像个真树。但是他神气逼真，自然是好。形式的像不像，毫不相干。西洋的油画肖像，近看不像，远看才像，也是取神不取形的缘故。再就诗说，譬如许可用的"清霜醉枫叶，淡月隐芦花"，张子野的"浮萍破处见山影，小艇归时闻草声"，都是形似；韦苏州的"漠漠帆来重，冥冥鸟去迟"，晏同叔的"梨花院落溶溶月，柳絮池塘淡淡风"，都是神似。小孩子看画，只喜欢看形似的，不喜欢看神似的。倘在美术家的眼里，便是形似不如神似了。看诗也是这样。做新体诗的人，不知有神，只知有形，仍是小孩子的眼光。

总而言之，美文或美术的极妙处，都是超出寻常迹象而外。我前天看见《时报》上有《砚洞》一条，说得很明白，他的话大约如下：

杜诗"江湖满地一渔翁"，用这"满地"二个字，除非是洪水才可，然而他竟不妨用这二字，正所谓"超以象外"。

我说"超以象外"四个字，评得很当。倘照寻常的眼光看起来，不但"满地"二字不妥，便是"一"字也不妥。因为既然是江湖满地，一个渔翁又立在甚么地方？难道便立在水里吗？若说渔翁坐在船上，何以原诗里并没说出一个"船"字来？他应该说"江湖满地一只船，船上一个渔翁"才对。做新体诗的人评旧体诗，往往闹这个笑话，便是被迹象所拘，不能超出迹象而外的缘故。若能超出象外，无论新体旧体，断不是钝根人能做，也断不是钝根人能懂。

以上所说，是对于"形"的方面；下文所说，便是对于"质"的意见。

他原文说，修养诗人的资格，有三件事，一是和哲学接近，一是在自然界活动，一是在社会里活动。

这三句话我很赞成的。但是我的意见，真好的旧体诗（假充的不算）也是这样。这三个原质，任便有一个便好，一个也没有便不好。

如今依次说出证据来。请先说和哲学接近。中国的古诗，在晋朝以来，大约是纯然发表感情的，诗中没有哲学思想。待到陶渊明、李太白，他们的诗便有哲学思想了。他们的哲学思想，完全是老子、庄子的思想。待到宋朝人的诗，便有佛学的思想在里头。（人家说宋儒的理学，是受了佛学的影响变出来的。我也说宋诗和唐诗不同，也是受了佛学的影响。）在今日以前，中国所有的哲学不过如此。今日以后，又有了西洋的哲学，当然也要加入。我如今先将老庄哲学派的诗和佛家哲学派的诗举例证明如下：

"人生似幻化""知有来岁不"（陶渊明诗），"处世若大梦，胡为劳其生"（李太白诗），以上是老庄哲学派的诗。

"唤起万端因好乐，静观一理本圆成"（宋林季仲诗），"曾子当年多一唯，颜渊终日只如愚"（同上），以上是佛家哲学派的诗。

再说在自然界活动，这是旧诗家擅长的，便是描写景物。如今举几个例如下：

"柳塘春水漫，花坞夕阳迟""潮平两岸阔，风正一帆悬""野旷天低树，江清月近人""细雨鱼儿出，微风燕子斜""春江水暖鸭先知""山雨欲来风满楼"，这许多诗，都是善于描写自然现状的。

再说在社会中活动，这一派诗，便是白居易的一派，多数的人都知道，用不着我举例。不过他生在唐朝，所写的是唐朝社会的情形。我们生在今日，是要写今日社会的情形罢了。

白华君所说的质，不过如是。但是我说他还漏了一件，便是"发表个人或哀或乐的感情"。所以我说诗的质有四部分如下：

一情，二理（便是哲学的关系），三景（便是自然现象的关系），四事（便是社会的关系）。

白华君只说了理、景、事，没说起情，是挂漏了。而且情比理、景、事更要紧，因为理、景、事都是外来的物件，情是个人心里生出来的感情。纯然表情的，固然是情；便是说理、写景、叙事的，也要有几分情在里头，才有生趣。没了情，便没生趣；没生趣，便变成将死字填入公式里。所以无论如何，要有极真、极深、极和爱的情，才算好诗。性情是各人不同，所以发表在诗里的情，也各人不同。譬如同是一个写行路的诗，温庭筠道："鸡声茅店月，人迹板桥霜。"贾岛道："怪禽啼旷野，落日恐行人。"一样的写景，却一个是清淡，一个是寒苦。这不关景有不同，乃是写景人的性情不同。可见情在诗中是占重要的地位了。

我举的例都是旧体诗，但是我并不是要提倡旧体诗，读者不可误会。

诗 文 拉 杂 谈

胡怀琛

载于《俭德储蓄会月刊》1921年第3卷第1、2、3、5期"杂俎"栏。

本篇诗话以文言写成，是传统的随笔闲谈、选评诗作的形式。篇中兼论古今人诗，间或考辨典实，并收录作者自己及友人如学生都英华、李汉瑜等人诗作。据诗话可知，胡怀琛论诗推崇王渔洋，并以温柔敦厚为诗之要旨，称："他家或以才胜，或以力胜，或以博学胜，未尝不驾乎渔洋之上，然皆非诗之正派。温柔敦厚，惟渔洋有焉。"在记述个人游览寒山寺、吴门等地的经历时，胡氏亦发表了对题壁之事的态度："余每至名胜之地，往往有诗纪事，然未尝题壁也。一则自知拙劣，徒贻他人笑；二则题壁之诗，转眼一经粉刷，即不可见。即刻石亦不过略久，终不保无漶灭之时，然即留题者何纷纷也。"此外，诗话收录了日人所作汉诗，并对汉诗圈诸地域的著作水平发表了看法："日本、高丽、安南等本与中国同文，其汉文著亦甚多。"总之，本篇诗话名副其实，确为"拉杂谈"，但对于了解胡怀琛的诗学主张有一定价值。

一

律诗往往有偶不相称者，虽在名家，亦时有之。黄山谷诗云："伯氏清修如舅氏，济南潇洒似江南。"下句何等好，上句何等坏。吴梅村诗云："黄鸡紫蟹堪携酒，红树青山好放船。"下句确是佳句，上句则恶劣不堪矣。名家如此，他人可知。

二

前岁有女学生七八人，从余学诗。余以《早春杂诗》为题。其一人为杭人，因有句云："若把西湖比西子，凌晨才起未曾妆。"余叹为绝唱。因忆某君《秋日游西湖》诗云："家家佳句诵苏诗，淡抹浓妆各入时。杨柳凋零荷叶死，我来偏见病西施。"两诗可谓同工矣。

三

民国十年四月，余偕上海专科师范学生游普陀，得诗十余首，已别刊矣。同游者张生雪蕉，亦作绝句数首，录其四云："普陀最高处，名曰佛顶山。礼佛难如此，成佛可不难。"又："香客拜佛去，乘兴上山坡。有脚要人抬，口还念南无。"又："普陀山上佛，普陀山下潮。佛意只是静，潮声日夜号。"又："朝来其上山，夕来梦上山。晨钟告我曰，真梦固一般。"其第二首刺香客，未免虐矣。

普陀山上岸处，新建一洋灰（俗名水门汀）牌楼，其工程甚巨，牌楼柱上四面多镌联语，中一联为最佳，云："一日两渡潮，可任其自来自去；千山万重石，莫笑他无识无知。"然余谓千山万重石，失之笨重，且"千山"二字，于地不切，不如云："终日两渡潮，空山一片石。"则超脱多矣。

游普陀时，至法雨寺，途中遇一羽士。时余适就道旁休息，羽士亦息焉。见其怀中藏一书册，问之，曰："日记也。"因索之观，则多道家语，不能解。又出诗稿示余，诗甚平，无足取。然在今日羽士中如是者亦不多也。问其所从来，则曰："自西蜀看山至此耳。"因纵谈浣花草堂故迹及太白遗迹，历历如数家珍焉。久之，始别去。

四

侄女伟平，以所画山水嘱我为题。其画为老松一株，枝干参天，飞瀑自悬崖下注，一人立于崖下，仰首观瀑。余为题一绝，首二句云："老树云中立，清泉头上流。"伟平读之，曰太险怪矣。余曰，非诗险怪，乃画险怪也。

五

余有《早春》一律云："无事借书抄，凭他慰寂寥。梦多如雾重，愁薄逐冰消。细雨长（上声）苔发，轻寒瘦柳条。春光在何许，试问杏花梢。"吾友张丹斧云："瘦字未炼。"余曰："易为'勒'字何如？"

六

黄山谷诗有骨格，无魄力。后之学山谷者，并骨格亦无之，宜其无足观也。

七

柳子厚诗清而刚，韦苏州诗清而柔，然柳诗失之促，韦诗闲有余。

八

前清一代诗人，推渔洋为正宗，洵不诬也。盖他家或以才胜，或以力胜，或以博学胜，未尝不驾乎渔洋之上，然皆非诗之正派。温柔敦厚，惟渔洋有焉。

九

猗翁诗出于李长吉、孟东野。李、孟出于《离骚》，其源流可得而寻也。

一〇

郊寒岛瘦，后世并称。然孟郊过于贾岛远矣。

一一

十年五月，与舍侄惠生游吴门，从虎阜至寒山寺。所谓枫桥者，一小市集，有桥无枫。寺于程德全抚苏时，为之修葺，并选韦应物至沈德潜枫桥诗若干首，刊之于石。其跋语中谓为不让"月落乌啼霜满天"一诗之专美于前也。"月落乌啼"一诗，有文徵明书石刻。今其石虽存，而字已破损，不可辨矣。后俞樾补书一石，尚为完好。又有罗聘所画寒山、拾得像，及郑文焯指画寒山像，石刻供寺壁。余各得一拓本而归。余纪事诗所云："此来得拜寒山像，胜听寒山夜半钟。"即谓此也。

自寒山寺归，馆于阊门，复游西园及留园。西园结构虽小，尚觉不俗。留园则重栏密槛，几无隙地。假山上有亭子两三个，亦多为园树所蔽，不能远望。吾实不知其胜在何处。归途中成一诗云："朝从海上来，暮返海上去。匆匆游西园，欲留留不住。"然余非仅谓留园之不足留也，亦谓驹光之不我待耳。

一二

余每至名胜之地，往往有诗纪事，然未尝题壁也。一则自知拙劣，徒贻他人笑；二则题壁之诗，转眼一经粉刷，即不可见。即刻石亦不过略久，终不保无漶灭之时。然即留题者何纷纷也。今游虎丘冷香阁，见于壁上悬一大黑板，縢以粉笔，如课堂中所用者然。大书数字于其额上曰："如题佳句，请书此板上。"主人或恐题诗者之玷其粉壁也，故如是。然黑板小而题者多，后人来即拭去前人之句，恐有不能保存终日者，则题诗大可不必矣。

一三

吴门之游，跨一羸驴，途中与驴夫语。彼历历言某处为五人之墓，某处为真娘墓，某处为范坟山（按，彼等云范坟山即范文正公祖墓也）。夫五人、真娘、范文正，为人虽不同，而在千载之下，使人景慕，有如是者。及问以馆娃宫故址，则茫然而不知对。余故知其在灵岩山，然并无断井颓垣之可凭吊矣，是以未往。刘青田文云："是故碎瓦颓垣，昔日之歌楼舞馆也；荒榛断梗，昔日之琼蕤玉树也；露蚕风蝉，昔日之凤笙龙笛也；鬼磷萤火，昔日之金钉华烛也；秋荼春荠，昔日之象白驼峰也；丹枫白荻，昔日蜀锦齐纨也。昔日之所无，今日有之不为过。昔日之所有，今日无之不为不足。"余于驴背上背诵此语，以当吊吴宫文焉。夫差有知，亦当恍然而悟。然而五人、真娘、范文正则千秋不没灭矣。

一四

王渔洋《秦淮杂诗》，一字一句，皆凭吊故国之言。其曰傅寿，曰沙嫩，曰顿老，曰杨玉香，曰脱十娘，曰白练裙，岂寻常留连风月之语哉！即桃叶、桃根、莫愁，亦无非吊古伤今之所寄托，而议者谓为不应以纪阿男杂入其间。在渔洋虽自忏悔，毕竟此诗何损于纪阿男，议之者未免以辞害意。吾愿凡读此诗者，不可随之以辞害意也。

一五

君博以近作示余云："今年花事了清明，江岸春衣换未成。白蝶禁风灰已冷，红鹃啼雨泪难晴。弟兄依旧常分散，父母如何隔死生。惆怅家家浇墓返，柳枝插满古苏城。"语语皆出自至情，故不期佳而自佳。君博又云："'柳枝插满古苏城'句，或作柳枝，或作柳条，以何者为佳?"余曰："愿以柳枝为佳，因下文有插字故也。如云柳条，则与插字不相应矣。"君博亦以为然。

一六

同族息求先生，余旧友也，相别十余年矣。近以其所著《我字诗》见寄，读之令我亦不知我之为我也。诗云：

昔日我生时，无我忽有我。异日我死时，有我忽无我。未生已死时，我亦不知我。只此数十年，世间多一我。（一）

昔日我生时，世间增一我。异日我死时，世间损一我。非损亦非增，我自有一我。兹乃梦里身，幻我非真我。（二）

我方对镜时，镜中有一我。我方临水时，水中有一我。摄影或写真，纸上又有我。化出多少身，总是一个我。（三）

我作一篇文，此文便是我。我作一首诗，此诗便是我。人见我诗文，犹如亲见我。但愿诗文多，到处有一我。（四）

我在世界中，世界有一我。我在国家中，国家有一我。我在家族中，家族有一我。我生天地间，断非虚生我。（五）

我为父母生，父母爱怜我。我与朋友交，朋友亲信我。我有妻和孥，妻孥恋爱我。我之关系人，一心有一我。（六）

我方读书时，此书便属我。我方看花时，此花便属我。万物临我前，主观都是我。究竟一物无，纯粹一个我。（七）

我在他人前，我自称曰我。他人在我前，亦自称曰我。我本代名辞，人各有一我。笑彼世间人，沾沾分尔我。（八）

我方当醒时，醒中知有我。我方入梦时，梦中知有我。非梦亦非醒，冥然睡时我。此境最恰心，我不知有我。（九）

我名倘能成，一时知有我。我名倘能传，千古知有我。不成且不传，终不失为我。区区身外名，无以加损我。（十）

我能见与闻，声色即劳我。我能知与行，事理即困我。才力与聪明，人权天赋我。爱之实害之，无适非累我。（十一）

我以食充饥，农夫能供我。我以衣御寒，织女能给我。凡为我所需，百工总应我。天生多少人，何一非为我。（十二）

我方作事时，两手运动我。我方行路时，两足输送我。我方言语时，口舌发表我。不言不动时，却是天然我。（十三）

当我在童年，是一幼稚我。及我到中年，乃一壮盛我。迫我至晚年，又一老成我。我与我不同，百年百个我。（十四）

我方在冬时，冬风来吹我。我方在夏时，夏日来炙我。不热亦不寒，春秋最适我。天时相推移，莫非试验我。（十五）

我入深山中，峰峦埋葬我。我行大海中，风浪颠簸我。其实浪与峰，丝毫未动我。境险心自安，漠然我为我。（十六）

我对于他人，以我身为我。我对于他家，以我家为我。我对于他邦，以我国为我。我本无范围，一界成一我。（十七）

位在我上人，见我莫骄我。位在我下人，见我莫谄我。位与我同人，见我莫疑我。无论对何人，总是一样我。（十八）

与我有缘人，见我便亲我。与我有冤人，见我便仇我。何亲亦何仇，由人不由我。都与我无干，我还是个我。（十九）

我所欣喜人，恐其不近我。我所厌恶人，恐其不远我。问我何以然，我亦不知我。应知世间人，性情都似我。（二十）

室为我所居，此室便有我。路为我所行，此路便有我。我身虽已离，痕迹尚留我。凡我所曾经，处处有一我。（廿一）

我思到欧洲，欧洲便有我。我思到美洲，美洲便有我。隔形不隔

神，谁能阻碍我。我虽未出门，无处不有我。（廿二）

我若求人时，人多奚落我。人若求我时，人又趋奉我。退而我自思，同是一个我。何以在人前，如有几样我。（廿三）

当我热心时，无事可难我。当我息念时，无事可动我。我有我主权，外物悉听我。笑彼失据人，进退都忘我。（廿四）

事为我当为，夺身不顾我。事非我当为，束手自保我。我本无成心，但以义制我。缅怀古圣贤，学问在无我。（廿五）

我生有自来，是为前生我。我死有所归，是为来生我。后果与前因，都在今生我。生生无已时，终古未了我。（廿六）

按，此诗深于理而浅于情。颇似禅家语录，此亦可见其性情也。余亦戏成一章以答之云：

相隔数千里，你以诗寄我。相别十一年，你以诗慰我。你做你的诗，我是你的我。我读你的诗，我非我的我。其实两心同，不分你与我。其实万心同，不分他与我。你诗本无题，勉强题为我。既然我非我，不必题为我。既然题为我，姑且叫他我（此"他"字指诗）。既然叫他我，他便自名我。你做几首我，我续一首我。抄录成副稿，一我化两我。登载在报纸，一我化万我。一我化两我，两我化四我。一我化万我，十我十万我。你有多少我（此"我"指诗中之"我"字），我有多少我（此"我"亦指诗中之"我"字）。一一一化万，共有多少我。莫问多少我，人人皆是我。凡读此诗者，且以我（此"我"指《我字诗》）为我（此"我"指读者）。各以我为我，到底没有我。

一七

吾皖南陵陈君楚材，年方弱冠，已工吟咏，读余诗而爱之。介息求作函订交于余，并书近作《叠嶂楼》诗见示（叠嶂楼即北楼，李白所谓"谁念北楼上，临风怀谢公"者是也）。千里神交，此君其一人也。为录其诗于此。其一《晓登北楼》云：

晓日出麻姑，雾重山丘冷。小立且凭栏，俯瞩江城景。大地茫无物，一片模糊影。城楼何处是，时现时复隐。树头蠕蠕动，恍似波涛滚。风静云不流，天垂气自浑。寂寥包万象，大梦人谁醒。

其二《晚游北楼》云：

春意太阑珊，布裳称体薄。晚来携手游，山爱夕阳落。长笛人倚楼，红霞挂一角。炊烟四面起，暝色浑无着。花草迷芳径，遮断行人脚。披萝续残碑，傍山采杜若。归鸟争巢急，回翔绕画阁。阴翳林树里，高唱读书乐。

其三《月夜坐北楼》云：

拭石且撩衣，无言自脉脉。夜深花渐睡，当头惟皓月。苔湿芒鞋透，露凝寒烟结。夜气不分明，江城一色白。怕绕亭三匝，且歌词一阕。曲终复弄箫，厥音太清越。草底乱虫鸣，凄凄复切切。何事觅愁苦，独抱长吟膝。此中有深意，旁人解不得。

其四《雨后登北楼》云：

雨余白云飞，残晴半窗放。草色更精神，流霞自荡漾。远林翠欲滴，开轩面闲敞。黄鹂歌喉润，睍睆娇声唱。珠凝花欲泪，含苞若怅怅。绿野有人游，裴回桑陌上。提榼曳轻衫，雍容新气象。绝怜风意软，秧针翻细浪。帆影天外来，烟波悬画舫。沙汀话渔樵，依稀都入望。伫立凝思久，诗成兴跌宕。

一八

都英华，字蕴初，桐城人，专习体育，而能诗文。其在体操学校肄业时，适余在该校授国文，相叙约一年焉。毕业后，犹时以诗就问于余。顷得其《夏夜闻雨》一绝云："可怜神女泣青宵，渺渺芳魂何处招。添得南湖三尺水，明朝人说是春潮。"

一九

爱国女学学生李君汉瑜，作《春日杂诗》云："新裁别样点春光，洗却胭脂换素装。柳絮梨花难并论，梨花冷淡柳轻狂。"此诗余虽为略改数字。然原文固自有寄托也。又一首云："一径清阴净绝尘，繁华如锦草如茵。我来为作寻幽客，消去韶光半日春。"比之前章，则略逊矣。

又《早春》云："玻窗晴日拓玲珑，桃萼初含数点红。新柳一株人样弱，凭栏终日怨东风。"第三句甚佳。

二〇

甘佩珍，亦爱国女学学生也。有《春游》诗云："日来多病亦多愁，倚杖郊原作近游。却恨两三新雨点，如拳特地打人头。"三四丰神，亦极潇洒。

二一

罗隐《京中正月七日立春》诗云："一二三四五六七，万木生芽是今日。远天归雁拂云飞，近水游鱼迸水出。"第一句真是奇绝。

二二

杜荀鹤《隽河道中》诗云："客路悠悠何悠悠，蝉声向背槐花愁。争知百岁不百岁，未合白头今白头。四五朵山妆雨色，两三行雁贴云秋。输他江上垂纶者，只坐船中老便休。"此体于前人亦未尝见也。

二三

清康熙时，河间无云和尚偈云："削发披缁净天尘，自家且了自家身。仁民爱物无穷事，自有周公孔圣人。"余为易之曰："削发披缁净六尘，自家且了自家身。人人自己能相了，不用周公孔圣人。"

二四

欧美有鸟，名曰 robin red breast，就其字意译之，则为红襟，甚雅训，可入诗词。胡适之先生《去国集》中，曾一用之，并注明自西文译出，则红襟鸟在中国有之与否，不可知也。顷因被热，偶翻《湖海诗传》，见朱莜恭《山塘杂咏》之一云："花案凄凉事已非，轻尘短梦泪沾衣。荼蘼风里春芜绿，一路红襟掠地飞。"细味文义，红襟确是鸟名，然朱莜恭与青浦王昶同时，是必前清乾嘉时人，"红襟"二字，断非出自译文，则中国固有红襟欤！中国之红襟，即欧美之 red breast 欤？眼前中国尚无动物学辞典，无从查考，然据余所见诗词、笔记、诗话等，红襟之名词，朱莜恭外，无他人用过也。

又查 robin red breast 字典译作知更鸟。友人则云，旧译作相思鸟，然知更、相思，均未见于前人记述，不知是何鸟也。

二五

东坡诗云："马上续残梦，不知朝日生。"按，"马上续残梦"，唐刘驾句也。刘诗下句云："马行时复惊。"

二六

鸭脚，为植物名，见欧阳永叔诗。愚案，笋有名猫头者，鸭脚、猫头，可云绝对。又可对鸡冠。鸡冠者，花名也。

二七

《花月痕》小说中诗词甚多，余最爱韩荷生《陶然亭题壁》一句云："秋高一雁比人轻。"其上句"水近万芦吹絮乱"，已稍逊矣，其他更不足道也。

二八

谢公墩，在金陵，为谢安石古迹，王半山亦尝居此。尝有诗欲与谢公争墩，然今人终以墩属谢公也。余偶读清人潘际云《谢公墩》诗云："钟山脚下有残垣，介甫当年此筑园。斜照满林谁过问，居民尚说谢公墩。"潘氏亦抑王而扬谢

230

者也。余因戏自谓曰："我他日倘游金陵，必至谢公墩，题一诗云：'百年片刻总无分，王谢何须苦辩论。我算游踪曾到此，无妨暂唤自家墩。'"然余作诗时，实未尝至谢公墩，且未知何日得至。则此诗总不能示人，因复改之云："百年片刻总无分，王谢何须苦辩论。不管甚人如到此，无妨暂唤自家墩。"书罢掷笔一笑，不知谢公、介甫将谓我何。

二九

民国某年，避兵居沪之僻地，甚觉清静，偶成一诗云："南风入户夏凉生，老树当窗午蝉吟。此意十年未领略，卧看青天白云行。"当时偶学宋人为之，数年来久已忘记矣。昨日偶阅《苏子美集》，见集中有一句云："卧看青天行白云。"则与余诗句只一字之颠倒耳。因忆前诗，不觉惊喜，偶然同耶？抑因缘耶？余所谓十年未领略者，则此意本我所曾领略，今日重遇之耳。读子美诗，为之恍然。

三〇

前日偶成《秋夜》诗云："疏雨萧萧作嫩凉，雨余明月吐清光。始知浴罢天然美，不用云罗助晚妆。"

三一

晚唐有唐备者，作《道旁木》诗云："狂风拔倒树，树倒根已露。上有数枝藤，青青犹未悟。"颇有寄托。此诗《全五代诗》亦收之，作无名氏诗，只有数字不同。

三二

一日与舍侄惠生行于邑庙，于旧书摊见有诗集，其签署曰《秋碧吟庐诗钞》。余曰："此必日本人所著诗也。"惠生问何以知之，曰："观其书法而知之，其碧字以王字作偏旁，白石两字相叠而书，中国人决无此书法，必为日本人无疑。"翻而阅之，果为久保得二所著。卷首有况夔笙序，印刷亦精，因购之归。灯下读之，知此公乃善为汉诗者。《小园即目》云："枫叶翻阶秋正衰，伤心欲是落死时。西风着意晚来紧，一种荒寒不耐诗。"（按，灰、支二韵可通用。）《寓楼题壁》云："寥天缓度上方钟，倚遍溪楼第几重？雪意才消斜日霁，断云补作两三峰。"《玉川纪游》云："微凉吹入葛衫轻，古道骡车缓缓行。一雨洒然人肺净，丛祠乔木乱蝉鸣。"又云："露滴芦花秋满汀，沙禽戛戛静中听。断云敛雨风吹散，拖得遥山一半青。"《城崎杂诗》云："满街灯火入新秋，薄夜歌声凉欲流。卷尽珠帘天似水，轻烟淡粉几家楼。"《天桥》云："紫烟峰仄径盘回，秀绝眼前图画开。十里疏松青未了，隔江峦气忽飞来。"又云："烟外敲残何寺钟，海门咫尺水云重。惊看龙气腾腾黑，两夹潮声卷乱松。"又云："看从天际送归帆，暝色江楼晚日衔。快受青芦风四面，湖光绿上酒人衫。"按，日本人所为汉诗，只有七绝可读，古诗律诗必无佳者。有人谓日本人七绝，善学王渔洋及袁简斋，实非知言也。不特其神韵去渔洋远甚，即聪明亦何尝及简斋。在中国诗人中，可比王梦楼耳。

后数日又得残本诗话一册，曰《台阳诗话》，为台湾人王友竹撰。以好奇故，购之归。略为翻阅，无甚可取，然亦为稀见矣。台湾蕞尔一小岛，著述实未多见。此卷所收，又非一人之作，实足为全台文学之总汇矣。因记其诗名于此。

三三

日本人书画诗皆学中国，而无一能及中国者，独围棋一艺，则远出中国之上。余尝推原其故，或曰："书画诗皆与人品有关，其所易学者艺术，所难学者人品也。围棋之关于人品者，舍狡诈外无他耳，故可学也，且能超而上之也。"此言吾深以为然。

三四

七绝可改五绝。诗之佳者，在于恰到好处，不可多一字，亦不可少一字。今之为新诗者，病在过于冗长，往往全首可删之字占十之八九焉。此病在前人亦常有之。近日偶阅明人诗，见李攀龙《明妃》诗云："天山雪后北风寒，抱得琵琶马上弹。曲罢不知青海月，徘徊犹作汉宫看。"按此诗每句截去首二字，亦可成一五言绝句，然则其句首皆赘字也。

三五

山谷学长吉字法。李长吉诗云：“吴歈越吟未终曲，江上团团贴寒玉。”比月也，“贴”字尤奇。黄山谷亦当学此等字法，山谷诗云：“月高云插水晶梳。”以水晶梳比缺月，以发比云，此种状物之法，自长吉开其端，山谷继之，南宋诗人乃变而加厉。如《咏梅》诗云：“湘妃危立冻蛟背，海月冷挂珊瑚枝。”真乖僻极矣。

三六

苏东坡诗工于状物。苏东坡《书鄢陵王主簿所画折枝》云：“瘦竹如幽人，幽花如处女。低昂枝上雀，摇荡花间雨。双翎决将起，众叶纷自举。可怜采花蜂，清蜜寄两股。若人富天巧，春色入毫楮。悬知君听诗，寄声求妙语。”按，此诗读者只知其首两句之佳，却不知其“低昂枝上雀”以下四句为尤妙也。此四句看是寻常，却能确写出花枝栖鸟状态。盖“低昂枝上雀”者，雀栖枝上，任意摇动，则花枝为之低昂也；“摇荡花间雨”者，花枝摇动，则花间宿雨纷纷而落也；“双翎决将起，众叶纷自举”者，谓雀栖枝时，枝重而叶亦下垂，及双翎既起，则叶乃纷然上举矣。凡此种种，皆活景，非死景也。前二句虽佳，其如为死景何！然世之读者，只赏其前二句，而忽其中四句，甚矣，解人之不易得矣。又尝见清人诗云：“风枝摇倦雀。”又云：“蜂归两股花。”此两句皆从东坡此诗得来。

三七

联语为文字中之一种，有专门工为此道者。迩日坊间专刻此书，亦不下六七种，勾心斗角，固乎别出心裁，但仍以天然浑成、不假人力者为上乘。余于此道，素不擅场，一切贺吊酬应等作，亦一概谢绝不为。偶有代人捉刀者，亦不甚多。今以记忆所及，为记数联于此，以存鸿爪，工拙不足言也。代人挽师云：“素车洒泪来为吊，绛帐谈经不再闻。”又云：“胡为生，胡为死，天乎难问；莫往东，莫往西，魂兮归来。”又云：“悲享寿之不长，先生更比颜回短；欲招魂于何许，弟子惭无宋玉才。”代人挽李秀山云：“国忧家忧，身轻义重，谁能与浊世回旋，高风不可追也，真千古英雄，心地皎如明月；内讧外患，北派南分，公独作中流柱石，将星今竟陨矣，剩六朝山水，江城空对斜阳。"代人挽友云："朝闻道，夕可矣，孔子亦作旷达语；心不死，身次之，庄生不是荒唐言。"代人赠新戏家郑正秋云："我辈耳中闻雅正，先生皮里有阳秋。"代人赠友新婚云："相敬如宾爱如友，愿花常好月常圆。"代人挽地理家兼教育家云："水经山脉，风擅方舆，自今辍笔著书，便使关河少生意；苦诣孤心，久担教育，从此乏人讲学，可怜子弟失良师。"代人挽友母云："自古名人有贤母，从今女界少良师。"

三八

尝见戴文节题画诗，有一句云："才说忘机便有机。"此句绝妙，然余以为不如云"才说忘机已未忘"，为尤佳也。

三九

近日谈新诗者，多搬中国古时几个白话诗人来，以夸自己博学。最初闹了一回白居易，后来有人介绍邵康节，有人介绍寒山子，有人介绍范石湖。此四人中，白居易可算是不错，范成大也不错，可笑邵康节、寒山子本非诗人，彼等之诗亦非诗，乃语录、佛偈而已。此外中国之白话诗，极多极多，然却故意弃而不举，单举此冷僻之两人，以夸见闻之博。此种见解，与同光派喜用僻字，樊樊山打诗钟喜用僻典，有何别乎？可为一笑。

四〇

有人于西湖建寺供济颠，嘱余为撰一联、一匾，联云："真须普济无余济，可笑人颠说我颠。"匾云："仙佛之间。"自谓尚切贴也。

小 说 诗 话

佚　名

　　载于《申报》1921 年 7 月 31 日副刊《自由谈》"杂话"栏目。这期《申报·自由谈》为"小说特刊"。诗话作者不详。

　　《自由谈》，是《申报》的重要副刊，1911 年 8 月 24 日创办。先后由王钝根、姚鹓雏、周瘦鹃任主编。周瘦鹃主编时间最长，是从 1920 年到 1932 年。当时《自由谈》有诗词、随笔、趣闻、轶事和长篇小说连载。这篇诗话就是在周瘦鹃主编《自由谈》期间发表的。

　　诗话篇幅很短，但内容别具新意。作者点评了当时流行小说如《广陵潮》《花月痕》和程瞻庐社会小说之中的诗，认为"小说有诗，妙在不露牵插为上。如《广陵潮》云麟见伍晋芳晤谈时，无意中诵出怀红珠之诗，令人拍案叫绝"。又提出"小说叙诗最忌刻板。如'某人忽然信口吟一绝道……'似此叙去，纵有佳作，亦所不取"。将小说批评与诗歌批评结合在一起，有一定的理论价值。

—

　　小说有诗，妙在不露牵插为上。如《广陵潮》云麟见伍晋芳晤谈时，无意中诵出怀红珠之诗，令人拍案叫绝。

二

　　《花月痕》叙诗最多，综计五十二回，叙诗二〇六首，各体咸备，不可谓不夥矣。

三

小说叙诗最忌刻板。如"某人忽然信口吟一绝道……"似此叙去，纵有佳作，亦所不取。

四

旧说部每以诗作起作结。如《水浒》以诗起，以诗结，《列国》亦然。《红楼》则以诗结，《三国》亦结以诗。圣叹先生谓一部大道理，尽在其中矣。《红楼梦》每叙一诗，多合各人一生行径，口吻毕肖，诚不可多得。

五

中国说部几至无一书不夹以诗，惟恐人不称其为文学家也。

六

程君瞻庐作社会小说，众醉独醒，叙诗社各友穷形怪相，溢于笔端。所吟之诗，令人喷饭。是亦别开生面之作也。

滑 稽 诗 话

郑逸梅

载于《游戏世界》1921年第3—7期，1922年第8、10、11、12期。

郑逸梅（1895—1992），生于江苏苏州，祖籍安徽歙县。本姓鞠，名愿宗。少失怙，依外祖父，改姓郑，名际云，号逸梅，别署冷香、一湄、疏景等。南社社员。曾为多家报刊撰稿，著述颇丰，因擅长撰写文史掌故文章，被誉为"补白大王"。1985年，加入中国作家协会。其著作《民国旧派文艺期刊丛话》《南社丛谈》《书报话旧》等，是研究民国旧派文人及报刊文学的重要参考书。

郑逸梅著有《诗话片锦》（1919）、《滑稽诗话》（1921）、《恋爱诗话》（1922）、《七夕诗话》（1922）、《纸帐铜瓶室诗话》（1922）、《谐诗话》（1922）、《游戏诗话》（1923）、《销魂诗话》（1924）、《食品诗话》（1933）、《梅花诗话》（1934）、《服御诗话》（1947）共十一种通俗诗话，有意识地开创各种题材，并广泛总结前代文献。可谓致力于写作通俗诗话的大师。

《游戏世界》，1921年创刊于上海，文艺娱乐月刊，由周瘦鹃、赵苕狂等编辑，主要撰稿人有包天笑、徐卓呆、朱心木等。

本篇《滑稽诗话》，对滑稽诗的源流与演变作了分析，认为自古以来"歇后诗、打油诗，大抵主文谲谏者为多，后之滑稽诗，半由此出；沿及末流，但引人笑、解人颐，不必皆存讽世之心矣"。还指出现代杂志小报"滑稽改诗"之风，古而有之。又与友人讨论滑稽起源，友人说"滑稽韵文之最古者，当推淳于髡之'瓯窭满篝，污邪满车。五谷蕃熟，穰穰满家'"，而作者认为"此事周公旦已优为之。东征将士,三年归来。周公劳之以诗。其时不少归而就婚者,公则曰:'其新孔嘉,其旧如之何?'妙语诙谐,所谓'善戏谑兮,不为虐兮'。古圣人何尝不喜滑稽乎?"如此有意识地研究滑稽诗之源流,在晚清民国众多滑稽诗话中独树一帜。作者对滑稽诗主文谲谏的政治批评性有着清楚的认识,所选讽刺袁世凯称帝七古一首,辛辣尖锐,"君子亦有取焉"。虽然,出于吸引读者的商业目的,篇中大多数诗作只是"引人笑、解人颐"的娱乐之作。但与其他娱乐性的报刊滑稽诗话相比,本篇趣味较高,多引前代笔记。一些内容在滑稽之外别有刺世深意,如所选杨诗痛愤世嫉俗之诗,可算滑稽诗话中品质较高者。

　

唐郑綮作歇后诗,讥刺时事。后大拜,綮自以无才,不胜任,乃曰:"歇后郑五作宰相,时事可知矣。"不数月,即自劾去。《随园诗话》载:"蔡某作诗成,往往自夸赞,称于人曰:'此蔡子诗也。'一日诗成,示其友曰:'何如?'其友曰:'此打油诗耳!'蔡大怒,友曰:'无怒,蔡子不打油,有何用?'盖戏以'蔡子'为'菜子'也。蔡亦不觉失笑。"夫歇后诗、打油诗,大抵主文谲谏者为多,后之滑稽诗,半由此出;沿及末流,但引人笑、解人颐,不必皆存讽世之心矣。余所闻日多,恐其遗忘,作《滑稽诗话》。

一

昔有某文学,好饮酒,而不喜佛,不喜孟子。一日,有人送酒数斗至,而家酿亦熟,酒颇多。邻有一贫而贪酒者,亦读书,能作诗,乃忽发奇想,作骂孟子诗数首,以示某文学。某文学大喜,留与饮数日,所谈皆诋诃孟子语也。诗云:"先王美利利天下,孟氏亦曾读《易》乎?禁止梁王勿言利,远来千里亦徒铺。"其二云:"惠王薨后见襄王,一出朝门语便狂。不似人君四个字,骂人未免太难降(音杭)。"其三云:"母丧棺椁衣衾美,传食后车数百人。游罢齐梁返邹峄,已成富室不称贫。"其四云:"完廪捐阶事可疑,孟轲深信究还痴。岳翁当代为天子,驸马如何弟杀之。"其五云:"乞丐何能备妾妻,邻家安得许多鸡。当时尚有周天子,反手偏偏说王(去声)齐。"其六云:"弟子纷纷养万钟,依然负气出齐东。如何不豫现于面,可惜回头不易容(俗语往往改'容易'为

'易容'）。"其七云："皆称好辩有来因，直以寇仇视旧君。圈圈洋洋鱼未畜，瞒天造荒善欺人。"其八云："仪衍固然不丈夫，於陵廉士后来无。匡章不孝称通国，引作良朋是我徒。"酒既尽，邻人乃去。后又有人送酒于某文学，邻人闻之，又作辟佛诗数首，呈之文学。文学急还之，曰："此次酒不多，须独自饮也，尊诗敢以奉璧。"一时传为笑柄云。

二

友人朱君来述，前客苏州，适上元灯节，一时文虎之盛，纷纷满街。有某公馆，招人作俗语诗，凡投稿而取中者，有赠品。朱君技痒，曾投数首，得奖品，为张文襄《书目答问》一部。诗录于下，皆七言绝句也："蟋蟀无毛难过冬，拆开布袋两边穷。一心想吃天鹅肉，拾着黄金要变铜。"又云："新排坑缸三日香，一身做事一身当。三两黄金四两福，孤老院里读文章。"又云："爷娘相骂两边亲，一代做官七代贫。打碎乌盆问到底，无男无女活仙人。"又云："乖人弗吃眼前亏，送上高楼拔短梯。打狗要看主人面，困龙也有上天时。"又云："逆风点火自烧身，手里无钱活死人。公要馄饨婆要面，百年难遇岁朝春。"又云："捉贼容易放贼难，宰相肚里好撑船。十年田地三反覆，坐吃山坍海要干。"又云："各将本事跳龙门，得着好处便安身。杀人弗怕血腥气，快刀热水干手巾。"又有一人作五言转韵者亦中取，诗云："雨落钉鞋伞，天好酒肉饭。蟑螂嫁灶鸡，一对好夫妻。"亦有七言转韵者，诗云："包包裹裹生死血，赤脚伶仃天养活。又要马儿走得好，又要马儿弗吃草。"见者咸以为东搭西飘，殊堪一笑云。

三

闻前清康熙时，江阴吴仲渊善谐谑。里中有张豆腐者，制豆腐甚佳，遂以得名。顾家极贫困，恒思改业，卒以无资而止。吴仲渊乃作《张豆腐俚歌》以嘲之，曰："张豆腐，张豆腐。嘴里吃得苦，身上穿得破。日积一文钱，一岁三百六十个。到得冬来买匹布，不能添做短衫裤，只好一家老小衣服勉强来补补。夫妻两人碾水磨（去声），严风冷如刀，大雪堆没路。两人对烘火，可怜鞋儿又烧破。一夜思量千百计，明朝依旧卖豆腐。"形容绝倒，颇堪一噱。仲渊又戏语人曰："古来以一艺得名者，文人往往为之立传，以示后世，如韩昌黎传圬者王承福，柳子厚传种树郭橐驼之类，不一而足。余实无韩柳之才，只得作一俚歌赠之。且如韩柳之文章，又必使后之文人读之，方知其妙，不能使妇人孺子、庸奴俗物咸知之也。余歌虽俚，可使茶坊酒肆、樵子牧儿皆能歌之，其功力或反在韩柳之上，亦未可知。"其喜滑稽又如此。

四

前闻张士钊云，乾隆时有一翰林，方直上书房，一时笔误，将"翁仲"二字倒写作"仲翁"。高宗以为不学，罚之出为通判杭州，因戏赐一诗曰："翁仲如何作仲翁，可知窗下少夫工。而今不必为林翰，罚去杭州作判通。"一时传笑。近闻友人林子瑜述，稍有不同，而句中倒字更多，谓有一荫生，作苏州郡监，不甚晓文义，误以坟上石人翁仲为仲翁，或作倒字诗诮之曰："翁仲将来作仲翁，只缘书读少夫工。马金堂玉原难入，勉强州苏作判通。"或即一事而两传之误乎？

五

李仲儒茂才，余姚诗人也，馆于云间。家有一妾，名香儿，亦能诗。时有信至，寄所作诗与李，李恒向人夸之。李口吃，每称其妾香儿，必曰"妾妾香香"。一友人戏之曰："君有两妾，何不带一到客中，以伴寥寂？且风窗雨案，亦可此唱彼和也。"李笑而答以诗曰："凤兮凤兮原一凤，期期艾艾昔贤呼。妾妾香香聊比美，一人可作两人无。"一时传诵，以为黠慧。

六

袁世凯"洪宪元年"，河南阌乡县民有一产三男者，发见于报纸。吾友病眉君，最善滑稽，乃戏作七古一首云："帝制发表广征祥，石龙首先应中央。物既有之人亦有，熙朝人瑞现帝乡。厥惟豫省阌乡县，一产三男非寻常。状既魁梧声亦雄，他年定获文虎章。三男况复应三爵，一二三等功开疆。何羡小章一文虎，更卜同胞三烂羊。皇帝多男民亦多，新国新民新弄璋。保抱须得三只手，偶然一泣三喤喤。专折奉奏巡按使，请旌请表申朝堂。稽首继之以顿首，诚恐乃必先诫惶。产子报效是民政，此功将军无得攘。并乞圣主下明诏，颁诸全国新闺房。钦哉尽力图报国，勿负当宇之期望（平声）。生理参以教育学，精益求精驾阆乡。同产三四五六男，一胎七八九十郎。可以人不如犬彘，须教史册流芬芳。自今不贵细腰女，举世应多大腹娘。懿欤休哉颂嘉瑞，吾诗还当谱乐章。"按，此诗虽极滑稽，然多讥刺帝制语，不独饶有诙诡之趣，亦未始非主文谲谏之作，君子亦有取焉。

七

曾文正公督两江时，幕中多才士，公暇即与之闲谈。若王定安、张文虎、缪荃孙等皆善谑，公亦喜诙谐。一日，忽有人传述某幕友为其妾洗脚事。言未毕，某适至，文正戏出一上联令之对曰："为如夫人洗足。"某略沉吟，即应声曰："赐同进士出身。"于是满座皆笑，文正亦大笑，曰："巧极巧极，我欲戏汝，反为汝戏矣。"盖公非赐进士出身，乃赐同进士出身也。张啸山又私为游戏诗示同僚曰："老帅出身同进士，少仪（某幕友之号）洗足如夫人。小星得与台星对，佳话千秋妙绝伦。"亦一时传诵。张文虎，南汇人，号啸山。

八

李某娶张氏女，患瘿。女之母，项瘿尤大。成婚数月，妇家疑婿不慧。一日，妇翁置酒，会亲戚，欲以试之，因问曰："李郎在家读书甚勤，应能博通物性。鸿鹤能鸣，何意？"答曰："天使其然。"又问："松柏冬青，何意？"答曰："天使其然。"又问："道边树有骨骺，何意？"答曰："天使其然。"妇翁曰："李郎枉在家读书，何全不识道理也？"因喻之曰："鸿鹤能鸣者，颈项长也；松柏冬青者，心中强也；道边树有骨骺者，为车拨伤也。岂皆天使之然耶？"婿曰："请以所见奉酬，不知许否？"曰："可。"婿曰："我可以一诗答之。"因诵曰："秋虫亦善鸣，岂关颈项长。修竹亦冬青，何尝中心强。岳母项瘿如许大，未必由于车拨伤。"妇翁羞愧面赤，满座闻之，为之喷饭。

九

唐尚书李曜，罢歙州，后任者为吴子云，因与交代：有佐酒校书名媚川，极敏慧，李颇留意。而已纳营籍妓韶光，乃托于替人，俾存恤之。临行会饮，不胜离情，有诗曰："经年佐郡少欢娱，为习干戈闲饮徒。今日临行尽交割，分明夺去媚川珠。"吴答诗曰："曳履优容日日欢，奚须临别倍汍澜。韶光今已输先手，领得玭珠掌内看。"盖各以妓名嵌入诗中，针锋相对，亦见昔人之风趣焉。

一〇

唐咸通中，优伶李升之，滑稽诙谐，独绝辈流。尝因延庆节，缁黄讲论毕，次及优伶为戏。升之褒衣博带，拾级而登，自称"三教论衡"。偶坐问曰："既言博通三教，释迦如来是何人？"对曰："妇人。"问者惊曰："何也？"对曰："《金刚经》云：'敷坐而坐。'倘非妇人，何烦夫坐，然后儿坐也？"上为之启齿而笑。又问曰："太上老君何人？"曰："亦妇人也。"问者益所不谕。乃曰："《道德经》云：'吾有大患，为吾有身。及吾无身，吾有何患？'使非妇人，何患于有娠乎？"上大悦。又问："文宣王何人也？"曰："妇人也。"问者曰："何以知之？"曰："《论语》云：'沽之哉！沽之哉！吾待贾者也。'向非妇人，待嫁奚为？"上意极欢，宠锡颇厚。后人戏为之缀成七言绝句一首，云："释迦幻相作夫人，太上老君乃有娠。宣圣闺中方待嫁，一时尽现女人身。"是亦可资笑谈者也。

一一

《云溪友议》云：昔有妓女崔云娘者，形貌瘦瘠。每侑酒，恒自骄贵；又戏罚众宾，恃其善歌，自矜郢人之妙。李宣古以诗戏之曰："何事最堪悲，云娘只首奇。瘦拳抛令急，长嘴出歌迟。但见肩侵鬓，唯忧骨透皮。不宜当户立，头上有钟馗。"云娘见之，遂至箝口。然亦可谓谑而虐矣。

一二

三林塘有一狂士，姓杨名士正，字周伯，前清诸生也。喜狂吟豪饮，醉则慢骂，人多避之。后以屡困场屋，老不得志，稍有神经病，有时亦自知之，故自号曰"诗痴"。每出门有所见，辄口吟数句，或止两句，不能成篇也。有友人曾客三林塘二年，闻人述其诗。一日出，路遇粪担，即吟曰："黄金灿灿收藏富，其奈人皆掩鼻过。"又见三妇人，抱一女孩，既而举女孩骑跨己颈而去，又吟曰："不揣其本齐其末，稚女居然过老娘。"又见道旁两犬交尾者，亦吟曰："怪尔两头多是口，吠人从此更嚣张。"余闻之，瞿然曰："彼虽游戏，顾皆愤世语，且颇有才气，宜其不得志而自伤也。"闻今已死矣。或谓杨诗痴非三林塘人，乃周浦人。又闻有人述其《咏扑满》云："大腹膨然疑孕妇，腰缠累累似豪商。一朝扑拓一声响，半文不带见阎王。"皆愤极而鸣，穷士之状态也。亦有清婉可诵者，如："照人山色晴堪喜，绕郭溪流秋有声。""家有读书佳子弟，显亲原不必求官。"此则少壮时作，语气和平，不似老来之孤愤也。诗以境地为变迁，观于杨诗痴，益信。

一三

石仲芳上舍，颇喜作诗，又豪于饮，嘉定人，馆于吴门某太史第。每酒友轰饮，遇善酒者，他客不能敌，仲芳则连战不却，人戏呼为"石敢当"。久馆吴门，石敢当之名，远近咸知。一日会饮，石亦大醉而吐，友人戏以诗云："破壁荒亭又败墙，西风黄叶立斜阳。行人经过皆遗尿，灌醉将军石敢当。"可谓谑而虐矣。今吴中人家，门户当巷陌桥梁之冲，则立小石将军，或植石碑，镌字曰石敢当，以压禳之。不知起于何时。按，石敢当见史游《急就章》，颜师古注曰："郑、卫、周、齐，皆有石氏，其后因以命族。敢当，所向无敌也。"据此，则其名始于西汉。又《五代史》载："刘知远为晋押衙，高祖与愍王议事，知远遣勇士石敢，袖铁锤侍晋祖，以虞变。敢与左右格斗而死。"今立门首以为保障，似取五代之石敢。其曰当者，或谓惟石敢之勇，可当其冲也。此二说未知孰是。

一四

闻故老云，昔有云间名士张柳亭者，落拓不羁，久客秦淮，依人作嫁，而自放于酒。一日，诸贵游召名妓数人，斗酒于秦淮河房。值秋试也，丹桂黄槐，色飞眉舞。柳亭以一寒士得与其列，重其能诗，亦以此自豪。顾其诗多随便脱口而出，不事矜炼，颇有近滑稽者，亦玩世不恭之士之常也。时正八月初旬，一妓举酒属诸名士曰："如此云物高爽，可称诗天。"众皆谓语妙。一人谓此妓曰："汝今可即改名诗天，以为纪念，亦佳话也。"于是众复称善，而定其名。时隔坐一客，因醉误触壶觞，倾酒满地，又一妓起曰："此可谓'酒地'，以对'诗天'，倘不嫌不工乎？"众笑曰："甚善，甚善，尔今亦当更名酒地。"于是诗天酒地，各举酒谢客。酒至柳亭前，柳亭曰："诸公贵人，今日以两人更名之喜，必有厚赠，仆只以二十八字为酬，可乎？"诗、酒二妓皆曰唯唯。柳亭乃满饮两巨觞，吟曰："酣醉解衣眠酒地，温柔甘梦老诗天。反疑天地无情物，不遣阮囊余一钱。"众人属而和者，颇不乏佳构，然终不若柳亭现身说法之妙。

一五

李书堂名宝森，魏少仲名玉森，两人皆湘中名士，相友善。魏老于一衿，李后登甲榜，为某县令十载，以罢吏议归，拥资十万。既韬居里中，魏少仲戏以诗云："我昔犹君昔，君今胜我今。百年曾几日，墓木各森森。"盖暗藏己与书堂之名也，可谓善谑。

一六

清光绪初，某姓兄弟二人，异财同居。兄为乡董，尝往来搢绅士族，多酬应。地方公事，必与其列。弟蛰居家中，绝不问外事。兄曾纳粟为监生，出必衣冠。尝与弟合买靴一双，各出一金。顾兄与弟皆鄙而吝，兄若有事穿靴出，及其归也，弟必取靴于晚餐后穿之，绕厅事周行，至旦而后已。意以为各有其半，而我无出门酬应之日，是让兄独得便宜也，故宁终夜不寝，可谓走出本钱来也。厥后靴敝，兄谓弟曰："盍再各出一金，同买一双乎？"弟曰："今不愿矣，为夜间不得安眠故也。"兄讶其语之怪诞，及详问家人，方知其故。事闻于西席某，因嘲以诗曰："一金犹小事，难度五更天。并把夫人负，累他宵独眠。周行虽一室，百里路绵绵。黄犬应知感，偏劳守户连。"读之人皆失笑。

一七

清乾隆帝与群臣赏雪，饮既醉，乃援笔作诗，起句曰："一片一片又一片。"

复续写曰："两片三片四五片。"再续曰："六片七片八九片。"至第四句，则沉吟半晌，顾谓纪昀曰："朕醉矣，一时思甚窄，卿可续成之。"纪即援笔续七字曰："飞入芦花都不见。"上极称赏。近闻有人仿其体，赠一妓云："一客一客又一客，二客三客四五客。六客七客八九客，不及一年过三百。"极意调笑，而妓反以为荣，常举以告人，得弗自矜知遇之多耶！

一八

近今滑稽家所为改唐诗，见诸杂志小报，不一而足。颇有妙想天开，灵心四照，足为茶余酒后之谈资者。曩闻友人述某甲喜诵唐诗，时值新婚，有友乙、丙、丁访之，方在书室吟诵，乙固善诙谐者，正色曰："我师某先生，藏有宋本唐诗，曾涉猎之，今闻君所诵与宋本有不同处。"甲问："何处不同？请见告，以资考订。"乙曰："君所诵'入门下马气如虹'，宋本作'上'，我记得乃'入门上马气如虹，元精耿耿贯当中'也。君所诵'铁骑突出刀枪鸣'，'出'字宋本作'进'，我记得乃是'银瓶乍破水浆进，铁骑突进刀枪鸣'也。"甲犹未悟谑己，遽曰："是不通，我不信有此宋本。"丙知其意，乃曰："若断章取义，临时用之，可谓绝妙，乌得云不通耶？"于是相与哄然而笑。乙于是将上所改之句再复诵两次，声益高也。

又按，滑稽改诗，昔人亦有为之者。汉高帝《大风歌》曰："大风起兮云飞扬，威加海内兮归故乡，安得猛士兮守四方。"东坡戏嘲有疯疾者，改为"大疯起兮眉飞扬，安得壮士兮守鼻梁"，此可谓滑稽改诗之鼻祖矣。或曰：上溯三国时，已开此风，如曹孟德《铜雀台赋》有云"建二桥于东西兮，有玉龙与金凤"，诸葛武侯欲以激怒周瑜，则改为"揽二乔于东南兮，乐朝夕之与共"。余曰：此演义之文，不见正史者，未可据以为典要也。至于"点窜《尧典》《舜典》字，涂改《清庙》《明堂》诗"，又不必滑稽之流。或又曰，然则滑稽韵文之最古者，当推淳于髡之"瓯窭满篝，污邪满车，五谷蕃熟，穰穰满家"四语矣。余曰，此事周公旦已优为之，东征将士，三年归来，周公劳之以诗。其时不少归而就婚者，公则曰："其新孔嘉，其旧如之何？"妙语诙谐，所谓"善谑兮，不为虐兮"，古圣人何尝不喜滑稽乎？

一九

某名士善丹青，为王蓬心太守入室弟子，有女将嫁，不备妆奁，画《举案齐眉图》一帧，题诗一绝，携其女送至婿家。诗云："婚姻徒事斗豪华，金屋银床万口夸。转眼十年人事变，妆奁卖与别人家。"按，此诗亦甚滑稽，不说自己吝啬，而防卖与人家，宁非因噎废食乎？闻有人仿其意私拟答诗云："奚须男女配夫妻，多事蛾眉举案齐。转眼百年人事变，青青丘陇两棺泥。"以矛陷盾，真可使他开口不得。按，此诗余闻诸顾吉生，顾谓其师之友某君所述也。

二〇

昔有一秀才，与和尚为友，往来甚密。一日，秀才至庵，和尚留与共膳，素斋有油豆腐、烧山薯，味甚可口。食毕，分咏一诗，秀才得山薯，和尚得油豆腐。和尚先成，诗曰："白玉黄金侈外观，不离腐气总寒酸。秀才穷与山僧类，配享秋风苜蓿盘。"秀才诗曰："头子光光脚似丁，好分豆腐一杯羹。如来一见呵呵笑，煮杀许多行脚僧。"两人相视而笑，以为咄咄逼人也。

二一

友人陶孝初茂才，述其表叔朱颂华在乡教读，家贫甚，又自膳。每日晓起，至溪边摸螺蛳为佐膳之品。久之，乡人笑指为摸螺蛳先生。孝初之父戏赠以诗曰："晓风柳岸步迟迟，手执笱筐向水湄。笑杀渔家小姑嫂，先生也学摸螺蛳。"诗出，一时传为笑柄。余按，王渔洋亦有一诗，风味略同。新会程道南，嗜槟榔，时官户曹，一日早朝，与渔洋先生遇于朝门，先生戏赠诗曰："趋朝每恐误晨光，听鼓衙官个个忙。行到前门门未启，轿中端坐吃槟榔。"闻者绝倒。

二二

猺俗子女皆幼习歌，男女倚歌以自配。女及岁，父母纵之山野间，少年从之者甚众，以次而歌，视女答歌之意为去留。一人留则众皆散，无争执者，颇有守法律之思想。男则镌刻其歌于榕木盘，细字若蝇，间以金彩花鸟，鬃以漆，以赠女。女则报以绣带锦囊，遂为夫妇。相传有仙女刘三妹者，往来粤溪蛮洞间，登山而歌《妹相思》曲，其曲曰："妹相思，今不相思待几时。只见风吹花落地，不见风吹花上枝。"其音凄惋，以教诸蛮，故猺獞诸人皆善歌。猺妇多美者，人若悦之，即以手拊摩其遍体，勿怪，及乳则怒，或且见杀。谓诸支窍皆天生，乳则己所成也。友人苍莽子戏咏一绝句云："情天诞育女郎憨，极意温存亲少男。除却双峰是禁脔，桃花玉洞也容探。"虽是谐谑，尚不伤雅。

二三

明文衡山先生，生年与屈灵均同，因取"惟庚寅吾以降"六字镌一印章。有一太守姓魏名玉，从北方来，闻衡山善画，语人曰："文先生前，更有何人善画过之乎？"或以唐伯虎对。又问伯虎何名，曰名寅。太守曰："可敬可敬，文先生屈己尊人如此。"人问何故，曰：吾见文先生印章曰"惟唐寅吾以降"。闻者喷饭。此语传出，有黠者嘲以诗曰："降误降音庚误唐，居然五马是黄堂。大名镌入金章内，倘亦疑为委鬼王。"盖玉字篆文乃三横一直也，魏字篆文应加一山字。此固滑稽之作，非讲考究者，固不妨也。或云魏玉字仲璋，直隶大兴人，为官尚清。

二四

昔元和诸生有薛云士者，善诙谐。一日，偕数友宴集某所，席间有人偶谈及动物之寿，或曰蛇，或曰龟，或曰鹤，或曰鹿，纷纷不一。薛云士曰："以余所闻，鹿也，鹤也，龟也，皆不若燕子之寿之长。诸君亦知之乎？"一人曰："余闻燕百年而白，然徒有此语，实未见过白燕，或尚是謍言。"薛曰："非也，余盖诵唐人诗而知之。唐人诗不尝云'朱雀桥边野草花，乌衣巷口夕阳斜。旧时王谢堂前燕，飞入寻常百姓家'乎？试思王谢两家晋朝之燕子，至唐朝乃飞入百姓之家，其寿不甚长乎？"闻者皆笑其强辩之妙。

二五

画图题咏，能描摹尽致，亦颇解颐。有作《陈姑追舟图》者，图中画一船，船舱一书生独坐。榜人立船艄，作荡桨状。岸上柳树几株，树上鸣禽数个，一美人立树傍，望见船行，凄然欲涕。粤东黎春洲先生为题句云："东边一株杨柳树，西边一株杨柳树。树树树，任你千条万绪，系不得郎舟住。南边啼鹧鸪，北边唤杜宇。鹧鸪啼：行不得也哥哥。杜宇唤：不如归去，不如归去。"仅就眼中情景，略一点染，便成绝世妙文。

二六

《桃花源记》，本渊明之寓言，不必问其为仙为隐，为有为无，要亦相如"乌有先生"之类耳。小痴君踵事增华，戏拟武林渔者问桃源人诗云："此身误入路三叉，到处欣闻笑语哗。洞口桑麻传几代？村中鸡犬属谁家？可曾草种长生药？底事桃开夹岸花？好向居人问一一，从头指点定无差。"桃源人答武陵渔者云："不必猜疑问凤因，半篱桑柘昔安贫。万千禄糈终何恋？一二耕樵久结邻。是地从来无俗客，当年到此避强秦。洞天迥与尘寰异，不管人间秋复春。"桃源人问武陵渔者云："自从挈眷入花汀，世外奇闻久不听。徐福可真寻幻境？蒙恬曾否享遐龄？城应筑就人呼癸，简已焚余孰识丁？欲借清谈供访问，人间消息快同聆。"武陵渔者答桃源人云："莫向中原觅故乡，沧桑变易几情伤。桥经鞭石埋荒草，宫号阿房剩夕阳。两姓齐兴争逐鹿，几生历劫走烧羊。光阴终古嗟驹隙，世事都如梦一场。"武陵渔者辞桃源人云："久蒙款纳敢思归？听断家山隔翠微。此去无心聊鼓枻，重来有日幸开扉。那堪话别肠都折？未免多情泪暗挥。长揖远辞桃叶渡，斜阳送我过渔矶。"桃源人送武陵渔者云："相亲未久遽分离，饯别愁斟酒满卮。送客溪头争放鹤，怀人渡口此歌骊。扁舟行李欣如旧，绕屋蟠桃正及时。凄绝落花啼杜宇，春风隔断水云湄。"殷勤酬酢，一往情深，一若真有其人其地、其事其情者。信乎文人之笔，无所不可也。

二七

徐天啸与双热、老钝三人同掌教于某高小校，饭菜恶劣，不堪下箸，惟诸学生则狼吞虎咽，辄尽无余。且其饭量之佳，尤出意外，虽斗米十肉之廉颇老将，恐亦无以过此。双热、老钝各咏一诗，辞绝诡妙，亦学校之笑史也。双热诗云："筷长碗大饭何如，粒粒生僵硬似珠。汤里带毛三片肉，盘中烂肚半条鱼。葱花好比眉毫细，线粉几同鼻涕粗。我与徐公难下箸，诸生吃尽更无余。"老钝诗云："世间吃饭原非易，我看诸生却不难。群聚一堂齐大嚼，连添十碗当加餐。筷头落地饭箩罄，碗底朝天汁水干。堪笑吃完身弗动，大家还说肚皮宽。"

二八

　　吾乡马水臣先生，家世负文词之学，著有《效学楼诗文》等集，与其先《德鸥堂诗文集》并行于世。其中乙科，为光绪壬寅年。逾三载，乙巳，清廷遂停科举。时其妻舅罗君年十七，方热心科举之学，先生为其改削文字，脱稿后书《蝶恋花》一阕于卷末，语极诙谐，亦名场婪尾之趣谈也。词云："昨日少年今日老，科举功夫，脱柄婆娑了。若论读书真苦恼，举人进士再羞道。　　小舅心思何等傲，光着头皮，想戴高纱帽。间壁婆娘坍眼笑，一钱不值君还要！"

抟翠室滑稽诗话

载于《社会之花》1924 年第 2 卷第 1、2、3、5 期，1925 年第 2 卷第 14 期。作者署名王兆霖，生平履迹不详。此诗话虽名"滑稽"，但并非一般简单的谐谑之作，内容多是借滑稽诗抒发胸臆。而作者对滑稽诗作法也有独到认识，如指出"滑稽诗太过则近俗，不及则寡趣。免俗饶趣，方可朗朗上口"。又"诗往往有笑中带哭，哭中寓笑者，所谓伤心人别有怀抱也"。

—

诗往往有笑中带哭，哭中寓笑者，所谓伤心人别有怀抱也。王定洋有哭儿诗云："儿来何迟也，儿去安在哉。今日既然去，当初何必来。"骤视之，若甚滑稽。细味之，有无穷隐痛。

二

利川周薇泉，东方、淳于之流也。曩同余负笈甬上，以余家近穿山，戏呼余为"穿山甲"。一时学友，好以此徽号相加。余虽恶之，无如何也。卒业后，薇泉漫游沪汉，余亦沦落他乡。三年间，音问寂然。丁巳秋，寄余一缄，展阅之，绝无寒暄语，中书绝句一首，诗曰："千里迢迢寄鲤鱼，瘦郎今日瘦何如？劝君借此穿山力，攻破人间万卷书。"寥寥二十八字，问候勖勉，兼有之矣。而其滑稽口吻，蕴蓄不露，非个中人几不能抉其妙处。

三

滑稽诗太过则近俗，不及则寡趣。免俗饶趣，方可朗朗上口。有甲乙两诗人，同客沪，相距较远。甲旋里，过乙家，乙嘱其探询其妻已否分娩。甲来沪后，以事冗未即往晤。乙焦急甚，即改王维诗一绝以询曰："君自故乡来，应知故乡事。来日吾山妻，豚儿产生未？"甲阅后，亦改王维诗谑之云："空房不见人，惟闻人语响。搴帏入深闺，和尚卧床上。"乙阅罢，连呼混账不置。此则谑而虐矣。

四

偶阅明朗瑛所撰《七修类稿》，载有《月中桂》诗一首，词颇隽永。诗云："上界谁将此树栽，广寒高处古香来。根从天地分时苗，花在山河影里开。玉兔守株依旧阙，青鸾衔子下瑶台。不知斫缺吴刚斧，苍狗浮云变几回。"月中桂，幻影也。此诗将幻言幻，可谓深得其旨。

五

成都城西十五里，有一石妇。案《明一统志》所载，谓昔有妇守节，孝于舅姑，后人因刻石祀之。有人过其地，戏题一绝云："亭亭玉立在江滨，万里无家石作邻。蝉鬓不梳千载髻，蛾眉长锁万年春。霜为铅粉凭风敷，霞作胭脂仗日匀。莫说眼前无宝镜，一轮明月照夫人。"词虽隽永，然未免唐突矣。

六

明成化以后，朝廷以八股文取士，清因之。四百年来，不知贻误几多青年。昔余师于莘拔夫子《赋怀》有云："浇残块垒三杯酒，误尽心思八股文。"意谓功名虽曾由此获隽，然终非取士之道也。清吴江布衣徐灵胎，有《刺时文歌》云："读书人，最不济。念时文，烂如泥。国家本为求才计，那知道变做了欺人技。三句承题，二句破题，摆头摇尾，便道是圣门高弟。可知道三通四史，是何等文章？汉祖唐高，是那朝皇帝？案头放高头讲章，店里买新科利器。弄得来肩背高低，口角欷嘘。甘蔗渣儿嚼了又嚼，有何滋味？辜负光阴，白白昏迷一世。就教得他骗做高官，也是百姓朝廷的晦气。"嬉笑怒骂，极痛快淋漓之致。在彼专制治下，能作此等文字，真放荡不羁人也。

七

苏玉局尝谓作文如行云流水，但能行于所当行，止于所不可不止。虽嬉笑怒骂之辞，皆可书而诵之。余谓文固如是，诗亦何独不然？而滑稽诗尤当作如是观。易实甫服官清观察时，尝有诗曰："我年十五二十时，人人称我贾宝玉。我年三十四十时，人人称我于忠肃。那个龟子亡八蛋，纷纷竞言利与禄。"是诚可谓嬉笑怒骂皆成文章矣。

八

古者男子三十而娶，女子二十而嫁。近世早婚之风日炽，往往男未冠而女未笄，为父母者，即欲了向平之愿。昆亭刘午亭公，有《咏新嫁娘》一首云："就枕意张皇，含羞怕近郎。夜深娇语作，飞梦到娘旁。"妙龄女郎，未解温存，一旦嫁作新妇，固不免有此情景也。

藏 拙 轩 诗 话

金则鸣

载于《学生文艺丛刊》1924 年第 5 期、1926 年第 3 卷第 2 期。作者金则鸣，署单位为"庐江文艺研究所"，其余生平履迹不详。作者有保存乡邑文献的意识，录所见庐江闺秀陶安生、先祖水村公遗诗，可补文献。

《学生文艺丛刊》，1923 年创刊于上海，由大东书局发行，至 1936 年才停刊。该刊是近代报刊史上为数不多的刊行十年以上的刊物，在当时学生中有较大影响。思想上，以传播新文化为旨，有明显进步性；内容上，主要刊载学生文艺作品，但也有一些青年教师、学者论著。该刊既有白话新文学作品，也有文言文、旧体诗词。刊载诗话数量较多，今存有二十余种。这表明，在新文化运动之后的青年师生中，旧体诗及诗话依然拥有大量拥趸，也可见当时诗话创作风气之盛。

一

庐江闺秀能诗者，颇不乏人。惜乎洪杨倡乱，庐江大受荼毒，昔人之典籍，皆化为灰烬，而况诸才媛之撰述者乎？近从友人俞麻百处，借得旧邑志一部。归家浏览，广搜才媛之撰述，仅得陶安生女史诗几首，余则皆零落失传。呜呼！玉骨长埋，尘编孰问？因所存者，笔而录之。敢曰荆山怀璧，炫奇识于卞和；庶无沧海遗珠，泯隐憾于昌谷。

二

陶安生字竹筠，自号南沙女史，少颖悟，喜读书，亲承家学，后遂以诗名。其闺门唱和，一种贞静幽闲之致，有含于言外，托于意中者。著有《清绮诗草》，烬于兵燹。七律如《送夫官浙江》云："此去湖山任意游，风帆二月下杭州。慈姑自有妾勤奉，幼子无烦君远忧。莫以微官难报国，须知积德胜封侯。循声好共诗名著，传至闺中也解愁。"七绝如《秋柳》云："黄叶萧疏点水滨，他乡孤客莫伤神。来年春至舒青眼，依旧浓阴遍覆人。"短歌如《过小乔墓》云："姊从君，妹从臣，英雄儿女俱绝伦。曲同顾，醪同注，豪气柔情两相慕。玉帐留连历几春，阿瞒铜雀愿徒殷。风流已盖三分国，玉树琼花尽后尘。可惜奇缘天也忌，周郎竟继孙郎逝。佳儿虽缔两家姻，后死尚违同穴誓。惟欣香冢近城隈，公瑾相望土一抔。想见月明荒野夜，英灵犹得共徘徊。"皆为诗人叹赏。卒时年仅二十有七。

三

吾祖水村公，诗才卓绝，名噪一时。随园老人称其诗有宰相才，而悲其以文人墨客终身。先生淡于名利，隐居邑北白石山下，自号白石山人。诗自洪杨兵燹后，零落失传，间有散见沪报者，不过昆山之片玉耳。今年春，予往白石山扫墓，下榻族兄杰夫处，见书案上有抄本一，上题《白石山人诗集》，百余年旧物也。予不觉喜出望外，读之不忍释手。询其所自来，云得之于族祠楼上。乃摘其集中之尤佳者录之，以广流传。《咏夹竹桃》云："淡红疏翠两分明，竹叶桃花一干生。应识美人偏有节，谁云君子竟无情。日高更爱凌霞色，风起疑闻戛玉声。分写不难难合写，能香能艳又能清。"《中秋客中书感》云："去岁中秋客此身，今年又是未归人。桂花空忆家园好，霜鬓聊从物候新。乐事如萍随去水，愁肠共雁作来宾。遥知儿女看明月，各抱离思对一轮。"《检焚借券》有云："久假无归叹奈何，频年券付丙丁多。忍言来世他还我，认作前生我欠他。炉畔化成蝴蝶影，匣中除尽蠹鱼窝。冯驩市义吾焉敢，但把将来迹象磨。"又《雪罗汉》云："别向冰天广法门，真容忽见水云村。微舒冷眼因谁笑，乱落天花总不言。慧镜那须邀月魄，慈航真可度梅魂。看来一任儿童拟，十八尊中第几尊。"《将去白石山旧居志感》云："白石磷磷碧水滨，龙湫虎洞景长春。不知我别烟霞后，谁为溪山作主人。"又《题画》云："奔走风尘二十秋，劳劳将近雪盈头。如何画里人高尚，老占林泉不出游。"五言如《贫病和高一亭韵》云："岂以贫为病，难堪病复缠。囊因贫久涩，药为病常煎。病有驱除术，贫无解脱缘。虽然贫且病，终不受人怜。"《闻雁》云："淡月疏桐夕，长空一雁鸣。忽将秋塞意，写入暮钟声。碧树凋佳色，红楼梦远征。居人闻亦叹，况是客中情。"清隽秀拔，皆卓然可传之作也。

蛰 庐 诗 话

方实甫

载于《学生文艺丛刊》1926 年第 3 卷第 10 期，作者署名"安徽六安第一高小方实甫"，其余生平履迹不详。诗话录个人及乡贤、友人作品，后均附有简略评语。

一

董味耕先生，村居教授，名不出里巷。近读其《采茶词》二首，风流跌宕，全不类村夫子口吻。亟录之以实我诗话。词云："云鬟低绾玉钗斜，一路春风唱采茶。却笑小姑爱颜色，隔溪偷折碧桃花。""翠蓝衫子色拖齐，采罢归来日渐西。行过板桥伴胆怯，情郎扶着过清溪。"

二

有人《咏小乔》诗云："千古美人半可怜，小乔独有福齐天。江东嫁得周公瑾，又是英雄又少年。"立意新颖，用笔奇特，余极爱之。

三

周红痴，余之砚友也。幼耽吟，年未十五，即著《红情集》二卷。采兰赠芍，报李投桃，大半言情之什。余尝戏曰："红痴红痴，痴情如此，他日必为情死。"不幸余言竟验，今果为恋一女郎，自杀于番禺，呜呼痛哉！亟觅其遗著二

256

首录之。《别情》云："殷勤送我到重门，愁上眉峰锁翠痕。从此东风飘柳絮，销魂多在月黄昏。"《纪事》云："暗买冰纨寄玉人，一回传语一伤神。门前河水深如许，抵得侬情一半真。"亦可见红痴之为红痴矣。

四

余有《立夏》诗云："宝马香车逐绮尘，踏青人也太忘神。昨宵水阁薰风到，今日莺花不是春。"自谓尚可。

五

郡南有梦蝶生者，少年英俊，喜吟咏。有《鸣籁轩集》四卷，中多佳什，记其《听筝》一首云："冰柱银弦调自清，凄凉怨慕总伤情。十年壮志空磨剑，三月愁怀怕听筝。病不嫌烦因旷达，贫犹放荡仗聪明。那堪一曲江南好，肠断皋南梦蝶生。"即景生情，触物增感，殆亦今之有心人欤。

六

亡友刘似冰，尝诵其舅氏某《烧香词》云："双袖翩翩拜佛前，红裙遮不住金莲。他年嫁得郎如玉，愿赠山僧十万钱。"吐音似燕，吹气如兰，峭绝丽绝。

滑 稽 诗 话

吴夏伯

载于《紫罗兰》1926年第1卷第24期。《紫罗兰》，1925年创刊于上海，由周瘦鹃主编，主要撰稿人有周瘦鹃、朱瘦竹、郑逸梅、范烟桥、王小逸等，是旧派通俗作家的一种综合文艺刊物。

吴夏伯，江苏人，在《学生文艺丛刊》《红杂志》《金钢钻》等刊物中发表过不少文章，据相关文章的署名及内容（如《红杂志》之《拉复》）可知其为广东人，曾就读于广东高师附属师范。本篇诗话所记滑稽诗事皆与社会现象相关，新颖警人。

一

有作滑稽诗者，其题首句以俗语缀成，颇有格言意味。《债多不愁》云："是债诚难负，非多亦可愁。券操行处有，台筑避何由。子母权虽善，锱铢较定酬。空囊知共谅，高枕且无忧。愿比淮阴将，欣添海屋筹。靡常昭划一，自得喜优游。故纸凭山积，通财付水流。傥皆逢市义，应助借荆州。"又《好吃还是家常饭》云："是饭都堪吃，家居只率常。试思谁最好，还是此为良。旅馆虽饥渴，官厨亦饫尝。何如中馈进，究比外庖强。品味闲评骘，肴粮细揣量。漫夸华馔美，难敌菜根香。夜雨留佳客，秋风忆故乡。寄言游食辈，休妄羡膏粱。"又《是非终日有，不听自然无》云："蜚语常终日，纷然实有徒。不将谗谤听，自觉是非无。晨夕从教数，痴聋岂果愚。恼饶为厉舌，虚切剥床肤。耳洗神何爽，唇摇势必孤。斐虽成贝锦，法等止瓯臾。谮诉惭明远，诪张绝矫诬。愿将乾惕志，长此佩嘉谟。"题既新颖，句亦警人。

二

某校教员，胸无点墨。有学生不识一字，质之于师。师亦不识也，且盛气斥学生曰："汝年岁已非少，此字都不识，快购一假面具戴之，始可见人矣。"学生被此呵责，不敢再问。后有闻之者，为一诗云："设院庀众材，计及假面壳。立教本无方，讲授兼戏谑。来学秦越人，忽遇东方朔。世无一字师，待问始知觉。不肯搜枯肠，作色先推托。师命焉可违，盲从休揣度。归家向父母，乞得银一角。面具买一枚，应与谁戴着。"读此诗，可知其事矣。

樊 川 诗 话

游国恩

载于《文艺周刊》1924 年第 48—51 期。

游国恩（1899—1978），字泽承，江西临川人，著名《楚辞》研究专家、文学史家。作此诗话时，他正在北京大学读书。

《文艺周刊》，原名《文艺旬刊》，浅草社主办。1923 年 7 月 5 日创刊于上海，从第 19 期起改为周刊。初为《民国日报》副刊乙种之一，从第 21 期起作为独立刊物单独发行，并正式更名《文艺周刊》，仍由《民国日报》社印刷。1924 年 9 月 16 日终刊，共出 51 期，又增刊一期。《文艺旬刊》21 期。本刊主要刊登文学创作，如诗歌、小说、戏剧、随笔，也刊登少量外国文学译作和文艺论文。

本篇诗话以白话文写成。它引用大量杜牧诗作原文，评述了晚唐诗人杜牧的人格和诗风。本篇首先通过新旧《唐书》中的传记以及杜牧部分诗作来叙述他的生平和志趣，指出杜牧的性情和诗歌境界都经历了一段由"壮志销磨"转到"风流放达"的过程。之后作者详细论述杜牧的诗歌艺术，摘录大量诗作为例证。首先对杜牧诗歌就三方面进行指摘，一是批评杜牧受到初唐四杰不良影响，诗作中常常出现死板俚俗的对仗和重叠；二是指出杜牧部分诗句有散文化现象，批评他随意创作，不讲求修辞；三是把杜牧和杜甫的咏物诗作对比，指出小杜诗作笨拙浅薄，不如老杜诗灵活生动、含蓄有致。作者欲扬先抑，在批评完之后，又赞扬杜牧长于抒情和叙事，强调其诗格调风味独具晚唐时代精神，并选录十首"晚唐式"色彩最鲜明的诗，称之为杜牧乃至整个晚唐的代表作。最后作者引用了从南宋至清初的三位不同时代的批评家对杜牧的评价，作为这篇诗话的结论。

　　我们读古人的作品，首先要知道两件事：第一是时代的精神，第二是作家的特质。假使我们读了一个时代或一个作家的东西，看不出他的特别的所在，那么，那个时代决不会成一个时代，作家也决不能成一个作家。

　　杜牧是晚唐时代一个诗人，他的诗是从壮志销磨后转到风流放达的境界的。试看他《遣怀》诗云：

　　　　落魄江湖载酒行，楚腰纤细掌中轻。十年一觉扬州梦，赢得青楼
　　薄幸名！

又看他《独酌》诗云：

　　　　长空碧杳杳，万古一飞鸟。生前酒伴闲，愁醉闲多少。烟深隋家
　　寺，殷叶暗相照。独佩一壶游，秋毫泰山小。

可见他是一位风流放达的诗人。但是奇怪得很，我把一部《樊川诗集》从头至尾看了几遍，觉得他的确是一个极热肠的男儿，可是这种六朝人放浪形骸的精神病，哪里会传染到他身上来？我们试看他的本传说道：

　　　　牧好读书，工诗，为文，尝自负经纬才略。武宗朝，诛昆夷、鲜
　　卑，牧上宰相书论兵事，言胡戎入寇，在秋冬之间，盛夏无备，宜五
　　六月中击胡为便。李德裕称之。注曹公所定《孙武》十三篇，行于代。
　　牧从兄悰，隆盛于时，牧居下位，心尝不乐。（《旧唐书》）

　　又道：

是时刘从谏守泽、潞，何进滔据魏博，颇骄蹇不循法度。牧追咎长庆以来朝廷措置乏术，复失山东，巨封剧镇，所以系天下轻重，不宜承袭轻授。皆国家大事，嫌不当位而言，实有罪，故作《罪言》……牧刚直，有奇节，不为龊龊小谨，敢论列大事，直陈利害尤切至。少与李甘、李中敏、宋祁善，博通古今，善处成败，甘等不及也。牧亦以疏直，时无右援者。从兄悰更历将相，而牧困踬不自振，颇怏怏不平。（《新唐书》）

我们知道他是一个热心爱国的人，也是一个很有韬略而又怀才不遇的人。那时候的唐朝，内而宦官专权，外而藩镇跋扈，实在不成个天下。他眼见着这般光景，便"慨然有澄清天下之志"，无奈他一生只做了校书郎、参军、从事、节度推官、团练判官、员外郎、中书舍人、史馆修撰等官，最大的也不过监察御史、州郡刺史，不得做宰相、掌兵权、削平藩镇，便认为"困踬不自振"，就要"怏怏不平"了。

在他的诗集中，处处可以发现一种牢骚不平和关怀家国的气概。例如：

> 旄头骑箕尾，风尘蓟门起。胡兵伤汉兵，尸满咸阳市。宣皇走豪杰，谈笑开中否。蟠联两河间，烬萌终不弭。（《感怀诗》）

这是追述藩镇叛乱的原因。自玄宗时，安禄山反，天下大乱，直到肃宗时才渐渐地削平了。然而大难初平，君臣上下都图着苟安之计，竟把两河的地授给叛将，使为节度使。结果因为做事不彻底，毕竟酿成了将来的祸根，于是藩镇的乱竟和唐朝相终始了。

又如：

> 逆子嫁虏孙，西邻聘东里。急热同手足，唱和如宫徵。法制自作为，礼文争僭拟……刳隍礉万寻，缭垣叠千雉。誓将付屏孙，血绝然方已。（同上）

262

这是述藩镇互通婚姻，联合以抗朝命，并且僭拟天子，图谋子孙世袭爵位。
又如：

> 如何七十年，汗艳含羞耻！韩彭不再生，英卫皆为鬼。凶门爪牙
> 辈，穰穰如儿戏。累圣但日吁，阃外将谁寄！（同上）

这是说藩镇叛乱之久，因而想到无人能扑灭他们，弄得天子也没有法子想，只
好叹气。又如：

> 急征赴军须，厚赋资凶器。因隳画一法，且逐随时利。流品极蒙
> 龙，网罗渐离弛。夷狄日开张，黎元愈憔悴。邈矣远太平，萧然尽烦
> 费！（同上）

这是说因为师旅既兴，军需孔急，故不得不破坏成法，重征赋税。于是百姓不
堪，愁怨滋甚，天下由此越弄糟了。他这首诗中间历叙宪宗平河南，穆宗时五
藩镇复作乱，不可收拾。所以他于篇末云：

> 关西贱男子，誓肉虏杯羹。请数系虏事，谁其为我听。荡荡乾坤
> 大，瞳瞳日月明。叱起文武业，可以豁洪溟。安得封域内，长有扈苗
> 征。（同上）

他对于那时藩镇，大有"欲得之而甘心焉"的意，可是请缨无路，所以他
一腔热血，终于无地可挥了。我们再看他《郡斋独酌》诗云：

> 我爱李侍中，标标七尺强。白羽八扎弓，髀压绿檀枪。风前略横
> 阵，紫髯分两傍。淮西万虎士，怒目不敢当。功成赐宴麟德殿，猿超
> 鹘掠广毬场。三千宫女侧头看，相排踏碎双明珰。旌竿飘飘旗煜煜，
> 意气横鞭归故乡。

又云：

> 平生五色线，愿补舜衣裳。弦歌教燕赵，兰芷浴河湟。腥膻一扫
> 洒，凶狠皆披攘。生人但眠食，寿域富农桑。孤吟志在此，自亦笑荒
> 唐。（同上）

这也是安内攘外的意思，他平生慨然立功的志，于此可见，不过蛟龙没有
得着雷雨罢了。所以他于《送沈处士》诗云：

> 处士常有言，残虏为犬豕。常恨两手空，不得一马棰。今依陇西
> 公，如虎傅两翅。公非刺史材，当坐岩廊地。处士魁奇姿，必展平
> 生志。

这一段虽是写沈处士，实在是写自己。又因为他有沈处士的志而无其遇，所以
有点羡慕的意思。他于《闻赵使君战死》诗云：

> 谁知我亦轻生者，不得君王丈二殳！

这更说得明白了。《昔事文皇帝》诗云：

> 我实刚肠者，形甘短褐髡。曾经触虿尾，犹得凭熊轩。

这是他自述为谏官时的气节。《雪中书怀》诗云：

> 人才自朽下，弃去亦其宜。北虏坏亭障，开屯千里师。牵连久不
> 解，他盗恐旁窥。臣实有长策，彼可徐鞭笞。如蒙一召议，食肉寝其
> 皮。斯乃庙堂事，尔微非尔知。向来躁等语，长作陷身机！

这一段尤其明明白白地把他的心事和盘托出。他以为朽木下愚，固然应该见弃，

怨不得人家不用你。像是他那样有志气而又有长策的人，反而压抑在下，能不得展，这是多么不幸的事！末数句就是"嫌不当位而言，实有罪"的意思。但是遇着国家有事的时，却常常忍不住说几句话。试看《李甘诗》云：

> 予于后四年，谏官事明主。常欲雪幽冤，于时一裨补。拜章岂艰难？胆薄多忧惧。如何牛斗气，竟作炎荒土！

话虽如此说，可是他没有从前的勇气了。从前那样的热肠和豪气的杜牧之，便已转到消极方面去了。这是他壮志销磨的一个显例。又《看睦州雨霁》诗云：

> 顾我能甘贱，无由得自强。误曾公触尾，不敢夜循墙。岂意笼飞鸟，还为锦帐郎？……浅深须揭厉，休更学张纲。

这都是他为环境战败的表现。他深悔从前不应该那么抗直，的确是他思想变迁的一大转机。惟其他思想变迁，所以诗中便不知不觉流露出来。例如：

> 屈指百万世，过如霹雳忙。人生落其内，何者为彭殇？促束自系缚，儒衣宽且长。旗亭雪中过，敢问当垆娘。（《郡斋独酌》）

又如：

> 我爱朱处士，三吴当中央。罢亚百顷稻，西风吹半黄。尚可活乡里，岂惟满囷仓？后岭翠扑扑，前溪碧泱泱。雾晓起凫雁，日晚下牛羊。叔舅欲我饮，社瓮尔来尝。伯姊子欲归，彼亦有壶浆。西阡下柳坞，东陌绕荷塘。姻亲骨肉舍，烟火遥相望。（同上）

他觉得人生宇宙间，实在短促了，同时感到田家和天伦的乐趣，于是他渐渐和酒杯接近起来，例如：

酣酣天地宽，恍恍稀刘伍。但为适性情，岂是藏鳞羽？一世一万朝，朝朝醉中去。（《雨中作》）

又如：

我初到此未三十，头脑钗利筋骨轻。画堂檀板秋拍碎，一引有时联十觥。老闲腰下丈二组，尘土高悬千载名。重游白发事皆改，惟见东流湖水平！对酒不敢起，逢君还眼明。云罍看人捧，波脸任他横。一醉六十日，古来闻阮生。是非离别久，始见醉中情。今日送君话前事，高歌引杯还一倾。江湖酒伴如相问，终老烟波不计程。（《题赠裴坦判官》）

他又于《招李郢秀才诗》云：

高人以饮为忙事，浮世除诗尽强名。

我们把杜牧的生平和志趣大概明白了，然后再进而论他的诗的艺术。

据我看，杜牧虽然是晚唐时代的诗人，但怕受了初唐"四杰"的影响不少。"四杰"所有的坏处，他一概有了。虽然那"点鬼簿"和"算博士"的头衔不能完全加在他头上，然而一种死板的、俚俗而且讨厌的对仗和重叠，却充塞满纸，竟不能不教我们说他是"王杨卢骆"的化身。关于这一点我们不妨多举些例子来看，例如：

百战百胜价，河南河北闻。（《史将军》）

绝艺如君天下少，闲人似我世间无。（《重送绝句》）

礼数全优知隗始，讨论常见念回愚。（《送王侍御》）

嗜酒狂嫌阮，知非晚笑蘧。（《自遣》）

鸟去鸟来山色里，人歌人哭水声中。（《题宛陵夹溪居人》）

为吏非循吏，论书读底书？（《题池州弄水亭》）

芳草复芳草，断肠复断肠。（《池州送孟希逸》）

欲开未开花，半阴半晴天。（《春日茶山》）

行乐及时时已晚，对酒当歌歌不成。（《招李郢秀才》）

樽酒酌未酌，晓花颠不颠？（《早秋》）

又如：

谁人得似张公子，千首诗轻万户侯？（《寄张祜》）

千载鹤归犹有恨，一年人住岂无情？（《移居雪溪馆》）

景物登临闲始见，愿为闲客此闲行。（同上）

雪衣雪发青玉嘴，群捕鱼儿溪影中。（《鹭鸶》）

画堂歌舞喧喧地，社去社来人不看。（《归燕》）

我来惆怅不自决，欲去欲住终如何？（《商山道中》）

无穷尘土无聊事，不得清言解不休。（《寄韩乂评事》）

南军不袒左边袖，四老安刘是灭刘。（《题四皓庙》）

这些诗我只有痛骂，他们可以说是街坊里巷中流行的话文和道情的嫡派。
但同时他还有些奇怪的句子，恐怕自来诗人的作品中找不出这样的来，试看：

号为精兵处，齐楚燕赵魏。（《感怀诗》）

关西贱男子，誓肉虏杯羹。（同上）

安得封域内，长有扈苗征？（同上）

七十里百里，彼亦何尝争？（同上）

出语无近俗，尧舜禹武汤。（《郡斋独酌》）

四百年炎汉，三十代宗周。（《洛中送冀处士东游》）

二三里遗堵，八九所高丘。（同上）

战贼即战贼，为吏即为吏。（《送沈处士》）

尽我所有无，惟公之指使。（同上）

如日月缅升，若鸾凤葳蕤。（《雪中书怀》）

> 取蛮弧登垒，以骈邻翼军。（《史将军》）
>
> 一千年际会，三万里农桑。（《华清官》）
>
> 上党争为天下脊，邯郸四十万秦坑。（《东兵》）
>
> 永安官受诏，筹笔驿沉思。（《题筹笔驿》）
>
> 邮亭寄人世，人世寄邮亭。（《重题绝句》）

这些三二句或五二句的诗很有点像散文，虽不能说是怎么坏，然可见他对于诗的修词上不甚讲求的了。我们须知他本来是不愿以文学见长的人，不过把他的精神寄托在诗里面就是了，所以想到怎么便怎么写，但见他意气激昂，兴会飙举，至于诗的工拙，也就非所计了。

同时他还有好些近于说理的诗，也似乎是信笔写出来的，例如《杜秋诗》云：

> 苏武却生返，邓通终饥死！主张既难测，翻覆亦其宜。地尽有何物？天外复何之？指何为而捉？足何为而驰？耳何为而听？目何为而窥？己身不自晓，此外何思惟！因倾一樽酒，题作《杜秋诗》。

他感了杜秋的事，发了好几个疑问，很像屈子的《天问》。大概他胸中牢骚极多，故往往有触即发。这首诗末了还说："愁来独长咏，聊可以自怡。"这不明明是借他人之酒杯，浇自己之块垒吗？

又如《池州送孟迟》云：

> 蓬莱顶上斡海水，水尽到底看海空。月于何处去？日于何处来？跳丸相趁走不住，尧舜禹汤文武周孔皆为灰。酌此一杯酒，与君狂且歌。离别岂足更关意？衰老相随可奈何！

这虽不很好的作品，然而也是他一种精神的表现，所以我也举出来做例。

樊川咏物的诗很多，但总不见佳，例如《咏山石榴》云：

似火山榴映小山，繁中能薄艳中闲。一朵佳人玉钗上，只疑烧却
翠云鬟。

他想描写榴花的颜色，而比拟略嫌太露，反不如老杜"五月榴花照眼明"
一个"明"字描写的更有力量。又《咏鹦鹉》云：

华堂日渐高，雕槛系红绦。故国陇山树，美人金错刀。避笼交翠
尾，啄嘴静新毛。不念三缄事，世途皆尔曹！

这首诗的病在于说理，而描写又未能别开生面。这或者是作者的本意不在
此，不过借题发挥罢了，但老杜的《鹦鹉》诗则不然：

鹦鹉含愁思，聪明忆别离。翠衿浑短尽，红嘴漫多知。未有开笼
日，空残旧宿枝。世人怜复损，何用羽毛奇！

这何尝不是说理的呢？他借鹦鹉来感慨人世，却清婉浑成，而又无一点陈
腐气，比较樊川的诗，自然要高得多。又《咏鹤》云：

丹顶西施颊，霜毛四皓须。

这种笨拙的描写，我们实在感不到一点好处，试看老杜《咏花鸭》云：

花鸭无泥滓，阶前每缓行。羽毛知独立，黑白太分明！不觉群心
妒，休牵众眼惊。稻粱沾汝在，作意莫先鸣！

大凡咏物诗最忌太显露，太浅薄，尤其忌灯谜式的描写。总要情景相生，
含蓄不露，说理而不流于腐，体物而不至于露，才是上乘的作品，老杜这首诗
的好处也就在此。至于老杜《咏月》诗云："兔应疑鹤发，蟾亦恋貂裘。"这种
描写比樊川《咏鹤》的"丹顶"二句亦胜。

又看他《咏鸦》云：

> 扰扰复翩翩，黄昏飏冷烟。毛欺皇后发，声感楚姬弦。蔓垒盘风下，霜林接翅眠。只如西旅样，头白岂无缘。

这么写法，不但不能描写出鸦的神采，反而令读者生厌，为什么呢？大概因为他用了几个不伦不类的典故，与乌鸦的本身究竟毫无关系。我们读老杜的《画鹰》诗云：

> 素练风霜起，苍鹰画作殊。㧖身思狡兔，侧目似愁胡。绦旋光堪摘，轩楹势可呼。何当击凡鸟，毛血洒平芜！

这首诗我总觉得他句句是咏鹰，句句是咏画鹰，却移在别处不得，所以为佳。王渔洋说他起五字已摄画鹰的神，这还是老杜炼字炼句的余事。又看《咏鹭鸶》诗云：

> 雪衣雪发青玉嘴，群捕鱼儿溪影中。惊飞远映碧山去，一树梨花落晚风。

在他的咏物诗中，这首绝句总算比较好一点的，然而他用"雪衣雪发"字样来形容鹭鸶的颜色，总觉得有点呆板，不自然，到不如老杜的《咏鸥》诗"雪暗还须落，风生一任飘"二句用"雪暗"二字描其洁，用"风生"二字描其轻，更为灵活生动，含蓄有致。

樊川的抒情诗有几首很好的，例如《杜秋诗》云：

> 四朝三十载，似梦复疑非。潼关识旧吏，吏发已如丝！却唤吴江渡，舟人那得知！归来四邻改，茂苑草菲菲！清血洒不尽，仰天问谁知！寒衣一匹素，夜借邻人机。我昨金陵过，闻之为歔欷。

他描写今昔之感，又婉转，又凄凉，真是语语动人。尝读白香山《长恨歌》云："归来池苑皆依旧，太液芙蓉未央柳。芙蓉如面柳如眉，对此如何不泪垂！西宫南苑多秋草，落叶满阶红不扫。梨园弟子白发新，椒房阿监青娥老！"樊川这首诗的情景和风格很可与他相比。又《赤壁》诗云：

> 折戟沉沙铁未销，自将磨洗认前朝。东风不与周郎便，铜雀春深锁二乔！

这首咏史诗早已脍炙人口，但他也不咏曹公的失算，也不咏孙刘的并力，却别开生面把两个美人牵进去，又旖旎，又新鲜，说他是咏史诗也可，说他是言情诗也无不可。所以许彦周《诗话》批评他云："孙氏霸业，系此一战。社稷存亡、生灵涂炭都不问，只恐捉了二乔，可见措大不识好恶！"冯集梧谓"诗不当如此论，此直村学究读史见识，岂足与语诗人言近指远之故？"这话极对。又《泊秦淮》云：

> 烟笼寒水月笼沙，夜泊秦淮近酒家。商女不知亡国恨，隔江犹唱《后庭花》！

这首诗有无限兴亡的感，吊古感怀，凄凉激楚；亡国的人民读了，自然会不待见故宫禾黍而下泪了。又《赠别》云：

> 多情却似总无情，惟觉樽前笑不成。蜡烛有心还惜别，替人垂泪到天明！

他从烛泪联想到惜别，真是锦心绣口，双管齐下。此意非聪明人想不到，此语非聪明人尤道不出。看他寥寥二十八字，读了真觉得"桃花潭水深千尺，不及汪伦送我情"哩。又《寄扬州韩绰判官》云：

> 青山隐隐水迢迢，秋尽江南草未凋。二十四桥明月夜，玉人何处

教吹箫?

按,"未"字一本作"木"字,在表面上似乎也讲得过去,但其实不然;因为上文言说"青山",则草木未凋可知。若作"草木凋",则不但与江南气候不符,且上下文语意也冲突了,所以我觉得还是"未"字对。这首诗写扬州的繁华,韩绰的宴乐、风流,语妙双关,极艺术的能事!

樊川既工于言情,尤长于叙事,他集中叙事诗极多,好的也很不少。我单举他《李甘诗》一首来做例,以见一斑:

> 太和八九年,训注极虓虎。潜身九地底,转上青天去。四海镜清澄,千官云片缕。公私各闲暇,追游日相伍。岂知祸乱根,枝叶潜滋莽?

这是叙文宗时,李训、郑注一班人专权。当时天下粗安,公私闲暇,大家只管追逐遨游,不知祸乱之将作。他又写道:

> 九年夏四月,天诚若言语。烈风驾地震,狞雷驱猛雨。夜于正殿阶,拔去千年树。吾君不觉省,二凶日威武。操持北斗柄,开闭天门路。森森明庭士,缩缩循墙鼠。

这是叙当时的天变,文宗不知天垂警戒,裁抑权奸,训、注遂愈加专横,黜陟赏罚,大权独揽,朝廷之士都很怕惧他们。他又写道:

> 时当秋夜月,日直至庚午。喧喧皆传言,"明辰相登注"!予时与和鼎,官班各持斧。和鼎顾予云:"我死知处所!当庭裂诏书,退立须鼎俎!"君门晓日开,赭案横霞布。俨雅千官容,勃郁吾累怒。适属命鄜将,昨之传者误。明日诏书下,谪斥南荒去。

这是叙当时朝廷喧传将命郑注为相,李甘时为御史,听到这个消息,便激切反对,且宣言诏书若下,必定要撕了他。哪知道这件事是讹传的,原来是除赵儋为鄜坊节度使，并非命郑注为相，因此李甘便被贬到南荒去了。这篇诗叙事详明而且极能传神，要算是他集中的好诗，其他如《感怀诗》《张好好诗》等篇都是极好的叙事诗，我现在也不多举例了。

最后还有一句话：我们切不要忘却樊川先生是晚唐一个大家，他的诗的格调和风味都和初盛中三唐不同，这一点时代精神，是研究文学或文学史的人们千万不可忽略的。现在我把那些"晚唐式"的色彩最鲜明的诗句略为举出几个例子来看：

（一）《山行》云：

远上寒山石径斜，白云深处有人家。停车坐爱枫林晚，霜叶红于二月花。

（二）《江南春》云：

千里莺啼绿映红，水村山郭酒旗风。南朝四百八十寺，多少楼台烟雨中。

（三）《念昔游》云：

十载飘然绳检外，樽前自献自为酬。秋山春雨闲吟处，倚遍江南寺寺楼。

（四）《长安送友人》云：

山密夕阳多，人稀芳草远。

（五）《池州送孟迟》云：

一樽中夜酒，半破前峰月。烟院松飘萧，风廊竹交戛……烟湿树姿娇，雨余山态活……千帆美满风，晓日殷鲜血。

（六）《朱坡》云：

小莲娃欲语，幽笋稚相携。

（七）《题扬州禅智寺》云：

雨过一蝉噪，飘萧松桂秋。青苔满阶砌，白鸟故迟留。暮霭生深树，斜阳下小楼。谁知竹西路，歌吹是扬州？

（八）《池州废林泉寺》云：

看栖归树鸟，犹想故山钟！

（九）《移居霅溪》云：

夜凉溪馆留僧话，风定苏潭看月生。

（十）《睦州》云：

州在钓台边，溪山实可怜。有家皆掩映，无水不潺湲。好树鸣幽
鸟，晴楼入野烟。残春杜陵客，中酒落花前。

这十个例子也可以代表他集中一切的作品，也可以代表晚唐时代的特色。
我且引几家批评小杜的话，作为我这篇《诗话》的结论：

杜庭珠曰：

小杜诗醴腴魁磊，雄视三唐。用晦（按，许浑，字用晦）与先生
同时，诗格卑下。

徐献忠曰：

牧之诗，含思悲凄，流情感慨，抑扬顿挫，尤其所长。以时风委
靡，独持拗峭。（以上见《叩弹集》）

陈振孙曰：

杜紫微才高，峻迈不羁，其诗豪而艳，有气概，非晚唐人所能及
也。（见《书录解题》）

闺秀诗话

作茧生

    连载于《最小》1924年1月13日、15日，共2期。作者署名作茧生，据查当为朱天石。按，张枕绿有《悼朱天石》（《最小》报1924年12月5日）一文，文中称："本报举行侦探小说夺标会，首奖银杯，为君所得。"此外，朱氏又有长篇小说《痛定记》，张枕绿称此作"实抽血丝以作茧，忍隐痛而挥毫"，"故其来稿之初，署名作茧生而不曰朱天石"。故知朱天石又有笔名为"作茧生"。对于其生平事迹，1925年5月29日《精华》报，周暂同《亡友朱君天石事略》一文，记述颇为翔实，尚不为学界所知，又因其生平与民初宜兴文化界革新颇有关联，故不嫌词费，节录如下："朱介，字天石，号乐人，江苏宜兴县人也。清光绪二十八年壬寅四月初二日生，民国十三年甲子九月二十九日卒，得年仅二十三岁。""髫年入塾，聪颖逾于常儿。稍长，问业同邑章养源先生及祖伯耀南先生之门，治经史诸子，颇有心得。嗣后肄业于城市立高等小学校，同级四十人，天石齿最幼，而校中试验，辄冠其曹。时砥中学社开办，社址附近其居，天石为就学便利计，即转学焉。未几，因费绌停办，天石复改入私塾，一致力于国学。""嗣以国是日非，非研究政治，无以资改革，于是负笈至浙，入省立法政学校，专修政治经济学，以优等毕业。时年二十一岁也。""八年夏，五四学潮，风起云涌，波及宜兴，天石适自浙校暑假旋里，即与诸同志组织青年救国会，以唤醒国民为宗旨。""该会发行《青年周报》，天石被推为编辑。又加入城市旅外学生会，先后任文牍总务理事，及该会所办暑期学社教授诸职。"

"尝慨于宜兴时事之紊乱，社会之恶浊，恒思有以针砭之。因与程君芳洲及予等□资创办《宜兴评论》，主任其事。""复发起宜兴新学会，欲本学术之精神，以创造新宜兴。十年秋，连络宜兴各团体，组织外交后援会，为华府会议之后盾。""又与同志创办新学图书室，以救学术之饥荒。发行《□光月刊》，以提倡新文学，设立宜兴文库，以整理文献。他如三云社、无穷读书会等，则均为学术之修养而设，无不热心从事。"

朱天石在文学方面的成就，见《卡党小传》一文，文称："朱介，字天石，宜兴人，为理想派剧之创始者。著有《情人语录》数百则，先后散刊《礼拜六》《商报》《星》中。小说亦多可观，《礼拜六》《半月》中，刊之最多，尤以短小为胜，有枕绿派也。曾撰《梦西湖语》数十篇，记西湖之胜，隽永绝伦，均刊《最小》中。剧本亦君所擅。能诗，有《乐陶陶斋诗存》四集。近集频年所著理想派剧，刊行单本，名《将来的舞台上》。"（《最小》报1923年第3卷第66期）此外，郑逸梅《哀朱天石》称"吾友朱君天石，一署鹅湖生"，"又有《雨珠集》，为一种新体文字，署名乐天"（《金钢钻报》1924年11月18日）。综合上述信息，可知其基本情况如下：朱介（1902—1924），字天石，号乐人，曾用笔名有作茧生、鹅湖生、乐天。

此诗话载朱蓉芬、刁素云二女士诗，二人均生逢坎坷，故诗作均为伤心人语。

一

朱蓉芬者，我友鹤影之从姊也。精岐黄，工诗文。以连遭变故，居恒郁郁，乃更致力于吟咏以自遣，著有《绿余咏草》，余曾在鹤影处见之。如《雨夜》云："浓翠滴栏干，惊魂入梦难。窗虚星影湿，夜静漏声寒。敲竹心都碎，挑灯泪未干。隔帘虫语响，当作故人看。"《秋郊》云："小步郊原时极目，南郊北郭几人家。古坟只有双翁仲，危立斜阳泣暮鸦。"均佳。惜余皆忘之矣。

二

刁素云女士，奉贤人，同里陆友梅之室。辛酉寇至，友梅被掳死，女士寡居以终。生平喜吟咏，所作亦典亦丽，涧巾帼中不可多得者也，著有《红薇阁

276

诗草》行世。前蒙沈公布先生惠赠一册，兹录其尤者以实我诗话。《病起杂咏》云："东风吹得柳枝柔，呖呖莺声啭树头。芍药半残人未起，一亭红雨下帘钩。""画梁柴燕哺新雏，小院繁英满地铺。行傍雕栏问花事，春光尚有一分无。"《四月十五夜，偕侄女耕心堂步月》云："炉香爇罢倚窗前，却喜蟾宫夜色妍。风送蛙声鸣不断，侬家舍北尽秧田。""步下兰阶月正圆，清光万里认婵娟。不知今夜长空净，几处人家还未眠。"

闺丑诗话

程瞻庐

载于《红玫瑰》1925年第1卷第41期。

作者程瞻庐（1879—1943），原名文棪，江苏吴县人。著名通俗小说家。擅长滑稽小说，亦常作弹词。曾辗转于苏州各中学教书，早年加入包天笑、范烟桥等组织的文学团体"星社"，后辞职，专为上海消闲报刊撰稿。著有短篇小说集《瞻庐小说集》，长篇小说《新广陵潮》《滑稽外史》《废妾》《唐祝文周四杰传》，弹词《孝女蔡蕙传》等。

《红玫瑰》，娱乐消闲杂志，周刊，主要发表小说。1924年创刊于上海。由严独鹤、包天笑等人主编，主要撰稿人有包天笑、赵苕狂、程瞻庐、徐卓呆等。

程瞻庐在《红玫瑰》上发表了《闺秀诗话》和《闺丑诗话》两篇诗话。《闺丑诗话》显然是戏仿晚清民国流行的"闺秀诗话"，为调笑而作。诗话共两则，其一为"以脚指甲赠外"，写一女子艳羡席佩兰女士以指甲赠外诗，遂东施效颦，以脚指甲诗赠外；其二为"改唐诗"，写一不忠少妇改王昌龄《闺怨》赠夫。皆滑稽可笑。

一、以脚指甲赠外

昔席佩兰女士有《以指甲赠外》诗云："掺掺指甲脱珊瑚，金剪修圆露雪肤。付与檀奴收拾好，不须背痒倩麻姑。"闺房佳话，脍炙人口。有效颦女士艳其事，当修脚之际，亦以剪下之脚指甲珍重加封，寄与乃夫。且縢之以诗云：

"一条指甲两头尖，扑鼻芬芳脚垢黏。付与檀奴收拾好，闲来可作剔牙签。"

二、改 唐 诗

某少妇夜走咸肉庄，丑声洋溢，一顶绿头巾已给乃夫戴上。乃夫啧有烦言，少妇改唐诗以调之曰："闺中少妇爱梳妆，春夜迢迢上肉庄。忽遇滑头同枕席，好教夫婿做烧汤。"

闺 秀 诗 话

范海容

载于《妇女旬刊》1925 年第 184、186 期。作者范海容，杭州人，绿社成员，并为社刊《绿玉》撰稿。《时报》1923 年 10 月 2 日"文艺界消息"称："杭州文学家曹凝香、范海容等近组织一虹社，以攻错文学，发扬艺术为宗旨。将发刊一种杂志名《虹光》。"知其为虹社发起人之一，并办有杂志《虹光》。又在《快活》旬刊中发表《滑稽诗话》《澹斋漫墨》等文章。

诗话主要选录前代女性佳作，较为重视女性贤淑、贞洁与才学的质量。如评盛氏《送外赠别》诗，称"规劝慰激，极到端方，因是贤淑之誉"；赞如意中女为"年稚才深"，清代某才女之诗"不愧才女本色"。

一

《香咳集》载安徽桐城盛氏《送外赠别》之诗，宛曼可诵，传遍一时。亟录其诗，并先有序曰："辛未之年，时维八月。江风清劲，鸿翔万里之天；山月明莹，桂吐三秋之景。余夫子扫墓濑阳，报亲恩于罔极；论文吴会，索知己于名流。此真孝子之深情，才人之壮志。特以胸罗万卷，囊乏一钱；气欲凌云，家徒四壁。既无以生交游之宠，又不能忘内顾之忧。故欲行且止，将往又留。而徒步担簦，才是通儒之行；短衣提瓮，始成贤媛之名。君诚有鲍宣之高风，妾亦居少君之清操。销魂黯黯，岂敢为儿女之悲；赠别谆谆，乃以助丈夫之气。爰疏短引，聊当骊歌。虽不必如窦滔妻

织锦之辞，实欲效乐羊妇断机之意云尔。"其诗云："芦帷江上雨初晴，帆
带朝霞一片明。含露柳枝从北折，凌风雁阵向南征。远传故国书千帙，净
扫先茔酒几倾。何日扁舟随濑渚，縈苹采得洁粢盛。""君是江南一伟人，
糟糠不弃得相亲。志怀古道何妨傲，才过时流岂厌贫。补就寒衣肠寸结，
借来村酒饮三巡。莫愁纸阁秋风冷，灰却男儿四海心。""十载蛟台惯苦辛，
为无柔骨俗生瞋。济人金散反招怨，轻世书多转受贫。志欲冲霄成劲翮，
才能破浪惜修鳞。丈夫知己应非偶，切勿轻干显要津。""凌空秋色到柴荆，
卷起芦帘送远旌。江上好风千里意，天边圆月百年情。疏狂世事偿书债，
冷落生涯借笔耕。莫谓尘埃无别眼，应知处处有逢迎。"规劝慰激，极到端
方。因是贤淑之誉，称诵遐迩也宜矣。

二

如意中女，唐时人。武后召入宫，年仅九岁，试以诗，皆应声就。其兄入
视，辞去，武后使赋诗送之，遂赋曰："别路云初起，离亭叶正飞。所嗟人异
雁，不作一行归。"年稚才深，不可多得。

三

李氏女玉箫，前蜀主衍宫人也。有宫词云："鸳鸯瓦上瞥然声，昼寝宫娥梦
里惊。元是我王金弹子，海棠花下打流莺。"潇洒神致，洵是佳作。

四

明时周大器妻徐氏，年二十七而寡。矢志抚孤，蓬垢粗粝，拮据自守。手
写夫像，悬之室中。中秋夕奠像毕，即题一绝云："此月有时缺，此心无时亏。
愿将今夜月，常与我心随。"又明时王邦祯妻罗氏，早寡。含辛茹苦，抚育子
女。舅姑以其年少，家且贫甚，欲嫁之。罗氏乃赋诗以明志，诗曰："二十夫君
弃妾身，诸郎痴小舅姑贫。自伤薄命同秋叶，不扫蛾眉嫁别人。化鹤未成犹有
泪，舞鸾虽在不惊尘。锁窗独对东风树，岁岁花开他自春。"舅姑见之，遂寝其
议。综上二诗，均缠绵凄惨，读之代为洒泪一掬。

五

曩传有清才女某氏，嫁一窭人子，适届端阳，以家贫，一无点缀，才女乃口吟一绝曰："自怜薄命嫁穷夫，今日端阳一事无。休教佳节闲过去，聊将清水洗菖蒲。"淡淡写来，而一种伤感神情，已曲曲传出，洵不愧才女本色。

消夏诗话/迎凉诗话

范郁哉、周廉垞

　　两篇诗话均载于《棠社月刊》1925年第5期。《消夏诗话》为范郁哉所作，《迎凉诗话》为周廉垞所作，两人生平不详，应为棠社社友。

　　《棠社月刊》，是浙江塘栖棠社的社刊，主要刊登社友诗词、随笔、杂文等。

　　这两篇诗话都是为时令所作。《消夏诗话》云："日来天气炎热，欲觅清凉世界而不得。偃卧于竹榻藤床间，信手展卷，随意诵读，亦一驱热法也。"录王维、白居易、陆游等诗人的"苦热诗"，及古人咏荷诗。又摘邵飞飞"有人水阁珠帘下，犹道今朝热不胜"之句，感慨社会上"劳逸不等"的现象。《迎凉诗话》主要选录古今夏日纳凉诗词，如纳兰性德"追凉池上晚偏宜"，韩偓"庭树新阴叶未成，玉阶人静下帘声"。读这些诗句，能让人感到"凉沁肺腑"，自然达到清凉境界。两篇诗话皆饶有情致，可为夏日消闲之小品。

消 夏 诗 话

一

　　日来天气炎热，欲觅清凉世界而不得。偃卧于竹榻藤床间，信手展卷，随意诵读，亦一驱热法也。古人苦热诗，如王摩诘诗云："轻纨觉衣重，密树苦阴薄。"苦热时确有此种情景。陆放翁诗云："六月暑方剧，喘汗不支持。逃之顾无术，惟望树影移。"亦心理上所当有也。至若白香山诗："一路凉风十八里，卧乘篮舆睡中归。"如此境地，何可骤得，惟有冥想之而已。

二

邵飞飞诗云："有人水阁珠帘下，犹道今朝热不胜。"此十四字，不但感慨身世，而社会上之劳逸不等亦大可想见。夫人在水阁珠帘，明纱团扇，犹说不胜其热。则蓬头鹑衣之妇，于矮屋炉灶间，其又何以堪？

三

昔人咏荷诗佳句甚多。杨万里诗云："恰如汉殿三千女，半是浓妆半淡妆。"形容荷花，恰到好处。玉溪生之"留得残荷听雨声"，则不忍卒读矣。

迎 凉 诗 话

一

性德有句云："自把红窗开一扇，放他明月枕边看。"又云："追凉池上晚偏宜。"如此迎凉，的有清趣。性德，辽阳人，著有《饮水集》。

二

"湘帘未卷朱曦永，倦倚桃笙冰雪冷。竹影迎风窗外摇，桐阴漏日阶头静。"此褚星如《夏词》也，诗中若有仙境。

三

丹徒闺秀起云阁主人鲍苣香女史，为诗人鲍海门仲女。姊畹芳、妹浣云，均能诗。兹录其《纳凉有作》云："日夕消烦暑，证高一解颜。松身当径直，溪影抱门湾。丛叶明微露，轻烟抹远山。羡君三亩宅，半在水云间。"迎凉有此境界，当不嫌烦热。

四

若隋炀帝《夏日歌》："黄梅雨细麦秋轻，枫树萧萧江水平。"陆放翁《夏日》诗："黄葛蚊厨睡欲成，高槐阴转暑风清。"释斯植《夏日》诗："凉簟风生一枕清，新篁摇绿雨初晴。"韩冬郎《夏日》诗："庭树新阴叶未成，玉阶人静下帘声。"以水亭风榭之间，一经低诵，自得凉沁肺腑。眼前固不必有是景也。

五

今人避暑，辄道匡庐。太白《庐山》一谣，又极尽清逸幽雅之致。其篇中句曰："庐山秀出南斗傍，屏风九叠云锦张。"又曰："登高壮观天地间，大江茫茫去不还。"又曰："遥见仙人彩云里，手把芙蓉朝玉京。"月下乘迎，低徊吟咏，可当卧游。

六

苏舜钦《暑中闲咏》诗曰："北轩凉吹开疏竹，卧看青天行白云。"恨居无数竿竹，暑中迎凉，有输苏子美多矣。

七

"一庭花影三更月，万壑松声半夜风。"夏中得此境界，恍嚼冰雪。

名 媛 诗 话

吕君豪

载于《妇女旬刊》1923 年第 128、129 期；《停云》1925 年第 4 期；《妇女旬刊汇编》1925 年第 1 期、1926 年第 2 期。其中，《妇女旬刊》中诗话题名为《名闺诗话》。作者吕君豪，曾任《春》（半月刊）编辑，在《先施乐园日报》《小说日报》《绿竹》发表了《小说话》《古代妇女之修饰谈》等文章。

诗话以录诗为主，涉及许琼恩、汪玉轸、吴琼仙、钱与龄、丁月邻、陈素心、冯氏、柳如是、延平某女子、徐秀芳、张滋兰十一位女性。写作模式大致是先简略叙其生平，再选录诗歌，附以简略评价，集中展现了女性作者风貌。

一

许琼恩，字宛怀，号西湖，工书，有《宛怀韵语》。其《初秋即事》云："雾阁云窗小有天，聪明人肯俗缘牵。卷帘墨气花先觉，灭烛吟情月惯怜。几发玉簪遥入梦，一痕银甲细生研。广寒宫是清凉地，露坐深宵未要迁。"

二

汪玉轸，字宜秋，陈昌言室。家赤贫，夫外出，撑持家务，抚养五儿，俱以针黹供给。诗中间有斯饥之叹，终不明言其故。《立秋》云："凉风送雨雨凄清，数遍残更梦不成。晓起梧窗飘一叶，始知昨夜是秋声。"

三

吴琼仙，字子佩，号珊珊，徐源达室，有《写韵楼集》。年三十六卒，洪稚存太史为铭墓，彭甘亭、郭频伽复撰诔词小传。《春日绝句》云："日长倦绣倚红阑，一缕茶烟午梦残。铃语绿窗风不定，梨花吹雪作春寒。"《次韵外子病中杂咏》云："闲中粗遣婢知书，獭祭虫雕是小夫。牛耳花坛应狎主，蜂腰诗病倩谁扶。烹来第二泉香嫩，拜得初三月魄苏。最好玉翁修旧谱，空庭如水露如珠。"

四

钱与龄，字九英，刑部尚书谥文瑞陈群孙女。少承曾祖母南楼老人家学，复得从兄葑石指授，专精六法。著有《闺女拾诵》《仰南楼闻见集》。其《题许宛怀索写梅花原韵》云："小阁钩帘怯嫩寒，村居臭味鲜芝兰。剧邻女伴交新缔，为写梅梢香未残。画稿搜寻惭我拙，诗篇淡荡似君难。一枝竹外横斜意，长博春风带笑看。"

五

丁月邻，字素娟，吴江人，有《颂琴楼草》。《春夜玩月》云："满庭风露饯残梅，闲把幽琴弄一回。不是姮娥偏耐冷，夜深谁过小楼来。"

六

山阴陈素心女士，著《闻妙香室诗稿》。忆其《悼姬》二章，慈祥悱恻，反覆低徊，录之。序曰："姬来以三月三日，亡于七月七日，十载相随，至慰妆台寂寞。一朝永诀，备增螯室酸辛。爰赋长歌，用伸哀念。"诗云："风雨凄凄夜漏停，灯前错认旧云屏。不朝曲水西王母，定化天河织女星。绿树成荫桃结子，红颜薄命鹤归丁。人间又见伤心事，恨史重添一小青。""娇小温柔画不成，问衣请膳最关情。星虽蔽月光难掩，豛可绵瓜瑞已呈。椵木漫云能逮下，红沱幸早许偕行。应知我见犹怜汝，可肯相逢约再生。"是类咏歌，求之他集，甚为罕见。其间至难着笔，而写得一往情深，此嫡此姬，要非恒流所及。

七

蜀刘暎度妻冯氏，诗甚清婉，有《春日即事》云："闲步小桥东，黄莺处处逢。梨花风雨后，人在绿杨中。"

八

柳如是始遇钱牧斋，为筑我闻室，十日落成，设宴围炉，相与饯岁。柳有《春日我闻室》之诗，曰："裁红晕碧泪漫漫，南国春来已薄寒。此去柳花如梦里，向来烟月是愁端。画堂消息何人晓，翠幕容颜独自看。珍重君家兰桂室，东风取次一凭栏。"盖去故就新，喜极而悲，验裙之恨方殷，解佩之情愈切矣。又《和牧斋中秋日携内出游》诗云："秋水春衫澹暮愁，船窗笑语近红楼。多情落日依兰棹，无借轻云傍彩舟。月幌歌阑寻麈尾，风床书乱觅搔头。五湖烟水常如此，愿遂鸱夷泛急流。"

九

邮亭旅舍，好事者往往赝为巾帼之语，书以媚笔，以资过客传诵，多不足信。沈公子二闻，夜宿垛庄，所见延平女子题壁诗，骑尘未远，墨痕犹新，小记短章，凄婉可诵。惜其依违寡断，闻者不无夫人少商量之叹也。序曰："妾闽峤名家，延平著姓。十三织素，在家赋娇女之诗；二八结缡，新妇获参军之配。何异莫愁南国，得嫁阿侯；庶几弄玉秦楼，相逢萧史。方调琴瑟，顿起干戈。夫死于兵，妾乃被掠。含羞辞故里，魂销剑浦之津；掩面强登舆，肠断西陵之路。兹当北上，永隔南天。爰题驿舍数言，聊破愁城百叠。嗟乎，昔年薰香染翰，粉印青编；今日滴血濡毫，绡封红泪。秋坟鬼唱，哀似峡猿三两声；青冢魂归，恨拟《胡笳十八拍》。"诗云："野烧猎猎北风哀，细马毡车去不回。紫玉青陵恨已矣，枭台当有望乡台。""昨夜严亲入梦来，教儿忍死暂徘徊。曹瞒死后交情薄，谁把文姬赎得回。""不道临时死亦难，强为欢笑泪偷弹。同行女伴新梳裹，皂帕蒙头压绣鞍。"后书："庚申季秋延平张氏，题于沂水县垛庄驿舍。"

一〇

徐秀芳与妹彩霞，同归李氏为妯娌，日相倡和。尝两割臂肉以疗夫疾，卒无效，郁郁三载而没。临没以诗稿投炉中，遗诗甚少。今存其《七夕怀夫子作》云：“独上高楼望碧霄，银河如带水迢迢。不知今夜思归客，多少离魂为尔销。”彩霞以哭姊致疾，遗诗亦多散佚。《春暮》云：“桃花如雨柳如丝，又是春光欲去时。怪煞帘前双燕子，喃喃也作断肠词。”

一一

张滋兰，号清溪，又号桃花仙子，任心田兆麟继室。心田以诗名，滋兰受业徐香溪女史之门，兼写墨梅。比归心田，偕隐林屋山中。琴瑟倡和，诗学益进，继与同里张紫药芬桂、琴素窗瑛、李婉分微、席兰枚蕙文、朱翠娟宗淑、江碧岑珠、沈蕙孙缫、尤寄湘淡仙、沈皎如持玉，结清溪吟社，号“吴中十子”，比美西泠。嗣又选定诸作，刊《吴中女士诗钞》，附以词赋及骈体文，艺林称诵。今录其《题桂庭秋晚图》云：“小院觉秋深，疏窗净丛碧。美人冰雪怀，犹倚琼兰夕。”“曲径小山幽，天寒桂花落。何如林下风，一访池西竹。”

锦 心 绣 口 录

张啸尘、叶国英

  载于《妇女旬刊汇编》1925年第1期。作者署名白沙张啸尘、萧山叶国英。叶国英生平事迹不详。张啸尘为扬州白沙镇人，沈恨紫所作《吾友小志》为记张啸尘之作，借此可大致了解其生平："仪征，苏之名邑也；张氏，仪之望族也。吾友啸尘名祖翼，别署松影。""幼承家学，长更多才，工诗能文，尤擅小说，年十四即驰骋于文字之场。其著述散见于日报杂志中者，不下数十百种。""民国六年，海上伍秩庸博士、丁福保先生有不喜卷烟会及少年进德会之组织，素谂君热心公益，均各函嘱分设支部，加入既多，成绩复冠于他处。""民国八年，君以一身担任《江淮日报》《江北商务报》主编，并苏、沪、鲁、晋、津、杭各报编辑撰述。时年仅十有八也。""静社为君手创，社友达数百，分社遍各省，组织完备，海内名驰。""君为文汪洋浩瀚，君作诗婉约风流，英雄骨骼，儿女心肠，读之者罔不心折。"（见《广益杂志》1920年第18期）据前文可知其约出生于1902年。

  诗话以记录古今闺秀诗事为主，所涉及的女性身份各异，既有名门闺秀钟韫、帝王宠妃程一宁一类社会地位较高者，亦有小家碧玉类女性如汪淑德、朱小瑛，且后者更多，此外也涉有才华的妓女如罗爱爱、黄素素等。而不知具体姓名者往往以蜀中某寡妇、某闺秀等为代称。其间虽然依照品行收入几位女性诗及诗集，但总体上更偏重选择具有才气的诗。这种才气主要体现在情感及巧思上，如评潘素心咏长门事，"意颇翻新"，邱女史咏牛女、嫦娥，"为他人所未道"，但相较于巧思，更推赏张芬《咏卓文君》之"措辞微婉，得怨而不怒之旨"。

一

女子诗往往失之纤靡。林凤兮《寄夫》诗有句云："猛然忆起神州事，不写情书写檄文。儿家不祝封侯婿，乞借旗幡护国魂。"具有雄气，不可多得。林为吴禄贞将军弟子，时夫方从军汉皋，故作此勖之。

二

钟韫女士，明钟忠惠公孙女也，工诗。其口占二绝云："迷漫荒草晚浦烟，花鸟无人亦可怜。罗绮楼台今在否，沉吟犹记十年前。""南楼岁月尽繁华，姊妹年年约看花。谁道桑田成转盼，晓风残月叫寒鸦。"词气凄恻，饶有唐音。长洲女士陶庆余《咏鹦鹉》云："一梦唤回唐社稷，千秋留得汉文章。"合两典成一联，而雄浑独绝。

三

李纫兰女史，山阴何仙帆之配也。工词，能诗，著有《生香馆集》，其《秋雁》诗中有句云："偶听弓弦惊寤寐，久疏笺字报平安。筝无急柱宁辞鼓，琴有哀音未忍弹。"不脱不黏，幽怨之思，溢于音表，真名作也，江南人呼为"李秋雁"。

四

萧山黄蕉卿女士，梁晋竹先生之夫人也，幼解吟咏，著《听月楼稿》。喜读元人诗，故所作多与之相近。《湘湖采菱曲》云："吴江女儿采莲花，凌波绰约如朝霞。越江女儿采菱角，隔水轻盈笼芍药。儿家生小湘湖边，只种秋菱不种莲。种莲莲子心中苦，剥菱菱实心中甜。湘湖一夜西风紧，三五鸦鬟荡双艇。戏牵菱叶钓竿丝，笑指菱花镜奁影。采菱菱角红，颊晕双涡浓。采菱菱角绿，眉痕两峰蹙。菱根丛杂菱刺多，纤纤素手临清波。鲤鱼风起芙蓉外，蝉鬟生寒可奈何。春风采莼莼愈小，秋风采菱菱渐老。年年春去又秋来，不及儿家颜色好。采菱复采菱，菱船四面来前汀。湖水净愈碧，湖山瘦且清，双桨只在波中停。菱歌静后不知处，却向湖头浣纱去。"好语如珠，无词不艳，洵佳构也。

五

女子咏镜诗，佳者绝少。常州王氏女云："高堂明镜感青丝，女伴闲来照影时。见得分明全不语，教他好丑自家知。"淳安赵玉馨云："垂髫全改旧丰神，对镜浑如又一身。自笑娉婷年十六，生疏从未识斯人。"二绝可诵。

六

程一宁，元顺帝宠妃。未得幸时，倚栏按弄玉笛吹一词曰："兰径香销玉辇踪，梨花不忍负东风。绿窗深锁无人见，自碾朱砂养守宫。"帝知而未召也。程又成一词曰："牙床锦被绣芙蓉，金鸭香销宝帐重。竹叶羊车来别院，何人空听景阳钟。"又曰："淡月轻寒透碧纱，窗屏睡梦听啼鸦。春风不管谁深浅，日日开门扫落花。"后宠幸无比。

七

锦江女子名玉娟者，由黔返蜀，暮宿于驿，题四绝云："乱山迷目晓窗晴，草草妆成赋远征。柳絮不知人意绪，随风吹到蛮王城。""夕阳芳草路迢迢，别恨离愁总未消。记得去年今夜月，枣花帘下坐吹箫。""肩舆初下鬓云松，欲展菱花四体慵。小婢不知人意懒，妆成欢染口脂浓。""风尘未惯苦驱驰，千里乡心系我思。旅梦未成灯已绿，满阶虫韵月明时。"

八

蜀中有一寡妇，姿色绝美，父母怜其年少，欲议再嫁。归家适有喜宴，伶唱一词，妇闻之流涕于神前，欲割一耳以鸣志，其母急止之，遂不易其节。词云："昔年曾伴花前醉，今年空洒花前泪。花不再荣时，人无重见期。　故人情意重，不忍荣新宠。日月有盈亏，妾心无改移。"盖《菩萨蛮》也。

九

"宝篆全消鸭不温，怕黄昏又到黄昏。断红零落无寻处，风雨凄凄独闭门。"

闻系乌程戴秋琴《春暮》诗也，读之令人悄然。

一〇

"昨宵疑有雨，深院更无人。"商宝意先生令爱《咏苔》诗也。"流水杳然去，乱山相同愁。"仁和女士孙秀芬《咏夕阳》诗也，可谓二题绝唱。

一一

七夕诗佳者极多，某闺秀有句云："儿家自结同心后，已抵双星五百年。"娇憨声口，如见其人。

一二

宋宫人王昭仪，丙子北行，题《满江红》于驿云："太液芙蓉，浑不似、旧时颜色。曾记春风雨露，玉阶金阙。名播淑兰妃后里，欢承笑语君王侧。忽一朝、声鼓揭天来，繁华歇。　龙虎散，风云灭。千古恨，凭谁说？对河山百二，泪沾襟血。驿馆夜惊尘土梦，宫车晓碾关山月。愿嫦娥、相顾肯从容，随圆缺。"亡国之恨，有不堪回首者如此。

一三

《吟绣余草》，为泰县曹湘浦遗著。曹字楚卿，年廿一，病肺卒。佳句如《渔舟》云："破网捞明月，孤篷唱晚风。"《落叶》云："影凄蝉韵歇，声蹴马蹄干。"七绝如《病中》云："碧纱风袅药炉烟，细数铜壶夜似年。病里诗魂扶不起，一楼残月枕书眠。"《秋闺》云："幽闺风景太萧条，蛩诉秋寒转寂寥。最是此声听不得，满天风雨洒芭蕉。"

一四

罗爱爱，元时嘉兴名妓也，色艺冠绝一时，尤工诗词，风流之士，趋之若狂。尝于季夏望日，与郡中名士，会于鸳湖之凌虚阁，对月赋诗。爱爱先成三绝，同座咸皆搁笔。其诗曰："画阁东头纳晚凉，红莲不及白莲香。一轮皓月天如水，何处吹箫引凤凰。""月出天边水在湖，微澜侵玉动浮图。掀帘欲向嫦娥语，肯教霓裳一曲无。""曲曲阑干正正屏，六铢衣薄懒长凭。夜深风露凉如许，身在瑶台第几层?"从此才名日噪。"月欲来时先拨雾，蝶纷飞处总多花。"梁溪余春星断句也。

一五

吴苹香女史，初好读词曲，或劝之曰："何不自作?"遂援笔赋《浪淘沙》一曲云："莲漏正迢迢，凉馆灯挑。画屏秋冷一枝箫。真个曲终人不见，月转花梢。　　何处暮砧敲，黯黯魂销。断肠诗句可怜宵。欲向枕根寻旧梦，梦也无聊。"轻圆柔脆，脱口如生，一时湖上名流，传诵殆遍。自后遂肆力长短句，不二年，著《花影词》一卷，逼真漱玉遗音。《祝英台近·咏影》云："曲阑低，深院锁，人晚倦梳裹。恨海茫茫，已觉此生堕。那堪多事青灯，黄昏才到，又添上、影儿一个。　　最无那，纵然着意怜卿，卿不解怜我。怎又书窗，依依伴行坐。算来驱去应难，避时尚易，索掩却、绣帏推卧。"《河传》云："春睡。刚起。自兜鞋。立近东风费猜。绣帘欲钩人不来。徘徊。海棠开未开。　　料得晓寒如此重。烟雨冻。一定留春梦。甚繁华。故迟些。输他。碧桃容易花。"《南乡子》云："吹到鲤鱼风，凉杀秋花一朵红。怪得黄昏寒又力，蒙蒙。人在疏烟细雨中。　　香篆袅房栊，倦倚熏篝鬓影松。多事青灯挑不尽，重重。偏向钗头缀玉虫。"《柳梢青·题无人院落图》云："不索烧茶。一重帘卷，几折阑遮。杨柳楼台，桃花世界，燕子人家。　　东风幅幅窗纱，望翠袖、非耶是耶?鹦鹉前头，秋千背面，没处寻他。"《如梦令·燕子》云："燕子未随春去，飞入绣帘深处。软语话多时，莫是要和侬住。延伫，延伫，含笑回他不许。"苹香父夫俱业贾，两家无一读书者，而独呈翘秀，真夙世书仙也。

一六

松江胡寿楣，久客金陵，醉过青溪，唤渡，舟子不应，自倚石栏呕吐。遥见对岸有二女子，小舟并坐。其衣浅绿者云："草绿苔青傍枕生，月明露冷御风行。凄凉何处横吹笛，恰似当年旧帕盟。"衣白者复吟云："于今醉却旧痴迷，红豆抛残莫更提。荡子心情同蛱蝶，好花多处抱香栖。"随园女弟子金纤纤《咏掬水月在手》云："痴性未除潜弄水，捉将明月唤郎看。"语意极佳。

一七

长洲蒋氏用一妪，素不识字，而喜吟诗。久之，亦能为诗。《中秋无月》一绝云："最怕中秋风雨来，人家伫月尚徘徊。七龄小姐痴憨甚，拜祝天门两扇开。"用唐人七岁女子赋诗事，尤典切。

一八

善化何慧生女史，有《寒夜吟》云："寒风萧萧响修竹，抱琴闲作《水仙曲》。月明天际鹤归来，夜深独伴梅花宿。"斯为闺阁本色诗，又与拈脂弄粉者迥别。

一九

合肥女史赵景淑，字筠湄，少有凤慧，喜读书，工韵语。其《湖上吊韩蕲王》诗云："君相筹边只议和，北来鼙鼓震关河。小朝已定红羊劫，大将空悲白夜歌。三字狱成同调少，两宫仇在痛心多。江山满眼都残阙，忍向西湖策蹇过。"慷慨沉雄，能写出蕲王一生心事。

二〇

虞山女史邵秋士，有《咏白秋海棠》云："闺房寂寂掩重门，相伴冰肌玉一盆。凉月西风成独对，花光人影共消魂。颇多惨绿凄清态，绝少嫣红点染痕。妆阁不须银烛照，斜阳亭院未黄昏。"著有《吟秋阁遗稿》，吴山尊学士为之序。

二一

诗须评骘，然后方始判高低。潘素心女史有"相如空有《长门赋》，却使文君叹白头"之句，意颇翻新，然不若张芬《咏卓文君》云"何必《白头吟》寄怨，夫君自解赋《长门》"。同此诗材，措词微婉，得怨而不怒之旨。《明湖韵事》载妓郭韵楼《赠别》诗云："袅袅湖边柳，春丝不盈把。殷勤折赠郎，好策来时马。"虽本于山谷之"折柳当马策"，然四语精神注一"来"字。

二二

潹沲旅店壁上，有旧凡女史诗四绝，凄惋动人。其诗云："十九年华正好春，飘零无奈落风尘。梦中犹认金闺质，低卷珠帘怕见人。""生怜薄命向谁论，风月当场泪有痕。笑语温柔心宛转，屈身尤是受人恩。""断梗飘萍剧可怜，画中眉意晚春前。玉堂夫婿神仙眷，多少金闺美少年。""手把菱花漫自哀，个中沦落几仙才。秦淮一片胭脂水，都是风流酝酿来。"

二三

光绪季年，陈小石总督两湖时，北京女子师范咨调湖北女师优级生，考取二十二名，结队入都。陈督送之江干。代表金琼仙女士赋诗二章，以志别情："万里浮沧海，轻装入帝都。送行劳节钺，别泪洒江湖。"

二四

休宁汪淑德女士，慧而美，工诗词，早卒。记其二绝云："银镜飞光万里明，白罗衫薄觉凉生。闲来呼婢煮新茗，长夜无眠理玉笙。""严陵滩畔画桡停，闲咏新诗看客星。吟到夜深人欲倦，满船明月一灯青。"末句殊有鬼气，宜不寿也。

二五

宣州女子朱小瑛有句云："杏花消息分明在，燕子来时自不知。梧桐一院凄凉雨，滴到侬心尽是诗。"又吴莲芳有句云："团圆本是寻常事，碧海青天恨独多。""秋闺尽日无秋梦，剔碎灯花小豆红。"皆性灵语，而寓幽身苦意，卒不永年。

二六

柳风阁女史，彭泽后人也，长于诗赋。有《哭女》七章，记其二章云："昨日绳床今忽棺，梅花丛里置身寒。白衣僧寺元宵月，惨切幽魂耐独看。""冰肌玉骨有欢颜，阿堵传神画笔艰。莫是蟾仙厌尘俗，不留小影在人间。"女名蟾枝，以正月三日殇，逾日寄柩惠山白衣寺，寺有梅花方盛开也。

二七

秦中客舍，有题壁诗四绝，字迹娟秀，款署绿珠，女子作也。音韵凄楚，不忍卒读。其诗云："千点杨花碾路尘，生来游冶不知春。从今省识魂归处，揉碎心肠结可人。""拚守春风十载余，旧愁新恨两销除。杜郎重过东山道，怜取吴儿字绿珠。""生不相逢死不休，可知红泪咽心头。凭谁为我埋香骨，静锁春风燕子楼。""劈头新句费寻思，应向章台折一枝。今夜妾来春已去，吴人偏是落花时。"

二八

马琼琼有《减兰》云："雪梅妒色，雪把梅花相抑勒。梅性温柔，雪压梅花怎起头。　　芳心欲诉，全仗东君来作主。传语东君，早与梅花作主人。"为世传诵，其用意虽浅淡，而其刻划，则极《雅》《颂》之旨矣。

二九

钱塘平素娴《香闺杂咏》，佳句如："画梁渐见燕将雏，一径萱花小雨濡。阿母书来羞竟读，隔年频问有身无？""花里房栊月下楼，十年长拥合欢裯。枕边细数团圆夜，除却离家总并头。"一气呵成，不加雕琢。

三〇

崇明施学诗，适蔡某。闺中唱和，甚得也。无何夫卒，学诗有《哭夫》诗三十绝，仅记其二云："肝肠断后何能续，点点斑斑血泪枯。今日园中千万竹，不知也有泪痕无。""同怜同病更同心，恩爱情多一往深。山水文章诗酒友，房帷从此失知音。"一字一泪，不能卒读。

三一

婺源王韵珊女史，著有《佩珊珊室诗存》一册，缠绵之致，不让《玉台》。所作牙牌词有《天缘配合图》一首，尤见才思，比之苏蕙回文之作，有过之无不及。词云："天缘配合，我和你两意相投。一转瞬已经三载，人人说我红颜好。对菱花正落梅点额，恰才向茜纱窗下画眉两道。夜三更向苍天暗礼，愿见夫早日近天颜，平地丹梯甲弟高，九霄便是蓬莱岛。那时节红裙争妒，七香车过花枝笑。二分明月，三分春色。你切莫繁华恋六街，须记取着个人蹙损春山黛。正天边月朗入重帏，照我红妆如昔。又是那银灯包碧，解八宝花钿，十香罗带。鸣雁一声天际遥，月下花前，花香月好。莫辜负三五良宵。五色彩云开，路近天台，愿从此世世生生双双对对。"

三二

咏牛女、嫦娥诗，率言离别，多衰飒之音，翻案殊难制胜。张幼亦夫人丘女史有句云："年年此夕会银河，相见偏愁离别多。笑问人间乞甚巧，团圆儿女待如何？"又《咏嫦娥》断句云："翻较女牛欢会密，一年一十二团圆。"均为他人所未道。

三三

京师名妓黄素素，聪慧多才，雅爱吟咏。尝有所欢，允为脱籍，及出都，久无耗。素素以瓜仁排字为诗，黏帕寄之。其词云："浮云出远岫，随风有还期。郎心似争柱，游移无定时。"所欢在中州，得诗，遂遣使迎之。

三四

陈杏姑性孝友，喜吟咏，其断句："竹喧风过处，灯暗月明时。""日色初沉岫，江光欲上船。""沙盘孤屿白，霞染半江红。"数联均韶秀绝伦，无拈脂弄粉之习。

三五

曹华卿，明朝瓶花诗社吟妓也，于代某寄人二绝极佳，云："钿雀银蝉玉蕊冠，妆成不出怕人看。如何最是堪怜处，独立空廊小袜寒。""酒阑歌散太无聊，算定花时访翠翘。再若相逢说相忆，自从去岁到今朝。"末语尤非思索可到，是深于情者。

三六

近人小诗，多有佳句可画者。闺秀张藻有诗云："曲径弯环石级高，满亭山色绿周遭。松风似厌泉声小，自泻云门百尺涛。"灵通用笔，象外写声，补丹青之不足，以之题画，斯与有韵图说方异。

三七

搭连店旅壁，有芙婥女史题诗云："四千里路还家日，廿一年华绝命时。金珏已成千古恨，玉环重订再生期。身如秋燕都成客，死到春蚕尚有丝。来往词人应堕泪，读侬题壁几行诗。"

三八

山东李家店旅壁，又有吴县女史许合芬诗云："山程风景日荒寒，触拨离情百不堪。除是琅琊城畔柳，依稀一样学江南。""晶奁深锁懒梳头，脱却春衫赋独愁。凤胫花残官柝急，一衾残月梦苏州。"檇李杜若香女史和韵云："衣裰深闺半臂寒，尘迷凤髻又何堪。五更促起登车客，夜色微茫斗指南。""罗衫冷浸月当头，生小痴憨不解愁。异日重逢诸姊妹，拟将情绪说皇州。"

三九

衡阳有回雁峰，传为雁至此而北，故杨升庵夫人有诗云："雁飞曾不过衡阳，锦字何由寄永昌。"

四〇

顺天张节妇《自题篝灯课子图》一诗，颇为人传诵。其诗云："谁云妾无夫，妾犹及见夫方殂。谁云妾无子，侧室生儿与夫似。儿读书，妾辟纑，空房夜夜鸣啼乌。儿能成名妾不嫁，良人瞑目黄泉下。"

四一

碧仙女史，性聪颖，自幼好读书，手不释卷，尤爱吟哦，著有《镜花楼诗稿》。其《咏走马灯》尾句云："若教灭却心头火，定息干戈见太平。"《思归宁》一截云："使回携到故园葩，恰值闺人正忆家。同是离根来此地，花应怜我我怜花。"思意清新，是纯以性灵为主者。

四二

沈佩玉夫人，叶克昌孝廉室也，有《月下睡起》诗云："蛩吟深夜月，人卧一庭花。"十字颇为士林传诵。又句云："四壁虫声秋已老，半窗月色夜如年。"《清明有怀》云："走马路迷红杏雨，啼莺声断绿杨烟。"

四三

古藤女士苏念淑，字兰仙，苏爻山先生女也，年三十二而卒。著《窗吟草》一卷，爻山刊以行世，而"瘦如三径菊，贫剩半囊诗"十字，为人传诵。

四四

临川李茗香女士，工诗善绘，脱稿多不示人，其《对镜》一绝云："清晓临妆次，相将画黛眉。看来如欲语，笑问汝为谁。"写得凝愍情状，跳跃纸上。晚年诗律尤细，断句如"竹声敲月碎，桐影碍雪流""飞虫兼落叶，宿鸟择高枝"诸句，均除尽脂粉气习，洵为女郎诗之健者。丹徒陈女史，佚其名，年十四咏歌风台诗，极悲壮苍凉，无一毫脂粉气。其词云："击筑歌风韵最哀，白云终古傍高台。半生戎马剑三尺，满目河山酒一杯。父老浑忘天子贵，英雄犹恋故乡来。弓藏鸟尽嗟何及，想到韩彭惜将才。"

四五

浦子鸾女史，金陵人，随其尊人淑和大令，宦游粤西。工书善诗，其《返金陵以诗留别申夫人》云："数载金兰意气投，一朝各别话离愁。暮云春树相思际，惆怅关山独倚楼。""别绪环生月欲斜，灯前分袂泪交加。还期异日相逢处，携手同看姊妹花。""情到痴时语亦痴，泪清和墨写新诗。归舟时至金陵地，陇上梅花寄一枝。"数诗短笺庄书，笔致秀润。诗稿多不示人，此实非杰作也。

四六

秋海棠为泪所化,咏是题者,多拈此字,陈陈相因,殊令人厌。铜陵章穗芬有诗云:"脂粉妆成对夕曛,半偎篱落半墙根。娟娟笑靥西窗里,不见当年旧泪痕。"翻得新而不腐。

四七

诗中引用故事,一涉直致,便如嚼蜡。某女士《寒食前夕》诗云:"十里红楼醉管弦,扬州春色最堪怜。逢人怕说晨炊断,只道明朝是禁烟。"取意翻新,是为用典而不为典所用。

四八

女儿出嫁,新妇归宁,虽为韵事,而绝少佳诗。某闺媛句云:"匆匆小住又归家,行李无多一担赊。添得描金红盒子,半盛诗草半盛花。"阅此觉罗帐香车,黯然无色矣。

四九

江氏彩珍,浙人,幼精女红,善绘事,尤妙解音律。性耽吟咏,风流倜傥,有名士风。后适非人,绿衣旧怨,遂抑抑以终。其诗不多见,《自伤》一律云:"疏雨逼窗凉,秋灯夜漏长。狂歌聊当哭,多病厌薰香。短发悲临镜,羞颜懒下堂。非关郎薄幸,妾自减红妆。"末二句含蓄无尽,使人得言外意。

五〇

绿珠井在粤西博白县城外,人至其地,多留题焉。居瑞征女史,有五律一章云:"荆棘铜驼泣,名园野鹤愁。江上余一井,儿女亦千秋。梦已分香断,踪犹濯锦留。芳名谁与共?盼盼有高楼。"笔力挺健,自是女郎之秀。

五一

贵州省东门城外栖霞山下,有诗女子墓,不详其名,碑阴刻集唐七绝二首云："闲同姊妹到山家，云淡风微日已斜。袖里天机三百斛，随风散作白莲花。""遥指红楼是妾家，乌衣巷口夕阳斜。自恨身轻不如燕，衔取香泥葬落花。"

五二

梁莲卿女史，有《与伯符论诗》一律，侃侃而谈，目空今古，深得其中三昧。其诗云："不拘体格不拘师，神动天随偶得之。见识莫生三代后，词华空费六朝时。能关风教皆传作，未脱尘情少构思。今日慧琴才抗手，识君翻恨古人迟。"本此学诗，当无时俗卑靡之习，而寻常说诗之辞可废。

五三

易阳旅店有钱芷香女史题壁诗云："桃花马上劈吟笺，回首家山路几千。消受软红尘十丈，易阳门外月如烟。""朔风吹到满城鸡，铃柝声中月尚低。记得去年今夜梦，梅花香里在辽西。"

五四

王玉如女史，山阴人，通经史，工诗画。于归后，从夫游幕榕城。适寇至，避地江乡，望外不至，曾口占绝句云："潇潇风雨过横塘，添得书屏一味凉。众鸟投林栖已定，如何飞燕来归堂。"离怀愁思，情见乎词。有诗三册，惜兵燹之余，都为灰烬矣。

五五

贵筑王季湘女史，为薛照南刺史夫人，淹雅少才，尤精音律，性癖琴，重订《春草堂琴谱》，审音定徽，多所正误。其自序骈体文一篇，征引精详，词格华妙，其文云："粤自湘妃写怨，苍梧留帝子之音；蔡氏知弦，渌水尽中郎之妙。考新声于北魏，艳说虞妃；纪韵事于西京，争夸赵后。邮亭女子，识楚国之明光；上景仙姝，倡汉宫之绝调。拍成雅操，癖有落霞；谱入乐章，歌新子夜。故绋调九拜，香闺大有传人；亦琳鼓三终，正坐犹严女训。然而文君心荡，绮摩相沿；于嫂音微，筝琶莫辨。鸣鸾寡和，畴环佩之迎风；舞鹤不来，空丝桐之伫月。洋洋盈耳，半属淫哇；诩诩师心，殊乖古法。安弦操缦，堪羞艳李秾桃；屡牍连篇，只消灾梨祸枣。求其曲操雅正，音律详明，则《春草堂原谱》一书，固后学之津梁，元音之真诀也。所惜者徽分一间，尚误曲中；弦审五音，微差位表。吾师祝桐君先生，为当时伯牙，将取此卷正之，乃仓皇戎马，未操郢上之觚；况瘁征鸿，早返闽中之驾。余也抚琴动操，指训亲承；挹雅扬风，心传远绍。因女红之余暇，细校徽音；合元律之精微，详加删制。神来意会，每触类而旁通；激浊扬清，务纤毫之无憾。经年绮阁，即告成功；反命绛帷，用谋锓板。所冀三声类聚，与古为徒；若云千载赏音，则吾岂敢。"

五六

广西荔浦产芋，其魁可三五斤，切之作槟榔纹，甘粉可口，为他省之所无。土人每挫以为屑，调诸味烹食之，名曰芋泥。谢阿痴女史有句云："远惠蹲鸱贮满篮，署签荔浦最知名。殷勤先与厨娘约，试仿东坡玉糁羹。"此等灶下养，亦带六朝烟水气矣。

五七

钱惠尊女史，为陆祁孙之妻，姿才秀异，雅娴吟咏。有《题倚阑待月图》云："初三月，纤如钩。月不来，上小楼。十五月，圆如镜。月不来，步芳径。待月来，颦修眉。眉痕展，云未开。待月来，弄齐纨。纨扇掩，露已寒。云重依微见，十二曲阑都倚遍。嫦娥此夜不胜秋，只许人间窥半面。水晶枕畔玉钗横，梦跨青鸾傍月行。天上傍轮依旧好，不知下界有阴晴。"

五八

我自用我法，谓不倚人门户，不蹈人窠臼也。某女士有句云："晓对菱花悟诗境，分明有我却无人。"以此言诗，其思过半矣。

五九

方玉坤女史，顺天人，聪慧工诗，字丁筱舸部郎。丁南旋，久无耗，女史有若兰之戚，偶赋雁字长短句见意。其词曰："丁咛嘱付南飞雁，到衡阳与侬代笔，行些方便。不倩你报平安，不倩你诉饥寒。寥寥数笔莫辞难。只写个一人两字，碧云端，高叫客心酸。高叫客心酸。万一阿郎出见，要齐齐整整仔细让他看。"游戏为之，初无深意，丁得词，即日北上。此与竹影词人同一用意。

六〇

上海有一诗尼，法名慧空，诗价每首索钱百文。一日雪后，某闺媛唤咏冬闺怨诗，限八齐韵。尼口拈云："昨夜雪初落，寒梅花满蹊。"甫吟二句，又指押尼字韵，因续云："邻家何所喜？破晓叫乌尼。"盖释家呼喜鹊为乌尼也。

六一

黎荫棠少时，在外舅邓蔚堂甥馆读书，其细君《和春燕》断句云："寄语上林须早去，莫贪王谢好楼台。"盖劝学之词也。

六二

桂林花桥，风景极雅，朱静媛女士有"树影分樵路，山光压酒旗"之句，的是所在实境。

六三

浔江崔娟娟女史，工诗画，妙音律，犹嗜琴。其《山房落成》一律云："卜筑西山麓，云深独一家。小楼依曲沼，矮屋隔疏花。兰气浓于酒，藤阴绿到纱。世尘知扰攘，聊此避喧华。"诗境情绝，绝非食烟火者所能道。

六四

泉郡客店，有女史题壁三首云："肩舆得得走天涯，一路狂风扑面沙。盼到夕阳投逆旅，银红衫汗换轻纱。""晚妆试罢镜奁昏，眉画初三月一痕。行到中庭防客见，教鬟先自掩重门。""杨花薄命怨前生，飘泊无端又化萍。听绝鸡声候晓发，高楼独有梦甜人。"细味诗意，似有风尘之感，而含意未申，犹令人耐味。

六五

吴县女史许灵芬，雅擅诗词，兼工绘事，桂林周昀叔观察之小星也。观察在都时，丹青酢酬，悉委女史捉刀。其《秋夜即事》诗云："晻晻疏帘暝，寥寥小院扃。空烟疑作雨，纤月不妨星。窗凝花光白，灯涵竹气青。谁家弄秋笛？鸥梦一时醒。"又《画扇自题》云："昨宵微雨下莓苔，石背秋花一两开。僻径等闲人不到，亏他瘦蝶会寻来。"又《新秋病起漫兴》云："深院微吟日又斜，风帘树影总参差。药炉香静支颐坐，闲数秋槐落砌花。"

红琴绿剑楼诗话

朱天石、范贻贞

载于《妇女旬刊汇编》1925 年第 1 期，1926 年第 2 期与第 1 期内容相同。作者署名阳羡朱天石、范贻贞女士。范贻贞女士生平事迹不详。朱天石生平见前述作茧生《闺秀诗话》。

此诗话主要录宜兴及周边地区诗人、风物相关诗作，如南社徐云槎、乡先辈戴鉴泉、陈其律等。可视为专门的地域性诗话。

—

吾宜息影园，有张船山诗勒于石，草书作龙蛇体，遒劲有致。诗曰："听风听雨耐春寒，阅尽尘劳梦转安。冷暖官情如楖栗，萧闲诗味在栏杆。酒香略许同心对，花好还须慧眼看。笑谢南园双蛱蝶，莫扇全粉上蒲团。"船山诗有青莲再世之目，此作俊逸无比，集中独遗。

二

同邑除娘云槎，南社健者，其弃稿有《无题和韵》一首，显工，读之有惆惆不甘之致。诗云："香尘如海复如霞，飘渺蓬山路尚赊。但有相思记红豆，更无魂梦到春槎。风裳水佩云千叠，罗袜银床月万家。多少江南断肠客，合欢谁种女儿花。"

三

得旧扇一，扇头书陈元替拜山诗二章："大别山前昔驻兵，摩挲翁仲石麒麟。美人皮相英雄骨，半作飞灰半作尘。""遥望琴台土一抔，有时含泪首频回。楼空鹤去仙何在？忍听江城赋落梅。"题曰《登大别山有感》，所谓"亡国之音哀以思"也。

四

古纸堆中，搜得一诗，颇有奇致，但无诗题、无人名，为可憾耳。诗云："崇山兀然在我眼，揽袂欲游嗟已远。古桷棱棱撑太虚，平以茫茫际层巘。大梁繁华天下稀，斗鸡走马夜忘归。君独胡为甘寂寞，坐对山水娱清晖。西溪先生奇崛士，正可置之岩石里。数间房屋破不修，中有神光发奇字。"起句突兀似荆公，结亦秀健，可传之作也。

五

乡前辈戴公鉴泉，以名孝廉仕粤东，颇有政声，然性淡泊，早存挂冠志。尝作《观海图》，画一肖像，以琴鹤自随，飘然如世外也。其《自题》云："极目望沧海，奔驰何浩瀚。倏忽起风波，掀翻接天汉。帆樯驶若梭，顺逆居其半。我是局中人，且作旁观看。振衣千仞冈，不觉望洋叹。嗟此浮沉者，何时登畔岸。"又致语数百言，不及尽录，皆亲笔缮写极工。偶展斯图，缅怀高风，曷胜景仰！世之薰心利禄者，不足语此也。

六

吾宜陈其律懋孙诗、书画二绝，尤以画梅擅名。家中偶藏四幅，珍如拱璧，其题句，尤有潇洒出尘之致。《题风景梅花》云："满园春意未曾回，少女无端着意催。见说岭头花信早，南枝先送暗香来。"《题云景梅花》云："薄暝山家处处炊，水边篱落有人窥。半林都被东风约，笑问南枝是此枝。"《题雪景梅花》云："一天飞雨忽凝脂，有意冲寒似太痴。不道和羹多美味，立身原在撒盐时。"《题月景梅花》云："九霄谁把锦衾开，守鹤惊寒去复回。窗外一枝花影动，夜深疑是玉人来。"

七

家藏纨扇一柄，上题《古意》一首云："早来洗砚池，为妾写幽照。图貌不图心，毋乃识者笑。"此意未经人道，可称绝作，置之《天真》《疑雨》集中，几乱楮叶。下署"忆花楼主人"，未悉为谁。

八

古来咏张丽华者多矣，要皆出于讥讽贬斥，从无悯惜之者，独吾宜朱耀南三首，足为丽华吐气，彼美泉下有知，当泥首称谢也。诗曰："莫笑轻狂坐帝身，膝头决事却如神。佛奴苟有仁民意，妃子也为治内臣。"此言后主误丽华。"鼠辈珥貂悉备员，亡陈岂系画婵娟。朝臣若悉如章傅，璧月何妨夜夜圆。"此言后主之臣误丽华。"底事陈亡妃亦亡，河山毕竟误红妆。倘教身是民间妇，何碍高公入建康。"此言国误丽华。慧心巧舌，自足为美人开罪，可见文人着笔，总须翻陈出新，方能夺目。

九

武进逸如潘奇，宜兴程蛰庵继室，著有《冰琴集》《菉猗吟钞》。截句云："南楼坐对碧夫容，莽莽层云欲荡胸。打算白头偕隐处，结庐顷在最高峰。"又断句云："一片西溪膏沐地，前身原是水仙王。"其吐属之高雅，胸怀之旷达，于斯可见。

一〇

武进纯碧赵粹媛，李子乔室，著有《微波阁诗词》。《失题》云："杨柳未吹绵，经寒二月天。闲愁寄芳草，别绪怅流年。鸟语迟晴日，花光破晓烟。依依双凤子，凄绝断红边。"清致绝尘。

一一

嘉定其坤庄蕴贞，又号清吟女史，幼字同邑许氏，未婚遂而夫卒，守贞不嫁。著有《清吟斋遗诗》。《春日》云："溪边蛱蝶逐春风，隔岸桃花波影红。何处有人吹玉笛？柳阴深巷画楼中。"《誓志不字泣呈兄弟》之一云："世事茫茫不足论，凄风惨月度晨昏。愁人从此铅华绝，愿守孤灯独闭门。"读前诗可见其诗品，读后诗可见其人品。

醒 世 轩 诗 话

姜　寅

载于《学生文艺丛刊》，1925年第2卷第1期、第9期，其中，第1期署名
"东台母里师范姜寅"，第9期署名"东台母里师范姜公畏"，知作者为江苏东台
人，名姜寅，姜公畏应为其号。除诗话外，在《学生文艺丛刊》发表了大量诗
文，如《哀同学沈君亦知文》《醒世轩痛语》等。其余事迹不详。

诗话以记述东邑师友如周犀灵、周宥全、王厚甫等人诗作为主，值得注意
的是，其中包含了作者个人在学校读诗、学诗经历，可视作关于新式教育下古
典诗歌学习状况的资料。

一

东台周犀灵先生，为诗清超拔俗，所著有《海燕草堂诗集》。余向求之，渺
不可得，闻之人云，先生诗多家藏，无印本。暑假偶适友人处，见案头有《草
亭歌》一首，友云为周先生亲作，盖钞自彼族中秘籍也。诗云："草亭开，名士
来。草亭闭，名士睡。数橼风雨自孤村，鲁灵光殿巍然存。我昨访君君远去，
赤脚奴子理茶具。小坐亭中生道心，俯仰之间忽有悟。黄金地，玛瑙梁。佛氏
所说何荒唐。方丈山，蓬莱岛。神仙楼阁亦虚渺。几家甲第开华堂，四面虚壁
琉璃光。虾须织帘珠为箔，罘罳烟袅金炉香。东堂点烛西堂灭，台榭须臾伤瓦
裂。我能记事才廿年，小变沧桑几回阅。此亭何必期百年，兴废不计心超然。
亭外一泓水与月，长照斯人清可怜。我有草堂名海燕，逼仄只容安笔砚。颇思

帧此草亭图，闭户与君常对面。"

二

偶从败纸丛中得句云："寄身虎口运筹工，恨贼徒不识英雄。妄将金锁绾飞鸿。几时生羽翼，万里过长风。　　一事无成人渐老，壮怀欲问天公。六韬三略总成空。哥哥行不得，泪洒杜鹃红。"惜不知作者姓名为何。后询之周宥全先生，知为天德王洪大全所作。盖当洪杨之乱、永安州之役，被擒，曾文正劝降，不屈，作此以见志。感慨伤怀，可见英雄末路之悲矣。

三

昔余尝读《吊古战场文》，益叹古时征人之苦，文中描写尽致。后读商丘陈熙堂先生之《塞下曲》一首，寥寥数十字，亦依然一篇《吊古战场文》也。词云："城头铁笛吹欲裂，征人起舞看明月。刀光掠鬓冷于雪。昔见杨柳生，今见杨柳折。回首关山怨离别。陇头水，长城窟，生人泪，死人血。"

四

回文诗之佳者甚少，盖为之难也。余向所见者，率多牵强。民国八年，适旧历闰七月，余方从周宥全先生学。曾记先生作《闰七夕乞巧回文》绝句一首："年逢又七重家家，巧乞争陈杂果瓜。前月今朝今夕月，天凉近水露滋华。"反复诵之，无不如意。今者，先生已化为异物，回首之间，弥深程门之恨已。

五

曩余在小学时，主任王含先生有绝句二首，余至今每诵读不能忘。其《过吴松有感》云："形势从来关国防，波涛汹涌固金汤。而今恃险嗟无力，翻作胡人牧马场。"《贞娘墓》云："一抔黄土草萋萋，到此游人住马归。留得古吴遗迹在，芳魂长绕岭云西。"

六

前余钞得周犀灵先生《草亭歌》，读而善之，因想见其为人，何等胸襟，思得多读先生诗，以慰渴念。遍求东邑名家家藏钞本，渺不可得。春间翻阅《宥全夫子遗书》，得若干首，夹在书页中，如获至宝。纸已破烂，诗灵不灭，因并录之。尤以《放舟太白楼下对月作歌》一首，为高洁豪放之致。诗云："空江客渡月不渡，直欲只身骑月去。那知我到翠螺山，团团已挂山头树。大笑呼月来，与尔登楼痛饮三百杯。楼中有尔千一百年故人在，当年一笑会使天门开。一自锦袍乌帽殉汝死，使汝孤行二亿亿万里良可哀。后来只有苏家髯，因汝把酒曾问天。问天不语天茫然，翻恼此辈真狂颠。遂乃谪官如谪仙，夜郎儋耳同迍遭。安得纤阿倒御嫦娥驾，亲叩芙蓉城阙乞令二公还人间。嫦娥闻此笑相语，明月高高不肯落。金银楼台窗户开，仿佛玉带羽衣控双鹤。"《九日同少白登天妃山》云（按，天妃山在东邑县城之西三里，俗呼泰山。风景清幽，古迹甚夥。其上有碧霞宫，据险争胜，登其上烟云飞鸟，万景毕纳，盖一名胜地也）："西风门外吹野蒿，海云变幻生波涛。谪仙酒兴复不浅，尺书招我来登高。高莫高于三神山，神山缥缈苍霭间。我闻昔人架篙橹，青天一夜风吹还。出门惘惘行复止，河梁日落淡秋水。佛阁风高响塔铃，龙山绝顶当前是。忆昔同登慈济楼，振笔题诗楼上头。可怜一炬成焦土，至今萧瑟寒蛩愁。（丁巳九日同登慈济楼，越一年楼灾。）人世沧桑那复数，陈迹眼前判今古。海气如山东北来，朝作行云暮作雨。况复君家衡山阳，我居局促斥卤乡。南云北雁各天地，龙沙风管非寻常。我为君歌君击节，君为我觞我心热。醉中解下茱萸囊，梦入芦花踏晴雪。"起首即一团豪气，飘然而来；中间言沧桑人世，感慨丛生；入后尤有一唱三叹之致。《客中行》云："沉香安息碾作尘，扬州市上香薰人。锦蜂绣蝶簇油壁，扬州城外花留客。问客何处花最多？赤栏桥畔红云窝。吴娘按板越娘歌，少年手持金叵罗。歌未终，春欲老。燕语莺啼莫草草。花在枝头人不归，花飞陌上人谁扫。"温柔如朱竹垞之《风怀》，感慨如杜工部之《秋兴》，不意吾于客中行得之，难矣！《虎丘灯船歌》云："五月四日来虎丘，舟人语我看龙舟。薄暮金鼓一齐息，沽酒来登湖上楼。忽见电光闪双目，水底六鳌翻火轴。画桥飞出船后船，画船架起屋上屋。为屋五重灯五重，灯下缨珞蕤珠玉。每重周遭七十二，每船计灯三百六。大船衔尾三十三，小船五百纷相属。看灯船中复有灯，两道烛龙排岸曲。直疑湖水沸成汤，使我不敢探手掬。明日有客来，要我灯船坐。我云有妙谛，试与君说破。鲦鱼终日游清池，人曰鱼乐鱼不知。假使置我灯船里，闭置不如新嫁儿。我不见人人见我，替人买乐无乃痴。（每灯船至，约须糜七八十金。）客闻欣然扯同步，十千付与船娘去。一壶清酒一枝灯，双桨自摇烟月处。"描写一场热闹，悠然而止，诗人风味应尔也。《社翁雨》云："社翁雨，雨如丝。舍南舍北春水滋。燕子飞飞深不见，东风吹湿杨柳枝。杨柳鬖鬖野桃小，村翁睡起凌清晓。肩豚担酒着屐行，赛神去约西邻老。前村打鼓后村歌，村巫傲傲衣短褰。不愿君王蠲租税，但愿公田黍稷多。农夫喜，农夫种田识田理。春雨入土土气酥，一尺润下一尺起。难逢膏雨及兹辰，欢笑且罄杯中醴。颓然醉矣雨渐稀，村翁归去倒曳藜。黄犊眠场鸡在埘，落日返照桑麻西。"七律如《谒吴野人先生墓》云："疲驴破笠到荒村，瘦日西风拜墓门。海水涨时孤碣在，吴天尽处一抔尊。好将不朽凭诗卷，并谢浮名到子孙。百六十年来后辈，渍鸡聊复与招魂。"《春日颍川道中》云："溪回路曲颍川东，二柳亭前两系骢。诗思不离芳草外，客途又值落花中。马蹄声软沙侵雨，鱼背凉生水过风。忽忆江南好风景，樱桃枝上浅深红。"《不波亭玩月听卓然上人吹笛》云："飞岩千尺压孤亭，笛韵悲凉万木青。黄鹤不来江月冷，苍龙欲上水风腥。歌当清夜听逾迥，秋入愁怀酒易醒。明日乘潮浮艇去，更携匏酌别山灵。"《北固山》云："一螺浮翠耸高空，山背松阴石径通。北府旌旗今不见，南朝锁钥此称雄。登高有约偕杨炯（子坚），入社无由见远公（诗僧石雷，已化去）。闲对云山数人物，大江空自水朝东。"《云巢斋中为奕山饯别兼赏盆兰》云："行矣今宵又束装，送行不惜墨千行。诗如春水波重叠，人共秋山梦短长。帘月暂留花影聚，江风愁着葛衣凉。从兹满座幽兰气，俱是荀君去后香。"五绝如《宛陵晓发》云："隔水鸡初唱，沿堤鸟尚栖。橹枝摇梦醒，残月敬亭西。"诸诗气概浑厚，得诸古名大家者甚深。惜乎余所见周犀灵先生诗止此矣。

七

吾友王厚甫，与余为总角交，自幼以诗相倡和。余犹记十余岁时，初入小学，王君所作《梅花》诗有"天地心从数点见，江山气让一枝收"句，一时同辈中互相称道之。年来人事草草，天各一方，或经年不一见，吾两人均生而偃蹇，各以事出，动辄横遭口语，间或通以邮递，亦甚鲜也。回忆儿时浑浑噩噩，豪放不羁，渺不可得。昨者王君寄其王师所拟《杜工部秋兴八首步原韵》与余，读而善之，录之如下："木叶萧疏减绿林，远山争出势森森。霜凝驿路惊晨肃，云黯江城薄暮阴。世难频挥迁客泪，时危常系小臣心。孤灯挑尽眠难稳，卧听家家捣夜砧。""铃阁沉沉斗柄斜，干戈扰攘别京华。浮生已作沾泥絮，归梦难寻泛海槎。客燕依人羁故垒，哀鸿啼月杂边笳。乡园旧种东篱菊，辜负重阳几度花。""国势阽危若累棋，飘零身世独含悲。华清春暖承恩日，剑阁宵驰避敌时。三辅震惊胡骑疾，六军携贰翠华迟。九重城阙成灰烬，西望长安发浩思。""江楼独上览斜晖，扑面霜风酒力微。兕虎出匣谁任过，凤鸾栖枳恨难飞。幼安遁世情非已，陶令归家愿尚违。但得一枝容小憩，敢贪口腹念甘肥。""咸京百二拥河山，宫阙巍峨碧落间。蕃贼弄兵趋宛洛，哥舒败绩失潼关。渔阳烽火迷金阙，蜀道风尘损玉颜。梦里不知身是客，又随仙仗列朝班。""中兴郭李树元功，地转天旋指顾中。殿阁铃声悲夜雨，旄头星影陨西风。繁华压鬓头先白，冷月窥窗灯不红。客邸萧然无伴侣，强沽村酒觅邻翁。""巫峰十二月当头，白帝城高接素秋。三峡源通巴蜀远，一枝花谢上阳愁。汉宫春晓俸飞燕，太液池荒剩睡鸥。鼙鼓声喧歌舞歇，山河北望是皇州。""峨眉山下路逶迤，滟滪堆前水满陂。旅雁失群空有泪，慈乌绕树恨无枝。寂寥久效南冠系，荧惑频惊北斗移。安得仙人重载酒，画船舣傍绿阴垂。"惜王师名字，一时未能记忆。

八

余在小学时，曾笔记王含之先生《过吴松有感》及《贞娘墓》二绝，兹悉先生原作共十首，现已觅得其八。《登钟山》云："烽燧频年忧患深，放怀长啸此登临。独怜虎踞龙蟠势，阅尽兴亡直到今。"《舟中望狼山》云："鸡声代记五更筹，晓起凭栏望古丘。最是满天云雾里，依稀塔影卧汀洲。"《沪江卧病》云："生平怕作繁华梦，梦到繁华二竖来。幸我膏肓无隙地，顿时驱逐不为灾。"《吴门得家书回里》云："追随杖履乐无穷，返棹偏从不意中。记取苏台风月好，敢言身世等飘蓬。"《渡江即景》云："万丈波涛一叶舟，舟人把舵任波流。关心芦荻洲边过，惊起双双梦里鸥。"《晚过焦山》云："云归四野锁高岗，塔影迷离接水光。更羡松涛泉韵里，钟声隐隐送斜阳。"《扬州晚泊》云："绿杨城郭又停舟，回首十年忆旧游。廿四桥边风景好，荒烟蔓草惹人愁。"《过溇湖》云："唱午鸡声水一方，一帆风带稻花香。船头子立问农事，笑语年丰报赛忙。"嗟乎！

含之先生化为异物，去今已六载有半，人世浮沉，不堪问也。

九

曩余在小学补习科，曾记国文主任苏跃衢先生（现任商务印书馆《英语周刊》编辑）有《白桃花》诗一首，颇觉可诵，诗云："红尘亦自有仙乡，卧雪眠云一羽裳。粉蝶应嫌梅渐老，木兰强学玉添香。拟将息妫深深恨，怕引崔郎淡淡妆。省识东风容易去，颦多笑少对群芳。"

一〇

约在八年前，摘抄《申报·采莲歌》二首，其一："十里五里荷花塘，船头船尾薰花香。愿郎采花莫采叶，叶多留覆双鸳鸯。"其二："零脂坠粉愁风雨，一曲清歌数声橹。愿郎采花莫采房，莲心添得妾心苦。"幽香艳情，雅致可诵。

游 戏 诗 话

卞良选

载于《学生文艺丛刊》1925年第2卷第9期，作者署名卞良选，并附"泰县三高毕业"，知为江苏泰县人。其余事迹不详。作者因友人戏解唐诗，亦拟数则，"以博阅者诸君一笑"，故此诗话也是以戏说唐诗为主。

余游友人塾中，有学生读唐诗，误读"虢国夫人承主思"，友人更正曰："虢国夫人承主恩。"余戏为强词曰："只因'红颜未老恩先断'。"细味其言，颇类大律师出庭辩护口吻，不禁鼓掌大笑。回忆曩读《申报》"诗话"栏，亦有作此为戏者，例如"'少小离家老二回'，本是老大，因何言老二？只因'老大嫁作商人妇'"。余亦拟撰数则，以博阅者诸君一笑。邯郸学步耶？东施效颦耶？均所不计。

"轻罗小扇扑飞蜓"。明明是流萤，因何言飞蜓？只因"于今腐草无萤火"。

"月黑鸟飞高"。明明是雁飞高，因何言鸟飞高？只因"雁声远过潇湘去"。

"竹径不曾缘客扫"。明明是花径，因何言竹径？只因"开到荼蘼花事了"。

"花近高楼伤我心"。明明是客心，因何言我心？只因"高阁客竟去"。

"啼时惊妾闷"。明明是妾梦，因何言妾闷？只因"泪尽罗巾梦不成"。

"日暮西风怨啼鸟"。明明是东风，因何言西风？只因"东风不与周郎便"。

"西风吹水绿差差"。明明是东风，何以言西风？只因"送尽东风过楚城"。

"步入遥山碧四围"。明明是春入，何以言步入？只因"不知春去几多时"。

316

"断送佳人容上天"。明明是玉人，何以言佳人？只因"玉人歌舞未曾归"。

"寻常一样门前月"。明明是窗前，何以言门前？只因"竹摇清影罩幽窗"。

"五湖风景有谁争"。明明是烟景，何以言风景？只因"轻烟散入五侯家"。

"黄昏同坐海风秋"。明明是独坐，何以言同坐？只因"独坐黄昏谁是伴"。

春 暖 堂 诗 话

李怀清

载于《学生文艺丛刊》1926年第3卷第6期、第9期，1929年第5卷第3期，作者署名李怀清，并落款"江苏第二代师"。按，此校前身为"如皋师范学校"，创设于1902年，后改名"江苏第二代用师范学校"。李怀清在《学生文艺丛刊》同时发表大量诗文作品。本诗话存录近人诗事，涉及师友及乡邑名人，亦可视作地域诗话。

一

本省前任省长韩紫老夫人西游，名人挽诗甚夥，犹记中以林炳勋（简任职存记江苏任用县知事）之一律为最佳。诗云："南州节使正焦劳，昼锦堂前泪满袍。象服山河哀夕启，龙𫐓幕府感秋高。乌衣门第东吴重，彤管文章北斗豪。盈尺相从罗拜地，素车白马广陵涛。"造句自然，押韵亦稳，非功到深候者，不足语此。

二

某星期日，偕友登文峰阁晚眺，偶见四壁题诗，涂鸦不堪寓目。后瞥见一绝，尚可咏诵。诗云："佳节簪萸且放眸，漫天黄叶一登楼。溪寒水落秋深矣，芦荻无愁也白头。"题为《乙丑重九登阁偶成》，但未署名耳。

三

宋教仁,革命巨子,喜为诗歌,多感慨奇壮之词。留东时曾有《晚游与乐寺》一首云:"他邦无复乐,老刹有何游。霜叶半林晚,钟声一寺秋。残碑留汉隶,古屋置僚俘。去国谁堪此,能无涕泪流。"读其诗犹想见其人也。

四

皋城苴镇吉家庄,冯爱玉之妻刘氏,素通于其弟爱国。民十三年八月二十九夜,国乘醉缢玉于某肆,埋范公堤冯家路侧。玉向蓄有黑犬一,觅玉不得,奔号狂吠数日。侦知玉瘗所,乃终日匍匐涕泣,若示人为其主雪冤然。地保冯裕魁知有异,捷报警官往察。后发玉尸,上其事于县。周知事焘以事由犬发,颁银牌系犬项。而当时苴镇分驻所一等书记朱龙祺君,曾撰有《咏义犬》七律三首,缮写卷轴,悬诸县立图书馆,藉示观感,以留纪念。诗云:"黑风刮刮夜三更,绕岸啼号颇不平。故主计从何日出,荒村恍见有人行。闻声似领传呼意,果腹难忘豢养情。哭向范堤空阔处,恩公生死未分明。""荒寒无树少人家,北斗阑干南斗斜。哭主泪干惟出血,噬人性淡不磨牙。平平浅土俱成穴,郁郁悲风易起沙。认得旧时衣履迹,应怜犬目未曾花。""哭声直上九重天,奔逐街衢与陌阡。私室阴谋遭鬼妒,公家密察在人先。遗骸竟雪乌盆恨,异代堪齐黄耳贤。从此名图存纪念,香儿名字永留传。(该犬被南通张啬翁移豢于中公园,名之曰香儿云。)"噫,世之忘恩负义者,诚不如该犬多多矣。睹此其亦知所警惕乎!

五

本级国文教授刘之洵先生性极和蔼,工于诗,曾记其《乙丑中秋玩月偶成》七律云:"人人爱对今宵月,我对今宵月却愁。空有清光辉玉宇,漫无佳兴上南楼。茫茫下土谁青眼,点点繁星侵白头。时节惊催年老大,可堪沧海复横流。"其《乙丑秋八月咏秋夜读书》五律云:"秋夜情无极,幽居独下帷。蛩吟三径切,书味一灯知。露重新凉袭,窗虚淡月窥。陶然心有会,未觉漏迟迟。"其《悼本校本四学生张国乾庐受益》七绝二首云:"共说二生能好学,正欣吾党得英才。霜摧雹碎无情甚，底事苍天不佑才？""蓦地惊心噩耗传，有才无命古今怜。此行白玉楼中去，天上人间两判然。"又去冬某周作文课，先生命题为"雪后"，体裁不拘，小说、剧本、诗歌或文言均可。并当时在教室内，曾口占一律示余侪，后同学中亦曾有次其韵者。诗云："昨夜西风劲，开门雪满途。林间飞白絮，室内试红炉……阶除来冻雀，觅食却吾吾。"此诗工整雅切，押韵亦稳。然在先生之脱口而出，固毫不费力也。昔人谓文章本天成，偶于妙手得之，吾于先生之诗亦云然。

六

母校（泰兴二高）同学丘月峰君，雅好诗文，旅学金陵，今春辟乱乡里。曾蒙其录旧作数首示余，余尤爱诵其《孤坟行》一首。诗云："莫愁湖北石城西，中有孤坟与草齐。抑为富贵抑男女，寂寞山崖水之滪。白杨萧萧风雨多，秋月春花几度过。宵来磷火逐流萤，双双熠耀乱天星。生人每为死人苦，死人应笑生人误。人生亦死死亦生，我来凭吊复何情。"满纸凄凉，不胜华屋山丘之感。末复参透人生，语极警练，非老手不办。

七

东台缪文功先生之诗文，江皋海隅，久负盛誉。余犹记其《访如皋冒巢民水绘园旧址》五律一首，诗云："绿水犹环抱，谁将绘事添。兴亡成隔世，禾黍说当年。篱废城能护，门歆额尚悬。斜阳风料峭，无数晚鸦旋。"似此凄凉吊古之什，我心非石，阅之能不怆然动陵谷沧桑之感乎？又《题儿童捉迷藏图》诗云："莫笑迷藏是小儿，东西南北费猜疑。他年长大迷尤甚，世事而今闭眼宜。"末二句就题寄慨，唱叹得神，初学者尤宜取法。其《闻徐宝山被炸于扬州》七律一首，笔力矫健，不愧传诵一时。诗曰："草泽英雄特自豪，汉家将士说勋劳。扰龙手技骄成惯，屠狗功名死便高。只恐群儿思逐逐，不堪天下日嚣嚣。是非度有千秋在，莫遣文人颂鄂褒。"

八

如皋李堡石又新先生，生平扩观，胸怀磊落，以书画自娱，亦尝喜咏诗歌，聊浇块垒。余今春获见先生近作《斗雀》二章。其一云:"蠖居观雀斗,大地战云高。等是争栖啄,何如惜羽毛。图南嗟未遂,逐北恐徒劳。我已飞鸣倦,悠然世外逃。"其二云:"网罗遍天地,咄尔竟何之。莫作同巢斗,须防毁室危。唧啾如有诉,幺小亦堪嗤。聊当谈玄侣,鸡窗共解颐。"借题发挥,寄慨遥深,而诗句之天然稳洽,固先生之能事也。又先生自题墨竹数首,亦均神韵潇洒,诗如其人。兹选录其三于此。一:"一日不可无此君,此君英挺尤高淡。世味人尽淡如君,安用健儿挥血汗。世间人尽淡如君,何用生灵伤涂炭。"二:"笔底萧萧风雨声,凭君代作不平鸣。年来第一违心事,书画文章浪得名。"三:"丈夫有志勒燕然,埋头写竹题诗篇。安得揭竿一横扫,中原万里靖烽烟。"去夏同学刘君民表谢世,后校中(前江苏第二代用师范)开会追悼,先生曾挽之以诗云:"书淫已足病膏肓,况更呼号救国忙。死国青年方接踵,怜君死不到疆场。""课余吟哦当游戏,好学深思是此儿。可怜心肝徒呕尽,锦囊羞涩少遗诗。""可畏后生能几辈,凤毛麟角独摧残。吾侪真欲同声哭,叔世英才分外难。"余犹忆当时诗歌挽词云集,类皆堆砌敷衍之作,而欲求其朴实亲切者,舍此实未尝多睹也。

耕云草堂诗话

丁广极

载于《学生文艺丛刊》1926年第3卷第1期、第9期、第10期。作者丁广极，在《学生文艺丛刊》中另发表有大量诗作，其余生平事迹不详。诗话多记个人与亲友作品，尤其关注表现战事、国难的作品，流露出作者沉挚的忧国之情。此外，诗话细致描绘了友人间往来切磋诗艺的情形，对于了解当时青年学生学诗、作诗的情况大有帮助。作者对白话诗及诗中用新名词的看法，尤值得参考。

一

甲子秋，江浙之战方殷。中秋节夜，浮云满天，明月为遮。因成二绝，盖以志感，工拙不计也。其诗云："待月中庭暗自嗟，浮云密密满天涯。何能直上层霄去，禁住浮云不要遮。"（盖感战事迭兴，几不见天日也。）"九州飞起战场沙，满地干戈乱似麻。玉兔已知团聚少，清光不忍落人家。"

二

同学张君醒皆，皖人，以今年（乙丑）"五卅"血案事致疾卒。其同乡姚君徽元挽以联云："沪案反主为宾，知子未能瞑目；皖人惟我与尔，教咱怎不伤心！"对仗既工，于事尤切。

三

板桥道人《题篱竹》云："一片绿荫如洗，护竹何劳荆杞？仍将竹作篱笆，求人不如求己。"余极爱之，不惟作好诗看，亦极好格言也。

四

余有《归途吟》云："书生生活本营营，梦入淮安累不清。何日扁舟鸥鹭伴，飘然留得一身轻。"其后同学陈善培见之，和云："芸窗披读固营营，积学深思悟太清。没世不闻贤哲诮，莫讥麟阁一毛轻。"陈君遇余如此，其友直之谓欤！

五

长夏无事，与诸子属对为戏，予有句云："举杯误咽杯中月。"陆子对云："闭户强排户外山。"缉之兄长有联云："一曲蝉歌风里去，数声犬吠水中来。"俱工。

六

乙丑年春，予之杭州，过西泠桥宋武松墓，见有题诗云："西泠桥畔月茫茫，南宋风流北宋荒。借得些儿修墓地，莫教豪杰让红妆。"第三、四两句如此云者，盖武墓在苏小小、郑淑女、秋瑾诸墓间也。不知何人之作，姑录之。

七

予至灵隐寺过冷泉亭，拟题诗云："世路崎岖我亦知，趋炎世态绝堪嗤。而今莫向人间去，流到人间不合时。"

八

丁济之先生早卒，所著之《双柿园诗》亦不传，今见其《题画盆兰》诗，亟录之，其诗云："空谷春生吐嫩芽，东风吹遍野人家。休嫌笔底无娇艳，不似胭脂富贵花。"亦可见其人之高尚矣。

九

从兄源澄，常就余案写所自作新诗，或古人陈句。予爱其二句，云："银河有水难施渡，玉鉴无尘不染私。"不知是己出，抑陈句。

一〇

清某禅师《咏雪》云："一夜朔风寒，天公大吐痰。明朝红日出，便是化痰丸。"于题固切，并可博一粲。

一一

吾校设美文一科，吟诗诸同学，皆聚于一堂，授者为尤师亚笙。一日，题为《闻子规书感》，以同学耿君所吟七绝最佳，其诗云："漫云心事只花知，声带苍凉费我思。啼彻画楼人未觉，神州多是睡中狮。"耿君名漱兰，字方荪。

一二

"五卅"血案，沪上英人惨杀同胞，而当局殊无热烈之表示。耿方荪有诗云："腥风吹送大王雄，危在千钧一发中。努力奋呼期杀敌，何时血染战袍红。""头颅大好谁当砍，身手差强孰竭忠。寄语诸公须自励，千秋鲁史说邻童。"其热心国事可见矣。

一三

袁子才先生《过潇湘》诗："折取一枝斑竹去，教人知道过潇湘。"与贡性之先生之"折取一枝入城去，教人知道是春深"句，结构相似，然贡在前而袁在后也，袁似从贡诗得来。

一四

假中无事，与二三子通音问。余有时寄陈善培索和，君未遑为，而以假中涉猎诗文之有趣者见寄，兹录之。妙论粲花，令人掩口胡卢矣。

黄某善滑稽，有同事某投札，误书"黄"为"王"，黄作诗答之云："江夏琅琊未结盟，草头三画最分明。他家自接周吴郑，敝姓曾连顾孟平。须向九秋寻鞠有，莫从四月问瓜生。右军若把涪翁换，辜负笼鹅道士情。"工整熨帖，语语切题，隽品也。

诗之足以引人入胜者，莫如白描。何海鸣《学绣》诗云："渔家有女载轻艘，学绣红罗对晚窗。忽地停针问阿母，鸳鸯底事总成双。"又无名氏《书所见》一绝云："垂髫弱女着春衫，一种风姿自不凡。行到画桥防露滑，低憨痴笑要娘搀。"寥寥二十八字，姿致如生，诚写生之妙手已。

《嘲尼姑还俗》诗云："短发蓬松绿未匀，袈裟脱却着红裙。从今嫁与潘郎去，赢得僧敲月下门。"末句隽绝。

一五

耿君方苏天资最高，观其诗俊秀老到，自可知也。君北上后，以《游北海公园》诗寄示，云："高山耸峙碧嵯峨，十万云烟眼底过。莫叹夕阳无限好，游人偏是晚来多。""十五容颜最妙龄，朱弦轻扣奈人听。座中尽有胡天客，莫把新声谱后庭。""轻风剪剪透窗纱，快到胸前兴不赊。日照玲珑金万点，游人遥指旧皇家。（自注：皇族王府多用黄瓦。）""北海传来景绝伦，今朝始得趁良辰。可怜最是池边柳，初解依依讶主人。（自注：北海为满人私有二百余年，今始开放。）"

一六

沈君应昌寄予诗云："屡裁尺素寄迟迟，春到鱼湾系我思。座有良朋樽有酒，闲中消遣仅吟诗。"浑厚之至。

沈君又有《寄家书》诗云："灼灼银灯透碧纱，数行写尽墨痕斜。此身不及思亲泪，犹趁云笺寄到家。"父母在堂而不克承欢，飘泊于他乡者，吟君诗当感慨何如耶？

一七

洪北江先生诗："自出长城万余里，东西南北尽天山。"与东坡先生之"不识庐山真面目，只缘身在此山中"句，风景仿佛相似。

一八

曾祖父月湖府君，所著有《芸香炉谱》传世，所吟诗尤佳，然稿多散佚，欲付梓而不可得。兹于旧箧中得其《春日遣兴》一首，录之藉窥全豹耳，词云："饭罢茅檐日未斜，出门何处话烟霞。昼长无赖思来客，春去难留欲问花。拖屐偶经红雨径，汲泉闲试碧云茶。小窗岑寂多幽思，拟拨烟云讲《法华》。"

一九

予夜读，忽见景得句，云："一庭松影鹤观月，半夜钟声人读书。"自以为不可多得，后欲凑成一首，然未易也。

二〇

耿方荪来函云："前夜梦至琅山，欢聚吾弟（即我）及卜蕃于圆觉精蓝。酒阑，联句以为乐。醒时尚记得一联及末尾二句，然出之何人，则渺无印相矣。'黄土门墙不系马，青山树杪聚栖鸦……鹤伴老妻眠不得，清高羞却到梅花。''黄土'一联，不工亦不恶；'鹤伴'二句，在可解不可解之间，殊称怪事。孰谓春梦无痕乎？"来书如此，然予与耿君别，迄今一梦俱无，何也？

二一

从兄源澄，幼勇而有力，好武事，遇有人难，莫不慷助之。尤善于诗，予之能诗，其力居半也。近数年，隐于家，时如病痫，不言不语。予赠以诗云："往日英豪莫可当，而今剩得十分狂。说来处处多相似，应是前身陈季常。"

二二

人有所感，发而为诗，其诗必得自然之致，所谓天籁者也；欲吟而句弗得，埋首书窗，而不舍弃者，往往有之，其诗必不能得自然之致，所谓无病呻吟者也。前者使诗，后者为诗使。

二三

友人某君有句云："炼到三更还入梦，稳求一字数扪心。"此种境界，作诗者往往有之，而君能意达之，可见其工夫老到而深知诗之甘苦者矣。

二四

吟诗忌新名词，有之，便不能古雅。刘梦得为一"糕"字，因前人诗内未曾用过，屏弃弗用，亦可见古来吟诗用字之难矣。

二五

近来新名词甚多，如"电灯""汽车""自由车"等，不胜胪举。近来吟诗者多主写实，不甚讲究。但以论诗，"电灯"固不如"豆油灯"，"汽车""自由车"固不如"薄笨车"。此种新名词，非不可用，特不易用耳。

二六

《饮冰室集》（《诗话》）梁先生有句云："雪漫长天风满地，汽车载梦过辽阳。"此亦用"汽车"字，而风味乃特具也。

二七

予有《畸形学生咏》云："一时风盛自由车，马路纵横兴未赊。遇着告儿（girl）来处好，两三齐向路中遮。""自由车""马路"皆新名词也，"告儿"二字乃英文 girl 译音，学生日挂诸口头者。此等诗非此等写法不能传神。又一首云："不是花街即剧场，交来何计是歌郎。问他得益几多事，学罢西皮又二簧。""剧场""西皮""二簧"皆新名词入诗者，惟"歌郎"二字较旧，与诸新词不甚相称耳。

二八

沈石田先生《落花》诗有句云："浩劫信于今日尽，痴心疑有别家开。"花以时开落，何人不知？况沈先生乃一代鼎鼎名家乎！乃下句如此云云，正随园先生所谓"吟诗带几分痴意，便能入妙也"。

二九

字有善用与不善用之分，如"边"字用成"山边""水边""东边""西边"，便是不善用；如用为"吟边""愁边"，则觉风韵。"场"字偏要"擅场"二字连用，"魂"字偏要"一缕魂""啼魂"连用，方妙。若究其故，不可以言知，只知其如彼用便不妙，如此用便妙也。此种字多不胜举，在用者会心而已。

三〇

顾觊予先生与友偶相聚谈，友谓先生曰："余从事白话诗，凡两月，窃以未窥其奥为憾。"先生问曰："另有得乎？"曰："有，即三五句之白话文，加上标点符号，每句另行写耳。"予不善此，录之以示一得。

三一

余不善为白话诗，却喜读白话诗，尤喜读胡适之先生所作者。

蹉跎室诗话

汤泣鹃

载于《学生文艺丛刊》第 4 卷第 9 期，后收入《学生文艺汇编》1933 年第 4 卷第 4 期。作者汤泣鹃，曾在《学生文艺丛刊》发表《联语偶识》等文章，其余事迹不详。此诗话共六则，以录诗为主，评论较简略，但也保存了一些文献。如记家藏画幅中张君题诗、同邑李虹桥事迹及诗等。

一

诗不吟不工，吟必求工而后乃工。昔人云："苦吟僧入定，得句将成功。"又王维构思，走入醋瓮；孟郊捉对，须眉尽脱，可见诗人之苦吟矣。然吟成又须平易近人，无斧凿痕迹，方算真诗。余家有一秋海棠图幅，上有蜻蜓戏于枝旁。友人张君题句云："秋风散尽碎胭支，剩有残红蝶不知。红粉休将红泪洒，蜻蜓依旧上花枝。"又有一幅，绘牵牛花一枝，螳螂集其上。张君题句云："天孙每岁过瑶池，乞巧无端戏折枝。输与唐郎赏秋色，夜深眼见泣离时。"此二诗亦平易，亦工整，颇堪一读。

二

《阅春草堂诗话》云：浙人胡华黼，字默庵，官盱眙典史。精医，陶宫保延至幕中。其人放旷不羁，有砚癖，颜其室曰"三十六砚斋"。尝作诗云："强自寻欢入酒筵，逢场作戏大堤边。无多薄俸真堪笑，不彀看花一日钱。""别人酒债我还钱，李代桃僵绝可怜。为恨江南天样远，俸薪支出已三年。"妙语诙谐，读之颇堪捧腹。

三

吾通有李虹桥先生，少负名誉，晚年失明，境遇极苦。工俪体，兼善诗。有《六十述怀》句云："半百光阴早自珍，于今更号六旬人。看书眼暗经三岁，阅世年深又几春。不免身婴垂暮累，还欣老作太平民。闲中略检余生业，惟觉弦歌意味亲。""二万一千六百日，算来光景亦悠然。到今想象空惭我，过此苍茫更问天。无限云山沉梦寐，有情花月剩诗篇。不才徒抱交游愧，翻累相知雅意怜。""约园景色自低徊，几日东风入户来。竹叶但凭儿子劝，梅花先向老人开。古今物态原多换，天地阳春必重回。独惜朦胧双病眼，不教锦绣看成堆。""为语城中儿辈知，吾生苒苒已称耆。形骸跬步多难接，心事同侪苦系思。两世清贫余涸辙，一生憔悴貌枯枝。关情只有南飞鹤，寂寞东坡解赋诗。"又《自题小照》云："斋头此日存真我，纸上他时是古人。"又云："那堪垂老残骸骨，留与人间作画看。"又有《遣怀》句云："静里果然多妙悟，醉中安敢发狂言。"处厄穷之境，而其诗和平乐易如此，非有定力者不能也。

四

友人陈君，有《咏豆腐》句云："灯明野店人初起，香到寒家日已西。"余师见之，颇夸其俗题能雅，枯题能切，并云："次句作麦饭亦可，'香到'二字易'饭熟'二字更精。"然此二句较全表兄之句云"终岁山厨双箸滑，五更村店一灯红"，又是一境。可见作者在着笔立想时取胜也。

五

红线、隐娘，千古艳称。其豪侠处真令人起敬。近阅青丘子事甚奇。青丘子同夫越硕各题一诗于柏乡县旅壁。越硕句云："灯前看剑久低昂，蚀尽能文尚有铓。杯底深深人郁郁，何时释此九回肠。"青丘子句云："跨卫同来迹未明，西风不管客愁生。直须踏遍九州路，始信乾坤大有情。"真可为《豪侠传》添一则资料。

六

某君《嘲胖子》诗中有四句云："脐灯光照三千众，肉磨权平五百斤。豕腹膨脝波涉水，牛鸣喘吸月中云。"形容毕尽，滑稽可喜。

心 汉 阁 诗 话

赵眠云

　　载于《联谊之友》1928年第94期至第99期；1929年第100期至第103期，第105期至第108期，第110期至第117期，第128期至第135期；1930年第137、138、140、141期。作者未署名，然"心汉阁"即为赵眠云室名。赵眠云（1902—1948），原名绍昌，字复初，号眠云，别署心汉阁主。室名有心汉阁、羽翠鳞红馆、酒痕春绿馆。江苏吴江人。历编《游戏新报》《消闲月刊》《星光》《星报》等。以书法、篆刻名，晚年以卖字为生。有《云片》《双云记》《心汉阁笔记》等。

　　诗话开篇为序，简述诗话写作缘由："不佞自少即喜学为韵语，顾以师承缺乏，不敢示人。乃者闲居无俚，仿为诗话，体格卑而见解陋，知不值识者一哂。兹以附印于《联益之友》之末，求海内同文有以教我也。""体格卑而见解陋"自然是作者谦逊之词，而从实际内容来看，此诗话也十分精良。

　　诗话所录主要为近代以来诗坛名家诗作，涉及柳亚子、高吹万、郑逸梅、胡石予、李澄宇、杨云史、刘泽湘等。作者对南社推崇甚至，故多录成员诗作，评价也很高。如称："南社创自陈佩忍去病、柳亚子弃疾等，以气节学问相砥砺，革命伟人，多产出其中。"评李澄宇"诗才高逸，盖南社健者也"。其中记录与胡石予交往、评录其诗作的条目尤多，且多推崇仰慕之语。盖赵眠云自幼与郑逸梅相识，而胡石予为郑逸梅师长，又于诗、书、画多有创建，与作者十分相契。

作者为书法家，于各类文人墨迹颇为珍视，认为："名人墨迹，为世宝贵，虽断缣零素，亦复珍同拱璧，况完好无缺之物，其有不受人欢迎哉？"又往来多书画名士，故诗话特别留意记载所见各类书画题诗，以及师友间题赠作品。如有所见乾隆时盱江怨女身世及绝句、袁雪庵所赠梅花画幅题诗、胡石予为《梅鹤图》题诗、偶从同行旅客处所知赵秋谷书词等。此外。对于可入书画的相关诗作，也有著录。如《桂馨堂集》所载《梅花诗》，乃是由于"适余将倩友人画梅，友人能画而不习诗，因录二律，托其题入画幅"。

而作者对社会文化中出现的新现象也多有注意。如记录了白话文推行情况："最近且禁止小学校用文言教授，而初中招考命题，亦纯用白话。"又评论诗坛风气如剿袭弊病："近时学校诸生，潜心科学，无暇注意词章，展转假手，颇多剿袭之弊。余谓昔人明训，人各有能有不能，既专长实用之科学，区区雕虫小技，何足道哉！"又关于婚俗中流行蜜月，称"欧风渐染，结婚既许自由；美满姻缘，蜜月更饶奇趣"，并录《蜜月吟》。

序

曩尝闻诸师友，诗话之例，有详述诗之体用者，有采辑名篇佳句者，又或因人以及诗，因诗以纪事。前代著述，略可考见，有清一朝，作者尤夥。凡有诗稿流传者，其附以诗话，几于十人而九。随园著录，至为琐琐，而沿其流者，实繁有徒，以著笔至为简易也。不佞自少即喜学为韵语，顾以师承缺乏，不敢示人。乃者闲居无俚，仿为诗话，体格卑而见解陋，知不值识者一哂。兹以附印于《联益之友》之末，求海内同文有以教我也。如曰"敝帚千金"，则又岂敢。

一

妇人当顶作高髻，饰以金玉珠翠，有所谓螺髻、凤髻、云髻者，又有所谓堕马髻、宫样髻、春风髻、百叶髻者，嘉名之锡，指不胜屈。殆皆像其形，取其似，而为之称也。总之为美人千载流传之盛妆。虽代有不同，而所以助其美、添其娇者，则一。《琅嬛记》云："甄后既入魏宫，宫庭有一绿蛇，每日后梳妆，则盘结一髻形于后前。因效而作髻，巧夺天工，故后髻每日不同，号为绿蛇髻。"近人有句云："彩凤已随秦女去，绿蛇新自魏宫来。"盖有清末造，已无高髻可见，类皆盘蛇之形，故有此语也。今则时下美人，又皆剪去发髻，不独高髻无可见，即绿蛇髻，亦将归淘汰。某君咏美人剪发云："消尽香闺春女怨，千丝烦恼一齐除。"余笑谓："尚留得几寸，正恐烦恼未尽去耳。"因念往昔诗人，涉及发髻名句，何等娴雅。张籍诗云："金环欲落曾穿耳，螺髻长卷（平声）不裹头。"杜牧诗云："和簪抛凤髻，将泪入鸳衾。"白居易诗云："玲珑云髻生花样，飘飘风袖蔷薇香。"江总《梅花落》乐府云："妖马堕髻，未插江南珰。"白居易诗云："宋家宫样髻，一片绿云斜。"陆游诗云："君看淡扫出茧眉，岂此一尺春风髻。"元稹诗云："丛梳百叶髻，金蹙重台履。"逸梅语余："则谓文字之与风俗，相辅而行。某君《剪发诗》，虽不足当应运而兴之目，他日必有锦章绣句，为新式美人头点缀者，子且拭目以待可也。"余唯唯。

二

曩年余在平望友人王君处，得见盱江怨女所为诗四绝句。怨女名紫藁，姓不著，清代乾隆时人。盱江蔡某，以书之于扇。王君在沪上购得者，其价则番佛一尊。余甚爱之，愿五倍其值，向王君转购，君不欲割爱，乃借录其诗。王君本皖人，随父来平望营商业。越一年，再遇王君，言诗扇已为人窃去，嗟惜久之，未几君亦归去，今久不通音问矣。爰录四诗于下："江柳摇风江草青，江空夜夜照疏星。扁舟几度来江浦，愁听孤鸣雁下汀。""我是东家娇女儿，守贞十载蹙长眉。自怜识字成冤业，剩有空庭寒月知。""三更梦醒恨捐捐，飒飒秋风窗纸穿。明月已西灯又灭，布衾单薄冷无眠。""云笺已悔写幽思，更忍瑶琴谱怨词。昨夜笛中闻折柳，引人凄泪又丝丝。"蔡某于诗后跋十数行云："怨女诗四首，不详其题。余与怨女为同邑，顾有城乡之隔。曾于某处一面，见其容色惨淡，知其含怨甚深，恐不久人世。未半年，果以香销玉碎闻矣。余之获此四诗也，盖亦有缘，乃得之收字纸之金翁。翁与余比邻，其收得字纸，余常过其门检之，有书法佳者，辄检出之。及得怨女诗，乃狂喜。怨女余知其家世，其致死之由，亦尝闻之，不忍赘述，故并其姓亦为之隐焉。晴窗无事，以蝇头小楷书其诗于便面。余为人书扇，未尝一录其诗云。乾隆四十八年八月，盱江蔡骥并志。"余当时既爱紫菉之诗，又喜蔡某书法，全学《灵飞经》，以为双绝。且其跋语，又复动人流连。然而过眼烟云，空悬想像。彼窃者何人？不知今为谁家珍秘中物？殊可念也。

三

曩在武林旅邸遇雨，竟日不出门，有仙居人姓黄名裳字元吉者，萍水相逢，颇脱略，不拘拘形迹。其人喜剧谈，酒后尤甚，述往年恋一妓名小红者，在武林某巷。今则枇杷门巷，绿阴已非，转眼沧桑，徒劳梦想矣："妓本不知诗，虽略识字，但能披阅小说，亦不尽了了也。一夕，在枕上醒来，时已五更鸡唱，忽语余曰：'妾梦中学吟，得诗四句。'余狂喜，促令诵之。乃低声诵云：'新月如弓未上弦，秋露如珠未穿线。今夕方知郎君心，去年但识郎君面。'余极口赞赏，谓：'屡教汝学诗，汝每羞涩不肯为，今此诗者，几如老斫轮手矣！'小红闻余赞赏，亦喜不自胜。越三日，余以家事电促归，归而不能遽来。既而革命军兴，余蛰居山县，不出门者一年。及再至武林，访小红，已不知所往。或云从某军官去矣，或云病死。迄今数年，莫得其究竟，诵'识面''知心'之句，令人思之欲病。余但祝其果从某军官去，且能安顺无恙也。"黄元吉与余遇于旅邸时，盖三十许人，酒量甚宏，既别去，亦久不相闻问云。

四

元吉又语余曰："某尝为一负心事，谋之不获，再遇小红，亦冥冥之中巧于报复也。记奉家电去武林日，曾与小红有约，小红且挥泪送余也。"余固问负心事奈何，元吉欲语又止者再，既而曰："君固多情人，但余既作负心人，而复泄其事于人间，则罪益重矣。"因诵袁子才《落花》诗两句云："'春在东风原是梦，生非薄命不为花。'可以概之矣。"言次几泪下。余以惨不成欢，急以他语乱之。迄今述之，如黄元吉者，其人亦可思也。元吉又自述其所为诗，颇多警句，余以不能多记，曾乞其钞示十数首，今寻检不得，他日得之，当录入诗话，以志一时萍水相逢之缘云。

五

昆山胡石予先生，在吴门任省校讲席二十年。逸梅谱兄，往在草桥中学毕业，与石予先生有师生之谊，喜诵先生诗。余因逸梅得交于先生，先生往往因友人索观其诗，则蜡印以应，余亦蒙分赠，恒什袭藏之。盖先生诗，清真婉妙，能状难状之情，在时贤中，固别具一格，不屑效慕他人，他人亦不能为也。今岁夏初，病黄疸，疗治半月而愈，有"病来一现佛金身"之句。医者谓胃病黄病，咸根源于积劳，劝先生休逸。先生亦久欲谢事乡居，至是，遂决然于学期之末，辞苏校事，挽之不留。有《归去》二首，亦蜡印者。诗云："一浣缁尘敝布衣，□乡鱼鸟与忘机。无多旧籍携归便，有限余年久客非。倘得胃肠顽病减，只怜踪迹故人稀。老来诗境宜闲适，竹树林中昼掩扉。""炳烛悉明且读书，百年老屋半兰庐。萱苏私幸忧劳释，棉麦聊堪衣食储。分半亩园艺蔬菽，代长年课豢鱼猪。（先生自注云：乡间号长期雇工为长年，吾家向未有也。）悤然归去诚孤负，衰病侵寻要恕余。"

六

先生在苏，兼授女学，若苏苏，若宏志，若振华，最后训苏女中，任振华十年为最久。苏女中多外县人，振华又常有外省负笈来学者，若粤，若闽，若浙，若皖，若湘鄂，若赣，若滇，若蜀，半皆因家长侨寓吴门之故。

七

今春逸梅先生述诗云："二十年来人合老，红闺弟子遍江南。"盖七绝后二句也，其上半惜已不及记矣。随园意味，仿佛遇之。

八

先生善画墨梅，又多梅花诗，除《和高青丘梅花九首》外，有《梅花百绝》，又有《后梅花百绝》，题画时常用之。近又喜摘用昔贤之句，盖并非梅花诗，而借用之者，跋语恒说明之。如用玉川子句云："忽忽造古格，削尽俗绮靡。"又用李长吉句云："铅华之水洗君骨，与君相对作真质。"诸如此类者甚多，皆非梅花句，用以题梅，甚切。又有不甚切者，颇得司空表圣所称"超以象外，得其环中"之妙。如用明遗民毛湛光句，言情则"论交暗想情疏密，成事全征世古今"，写景则"江天晓雾笼初旭，野戍春云结暮阴"，皆妙，题扇常用之，余所见此类，亦不少也。

九

松郡钱剑秋先生，以书法名于时，今兹已作古人。先生有七星龙泉剑，因作《秋灯剑影图》，自题诗曰："我有三尺剑，厥名曰龙泉。摩沙色泽极光怪，锋锷虽敛腾精烟。上有七星如北斗之闪烁，下有符录如古文之奥渊。龙泉宝剑镌今隶，更有虬龙为状夭矫而盘旋。问我剑何来？得之非偶然。季子多情虞公贪，一取一予各有缘。我生雕刻余十年，吹箫说剑心犹坚。萧斋突兀见此物，龙气披拂寒灯前。读骚饮酒意淅洒，闻鸡起舞光烛天。有时弹铗赋感遇，冯谖孟尝皆不贤。有时出匣慕高义，要离专诸相后先。一灯烛对焉用此，寒螀啼壁悲悄悄。终成形影结枯坐，不信寂寞归弃捐。我有三尺剑，厥名曰龙泉，世有作者视此篇。"先生征诗启中，并及此诗。

一〇

余曾索先生法书，先生因索题图，当日曾题七言绝句四首，书而未寄，兹检敝箧得之，而先生已归道山，因录入诗话，以先生自题古风一首冠前。余所题云："光气腾腾夜正寒，秋风吹叶入阑干。仰天揩眼窥星斗，应有忧时热泪弹。""灯影幢幢惨不红，寥天哀唳听孤鸿。不平容有一鸣日，旦暮莽然出匣中。""孤坐沉沉秋漏长，新诗吟就意苍凉。还应借酒浇胸臆，长向灯前醉一觞。""干镆藏锋究若何，国仇未报一悲歌。书生老死闲窗下，梦里犹闻呼渡河。"闻先生征得佳篇甚多，大抵皆一时知名之士，余虽勉吟四绝句，恐无当雅意，故迟迟未寄，不知先生见之，以为何如也。先生名葆珍，久主浦东中学讲席，弟子数千人，极门墙桃李之盛。最后厌学校拘苦，鬻书沪上，艺林重之。

一一

近世教育家，提倡新文学，意在使民众之便于文字诵习也，又欲使言文之合而为一也，于是处处用白话文。最近且禁止小学校用文言教授，而初中招考命题，亦纯用白话，此犹言乎文也；乃至于诗，亦复通行白话。青年学子，便其不学而能也，如蓬从风，如水赴壑，一唱百和，群焉趋之。近闻皖省某少年者，毕业沪上某大学，以善为白话诗，见称于侪辈，侪辈怂恿之刻白话诗集，行见艺林中将添出一段故实，未始非趣事也。友人嘉定王君，去岁遇于梁溪，论白话诗，因述农村俚歌，颇有意味，若以视作白话诗，则矫然出类，恐又非近时自称专家者所能望其项背也。其歌曰："菜花黄，麦苗长。东家嫁姑子，西家讨新娘。新娘好嫁装：两对厨，四对厢，还有据木桌子椅子，排满新娘房。我家讨新娘，不问好嫁装。但愿新娘到了我家里，我的儿子依旧孝爷娘。"又曰："两只老雄鸡，隔着篱笆喔喔啼。田里还有谷，场上还有栖。今年磨砻磨了三石六，明年哥哥要上学。天地君亲师，点了香烛，先拜孔夫子。"又曰："公公胡子白如银，婆婆头发三两茎。叮嘱媳妇，烧饭弗要硬似钉。你们年纪到我大，牙齿蛀坏独剩根，大着喉咙囫囵吞。咬弗碎，嚼弗烂，两只眼睛，睁得好像鹁鸪蛋。"又曰："吹了一天东南风，明天须防雨蒙蒙。厨下没有燥的柴，打柴要拖水草鞋。趁早打一担，明天好煮饭。锅疤黄，饭焦香。三岁儿，唤亲娘。"又曰："家里养了一个猫，不放老鼠梁上跑。家里养了一个狗，前门后户叫他守。吃粮不管事，一棒打他死。"又曰："一把棉花子，趁着好雨种下地。公公的衫，婆婆的裤，都在那边青草里。薅去草，棉花好。七月晴，收花早。公公婆婆呵呵笑。"又曰："桃花水面红，杨柳门前绿。嫂子梳好头，小姑厨下哭。鸡鸣起，二更宿，费了哥哥三碗粥。"以上七歌，词虽俚俗，却含得讽世厉俗之意。友人钞得见示，或云是某先生所拟，因白话诗盛行于时，而戏为之者。不知新文学家视为何如。

一二

我苏葑门一带，迤南以至南园，名农圃之家，有田畴之乐。当甲子以来，兵事迭兴，金阊胥关地当要冲，时不免鹤唳风声之警。若夫葑溪等处，不独耕夫安于畴亩，其间又有避地寓公，林亭园圃，不废啸歌，迹其隐遁之乐，所谓"不知有汉，无论魏晋"者，诚不减桃源风趣也。曲石阁揆，建阙园以奉母。吴下名流，时相往还，消寒集社，觞咏其中。此间最著名者，晋人何亚农，隐于实业，亦筑园以居，花木葱蒨，地颇幽深。又有湘人罗氏者，辟园东小桥南，园中有池，植芙蕖，池上有石、有竹，牡丹芍药，佳种甚夥，又多果树。石予先生前以油印诗数纸见示，有《游东小桥罗氏园》诗，云："春华不害歇芬芳，万绿园林夏正长。叠石竹边山意好，一池亭外水风凉。片时清话空尘杂，百感劳怀息莽苍。不速自来应我笑，还思重访读书堂。（先生自注云：承迟慧导游一周，罗翁往上海，其读书精舍，尤未过也。）（又题下序云：罗氏园林之胜，甲于城内。女弟子金守恒，与园主人女公子迟慧同学，为绍介往游。）"《再游罗氏园》云："嚣然目眩万尘红，来憩清凉世界中。碧藕未花香在叶，绿篁解箨韵生风。湖山契阔无佳思，肺腑通疏悦病翁。却怪主人贪作客，海天翘首一孤鸿。"又有盘溪者，为川人洪氏之园，石予先生亦有诗。题云《磐溪主人洪青立，见过寓斋，因写示〈南城诗〉，别后赋此寄赠》，诗云："曾为磐溪赋一诗，隔溪凝望立移时。探梅是处元生客，看菊当年云旧知。（注云：君言六七年前，居钵畦日，余曾过其草堂观菊。）徒步却劳先枉过，相逢那得不嫌迟。城南侨寓多明哲，农圃为邻隐处宜。"又一首，题云："青立约余过磐溪，越三日访之，出旧作见示，并知余《南城》诗，既别再寄。"诗云："重到南园访旧知，菜花黄遍两余时。平生雅喜萧寥客，举世谁吟闲适诗。如我亦应为圃老，对君益悔读书迟。青山当牖溪环宅，避世桃源意在斯。"余尝叹城南田园佳处，足谢尘嚣，彼三数寓公，避地来此，诚可谓之得所，能不翻令吾苏人艳羡哉！《南城》诗者，石予先生初遇磐溪门外之作，诗云："稼圃南城地，园林又几家。门环浅溪水，人看隔墙花。莫问今何世，还思生有涯。为农余本分，心羡艺桑麻。"

一三

昔年访友漱霞山房，憩其书斋许久。仆云主人且归，献茗待客。见斋头悬有小琴条四幅，小楷学晋唐，书《三十六鸳鸯词馆落花诗》八首，又《无题》诗四首。时枯坐无聊，取案头纸笔，尽录其诗，喜其清新有韵味也。《三十六鸳鸯词馆》作者何人？及友人还，相晤之余，问之，亦曰未知。盖此小屏，乃购诸冷摊者，以其书法娟娟可爱若女郎，故重装以悬座右耳。昨检箧衍，得所录存之诗，展诵一过，《落花诗》纵不尽有寄托，却与刻画无生气者不同。《无题》亦然，盖犹是先辈典型也。近人多喜学艳体诗，能有此意境者谁欤？录数首以实诗话。既免抛弃，亦不欲负当抄录之初心也。《落花》云："不惜黄金为护持，翠幡珠幄锁红儿。十分尘土埋香玉，一缕茶烟飏鬓丝。过后思量如梦短，从前错恨是开迟。纱窗日影才移午，鹦鹉多情报与知。""狼藉零红缀锦茵，繁华易断始伤神。斜阳收拾无多影，急雨摧残有限春。洗盏已空高阁客，消魂犹似坠楼人。不禁片片随流水，柳絮风狂起白苹。""绿肥红瘦老温柔，寂寂尘封燕子楼。有意点成公主额，无心重上美人头。珠帘不卷春重怨，玉树休歌夜月愁。还忆试灯深院落，海棠风里说前游。""帘外残英点绿苔，弓鞋怕蹴不曾来。灯阑尽散缠头锦，春了还斟斝尾杯。夜雨霖铃登剑阁，朝云飞梦赴阳台。芳魂愿抱余香死，分付巴童莫扫开。""山鸟殷勤唤惜春，绣团锦簇总成尘。须知茵溷无常所，不及杨花有后身。石尉暗伤金谷变，丽娟感怆舞衣新。草香风暖钩帘处，着眼南窗倦绣人。"《无题》云："点屧虚廊月未斜，笑声风堕绿窗纱。麻姑忘却的神女，碧玉何妨是小家。尽有才情吟柳絮，莫持颜色比桃花。心嫌亚字阑干曲，生把腰身一半遮。""钗朵珠兰暑不荐，水晶帘箔杳如烟。眉尖螺绿添新恨，指爪新红褪隔年。肺病减烧香一缕，睡情偷学柳三眠。最怜冰簟银床夜，碎月桐阴未肯圆。"近始闻人云，常熟沈福垫，著有《三十六鸳鸯词馆诗词稿》。沈字铁泉，清道光时名士，殆即其人也。

一四

名妓莫多于秦淮。当弘光时代，南部烟花之盛，甲于全国，以其时被兵独后也。最著称者，自当以顾横波、柳如是为翘然出类之才。其他艺擅歌场，声流词苑者，亦复骈肩接踵，不可偻指以计。自是以降，风流稍歇矣。洪杨兵燹之余，事事粉饰太平，歌楼舞榭中，偶有以文墨见长者，惜凤毛麟角，不易多观耳。曩闻友人谞令述津妓文翠翘者，初张艳帜于粤，雅有咏絮之名。某观察之公子，欲以重金脱其籍，翠翘以公子貌丑不愿，遂避至津门，恐为所中伤也。后卒嫁一名士季某。季才而贫，翠翘雅重之。季某病，翠翘寄诗慰问，诗曰："深秋木落海风寒，吹败丛丛幽谷兰。移向小阑干内去，重帷遮护莫摧残。"盖季字少兰，故以兰为喻，劝其移榻也。又诗云："红裙弱质不胜情，夜对孤灯坐到明。北地易寒秋易老，惊心楼外怒涛声。"季亦粤籍，皆畏京津酷冷，且在病中，故郑重言之也。翠翘母极怜爱翠翘，一惟其言是听，至是持翠翘函及诗，促季某迁寓，俾养疾温柔乡中。季遂携书剑就翘，翘所居颇宽敞，别馆馆之，医药调护，十分周至。盖其时翘已闭门谢客矣。季某和诗，有"语到夜深无倦意，绛帷同看烛花残"及"鸡鸣咏诗人"句、"帘外潇潇风雨声"等句，亦一段佳话也。

又闻翠翘在粤时，以和某君《落花》诗得名，故别号"落花"。翠翘则在津日改称者，不知其即为文氏落花也。所传落花佳句，有云："余香蝶粉还粘着，残艳蛛丝强挽留。""草草之春成短梦，纷纷一院苦狂风。""烟雨万家莺语涩，郊原十里马蹄骄。"皆一时传诵者，诗妓之称，可云无愧。惜嫁季某后，不三年即夭死。季某有《哭翠翘》诗三十余章，述者不及记忆，但言极哀感顽艳云云。由前事观之，其情可想见矣。

一五

夫秋九月某日，偕友人访画士袁君雪庵于香溪草堂。君居依山傍水，花竹绕庐，疏密有致。灵岩一带山水闲逸之气，疑独钟于君。不然，何诗书画三绝之高出流辈，不可以道里计也？余与袁君，虽相知有素，而识面则以此次为始，倾谈欣洽，相见恨晚。既别，蒙赠梅花画幅，题诗其上曰："寂寞园林满地苔，闭门度岁日衔杯。山中毕竟春先到，催早梅花一月开。"高人逸致，情见乎词矣。余无所答赠，谢以四绝句云："记得寻君拜草堂，东篱黄菊染新霜。快谈足慰平生愿，容易分襟天一方。""溪山灵秀系人思，风义尤钦老画师。别后教人忘不得，鸡鸣风雨一灯知。""君画癯仙笔亦仙，寄余恰值岁寒天。恍如晨夕亲良友，感谢先投诗一笺。""昔贤驰寄一枝春，究竟飘零易化尘。巧夺天工移入画，四时无日不芳辰。"旋得君和诗，并赠仿沈南苹画鹿折扇，诗云："久钦叔度未登堂，岁月又惊菊傲霜。文酒风流心汉阁，艺林驰誉到他方。""神交两载结遐里，墨妙贻来是我师。名笔天涯搜集遍，雕虫亦复订新知。""玉貌清癯拟谪仙，苑盒倾盖九秋天。纵谈书画多名士，佳话好传联益笺。""敌残腊鼓又新春，闭户研磨不浣尘。何日重寻香水棹，期君把臂话芳辰。"余再叠前韵寄君云："每惊岁月去堂堂，又见寒梅开雪霜。除却高人与赓和，烦襟欲涤更无方。""望古遥遥有所思，经师难觅况人师？如君高绝遗荣利，尘外翛然世莫知。""襟怀浩浩地行仙，长庆诗宗白乐天。嘉惠名篇拜瑶知，米颠笔写薛涛笺。""腊鼓催回己巳春，飘萧人海感流尘。定知香水灵岩畔，斗酒茅堂钱戊辰。"时值岁除，多愧尘氛扰扰，得与良朋唱和，稍获片刻闲静之趣，弥足喜也。

一六

余近获一男，逸梅谱兄尚迟悬弧之喜，倩子云伽庵画《梅鹤图》，乞石予先生题诗其上，自谓比悬《弄璋图》于卧室，较为雅隽也。石予先生为题五古一章云："日月疾如驰，吴门一梦觉。回首二十载，少年集同学。逸梅郑氏子，其人至诚朴。女士周寿梅，夫妇双鸩鸳。好述琴瑟友，窈窕钟鼓乐。一事稍稽迟，或未免焦灼。天上石麒麟，尚未降香阁。乃绘《梅鹤图》，同心一谋度。佳兆此春阁，红梅花灼灼。丹顶立仙禽，生儿定相若。他日人悬弧，命名当曰鹤。尊酒汤饼筵，老夫喜雀跃。"按此诗两押"灼"字，先生适当新病之后，忽据命笔，盖未及检也。

一七

曩尝读曾文正公家书，见其评论文字，以诏子弟，谓古来文字妙处，有闲适之趣，有诙诡之趣。余读石予先生诗，觉处处闲适，即讥评时事，感叹世俗，他人不免以激烈出之者，先生总是和平温厚，有怜惜而无嫚骂。《礼经》所称"温柔敦厚"，先生有焉。是则先生之诗之闲适，固性情学问为之，非出于摹拟者，宜其处处皆然也。乃近见先生《病起漫吟》五言古诗四首，则诙诡处多，余尤喜诵之，爰述录如下。其一云："人病无弗憎，我病反见德。是岂幻诛张，乃真披胸臆。役役哭尘劳，燕燕慕居息。幸病此经月，如适彼乐国。拥被迓梦临，倚枕忘日昃。谢客索和诗，云难亲翰墨。亦或倩作画，答言乏腕力。家人谨调护，呼之常在侧。呵骂亦余谅，谓病非刚愎。果馔具珍异，精神倍省啬。观书心自闲，觅句意亦得。瓦霜寒不知，炉火日未熄。香花供养中，千金视一刻。困顿数十年，倦鸟思戢翼。得此果何修，欣欣有喜色。反虑病速愈，尘事又牵逼。扰扰只不遑，那得避而匿？"其二云："一瘦皮包骨，乍惊忽又喜。体重倦登陟，动辄计道里。历险阻崎岖，升高惮发轲。腰脚云健强，心知夸言耳。顽躯幸骤轻，谅能捷步履。飞仙不敢望，跳猱或堪企。高远亦卑迩，宁肯半途止？餐膳避膏腴，不独肉食鄙。大惧累肥重，悼叹再抚髀。无来破菜羊，勿为慕膻蚁。臞疗愿常保，蔬食从此始。"其三云："人生未一病，如统常胜军。剧寇锋屡摧，轻敌祸已根。将卒习骄慢，暮气何昏昏！遂以战为戏，一败全军奔。观楚城濮役，子玉终杀身。是知军旅事，挫折不害频。能忍心乃细，善养气自伸。最后决胜负，刘项谁不闻？壮夫伟躯干，谨疾非所论。自谓百年强，何忧六气纷。一日猝然中，朝饔不及飧。反令病夫诧，剪纸来招魂。虎贲勇十蹶，龙钟羸老存。问渠何以然？能慎不慎分。久病积证验，养生敛精神。他日臻上寿，操券惟斯人。"其四云："梅郎又莅沪，重显好身手。风流誉徐娘，不减畴曩否？散花天女身，驻颜术固有。虞兮杨玉环，美人骨不朽。歌喉娇春莺，腰无瘦秋柳。亦欲一往观，其奈居北牖。强勉隐几卧，遑论出门走。又复交臂失，那不呼负之？继思天下事，穴见不可狃。偿愿或旋忘，积慕思乃久。譬人赠佳酿，在瓮未持斗。亦有饷盛馔，方烹未沾口。无穷味津津，馋涎若垂绺。当其饥渴时，定胜醉饱后。一病阻行旌，颇似厄残叟。留此不尽情，其实遇我厚。还应重致谢，宁当错归咎。"逸梅曰："他人作病起诗，或不免补述病时困苦状，牢骚抑郁之语，触绪纷来，亦不足怪。如先生诗，虽云诙诡，实则心气和平，仍平时适闲之本相也。"余谓此论甚确，非善读先生诗者，不能言也。

一八

昆山王椒畦学浩，以山水名画家著称于时，今得其画幅者，价值不赀，实未易遇也。椒畦亦画梅花，张仲冶问陶题曰："世外梅花破蕊迟，闲情才放两三枝。相思一夜无人见，雪后寒山月上时。"观此题句，则椒畦梅花之妙，亦可想见矣。

一九

尝闻人言，梅花、菊花等诗，前人名作如林，不宜再作，作亦难出古人范围，佳句更从何处得来？余谓斯言似是而非，只要有境地，何必定在古人下哉！近见张仲冶《船山诗集》，有咏菊花句云："晚节清高贤宰相，秋容寒瘦古诗人。"一句用韩魏公，一句用陶征士，何古人之不若哉！又云："天下奇愁三径远，人间冷眼万花空。"亦佳妙。又《梅花》句云："闲中立品无人觉，淡处逢时自古难。"取径既别，立意自高。

二〇

余喜诵张船山《车中赠内》两绝句云："春衣互覆五更寒，铃语遥遥梦转安。一笑车箱稳如屋，闭门终日坐相看。""飘摇竹屋小窗明，如此家居亦有情。比似古人真俗煞，鹿车何日竟归耕？""春衣互覆"四字，可云绝妙；"车箱如屋"，余未至西北，其制法固未之见也。第二首有自悔风尘之意，盖春衣虽容互覆，五更那得避寒？究不若纸窗竹屋之稳也。诵此二诗，其境其情，一齐会得，妙在轻轻写出，便尔动人。

二一

"美人家近贵人乡，一片黄沙古战场。却是花陂风景别，縠纹春水护鸳鸯。"末句温柔旖旎，余尤喜诵之。此亦船山诗也，题为《新野城南花陂》，是阴丽华故居。自注云："水际多鸳鸯。"

二二

昔人咏无题诗，借闺房儿女之事，以寄其忧世感物之情，则犹有《国风》《离骚》遗意存焉。后之步趋，渐越正轨，一意淫荡，无复言外意矣。近时某君有七律一首，题为《真个》二字，盖借"不成真个也销魂"句，而反之者也。诗意纤艳，可云刻画入微。今录于下云："红透双涡香泽肥，嫣然一笑晕微微。金钗免御除高髻，玉体横陈褪亵衣。手掌熨来酥润滑，心房开处血冲飞。春宵苦短真无奈，容易晨光彻帐帏。"虽属游戏之作，而措语却甚工稳，非老斫轮手不办也。曩闻有人《咏抹胸》句云："薄雾浅笼霞一抹，轻烟低护玉双峰。"《咏美人臂》云："袖中时露金双钏，枕上谁消玉一弯？"《咏弓鞋》云："一弯暖玉凌波小，两瓣秋莲贴地轻。"皆极香奁之能事，细腻风光，倘亦人人爱诵乎。余谓近今喜撰艳情小说、香艳笔记者，固不乏人，惜香奁妙咏，尚少体贴入微之制。此正如演剧家之配角，不可无偶者也，合二难以成两美，不更足动人流连哉！

二三

去秋石予先生自金陵返，顺道来吴门，下榻敝庐，畅谈甚快。先生自言少壮时喜饮酒，曾大醉几次，三十五岁后戒酒，顾并非涓滴不饮，惟每饮不及其量之半。苏友咸谓先生诗中有酒，实则不能饮，非也。谈次，因酒及诗，余问先生："'酒有别肠，诗有别才'，斯语可信乎？"先生谓："'别肠'之说，不过形容豪于饮者之奇异耳。按诸生理，脏腑尽人皆然，何云有别？惟诗有别才，余曾亲见两人，一为故友嘉定杨雪庐，其人不能文，诗极佳，少时相与唱和之一友也。一为同里范星河，则竹林社中社友也。范极贫，少时上学四五年，即为酒店学徒，终日靮鼻裙者。其后工诗，为社中翘然特出之一人。此两人者，非皆所云别才乎！"余因问先生尚能记得其佳句欤？先生拈髯沉思，既而曰："余近益健忘，然尚能想得少许，杨《赠表弟张景云》云：'文举胸中犹有我，嗣宗眼底不多人。'《题画》云：'故人家在江南岸，红树梢头有鸟巢。'《龙舟竹枝词》云：'笑他团扇多于蝶，低傍船窗款款飞。'又记得'壮不如人死亦非'七字，煞有奇气也。范诗五言云：'双亲头渐白，诸妹眼看长。'七言云：'山气半迎城角雨，鸟声远送树头风。''黄蛱蝶飞秋影瘦，白萍花落晚汀香。'又云：'夜深不敢开窗睡，为恐嫦娥入梦来。'颇得狡狯之趣。"

二四

武进陆孔章，馆余西邻桐乡沈姻丈和甫家，杯酒殷勤，时相过从。蒙赠《名山诗集》五卷，则其师钱梦琴先生新刊之著作也。尝读金松岑先生《天放楼文言》，中有《吹万楼诗文集序》一篇，其言曰："并吾世负文学资性足推重者，大江以南，得三人焉。曰武进钱梦琴、昆山胡石予、金山高吹万，为文章皆能真朴，不琐琐求工句律。梦琴性狷狭，高立崖岸，自标其集曰'名山'。国变后，蓄发为羽士装，所交多黄冠缁流。"（下叙胡先生、高先生，不赘录。）余胸次早有钱先生其人，今得读《名山诗集》，何幸如之。读竟，录余所尤爱者之于下，志景仰也。《逆水鱼》云："急雨田水溢，滩声响如雷。冥冥河中鱼，泼剌鳍鳞开。不知沟渠下泥潦，却疑云雨连天来。乘时便欲高飞去，岂知一跃沾泥住。上有披蓑赤足人，提篓拾鱼不知数。物性伊谁不上高，鱼乎鱼乎莫尔嘲。"此《名山集》开卷第一首也，语多耐人寻味处。《刺伊藤》云："怨在心，仇在骨。是何狗彘，来入吾室。国为之亡家为灭，使我男为臣女为妾。此仇不报不用生，皇天后土鉴此诚。荆轲匕首渐离筑，一击不成千载哭。不及此君好身手，手屠仇人若屠狗。一丸飞出正当心，四海同声快倾酒。嗟哉尔国亿万民，后子而起知有人。君不见，齐人伐燕燕已亡。一朝报齐怨，七十二城相继亡。但愿尔曹为乐毅为昭王。君不见，始皇昔灭无罪楚。一朝复秦仇，火赭咸阳作灰土，但愿尔曹为范增为项羽。不愿尔曹刺岑彭刺来歙，敌来益多防益密。八道河山不得收，杀一老兵何足说？对吾一长拜，范君以黄金。作诗不独伟军志，愿激中原壮士心。"此诗扩大复仇雪耻之志，即于篇末结出，是何意态雄且杰，不朽之作也！《种苗》云："种苗能疗饥，种棉身暖热。草根与木皮，尚可治人疾。人生无实用，顾不如草木。犹忆晋代人，清谈挥麈玉。兴发醉烟萝，清游带丝竹。外患亘百年，中邦被戎幕。高门与大姓，十九非汉族。念此心惕惕，使我不敢乐。"忧世深心，亦复昭然若揭。

二五

钱先生《名山诗集》，佳篇甚多，美不胜搜，余已录古风三首入《诗话》矣。其七言绝句，亦甚可爱，渔洋山人所谓"神韵"，先生有焉。《万生园》云："征求毛羽出穷荒，白日清游举国狂。此是黄金台下路，欲浇杯酒吊昭王。"《二月》云："二月山游树未滋，武陵源里放船迟。只愁春涨迷归路，须趁桃花未发时。"《三月十日，为九华之游，舶上遇内廷供奉刘采春，诗以赠之》云："江南忽遇李龟年，飘泊同舟更可怜。莫话开元宫里事，不胜清泪落江天。"《别慈光寺僧雪岭》云："阴晴只在刹那间，惆怅莲花雾里攀。三宿慈光情不尽，晓风残月下黄山。"《病起》云："惯看落月影檐牙，又是林间噪曙鸦。一病等闲无可惜，风前老尽碧桐花。"《小池》云："北窗正在小池滨，阴雨连朝起縠纹。藕叶未生鱼种断，不妨映水看春云。"

录钱名山先生七言绝句数首，因念石予先生七绝，亦以神韵见长，曩尝得先生油印诗稿，亦录数首如下。《听雨》云："合眼湖山倏莽苍，一翻身又堕藜床。乾坤万劫人衰老，听雨江城春夜长。"《浴罢》云："浴罢迎凉落日初，暮蝉声里步安舒。雏孙指向西头说，一燕掠池衔小鱼。""市廛背后即农乡，出短篱门十步强。得雨芙蕖水亦艳，未花秔稻叶先香。"《偕昌才、昌治两儿游汤山》云："一车父子增游兴，百里风驰亦快哉。夹道绿云排树密，万山青气扑人来。""熏浴溪林万绿烟，又来京国试温泉。积年尘垢身嫌重，一洗轻于世外仙。"《莫愁湖》云："美人不借人才重，属地能忘地主无。笑指徐曾旧楼阁，寓公长占莫愁湖。""木兰为国一戎装，卿有同心合断肠。不与辽阳共征戍，十年深锁郁金堂。"以上近日所见之作也。

二六

高吹万先生诗，尚未见过，后当觅得，录入《诗话》，同志景仰。

二七

嘉兴张叔未，以书法名家，诗亦清丽可诵。前于某君案头，见所著《桂馨堂集》，中有《梅花诗》。适余将倩友人画梅，友人能画而不习诗，因录二律，托其题入画幅。诗云："谁托长镵理短锄，移栽玉骨与冰肤。师雄梦后月添艳，君复生成山不孤。除却胎仙难作伴，尽夸秾李耻为徒。维摩正喜逢天女，洒遍香华付病夫。""岩壑何缘着此身，万重寒意万重春。生成冰雪无他色，梦到风华有故人。老我柴门同寂寞，多君画格满精神。西清云水知依旧，料理轻桡再问津。"

二八

哀感之作，最足动人，近世心理学家言所谓"悲哀美"也。曩岁泾县张慧生丧其嘉耦邢夫人，著有《哀悼文》数千言，历述琐屑之事，读之令人凄恻欲泪。其文体略仿冒巢民《影梅庵忆语》，以油印散布，其同学薛仲咸题二绝句于后，云："珊瑚枕薄透嫣红，桂冷霜清夜色空。自是愁人多不寐，不关天末有哀鸿。"其二云："半床明月残书伴，一室昏灯雾阁缄。最是夜深凄绝处，薄寒吹动茜红衫。"此二诗，闻薛仲咸倩人捉刀，薛本非能诗者。后有人言捉刀者，亦系钞袭家，此二绝句，见查为仁所著《莲坡诗话》，乃某名士题冒巢民《影梅庵忆语》者也。近时学校诸生，潜心科学，无暇注意词章，展转假手，颇多剿袭之弊。余谓昔人明训，人各有能有不能，既专长实用之科学，区区雕虫小技，何足道哉！故不若直认不能之为愈也。

二九

近见《常熟俞宗松秀女士追悼录》，诗多至数百首，余最爱张映南《菩萨蛮》词一阕云:"凄风吹尽红棠影,芳魂抱月和烟冷。愁绝是王郎,恨同天壤长。 绿鹦惊梦醒,寸寸蘅芜烬。谶语荡秋心,松花带露沉。"佳处在多虚灵之气,无拖泥带水之迹也。张亦常熟人,名鸿。俞宗松秀女士诗文,亦附刊《追悼录》后。兹录七绝两首于下。《维舟》云:"两岸垂杨绿半堤,水村山郭夕阳低。无端芦荻萧萧响,知有微风过小溪。"《拜月词》云:"碧天如水夜光寒,一片空明滉玉盘。棐几湘帘金鼎篆,倩人扶拜月团圞。"

三〇

曩访友延陵氏醉枫山馆,友述江都女子史氏者,为某宦之妾,见虐于大妇,投缳而亡。平时颇娴吟咏。某宦伤之,欲梓其诗,方在选录,猝被大妇攫去,悉付一炬,某宦旋以神经病废。其弟子某,曾见史氏诗,口述诸人云:"秋风骤冷逼青纱,病愈经旬酷嗜茶。零落残红谁汝惜?下阶忍踏海棠花。""小鸟枝头啼晓天,愁人枕上本无眠。泪痕只有菱花见,枉说吴侬是绮年。""种得磁盆几剪兰,狸奴眠后又摧残。何人服媚香销尽,归向空山事竟难。""听雨深宵坐小楼,残灯欲烬更添油。细书吟稿还涂抹,恐惹萧郎无尽愁。"盖皆怨诗也。某宦弟子某又语人:"史氏诗有二百余首,皆近体,五七律亦不少,不独七言绝句也。惜记忆不强,只能诵此四首而已。"余闻之,深为惋惜,然则此四诗者,历劫烬余,其诸可方之焦尾琴欤?

三一

名人墨迹,为世宝贵,虽断缣零素,亦复珍同拱璧,况完好无缺之物,其有不受人欢迎哉?客有津门南下者,邂逅于逆旅,谈顷,知笃好书画,因述此次在津市骨董家,见一旧扇面,乃益都赵秋谷先生书词一阕,留别名妓蕊枝者。虽年久不免黝墨,然字迹固自清晰可辨。二百数十年来,不知几经收藏家之装裱矣。余问:"索价几何?"客曰:"料想必贵,余方聚粮南来,无复有余力及此,虽垂馋涎,不敢问鼎也。"余问:"秋谷词记得否?"客因诵曰:"秋老家山红万叠,何意淹留,挨过重阳节。醉里情怀空自结,弯环低尽湘帘月。 总为相逢教惜别,明日风帆,乱落霜林叶。暮雨迷离天外歇,寒花付与纷纷蝶。"余记之不能忘。

三二

旋于友人处，借得钞本《海鸥小谱》一书，乃秋谷纪录酒筵歌席之事，既叙狎游，并及诗词。客所述《赠蕊姬》一词，即在卷首，惟所云"挨过重阳节"句，今《海鸥小谱》作"断送重阳节"，倘编书时改定欤？书名《海鸥小谱》，谓如海客之于鸥鸟，不自觉其相亲近也。其叙蕊姬云："蕊枝者，西郭人也，当戊寅、己卯间，名噪甚，寻常不可得一见。余以辛巳之秋，始游于此，友人百计为致之。寒夕浓阴，红灯深屋，翩然而来，明艳夺目。蒲州考友吴天章先生，当代诗人也，方在座，一转盼间，顿失常度。乃相与为诗品题，杂以嘲谑，属和者至成帙。时妓适有所避，盖徒两遇之，情属殊厚。会余遂东归，颇不能忘。今年再至，则已为有力者所主，不复可见矣。居久之，有为余传言者，乃相期于他所，叙旧伤离，数语而别。犹持余前时所书便面，容色憔悴，非复曩态。先是，有问于余者曰：'蕊姬何如？'余曰：'新荷出水，飞鸟依人。'闻者莫不惝恍自失。及是，余又自失矣，为二绝句示客：'鸟鹊秋前报好音，人间不信月终沉。如何两度临沧海，不见轻泥沾客襟。''照水闲花偏有艳，先霜病叶已难支。三年好在游春梦，悔作重寻杜牧之。'"

三三

曩阅《上海画报》，登载常熟杨云史撰述之《榆关痛史》，每事系以一诗，诗皆五律，词意悲壮，气魄沉雄，骎骎乎入老杜之室矣。或云："吴子玉固喜为诗，顾自知学力不逮云史，既脱稿，辄请润色。报载子玉佳句，如'春风又绿黄州岸''自起开窗写竹枝'及'酒香飞入洞庭湖'等，则皆云史手笔也。故张季直赠子玉诗，有云'治易刘中垒，能军李左车'，但称治经，不曰善诗。盖吴子玉秉性质直，不事掩饰，其倚重杨云史为捉刀人，绝不自讳。人有称善其诗，则曰：'非云史润色，不堪示人也。'张季直亦知之，不阿谀其能诗，以是耳。"季直赠诗，并录于下："壮语遭人忌，斯人实可嗟。一舟成敌国，四海欲无家。治易刘中垒，能军李左车。盈谦有消息，尺蠖即龙蛇。"

三四

　　近见《虞社》载杨云史诗《辽东清明简樊山老人故都》，云："水暖秦皇岛，莺啼山海关。幽州春色满，一客念家山。知己恩犹重，安贫梦自闲。清明千万里，何以破愁颜。"其二云："弱冠科名事，萧疏卅载过。诗清饥欲死，春暖病如何？看到河山异，能辞涕泪多。应怜故人子，豪气未消磨。"其三云："王粲清游倦，陈琳斑鬓侵。烽烟随日暮，关塞自春深。浩荡平生气，饥寒四海心。东来多感激，一饭愧淮阴。"其四云："我辈今何世，清门不讳贫。乱离余父执，惨淡见诗人。于此干戈际，况当江海春。牵萝朝补屋，束桂夜燃薪。"其五云："富贵人间世，男儿有不为。诗名疲马骨，米价蹙蛾眉。青眼孰知我，丹心待报谁。扶余荡云气，顾盼得雄奇。"《翳巫闾山旷观亭》云："北镇巫闾第一峰，但余樵牧说辽宫。当时耶律耽文史，不让昭明万卷风。"其二云："翠华想象踏云来，八骏东游万壑开。读罢天题辽海上，穆王去后北风哀。"其三云："突兀孤亭云气中，空山万岁此呼嵩。百灵呵护今何在？不及先生守土功。（原注：时闻盗发裕陵。）"诸作皆悲歌感慨，得燕赵之士之气为多。

三五

　　张蛰公前辈以填词名吴下，顾其诗亦复宛转可诵，洵乎高手无不能也。近见其《次韵王饮鹤见赠》云："隔岁传来锦样笺，新词压倒柳屯田。别裁体制金荃集，小署头衔玉局仙。琴水余音调旧谱，柯亭雅韵入歌弦。知君久作冲霄鹤，摆脱寒窗旧日毡。"

三六

　　昔人尝以洞房花烛夜、金榜挂名时，为人生最快乐之事。乃者科举久废，所谓挂名金榜之乐，不复有矣。若夫洞房之乐，似有较胜于前者。物质文明，精神自与之俱进。欧风渐染，结婚既许自由；美满姻缘，蜜月更饶奇趣。从不必同心初结，便尔携手远游。即此交颈鸳鸯，双飞蛱蝶，谱宫羽于弦管，传琴瑟之篇章。如醉云窝主周蝶魂之《蜜月吟》者，其为闺阁乐事，人生幸福哉。按，周君《蜜月吟》共三十首，极切切绵绵之致，诵之齿颊生香，兹约录若干首于下："赤绳系足结良缘，连理花枝是合欢。绣帐锦屏围绕处，拗春霜夜不知寒。""斜倚妆台窥晓妆，忽闻镜里唤檀郎。教郎来把生花笔，替画眉弯要细长。""风情融洽眼眉腰，半是含羞半是娇。一月情怀甜似蜜，千金不换此良宵。""不施脂粉洗铅华，裙布钗荆旧隐家。长日闺中无个事，隔窗时听鸟啼花。""结缡时正杏花天，浅碧纱窗月影圆。枕上低声私语祝，生生世世并头莲。""登瀛桥畔即卿家，外舅西归我泛槎。记否门前同一顾，素妆淡服艳于花。""芙蓉镜里影双双，翠袖风飘一缕香。云髻蓬松待梳洗，为侬花下试新妆。""红灯绿酒碧窗纱，醉颊凝酥艳似霞。回首向郎含笑说，为侬斟取一杯茶。""绣帐春深半上钩，芙蓉香暖合欢裯。檀郎何事相呼切？忘却灯前去卸头。""归宁初下指南车，怕在娘前说婿家。微腼不呼郎小字，低头但唤一声他。"

三七

顾无咎悼秋，有神酒帝之目，豪于酒，富于诗，又长于朋友之情。近顷已作古人，殊可惜也。老友蔡冠雍诗人钞示酒帝诗若干首，柔情旖旎，大堪讽诵，约录于下："裙腰草绿蝶争嬉，宫锦花残燕未知。独倚葡萄一尊酒，人间何事有相思。""芹泥初缀燕巢香，春在卢家玳瑁梁。一架荼蘼扶困起，天涯离绪付谁量？""吴棉未卸正清和，樱笋堆盘春乍过。说与今朝新纪念，翠襟添渍酒痕多。""雨余四月出轻尘，多少芳华照眼新。最爱好花黄月季，一枝陪座酒边人。""新吟迢递能盟我，往事缠绵但问花。绝忆蛮笺传本事，红薇馆在玉娇家。""别馆灵云榜篆浓，敢言赁庑媲梁鸿。海滨一段春如海，人在双飞燕语中。""黎儿濯濯眼波鲜，珠女娟娟面复圆。生喜一家鸥梦稳，夜窗灯火课诗篇。""姊妹相亲挽臂斜，风前顾影好年华。稍怜一段情如蜜，双髻同簪姊妹花。""妙体簪花乞未成，好风一篦可怜生。从兹半面留虚地，岁岁秋心为那倾？"酒帝诗但云《杂记》，题虽志于诗后，懒于笔，不备录也。

三八

悼秋夫人徐倩，为徐山民先生四世女侄孙，亦工吟咏，续录如下。《题周芷畦水村第五图》云："风柔柔又月温温，遥想君家古水村。可似宜秋诗梦景，万梅花拥一柴门。"自注云："汪宜秋夫人题郭频伽《水村第四图》，有

'深闺未识诗人宅，昨夜无端梦水村。却与图中浑不似，万梅花拥一柴门'一绝。"《寄悼秋外子》云："春愁撩乱镇无端，强赋新诗付汝看。莺燕不来连夜雨，杏花消息一窗寒。"《二月》云："一天春细早莺啼，二月风光柳已齐。惆怅江南佳丽地，六朝如梦夕阳西。"《壬戌元夜》云："阑背雪猧闲啸月，窗中金鸭细喷香。稍怜夫婿风流甚，流宕乾坤酒一觞。"诗皆婉妙可诵。余戏谓，一觞之酒，至云"流宕乾坤"，又出诸徐夫人口中，则悼秋之为"神州酒帝"，殆无愧色矣。

三九

客有因余前日诗话中云及，尚未得读金山高吹万先生之诗，乃钞示若干首，不禁为之狂喜。先生文章之伯，诗笔高老，出时贤之右，末学无识，非敢妄赞一辞，用志景仰而已。《九月八日秦望山登高》云："郁闷何由豁倦眸，聊凭吟眺遣幽忧。一年又见秋将尽，万派方争愿岂酬？红树依人如识面，远山向我欲昂头。苍茫已有重阳意，大海遥闻日夜流。"《闲闲山庄偶述》云："似闻沧海正横流，门外红尘一笑休。种菜亦能消日月，拥书差足傲王侯。取山命置窗东角，引水教围屋四周。谁识闲闲桑者意，不成避世愧潜虬。"《朱遁庸先生以闲闲山庄诗见赠，还答一律》云："偶携一箧蠹鱼魂，聊向荒村此灌园。自放形骸宜独处，苟全性命谢群喧。不成隐遁心先冷，有愧文章道未存。何日盐溪芳草路，两廉亭下扣衡门。"《游杭吊丁不识》云："重到明湖意惘然，故人宿草已经年。山陂犹踏同游迹，杨柳如含旧日烟。东阁庋书摹宋板，西泠镌石发秦编。而今化鹤堂堂去，凄绝何堪两见缘。"《奉怀屯艮兼乞其集》云："春雨如丝春草肥，别君七年如渴饥。男儿远别何足道，要在千载能相期。龙章之山天下奇，中有畸人绝世姿。沅芷澧兰在怀抱，行吟每多湘累思。痛读《离骚》堪下酒，虫鱼笺注老不知。颇闻巨集早流布，政须惠我诵百回。吾辈诗文本公物，吝而不与无乃非。我今遭乱幸未死，吟咏久为时所遗。行当灾梨随君后，他日报君君休嗤。"闻先生令子名圭者，亦工为诗文，不愧象贤之称云。

四〇

南社社长柳亚子，于九年冬日，集蚬江之迷楼，首唱《杯天韵》二律。同座十余人，皆名下士，咸有和作，并寄各社友索和，和者又数十人。其后赓续纷纷，皆因缘迷楼而起。而亚子共五十五叠《杯天韵》，金迷纸醉，逸兴遄飞，可谓极一时之盛。亚子徒弟率初辑《迷楼集》，分赠社友，用中华书局仿宋版印行。亚子叙云："迷楼者，蚬江卖酒家也。九年十有二月，余以事过其地，筝人剑客，招邀为长夜之游。曲谦既开，丽鬟斯睹。虽刘桢平视，尽许当筵，而落落陈词，不矜不狎，殆亦振奇人欤！仆本恨人，埋愁无地，填胸块磊，得醽醁浇之，乃蠕蠕欲动。因念曹征西'对酒当歌'之语，横槊而哦，遂多篇什。逮夫云屏梦冷，孤棹遄归，而缠绵往复之怀，犹有弗能自已者。龚祠部有言：'奇气一纵不可阖。'信已。一时朋好流连，赓酬交作，阿连选事，辄付灾梨。颜曰《迷楼集》，名从主人也。亦有伤时念乱，与夫怀贤悼逝之章，杂厕其间，读者勿以词害意可耳（下节）。"亚子首唱二律云："小楼轰饮夜传杯，是我今生第一回。挟策贾生成底事，当垆卓女始奇才。杀机已觉龙蛇动，危幕宁烦燕雀猜。青眼高歌二三子，酒肠芒角漫扪来。""红愁绿怨女郎天，蜡泪成堆烬篆烟。白堕惯邀千日醉，黄金散尽五铢钱。疏狂名士凌云气，窈窕佳人劝酒缘。输与长陵老孙子，江南羞见李娘妍。"和作亦录如干首于下。陈巢南云："笑斟醽醁荐琼杯，斗阁春融气骤回。剑态箫心皆入抱，酒龙诗虎本奇才。江湖跌宕新成例，梦寐荒唐莫浪猜。归去自教清睡稳，罗浮仙羽几曾来。""流水寒鸦日暮天，香温茶熟灶炉烟。孟公投辖凭豪饮，阮籍狂饮尽值钱。题上酒家还自惜，调未雅谑亦前缘。东江此夕成高会，留与吴娃一笑妍。"王玄穆云："不尽闲愁强举杯，温馨压酒又今回。楼台如梦知何世，风月无言奈尔才。粉颊红潮银蜡伺，画帘紫燕玉儿猜。狂奴故态檀奴恨，值得当炉一醉来。""小占南湖一角天，剪灯楼上月如烟。霜寒乍换黄娇酒，电笑争摊白打钱。何必将离留后约，但能沉醉亦前缘。路花门巷春三月，管得残阳为底妍。"至征和之作，逸梅最喜诵石予先生二首，谓合得当下身分，且能不变平时诗体也，余深以为然。诗云："夜饮荒江独举杯，一舟风雪客初回。传闻雅集招群彦，快诵新篇慕俊才。歌风双声原有偶，醉凭一石幸无猜。红灯绿酒迷楼夕，便拟乘风飞梦来。""江楼高会夜寒天，垆火围红销篆烟。岁暮难书赊酒券，兴豪移掷买山钱。江湖荒漠多奇士，裙屐风流结胜缘。老屋梅花方破萼，吾庐春色亦争妍。"逸梅云："近年先生手定《半兰旧庐初删稿》，二诗已删去。"

四一

前录常熟杨云史诗,皆感慨豪宕之作,顾又有香温粉腻,可作《本事诗》读者,则《燕归来词》是也。《序》云:"姬人狄素,字美南,北京之丰台人,年十八岁。原业歌,能为谭、梅之声,兼善鼓技。应聘海上,鬻艺二载。家贫,八口赖之食。今岁喉败,亲老无以养,乃使易名小琴为妓。余游辽东遇之,性柔静,寡言笑,不类北里。待余殊殷,既定情,求为余姜。余以骤遇,未觇性情,姑漫应之而未诺焉。美南喜以告人,为大腹贾章某所闻,密商其母,赠多金,意在必得。其母贫甚,避兵祸,新来辽东,不知其女意,仓猝受金成约,即夕载之去。美南未前知,又不及一面余,大怨其母,母亦悔无及。余闻之,嗟叹而已。七夕,忽母来,致美南意慰我,谓事与心违,必得当以报。其词意殊凄恻,余慰而却之,力持不可。嘱善事前人,勿复念陌路,来世再为夫妇耳。至七月望夕,方与友聚酒楼,为长夜饮。夜将半,美南忽翩然自来投我,笑且涕,谓今得终身侍君矣。群惊一起问故,乃泣诉颠末。盖美南至章家不食,求去不许。闻其大妇悍,乃哭泣诟谇,故使妇闻。妇固奇妒,素侦其夫,果千里驰至,不能容。美南则以此为辞,誓弗从,相持十日,章令自赎以难之。美南先秘嘱母,无耗其金。至是喜,立偿之,毁约立出投余,展转中夜,而得余踪迹焉。计识美南不及兼旬,重逢亦仅半月,感其诚意,负之不祥,怜而迎之归。忆亡妻霞客夫人遗言,敦嘱速纳佳人娱老,事在乙丑八月之末。今美南来归亦八月,计历时一千日,始得无负夫人言。玉骨已寒,三星如笑,寸心交战,何以为情!友人欲以诗和余者颇众,近以外间谣传附会者过实,皆欲知其事,故直言之。余则以将老纳妾,自恨多事,抚今感昔,益伤夫人。嗟乎!夫人已矣,吾犹人间。辉辉华烛,灿灿锦衾。对兹新欢,怀哉故剑。至美南一见心许,矢志相从,弗嫌老大,为我备历艰辛,百折弗挫,以副其愿。自顾潘鬓,拥此鬒颜,谓为心安,则我何忍?"作《燕来归词》曰:"'蓬山一去出风尘,尚是风波百折身。数尽雕梁都不是,可怜愁煞卷帘人。''西飞青雀报佳期,阿母新传密誓词。湿尽青衫半天下,肝肠只有玉人知。''年来啼笑若为容,载酒江山百战中。博得蛾眉心肯死,书生未必异英雄。''三年开眼蕙丛恨,一夕投怀红拂情。画烛照人含泪笑,自怜哀乐不分明。'"莺歌燕舞之中,亦有铜琶铁板,固是老名士本色。

四二

云史又有和吕碧城女士《蝶恋花》词四阕，亦时露雄奇本相，录如下："眼底旌旗犹霸气。莽莽幽州，风雪来天地。落日长城横一骑，海山都在踌躇里。

可堪髀肉雄愁起。闲去呼鹰，冷落山和水。如此人间容我醉，手扶红粉斟寒翠。"其二云："帘卷补楼风雨外。万马中原，人物今犹在。破碎山河来马背，过江风度朱颜改。　　清狂人道嵇中散。铜辇秋衾，驮梦回鸡塞。大好男儿时不再，举杯吞尽千山黛。"其三云："话到飘零都未忍。灯火楼台，梦里天涯近。诉与清秋秋不信，江湖满地难招隐。　　念家山破魂销尽。收拾闲愁，总是词人分。北去兰成君莫问，哀江南后非玄鬓。"其四云："红叶来时秋水满。前度迷津，洞里流年换。道是仙源鸡犬暖，秦人合住桃花岸。　　吟成一例肠堪断。小猎荒寒，匹马关山远。归骑数行灯火乱，雪花如掌卢龙晚。"

四三

徐意园日堃，家木渎，为郭退耕先生之甥，从其舅学为诗，翘然出侪辈上。惜下世早，其子茂本，年少有志，能读父书。去年刊印《意园遗稿》行世，佳篇颇多，咏物工妙，录二首于下。《睡鞋》云："寻仙一枕熟黄粱，凫化王乔蝶化庄。不践尘寰金碧地，自臻佳境黑甜乡。帐中常作飞腾想（白乐天有飞云履），梦里为谁奔走忙？勘破利名犹敝屣，北窗高卧傲羲皇。"《舞裙》云："舜传白纻杂歌笙，绉襞留仙感旧情。一曲霓裳声宛转，六铢云锦态轻盈。龙交凤斗随时幻，鹤顾鸾回合座倾。料是芙蓉新缀集，翩翩蛱蝶逐风萦。"又《题梅芬阁感旧词》云："林下年年月自明，有怀彼美百篇成。探梅邓尉亲芳泽，压酒金闾著艳名。难得佳人能任侠，断无才子不钟情。兰因絮果从头说，一卷新词替写生。"遗稿之末，又刊《意园唱和集》，首唱《书怀》一律，云："湖山佳丽寄闲身，鸥鹭忘机独葆真。钱少不权蚨母子，病多渐识药君臣。名场怕涉原知命，吟社联欢自有因。何事杞忧常戚戚？今朝且醉瓮头春。"一时知名士和者纷纷，意园相与酬答，凡六叠韵，和者颇多佳什。臣字韵，如张壬士云："旁窥草圣呼欢伯，拜倒诗仙合主臣。"吴雨耕云："何必桃源方避世，未妨酒国自称臣。"王心霞云："只闻京国逋逃客，不见长沙放逐臣。"舒问梅云："家山想望怜齐女，云雨荒唐笑楚臣。"张蛰公云："敢希独行称高士，生怕羞颜作贰臣。"吴东园云："黄帝编年存正史，素王得左作功臣。"又云："富渚羊裘曾作客，商山鹤韵不为臣。"因字韵，如朱轶尘云："斡旋天地非无愿，管领风骚别有因。"杨煦之云："摛藻吟坛传七步，拈花佛座证三因。"张蛰公云："破碎山河经小劫，空明水月证前因。"徐公修云："湖山跌宕皆清福，闾井浮湛亦夙因。"其起结真、春韵，亦多佳者。

四四

余随意阅录，割裂破碎，不免为有识所讥，但补完张蛰公一首云："自笑饥躯七尺身，忏除烦恼合修真。敢希独行称高士，生怕羞颜作贰臣。破碎湖山经小劫，空明水月证前因。年来悟得安贫诀，方寸能涵万象春。"

四五

岳阳李洞庭澄宇，奇士也。前闻人述有"落日当延红可吞"七字，谓是李洞庭诗句，余甚奇之。去岁在友人处，假得《南社湘集》两册，中有李洞庭诗，曾录存若干首。《桃花曲》（原注：为刘王下嫁感赋）云："津门艳艳喧春尘，天剪娟霞成丽人。万紫千红附庸耳，桃花满树始为春。春海正波桑又绿，东风几度杜鹃哭。彼秾下嫁王姬车，阿娇巧贮汉皇屋。阿娇丰沛说南皮，桂华宫殿月圆迟。文姬故是中郎女，艰难音律天传之。优孟衣冠貌禅让，蚁血侯王岸相向。一能开府胜瀛台，巾帼自来王气王。台中歌舞几时休，台上衣冠拜冕旒。鸡犬桃源无汉魏，豕鱼菊部有春秋。一游一豫长安道，华貌夕阳无此好。空闻渔父问迷津，不见风人吟蔓草。管弦甲第偶相邀，错认春风杨柳腰。反璧掉头天万里，凤城不住住鹊桥。将军善饭世无敌，谋臣如雨虎生翼。何须问鼎迫孱王，竟恃捉刀致倾国。春宵代李不僵桃，隔华无碍锦山遥。却哂中原思逐鹿，岂知乔木教升猱。臣朔一官饥欲死，春暖鸳鸯嬉丽水。解组金多位转高，如市臣门其谓此。津门杨柳喜春风，曾见弹章达九重。向使得逢今盛世，虎臣龙种两论功。功罪何常高岸谷，阋墙天方骄异族。崔护吟边人面空，铜雀台前春草绿。"《金陵道》（原注：客述本事，属题扇头）云："金陵道，红颜好。昔我往矣雪霏霏，艳艳青楼春满抱。别后书来封复封，江北江南山万里。上道相思苦，下道从我终。从我终，尚待时。未知金屋在何许，最难抽尽是情丝。金陵道，客重到，石榴花共红颜好。把手谈心双泪流，为鹣为鲽愿郎早。不见火坑莲，誓坐蒲团老。一叶桐飞海上秋，高楼望远使人愁。那料江鳞三十六，昨非今是两悠悠。两悠悠，望明月。团圞在后头，桂宇中秋白。不信霜纨卿自捐，翻恨恩情中道绝。"《易实甫丈挽诗》云："九州生气楚才持，余绪文章往往奇。无复灵光湘绮后，最怜天地晚晴时。尘尘万梦都沉海，艳艳繁愁尽入诗。老友樊山翁后死，高歌青眼可胜悲。"《御轮》："御轮风坐胜登楼，偶悟前身是海鸥。小艇没波时一出，长天界水恰如浮。晓襟日润晴还雨，霄袂星凉夏已秋。喜甚陆沉同尽好，无端眼底又神州。"《又逢》一首云："又逢西水下荆襄，极目东南倍可伤。沿岸市村鱼蟹宅，浴波梁稻鹭鸥粮。年来万象皆洪水，乱后多时已夕阳。话到榆关心未冷，一城万里界繁霜。"

四六

《平子招饮瀛园作》云："五年不到负园林，万里归来郑重吟。旷荡湖山容泪久，等闲杯酒着愁深。当筵偶任心相睇，远道犹劳梦一寻。各有问天无限语，已秋杰阁忍登临。"《刘今希挽诗》云："不信荆潭钓便收，怕看凉月楚天秋。高文子弟终能继，乱日朋侪未易求。应有诗魂依渌水，饶悲国民殉神州。年时握手殷勤问，犹念东陵未晚楼。（原注：今希醴陵人，予尝为题《荆潭钓月图》。）"《与大愿大慈伯渠游北园作》云："湿云生座水依栏，近市园林似此难。异地未嫌朋旧少，好山犹作弟兄看。瘼余说梦应想慰，乱后论诗强自欢。已分飘萍逢大海，及时珍重一加餐。"洞庭诗才高逸，盖南社健者也。

四七

刘今希泽湘，亦南社高才。《与陈君让耕话旧即赠》一首云："万里风云百尺楼，元龙豪气本名流。竭来沧海凡三变，醉别钟陵第几秋。南渡衣冠添昔感，西山桃李至今留。酒阑一掬狂奴态，剑气箫声半九州。"今希弟约真名谦，又有刘沧霞，名师陶，亦醴陵人，皆能诗，一门多才，称诵于时。醴陵又有张若苏翰仪者，诗笔亦高老可爱，《岳阳楼》云："巴陵横亘洞庭东，倒影楼台一望中。

数点君山芳草碧，千年城郭夕阳红。壮心久共江湖下，故国空余锁钥雄。惟有神仙长管领，年年依旧醉春风。"《癸亥九日衡阳军次阻雨》云："无端风雨阻重阳，何处登高可望乡？三径菊花天外梦，两年愁鬓客中霜。残棋半局河山恨，兵火连年草木荒。醉里浑忘征战苦，频吹羌笛谱伊凉。"余谓"草木荒"三字，绝真绝佳。草木犹然，田畴可想矣。盖兵火所至，无不摧烧尽净也。张君为军幕中人，其诗感慨如是，可谓直言不讳者矣。

四八

南社创自陈佩忍去病、柳亚子弃疾等，以气节学问相砥砺，革命伟人，多半产出其中。阳以集会结社相号召，阴实罗致改革人才也。近者国府委员，暨以本省政府委员，不少南社社友。去年二十周纪念，雅集于虎丘之冷香阁，宴会于李公祠，极一时之盛。国府省府委员，多有以社友资格，翩然厕止者。闻当时议决出纪念集，惟至今未经快睹。或云集稿未竟，或云诸社友奔走国府省府甚忙，实无暇及此也。其间亦有伏处乡间，旅食湖海，以余所闻，如高吹万、姚石子、吴瞿庵、胡石予、余天遂、许盥孚、许康侯、高介子等，皆绝不参与政治问题者，其著述必多。乃南社社刊既停于前，《湘集》亦不能继继绳绳于后。吾辈虽喜读诸君子鸿篇巨著，又何从得之？《湘集》发起于醴陵傅屯艮，傅名熊湘，字钝安，别号钝根。其因事来沪上也，知沪上亦有号钝根其人者，乃削去二字偏旁，改称屯艮，屯艮亦南社健者。其诗如《癸亥元旦》云："爆竹声中午解醒，隔年残抱可能平。客情媚俗多温语，天意怜春放嫩晴。吾道获麟犹把笔，中原逐鹿未休兵。澄清早负匡时略，那惜微名与世争。"《戏示一侬》云："吟鞭西指太匆匆，一昔江城兴未穷。老去花枝犹自媚，觉来春梦可曾浓？湿衣惊溅双鸳雨，吹鬓还防一蝶风。去住明知两无着，此心惭与白鸥同。"《楚伧席上》云："西子湖边午浣衣，春申江上两霏微。轮蹄不碾来时梦，尊酒都忘世上机。壁垒重看新社起，星辰渐觉故人稀。多君健翮能先翥，忍便高林说倦飞。"词意皆清新可喜。

四九

南社诗人，半皆铜琶铁板，有高唱"大江东去"气象；或感于城郭山河，怅然而下荆棘铜驼之泪。至若田园闲适之趣，则不少概见也。惟昆山胡石予先生，意致萧逸，笔情高秀，虽亦尝寄慨而谈时事，却绝无剑拔弩张之态，此其与人不同者也。老画师樊少云，先生旧友也，亦喜读先生诗。前日与少云晤谈许久，愿相与助刊先生诗集。少云愿出五十金，予愿出百金，由我二人发起，再集朋辈，共襄此举。寄函先生，征其同意。乃先生过事执谦，复书云尚须有待，并谓"曩年某某君者，皆愿助资刊行拙稿，亦皆婉辞谢之"。先生意量如是，诚可谓加人一等矣。钦佩之余，录先生近诗如下。《学圃》云："少有四方志，风尘困饥驱。会不三十年，已成山泽癯。学圃厉衰朽，读书企古初。豹死思留皮，鹤鸣苦将雏。回忆作客久，滔滔岁月徂。面目故吾在，心血随年枯。飒飒风蒲柳，萧萧霜菰芦。益世无涓埃，养疾归林庐。勉为灌园叟，食力意稍舒。晨霜夕露中，昔贤此勤劬。空谷香草萎，荒江白云孤。百年长太息，田园将荒芜。"《翛然》云："浩浩乾坤寄此身，翛然弱草与轻尘。一诗一画胸间趣，无日无花世外春。乱后何心谈旧俗，老来有味作闲人。百年一觉都如梦，莫问茫茫未了因。"《圃翁》云："朝闻宛转催耕鸟，夕视缠绵作茧蚕。诗梦半春寻舍北，农功四日话江南。菊秧分翠枝宜短，梅实初黄味已甘。又报飞烽满河洛，圃翁愁叹卧茅庵。"《老我》云："老我无闻懒慢身，敝庐萧瑟北溪滨。水田乍溉蛙喧夜，风牖迟开燕语晨。畎亩习知农谷事，江湖剩有布衣人。南轩吟罢循阡陌，还共耕夫话苦辛。"《当年》云："当年手创此林庐，并拓蔬畦半亩余。旋以饥驱常旅食，迄因衰病始家居。偶然佣客教担粪，时有邻儿窥读书。世难未贫且祈岁，麦秋中稔慰乡间。"此先生己巳上半年诗也，索观下半年诗，答以懒于刻蜡云。

香 闺 诗 话

啸 云

载于《青天汇刊》1930 年第 1 期。作者署名啸云，生平事迹不详。本诗话首则为序，表明了彰显女学的意图："吾国专制时代，女学不昌。闺阁中之能诗者，实不多觏。即有之，亦为礼教所严束。"故"前代闺词，得传颂于今日者，殆如凤毛麟角，士林惜之"。所录有许若耶、沈秋眉、郑淑娥、钱畹香诗，多幽微蕴藉之作。

———— 一 ————

吾国专制时代，女学不昌。闺阁中之能诗者，实不多觏。即有之，亦为礼教所严束。香闺翰墨，不敢轻露人间。虽有清词丽句，亦湮没而无闻。故前代闺词，得传诵于今日者，殆如凤毛麟角，士林惜之。

———— 二 ————

浙江兰溪有许氏若耶者，世家女也。桃花人面，咏絮才华。年十八偶于同邑李生。才子佳人，一双两好。芦帘纸阁，雅韵频敲。记其《送夫远行》诗一首云："手捻罗裙步拥莲，行行行出洞房前。懒拈针指伤离绪，巧画蛾眉待别筵。水手何忙忙解缆，梢公且慢慢开船。心中几许知心话，未得叮咛仔细言。"幽怀别意，体贴入微。多情夫婿，能不魂销。

三

剑州沈秋眉，嫁徐柳村。未半载，徐远赴九江，一别经年。秋眉寄之诗云："轻寒轻暖乍晴天，草长莺飞又一年。惜别自怜苏蕙小，夜静疏花伴影眠。寄语远游人珍重，等闲休使泪潸然。"相思无益，转为慰藉之辞，更觉难乎为情。

四

由来女子善怀。故陌头柳绿，少妇伤情；天半月明，闺人有恨。固安郑淑娥有《对月》诗云："画屏银烛冷无辉，莲漏迟迟听可微。不敢庭前看凉月，一声孤雁正南飞。"铅山钱畹香亦有《看月》绝句一首："一丝情绪两心知，料得宵来睡亦迟。恨不飞身入明月，看郎看月夜深时。"两作俱用"看"字，而畹香句设想尤妙。

知 足 轩 诗 话

刘鸿吉

　　载于《学生文艺丛刊》1929 年第 5 卷第 3 期。作者署名刘鸿吉，1928 年第
4 卷第 10 期《学生文艺丛刊》载有《丁君从吾通函》，是丁从吾写给刘鸿吉的
信，中有"你入了江苏如皋医学函授学校"之语，知其专业为医生。诗话兼及
录诗、谈论作诗之法。录诗多出自报刊或偶然所见，谈诗则推崇友人赵君"情
中有景不俗，景中有情乃活"之语。

—

　　曾见《快活杂志》中载有吴兴赵菊邻先生《咏重阳》诗云："一杯浊酒又重
阳，佳节他乡易断肠。黄菊花如人样瘦，碧云天比客途长。桐飘池馆虫吟月，
木落关山雁叫霜。何日还家容息影，东篱烂醉学柴桑。"又天恨生《醉书》一诗
云："疮痍满目黯神伤，正是男儿当自强。大好头颅莫轻掷，拚将热血溅征场。"
一则萧瑟，一则强壮，可谓针锋相对。

二

　　某书中载有法时帆祭酒母韩太夫人，以节孝著，为诗多不留稿。尝有五言
诗云："家贫秋觉早，树缺月宜多。""灯昏书味永，雪冷粥香迟。"又七言诗云：
"习字最宜新雨后，看花多及晚风前。""豆馆雨晴蝴蝶闹，藕塘风过鹭鸶闲。"
俱莽苍清劲，闺诗之最佳者也。

三

友人赵君与余论诗之作法，尝曰："凡诗有情无景，如村翁谈家常；有景无情，如绣女描花样。景不雅则无致，情不深亦无味。写景须点缀幽峭，使人起兴；写情必缠绵激切，令人下泪。情中有景不俗，景中有情乃活。"余曰诚然。

四

有人咏雨后牡丹句云："未晴天似含清泪，欲去春犹恋好花。"又某有《遣兴》句云："清与梅花同不睡，闷寻鹦鹉说无聊。"语甚切而对仗又工，洵佳句也。友人袁诚斋君，为予述丁殊斋悼子诗云："寂寂讲堂生茂草，飘飘秋雨湿遗编。"伤心时得此佳句，所谓文生于情也。

五

仪征吴思堂《秋夜和瘦石》诗云："入世悠悠苦太劳，鱼龙沧海静波涛。空明万里惟秋月，酩酊三杯只浊醪。有恨江淹吟别赋，多愁宋玉续离骚。欣君独得新知乐，邂逅清时识俊髦。"何等狂放，非老手不办。

六

夏夜露坐，凉风飒然。秧歌乍起，侧耳远听，悠扬有趣。亦知无调无腔，不过齐东土语，但闲中即景，一种清机，俱成天籁。友人口占和之云："林外野人歌，宵深月正多。临风遥不辨，缥缈胜清哦。"

七

曾见某书载一诗云："一壶村酒醉曹腾，古寺荒凉短榻凭。满地秋声闻叶落，半窗虫语共孤灯。年来别恨今消得，此后相思倍日增。风起塔铃鸣不歇，高楼清梦已沉沉。"诗极悲哀，大有满目苍凉之慨。

美人香草寄闲情馆诗话

刘鸿飞

载于《学生文艺丛刊》1929 年第 5 卷第 8 期。作者署名刘鸿飞，生平履历不详。此诗话多评录与时事、爱国相关的诗事，如称朝鲜某君诗"沉痛慷慨"，《五月九日感事》"读之爱国之心油然而生"。其中也包含作者个人的经历。如记录返乡时为"联军覆皋之候，乡间谣言纷起，以为皋城必遭军阀之害。见余入乡，争来问讯"。可见时局之纷乱。

——

余以桂月上旬返乡，时正联军覆皋之候，乡间谣言纷起，以为皋城必遭军阀之害。见余入乡，争来问讯。余俱答以平安，因成断句云："村农不信城围解，争向归人问短长。"秋又深矣，黄叶萧萧而下，自成凄凉之态，愁人对此能不喟然！因忆子香君之"溪寒水落秋深矣，芦荻无愁也白头"，不禁感慨系之。呜呼，光阴似箭，日月如流，古人诚不我欺也。

二

今岁黄花不及时而放，余不禁感而叹曰："人心不古，世少知音。伊肯忍令其高洁，而饱世浊之眼耶？"因口占一绝云："东篱霜信太沉沉，凄寂今年秋又深。知是芳魂多恨事，不甘妆点一园金。"

三

曾见某报载有朝鲜某君诗云："男儿立志出乡关，学不成名誓不还。埋骨何须桑梓地，天涯到处有青山。"沉痛慷慨，读之增感。

四

曾见有《五月九日感事》七律四首云："何物幺魔肆老饕，如豚性质等山膏。西邻有策难兼运，东亚全权敢独操。知否鹬将攒众矢，也防羊亦补亡牢。淮阴背水功千古，莫笑当年胯下逃。"又云："漫漫风雨连天急，滚滚波涛大海横。疲苶酿成枭獍毒，飞扬妄作虎狼奔。并吞我识存心野，一战人谁借背城。痛哭汉家干净土，贾生无斧枉谭兵。"又云："和戎自昔无良果，旧憾人人骂腐儒。一误岂容还再误，始吾无事不今吾。少康积弱犹兴夏，勾践含仇竟沼吴。细审存亡翻历史，英雄强半出艰虞。"又云："通牒来要最后盟，满天风鹤骇公卿。若完赵氏连城璧，徒请终军伏阙缨。铁铸九州成大错，棋输一着失全枰。五千年后神明胄，偏值奇羞到我生。"读之爱国之心油然而生。

五

汉赵飞燕能诗，有《送远操》一歌云："凉风起兮天陨霜，怀君子兮渺难望，感予心兮多慨慷。"

六

唐名妓薛涛有《春望词》四绝云："花开不同赏，花落不同悲。欲问相思处，花开花落时。""揽草结同心，将以遗知音。春愁正断绝，春鸟复哀吟。""风花日将老，佳期犹渺渺。不结同心人，空结同心草。""那堪花满枝，翻作两相思。玉箸垂朝镜，春风知不知。"颇见春思。

绿匀山馆诗话

沈祖牟

载于《学生文艺丛刊》1930年第6卷第1期。作者沈祖牟（1909—1947），又名丹来，号端斋，福州人。出身书香世家，为沈葆桢嫡玄孙。1925年考入上海圣约翰大学，后转入上海光华大学经济系。先后担任颐中英美烟草公司中方经理、中央信托局专员等职。曾师事徐志摩，在新诗创作上颇有成就。嗜好藏书，著有《福建文献概述》《闽中文献录》等。诗话多载个人及亲友诗作，有保存文献之功。

一

我家有楼，榜曰"饮翠"，环楼皆山也。北负屏山，南面乌石，东九仙山为隔邻榕树所蔽，山有白塔，树梢露其巅。西有山不知名，绝好岚光，作吾屏障，楼得其所哉。冠生六叔父，有《饮翠楼书适》诗云："筑楼仿佛野人家，侧立危栏照晚霞。山色欲焦经雨活，炊烟初直受风斜。读书有味嫌呼饭，课事余闲爱艺花。一日得过还过却，等闲弥望数归鸦。"

六叔父又《题演剧团特刊》云："灯火氍毹色色新，悲欢离合写来真。铜琶铁板清歌夜，院本传奇社事春。说法故应无我相，描情直欲醒凡尘。座中定有沾衣者，谁是江南萧瑟人。"

二

前阅某报载《闺中杂诗》，出于某宦家女手笔，诗曰："桂花天气可怜宵，香满云屏暑尽消。一笑帐中先祝嘏，记侬生日是明朝。""曾把嫦娥当小名，同衾人好是同庚。由来明月应呼姊，却早檀郎四月生。""宛转花阴解绣襦，柔情一片未能无。小姑渐长应防觉，潜劝郎收素女图。""傍帘捉得柳花多，陡觉心慵罢扫蛾。笑并阑干携手坐，与郎细数指间螺。"旖旎风光，风流韵事，令人羡煞。又《赠小姑》绝句曰："细腻风光应独知，双钩容易与郎持。小姑嫁后工回谑，不似当初晕颊时。"小姑亦能诗，有句曰："画梁渐见燕将雏，一径萱花小雨濡。阿母书来羞竟读，隔年频问有身无。"两首描妇人嫁后情景，纤微逼肖。"工回谑"之"工"字，"羞竟读"之"羞"字，非工于推敲者不能也。

三

有《赠雏妓》诗断句云："可怜人似琵琶大，也抱琵琶笑向人。"卖笑生涯，真可怜生。忆某君有《随感》绝句云："一曲琵琶一束绫，美人犹自意嫌轻。不知织女机窗下，几掷梭丸织得成。"此足以警千金买笑之少年矣。

四

林文忠公有《马嵬》十咏，兹录其最佳者一首："费尽金钱贾祸胎，婴龙谁遣入宫来。九原听罢渔阳鼓，可有胡儿哭母哀。"能言人所未言者。

五

余说梅夫子《咏老鼠变牛》七绝甚佳，惜仅忆其末二句曰："粤人也当太牢养，蜜渍曾经款客筵。"如此点题，大有作意。

六

先君《题笔标》二句云："年来虽有班生志，毕竟中书不忍投。"十一姑《题笔标》二首云："吟罢误投妆镜下，侍儿偷去画蛾眉。""早起好描花样罢，便将对镜画蛾眉。"

七

余贺同学古田魏子丹完娶诗云："叔子词华早轶伦，画眉毕竟属才人。参军新妇真良匹，天女维摩有夙因。家宴初传佳节酒，榜花艳煞少年身。溪声山色登堂客，灯烛光中语更亲。"盖魏毕业归娶，婚期正端阳后一日也。

惆怅生诗话

刘鸿吉

载于《学生文艺丛刊》1930年第6卷第1期。作者刘鸿吉，前文已录其所作《美人香草寄闲情馆诗话》。此诗话亦多感怀时局之语，与友人共度中秋时感慨："方今时世，瞬息万变，风声鹤唳，草木皆疑为兵，果何地为吾人之桃源乎？"又评价《学生文艺丛刊》中所载男女唱和之诗："方今时世，天下纷乱，正吾辈青年报国之时，不知彼之温柔乡客鉴此，作若何之感想耶？"可见作者忧时伤国之念。

一

中秋之夜，余与严君子香、周君元庚、吴君自元闲步于城头之上，其时风声平静，月明如昼。而此时万家正设瓜果，敬月于庭中。事虽近于迷信，然相传已久，反成一年中之盛况。余等不觉有所感动，相与叹曰："方今时世，瞬息万变，风声鹤唳，草木皆疑为兵，果何地为吾人之桃源乎？然吾等能赏月于此间，实不可多得也。非纪之以诗，不足以庆今宵之乐。"严君乃立成一首，后嘱余和作。余曰："余非子建，何能七步便成，请改吟名士诗可乎？"严君曰可。余乃放开喉咙，高吟莽汉先生之《中秋望月有感》诗四首，云："千里共圆今夜月，一年佳节是中秋。闲庭瓜果儿童乐，横海烽烟神鬼愁。毁室莫纾荆楚难，坠天空抱杞人忧。平生庾信多萧瑟，赋罢哀江独倚楼。""家家儿女话团圆，我独高歌亦枉然。玉杵空闻深夜捣，金瓯残缺几时圆。纷纷蛮触无名战，扰扰鸡虫得失天。敢向嫦娥乞灵药，好为下国起沉绵。"吟至此，严君乃长叹一声，余复吟曰："望断齐鲁未了青，怒涛何日息沧溟。（彼时日英与德在我青岛激战。）微云淡宕蟾光泻，大野玄黄战血腥。尽有将军观赵璧，枉教名士泣新亭。风樯铁马秋宵震，应使人间好梦醒。""今年月胜旧年明（去年月蚀），照我盈盈倍有情。洵有仙娥营兔窟，更无飞将出龙城。万方多难流亡泪，一片清秋画角声。吟罢但闻虫唧唧，也如助我不平鸣。"吟毕，严君忽拍手连叫"好诗好诗"，正可为今年道也。乃相与唏嘘久之，乃不欢而归。

二

余见某书载有《自笑》一诗，首云："自笑生涯类转蓬，一年摇落又秋风。市无灵药能医拙，架有奇书不补穷。蒙耻忍随三战北，狂澜欲障百川东。范公忧乐先天下，出处何尝别异同。"读竟，不觉令人生感。伏思余年已届二十，一事尚未成功，对于此诗，能无慨乎？

三

《学生文艺丛刊》一卷四集中，小说栏内，载有南通沈康白君所作之《别离前夜题》，内有诗二首，为一男一女所唱和。先女作《慰男生》云："寄语痴郎莫更痴，茫茫大陆有谁支。河山家国铜驼泪，岂是红窗情话时？"次男生和云："蒙卿软语慰情痴，斩断情根强自支。壮志遨游侬去也，天涯红粉别离时。"方今时世，天下纷乱，正吾辈青年报国之时，不知彼之温柔乡客鉴此，作若何之感想耶？

四

诗之哀痛者，读之能令人流泪。如余所见，汪士俊早卒，其自作《绝命诗》六首之二云："孀居堂上苦难支，常恐深恩报答迟。今日翻为慈母累，白头风雨哭亡儿。""论文把酒旧同群，离散无端似断云。岁岁东风寒食节，谁披荒草看孤坟。"又沈素芬哭其岳父吴苍崖诗云："愁云惨淡泰山颓，渺渺惊魂痛不回。地下修文添健笔，人间问字失奇才。西州路近犹频过，东阁尘封忍再开。从此音容常隔绝，深宵可向梦中来。"又某士挽某节妇句云："命同枯叶经霜薄，心比寒泉彻底清。"又徐荔村《岁暮寄内》云:"短景荒荒岁又阑,西风心与鼻俱酸。依人自笑冯骓老,作客谁怜范叔寒。写到家书千点泪,算来归计十分难。此身只当从军死,累尔青鸾镜影单。"

五

《申报·自由谈》栏内多有佳作。余曾见旧报有剑楼先生之《沪滨杂咏》十首,惜余忘却其六,今忆其四云:"避暑高楼第五层,南风入户破炎蒸。当空烈日红如火,遥听儿童唤卖冰。"(《避暑》)"江上层楼似列城,电灯万盏彻宵明。从知上海非吾土,黄浦滩前不许行。"(《黄浦滩》)"玻璃纱映里衣红,腰瘦肤柔隐约中。天韵楼头资点缀,大家风度与娼同。"(《时装》)"伸手高呼举室哗,钱须先惠货容赊。豪情无忌拚孤注,朝挟铜山夕破家。"(《交易所》)

六

游一瓢者,不知其何许人也,以其喜酒一瓢,故号之为游一瓢。衣结履穿,臭秽不可闻,人咸疑其为神仙降人间也。独拙和尚目击其异,并识其诗四绝云:"磨快锄头挖苦参,不知山下白云深。多年寂寞无烟火,细嚼梅花当点心。""游食多年不害羞,也来城市看妆楼。东风不管人贫贱,一样花花到白头。""破寺无僧好挂瓢,闲时歌舞醉吹箫。黄昏月落秋江里,没个人来问寂寥。""门外何人唤老游,老游无事听溪流。而今世事多荆棘,黄叶飞来怕打头。"

自 由 室 诗 话

柳蕉影

载于《学生文艺丛刊》1930年第6卷第4期。作者署名柳蕉影，生平事迹不详。此诗话多评录革命先辈诗作，如革命先烈黄钟杰狱中《绝命》诗，黄花岗烈士陈更新《感怀》《病中南柯子》诗。

一

革命先烈黄钟杰在狱时，有《绝命》一诗，悲壮淋漓，真可以惊天地、泣鬼神。诗云："无端风雨荡残舟，皇汉衣冠作楚囚。我欲雷鞭重起陆，好教割破一年秋。""久将身世付虫沙，生死原来只刹那。大好头颅向天掷，血中湛出自由花。"

二

余于旧书内得一纸，上有一诗，题名《观诸葛铜鼓感题》，诗云："也曾被敌大江东，霸业销沉野寺中。风浪不平心不死，二千年上是英雄。"慷慨淋漓，读者为之动容焉。

三

乡人赵君少琴，为诗清雅可爱，有《题唐宫人斜倚熏笼图》云："前殿歌声沸管弦，锦衾角枕却孤眠。恨缄湘竹身如寄，艳隐宫花髻半偏。银烛渍成销后泪，玉笼灰尽暖时烟。衣香薰透浑无着，何似浓芬袭舞筵。"又《糊窗》云：
"侧理冰纹细细裁，御寒小室手安排。莫嫌遮断梅花信，明月横窗写影来。"又
《缚帚》云："瘦藤丛筱碧交加，涤荡余氛换岁华。东海扬尘浑不管，落梅先与
扫山家。"皋人许树枌有《天山积雪》一绝云："横绝亚西东，山高雪不融。千
峰照明月，万仞接罡风。影落羌河外，光摇瀚海中。征西谁立马，寒色满
雕弓。"

四

陈更新号铸三，黄花岗烈士之一也。当留东时有《感怀》云："落拓经年世
味谙，茫茫尘海几奇男。可怜病骨如柴瘦，尚耸双肩代负担。"又《病中南柯
子》云："长见阴霾重，难逢朗霁时。羁愁如醉复如痴，闪闪孤灯犹恐鬼生疑。

去日终难驻，前程望可期。奋飞欲作病偏滋，可怜梦魂犹自绕征旗。"

五

中央四次会议后，中委经亨颐、陈树人、何香凝等游紫金山，合作《岁寒
三友图》二幅，分赠邵力子、何其巩。其上有于右任题诗："紫金山上中山墓，
扫墓来时岁已寒。万物昭苏雷启蛰，画图留作后人看。"

中 秋 诗 话

霍桂明

　　载于《学生文艺丛刊》1930年第6卷第5期，作者署名霍桂明，生平履迹不详。所收均为咏中秋诗，其标准为不落窠臼，兼收古今诗人作品，可视作一种专门性诗话。

　　民国诗话的一大特色，就是诗话主题的极大丰富，有专记某一类咏物诗如咏雪、梅花、海棠的；有专记俗语诗的；有专记某一类掌故如咏服饰诗的。节日、节气类诗话是热门主题之一，除前述《消夏诗话》《迎凉诗话》及本篇，还有《新闻报》所载《寒食诗话》《清明诗话》《立夏诗话》《七夕诗话》《重阳诗话》等，这类诗话都只是摘选与该节气相关的古今诗句，但胜在应景，且颇具雅趣，能增广读者见闻。

　　中秋诗最不易作以咏者多，不能脱前人之窠臼也。兹收其佳者录之。郑雪痕《中秋待月》云："更筹数尽夜漫漫，底事嫦娥觌面难。好似禁庭人待漏，广寒宫外列千官。"首句"数尽"之"尽"字，刻画"待"字，末句"列千官"之"列"字，又刻画"待"字，俱扪之有棱。

　　又尝见某《泪史》说部中亦载一《中秋待月》诗云："素娥敛彩望徒赊，恨煞浮云故故遮。惟有羁人偏称意，转因无月免思家。""待"字从旁面托出，奇创异常，与上首有异曲同工之妙。

　　万家奇，情种也。观其《中秋夜望月》诗云："玉宇澄清照大千，今宵月应故乡圆。姮娥不解羁人意，偏放团圞到客边。"姮娥何知？而偏用"解人意"之"解"字；月何可"放"？而偏用放团圞之放字。所谓大智若愚，聪明人故作懵懂语。

秋蝶君，维扬人，有《扬州中秋竹枝词》八首，曾载某报端。其第四首云："溶溶月影水光中，袅娜船娘笑倚风。莫道五亭珠露冷，儿家本住广寒宫。"清而新，隽而韵，允推香艳诗作手。

昔有某贫士咏中秋对月诗云："隔篱呼酒来烹芋，又恐邻家索酒钱。不若与妻商榷定，闭门推出月还天。"题是中秋对月，因无酒而推"月还天"，真匪夷所思。

尝闻科举时代，有八秀才共同赴金陵应试，在客寓中联句云："试罢文场笔阵收（甲），客途不觉度春秋（乙）。星耀阆苑三千界（丙），人醉金陵十二楼（丁）。竹叶酒添名士兴（戊），桂花香插少年头（己）。今宵且与姮娥约（庚），明日蟾宫任我游（辛）。"盖言为心声，觇幸运者，谓此八句诗中，句句有获隽希望，而第六人尤为金华殿中华贵语。榜发，第二人中副车，余皆抢魁。而"桂花香插少年头"之少年，已弁冕群英矣。

蓝兰垞亦有《中秋夜出闸》诗，语虽不工，而亦非伧父所能做出者，亦录之以备参考。诗曰："中秋矮屋倍光辉，灯火纷纷夜出闸。家具携来双桨荡，满船明月送人归。"

唐人中秋咏月，佳句多矣，如王建之"夜深尽教家人睡，直到天明不点灯"，何等豪爽！赵嘏之"一千里色中秋月，十万军声半夜潮"，何等雄壮！元稹之"谁人喝得嫦娥下，引向堂前仔细看"，则兴致不浅。季朴之"灵槎拟约同携手，更待银河彻底清"，则蕴蓄尤深。其他佳句，不胜枚举。然皆不及杜牧一联云："此生此夜不长好，明月明年何处看。"二句含有十层意思，感慨淋漓，尤推绝作，吾最喜诵之。

友 梅 轩 诗 话

殷乐春

载于《学生文艺丛刊》1930年第6卷第6期，作者署名殷乐春，生平履迹不详。诗话转录近人诗作，有叶尧阶、菊仙、欧东谷等，所选内容多出自当时刻本及报刊，保存了民国诗坛诗人史料。

———一———

全椒叶尧阶仙冀，十四年乙丑六月，曾有《巢海棠巢诗集》之刻。巢海棠巢云者，因所寓前居之方君，曾题为海棠巢，叶移居后，遂复题名为巢海棠巢也。集中所载系壬戌岁之作。内有《春初咏寓斋海棠》七律，凡八首，并序云："余寓斋相传为任氏霄汉楼故址。楼前有海棠一株，高二丈余，春时花极盛。先余赁居者有方君孝深，颜曰'海棠巢'，盖取山谷《题瀼峰阁》诗中语。余于庚申年二月来居此，舍馆甫定，不移时而红稀绿暗矣。去年入春即病，意兴阑珊，等闲虚度，花不负余，余负花多矣。今年花较迟，因为诗以催之，且以志雪泥鸿爪之意。时壬戌二月。"其一曰："巢海棠巢几度春，鸠居莫漫笑前人。去年枉向花中过，今我犹余病后身。天与风流倾浊世，文从绚烂见清神。惺惺相惜花知否，可许年年作比邻。"其二曰："我与此花俱老矣，花枝向我独嫣然。影形相吊栏杆外，色相能空镜槛前。春睡未醒风袅袅，晚妆初试月娟娟。几回惆怅花时节，垂老簪花只自怜。"其三曰："放翁曾说燕宫盛，坡老尤传定惠诗。客里风情聊复尔，天涯芳草未归时。焉支应不教人夺，金屋无如贮汝迟。人世

376

繁华容易尽，绿肥红瘦最相思。"其四曰："夭桃秾李芳菲日，尽态穷妍总不如。比玉山颓微醉后，如酥雨过嫩晴初。半空鱼尾张霞帔，万里猩唇喷火珠。美景良辰须记取，树头有鸟劝提壶。"其五曰："此地人呼霄汉楼，碧云黄鹤两悠悠。婆娑尤剩桓公柳，烂漫疑开安石榴。传舍已如云过眼，衔杯几见月当头。歌残金缕君休惜，笑折花枝秉烛游。"其六曰："海东正值樱花节，远道思儿渺渺兮。（时儿子家龙游学日本，寄樱花影片多种。）为爱春花望秋实，莫因野鹜贱家鸡。绿章乞与春阴久，绛蜡烧残夜月低。金橘多酸莼性冷，渊材有恨错相提。"其七曰："东坡五醉此花下，我也三年看此花。迟暮久嗟随蚁磨，缤纷时见闹蜂衙。红云艳夺文君袖，香雾轻笼西子纱。退食归来看不足，颠狂频压帽檐斜。"其八曰："杜陵野叟诗无敌，何独无言及海棠。踏遍软尘丹凤阙，生来香海碧鸡坊。名传西府真奇种，笑倚东风独擅场。叉手闲吟消夜永，欲删绮语未能忘。"诗思清新，风格飘逸，诚一时之佳作也。集后附录甲子七夕所作之《二砚斋记》中，且有言及此曰："壬戌岁得海棠长律八首，和者近百人，汇编为《巢海棠巢酬唱集》，计古今近体诗三百余首，一时传为韵事。"按此云云，足见此诗唱和之盛，惜《酬唱集》未得一睹矣。

《巢海棠巢集》中，又载《咏成园琼花》十绝句，清雅绝俗。题下有小注云："世传琼花至元时已绝，后人以八仙花代之，亦名瑶台聚八仙。成园所见即此种。"其诗云："扬州璧月年年有，为问何年有此花。一例芳魂无觅处，蘼芜春满玉钩斜。""绝代容华不可留，瑶台仙子替绸缪。无双倾国倾城貌，稽首情天降格求。""朵朵平铺掌上开，中攒瑟瑟蚌珠胎。尽多镂月裁云手，输尔玲珑八面才。""五铢衣服云千叠，九曲阑干月一丸。昨夜天风吹梦堕，蕊珠宫阙不胜寒。""不描眉黛不施朱，万紫千红总不如。争说虢姨梳洗罢，朝天素面一时无。""海棠咏后风情减，一见斯花系我思。一树淡妆一浓艳，环肥燕瘦各矜持。""十日九登天柱阁，晓风初定晚初晴。飘飘便作凌云想，手摘琼枝叩玉京。""犀辟尘埃玉辟寒（用成句），晓珠光射水晶盘。绣球木笔藤花紫（同时所见有此数种），都作庸脂俗粉看。""满路杨花抵死狂，黏泥为尔惜年芳。日西春尽闲心绪，可抵游丝百尺长。""名葩已是广陵散，独抚瑶琴倍惘然。我亦人间游戏耳，为侬重赋小游仙。"

二

四川开县李大防范之，前数年官于皖，历任政务厅长、道尹等职，曾刊《啸楼诗集》一本。十四年又刊《啸楼续集》一册，系裒积癸亥、甲子两年之诗而成者也。集中有《悼玉兰》三绝，题云："安庆道署有玉兰三株，今独早开，甫三日即谢，赋此悼之。"其一云："今日花残春未半，去年犹在未开时。此中消息如参透，人世何妨得意迟。"其二云："此花最与月相宜，月色花光共炫奇。月未圆时花事过，偏教月夜对空枝。"其三云："悟得频年果与因，飘茵坠絮总成尘。明知破甑何庸惜，偏作花前惆怅人。"诗人之多情，如是如是。

三

前数年《社会之花》旬刊中载有菊仙君之《三十述怀》云："有钱难买是儿时，笑我儿时乐未知。今日莫悲多失意，尘尘往事耐追思。"余读之黯然欲绝，诚以人之一生，惟儿时为最乐，所谓天真烂漫，不识忧不识愁者也。然人当儿时，又几何能知其乐哉？余年虽未跻于少壮，然儿时乐趣，亦已不可再得矣。尘尘往事，遂亦徒耐追思。此固余诵此诗而不得不回肠荡气者。诸君子读此，其亦有同情之感乎！

四

不欲生有《雪梅自遣》诗二首，亦载于《社会之花》，云："犹忆枝头春未来，寒香寂寂闭瑶台。偶然兴到挥毫写，多被东风吹欲开。""纵横枝干出毫端，顷刻香生满纸寒。不画花疏画花密，要传春意十分看。"词意固属隽妙，但恐腕底所赴，未必能传神入化，竟如诗之所云也。一笑。

五

欧东谷君，曾录其友人桂林王野园《清闺杂咏》四章云："风清月白夜窗虚，真个香闺乐有余。也当男耕兼妇织，卿拈针线我摊书。""无限风流处士家。一篇相对静无哗。偶然检得生奇字，笑倩卿卿替我查。""新诗怪论与奇文，满眼迷离五色云。山人那有工夫写，代作钞胥仗细君。""最是双双联句时，阶前明月笑人痴。鸡声唱彻天将晓，辜负香衾知未知。"闺房静好，韵事流传，有情人读之，不知羡煞几许矣。

菜根山房谈诗

张立如

载于《学生文艺丛刊》1931 年第 6 卷第 8 期。作者署名张立如，生平履迹不详。此作均为论诗之语，不乏新见，如论学诗虽有天分高低之别，均可达化境；又"读书作文，总由父师驱使。惟吟咏出于兴会，未可强致"，主张学诗需要个人钻研领悟；而针对常见的"诗穷而后工"的说法，则指出得意之人登临凭吊，忆往伤离，也都是有情之语。

一

学诗天分高者，从易而至难，从难而至易，化矣。天分薄而工夫深者，从难而至易，从易而至难，亦化矣。若粗知大略，辄云容易，岂知其中之甘苦哉。

二

读书作文，总由父师驱使。惟吟咏出于兴会，未可强致。能诗人必好，好则夙契，学之易入。

三

凡物不平则鸣，士有感则发。发于诗者，欢可以当笙歌，戚可以代恸哭。如鸟鸣春，其声温婉；如虫鸣秋，其音凄绝。

四

凡诗有情无景，如村翁谈家常；有景无情，如绣女描花样。景不雅则无致，情不深更无味。写景须点缀幽峭，使人起兴；写情必缠绵激切，令人下泪。情中有景，不俗；景中有情，乃活。

五

不必广厦崇台，不必万紫千红。一泉、一石、一花、一木、水槛篱门，茅斋竹几，位置清幽，天然绝俗。诗之所谓别致者，当作如是观。

六

读好诗，如佳肴鲜果，醇酒清茗，愈啜愈香，耐人咀味，所谓"倾余竹叶香方见，嚼碎梅花味始知"。

七

一勺不饮而有醉意，一偈不参而有禅意，一石不晓而有画意，一字不识而有诗意。此特表其意耳，是得风雅三昧。

八

诗之佳处，澹而远，远则有致。芙蓉秋水，远景也；澹墨平林，远境也；山钟夜度，远声也。风情缥缈，正令人玩味无穷。

九

感慨处，每有好诗，故诗以穷而益工。但失意人牢骚抑郁，自所不免；即得意人原不应无病呻吟，然其登临凭吊，忆往伤离，非同木石，那得无情。王右军《兰亭集序》，欧阳子《秋声赋》，宋玉云"悲哉，秋之为气也"，江文通"蔓草平原"之恨，一枝彩笔，千载魂消。

一〇

诗用古人姓名字，一两句尚可，曾有人一首诗至七八见。见者笑云："客已请齐，但欠酒席矣。"

一一

前人道过语，虽极新奇，后人再四翻用，便成熟套。须要深一层意方妙。至于翻驳，亦要近理，不必矫情强辩。

一二

眼前景、口头语，妙手拈来，都成好句。所以化腐为奇，点石成金。一经俗笔，便道不出。愈觉拉拉杂杂，令人生厌矣。

一三

诗家和韵，用之赠答则可。至古人不朽之作，如《阳春》《白雪》，赏音尚难，岂能续和。且古人一时兴到，未必自定千秋。珠辉玉照，空前绝后。后人妄为叠和，邻女效颦，又何必欤！

寄 盒 诗 话

萧星五

载于《学生文艺丛刊》1931年第6卷第8期，作者署名萧星五，生平履迹不详。开篇表明诗话所录诗作来源，即"遇有佳句，及友人往还之作，钞藏苳篋"，"爰取而择其尤者，录之投诸本刊"。诗话所录均为近人诗事，包括赵咏岩、马子厚、俞定夫、王剑秋等。其中还涉及社团逸事，如称"吾乡创立文艺俱乐部，以研究国学为旨趣，惜未几即湮没"。具有保存文献的价值。

序

余于课余，雅喜读诗，遇有佳句及友人往还之作，钞藏苳篋，嗜痂成癖，性或然耳。今岁新年中，家居无事，索然寡味，爰取而择其尤者，录之投诸本刊。尚乞海内同文，不以管蠡见弃，时锡珠玉，有以教我，则幸矣。

一

咏物诗，忌平铺直叙，贵有寓意。近人赵咏岩《舞蝶》一律，词清意新，堪称佳什。诗云："翩翩回舞影，欲往又还飞。体弱偏增媚，枝高未许依。和香沾露湿，带雨傍林稀。性岂凌霜雪，秋深何处归。"至友袁君星伯，风雅士也。亦曾有《咏美人风筝》云："轻盈骨格自翩翩，片纸风流望欲仙。舞袖忽腾芳草畔，画裙直上彩云边。行来暮雨休相避，嫁与东风亦可怜。只为一丝尘未断，去来常被俗情牵。"他如《落花》云："遗恨马嵬埋玉处，伤心金谷堕楼时。"

《榆钱》云："随风还了东君债，不买桃花惹是非。"均寄托遥深，别饶风致。

二

《采莲曲》一首，惜遗忘作者姓名。娇艳可爱，至足诵也。诗云："侬似池上莲，郎似莲中子。风吹花不开，裹子入心里。"

三

民国七八年间，吾乡创立文艺俱乐部，以研究国学为旨趣，惜未几即湮没。余忆亡友马子厚有《咏史》云："报国誓精忠，征金气吐虹。将军方勇战，宰相已和戎。冤狱沉三字，雄心返两宫。而今观史乘，奕奕凛英风。"对仗工稳，气势悲壮，洵杰作也。

四

鹪寄生《夏夜纳凉》有云："月从云外透，凉以静时生。"读之如服一帖清凉散。"记得屏前偷睹日，阿郎不似此宵狂。""他字含糊轻口出，几回抬眼又低头。"王菊痴《咏新嫁娘》诗也。曼声诵之，觉寸心流荡矣。

五

去岁暑假，送义妹马家芸往扬考省中时，旅居中表戚云奇家。见案头有《叠锦屏花月吟》一首，其间有云："春日吟春风日丽，日丽花间蝴蝶戏。花间蝴蝶戏翩翩，翩翩醉舞春风里。"惜词长不甚记忆。作者为谁，亦无从得知。及今思之，犹以不及钞录为憾。

六

俞师定夫，诗才清丽，《咏渔》云："豪饮高歌夕照初，老渔俗虑已全除。扁舟一叶真闲散，为士为农总不如。"

七

戊辰岁，余任事坂坵市行政局时，总务股曹君镜龙，吾乡学界之先进也。

尝示余《咏燕》七律一首，诗云："投怀陈迹认前生，节近黄梅翼子成。贴水款飞波影细，冲烟斜掠雨丝轻。巢悬大幕栖难定，泥落空梁梦不惊。到底故乡风物好，乌衣巷口夕阳明。"斯时君由沪滨归未一月，触景兴怀，故有此作。然非寝馈功深者，亦无如斯之手笔也。余当时曾依韵奉和二章，其一云："镇日营营作么生，却来大厦筑巢成。泥衔紫陌春风暖，路转红楼暮霭轻。故故飞迟因力弱，翛翛羽敝辄心惊。多承故主恩情厚，半卷珠帘夕照明。""大地阳回百卉生，梁间旧垒补初成。羡他饮啄时偏得，愧我栖迟命亦轻。楼掩春风伤已逝，帘垂夜月梦犹惊。乌衣巷里寻王谢，台阁迷离认不明。"工力自知不敌，姑录之，以待阅者之批评。

八

旧友王剑秋，近以《三十感怀》诗六首见寄。中怀抑郁，情见乎辞。兹为免占篇幅起见，特录两章，以概其余。诗云："年年俗事漫相催，愁锁眉峰眼倦开。困我樊笼销壮志，让他冠盖斗英才。半生落寞埋书冢，两鬓萧疏入镜台。记得吴陵三五夜，月明林下美人来。""拾级龙门未有梯，孤生薄植几回迷。友逢知己休辞醉，句乏惊人总懒题。愿逐鲲鹏千里外，一登泰岱万峰低。数声长啸乾坤小，亥步纵横东复西。"

吟梅轩诗话

胡志霄

　　载于《学生文艺丛刊》1932年第7卷第3期，作者署名胡志霄，生平履历不详。诗话兼录古今诗人诗事，易代之际故事尤多。所载吁公《哀众生》诗，反应人力车夫之劳苦，颇具现实批判色彩。

一

　　吴三桂有宠姬名连儿者，姿容婉丽，常伴三桂游，受恩较隆。三桂败，连为赵良栋部将所得，但不逾年即死。绝命词中有"君王不得见，妾命薄如烟"之句。丽质清才，非其他所能及也。

二

　　曾文正督两江时，幕中有李眉生者，年少倜傥，不矜细行。文正爱如子侄。一日，文正与眉生闲谈室中，文正出见客，眉生偶见有以文字呈文正者，中有《不动心说》一首，文略谓："置我于妙曼蛾眉之侧，问吾：'动好色之心否乎？'曰：'不动。'又使置我于红蓝大顶之旁，问吾：'动高爵厚禄之心否乎？'曰：'不动。'"生阅至此，援笔戏题云："妙曼蛾眉侧，红蓝大顶旁。尔心多不动，只想见中堂。"此数语足可揭破此辈之虚声纯盗矣。

三

湖南黄生者，少负才名，慷慨有大志。太平天国起义时，改名公俊，徒步千里投之。进策万言，而洪不用，遂隐于皖北。太平天国败，曾文正招之，不至，执之至，卒不服。曾囚之数日，竟死。有《立国论》《孙子诗稿》等书，文正见之，斥为妄人，焚其书。曾之幕友有记其诗稿中若干句云："最痛有人甘婢仆，可怜无界别华彝。""世上事情如转烛，人间哀乐苦回轮。""周公王莽谁真假，彭祖颜回等渺茫。""凡物有生皆有灭，此身非幻亦非真。"噫，此即所谓荒谬者欤！

四

一至夏日，所最苦者莫过拉人力车者。余见吁公曾有《哀众生》诗四首，其《哀车夫》云："曲臂弯腰像煞猴，汗流如注喘如牛。可怜终日勤奔走，蓝缕衣衫食不周。"可云哀而确矣。

五

陈桥兵变，《劝进表》乃出自陶谷袖中，余君玉堂有《咏史》一绝云："陈桥兵变费疑猜，一领黄袍何处来。劝进表藏陶谷袖，此中默运有雄才。"

六

《钤山堂集》凡四十卷，为明相严嵩著。读其诗，即韩文公所谓横空盘硬者也。如《胜泉寺宿》云："钟漏临城迥，星河隔树低。"《中秋》云："萤度沾高幔，蛩鸣出坏墙。"《虎丘临眺》云："高攀双树青冥上，俯瞰三吴宿雾中。沙浦断云低度鸟，石林修竹静吟风。"《渡冰险》云："寒日无朗照，哀鸿有断鸣。长河蟠地险，积雪与天平。"以上诸句，清新隽永，出入盛唐诸家，吾辈读者，幸勿以其人格而掩其诗品也。

七

李秀成得苏州后，金陵被围已久。李常西望咨叹，忧形于色，有《感事》

诗二律云："举觞对客且挥毫，逐鹿中原亦自豪。湖上月明青箬笠，帐中寒冷赫连刀。英雄自古披肝胆，志士何曾惜羽毛。我欲乘风归去也，卿云横亘斗牛高。""鼙鼓轩轩动未休，关心楚尾与吴头。岂知剑气升腾后，犹是胡尘扰攘秋。万里江山多筑垒，百年身世独登楼。匹夫自有兴亡责，肯把功名付水流。"睥睨一切，真不愧英雄也。

八

归安钱东平，负才跌宕，其诗世罕见之。昨于友人案头，见其《岭南春日述怀》八首云："箧有残书未是贫，黄金挥尽见天真。模糊归梦浑疑醉，牢落闲愁忍对春。惨被妖氛悲故里，酿成劫运叹庸臣。旅居更有伤心事，麦饭曾无荐两亲。""典尽寒衣又一回，无聊心绪强徘徊。绝粮几日仆求去，痛饮连宵客自来。夜雨有声随枕至，小桃无主隔墙开。自怜傲骨偏清瘦，遥望孤山月下梅。""几番长揖入军中，谈虎声低恨未穷。痛哭何人知贾谊，上书今日做陈东。养成正气留河岳，振起雄心问斗虹。只为忧时终受谤，高怀空自忆精忠。""军书络绎五羊城，风候炎方气早更。地暖柳先舒媚眼，春寒蚊已作繁声。虚堂清磬闻禅语，古寺残灯照佛情。读圣贤书学何事，而今始识大光明。""飘零岭海又经年，一檄招尤志益坚。大义特明元旦日，闲愁多付夕阳天。春因乱后花无色，诗到穷时句欲颠。积愤填胸悲不语，五更鸡唱泪潸然。""独倚青萍抱杞忧，谈兵纸上岂空谋。谁开关钥延强敌，欲铸神奸首故侯。机已失时惟扼腕，才无用处且埋头。东风何事吹桃李，争与梅花妒似仇。""立步终须秉至诚，谈何容易与人争。璞经匠斫真才见，水遇滩夷色再清。闲理残书炼奇气，新煨暖玉避狂名。心田自有元丹住，不逐凡苗见雨生。""青史频翻作鉴观，小楼春雨入宵寒。文华东抚倭犹獗，诸葛南征蜀始安。卧榻岂容方是计，衣袽不戒实堪叹。君门何日筹韩岳，早为苍生筑将坛。"

馨吾斋诗话

朱铭德

载于《学生文艺丛刊》1932年第6卷第10期。作者署名朱铭德，据诗话知与杨覷渔同邑，为高邮人，其他生平履迹不详。诗话录乡邑名流杨覷渔、王陶民、许绮禅、郭南郭四人诗事，可视为专门的地域诗话。

一

吾邑文学前辈杨覷渔先生，诗才豪放，遐迩推崇，每一篇出，辄为人称赏不置。尝见其《和渔洋秋柳》四首，清超绝俗，诚佳作也。兹录二首于下："憔悴西风欲断魂，依依几易旧朱门。飘零金粉兴亡影，摇落山河破碎痕。倦眼怕看逃后屋，柔腰凄舞劫余村。旌旗露拂龙池杳，幽恨从今速与论。""凄凉身世感严霜，吹面风寒旧曲塘。弱质有心离俗网，枯条无力绾征箱。愁吟西国新情事，怨袅南朝古帝王。空剩栖鸦诉寥落，淡黄夕照下神坊。"

二

王陶民先生，一号逃名，高邮名画家也。现任上海艺术大学国画教授。其所题画诗句，亦尚清新可取。如《题雪里天竹枯柳黄莺》一画云："南天雪里献朱樱，料有平安报远情。万颗相思何处寄，不如留取打黄莺。"又如《题蝴蝶虞美人花》一画云："栩栩漆园留蝶梦，依依垓下美人魂。英雄早识庄生意，何事看花带泪痕。"

三

许绮禅先生，别署无邑，高邮人也。性沉默，寡言笑。时不得意，形诸咏歌。尝记其《咏柳絮》结句云："休怨此生多薄命，一般沦落在天涯。"又如《子夜春歌》云："枉作封侯梦，抛将罗绮春。陌头杨柳色，愁煞倚楼人。""羌笛一声怨，辽阳万里城。中天共明月，照妾更凄清。""日日抛红豆，春冰冷尽衣。玉阶空伫立，无那燕双飞。""郎心如柳絮，妾貌比桃花。桃花艳不久，柳絮逐天涯。"以上诸作，俱缠绵悱恻，令人酸腑。君对于新文学，亦有研究。常撰小说及诗歌，刊登《中央日报》之青白栏，又《真善美》月刊。

四

本县第一区区长郭南郭先生，性诙谐，工吟咏。前见其《踏青歌》一首，香艳可诵，录之于下："昨宵梦入辽西境，黄莺无那啼偏紧。声声惊碎梦中魂，化作桃花红泪影。枕边不尽愁丝萦，小鬟呼起睡不成。踏青为践芳郊约，邻家姊妹齐出城。出城犹记前游路，四野晴开春色富。衣香鬓影步徐徐，莺燕迎人蝶引路。芳草芊绵碧似油，杏花村外小红楼。轻风三两残花片，飞上时新螺髻头。西邻小姑年最小，欲学葬花情袅袅。掇衣承花花满兜，洒入清溪红不少。拍手相呼笑语柔，鸟声答和鸣啁啾。个侬别有伤心处，谁解中心一段愁。侬愿花开不愿落，生憎陌上东风恶。红颜薄命剧堪怜，燕赵佳人久寂寞。瘗玉埋香足断肠，不胜凄怨对斜阳。招同女伴归来晚，细向鹦哥说短长。"

醉 生 轩 诗 话

王怡亲

载于《学生文艺丛刊》1932年第7卷第2期。作者王怡亲，江苏东台人，时为教师。

本篇诗话多录淮扬诗人，如清咸同年间孔春田、同光年间黄荻生（荔）、清末陈百生（宝）等。这些诗人不甚知名，诗集常佚，故诗话所存之诗有一定价值。亦多收革命先烈如赵声、林文、秋瑾等诗作，颂其人品文章。诗话中记民国六年《申报·自由谈》征集《秋蝶》诗、程瞻庐《婢作夫人》小说诗等，富有时代气息。

一

袁简斋谓凡作诗者，各有身份，亦各有心胸。释以今语，所谓个性的表现是也。革命先烈赵声《无题》云："淮南自古多英杰，山水而今尚有灵。相见尘襟一潇洒，晚风吹雨太行青。""双擎白眼看天下，偶遇知音一放歌。杯酒发挥豪气露，笑声如带哭声多。""一腔热血千行泪，慷慨淋漓为我言。大好头颅拚一掷，太空追攫国民魂。""临时握手莫咨嗟，小别千年一刹那。再见却知何处是，茫茫血海怒翻花。"的是奇男子语。

二

近来谷价之高，为亘古所未有。哀鸿遍野，嗷嗷待哺。虽各处慈善家竭力募赈，无如杯水车薪，终难有济。即以吾东邑论，一般无产阶级者，已呈生活无法维持之象，至豫陕情况，益可于此概见矣。顷读孔春田诗有《谷价高》云："升米五十六，石麦四千五。谷价日高昂，万物贱如土。东家拆一屋，不敷半月粥。西家卖一床，只籴一日粮。食到糠核亦有味，麦饭冉冉闻异香。君不见，大雪家家多僵卧，门前三日无人过。"在当时升米五十六、石麦四千五，即谓为高昂，今且数十倍于此，又乌得不人将相食耶？先生诗境颇高，逼近剑南，著有《春田诗钞》，惜尚未梓。

三

吴陵黄荻生，诗才清妙。《岁暮自遣》云："又是天寒日暮时，敝裘毡帽任酣嬉。春联自撰经年改，岁事无多放学迟。酒市不宽名士债，梅花偏爱瘦人诗。光阴何处消磨去，西抹东涂笔一枝。"《咏落花》云："绝世丰神半面妆，无言独自趁斜阳。坠残金谷魂犹艳，浴到华清水亦香。色相诸天新解脱，江湖满地大文章。春风何故偏多事，吹落吹开不厌忙。"结句与吴野人《落叶》"何须怨摇落，多事是春风"句用意相似。《咏红梅》云："一点丹心绝顶才，十分春色向阳开。自从点过朱衣首，好作群英领袖来。""清浅横斜不入时，而今也解买胭脂。研朱点过增颜色，才识春风第一枝。""茜纱窗下晕春光，一点朱唇绝世妆。到底群芳难比拟，较桃花瘦海棠香。"《咏白桃花》云："别有芳情证净因，元都观里月当门。去年崔护今重到，人面全消旧粉痕。""天台流水冷斜阳，丹诀何曾授阮郎。采药不来春寂寂，更无情绪作红妆。""桃叶桃根别有春，明眸皓齿倍丰神。秦淮打桨人如玉，小令休歌点绛唇。""桃源春色太茫茫，霜鬓渔人不是郎。一自避秦人事隔，至今还着白衣裳。""倚竹何妨翠袖陪，一般清浅似寒梅。艳妆不是闺人福，之子宜家缟素来。""岸上传歌白雪吟，扫除俗态觉情深。一条潭水清无滓，却与汪伦写素心。"俱秀雅可诵。

四

"我志未酬人已苦，东南到处有啼痕。"此石达开句，亦仁者之言也。

五

诗有非亲历其境，不知其佳者。去岁四妹玉声丧，余终日神情恍惚，如醉如梦者数月。始觉孔春田《哭芸圃兄》"恸极翻疑梦，痴心怕是真"句之妙。

六

偶于断简残编中，得《爽籁阁诗话》，中载有乐府一篇，题曰《民之蠹》："县官下令严征粮，狼差蠹役走且僵。城隅巷曲日狙伺，乡愚拘获如犬羊。我家国课完已久，粮籍能稽记谁某。尔家虽完尔族有，尔族逋逃谁执咎。银铛囚首登县门，殴笞榜掠吁何言。妻啼子哭且勿计，犴狴明朝度新岁。"写官吏昏暴，诵之使人扼腕。

七

讽世语，最宜蕴藉。仲兄护垣《采桑曲》云："招邀女伴早梳妆，南陌西阡去采桑。遥忆琼楼人倚处，卷帘犹怯晓风凉。"《咏柳絮》云："藉得东风势，随高复逐低。可怜无定力，转瞬已沾泥。"得之矣。

八

明朝欲征安南，作一《萍》诗当檄文，诗云："穿田渡水冒秧针，到底原来种不深。空有根苗空有叶，敢生枝节敢生心。但知聚处焉知散，只识浮时不识沉。大抵中天风势恶，扫归湖海竟难寻。"安南得檄，即次韵一律云："锦鳞密密莫容针，带叶连根不计深。常与白云争水面，岂容明月坠波心。千条雨线穿难破，万顷风清滚不沉。多少鱼龙藏海底，渔郎无计把钩寻。"二诗可谓工力悉敌，旗鼓相当。

九

王静芬女士谓女子之贞淫与否，完全系之环境。予因忆有"若使桑麻真遍野，肯行多露夜深来"之句，正与此意相同。不过居今之世，"饱暖思淫欲"之句，终不能打破，为之一叹。

一〇

江都严绍曾吟《中秋》诗云："何处逢秋不可怜，劫余风景异从前。江山残破人憔悴，赢得中秋月尚圆。"即景生情，所谓伤心人别有怀抱是也。

一一

民国六年，《申报·自由谈》征集《秋蝶》诗，用渔洋《秋柳》韵，应者甚多，佳构亦夥。其中余最爱一庐胡洪湛四首，诗云："南内秋销栩栩魂，西风斜照旧长门。三春事业香中影，万里家山梦里痕。残粉翅黏枫叶岸，媚黄衣染菊花村。后庭一曲君休恋，香国于今忍复论。""翅薄愁侵夜半霜，随风低舞过寒塘。残妆渐卸何郎粉，零稿还留谢逸箱。孤冢荒凉埋祝女，满图香色拓滕王。年来倦作探花使，冷落迎春十里坊。""一领斑斓五色衣，曾经绚烂觉今非。名花北里身先嫁，荒草南国客渐稀。潦倒懒随黄叶舞，高低羞趁碧萤飞。魏收已老韩凭死，双宿双飞愿总违。""怯露惊风顾影怜，绮游如梦梦如烟。粉衣零落腰真瘦，舞袖郎当力已绵。菊后更无花可恋，梦中犹觉夜如年。庄生醒后应相笑，一样吴霜扑鬓边。"不脱不黏，有熟极而流之妙。

一二

张泽《题卧虎图》云："猛虎斑斓，谈者变颜。吾闻猛虎卧深山，而今之猛虎，乃在大庭广众之间。吁嗟乎，行路难。"淡淡数语，写尽世情。

一三

去岁曾于某校壁间，见有同人《述怀》云："星期容易有，薪水难得来。哀我穷酸子，光阴刻刻推。"语虽浅俚，颇堪发噱。近读程瞻庐所著之《婢作夫人》（小说）有句云："清苦无如教育家，钗环质尽米粮赊。可怜一夜牛衣泪，洒向窗前变血花。"亦能描摹执粉笔生涯者之清苦。现今各地教费，拮据异常。予想读兹篇而下泪者，必大有其人也。

一四

何南国《咏野菊》诗云："绝无人处偏逢我，不寄篱边独羡君。"写"野"字妙。

一五

乡先哲徐述夔赓野，以《一柱楼诗》婴大戮，三世镮首，沦为奴籍。门人故旧瓜蔓同抄，生平著录，详载禁书，只字片言，音沉响灭。现所存者，仅《野菊》三十律，而零落漫灭，亦复不全。其贾祸者，则为《一柱楼诗集》中之《鼠啮衣》"毁我衣冠真恨事，捣除巢穴在明朝"；《咏宣德酒杯》"大明天子重相见，且把壶儿搁半边"；《紫牡丹》"夺朱非正色，胡乃亦称王"；《鹤立鸡群》"明朝期振翮，一举去清都"等句，皆隐示指斥，无所回护。然竟以此而与戴、吕诸人同罹覆族之惨，痛哉！

一六

诗能翻陈出新便妙。"边庭六月清霜重，为报来年早寄衣"，妙矣；而"壮士从来有热血，秋深不必寄寒衣"，更妙。

一七

双双《游芙蓉寺》诗云："杂花红不断，穿树叩禅关。磴古苔痕满，巢深鹤梦闲。泉声磨白石，云影补青山。苒苒烟霞晚，疏钟送客还。"颇似唐人风味。

一八

曩见人《题拐仙图》句云："葫芦里，什么药，背来背去劳肩膊。个中如果有仙丹，何不先医自己脚。"非特语妙解颐，抑且于诙谐中寓唤醒迷信之意，固不当仅以俳谐文字目之。

一九

林文，字广尘，号南散，一名时塽，为黄花岗七十二烈士之一。作诗甚多，然每作辄自毁其稿。兹录其《感怀》数首，亦可以窥见其旨趣矣，诗云："落叶闻归雁，江声起暮鸦。秋风千万户，不见汉人家。仆本伤心者，登临夕照斜。何堪更回首，坠做自由花。""故国河山远，秋风鼓角残。登临悲岁促，涕泪向人难。路尽天应近，江空月自寒。不辞随落叶，分散去漫漫。""□□□□□，干戈久未安。豺狼充道路，刀俎尽衣冠。大地秦关险，秋风易水寒。雪花歌一曲，听罢泪漫漫。""残雪犹留树，春声已满楼。睡醒乡梦远，起视大江流。别后愁多少，群山簇古丘。独来数归雁，到处总悠悠。"

二〇

革命先烈秋瑾女士，诗境奇警雄健，脱尽女儿脂粉气。其《题春郊试马图》云："长亭话别太匆忙，衫影鞭丝映夕阳。百战乾坤成感慨，十年脂粉剧苍茫。楼台烟雨新诗句，花月湖山旧酒场。楚尾吴头渺何处，自携书剑去扶桑。"《黄海舟中感怀》云："闻道当年鏖战地，至今犹带血痕流。驰驱戎马中原梦，破碎河山故国羞。领海无权悲索莫，磨刀有日快恩仇。天风吹面泠然过，十万云烟眼底收。"读其诗，可以想见其人。

二一

"短气莫书赊酒券，索逋先畏叩门声。""前村报道西桥断，可喜难来索债人。""雨打柴门急，惊疑索债来。"均咏贫士诗之极妙者。

二二

陈百生先生诗，不专一体，而风格浑古，兹录其七绝数首，亦可略见一斑也。《塞上曲》云："莽莽黄沙匹马驰，茫茫冰海指条支。玉门关吏须相记，还不封侯定裹尸。""健儿猿臂擅弯弓，头上三毛虎气雄。自脱兜鍪槌大鼓，军门虹贯日当中。""醉卧沙场枕宝刀，胡天霜落起寒毛。三更月晕重围合，梦里犹闻唤孟劳。""天合穹庐四野愁，战场□□夜啾啾。阴风刮地星光小，十万弓刀斗髑髅。""焉支山月照凄凉，二八胡姬堕马妆。唤入毡庐宵侍酒，铜琵琶抱坐交床。""迢递寒衣出汉关，征人几度泪刀环。卧听万帐敲铜斗，齐唱蛮歌月子弯。"《柴市》云："鬼无新旧俱为厉，人有贤奸共此刀。回首西山看斜日，几人泰岱几鸿毛。"

二三

陈蔼兰女士，百生先生姊也。工古风，格调亦与百生先生相仿。而其《咏夹竹桃》十首，当时尤传诵一时。诗云："天上乞来王母种，江边堪作女儿箱。红颜自抱千年节，翠黛偏呈半面妆。高士亦宜寻洞口，美人原合住潇湘。瑶池定许灵根托，实熟还须待凤凰。""闲倚园林曙色分，此中芳信自超群。英皇泣血成红雨，刘阮还家绕绿云。凌水凌霄描态度，即空即色绝尘氛。风前不作便娟舞，相对无言怅夕曛。""东皇有意勒余寒，不遣飞花作彩团。君子文章真锦绣，夫人环佩即琅玕。天台云护留青霭，渭水风生泛绮澜。一笑嫣然多媚态，闲依门户报平安。""访到仙源日未沉，武陵一路绿萧森。啼残露靥妆犹在，舞倦风腰力不禁。自古佳人无俗韵，从来节士有丹心。数枝擎出生花管，莫向江家梦里寻。""珊瑚灿烂玉玲珑，七宝装成一树中。对我岂宜摇宿雨，问渠何事笑春风。湘妃有意裁宫锦，渔父无心截钓筒。莫逐杨花入流水，参天直与碧云通。""猩红嫩绿总轻盈，一幅鲛绡画不成。带醉何妨着春色，牵愁最怕听秋声。始知薄命悲今日，已被虚名误此生。底事清高易漂泊，当轩时作不平鸣。""灼灼猗猗寄所思，伊人宛在水之湄。名传古渡歌桃叶，曲转新声唱竹枝。红袖翩翩疑浣女，青蓑仿佛认渔师。莫云生小娇痴甚，自有风云会合时。""一夜雷鸣始出尘，满池春水浴痕新。此君寿考三千岁，之子昂藏七尺身。自与梅花为旧侣，还随杨柳结芳邻。秾华咏出宜家室，他日生孙证凤因。""三两枝斜偏傍水，万千个密但遮楼。行从别径防方朔，数绕芳庭学陆游。靧面佳儿殊洁净，思归卫女太娇羞。夭姿不是龙钟种，和露移来性自幽。""花信频催到会稽，寻芳顿使蝶蜂迷。幽人隐逸绥山里，仙子羁留嶰谷西。同气何须松作友，交柯不借李成蹊。凭虚志已三生定，一任香风逐马蹄。"细腻熨帖，洵非率尔操觚者可比。

二四

杨冷仙先生诗才清丽，佳句如《济南杂感》云："早窥天演甘淘汰，曾饮江流惯别离。""湖船自在无常住，堤柳孤高不媚人。"

二五

用意求精深，下语在平淡，斯二语可为学诗者之圭臬。

二六

友人徐欲东、陈竹珊，均能诗，亦均淡雅可诵。徐和余《春残》云："桃花落尽柳花飞，欲护芳菲心事违。野鸟无情偏作恶，一声声唤不如归。"陈答余向《索诗画》云："客里家园梦里程，西风病榻最心惊（时适在病中）。声声到耳皆愁绪，那有吟诗作画情。"

夕阳楼旧诗新话

　　连载于《厦大周刊》1932 年第 11 卷第 15—24 期。《厦大周刊》，1924 年
10 月创刊，为厦门大学校刊。

　　蒋成堃，四川渠县人，厦门大学教育系学生，后任四川省教育厅督学、泸
县县立女子中学校长等。

　　本篇诗话名为"旧诗新话"，意为对旧形式的新创作、新解读。如"金陵新
咏"一节，录当代诗人咏南京之诗，指出南京曾为六朝旧都，今为国民政府新
都，今人之咏自有一些新意。又录现代"新体《无题》"诗，即以旧的格式来
写新的景物。多收今人拟古之作，如录今上海某女士仿欧阳修词所作的歌咏西
湖的《采桑子》；将今吴江姚栖霞女士、公南外史的落花诗与古人落花诗相联
系，指出古今诗人皆因落花而引起衰飒不幸之感；对比明末抑山所作的《春燕
词》与今何振镛的《秋燕曲》，认为今人立意之高胜过古人。作者认为，若将有
些旧体诗易为白话，不免索然无味："所以我觉得旧形体也有旧形体的好处；一
切旧的东西似不必定要彻底打倒。虽然我也是一个忠实的白话党人。"此外，作
者还能引入外国诗歌、理论分析旧诗，如将"青鸟"典故与比利时诗人梅特林
所用之"蓝鸟"相对比，用心理学来分析自己对《浣溪沙》词牌的"偏爱"，显
示出融会古今中外的知识背景。

金 陵 新 咏

　　我是一个闲不惯的人。闲来无事，就非常感觉无聊。假中因有无聊之感，始作无聊之事，结果就产出这些无聊的东西。本欲藏拙不露；但既已写成，权来"补白"，也许"马马虎虎"？——引言如是。

两年前，随母校考察团初出夔门，即首到南京，一瞻新都的色相。因为当时已是深秋，遂结伴闲游莫愁湖；曾见有六首《六朝新咏》的题壁：

　　（一）六朝山色秣陵秋，笛里江关水上楼。旧院烟花南渡后，莫愁毕竟住无愁。

　　（二）秋灯画舫夜如萤，一曲江花驻马听。啼鸟尚呼奈何帝，蒋山无恙为谁青？

　　（三）金粉凋残十四楼，秦淮烟柳易经秋。无情最是台城月，又照降幡出石头。

　　（四）垂柳萧疏白下门，小姑祠畔问桃根。斜阳冷过乌衣巷，犹是当年燕子魂。

　　（五）花月凋零痛国殇！南朝兴废水茫茫。血腥污尽燕支井，愁上钟山吊蒋王。

　　（六）金陵王气黯秋萤，宫外铜驼秋草青。典午江山棋一局，不堪重听雨霖铃！

这六首既未注作者的姓名，当然是属于所谓"无名氏"的作品。因当时正值济南惨案之后，所以词意之间，不免有点"感慨系之"的样子。我尤其喜欢的是"垂柳萧疏"及"花月凋零"两首，以其在感慨之中，凄婉的情调特盛也。

最近，又在一种不大著名的刊物（杭州蕙兰中学出版的《蕙兰》）上，看见一位只署一个"雪"字的先生，作有《金陵杂诗》若干首。我最初凭个人的意见，就中选出二十首，认为是我比较称意的。现在又就二十首中加以挑剔，只存下十五首来：

（一）古黛横云入望遥，长亭驿路柳千条。春游只许今朝最，举目河山认六朝。（《车中望金陵》）

（二）茅舍槿篱大道东，匆匆指顾认新丰。即今战伐多徭役，慢说当年折臂翁。（《新丰道中》）

（三）潮声东走势汤汤，旧垒春风野草长。咫尺大江天堑险，尚留龙战血玄黄。（《龙潭战壕》）

（四）美眷如花满石城，南朝人士最钟情。自从渡口名桃叶，打桨年年有送迎。（《桃叶渡》）

（五）月照秦淮水上寮，尊前金粉忆南朝。红牙紫拍翻新曲，犹似清溪长板桥？（《秦淮踏月》）

（六）邂逅相逢水一塘，兴来三弄更何妨？步头仅有高轩客，不见风流桓野王！（《邀笛步》）

（七）山势陂陀似覆舟，后湖湖水碧于油。须弥芥子无常量，登览分明尽五洲。（《覆舟山望玄武湖》。按，五洲是指首都的五洲公园。）

（八）玄武湖头柳色新，台城雉堞长荆榛。会心不远华林路，鱼鸟难忘故国春。（《台城怀古》）

（九）玉树歌残乐未央，石栏红浣泪脂香。上方古寺蒲牢吼，疑是钟声出景阳。（《胭脂井》）

（十）苍茫暮色鸡鸣寺，清梵泠泠出上方。茵溷依然花上下，何人为吊竟陵王？（《鸡鸣寺》）

（十一）细柳夭桃隐画楼，青山潺潺水悠悠。石头城外横塘路，骀荡春风仿莫愁。（《莫愁湖》）

（十二）云公卓锡谈经处，古寺苍凉梵呗间。花雨即今留色相，山前山后石斓斑。（《雨花台》）

（十三）幕府山高鸟道稀，江南江北望霏微。长风万里波涛白，石燕掀空势欲飞。（《燕子矶》）

（十四）便叫十族何妨灭，正学堂堂大义昭。黄土一抔忠骨在，行人下马拜高标。（《方正学墓》。按，史载正学因不肯草伪诏并骂贼，被永乐灭其九族。）

（十五）随园往事已飘零，怀古人来足暂停。春到江南诗思好，此
山曾为一家青。（《小仓山》）

本来金陵为六代旧都，所谓六朝金粉，南部烟花，名胜古迹，在在足以供
诗人的凭吊。自从革命政府奠都于此，则更是冠盖云集，河山亦为之生色不少。
古往今来的文人才士对于金陵的歌咏，也不知有好多。我之所以特别看中这位
"雪"先生的作品者，我不明说，想来聪明的读者也当知道：就是这几首诗其格
调的清逸隽婉，颇足以步武所谓"神韵派"的渔洋大师。尤其是《龙潭战壕》
《桃叶渡》《秦淮踏月》《台城怀古》《鸡鸣寺》《莫愁湖》以及《方正学墓》这几
首，我们如把它放在渔洋集子里面去，一时也不容易辨别出是两个人的作品。
在我尤其喜欢《方正学墓》这一首，自然现在的中国，那里还有方正学？又那
里还要方正学？这种不怕吃眼前亏的"书呆子"，当然不是所谓现代的中国人所
喜欢的。不过这位"雪"先生却把他赞美的恰到好处；所以我说我喜欢这一首。

"蓬山"的故事

在中国的旧诗词中，尤其是所谓"言情"类的旧诗词中，常常有用"蓬山"
这两个字来代表其所歌咏之对象的一种办法。这个典故，究竟谁人是始作俑者？
一时虽无从考证；但在唐代李义山（商隐）先生有名的《无题》诗中，即已数
用"蓬山"或"蓬莱"的故典。我们先看看他的原作：

相见时难别亦难，东风无力百花残。春蚕到死丝方尽，蜡炬成灰
泪始干。晓镜但愁云鬓改，夜吟应觉月光寒。蓬山此去无多路，青鸟
殷勤为探看。

来是空言去绝踪，月斜楼上五更钟。梦为远别啼难唤，书被催成
墨未浓。蜡照半笼金翡翠，麝熏微度绣芙蓉。刘郎已恨蓬山远，更隔
蓬山一万重。

据苏雪林女士的考证，李氏生平曾经有过一两次不很寻常的恋爱；但因了
那女主人公的身份和地位都是很特殊的关系——一位是什么禁内的宫人，另一

夕阳楼旧诗新话

位是出了家的女道士，详见苏著《李义山恋爱事迹考》一书——所以结果来大家都不免的是悲哀。因为他曾受过悲哀的洗礼，所以他的《无题》诗才会这样有名。他诗中所谓"蓬莱"，所谓"蓬山"，无疑地是代表他的对象所在的去处，是指一种可望不可即的去处！仿佛如所谓"蓬莱仙岛"，只有神秘化的青鸟才可以去为他作探看的使者。〔按此处用青鸟来象征，似与西洋象征派作家，如比利时梅特林（Maeterlinck）之以 blue bird 来象征幸福与光明，颇有几分相似之处。〕他因为神视其人，所以也就"神化"她所在的地方；因而他才用"蓬山"或"蓬莱"这样的故典。记得《小说月报》的《中国文学研究》号外上，曾有人把他与李白两人对于女性的态度来加以比较：说太白对于女性，完全是一种享乐的态度、玩弄的态度。他的诗句有"载妓随波任去留"，这就是他自己的白描。而义山则不然！他对于女性可以说是只有崇拜与顶礼；因之他常常被女性所征服。他的诗句如"春心莫共花争发，一寸相思一寸灰"，可以说是他自己的口供。这种分析的比较，虽是前人所不敢道，但确能抓着两位诗人的灵魂！在我看来。

到了宋朝，关于"蓬山"两个字，又有一件有趣的故事：是仁宗的时候，有一位状元公（？）名宋祁，据说他的人品学问，两者俱佳；即大内（宫中）亦颇知其名。有一天，他在街上闲走，碰见了一辆宫车，一时趋避不及，那车上的一位美人儿却对他搴帘一笑，并叫了他一声"小宋耶?"于是这位宋先生便对那位美人朝思暮想起来，并填了一阕词：

> 画毂雕鞍狭路逢，一声肠断绣帘中。身无彩凤双飞翼，心有灵犀一点通。　　金作屋，玉为笼，车如流水马如龙。刘郎已恨"蓬山"远，更隔"蓬山"几万重？
>
> ——调寄《鹧鸪天》

他这一阕词，不过把李义山的诗句来杂凑而成；其目的只在抒写他的一片痴心。不知怎样的又被那位仁宗皇帝晓得了，有一天上朝，仁宗忽然把这一首词递给他，并问是不是他做的？他一时真吓得来惶恐无地！殊知这位皇帝却很好，不惟一点不责备他，反立刻传旨后宫：问那天在车上叫宋祁名字的是那一

403

位宫人？就将她马上"宣"来"赐"与宋祁，并开玩笑的说道："从此蓬山可不远了？"

到了清朝，黄仲则（景仁）的《两当轩集》里面，有《绮怀》诗十六首，一气呵成；其哀艳缠绵，并不亚于李义山。其中也有一首：

> 自送云軿别玉容，泥愁如梦未惺忪。仙人北烛空凝盼，太岁东方已绝踪。检点相思灰一寸，抛离密约锦千重。何须更说"蓬山"远？一角屏山便不逢！

黄氏集中的《绮怀》《感旧》诸诗，都是他生命史上的一些悲痛的回忆。他的名句如"似此星辰非昨夜，为谁风露立中宵？"当然是悼念他的过去而作。这一首自然也不会例外。"何须更说蓬山远？"只是"一角屏山"便可以限制他与她不得见面了！

由此而后，"蓬山"两个字，在旧诗词里面，便成了一种习以为常的故典了。限于篇幅，不暇缕列。

新体《无题》

近读吕圣因女士的《信芳集》，见其中有几首新体《无题》，即是以旧的格式来写新的景物；用旧派的话来说，就是以新的景物来"入诗"，算是一种别开生面的作品。录其两首如次：

> 雷掣风轮贴地驰，远鸣仙籁入通逵。鹅绒枕上惊残梦，认得萧娘辇过时。
> 梵语西来更有情，频传芳讯慰倾城。相如早证蟏蛸梦，变格簪花效蟹行。

新则新矣，但依我看，还算不得是崭新。记得在上海的时候，有同学王健民者，凤工吟咏；他也有新体《无题》八首，是以所谓"西宫"为描写的对象，颇能状出几分"宫"里边的草色风信来。虽其工力或不逮吕女士，但其内容之新颖，确比吕女士过之而无不及。诸位不信？请鉴赏其全文：

漫理晨妆早课忙，屐声踏碎九秋霜。袖单怯露劳巾掩，袍短惊寒怨袜长。眉样深描月影瘦，眉容浅传雪花香。遥看晓雾迷芳径，莲步蹁跹欲羽翔。

幽斋小憩喘盈盈，谈笑风从四座生。朱槛光波流目语，湘帘春信报书声。课钟待击情先怯，宵梦犹萦忆未清。手把菱花私自照，相怜频欲唤卿卿。

济济堂中强自尊，支颐凭案悄无言。艳词掩阅翻成癖，睡意频侵欲断魂。飞沫传经劳博士，痴情凝睇笑王孙。寸阴谁说须当惜，驹景迟迟怨晓曛。

金铎铿锵下课时，怀书出户弱难支。跻跄多士凭阶满，蹰躇芳踪着步迟。望断佳音嗔雁杳，平添春意妒莺痴。红楼在望归程缓，裙屐妆成绰约姿。

日暮抛书学戏球，靓装不肯让人优。娇擎彩毬传声掷，斜拟丝篮带笑投。汗温鲛绡珠有焰，风飘蝉翼影凝秋。婆娑可否阿渠意？驰逐场中几转眸。

画堂高响遏行云，窈窕登场满座倾。毛雨歌回春万里，金盘舞乱月三更。琴心博得周郎顾，掌上输将赵女轻。兴尽回眸一俯首，分明春意付诗人。

斜掠云鬟淡扫眉，名园深处叙幽期。比肩坐看池鱼跃，把臂还嗔宿鸟窥。卷尽蕉心情寸寸，歌残梅曲韵丝丝。垂杨落日人将别，话到重逢欲语迟。

琼楼灯暗怯宵寒，辗转香衾入睡难。罗帐凄凉秋意满，玻窗淅沥雨声残。古瓶供久花容悴，妙句催成墨泪干。不尽闲愁与幽恨，依稀都作梦中看。

这不但运事新，遣词新，即命意也很新；好似画家之所谓"素描"，的是崭新的作品。但是，我们若把它的形式来易成白话，则又不免索然寡味了！所以我觉得旧形体也有旧形体的好处；一切旧的东西似不必定要彻底打倒。虽然我也是一个忠实的白话党人。

西湖与《采桑子》

"西湖景色甲天下"！（这在现在来说，"天下"二字似有改正的必要。）以故历来的文人才士，歌咏西湖的诗词，也是非常之多。我们如果不怕麻烦，去略略加以搜集，包管可以堆满几间屋子。但宋朝"一代文宗"的欧阳永叔（即欧阳修）先生，他以词中之小令《采桑子》，一转再转，一共十转，十转都是歌咏西湖的景色！与赵德麟氏的《商调蝶恋花》词，连续七八转，全部都是歌咏《西厢记》的故事一样，可以说都是别开生面的作品。后人尽多什么"西湖十咏""西湖百咏"的诗歌，但在我看来，总不及欧阳老先生这几阕小词，来得雅妙有致——欧阳先生的原作，全部见《四部丛刊》本《乐府雅词》卷一，故此地不录。

年前在上海，见某大学有某女士者，亦有类似的制作；也是十阕《采桑子》，也是歌咏西湖的景色：

（一）莺啼绮陌西湖好，杨柳逶迤。花港长堤。打桨人归夕影随。画船闲系横塘曲，风动船移。水绉涟漪。一点沙鸥拍岸飞。

（二）山桃开后西湖好，人比花妍。莺燕争喧。挟侣清游岂偶然？银筝低度临流立，桂殿神仙。小谪人间。十二楼台歇管弦。

（三）画舸一棹西湖好，轻弄朱弦。玉盏停传。爱看凫雏傍母眠。两三舴艋中流去，空翠沉鲜。抚景流连。始信人间别有天！

（四）凭栏细赏西湖好，嫩绿娇红。烟雨微蒙。消受南屏向晚风。而今画阁还依旧，人去楼空。寂寞帘栊。落尽棠梨暮雨中。

（五）流觞曲水西湖好，琼筵开时。佳丽相随。笑倚钿筝进玉卮。为花好去沙痕浅，山弄清晖。波面烟微。又见穿樯燕子飞。

（六）禁烟时节西湖好，山水清华。插柳人家。一笑相逢七宝车。朱门寂寂人归后，尽口无哗。帘幕低斜。倦倚东风数落花。

（七）轻舟夜泛西湖好，菡萏开时。翠盖青旗。十里笙歌十里随。

榜人报道三更后，酒尽金卮。"欸乃"声微。明月多情送我归。

（八）波光岚影西湖好，一色澄鲜。醉傍花眠。画舫来时飐管弦。横波一寸盈盈处，莲叶田田。佩玉鸣鸾。自是人间第一仙。

（九）晴光潋滟西湖好，鹤渚凫汀。一片波平。隔岸何人玉笛横？行行已到花深处，渐觉凉生。菱荇香清。扑面微飐解宿酲。

（十）卜居小住西湖好，朝拥朱轮。暮送归云。不负韶光二十春。武陵渔父扁舟去，鸡犬人民。云物俱新。行近桃源忆故人。

她这十阕词当然是在仿和欧阳老先生。不过以一位所谓"摩登小姐"，居然能填这么曼妙的小词，已经是大不容易；而况她的仿和却也仿和得了相当的成功，所以我高兴把她来介绍在这里。

落 花 诗

花开花落，本是受自然律（the law of nature）的支配；这在植物学家的眼里，原值不得去发生什么感想。可是在诗人的眼里就不然了！因为诗人往往是神经过敏：说好一点，是他的"感受性"比一般人强；说坏一点，那就是他不免有点神经病的嫌疑。因此，就像花落花开这类的事情，也不免常常要引起他们的特殊反应（special response）来。

读过《红楼梦》的人，大概不会忘记林黛玉小姐"葬花"这件事情。林小姐那一篇《葬花词》，就足以充分代表诗人们对于"落花"的心绪——因为那篇《葬花词》虽托名林小姐，实际上是曹先生作的。"花开易见落难寻，阶前愁杀葬花人。手把花锄泪暗洒，洒上空枝见血痕。"这虽是多愁善病的林小姐在对花洒泪；实际上是我们的诗人，要以自己的眼泪，去赚人家的眼泪。不信么？"明媚鲜妍能几时？一朝漂泊难寻觅！"试问有情的人（此处的情字是广义的），谁不为之感动？

近读吴江姚栖霞女士的《剪愁吟》，其中有四首咏"落花"的七律：

春正浓时春已阑，花开无主落无端。漫天红雨看飘尽，堕地香魂欲返难。倦蝶懒寻前度梦，啼鹃自诉五更寒。蜉蝣身世应同此，独立空阶泪暗弹。

三春花事总销魂，魂不胜销自掩门。色相顿空知是幻，秾华如梦了无痕。难忘碎玉揉香恨，愁洗酒阑人散尊。听彻沉沉深院雨，小楼灯暗正黄昏。

满眼芳菲次第收，残春萧瑟比新秋。朱颜已分（去声）难长驻，好事从来不到头。薄病又添三月暮，怜香自种一身愁。丁宁休入杨花队，恐化浮萍逐水流。

恹恹春困不曾醒，病起空余绿满庭。歌扇风回寒翠馆，酒旗烟暗锁红亭。怨催花雨终何益？便卖花声也怕听！多事衔来双燕子，沾泥带絮太零星。

姚女士这几首诗，艺术上虽算不得是极品；可是在整个的情调上却也颇能动人。尤其是因落花而想到身世，想到人生，实不免有点令人感到凄然与黯然！

最近又有同样的《落花诗》四律，作者笔名"公南外史"；不知究竟是何许人氏。因原诗是由一个朋友自海上寄来：

丝丝离绪满天涯，芳草低迷路几叉？旅舍孤灯金缕曲，晓风残月玉钩斜。非关证石三生误，应悔辞枝一念差。极目故园无限好，纷纷红雨扑窗纱。

为谁漂泊别芳时？堕溷落茵两不知。此恨未忘容易老，托身枉傍最高枝。升沉应感才人遇，弃置长吟去妇词。回首可怜惆怅处，碧栏杆外雨如丝。

大好年华草草过，三生沦谪奈愁何！娇羞玉貌枝头少，绮丽文章水面多。倚槛曾窥妆绰约，堕阶莫漫舞婆娑。自是庭院无人到，消息沉沉隔绛河。

炫服新妆莫更论，满空香雾堕黄昏。玉颜苦被风姨妒，红影谁招倩女魂？昔日佩环俱委地，悄寒帘幕怕开门。天涯细认来时路，输与飞鸿踏雪痕。

这位"公南外史",却是使花来"人化";他用什么才人,什么弃妇等种种的不幸来比喻落花,与前面的因落花而感到人生、感到身世,恰成对比!但总而言之,诗人对于落花,总是起的衰飒不幸之感!只有龚定庵先生才有"落红不是无情物,化作春泥更护花"之句,算是对于落花,起一种不同于寻常的感应:这可以说是例外。然而这种例外却是很少。

春 燕 与 秋 燕

《秦淮广记》载明末金陵的秦淮河畔,有名妓王岫云者,别字小燕;才艺冠绝一时。有一位名"抑山"的先生,曾作四首《春燕词》以赠她:

> 巷口寻芳几度经,泥香时节又清明。海棠院落圆新梦,杨柳池塘续旧盟。解诉闲愁羞草草,频呼小字配莺莺。二分月照归来路,认得王家此画楹。

> 含睇斜窥玉镜奁,受风情态自翩翩。帘枕影里双栖稳,铃索声中一串圆。浅露红巾藏绣幕,偷衔锦字寄云笺。分明侧髻低鬟见,颤向钗头碧玉钿。

> 野草闲花总后尘,雕梁深护几重春?似曾相识偏怜我,莫倚能言便骂人。宾主无分真款洽,腰支虽小恰停匀。回风一舞销魂否,妒杀当年掌上身。

> 于飞故故影差池,雨腻云酣感莫支。只为投怀怜翠尾,可能系足有红丝。会心讵免华堂感,得意曾逢及第时。何日曲江同宴罢,杏花深处寄相思。

我们就诗论诗,这位"抑山"先生作诗的工力,确算是在水平线上的。他因为人名"小燕",便以"春燕"为题,其用意盖"燕化"其人也?

本来在鸟类之中,特别得诗人之赏识的,燕子就要算一位重要的脚色!(请大家去看贾祖璋先生著的《鸟与文学》一书,开明书店出版。)它与鸳鸯、杜鹃、黄莺、鸿雁等一样,都是常时受诗人的咏歌与赞颂。前面所举的《春燕词》,虽不是直接歌咏燕子的本身;然而人以"燕化",用许多歌咏燕子的词藻来歌咏其人，则其人也似乎特别增加了一种轻盈宛妙之风致了。

近来又在一种新近出版的东西上（名字忘记了！）见有一位姓何名振镛的有四首《秋燕曲》：

乌衣天女貌蹁跹，舞困韶华又一年。春日锦泥千点玉，秋风云路万重天。游踪已共高人倦，归兴翻居旅客先。十二珠帘犹未下，多情总在画楼边。

不恋雕楼与画梁，江天暂语借帆樯。长安羽化荒烟渚，南国风微碧草乡。芳讯漫劳传锦字，仙姿空自舞霓裳。莫因太洁逢多忌，玉露瀼瀼八月凉。

愁人西风困舞腰，差池云雨计程遥。海天空阔还鸿阵，云路清高渡鹊桥。故国依依金缕曲，归情脉脉玉楼箫。不堪语倦斜阳里，无限兴亡话六朝！

来是春分去及秋，江南景物感淹留。香巢巧语能辞主，芳梦余情定绕楼。大厦阽危何寄托，故乡安稳好归休。他年巷口营新垒，杏野桃林任息游。

本来燕子的世界是在春天；秋天即有燕子也大半是所谓"归燕"了。所以何先生就在这上面"立意"。这位何先生的作品，依我看，不但所谓工力是在水平线的；而他的所谓"格"，比起前面的《春燕词》来，也可算高超许多了。

《浣溪沙》

偏爱（predilection）虽是一种心理的作用，但在文艺鉴赏上却有其相当的价值。自己对于文学，虽说不上有何造诣；然而我于欣赏一方面，却有许多的偏爱可得而言。

我在中国旧诗之中，喜欢近体甚于古体；七言甚于五言。而近体之中，又是绝句胜于律诗。至词曲方面，则是小令胜于中调；中调又甚于长调。而且在各种小令里边，我又特别喜欢《浣溪沙》这么一种！

楼上青天碧四垂，楼前芳草接天涯。劝君莫上最高梯。　　　新笋
已成堂下竹，落花都上燕巢泥。忍听林表杜鹃啼！（周美成）

　　　　何事相逢不展眉？苦将情分恶猜疑。眼前行止想应知。　　　半恨
半嗔回面处，和娇和泪泥人时。万般饶得为怜伊。（孙光宪）

　　这种小令，在格式上讲：似七律既少两行。因此，它没有七律那么紧凑；
而比起七绝来，又不像七绝那么短截。又因此，它的情调，也似乎另有一种婉
曼谐和的委曲不尽之致。试再看：

　　　　落絮飞花满帝城，看看春尽又伤情。岁华频度想堪惊。　　　风月
岂惟今日恨，烟宵终待此身荣。到头何处问平生？（孙光宪）

　　　　叶堕空阶折早秋，细烟轻雾锁妆楼。寸心双泪惨娇羞。　　　风月
但牵魂梦苦，岁华偏感别离愁。恨和相忆两难酬。（前人）

　　　　日日双眉斗画长，行云飞絮共轻狂。不将心嫁冶游郎。　　　溅酒
滴残歌扇字，弄花薰得舞衣香。一春弹泪说凄凉。（晏小山）

　　　　夜夜相思更漏残，伤心明月傍阑干。想君思我锦衾寒？　　　咫尺
画堂深似海，忆来惟把旧书看。几时携手入长安？（韦庄）

　　　　薄薄纱橱望信空，簟纹如水浸芙蓉。起来娇眼未惺忪。　　　强整
罗衣抬皓腕，更将纨扇掩酥胸。羞郎何事面微红。（周邦彦）

　　　　闲弄筝弦懒系裙，铅华销尽见天真。眼波低处事还新。　　　怅恨
不逢如意酒，寻思难得有情人。可怜虚度琐窗春。（晏几道）

　　本来照心理学上的原则讲，一个人的偏爱（无论对于人或物），大概总是受
他自己生活上或经验上的影响；因此，即同是一种偏爱作用，也往往甲与乙之
间，其程度相差至不可以道里计！近代文学批评上的"偏爱价值说"，即是由此
出发。至于我之所以特别喜欢这种小词，在前面虽勉强说出了一点理由；但严
格地追求，还是未能把我的内心里面的状态表达无遗。（因为这是不可能的事！）
我只可以说：我之所以发见这种小词于我"觉得特别喜欢"，是由于我从前在随
意之间，曾看见过这么样两阕：

瘦骨支离暗自惊！病来身比落花轻。浑忘今日是清明。　　心事一腔成大错，痴情万斛酿酸辛。空余啼泪对春晴。

异域风尘扑面惊！几经忧思死生轻。一生多恨为聪明。　　尚有痴情容忏悔，更无余泪写酸辛。春来天气半阴晴。

原作的出处及作者的姓名，我现在都想不起了。只仿佛记得：是一种什么"清明病中"的感兴，而且又是在"叠韵"。我当时读了就立刻觉得很合我的口味；于是乎推而广之，凡是用《浣溪沙》这个调子的东西，我都觉得喜欢了！所以我说是偏爱。

《鹧鸪天》

在词曲里面，小令《鹧鸪天》又名《思佳客》，这一种也是我所特别欢喜的。我觉得这一个曲牌，它的外形虽很像七言八行的律诗；但是，它在中间第五行上，却特别只有六个音节单位，而且又分做两读。是在全调的音节紧凑之中，忽然有这么两顿：我觉得它一面有调剂这种紧凑的作用；一面又可以增加全部音节上的弹力。例如：

玉惨花愁出凤城，莲花楼下柳青青。尊前一唱阳关曲，别过人儿第五程。　　寻好梦，梦难成。有谁知我此时情？枕前泪共阶前雨，隔个窗儿滴到明。

这是五代时候一位女士名叫聂胜琼小姐（？）的作品。词到底是词；词之所以为词；我们都可以在这中间见出其特性（trait）来。此不过随便举一个例。

在宋代词人的集子中，有一位晏几道先生（即晏叔原的少爷，人称"小晏"是也），他的《小山词》集中，载有《鹧鸪天》词十九首；相连相续地，反复回旋地只歌咏一种对象（object）。因之，在十九首之间，差不多隐隐然成了一种连锁的关系：

一醉醒来春又残，野棠梨雨泪阑干。玉笙声里鸾空怨，罗幕香中

燕未还。　　终易散，且长闲。莫教（平声）离恨损朱颜。谁堪共展
鸳鸯锦？同过西楼此夜寒。

斗鸭池南夜不归，酒阑纨扇有新诗。云随碧玉歌声转，雪绕红琼
舞袖回。　　今感旧，欲沾衣。可怜人似水东西。回头满眼凄凉事，
秋月春风岂得知？

当日佳音鹊误传，至今犹作断肠仙。桥成汉渚星波外，人在莺歌
凤舞前。　　欢尽夜，别经年。别多会少奈何天！情知此后无长计，
咫尺凉蟾亦未圆。

题破香笺小砑红，诗成多寄旧相逢。西楼酒面垂垂雪，南苑春衫
淡淡风。　　花不尽，柳无穷。别来欢事少人同！凭谁问取归云信，
知在巫山第几峰？

清颍尊前泪满衣，十年风月旧相知。凭谁细话当时事，肠断山长
水远时。　　金凤阙，玉龙墀。看君来换锦袍时。姮娥已有殷勤约：
留着蟾宫第一枝。

醉拍青衫惜旧香，天将离恨恼疏狂？年年陌上生秋草，日日楼中
到夕阳。　　云杳杳，水茫茫。征人归路许多长！相思本是无凭语，
莫向花笺费泪行。

小玉楼中月上时，夜来惟许月华知。重帘有意藏私语，双烛无端
恼暗期。　　伤别易，恨欢迟。将来何处验相思？沈郎春雪愁消臂，
谢女香膏懒画眉。

小令尊前见玉箫，银灯一曲太妖娆。歌中醉倒谁能恨，唱罢归来
酒未消。　　春悄悄，夜迢迢。碧云天共楚宫腰。梦魂惯得无拘检，
又踏杨花过谢桥。

这是就十九首中加以摘录的。其全文见《彊邨丛书》本的《小山词》；商务
印书馆的校订本《小山词》，也可以看。记得清代布衣诗人厉太鸿的《论词绝
句》曾有一首是论小山道："鬼语分明爱赏多，小山小令擅清歌。世间多少分襟
处，月细风尖唤奈何！"所谓"月细风尖"，就是小山的《蝶恋花》词："月细风
尖垂柳渡，梦魂长在分襟处。"乃是他咏"别情"的名句。小山的小令，在词坛

里本极有名；尤其是这十几首《鹧鸪天》，更可说是他的代表的作品！文学史上已早有定论。

在他的《鹧鸪天》词中，还有这样两阕，我最为喜欢：

　　陌上蒙蒙残絮飞，杜鹃花里杜鹃啼。年年底事不归去，怨月愁烟长为谁？　　梅雨细，晓风微。倚楼人听欲沾衣！故园三度群花谢，曼倩天涯犹未归。

　　十里楼台倚翠微，百花深处杜鹃啼。殷勤似与行人语，不似流莺取次飞。　　惊梦觉，弄晴时。声声只道"不如归"。天涯岂是无归意？争奈归期未可期！

我自己也莫名其妙，对于他这两阕词，常常是读了又读，读去读来，有时候竟至把人也读懒起来了！

思慈庐新诗话

守　初

载于《大夏周报》1933年第10卷第3期。作者守初，其人不详。

《大夏周报》是上海大夏大学的学生刊物，1929年创刊，一直发行到1949年。以刊登学生文艺作品和论文为主。

这篇诗话以文言文写成，批评的对象是新诗。作者对新月派诗人评价很高，认为"闻一多作新诗，与茅盾作小说，态度皆甚严肃，为青年作家所最可取法。闻一多《死水》一集中诗，无一章无一行不是精心之作，洵为历年新诗集中之最为可观者"，称其"格调严整"。又评价徐志摩："徐志摩写新诗为最久，诗量亦夥；其精神始终如一，更足钦佩。"对于意象派，作者不太欣赏，认为其诗"玄渺莫测，实令人头痛脑胀"。此派之中唯有戴望舒最有成就，"施蛰存辈则多属东施效颦而已"。对"商籁体"，作者则认为其发展未可限量。又认为女诗人中以林徽因和方令孺最好。该诗话短节成章，和古代诗话述本事、论高下的范式几乎完全相同；且常以"富丽""工稳"等传统话语来点评新诗。以旧形式批评新文学，颇有特色。

一

闻一多作新诗，与茅盾作小说，态度皆甚严肃，为青年作家所最可取法。闻一多《死水》一集中诗，无一章无一行不是精心之作，洵为历年新诗集中之最可观者。徐志摩作诗量尽较彼为多，而格调能如彼之严整者，究属少数耳。

二

徐志摩写新诗为最久，诗量亦夥；其精神始终如一，更足钦佩。彼所著《志摩的诗》《翡冷翠之一夜》《猛虎集》《云游集》诸集，与中国新诗坛影响之大，实毋庸讳言。《猛虎》一集，实为彼最出色之诗集，其中有《渺小》一诗，可谓彼最成功之短诗。而其中有译哈代（Homas Hardy）诗，译法殊佳；如与原文对读，可见译者译笔之不苟。

三

近年来中国新诗坛有所谓"意像派"者，观其形质固已尽鲜异之能事；而玄渺莫测，实令人头痛脑胀。此派作者似以戴望舒为最有成效；施蛰存辈则多属东施效颦而已。今年来学此派者甚多，《现代》诗选即为此派诗之市场；奈"画虎不成反类犬"，学得近似者诚属寥寥也夫。

四

孙大雨作"商籁体"（Sonnet），开新诗别径。胡适之常谓此乃要不得者，盖意以中西文字各异，此体能应用于中文，困难实多云云。惟此体今日效作者日多，朱湘所作尤可观。将来此体发展，或未可限量也。

五

青年人作诗以陈梦家、方玮德最可爱。卞之琳诗纯朴，所作多白描。曹葆华诗富丽，不免有铺张之嫌。臧克家初学新月派，所作甚佳；今作风改易，倒无出色之作矣。何其芳似与"意像派"同流，而又稍有不同。何德明则作风全学徐志摩、闻一多，所作以工稳胜。《旅程》作者某君，语句不通，思想稀奇；但骄傲过人，自夸作风独创，实令人愤叹。

六

女人作诗以林徽因、方令孺最好，作诗虽少，而形质兼美。女人作诗有此成绩，实足称道。他若《潮风》作者某女士，内质糊涂，诗句幼稚，而竟有三五文坛白脸（如叶某等等）为之捧场，赞声震天，真令人皮栗肉麻不止。

栋 园 诗 话

莫祖绅

载于《学生文艺丛刊》1933年第7卷第6期。

莫祖绅，字子晋，湖南人。时任建国法政专门教授。

本篇诗话主要选评湖南乡贤之作，收晚清黄道让诗尤多。黄道让（1814—1868），字师尧，号岐农，湖南常德临澧县人。作者盛称之，认为："黄工部之为诗，妙在能想入非非，别开生面，迥不与凡庸同也。""黄工部不第律诗称长，而所为绝句亦是生龙活虎。""吾每读黄工部诗，喜其写情写景，为人所不能形容者，而能形容之。故题虽平淡，自其手出之，必有无限风味。"还将石门黄照临与黄道让并称"二黄"，称其"字字惊奇，字字天成，令人读之，音调爽口。而其矫健之气，恍惚光焰万丈，煊然烛天"。此外还录有醴陵凌恩凤《桐冈诗集》等作。诗话中多涉及湖南名胜，如长沙岳麓山、澧城孟姜山。可作一篇地方诗话观。

一

临澧黄岐农工部，才思横溢，诗境绝高，所著有《雪竹楼诗稿》十三卷，世儒咸推重焉。凡所为诗，飘飘然有凌云之气。虽间有不屑屑于规矩，而于规矩翕然相合，可谓神而明者也。余于总角时，先大父宦归，尝以其所选《近代诗钞》课余。其中以黄工部诗为最多。有《题醉翁图》云："一笑须眉落酒樽，壶中日月本黄昏。醉归扶上知途马，垂首摇摇直到门。"昔杜工部有《饮中八仙歌》，一一写来，若有仙意。此虽仅写其态，有不及杜者，亦足称颊上三毫矣。又有《咏雪》数首，均极确切工雅。录之如下："一重桥似一重关，驴背寻诗自往还。粉壁平分浓淡色，梅花都在有无间。高于田际知为路，白过天光便是山。最苦许多闭门客，被人误认作清闲。""秋前阳极已生阴，自履霜来竟至今。雅有澄清天下意，原无埋没古人心。马蹄未免愁空阔，鸿爪焉能识浅深。待到神功收敛后，方知点点是甘霖。"又有《咏雪》一绝，亦脍炙人口。其诗云："人似山阴道上还，终朝水绕复山环。水中山影依天白，衬出天光青似山。"咏雪诗，千古诗人集中，固不乏佳作，究难有如此浑脱阔大，包扫一切，洵可称空前绝后之独步者。黄工部之诗，多出自天籁，神情毕具，如《被窃》一首云："是谁毒手太无端，使我全家仰屋叹。老犬不知昨宵事，依然摇尾索朝餐。"其冷语尤令人颡泚。

二

澧城之西，向多隙地，有山崒蔚明秀，古木参天，为明华藩游眺处也。山下有池，洼然而方长。《澧州志》载为宋范文正公洗墨池，并有碑碣立，至今尚存。余于八九年前，肆业澧县中学时，每于课余之暇，徘徊于其间。城外有囊萤台，为晋相车胤读书处，与此山遥遥相望也。后之吊古来游者，无不有诗。余最喜诵者，惟黄工部《咏洗墨池》古体一首，仿佛东坡《泛颍》诗化出，尤妙在语语影照文正全身。其诗云："江南有客澧之阳，风吹一堂翰墨香。车公石墨已千古，遗踪又说朱家郎。朱郎本是范家子，陶公三迁偶至此。江湖早具廊庙心，手抚先人旧龙尾。想见惜墨如金时，堆垛何当一洗之。开门照我须眉古，天生一片洗墨池。初焉浸砚浅水边，徐徐一缕袅篆烟。以手摩挲墨花舞，半阴半晴水中天。隐隐有人出砚窝，被风散作百东坡。个个满身生鳞甲，俨然十万胸中罗。龙宾入水化为龙，骑上书生亦英雄。努目井蛙横行蟹，一时心胆战波中。回首嘘气便成云，酿得甘霖济万民。须臾雨止波涛息，寒窗依旧墨磨人。捧砚出水对日揩，清风为我从天来。仰观六合无泥滓，俯察方寸无尘埃。先生一笑袖而起，可惜大材小用矣。安得君山作砚磨，洗墨洞庭八百里。从此先生赋壮游，一纸飞上岳阳楼。泼墨飞蒸云梦泽，濡染大笔亘千秋。指顾西行作保障，盾鼻磨墨班马上。露布朝驰甘泉宫，蜡书夜投黑水浪。方思洗净垢山河，其如宦海多风波。画阁无惭老子样，盖棺仍是秀才科。泽在人心碑在口，文章事业两山斗。遗墨不知何人收，旧池空为澧人有。于今观水水犹黑，八百年来不改色。恨我不作当时鱼，摇尾来吞先生墨。”凡为文为诗均属大题小做，小题大做，方能生色。若斯诗将文正全身悉现于“洗墨池”三字之中，即其作法也。倘非有纳须弥于芥子中之妙手，则诗必平平不足观。杜工部作《古柏行》亦用此法。

黄工部罢官归田后，多为古体诗，如《耳痛》，如《秧马歌》，语语入神，令人读之醰醰有味。其《耳痛》诗云：“吾身有天柱，共工不敢触。忽生左顾忧，薄恚滋厚毒。初焉中有声，非丝亦非竹。继焉沸沸响，时如煮豆粥。忽而天鼓鸣，忽而暮鬼哭。对镜惊顽壮，平处一齐凸。外宽内乃窄，其间不容粟。恶声幸不闻，胜于塞填玉。其痛不可言，仿佛鸡啄啄。一啄使心惊，再啄使额蹙。吹嘘又不能，摩抚亦徒欲。痛极起呻吟，旋绕三间屋。久识阴血渍，蒂落等瓜熟。滚滚黄亩水，流出污床褥。其耳常湿湿，人笑无病犊。气似蜀井油，尚带硫磺浊。臭殊滋穴粪，并无兰椒馥。幸而与鼻远，免受腥风扑。尤幸与口隔，免和羹入腹。独恨与齿连，牵制而特牿。张之苦太伸，翕之苦太缩。不伸不缩间，未免受拘束。譬之家有病，恶闻邻人筑。又如邻有丧，自家食不足。所以号齿田，田荒齿不育。我闻孔圣人，耳顺旬有六。今我甫半之，宜多逆耳恧。更闻人百病，强半从口伏。耳亦以食称，畴能免嗜欲。虽我耳力坚，不受枕席黩。而亦有时靡，怕闻销魂曲。虽我耳风清，不蒙苍蝇辱。而亦有时渎，好听千秋狱。一朝祸水进，难拔胜攒镞。平生多左袒，所以失左纛。看看成虚器，灭如荷校僇。恨不如张生，耳更生额角。纵使故者塞，新者倍精确。又恨不如禹，三漏决河渎。纵使其一充，其二尚若谷。我乃取蓍筮，遇坎变之复。按坎为耳痛，来复当七宿。夜梦东坡来，大喝与耳告。偏听无乃暗，此门开宜速。限汝以三日，不尔一刀斫。果然不药喜，失聪阅日觉。远闻城乌乐，近听被虮读。不作苟跻掩，且学许由濯。”黄工部之为诗，妙在能想入非非，别开生面，迥不与凡庸同也。其《秧马歌》云：“舍南舍北春水生，高田低田秧针青。儿童笑指谁家马，齕秧如草不闻声。似齕非齕马非马，乃是农人拔秧者。坐以骑之劳而安，大家都忘马是假。下与马两骑与一，由来人足即马膝。尺八何如八尺强，天骨开张森卓立。泥滑滑，马翩翩，老农骑马如乘船。万绿缺处人影入，双脚倒挂水中天。马头系得去年草，马前缚秧马后绕。须臾满空绿鱼飞，乱插井字斜更好。尝恨骏马可骑不可耕，今见马在田中行。又恨马背不如牛背稳，今见马背与牛等。或云此乃大禹四载中之一，禹用之以治水，民因之而乃粒。或又云，此马即在诸葛木牛流马间，行者驱之以运粮，居者乘之以屯田。然与否与总神妙，颜渊欲铸公西笑。死骨不登燕昭台，生面合画神农庙。君不见天间岂乏马如龙，八荒无事徒嘶风。惟尔世界愈平愈有功，不许髀肉恼英雄。又不见郊外有贼如蜂旋，将军怕死马不前。输尔有进无退不须鞭，风雨不避稳如山。我时歇马系垂杨，看农洗马坐晚凉。一农顾我笑口张：我马苍，君马黄，君马不如我马良。"纵横捭阖，娓娓动人。其形容秧马，尤属极妙极确。倘非亲见而有才思者，何能道一字。东坡诗，如老优演戏，举止吞吐，均能合拍。又如名将攻城，绕三匝而城陷矣。若以此诗比较观之，虽非出自一手，而才气相若，各尽其妙也。或谓以此题为五言八韵之赋，亦无不可。吾谓纵能得体，不过字字双关而已，绝不能以马喻马，不如非马，淋漓尽致。

三

为秧马歌，吾于近代诗人集中，数见不鲜。客岁余在长沙建国法政专门学校时，见省主席何键，为其师醴陵凌恩凤先生刻《桐冈诗集》，其集中亦有《秧马歌》一首。虽不如黄之纵横宕逸，风雅动人，然亦古节古音，有足取者。其歌云："禹首躬稼泥行橇，擿行水上东西跳。嗟我农夫怀良苗，鞠躬伛偻如承蜩。拮据风雨常飘摇，予尾翛翛音哓哓。以木为马身轻遭，背如覆瓦腹如飘。两足胼胝四蹄骄，奔走踊跃乘逍遥。日行千畦遍迢迢，昂首系稿卸肩挑。服襄垂耳困尘嚣，未尝仰天鸣萧萧。日暮山村见荷樵，忽如还泞起腾超。归栖壁上卧中宵，口无束蒭腹常枵。每岁季春身劳焦，大合累腾谁相邀。儿童骑竹时见招，笑我泥涂非同僚。不知泥马能乘潮。"《桐冈诗集》中固不乏佳作，如《白扇》诗，字字均费推敲，且有喻意。其诗云："凌云健翮久翱翔，铩羽犹含上苑霜。风素好披君子德，月明愁对美人妆。曲江雅度文能赋，诸葛高情武亦扬。自分秋来藏箧笥，羞他世态易炎凉。"按曲江，乃指张曲江有《白羽扇赋》也，用以对诸葛，亦极工切。

四

长沙城外，隔江有山，盘纡弗郁，隆崇崒崪，望之蔚然而峭丽者曰岳麓，为湘中名胜之一。其脉来自衡岳，蜿蜒千余里，高以视衡岳，犹其麓耳，故称岳麓。山间之景，无奇不备，四时游士，络绎不绝，诗文纪胜，亦不胜收。而吾所击节称赏者，惟黄工部《重登岳麓》七言律一首，诗云："万壑风来雨乍晴，登高一览最怂惺。西南云气来衡岳，日夜江声下洞庭。我发实从近年白，此山犹似旧时青。读书老友今何在（按，黄岐农工部少曾读书岳麓书院），古木秋深爱晚亭（按，爱晚亭，为岳麓山中山亭之一。此为最古，左右皆古木参天，石级纡折，曲通石堑皆有扛梁，更与白鹤泉相通。今亭虽迭经兵燹，巍然尚在，并用工部此诗中之'西南云气来衡岳，日夜江声下洞庭'句，为木联悬之，下署名黄道让题。盖道让即黄工部名也。其字亦遒劲奔放，闻为黄工部真迹也）。"斯诗写景写情，与杜工部《登岳阳楼》诗，又相似也。惟杜诗后半纯写情，此诗六、八景中写情，惟有稍异耳。

五

吾尝谓为诗实难为文，讲缜密者或失之浓，讲疏荡者或失之枯。吾尤喜黄工部《鸿沟》七言律一首，不浓不枯，正适其中。诗云："两军风雨散中州，画破山河是此沟。天下竟无共分事，人间尚有一渠留。还乡游子千秋泪，结局英雄万里头。我为二家重酌酒，兴亡齐付水东流。"金和玉节，读之若悠然不尽，为二家重酌酒讲和，其关合题，尤妙在有意与无意之间也。

六

黄工部不第律诗称长，而所为绝句亦是生龙活虎。如《题博浪沙》一绝云："九州无铁不收回，豪杰欲兴何挟哉。正驾六龙思万世，一椎飞过海中来。"五言律云："虎视六王毕，何人尚报仇。一椎天地动，十日鬼神愁。未泄孤臣愤，仍还壮士头。谁知气盖世，竟与赤松游。""五世仇还在，千金产肯怜。怨深气吞海，谋定胆包天。早夺沙丘魄，偏饶轵道贤。英雄诚莫测，即此是神仙。"前一律笔力苍劲，神充气足，非眼高于顶，力大于身者，何能为之。后一律舍轻取重，舍薄取厚，清绝滔滔，余音悠然。虽略加以议论，究不失唐人家法耳。他如《题美人对镜图》，以及《渔父词》，皆逸然清绝，饶有唐人风味，虽百读之亦不厌。《题美人对镜图》云：“美到王嫱画不成，只争容貌与风神。自知绝代销魂甚，犹恐旁人看未真。”《渔父词》云：“只有渔舟得月多，渔翁把酒唤渔婆。渔婆不共渔翁醉，自向灯前补破蓑。”至于《登岳阳楼》诗，尤为一气涌出。自杜、孟后，虽代有名手名作，究未见有逾乎黄岐农工部上者。杜工部虽有“乾坤日月浮”之名句，吾嫌咏湖则太过，吾以是益爱赏其诗之不置。诗云：“岳阳之胜状，尽此一楼中。放眼湖山小，腾身天地空。文章过者事，忧乐古人风。但醉巴陵酒，神仙与我同。”恍若昂首天外，慨然而咏也。吾每读黄工部诗，喜其写情写景，为人所不能形容者，而能形容之。故题虽平淡，自其手出之，必有无限风味。如《长沙九日》五言律云：“过惯客中节，浑忘天一涯。忽惊满街菊，始忆故园花。此日应望我，登高定举家。阿儿问阿母，何处是长沙。”又如《踏雪歌》云：“踏破芒鞋石径斜，过门不入故人家。前生原是淮南犬，喜向风前舞雪花。（按，犬性喜雪，往往含雪舞之。）”

七

与黄岐农工部同时并称才人诗家者，则惟石门黄按察照临字碧川其人也。二子同居澧水流域，少相过从，一唱一和，情若兄弟。碧川以清进士官至山西按察使，卓著政绩。当时钦差大臣朝邑阎敬铭以驿传应诏言事，特所论荐三数人，皆海内能吏，而黄碧川按察其一也。后又张之洞奏调赴粤，竟辞不往，逾年以病卒于里所，年仅五十有七。时法兰西割我安南之第五年也，在此五年之中，见国势日衰，强邻日逼，恒为之忧愤不已，乃益发于诗歌。故其所作亦多悲壮，惜未能一一存稿。有《登终南山绝顶至红门寺题壁》七言律一首云：“九天立马望空阔，万壑千峰拜马头。云气东南连华岳，涛声日夜下秦州。十年兵火村多废，五月山田麦未抽。乱后流离民事棘，道旁蒿目屡夷犹。”其写景写情，与上录黄工部《重登岳麓》诗之作法，翕然相同，惟第二联仅数字不同，究不悉谁仿谁也。论其才气学力，实相伯仲。吾因尝以“二黄”称之，盖不第才学相等，而诗思诗品，又无以别乎上下也。如同咏洞庭诗，几不能辨别谁是谁作也。黄按察诗云：“扁舟欲下意踟蹰，渔笛声闻唤渡湖。一水圆包秋月满，中流卓然楚山孤。沧桑眼底成今古，姓字天涯半有无。莫问圣贤忧乐事，岳阳楼远影模糊。"黄工部诗云："吾生未观海，对此已茫然。地剩数峰在，天包一水圆。余波成梦泽，蒸气接衡烟。欲访神仙迹，岳阳何处边。"吾初读杜工部诗"吴楚东南坼，乾坤日月浮"句及孟襄阳诗"气蒸云梦泽，波撼岳阳城"句，以为后无此等惊人句也。今以黄按察诗"一水圆包秋月满"以下二联及黄工部"地剩数峰在"以下一联较之，又何尝减色也。

黄按察之诗，今所排印者，虽仅两卷，不过数百首。然皆字字惊奇，字字天成，令人读之，音调爽口。而其矫健之气，恍惚光焰万丈，煊然烛天。凡读其诗者，无一忍释手也。如《黄河》五言律一首云："补天天未满，漏水出华阴。大地限南北，浊流浑古今。日中人影短，沙软马蹄深。涉险需舟楫，长怀利济心。"《太华》七言律一首云："太华三峰缥缈间，苍然秋色满函关。九霄雨露承仙掌，万壑风云拥翠鬟。大水东流长注海，中原西去更无山。汾阳不作希夷杳，一雁悠悠天际还。"《函关》七言律一首云："六国兴亡付劫灰，重门犹复筑崔嵬。人从谷口穿云出，鸟自天边绕道回。紫气东南连塞驻，黄河日夜包山来。关头立马怀贤尹，底事风尘负异才。"一起皆超拔，一结皆悠然而长，尤妙在一字一句，相对工雅。又如《由都门归养花山馆，即有秦中之行，留别诸友》七言律一首云："树围山馆草平堤，客到柴门鸡乱啼。文苑朋侪都老大，武城墙屋自高低。桃花隐约来时路，鸿爪模糊去后泥。遥识明年相忆处，满天风月灞桥西。"清雅不减黄工部。

曩者泾阳乱后多狼，有五岁小儿拾麦奉母，为狼所噬。黄按察适过泾，闻情下车哭之，并有诗云："饥儿拾残麦，聊以充母腹。天不令母饱，狼来食儿肉。儿饥肉无多，儿死奈母何。"用此三十字，写得沉痛淋漓，令人读之心骨碎裂。倘非仁者之心，才人之笔，何能若此！他如《哀饥人》数首，亦可与此同读，与此同工，诗云："朝无粮，暮无粮，母曰儿行，且适异方。母老不能去，儿行莫回顾。""山濯濯兮无枝，川涤涤兮无鱼。妻曰夫行，携儿与俱。罗鞋如弓路如矢，妻病不行夫饿死。劝夫卖妻不卖儿，登涂忍与儿别离。""主人去，犬在此。主人归，犬饿死。死犬无肉空有皮，含泣烹之疗朝饥。""风毋来，身如叶。风竟来，随风折。可怜叶落有人扫，饥人委地不如草。""乌夜啼，狐夜呼，乌啼狐呼胡为乎？东邻母哭儿，西邻妻哭夫。山月如线星如豆，饥人不如草头露。""百钱卖儿,市人摇手。千钱卖屋,闻者疾走。四顾徘徊,斧屋作柴。柴尽人亡,弃儿道旁。""五里无屋,十里无人。屋存无门,人死无坟。满地白骨,黄犬夜哭。"读此能不潸然泪者,非人也。

黄按察之绝句数首,俱有唐人风味,以吾儿时所爱读者,分别录之如下。《山中》一绝云:"三月阴晴百草齐,桐花逐水过桥西。梵钟击破深山梦,一树春莺枕上啼。"《海上》一绝云:"海天如镜一望同,倒影澄波见太空。惟有乾坤真量大,万山千鸟尽包容。"《题谭鹤枝山水花鸟图》一绝云:"万山芳草鸥鹈啼,短艇飞来逐水低。此去烟波无限好,乱花开遍小亭西。"《山中寄黄石丞直州》二首云:"空天定黄叶,秋老生白云。山中有佳景,不堪持赠君。""夕阳明古寺,红树养残钟。莫登西山望,怕见太华峰。"《记梦》一绝云:"思亲夜还家,梦中疑是梦。记取醒时看,戟指画庭栋。"《别意》一绝云:"悄悄小郎心,渺渺洞庭渚。送郎上扁舟,低头无一语。"《重到天台》一绝云:"郎去花正萼,郎来花满山。相思羞相见,别后减朱颜。"后一首,与其所作《七夕》一首,更可同读。诗云:"郎居天河阳,妾住天河阴。盈盈一河水,不抵相思深。今夕复何夕,明月照罗襟。携手立斯须,踌躇双泪涔。欲结小郎意,天上无黄金。"为《七夕》诗吾所见者,指不胜屈,究少见有此超脱。

吾尤喜诵所咏关壮缪遗刀数首,诗云:"高祖之剑公之刀,白蛇易斩贼难枭。贼未枭,鼎足折,英雄不留留寸铁。黑月无光刀有芒,刀头犹溅汉时血。公不死,汉不灭。汉虽灭,公不死。岳在地日在天,德在人功在史。我来庙堂,四顾彷徨。赤刀横几,英风四起。刀光如电力如虎,万里荆益无寸土。汉家末造火德微,化作丹心照千古。"吾每读之,殆如斯诗所云,英风四起,不如是亦不能与题相称也。

历来名家诗,雄厚者或失之拙涩,平易者又或失之粗俗。而黄按察之诗,不见有此类病,每用一字,皆极隽妙。若从铸炼出来,故其成诗,无笔不曲,又无笔不健,其气可以盖世,其光可以烛天。吾儿时尝闻先君植圃公谓按察诗为天仙化人之笔。今读上录诸首,益信无疑也。他如《登岱》一律云:"俯瞰九千里,岱岳气纵横。东南压齐鲁,发粒渺沧瀛。古柏斜阳乱,秦碑断藓生。登封缘底事,辇道有人耕。"《送李勤伯备兵榆林》一律云:"满目蒿莱地,治安简重臣。三边盼霖雨,万户动星辰。浅草斜阳乱,梅花断塞春。希文天下任,去去活斯民。"《晚行》一律云:"行过华阴里,山城草半涧。影长惊日暮,灯小识村遥。归鸟喧烟树,饥驴嚼野苗。荒凉何处宿,孤月灞陵桥。"又皆笔笔凌驾,字字飞鸣,不独工雅已也。

八

澧城(原为澧州直隶州)之东,有地曰新洲,相传为澧州故城之址也,今仍为一小商埠。前有山峭崿明秀者,曰孟姜山。山椒有寺,位以孟姜像,颜曰"孟姜寺"。寺后有石,高约丈余。澧人郭春生著《孟姜山志》,载为孟姜女之望夫石也。寺内有恨石,其大如斗,指爪痕宛然,郭《志》亦载为孟姜女望夫范郎不回之所为者。寺前有澧江,即汇入洞庭湖处也。舟楫上下,游人不绝,临澧黄岐农工部曾有《望夫石》一绝,诗云:"望夫石尚存,夫今在何处。犹生一片云,飞往辽西去。"虽寥寥二十字,颇觉飘然烟云,穿林而去,有不尽者。其他凭吊诗歌,布满四壁。余所爱赏者,惟慈利戴尚质先生之五言律一首,诗云:"我仰孟姜节,来登孟姜山。断魂离楚地,拚命出秦关。恨有贞石在,怜无夫骨还。悠悠澧江水,终古咽波澜。"一起便高唱入云,一结若有无限吊悼,无限悲壮,而"拚命"以下两联,尤属清雅工整,若置之唐人集中,可以乱真矣。尚质先生为慈利一大诗家也,讲学间里,诱掖后进,不遗余力,故门弟子,不乏闻人。虽仅一清博士弟子员,而名播三湘七泽,曾为余题《栋园读书图》古体诗一首,诗云:"万木中惟栋为材,郁郁干霄出尘埃。阴翳纵横广十亩,云是莫氏亲手栽。莫氏望族世缙绅,以栋名园花木新,子晋(绅之字也)继起更不凡,英挺如栋栋其人。胸中富有五车书,肯将岁月负居诸。下笔万言堪倚马,挑灯三更走蠹鱼。学成翻作幽燕游,友天下士尽名流。朝阳(北京大学名)能文声卓著,归来只许李同舟。麋寿(祈阳人,李太史之孙,今燕京大学教授)饯别表深情,陡觉纸上烟云生。挥毫写成参天树,恍闻下帏弦诵声。我搜此图夸绝伦,今欲从之结比邻。异日巨室求大木,栋与人分国之珍。"诗固褒许逾分,有愧难当,而能一气涌出,纵横曲折,跃然纸上,此非老于诗者能之乎?

正谊斋诗话

顾明道

载于《妇女旬刊》1933年第17卷第9期。

顾明道，本名顾景程，生于1896年（一说1897年），卒于1944年，别号正谊斋主、石破天惊室主、虎头书生等，江苏苏州人。现代著名武侠小说作家，与文公直、姚民哀合称武坛三健将。早年化名"梅倩女史"写社会言情小说成名，为鸳鸯蝴蝶派文学团体"星社"成员，其作品如《奈何天》《蓬门红泪》《花萼恨》等，皆极受欢迎。

本篇诗话篇幅短小，随笔而成。论及写景诗、题壁诗、咏物诗。作者间有诗论，如认为作诗难处在诗句需"临空着想，而不可少落板滞"；认为羁旅题壁诗不可写得过于潦倒，反伤兴致。闺秀诗则录有张娴娟、缪宝娟之作，称张诗"风致娟娟，别饶情思"，缪诗"清雅可咏"。顾明道在小说创作中擅长将言情小说和武侠小说相结合，始终对女性话题颇感兴趣，故常于各类妇女刊物发表文章，对闺秀诗也有所关注。

一

人言作诗易，余谓作诗难。盖诗中之句，皆须临空着想，而不可少落板滞，即如写景诗，又须如吴道子绘龙，有破壁飞去之妙。尝从友人处，见《夏日纳凉》诗一首："临波水榭卷帘栊，冰簟银床点缀工。一个蜻蜓红闪闪，白莲花上颤微风。"写景生动，惜不知何许人所作。

二

题壁诗大都为羁人旅客触景感怀所写，故多有时运不济、命途多舛之意。然过于写得潦倒，反无兴致。徐佛猿有《寓楼题壁诗》二绝，其一云："千金市骨谈何易，一剑羁身志未酬。不学屠龙学屠狗，十年功业早封侯。"观此诗殊有拔剑斫地之慨。

三

闺阁诗之佳者，不易多觏。张娴娟女士有《夜吟诗》及《春园即事》各一绝。《夜吟》云："绕天落叶倚绳床，苔砌寒蛩泣夜长。闲把玉簪敲槛竹，栖鸦惊起月如霜。"《春园即事》云："于飞燕燕穿花喜，荼蘼蹴落霏香雨。红入幽丛不见衣，苍苔绿润弓鞋底。"二诗风致娟娟，别饶情思。

四

琴川缪宝娟，字珊如，有《倦绣吟草》，所作诗清雅可咏。曾有《探梅》一首，中以"屐齿踏残三径雪，岭头先漏一枝春"一联为诗中警句。又有《煮雪》一律，中有"前来竹里全无俗，嚼共梅花信有情"，斯两句为尤佳。

五

古来咏物者，如郑鹧鸪、崔鸳鸯、谢蝴蝶、秦蟋蟀、袁白燕、梅河豚、祁鱼虾、鲍孤雁等，皆以一诗而得名。君博曩客海上，曾咏《鹦哥》一律，抄诵遐迩，其诗为："无端惆怅是离群，花影参差怨妒纷。思落深深帘羃水，梦残澹澹月漫云。潼关秋色从东圻，陇客春笼自小分。娇字还应全八诀，莫教风皱镜池文。"戚饭牛曰为范鹦哥云。

幽 默 的 诗 话

胡徇道

连载于《论语》1933 年第 25、30、33、48 期。

《论语》，林语堂于 1932 年创办的半月刊，以幽默为办刊宗旨，刊登幽默小品文、杂文、文学理论等，也介绍古今中外的幽默作品。

胡徇道，上海微明社成员，在《论语》上发表多篇小品文，除《幽默的诗话》外，还辑有《幽默的联话》。

本篇《幽默的诗话》，显然受到林语堂"幽默"观的影响，常用如"含着眼泪笑""会心之微笑"等评语。其中有些篇章围绕一个主题夹叙夹议，可作一篇现代小品文观。文中选录的幽默诗也与时俱进，如《名流与政客》一篇，引用林语堂的《咏名流》新诗；《说虫类》一篇，引用周作人《苍蝇》新诗，都是与传统的诙谐诗、滑稽诗异趣的新文学。这部诗话虽仍是传统的随笔体，且其中不乏一些当时烂俗的打油诗；但它有些篇章的思想和风格已不同于其他滑稽诗话。此篇诗话出现之后，上海消闲小报《福尔摩斯》也刊登了两篇《幽默诗话》。《益世报》《银线画报》《电声》等报刊也开始出现以"幽默诗话"为题的诗话。这些"幽默诗话"，有些诗比较接近林语堂的"幽默"观，而更多的其实和常见的以打油诗为主的滑稽诗话完全一样，只是起了个新名字而已。不过，从各报刊踊跃采用"幽默"一词，也可看出这个新词正迅速传播开来，被大众所接受。

关于"穷"

文人多穷，此昌黎老人所以有《送穷文》之作也；而《汉书·霍光传》所以有"诸儒生多窭人子"之语也。今以穷的歌咏冠此篇之首，以示穷与文人结不解缘，五光十色，足供谈助耳。

按见《天中记》载："池阳风俗，以正月二十九日为穷九，扫除屋室尘秽，投之水中，谓之送穷。"又韩愈之《送穷文》，略言主人使奴星结柳作车，缚草为船，载糗舆粮，三揖穷鬼而告之云云，游戏之文也。质言之，民间既留陈迹，而名士下意识冲动，又从而踵事增华之，是乃成典故矣。

有某君戏作《送穷诗》云："劳尔相陪已几年，今朝祖钱特开筵：一盆豆腐斋羹饭，三炷清香下草船。对你磕头当速去，饶予活命莫多缠！从今好把阮囊洗，等待明天贮老钱。"噫！今日我国，民穷财尽极矣，亦安能将穷神送之而去哉？！

某名人有《避债》诗一绝云："门前索债乱如麻，柴米油盐酱醋茶。我也管他娘不得，后门走出看梅花。"又《新年》云："东邻设宴送除夕，西舍开筵贺岁朝。只有老夫忘肉味，一盘豆腐到元宵。"不特哀而不怨，并且苦中作乐，乐此不疲，是穷中之风趣者。

前人咏穷佳什，如"太穷常恐人防贼，久病都疑犬亦仙"，诚为经验之谈。若非身历其境者，自不可与语冰也。又"可怜最是牵衣女，哭说邻家午饭香"，语绝沉痛，烘托尤生动。再如苏轼名句："先生年来穷到骨，问人乞米何曾得。"有所见而云然，亦殊隽永。

《学生文艺丛刊》近亦曾载绝句："短气莫书赊酒券，索逋先畏叩门声。""前村报道溪桥断，可喜难来索债人。""雨打柴门急，惊疑索债来。"均咏贫士诗之精巧悠扬者。

时彦句："门无车马方为雅，客有琴书不算穷。"穷而偏不说穷，何等玄妙，何等襟怀！例如著名作家章衣萍前在穷途苦读时，虽备尝穷愁况味，但初不因之自馁其气，抑且斩棘披荆，勇往迈迹，彼时曾自撰对句云："等身著作，两袖清风。"一方面虽觉得可怜，但他方面何等骄傲；这种别具只眼的事，也是他们"穷当益坚"的文人本色啊！

汪君蘅洲，邑名士也。少年倜傥，性亦滑稽。尝有人兄弟析居，无以生活，作诗写怨，索君步韵，君即和云："最是分家好，人财两样空。锅台新向北，毛厕旧朝东。烧酒斟初了，香油吃未终。诸君莫轻视，独立有英雄。"打趣穷人，尽态极妍。

范君证前，合肥人，亦一滑稽家。记其步汪君前韵云："最是分家苦，妻儿饭卡空。断床安灶北，破画挂墙东。铺草抽烧尽，锅巴烫吃终。无钱光着急，鳖不起英雄。"打趣穷人，尤为刻画尽致；古人谓文人之笔可畏，"一字之褒，荣于华衮；一字之贬，严于斧钺"。良然！

钟 馗

俗例自五月起，辄悬《钟馗啖鬼图》于厅前，以示压邪之意。询厥由来，谓钟馗啖鬼事，见《唐逸史》。先是终南进士，托梦于唐明皇，明皇命吴道子绘之；画成，颇与梦中所见相似。自是翰林例于岁暮进钟馗像，并以赐大臣，民间亦贴其像于门首，此为钟馗画像所自始；惟改悬于端节，则不知昉自何时也。余考古人名钟馗者甚多：汉有李钟馗，颇著贤声；隋有杨钟馗，凤称勇猛；乔钟馗以将才显；张钟馗以清介名；南朝有宗钟馗，则女也而非男；北魏尧暄，初亦名钟馗，字辟邪，皆在唐以前。唐代惟温庭筠，貌甚陋，人呼为温钟馗，固未闻开元间有钟进士也。以意度之，钟馗或即终葵。《考工记》曰："大圭长三尺，杼上终葵首。"终葵，椎也，椎有逐鬼驱邪之用，故取以为名。顾炎武《日知录》，引马融《广成颂》之"挥终葵，扬玉斧"证之，于义甚合。世人变本加厉，遂附会其说，以为实有其人，未免失之诞矣。

咏钟馗者，如杨维桢《大唐钟进士歌》，刘基《钟馗役鬼移家图》，均甚有趣。其尤诙谐者，如盐官查放园七古云："画师伎俩特诙诡，不状奇鬼状钟馗。奇鬼入梦梦亦奇，非熊非罴非龙螭。披发仗剑存我室，宵小魑魅胆儿失。生平每苦食不饱，以鬼供餐味差好。大鬼作魅小鬼肴，冥冥伏处将焉逃。鬼亦自诩狡且狯，其奈此公剑锋快！吞尽鬼祟世宙清，月光闪闪天为明。安得画笔画点睛，威灵所至胜功成！我披兹图气稍吐，以馗公馗馗而虎，文弱居然变神武，犬儒状貌莫汝侮。君不见进士之名由来吓腐鼠，尔躯何其丑，终南进士耶？胡为凹尔胸，胡为奋尔时？嘻嘻吾知之矣！尔凹尔胸，似未销下第不平之块垒；

尔奋尔时，似怅剑锋不利斩不尽地下九幽之强鬼。鬼易诛，鬼其心而人其面，人烟之鬼鬼难除?！三尺青萍剑，斩不尽鬼蜮徒！区区一副何足凝！凝眸仗剑胡为乎?"笔情豪放，极嬉笑怒骂之能事。

江都臧诒孙太史毂，性诙谐，善吟咏；丹徒谈玉笙赠太史以泥塑钟馗，前有小鬼作翻筋斗状，太史报以诗云："岂有钟馗怕鬼迷，敢夸鸿福与天齐。发成一把盘于顶，须长千条垂过脐。阔派乌靴常不脱，及时蕉扇且轻携。堂堂相貌人称善，那识胸中尽是泥。"又一首："学翻筋斗贵人前，鬼解逢迎亦可怜！礼重仅教头伏地，身轻还要脚朝天。迫于时势难中立，绘出形容似倒悬。盗甲偷鸡常习惯，梁山泊上一时迁。"谈得诗极喜，因出钟馗游湖便面索题，太史诺之，挥笔就诗云："老馗今日也风流，弦子琵琶闹不休。大树巷中招妓往，小金山外放船游。腻人绿蚁难离口，吓鬼乌纱尚在头。三尺剑锋高搁起，当场风月卖温柔。"按大树巷，为扬州地名。综观各诗，又滑稽，又沉痛，信手拈来，纵横驰骤；冷峭尖刻，处处表现作者一副含着眼泪笑的尴尬面孔。

悲哀之洞房诗

此民国十五年事也。醴陵赵生毕业于北京大学，后任武昌某校英语教职；但赋悼亡已三年矣。嗣始与某女士订婚约，以湘中有兵事，谓武昌当不至糜烂，赵生乃移家来鄂。某女士固家省城，预定八月结婚也。婚期将届，兵祸已烈。先期，以某女士染病，不能迁避，且亦万不料祸至如是之速；及女士病愈，始草草结婚。赵生同学某君，亦因事羁城中，得其结婚诗四章，以邮寄其师。野云君见之，并从而披露于报端。余因得寓目，觉满纸哀声，从未有如是之洞房诗也。世变益亟，人生益苦矣。其诗曰："一枝彩笔写鸾笺，勉赋催妆泪泫然。鼛鼓声声心欲裂，不知何以慰婵娟?""人比黄花瘦更多，鸳鸯生小怯风波。一杯合卺流霞酒，醉后其如复醒何?！""哀角城头夜有霜，愁看红烛泪双行。楚囚相对作何语，怜我怜卿此洞房。""宾朋寥落尚开筵，月老红丝循例牵。索索相看生气少，难将来日问青天。"赵生同学某君寄诗时，尚谓城中方待援，援兵到，当可无恙；又云："出城极感不便，得闲当避至汉口也。"其寄诗时，附有和作四章，乞其师改正寄回者；如某君，可谓好整以暇矣。其师以某君有"避至汉口"一语，无从探寄，盼其再有书来，而至今杳然；赵生新夫妇如何？自更无消息矣。兹并录某君和诗，盖略经其师润色者。诗曰："洞房新咏擘霞笺，盥水迎来一黯然！月老多情保无恙，为君呵护到婵娟。""鸳枕鸯衾温语多，谁云红泪湿秋波。合欢杯酒浇愁未？忍听悲歌唤奈何！""兰悲蕙泣半摧霜，乱世难为儿女行。避地双栖思缩地，仙人何处费长房？""江声骤沸此歌筵，握手难禁万恨牵。一语为君夫妇祝，先忧后乐佑苍天。"秉温峤燃犀之笔，作水银泻地之文；《黄庭》初写，恰到好处，诚叹观止矣。

调 笑 什 锦

余得见前人戏墨，不少解颐捧腹之词；虽系从断简残编搜集而得，惟逸趣横生，亦足资茶余酒后之谈助耳！况阅者领略，能获取会心之微笑，并不觉庸俗粗莽，谨先录若干则。

眇者，跛者，秃者，喑者，相聚联吟七绝一首。跛者先起句云："黑幕眼前半接天。"（嘲眇。）次秃者续云："崎岖世路苦颠连。"（嘲跛。）又喑者续云："跳梁小丑狂无法。"（嘲秃。）轮至眇者结句云："欲哭难将片语宣。"（嘲喑。）互相讥讽，影射险恶之人情世故，而以诗句出之，殊堪喷饭。

嘲麻子诗句云："不是君容生得好，老天何故乱加圈。"想入非非，令人忍笑不禁。

刘某（偶忘其名），名士也；著述宏富，秉性洒脱，喜作戏谑文辞。例如其咏癞子诗云："无端着手雪花飘，底事雪人雪不消？种色漫疑黄与白，有时血液亦红潮。"咏秃子云："头角峥嵘濯濯形，斯人生就老人星。恶风吹堕龙山帽，羞煞巫云一段青。"咏驼子云："伛偻循墙曲似弓，生来龟背却隆隆。漫嫌不负千金任，到处看他总鞠躬。"形容状态，亦并入妙。

某君性诙谐，善撰俳体诗，其嘲某医诗曰："喝六呼幺轿子扛，将人性命木钟撞。摇头咋舌眉双锁，装出郎中地道腔。"其二云："心肝脾肺说专家，到死总归弗认差。忽发天良施妙药，几包木屑太湖沙。"其三云："不挂方壶挂短琴，江湖访友觅知音。看资照送无须虑，挂号叨光数百文。"时医丑态，活现纸上。亦可作今之"挂羊头卖狗肉"者当头棒喝，暮鼓晨钟也。

某生岁试高列，恐学使恶其老，遂剃须而覆试，复被斥；有人寄诗嘲之曰："老大离家少小回，乡音无改鬓毛衰。老妻相见不相识，笑问儿从何处来？"真谐诗也,见《自怡轩笔记》。

某君嘲胖子诗中有四句云:"脐灯光照三千众,肉磨权平五百斤。豕腹膨脝波涉水,牛鸣喘吸月中云。"形容毕尽,滑稽可喜。又咏睡汉诗二首,语颇有趣,记其一云:"呆如木鸡烂如泥,定是宵来被鬼迷!张口流涎呼好好,莫非想吃好东西。"盖胖子多好睡,而此二诗相得益彰矣。

陈斗泉尝有《谢人惠火腿》五律一首曰:"金腿蒙君赐,举家初甚欢。柴烧三担尽,水煮一缸干。肉似枯荷叶,皮同破马鞍。牙关三十六,个个不平安。"可谓诙俳入妙,见者莫不失笑!陈,清乾嘉时人,与无锡钱梅溪齐名。但另据别书载,略谓高霞舫先生,风流蕴藉,性极滑稽;尝有友馈肉一脔,先生煮食之,撕嗑不动,知为老母猪肉,乃作诗嘲之云:"昨日蒙君赐,举家大小欢。柴烧三石整,水煮一缸干。肉似新靴底,皮如旧马鞍。齿牙三十二,个个不平安。"此与前诗大同小异,而文采较逊,岂高君改头换面,抄袭陈君耶?是则不得知矣!

闺 秀 韵 事

闵长文夫人张蓼仙,才藻卓越;据《文艺丛刊》载,安徽六合县闺秀之能诗者,近百年来,当推第一。著有《蕉窗遗韵诗》及《诗余》各二卷,王药坡先生曾采之入《药坡诗话》。夫人有婢名茶香,颇娟慧,从夫人学,亦能诗。一日,偶植兰庭中,长文过挑之,婢戏以泥弹其颊,适为夫人所窥,长文不知也。晚间,夫人曰:"社燕至矣!有一绝请教可乎?"即诵云:"雕梁画栋不安栖,闲逐东风上下飞。欲采茶香犹未得,嘴边空带紫泥归。"皮里阳秋,一时传为闺中佳话。

谭蓉圃毕业于金陵大学,与洪濮生女士结婚。衣香鬓影,贺客云集,要求新娘赋诗,始准送房,以示要挟开心。而新娘不费思索,立成两绝云:"压线年年久废诗,却惭佳客索新辞。效颦莫笑东施拙,更劝诸君进一卮。""好事人云在此宵,楼头更鼓已三敲。休教织女河边等,早放牛郎渡鹊桥。"风流才女,不避嫌疑,信夫!

泰县有鲍君者,负笈于如皋第二代师,其妻倩人寄送衣服,顺附一绝云:"西风吹梦到东吴,自剪衣裳去寄夫。一线一针肠一断,问君果亦断肠乎?"使乃夫见之,不知何以为情。

某士落第,其妻寄诗劝归云:"弱冠成名志已违,看花人又阻春归。纵教裘敝黄金尽,敢道君来不下机!""频年心事托冰纨,絮语烦君仔细看。莫道闺中儿女小,灯前也解忆长安。"信口吟来,情文并美。

尝见沈祖牟君贺同学古田魏子丹完婚诗云:"叔子词华早轶伦,画眉毕竟属才人!参军新妇真良匹,天女维摩有夙因。家宴初传佳节酒,榜花艳煞少年身。溪声山色登堂客,灯烛光中语更亲。"盖魏毕业归娶,婚期正端阳后一日也。

庞鹤霄,不知何许人,有《催妆》诗云:"妆阁将辞未肯辞,灯前掩映故迟迟。明知堂上笙歌促,偏要新郎立几时。"轻柔妩媚,绮丽雅驯,想亦年少而有才者。

情景相融,是诗家第一妙谛。有女子答人云:"问年恰似天边月,正是圆时正缺时。"盖十五岁半也。《咏新月》云:"一二初三四,蛾眉影尚单。待奴年十五,正面与君看。"绵若娇痴,绝妙风趣。

曹淑卿,才女也;其《咏镜》云:"谁偷明月挂妆楼,日日晴窗与共俦。对面何人浑不识,学侬欢笑学侬愁。"写景描情,何等灵巧!而其胸襟,诚有如行云流水之活泼也。

画 图 题 咏

中央四次会议后,中委经亨颐、陈树人、何香凝等游紫金山,合作《岁寒三友图》二幅,分赠邵力子、何其巩,其上有于右任题诗:"紫金山上中山墓,扫墓来时岁已寒!万物昭苏雷启蛰,画图留作后人看。"可见党国先进,亦实有以"众醉独醒"自负,而寄慨于艺术创造者。

临澧黄岐农工部,才思横溢,诗境绝高,尝见其《题美人对镜图》云:"美到王嫱画不成,只争容貌与风神。自知绝代销魂甚,犹恐旁人看未真。"逸然清绝,饶有唐人风味。

余尝闻人言:清乾隆帝下江南时,往谒衍圣公,有同僚素知公愚鲁,因携折扇一把,上有鸡数十,藉索题以戏之。公阁笔良久,忽有神人援其手立成一绝,据云子路显圣。其诗云:"一窠一窠又一窠,三四五六七八窠。食尽朝中千钟粟,凤凰何少尔何多?!"一气呵成,灵活自如。

郑板桥不独以书画诗见长，即其性情之恬淡，人品之清高，心术之仁慈，亦足令吾人称羡不置。其题画竹有云："衙斋卧听萧萧雨，疑是民间疾苦声。些小吾曹州县吏，一枝一叶总关情。"立意深远，仁者之言蔼如，所谓冬日可爱也！夫岂一居民上，便擅作威福者所可比耶？

余最爱读郑板桥诗，前年阅某杂志，见载有其附诸润例后七绝一首，殊觉淋漓爽快，诗云："画竹多于卖竹钱，纸高六尺价三千。任渠话旧论交接，只当秋风过耳边。"余阅近日在《申报》揭布之"刘海粟画直"，亦不禁感慨系之矣。又郑画墨竹小堂幅一，上题云："咬定青山不放松，立根原在破岩中。千磨万击还坚劲，任尔东南西北风。"亦颇清浅可喜，孰谓旧诗不如新诗哉？

又忆黄工部尚有《题醉翁图》云："一笑须眉落酒樽，壶中日月本黄昏。醉归扶上知途马，垂首摇摇直到门。"昔杜工部有《饮中八仙歌》，一一写来，若有仙意。此虽仅写其态，有不及杜者，亦足称颊上三毫矣。

唐解元窃婢秋香事，《三笑缘》小说艳称之，乃祝枝山为秋香题扇面诗，云："晃玉摇银小扇图，五云楼阁女仙居。行间着过秋香字，知是成都薛校书。"见梁晋竹《两般秋雨庵随笔》。是盖又一秋香，与解元夫人同时并生，抑亦奇矣。

名流与政客

名流、政客，乃世界之二大特殊阶级，亦党派之重心，国府之焦点也。其定义虽不同："名流"乃名士之流，亦即"英才隽逸"的称代词；"政客"是靠政治运动做生涯的人，政柄在握，随心所欲者；汉河，楚界，有鸿沟作分野，显自隔离，无容掩饰。然而在某种国家，"天作之合"，司空见惯，并不算一回事！甚至在某种场合，双打出手，旗鼓相当；简直有"雄兔脚扑朔，雌兔眼迷离，两兔傍地走，安能辨我是雄雌"之概，而且，水乳交融，即有变为"官僚"之可能性。知其然而不知其所以然，亦类似化学酸与碱之反应也。

名流与政客，虽俯拾即得，有目共赏，然其勾心斗角之处，经天纬地之才，决非庸庸碌碌之小氓，所能窥其堂奥啊！不过，号称"天之骄子"的文人，亦有能为其描绘小影，或代作外传者，以下所记新旧体各一首，其举例耳。

本刊发起人林语堂先生所著《剪拂集》，内收有《咏名流》新诗，并附小序云："这篇东西，虽然也仿近人诗体，原来只是一点小玩意儿，灯前静夜，作此姑以自娱，并以消我数月来对名流忍受的气，绝对不是想掉弄什么笔墨。不过因为做得字句颇觉整齐（并且还有对仗！）并且也已经替他做了乐谱，所以将他发表，也不过是想给几位同我一样觉得有'出出气'之必要的同胞阅览，希望他们也能收同样的功用吧！作者附志。"原诗如下："1. 他们是谁？三个骑墙的勇士，一个投机的好汉；他们的主义：吃饭！吃饭！他们的精神：不干！不干！2. 他们骑的什么墙？一面对青年泣告，一面对执政联欢；他们的主张：骑墙！骑墙！他们的口号：不忙！不忙！3. 他们的态度镇静，他们的主张和平，拿他来榨油也榨不出！什么热血冷汗；他们的目标：消闲！消闲！他们的前提：了然！了然！4. 他们的胡须向上，他们的仪容乐观，南山的寿木也装不下——那么肥厚嘴脸；他们的党纲：饭碗！饭碗！他们的方略：不管！不管！"按此诗格局，模仿胡适之底《四烈士冢上的没字碑歌》，读者可参阅胡著《尝试集》第三编。

尝闻：名片上印有"上海大学教职员联合会执行委员"字样之康选宜，笔名"康不为"，据他自己声明，这是断取老子"为而不有"与孔子"知其不可而为之"之义，亦即孟子所谓"人有不为也，而后可以有为"之意，但并无与康有为分庭抗礼之志。他喜写旧诗，曾作有《我不作政客》五言长诗一首，油印散布，自鸣得意！前杭报副刊《沙发》"文坛小盆景"，曾录登其辞，题曰"康选宜吟诗讽政客"，今特移植此一盆于下，俾供寓目者欣赏耳。原诗云："我不作政客，此志人不白。我若作政客，高官早已得。政客弄权谲，而我太悟彻。政客无情义，而我富热血。政客好取容，而我安愚拙。政客极卑污，而我尚气节。政客盗虚声，而我实综核。政客好财货，而我重廉洁。政客恒热中，而我常淡泊。政客善周旋，而我应付劣。政客性反覆，而我循一辙。政客营三窟，而我取径窄。我非不善此，可为而不屑！（余略）"全诗井井有条不紊，历历如数家珍，此君的"刁钻古怪"，已可窥豹一斑了。而最后一句，尤能得"画龙点睛"之妙。按此诗较林作更锋芒毕露，其不同处乃前则登高疾呼大声响应！而此孤忠亮节，自告奋勇！——似不惜吹吹拍拍以求荣，然其"骨鲠于喉，不吐不快"之苦衷，似又不得不原恕谅解之也！

总之，政客与名流，一而二，二而一也。心心相印，如胶似漆，乌可不将其合而观之，俾"物不得其平则鸣"，苦口婆心，雅俗共赏耶？

说 虫 类

开宗明义，说到虫，一般人都认定它是一种蠕蠕而动的小生物。未知虫是动物的总称，一切具有知觉、运动、营养、生殖之机能的生物都可以唤作虫。人何尝不是虫？人自然不能例外。"然则，有说乎？"曰，有，考《大戴礼记》："禽为羽虫，兽为毛虫，龟为甲虫，鱼为鳞虫，人为倮虫。"又《尔雅》称"有足谓之虫，无足谓之豸"。再《孔子家语》亦载："倮虫三百有六十，人为之长。"这显然虫是动物的总名，人也是虫的一种。——按"蟲"，简作"虫"。古《说文》，虬，蝟，蛟，蛤，蝙蝠，蟹，猨（猿本字）……都从"虫"旁，更足为"虫"乃概括动物的明证。古时称南夷曰蛮，现在闽粤沿海的地方尚有以舟为家、以鱼为业的蛋户——或称蜑民；蛮，蛋，蜑，都从"虫"，谁说人不是虫的一种？

梁诗卫敬瑜妻王氏《企喻歌》有云："男儿可怜虫，出门怀死忧。尸丧狭谷中，白骨无人收。"所谓可怜虫也者，可怜的动物之谓也。《水浒传》称老虎为大虫，犹言老虎是庞大的动物，这是一个很好的佐证。此外，在骂人的口头禅中有所谓懒虫、蠢虫、浑虫、磕头虫、应声虫……在动物界中不见得果有这种昆虫，不过讥笑某人是那么一种动物而已。

这样看来，谁还说人不是虫？

"闲话不题，言归正传"，不过，我者番倒是货真价实的咏"虫"诗，并非有意象征人类，仅是信手拈来，却成妙谛而已。人若引为殷鉴，任听自便可也！今先来推荐"龟"。龟在近代动物学上，属于爬虫类，其形态，可习见，孺妪皆知，无庸介绍；其性格，富涵养，娴静，和妥，惟"礼让之邦"的人种，能得其神似也。现有一首咏"龟"的好诗，乃刘大白先生遗作，恐无人过问，赋闲已久，倒不得不恭录于次，使它扬眉吐气一下。《龟——为任君茂梧题画》："古人说你灵，你却这样蠢。蠢倒也罢了，又龌龊得很！你大肚彭亨，好像个财神。但身没半文钱，说甚么富国裕民！你全身披挂，好像个军人。但动辄勾头缩颈，说甚么冲锋陷阵！你雍容雅步，好像个老官僚阔乡绅。但不过曳尾涂中，说甚么显威风拿身份！你不曾劳动，却侥幸生存；——这种堕落的生涯，也算得掠夺阶级底标本！"此诗固贬多于褒者。

又相传唐时乐户，皆着绿头巾，人因龟的头为绿色，便把着绿头巾的呼为龟，乐户妻女尽歌伎，故又名开设伎院纵妻女卖淫的为龟。《辍耕录》载嘲废家子孙诗："宅眷皆为撑目兔，舍人总作缩头龟。"那么可知元时已用为讪骂之语了。有人说：乌龟谐音污闺，把乌龟来骂人，就是指人家帏薄不修，也很有理。不过龟终于蒙了不白之冤。

反之，龟亦受人类恭维备至！例如：古用以卜，称为灵物。又龟寿百岁外，故以喻人之遐龄。鲍照诗："龟龄安可获，岱宗限已迫。"又以龟鹤并喻长寿，郭璞诗："借问蜉蝣辈，宁知龟鹤年？"余受戴的"高帽子"，也不必顶顶悉举了！

周作人有一首《苍蝇》诗云："我们说爱，爱一切众生；但是我——却觉得不能全爱。我能爱狼和大蛇，能爱在林野背景里的猪。我不能爱那苍蝇。我憎恶他们，我诅咒他们。大小一切的苍蝇们，美和生命的破坏者，中国人的好朋友的苍蝇们啊！我诅咒你的全灭，用了人力以外的，最黑最黑的魔术的力。"诚然，际兹日暖风和之候，适正趋炎附势之时，一般跳梁小丑似的，冬眠已醒之隔年老蝇，早经蠢蠢思动，跃跃欲试！而业将负责产卵、繁殖了！可怕的蝇，杀人不见血！我愿举国同胞，皆奉此诗为金科玉律！

狂 浪 堂 诗 话

王翁曼

载于《金钢钻月刊》1933年第1卷第4期。作者王翁曼，其人不详。

《金钢钻月刊》，1933年创刊于上海，月刊，主编为施济群。这是一种通俗趣味刊物，主要刊登武侠小说、市井小说等。撰稿人有郑逸梅、张恨水、海上漱石生、徐卓呆等。

本篇诗话刊载于"滑稽诗话"栏目下，纯粹为幽默滑稽的娱闲之作。主要记录作者王翁曼与其友人邓钝铁、乌一蝶、庄病骸、王一川、汪北平等人的游戏玩笑之诗，格调低俗。然亦有反映世风的作品及讽刺政治的时事谐咏。如所录虬公《蛙吟》五首，借蛙"阁阁阁"之声讽刺民国诸内阁乱象，可发一噱。邓钝铁写上海市民"吃讲茶""出棺材"（看大出殡）两诗，描摹上海风情，生动有趣。

一

朋辈为诗，好作谑浪。邓钝铁自是吾党白眉，《屁味室诗草》定可遗臭万年。兹略录一二，如《吃炒豆歌》云："一粒豆，二粒豆。左剥右送不住手，欲吃不语塞到口。香复香，甜复甜。少年见之口垂涎。老头子与老太婆，看见此豆眼泪涟。李子名天行，汪子名北平。王子后哲马鞍山，还有我老先之生，大家吃豆颇有名。一日会齐大吃豆，肚皮饱得九分九。六个铜子买一堆，被人还笑寿者寿。一人吃，如打算盘的立卜；两人吃，如打算盘卜立的；三人吃，仍打算盘立的卜；四人吃，更打算盘卜的立。如果五人六人七人八九十百千万人吃，不打算盘却打仗。壁立拍辣机关响，陆军海军不算账。东洋小鬼闻声逃，后来丘八多于毛。吁嗟乎，何来丘八多于毛，原来吃豆之功劳。夜晚炒豆总算账，一个大屁冲云霄。"

二

宁波有诗人名毛二千，钝铁赠以诗云："嘴上尊毛成八字，看来颠倒略难分。大名恰对钱三万（命相家），计算每根十五文。"署名为屁翁。张虬公见之，为诗调二君云："从来未见屁称翁，定是先生后部松。若遇梁园真兔子，也应尊尔屁公公。二千甘与屁为友，同臭芝兰得其偶。月旦若逢梁任公，何来一对放屁狗。三万钱买二千屁，一屁还值十五钱。卖屁卖文双进账，相君之面故团团。"

三

柘雨作《碰和行》，亦盘龙阵中之诗史也。诗云："闲来无所事，碰和作作乐。并非少数本，要想赢利攫。一元平二四，三代清一色。对和加四皮，埒子作三百。小洋二百五，大洋两千八。铜元解和头，拗四不拗六。先讲后勿论，进出要现扑。莫说钱不惜，古人有所说。入山不怕虎，怕虎山不入。愿者来入座，不愿桌角立。无论亲友族，桌上不借索。旧账可除退，新账欠不作。休怪无面情，君子贵直告。钱财个个要，岂肯空劳碌。与其背后说，不如当面嘱。四圈一扳位，十二为归宿。输者要反梢，饭后又可续。逢场以作戏，怎好当饭吃。今有一种人，身带空皮匣。要看有钱样，越大越快活。买买也开心，旺旺意趣足。空袋下米升，想吃一镬肉。头和被人碰，伸手袋内摸。皮匣都倒空，八开只四角。两副便解完，指头桌上笃。上家二百五，下家三百六。对家四百九，三共一千一。幸而输反赢，入袋不肯挖。鬼话捣连篇，一心想滑脚。个个舌头伸，人人鼻管捏。当初入场时，悔不知所择。今朝作大擘，碰着瘟三客。赢钱未到手，输钱实落落。事后方知觉，噬脐又何及。以后兜搭子，务宜靠眼力。俗话三不赌，诚哉甜如蜜。我今作此行，老僧敲鱼木。句句是真言，字字是金玉。自屎不觉臭，还说我剋毒。请问当局者，此言确不确。"

四

虬公善为时事谐咏。当孙阁未成立时，曾作《蛙吟》五首。其一云："阁阁阁，高内阁。庸人偏有庸人福。代理总揆代白宫，得意登台多快乐。一朝赠尔饭桶名，声满京华阔哉阔。无端议席闹风潮，凤阁龙楼难驻足。"其二云："阁阁阁，孙内阁。老派官僚推耆宿。同意案提二月余，议员分家议长逐。派署之声满长安，政潮千丈看起伏。千呼万唤不出来，只闻楼板声橐橐。"其三云："阁阁阁，颜内阁。外交人才称卓卓。劝驾忽来吴将军，一时声名满京洛。议院反对若无人，总揆之座当君属。奔走空劳老乡亲，阿舅饭碗妹夫夺（颜惠庆为孙宝琦之妹婿）。"其四云："阁阁阁，张内阁。西风不舞羊公鹤。和平会议梦难成，昭关一夜须陡白。书空咄咄去国悲，风雨津门空寂寞。回任运动枉劳心，痛说当途水已覆。"其五云："阁阁阁，靳内阁。久困津门思逐鹿。一脔欲尝鼎中羹，霍光之传何不读。记否柴车就道时，心血锦囊曾呕出。问君攘臂今何为？冯妇下车空取辱。"

五

乌一蝶《小搬屋诗》，虽属谐作，亦见至理。诗云："小搬屋，小搬屋。不自东之西，不自南之北。不办进屋酒，不点进门烛。但将一室内，什物移纷若。笔架与墨床，狼藉堆满桌。整排书千卷，横截画一幅。彼此互易位，生气便满目。我身犹此身，屋亦犹此屋。环境固依然，心境自起伏。有如演阵图，变化无定局。并未增一兵，千军万马若。乃知怪与奇，其故在少见。因此忽有悟，作文视是矣。风月与花鸟，充塞宇宙里。苟能善采择，宁足胜驱使。苍颉造文字，至今数千载。其间所孳衍，亦复甚有限。胡为古今文，蔓延不可弹。臭腐与神奇，道本不在外。惟在善变化，由一可生万。又如女娲氏，抟土作人形。口耳四寸间，从古无定型。百千万亿人，面目各分明。有谁相雷同，乃如板印成。惟其善于变，乃得造化名。蠢夫笨伯辈，闻之可能省。"

六

吾前录邓钝铁之《吃炒豆歌》，嗣有糊涂虫《劝吃豆》和作一篇，奇妙不输原唱也。诗曰:"毋多言,且吃豆。青梅五十豆一斗,吃者欢笑看者愁。不怕硬,只怕酸。更怕酸而又硬硬而酸,害得三十六个牙齿滑滑泻鸣湍。谁知豆中有至乐,不信听我歌一曲。人家吃饭我吃豆,人家撒粪我撒屁。一粒两粒千万粒,送入丹田化为气。五脏六腑无渣滓,但有烟雾弥漫而已矣。有如一个轻汽球,因风便欲上天去(读若气)。我闻羽士学长生,不食五谷饮沆瀣。节胃约肠骨如柴,求仙不得求死快。何如此法简且单,仙人闻之口噤龀。又况生活程度日日高,吃饭何如吃豆好。白米一升豆一斗,算来均是一个饱。不论卫生与经济,天下无如吃豆利。不论求仙与作家,天下无如吃豆易。将进豆,君莫停。我歌未已君且听。豆一粒,屁一个。种瓜得瓜豆得豆,因果循环理无讹。若将此屁化炸弹,达官贵人闻之心胆寒。若将此屁化作机关枪与克虏炮,阿拉中国便可一跃而为大好老。可惜大材而小用,只在纸帐中与铁被里,张惶声势逞威风。独不见夫黄鼠狼,一屁可作救苦救难救命王。又不见夫北京有人号屁精,屁能成精更可惊(李六爷当是吃豆成正果者)。劝君慎吃豆,劝君慎撒屁。韬椟而藏,磨厉以须。不飞则已飞冲天,不鸣则已鸣惊人,毋使英雄苦无用武地,终日胯下长叹气。"

七

吾友乌一蝶与庄病骸,宁波两大作家也。各有《放屁歌》一首,人皆掩鼻而过之,顾敝堂(自注:此两字新鲜得很,敝翁之创作也)得此,大好货品也,乌可不陈列哉。乌诗曰:"封神榜上雷震子,忽然逃入先生肚。殷殷虺虺鸣不已,英雄那肯胯下处。东驰西突寻出路,先生之腹硬如鼓。地小那足容回旋,内急岂能待须臾。三脚两步上厕去,与尔(尔者马桶也)一见真似故。不须提壶,且学脱裤。谁知雷公最怕污,欲出不出脚趑趄。大肠小肠亦何苦,为尔蹂躏无完土。谷道可望不可即,如隔雷池仅一步。又如壮士临战阵,盘马弯弓作蛙怒。蹈断楼梯无人来,闷煞将军真可恶。尻骨坐断无消息,忽然大声出我胯。一屁两屁三四屁,汉口鞭爆连珠弩。大鱼不到小鱼到,慰情胜无聊自娱。有如官吏出门来,先有仪仗与卤簿。卤簿虽来官不来,望断行人眼欲枯。吁嗟乎,人生处世百不易,一恭之出难如许。安得将军(大黄为药中之将军)破坚阵,使我胸中不致积年累月藏垢而纳污。"庄诗曰:"先生有胃而无脾,积食不化肚子里。食多胃小不能容，化作臭气是曰屁。初放人不觉，只当吹牛皮。再放如联珠，人皆掩鼻避。亦有嗜痂之伧夫，指为万国九州第一之美味。先生不自知其臭，大放特放肆无忌（惮字暂写欠账）。有时将屁来吓人，仿佛乱道与胡言。有时将屁敲竹杠，骗取钞票与洋钱。一放再放放不已，此气弥漫天地间（曼翁曰：原作为甬江边，病骸所见囿于乡，何其不广也，因为易之）。放过一年三百六十有五日，臭倒天下五洲万国东方西方南极北极热带温带寒带角角落落来来往往长长短短圆颅方趾有眼有耳有鼻有口老年除外之少年（曼翁曰：此句原作为'臭倒四明鄞慈镇奉象定南田七邑来来往往长长短短圆颅方趾有眼有耳之少年'。因为推广如上，又不知何故，臭倒者只有少年。老年如敝翁等，可以幸而除外矣。再原诗至此止，敝翁不敏，请续貂二句：个个交头接耳纷纷猜想疑是火山爆裂喷出一吨二吨三吨四吨五吨六吨七吨八吨九吨十吨百吨千吨万吨兆吨亿吨以至无量数吨之阿模尼亚，流成长江与大川）。"

八

病骸昵两妓，事不密，顿起酸素作用。扬州张虬公，署名为乖乖，作《醋娘子诗》调之。诗曰："两个瓶儿一个盖，一个在城中，一个在城外。满瓶酸气热腾腾，又可憎来又可爱。可怜两腿苦奔波，这都是五百年前，欠下的风流债。一朝失信负鸳盟，个人儿便把相思害。问君再会几何时，六点钟又三礼拜。"

九

王一川，汪北平，各有一乳臭，异性也，因联姻焉。钝铁、天行乃合咏《亲家诗》曰："儿子丈人媳妇爷，两方对峙曰亲家。一个自称为，一个眼泪汪（两个歇后语）。王汪连呼颇好听，乃如狗子相对鸣。一个细而长，青皮甘蔗名称扬（北平瘦长，有青皮甘蔗之号）。一个大而板，尊姓不可连八蛋。可惜不痴又不聋，阿翁不作作屁翁。双屁齐放连珠急，倒运寡人争掩鼻。亲家之臭臭难当，乃如毛厕之坑缸（此乃加工定制之双料货）。同气连枝称兄弟，今变亲家真晦气。我闻一气总相生，令爱令郎想必不脱臭之根。同臭乃作同声应，两人有时读起劲。偶问老亲翁，君家令郎称小犬，吾女应是什么东（东，东西也）。一个亲家客其气，说是令爱应当称小鸡。小鸡小犬共升天，你我可谓亲家仙。奈何旁人闻之垂涎滴，如此称呼真妙绝。羊肉若当狗肉卖，小鸡应与鸭同价。亲家听言寒毛跷（两亲家皆无胡须，故只好跷寒毛也），真个要卖不得了。鸡鸭同价岂有此，贵贱不分真倒灶。昔闻嫁鸡随鸡狗随狗，吾女小鸡令郎亦当是小鸡，方成夫唱而妇随。或者吾女变作狗，雌狗雄狗相厮守。亲家摇其手，点其头，尔曹真是寿之流。小鸡小犬岂当真，谦谦君子古所称。若要真个成鸡狗，两脚两翼何处有？（狗多两脚，鸡多两翼也。）闲话少说归正传，如何结亲先支配。一个大笑曰奇哉，吾女今年三岁半，令郎二岁亦是货真价实小鳖蛋。两小无猜成一对，须待来年令郎年岁三，相差半岁还可算。那时哇带帝，平平蓬，悬灯结彩如血红。中间笑煞两亲翁，耳际惟闻恭喜恭。"此诗可谓语妙天下矣！一川自作一律，题曰《钝铁咏亲家诗，嘲讥多端，真有屁味。天行嗜屁成性，随声附和，尤为杀不可赦。自作诗一首，即呈大德望北翁老亲翁汪老先生大人阁下》，诗曰："儿子丈人媳妇爷，儿女亲家头口牙（京师呼贩卖人口者为头口牙）。五百年前联半谱，廿余岁后再通家。任他太监呼牛马（没有的事也），却怪周婆画狗蛇（周婆继周公而制礼，画虎类狗，画蛇添足也）。学就吴侬语更软，乖乖终竟配乖乖（钝铁注：结句好极，可惜少了'来嘘'两字，便只有亲家公之口气，而无亲家婆之口气矣）。"钝铁亦和作一首，题曰《代汪北平答大硕望大屈死大饭桶一翁王老亲翁先生大人阁下》，诗曰："若个无毛亦阿爷，两方鳖蛋尚牙牙。问心自己堪称婿，如此细人已有家。小雉（雉，鸡类也）何妨配小狗，乘龙无路只乘蛇。独愁来日难如意，舍雉怎如令狗乖。"此一亲家问题，殊令人笑掉大牙矣！

钝铁有新乐府二首，亦上海社会之写真也。其一《吃讲茶》云："辫子盘，衣襟开，横七竖八坐一台。其势汹汹，其声如雷，要讲斤头眼睛张张开。拍一响，拳头亮，今日大家总算账。打打打，要是好汉硬碰硬，溜之乎也勿像样。吁嗟讲茶之吃乃如斯，渐听叫鞭奇奇奇（叫鞭声也）。君不见茶客逃东复逃西，满堂茶碗蝴蝶飞。"其二《出棺材》云："哇带低，妈拉迷。前有和尚，后有道士。十七八只脚步齐，看客塞路拥复挤。哀哉嗬，独龙杠子风头足。杠棺材者三十六，活人体面死人哭。吁嗟乎，真像样。出棺材者牌头硬，横竖铜钿勿算账，何不杠到城头上。"两诗虽文章游戏，盖亦有感而言也。

———

陈心佛自署为莲蓬老儿，作《屁翁行》以嘲钝铁。诗云："黄浦江头一屁翁，屁翁终朝下气通。屁翁不异于常人，屁翁之名乃能洋溢乎天东（自注：天东，天地东西南北之缩写也）。我问屁翁自命屁雄屁祖宗，千个万个放不穷。此事世上不曾有，只恐传闻失实有点黑漆皮灯笼。忽然一日喜相逢，目眙舌挠不觉倾倒难形容。屁翁何所吃？吃的黄豆栗子萝卜大蒜葱。屁翁何所住？身住不远丹田之泥丸宫。后来膨胀熬不住，浩然之气遂欲乘隙而排空。于是洞宫（越人屁股之称）矗到半天中，好似喜马拉雅山之最高峰，仰天噎吐气长虹。隆隆隆，国咙冬。痴痴痴，公公公。邓钝钝，蓬蓬蓬。济济济，穷穷穷（屁翁放屁声）。千里之外撞洪钟，半天雷声上九重。屁翁此时忽又雅兴勃然发（曼翁道：读者且慢，请先透气一口，再往下念），遂把尊容一扭二扭三扭四扭五扭六扭七扭八扭九扭十扭十数扭外千万无数扭，东扭西扭南扭北扭左扭右扭前扭后扭扭到六十六天，天边尽头无可再扭，扭得无影又无踪（曼翁道：天下有独无偶之奇妙绝倒的长句）。一时臭屁塞天地，屁翁拍手自称功。忽然天地发狂风，臭屁吹散屁翁倒栽而下眼花撩乱而朦胧（朦胧：发昏也）。一个洞，一条缝，跌得屁翁从此不称翁、不称雄、不祖宗，愿做马桶之中吃屁虫。吁嗟乎，屁翁屁翁尔何苦，上天落地霎时工（工：工夫也）。何如三家村中痴头脑，独自号东烘。"钝铁见之，亦作《病佛行》为酬答。诗曰："余杭有病佛，骨瘦乃如柴。走在路上一阵狂风向其眉上眼上耳上鼻上口上舌上颈上肩上臂上手上胸上腰上腿上脚上脑上背上股上前面后面四处八方上下左右吹得摇摇摆摆摆摆摇摇东晃西晃南晃北晃中晃晃在路之当中边头晃而晃不已（自注：似乎比你的长些）。拍挞一跤阿乙哇，就地一滚二滚三滚四滚五滚六滚七滚八滚九滚十滚百滚千滚万滚兆滚恒河沙数滚无量数滚快滚慢滚迟滚速滚正滚歪滚圆滚方滚（此滚最难）前滚后滚左滚右滚乃如油锅里油滚水壶里水滚王八蛋滚小鳖蛋滚滚来滚去滚死滚活滚滚滚一滚滚到黄腾腾的米田共之毛坑中（这个滚，比你扭还要好些）。扑统一声此味乃进病佛之喉咙。病佛之头摇，病佛之眉皱，救命一声刚出口，米田共已骨六六六向其尊口而直冲。病佛落坑无法想，病佛之头光如铜。牛山濯濯乃无一根细毛，没处下手惟剩病佛伸手坑中摇复招，佛头着粪一团糟。吁嗟乎病佛，病佛不吃屁翁屁，乃吃木樨香里黄松糕。吁嗟乎病佛，自作孽，不可活，扳砖压着自己脚。"余与憨珠读两君诗，大笑不已，因同作《两屁生行》一篇云："海上湖头两屁生，竟耸厥臀与天平。一鼓作气其响乃同晴天而霹雳，邓轮陈，排山倒海可以拔寨打攻城。一声未已一声续，联珠之炮放不绝。忽然冲上一层天，回声又到南北极。此时大开会议太平洋，各国代表聚一堂。乃有奇声触耳鼓，吓得交头接耳叽里咕。忙问此声何自来，岂是火山爆裂地球碰破般般费惊猜。然而声中又夹臭之气，猛一闻之打喷嚏。怪声怪气啥东西（曼翁做到此处，以下憨珠续）？原来中国受饱隔壁矮子气。澎澎涨涨涨涨澎澎无可泄，一泄泄得万万千千千千万万里，林林总总一国一国出席代表吓得钻到桌底里。中国居然占胜利，成功却在两股气。公民聚铁造尔像，西湖当中黄沙堤。"

双桂轩香艳诗话

严子香

载于《学生文艺丛刊》1933年第7卷第5期。作者严子香，生平不详。

本篇诗话是一篇香奁诗话，作者自叙因受《疑雨集》影响，专攻香奁诗。按，《疑雨集》为明代诗人王次回香奁诗集，自晚清以降一版再版，广受欢迎。香奁诗历来为正统文学观念所轻，如沈德潜即认为《疑雨集》"最足害人心术"（《清诗别裁集·凡例》）。但清末中晚唐诗派兴起，香奁诗创作热潮涌现。与之相应，香奁诗话也成为近代诗话中的一大类别，文人多对香奁诗持肯定态度，予以赏评，为之正名。本篇诗话录袁枚从弟袁树（香亭）《效〈疑雨〉十三首》，及清嘉道年间诗人孙原湘《天真阁外集》诗数首，皆为作者欣赏之作。

一

余于课程之外，惟喜攻诗。始沉于悠闲澹远，继习《疑雨集》，觉其有词皆香，无语不艳，乃为所移。遂专攻香艳之什。

袁香亭有《红豆村人诗稿》，其《效〈疑雨〉十三首》，缠绵情致，洵称香奁妙手。《随园诗话》仅录其八，谓"细腻风光，乃兄不及"。是亦自谦之语。至领略个中情趣，风流韵事，广为流传，恐乃弟香亭未必有随园老人之经验。兹录其全诗，亦可见其第一与第十三两首，词意表明属于悬虚构造，系文人偶弄笔墨，非真有其事也。诗曰：

碧城锦瑟恨偏长，咏到无题事杳茫。明月未妨呼作姊，青山原可唤为郎。诗笺罪孽留遗稿，襟袖嫌疑惹暗香。朝慕阳台神女梦，古人词赋已荒唐。

回廊百折转堂坳，阿阁三层锁凤巢。金扇暗遮人影至，玉扉轻借指声敲。脂含垂熟樱桃颗，香解重襟豆蔻梢。倚烛笑看屏背上，角巾钗索影先交。

窗下停针竹下吟，暂时小别亦追寻。羞闻软语情犹浅，许看香肌爱始深。他日悲欢凭妾命，此身轻重恃郎心。须知千古文君意，不遇相如不听琴。

一帘花影拂轻尘，路认仙源未隔津。密约夜深能待我，吃虚心细善防人。喜无鹦鹉偷传话，惟有流莺解惜春。形迹怕教同伴妒，嘱郎见面莫相亲。

窗外闻声暗里迎，胆娘有胆亦心惊。常防过处留灯影，偏易行来触瑟声。条脱光寒连臂颤，流苏春暖放钩轻。枕边梦醒低声唤，消受香郎两字名。

闻说将离意便愁，驻郎无计泪交流。身非精卫难填海，心似齐纨怕及秋。散影落花随马勒，繁情香饵在蟾钩。锦衾角枕凄凉味，从此相思又起头。

同心巧叠寄书函，字字簪花细细缄。紫凤已飞空配曲，青蝇虽小易生谗。一襟秋水怀新月，遍体余香惜故衫。安得射来双孔雀，教他带绶一齐衔。

为恋恩深取次过，佳期屡卜总蹉跎。不如意事机偏巧，但有心人恨便多。强别难抛初热酒，含愁怯渡未填河。清溪桃叶迎双桨，一寸相思百尺波。

碧桃花下访临邛，含笑开门有病容。带一分愁情更好，不多时别兴尤浓。枕衾先自留虚席，衣扣迟郎解内重。轻举纤纤偎颊看，分明不是梦中逢。

知郎无赖喜诙谐，刻意承欢事事偕。学画鸳鸯调翠黛，戏签蝴蝶当荆钗。减他绣事来磨墨，助我诗情坐向怀。百种温柔千婉转，不留形迹与同侪。

惺惺最是惜惺惺，拥翠偎红雨乍停。念我惊魂防姊觉，教郎安睡待奴醒。香寒被角倾身让，风过窗棂侧耳听。天晓余温留不得，隔宵密约重叮咛。

见面欢娱背面思，百年能得几多时。盟心好订他生约，啮臂难书薄命词。未必倾城皆国色，大都失足为情痴。生知不免风流罪，甘堕泥犁不负伊。

惭愧题桥乏壮才，枉将心事诉妆台。津非少妇偏能妒，山嫁彭郎易起猜。底事妄传仙子降，何曾亲见洛神来。劝君莫结同心结，一结同心解不开。

二

偶读《天真阁外集》得《红豆词》四律云：

知是蓝桥是鹊桥，一双解下佩琼瑶。情同沧海无深浅，缘比浮云有近遥。花纵可攀容易别，月虽频望手难招。不如身化玉余片，分属江东大小乔。

心中眼底与眉头，积得离愁又病愁。小玉瘦来眠反侧，飞琼归去信沉浮。缘悭莫要真成块，痴绝难甘枉下钩。每到幽窗闲把玩，团圞一对炼金瓯。

叠笺书恨只焚灰，剪纸酬神枉费财。一半聪明知误用，两无消息肯传来。慢凭问卜著归妹，悔不能医药作媒。愿学维摩行脚状，替人担病觅人回。

人竟归来病竟除，极寻常事却疑虚。愁他慈母留偏强，怨到庸医术太疏。欲剖素心潜和药，想呼黄耳妄传书。从知一面难消受，休说鸳禽与鲽鱼。

又《纪遇》两律云：

藏却深情露却才，绿窗鬓影太低徊。庚词竟被全猜着，眉语偏乘不备来。蜡烛乍烧心已见，鱼书临发口难开。从今坚闭看花眼，每到卿前展一回。

一折回阑亚字雕，丝荷风引见云翘。半遮蜥蜴金跳脱，小立蜻蜓玉步摇。不为聪明怎解怨，绝无羞涩是真娇。持裙尚恐终仙去，更情红鸾系紫绡。

均旖旎风华，如亲芳泽。

听 雨 楼 诗 话

胡珍铎

载于《学生文艺丛刊》1934年第8卷第3期。

胡珍铎，生平不详。早年向叶圣陶主编的《中学生》杂志投稿，后著有大量儿童文学作品。

本篇诗话以录南社、国民党人诗为主，其诗多与时事相关。如南社诗人王文濡《新菊花诗》，刺世之趋炎附势、附庸风雅；南社、同盟会成员，女教育家张默君之诗，纪政府举办高等考试；何香凝《感事》诗，抒发"九一八"事变后的悲愤之情。其中如萧佛成、胡汉民和诗等记载，具有一定史料价值。

一

去年曾见某报刊有王文濡作之《新菊花诗》八首，间或附以说明，逸趣横生，而题解冠其首，今照录之。其题解云："何以名之曰新也？今之菊花，有异于昔之菊花者；今人之对于菊花，亦有异于昔人之对于菊花者。即花慨人，读我诗者，会心当不在远耳。""附庸风雅恣评批，俗子纷纷古典稽。漫道斯文真扫地，也能寻摘把花题。（菊之种类，至今为多。俗子掉文，辄加题品，文不对题，有可哂者。我友潘公展君亦有评句，措词颇能妍雅。仕优则学，理或然欤。）""生来本是寄人篱，紫白红黄各吐奇。独占九秋矜色相，笑他晚节亦何时。（昔之所谓冷香幽艳者，今则变却本来面目矣。试以《红楼》'孤高傲世偕谁隐'之句质之，菊亦无辞以对。呜呼，物犹如此，人何以堪。）""厌入当年处士家，炎凉世态一般嗟。热官豪贾排筵赏，此亦人间富贵花。""盛会喧开列万盆，市廛号召胜山村。黄华声价休云贱，一顾独能博一元。（海上南京路开莳菊会，征集名种，以供观览，门票取洋一元。回忆数年前外人创设此会时，例取三元，今则减去过半矣。）""无言有恨可怜生，怪得天公徇世情。清品偏教居浊地，攒眉叫苦到渊明。（东篱佳色，亦复暮楚朝秦，博热官豪贾之叹赏。渊明而在，亦当割爱。）""承平东海多新象，惨淡西江现裂痕。为问子遗诸父老，柴桑松菊可犹存。""商量何处着茅庵，举足荆榛太不堪。泪露采英无我分，避秦难觅菊花潭。""谁将杂种种当门，无数秋容长子孙。间色公然凌正色，惊看黄种为销魂。"各诗深入浅出，言近旨远，而醉翁之意，固有如行云流水也。

二

现任中央委员之廖仲恺夫人何香凝女士，富有文学素养，报端常见其创作。如前《时事新报》曾揭示伊之《感事》诗五首，并附小引云："日祸祖国，道经安南，闻弹曲声有感，二十年十一月咏于舟中。""怕听歌弹国破音，几因肠断复行吟。兴邦有道文皇德，泣罪停车夏禹仁。丧尽同盟真义士，凭谁博爱慰苍生。匹夫有负兴亡责，泉下人应泪沾襟。""怕听歌弹国破音，徘徊道路倍伤神。牺牲权利何轻重，失去河山那处寻。""萧萧叶落雁南飞，万里飘零故国归。八载中原前后事，教人回忆泪沾衣。""三年面壁像维摩，曲直无明奈若何。抔土未干言在耳，强邻不御自操戈。""巴黎漂泊已三年，梦忆辽宁肺腑煎。如此江山遭破碎，倭奴凌辱竟无言。"综观律诗与绝句，则其满腔义愤，已活跃纸上。

三

港报载萧佛成访胡汉民不遇，赋诗云："匡济初怀愿竟违，同畇旧梦事全非。此中心事凭谁语，独倚栏杆对落晖。"胡归后，步韵云："百川宗海本无违，忍着分流有是非。但使鲁阳心力在，扬戈犹得挽余晖。"

四

曩日杭州《之江日报》副刊《潮声》，刊有署名"挹山"者戏呈某公二首，读而喜其意味诙谐，乃走笔纪之。其一云："试起重泉问华佗，天生丰啬可中和。心怜瘦燕终何补，眼见肥环受痛多。"盖有人拟画某处经常费补助某处，有类剜肉医疮也。其二云："侥幸蓬莱隔岸游，忍教风雨阻前修。裴航果有终焉志，请运长房缩地筹。"此拟以同仁资格为献紧缩政策，故云。

五

政府为甄拔真才起见，尝于前年举行高等考试。典礼隆重，而事后将耳濡目染所得，发而为歌咏者，亦颇不乏人。如参与盛会之典试委员张默君女士曾有《典试锁闱发笔》之作："天开文运此堂堂，玉尺还凭玉手量。青眼高歌迈前古，独怜崇碣作男装。"又《时事新报》副刊《青光》编者朱松庐亦步韵戏和张默君女士二首："大典抢才集玉堂，卢前王后费推量。愧余资格逊多士，犹是青衫未易装。"并注云："未易装者，因为我没有方头帽也。""忆昔卧龙困草堂，滔滔海水斗难量。虽然三顾恩情重，不改旧时羽士装。"又署名戆庵者在《青光》发表七绝二首，题曰《考试有感》："翰林今日尽洋装，脱颖全凭玉手量。九十九人金榜乐，惜无天子坐明堂。""龙门深锁日偏长，闱里诗人用斗量。幸有秦淮新涨水，未曾薰倒至公堂。"总之，佳话流传，实有足供茶余酒后之谈助者。

六

武进钱名山先生诗集中，有刺某某歌，慷慨激昂，读之令人奋起："怨在心，仇在骨，是何狗彘来入吾室。国为之亡家为灭，使我男为臣女为妾。此仇不报不用生，皇天后土鉴此诚。荆轲匕首渐离筑，一击不成千载哭。不及此君好身手，手屠仇人若屠狗。一丸飞出正当心，四海同声快倾酒。嗟哉尔国亿万民，后子而起知有人。君不见，齐人伐燕燕已亡。一朝报齐怨，七十二城相继降。但愿尔曹为乐毅、为昭王。君不见，始皇昔灭无罪楚。一朝复秦仇，火赭咸阳作灰土，但愿尔曹为范增为项羽。不愿尔曹刺彭岑刺来歙，敌来益多防益密。八道河山不得收，杀一老兵何足说。对君一长拜，范君以黄金。作诗不独伟君志，愿激中原壮士心。"

梅傲轩诗话

龙世俊

载于《学生文艺丛刊》1934 年第 8 卷第 4 集。

龙世俊，生平不详。本篇诗话主要收录其师谢用梅之诗，另有栗汉苑诗四首。两者俱非名家，然诗亦有可观之处。如谢用梅《咏花酒》写花酒场中之奢靡堕落，穷形尽相，足为世鉴。

———一———

吾师谢用梅先生，曾为前清秀士，颇工诗，善白描。其《咏花酒》诗云："花天酒地大排场，酒绿花红色色香。花使随时将酒侑，酒人终日为花忙。樽倾美酒花氛酿，坐拥名花酒兴狂。对酒当花行乐耳，眠花醉酒费平章。"其二云："酒豪花媚两缠绵，花结同心酒结缘。举酒不邀花外客，对花自命酒中仙。酒阑人散花生妒，花好月圆酒弄权。陪酒莫教花睡去，故将花幔酒楼悬。"其三云："花县何如酒郡妍，酒旗花艇总蝉联。花情酒兴齐天乐，酒夕花朝镇日连。任典花枝行酒令，倒牵酒债补花捐。眼花心乱因伤酒，酒到醒时花熟眠。"其四云："酒气醺醺花影稠，花容酒态两绸缪。三拳举酒花争替，一笑拈花酒并收。借酒评花花解语，将花下酒酒消愁。猛然酒后翻花案，花酒因缘榜上求。"其五云："惯游酒市与花街，花谱高张酒阵排。荡意偎花承酒唾，迷魂盟酒慰花怀。簪花戏打鸳鸯侣，纵酒帮叉麻雀牌。酒后花前增感慨，花如洛下酒如淮。"其六云："厅上花枝照酒卮，酒卮终佐好花枝。花间酌酒多兼味，酒局看花别样姿。花正盛时须酒赏，酒传神处只花知。恋花有意重斟酒，趁酒题花慰所思。"观此数诗，花酒场中一切丑态，无不尽描，令人读之心酸。予作反吟一首以自警云："无花无酒闷书房，酒不开樽花不香。摇笔吐花嘲酒友，斟茶当酒谢花王。评花品酒空神往，好酒贪花惹恨长。果克禁花兼戒酒，酒虫花柳两无妨。"

二

又其《夜归》一律云："读书声里是吾家，月夜归来视力差。雁影行行疑锦字，松阴朵朵步莲花。三更消息传金柝，两部喧啾有夜蛙。心急扣门频啄啄，候门稚子眼巴巴。"《书堂杂咏》云："书斋旁午戒流连，题句行文着意研。乐育栽培童冠辈，兴酣酬酢短长篇。庭栽桃李成蹊径，架拥诗书佐睡眠。梦里已忘尘世事，不知长夏胜如年。"其二云："炎威不到野人扉，柳荫蕉遮日影微。五月菊花争先放，三冬梅萼羡荣归。菜根能咬身方健，肉味不知兴欲飞。一曲高歌何所得，此心不与志相违。"其《咏消夏》诗云："肆虐炎威无奈何，回环斗室自蹉跎。满林桃李非嫌少，充栋诗书不厌多。得句竟忘挥羽扇，观棋常感烂樵柯。浮瓜沉李非吾事，足自赤兮顶自摩。"潇洒自得，意远词深，非参透其意，不知其雅兴诗情。

三

栗汉苑先生，亦前清秀士，生平豪放，常借吊古人以自旷。其《吊琵琶商妇诗》云："妒煞秋娘顾盼雄，频将欢笑度春风。无端嫁作商人妇，辜负香衾泪染红。"《吊伍员诗》云："千古同悲楚逐臣，不堪走狗又遭烹。至今回首吴江上，白马飞涛夜夜声。"《吊荆轲》诗云："刺秦不中恨无穷，一诺千金尚羡公。可惜樊君空借首，孤魂终古怨秋风。""屠狗场中寄此躬，悲歌慷慨气若虹。田光以外无知己，痛惜燕丹不识公。"悲壮苍凉，读之不禁令人感慨。

四

用梅师又有《秋日即景》一律云："芸窗新霁后，荷静晚生秋。万里云生壑，一轮水泻洲。兔儿添泽润，蟾影耀清流。一样寻常月，离人怕举头。"去国怀乡者读之，触动秋思，更添别恨矣。

翁 和 轩 诗 话

许锦文

载于《学生文艺丛刊》1934 年第 8 卷第 5、6 期。作者署名许锦文，湖南武冈人，生平不详。

本篇诗话趣味性强，体现出诗话"以资闲谈"（欧阳修语）的性质。其内容大半辑录自古代笔记，或有不尽准确之处。如"黄泉无旅店，今夜宿谁家"，本为唐代江为诗，而讹传为戴名世之作；"坠地无人贺，遥知瓦在床"为袁枚诗，俗语诗七律四首为清代方絷诗，而俱不记出处。亦有作者自己所存之诗，其中以歌咏武冈山水的《都梁十景》较有特色。

一

戴南山被杀之年，登山扫墓，遇老人荫于绿杨树下，视戴良久，戴询问其何意，老人云："先生今年气色不佳，须自小心。"并赠以句云："战鼓鼙鼙响，西山日已斜。"戴不解所语，亦不在意。及戴临刑时，战鼓前导，日薄崦嵫，戴始悟老人所指，遂续成二句："黄泉无旅店，今夜宿谁家。"音节备极凄惨。嗟乎，诗竟成谶，弥可伤已！

二

诗有愈痴愈妙者，如何海鸣所咏："渔家有女载轻艘，学绣红罗对晚窗。忽地停针问阿母，鸳鸯底事总成双。"

三

昔有人自咏生女诗云："坠地无人贺，遥知瓦在床。为谁添健妇，懒去报高堂。"其一种无可奈何之气，溢于言表。

四

俗语诗作者甚多，要皆支离破碎，莫明用意。然求言之有物，一气吐成，对仗工稳者，莫如以下之七言四律，堪称佳构。诗云："车儿西去马儿东，错把黄金当作铜。咬口生姜呷口醋，做天和尚撞天钟。得时讨饭为天子，有理王孙打太公。只怕后来还要坏，一年不与一年同。""凭他走石与飞沙，一正都能解百邪。画虎不成终类犬，毒龙难斗地头蛇。弟兄父母妻儿女，柴米油盐酱醋茶。水里来时汤里去，暗中再把当包加。""做来圈套砌成牢，寡骨无情切莫交。只比死人多口气，犹如活畜少身毛。今年竹子来年笋，一个葫芦两个瓢。到底人心猜不着，凭空掉过鼓来敲。""笑他有眼竟无珠，可惜当年少读书。有货何愁无卖处，得来都不费功夫。全无半点人模样，也有三分鬼画符。善恶到头终有报，只争来早与来徐。"

五

明太祖吟《早行》诗云："忙着征衣快着鞭，回头月挂柳梢边。两三点露不为雨，七八个星尚在天。茅店鸡鸣人过语，竹篱犬吠客惊眠。等闲拥出扶桑日，社稷山河在眼前。"语极雄伟，虽为早行咏，实有类其生平所为。

六

有妓女从良，画柳于扇，题诗以遗情人云："曾向章台舞细腰，任君攀折嫩枝条。从今写入丹青里，不许东风再动摇。"

七

昔有某君，好作十七字诗，触目成咏。时天旱，太守祈雨不应，其人作诗曰："太守出祈雨，万民皆喜悦。昨夜推窗看，见月。"太守知，令人捕至，曰：

"汝善作十七字诗耶？试再吟之，若句佳，便释汝。"即以别号西坡命题，其人应声曰："古人号东坡，今人号西坡。若以两人较，差多。"太守大怒，责之一十八，其人吟曰："作诗一七字，被责一十八。若上万言书，打杀。"后坐诽谤，发配郧阳。其母舅送之而泣，泣止，曰："又有诗矣：发配到郧阳，见舅如见娘。两人同下泪，三行。"盖舅父乃眇一目者。如此趣笔，想亦趣人。

八

萧参将，不知何时人。相传出镇雅黎，其妻流寓楚雄，闻本县兵至，泣将七岁儿托于家丁，手刃幼女。取壁间旧句"驿梅惊别意，堤柳暗离愁"十字，每字置四句首，离合成句，题毕自尽。诗云："马革何人能裹尸，四维不振哭男儿。幸闻硕果存幽周，驿使无由到雅黎。""木偶同朝只素餐，人情说到死亦难。母牵幼女齐含笑，梅骨棱棱傲雪寒。""苟合如何决日休，文姬回汉总堪羞。马嘶芳草香魂断，惊醒人间节妇流。""口中节义是谁无，力挽江河总是虚。刀锯不移巾帼志，别无沾滞是吾徒。""立也悲伤坐也伤，日沉谁为起残阳。心怜夫婿儿还幼，意惨蝇污女伴娘。""土兵劫去又官兵，日望征人不欲生。匹练有缘红粉断，堤边一撮是佳城。""木架原知冠盖雕，夕阳古道冷萧萧。耳边似听贞魂泣，柳絮因风若为招。""日前送别嘱阳关，立意当如张别山。音信须凭陇外寄，暗传夫信已投环。""凶莫凶兮国丧亡，内庭无救各奔忙。佳人命薄成何用，离却尘嚣骨也香。""禾黍离离最可怜，火焚谁与救眉燃。心灰犹念旧夫子，愁杀妻孥盼杜鹃。"因人因事因地发挥，灵活自如，毫不吃力，求之巾帼中，诚难能可贵也。

九

曩见人《题戒花酒》诗云："劝尔休贪酒与花，才贪花酒便亡家。只因酒行花心动，自是花迷酒性邪。酒后看花情不厌，花前着酒兴无涯。酒残花谢黄金尽，花不留人酒不赊。"警策无匹，不知一般有花酒癖者，读之其亦猛省否？

一〇

偶检旧箧，得无名氏《夏日池边即事》一章，诗中只用十字，联成四句，倒读亦然，诚佳什也："香莲碧水动风凉，水动风凉夏日长。长日夏凉风动水，凉风动水碧莲香。"

——

朝云，宋时名妓也，姿容婉丽，尤工诗词。苏文忠纳为常侍，宠爱异常。后从公谪惠州死，公葬之栖禅塔下，后人因建书室，植花木，游人于此息焉。洪武初，有一士人乘醉玩月，忽见一女子，窃随之。惟见月映长廊，壁上集律诗十首，犹然翰墨淋漓。然欤否欤？非所知也。但以集句一气呵成，毫无斧凿气。事虽荒诞，已自不凡。兹录四首于下："家住钱塘东复东，偶来江外寄行踪。三湘愁鬓逢秋色，半壁残灯照病容。艳骨已成兰麝土，露华偏湿蕊珠宫。分明记得还家梦，一路寒山万木中。""三生石上旧精魂，化作阳台一段云。词客有灵应识我，碧山如画又逢君。花边古寺翔金雀，竹里春愁冷翠裙。莫向西湖歌此曲，清明时节雨纷纷。""孤月无情挂翠峦，金炉香尽漏声残。云收雾散知何处，鬓乱钗横特地寒。去日渐多来日少，别时容易见时难。明朝有约谁先到，青鸟殷勤为探看。""零落残魂倍黯然，一身憔悴对花眠。南园绿草飞蝴蝶，落日深山哭杜鹃。天若有情天亦老，月如无恨月常圆。此日肠断非今日，风景依稀似去年。"

一二

钱鹤雏先生，少时好弈，其父诫之不悛，投棋于河，先生作诗以吊之。诗云："敲棋终日性偏幽，谁道今朝结父仇。兵卒下河车不救，将军落水士难留。马行千里随波去，象渡三江逐泪留。炮响一声惊霹雳，卧龙投起碧云浮。"

一三

余族国焕公，才思横溢，诗境绝高，所著有诗集，四五七言排律及古风各体俱备。集中有《吊许烈妇》七律一首（妇适朱姓，避贼铜鼓岩，贼攻之，恐见辱，赴水死）。诗云："十年结发苦相依，想到恩深命亦微。一死难填精卫恨，九原谁教杜鹃归。愿将清泪随湘子，不作浓妆拜洛妃。岩上只今猿夜啸，贞魂犹带赤磷飞。"缠绵激切，备极凄怆，又《自黔阳还过抱烟界》一诗云："丹径梯天顶，茅檐扫岭唇。帘招曾饮客，鹊喜欲归人。洞壑鱼龙伏，云根虎豹蹲。回头千嶂下，三月五溪春。"绘情绘景，的是写生妙手。

一四

前清乾隆年间，江南宣城生员陆鉴明，因赌输，将妻焦氏暗嫁于当地土豪黄心赫。焦氏未嫁之先，风闻其事，夜作《绝命诗》二十首，真是一句一泪，一字一血，读之令人痛哭流涕。兹为免占篇幅起见，特录九章，以概其余。诗云："风雨凄凄泪暗伤，鹑衣不耐五更凉。挥毫欲写哀情事，题起心头便断肠。""风吹庭竹舞喧哗，百转悠悠只自嗟。灯蕊不知成永诀，今宵犹结一枝花。""独坐茅檐积恨多，生辰无奈命如何。世间无数裙钗女，惟我微躯受折磨。""人言命薄是红颜，我非红颜命亦难。青丝留下巾一幅，结节试看泪痕斑。""是谁设此迷魂阵，笼赂我夫朝至昏。身倦囊空归卧后，梦中犹作幺幺声。""琴瑟和调永相依，妾命如丝旦夕飞。更有一种难忘事，床头幼子守孤帏。""焚香宝篆告苍天，默佑我夫性早迁。菽水奉亲书教子，妾归黄土亦安然。""沧海桑田有变迁，人生百岁总归泉。寄语堂上宜珍重，切莫悲哀损天年。""为人谁不惜余生，我惜余生势不行。今夜悬梁永诀去，他年幽府诉离情。"

一五

许绍宗，咸宁人，当其宰吾邑时，政声丕著，饶有诗才。有《问雨轩绝诗》二首，诗云："偶辟余闲地数弓，草堤西畔竹墙东。招邀山色来庭际，点缀烟霞入画中。常代三农占好雨，最宜六月引凉风。山城莫说名花少，万朵芙蓉耸碧空。""公余客至颇忘形，射圃堂通丛桂亭（轩后为射圃，又后为丛桂亭）。余地尚存栽菊圃，闲情偶读灌园经。平铺草色随人绿，倒影岚光入户青。四面好风吹不断，山歌樵唱几回听。"又次年春，移植牡丹于问雨轩，三月盛开，诗以志庆。诗云："名花珍重手亲栽，根柢原从净土来。一代佳名传洛下，三生旧梦记瑶台。出山似有风云护，得地能承雨露培。自此不愁官戒苦，凭栏已见锦千堆。""几番风信为催妆，迎得天孙金谷藏。九十春光归管领，一年花事费平章。高轩便合称香国，仙骨原应植玉堂。欲得千枝随地种，姚黄魏紫遍潇湘。"词清意新，堪称佳什。

一六

友人邓君，述《咏驼子》诗一首，形容入妙，颇堪发噱。诗云："人生残疾是前缘，嘴在胸前耳在肩。举目岂能观皓月，倒身方可望青天。眠如心字无三点，坐似弯弓少一弦。最恨百年身死后，棺材只好用犁辕。"

一七

吾县古称都梁，山水奇秀，不可胜记。苟得遇名笔以点染之，则天下山水之秀，岂仅专美吴蜀。今偶检旧箧，得《都梁十景》诗，兹录之，以留雪泥鸿爪云。（一）《云山清晓》："崒崒奇峰万叠横，山花开后暖风轻。楚天曙色平分处，一带烟光画不成。"（二）《法相洞天》："石洞虚空路暗穿，尘襟过此觉翛然。洞门正在云深处，谁想人间别有天。"（三）《武陵春色》："当日仙源路已迷，武攸何事又名题。料应洞口春常在，流水桃花过此溪。"（四）《渠渡晴岚》："胜地偏然景物饶，溪流清澈转山腰。岚光旦夕藏钟鼓，仿佛灵祠对小桥。"（五）《古山瀑布》："层层石壁跂云端，好境偏于静处安。一派飞泉如白练，半空泻出碧光寒。"（六）《济川回舟》："江横虹跨水中天，月夜伊人可扣舷。何事扁舟归棹晚，片帆无碍过前川。"（七）《龙潭夜雨》："彻夜淋铃听雨声，寒潭顿觉碧波深。蛰龙应想苏民望，少试神功为作霖。"（八）《枫门落照》："丹枫如染带烟光，幻出人间锦绣乡。一段西山看不尽，野鸦数点送斜阳。"（九）《宣风雪霁》："楼迥云随画拱飞，卷帘又映雪晴时。千林冻解阴霾扫，放出青山分外奇。"（十）《横江晚渡》："江澄浪静涌寒沙，寂寞临流八九家。断岸夕阳人渡少，小舟轻棹入芦花。"

一八

方以智《同镜山人游洞口》云："扶老倩顽童，探奇绝涧中。险非愁滟滪，剑欲倚崆峒。酾酒疑人语，藏舟羡鬼工。天门原有路，不与世人通。"

又《游洞口林谷》云："天地一时小，惟与洞口宽。名山藏日月，野老想衣冠。石向谁人语，松知此岁寒。几家烟火在，题作鹿门看。"恍若昂首天外，慨然而吟也。

杏山草堂诗话

曾啸宇

连载于《国闻周报》1934 年 11 卷 1 期至 1935 年第 12 卷第 6 期，亦载于《越风》1937 年第 2 卷第 2 期。作者署名曾啸宇，河南商丘人，曾任河南财政厅厅长。

《国闻周报》，1924 年 8 月创刊于上海，自 1927 年第 4 卷起迁往天津，1936 年第 13 卷起又迁回上海。周刊，内容以时事政治为主，也刊有少量文艺作品。

本篇诗话主要分三类题材：一、商丘乡贤之诗，如侯方域、陈重、陈熙堂等；二、有清巨公名士之诗，如姚文然、宋荦、方观承父子、林则徐、王仁堪等；三、明遗民之诗，如曾青黎（传灿）、姚休那、吴振周等。作者论诗之语精到，如评许振袆云"同光间江西诗人，当以许公为巨擘焉"；评林则徐词"清华朗润，高抱群言"；指出纳兰性德词不仅缠绵悱恻，还擅长"以雄健之笔写绵缈之思"。诗话亦多涉清代史实，如记张廷玉之子张若霭轶事；引许振袆诗，记载邓辅纶援抚州事；录徐继儒等"罂粟诗"，反映鸦片之害；录张立青《台湾感事》，记日据台湾惨状。内容丰富，旁征博引，有较高的学术价值。

一

《随园诗话》载清鄂西林相国《登甲秀楼》绝句云："炊烟卓午散轻丝，十万人家饭熟时。问讯何年招济火，斜阳满树武乡祠。"情韵俱胜，为七绝高唱。

兹将"招济火"一语，表而出之。查"济火"系汉末之牂牁帅，一名济济火，善抚其众。闻武侯南征，通道积粮以迎。武侯大悦，遂命为先锋。赞汉兵以平西南夷，擒孟获。西林是时奉命经略云贵猺苗，欲物色如济火其人者，而自比于武侯耳。

二

余考甲秀楼，在贵阳城南，言秀甲黔中也。清光绪中叶，长白庆博如珍任黔中巡道。解组时，绘《甲秀吟秋图》，并题诗十律。邀海内知名之士，赓和成帙。博如为瓜尔佳氏杰才，诗笔雅洁，光宣间词人也。

其一："长虹影里独登楼，水漾琉璃座上浮。万岭寒光生暮霭，一年佳景又深秋。兵连故国悲王粲，涕泪天涯吊武侯（自注：楼北有丞相祠堂）。如此秋光相入画，来何迟也且勾留。"

其二："红树青林景最幽，蜀滇奇气望中收。诗怀淡似南明水，人影高过甲秀楼。身外岂无仙客到，杯中时见乱山浮。斜阳未落金风起，谁是当年定远侯。"

其三："河水西来下碧空，登临聊复兴无穷。川原缭绕浮云外，楼阁参差落照中。不解仲宣能博物，空言宗悫志长风。临流独洒苍生泪，拭目天涯望海东。"

其四："名流不意集天涯，时事多艰兴每嗟。闻道东瀛走鱼鳖，每依南斗望京华。深山日落增寒信，黄菊秋来又着花。寄语骚坛诸健将，且将余事啸烟霞。"

其五："夜郎山势总崔巍，倚槛来游眼界开。一水晴光摇几席，千秋佳气郁楼台。龙场学业姚江派，铁柱勋名故国才。万里高秋吟不尽，清痕一缕入诗来。（自注：楼外有双铁柱。一为西林鄂文端尔泰，一为费莫勒威勤公保所铸。）"

其六："青山红树夕阳楼，芳杜洲前暮雨收。山色遥连滇蜀碧，砧声直捣夜郎秋。几行云雁天边过，十载功名水上沤。吾欲去寻彭泽宰，重阳同醉大江头。"

其七："楼上风云接大荒，海波难净思茫茫。长风万里送归雁，词客十年剩锦囊。时事不堪愁里听，和戎从古暗中伤。大陆多少书生泪，洒向风前有剑芒。"

其八："小阁南来入翠微，秋深荒落露依稀。白云掠水客初到，黄叶满山僧未归。雨后野人箬笠重，日斜远浦鹭鸶飞。淡烟断处知何事，一缕钟声摇夕霏。"

其九："甲秀清霏八月初，桥头无客独行车。山含暮雨衣如铁，潮落塞沙鸟觅鱼。象宝钟声千杵濯，雪崖杨柳几行疏。故人此际休相问，忧乐纷来不自如。（自注：象宝、雪崖，二山名。）"

其十："小窗日午罢吟哦，且向南明唱踏歌。匝地黄花谁管领，撑天铁柱尽摩挲。万山松柏云中舞，两岸芙蓉雨过多。把酒纵谈当世事，故乡今日又如何。"

是诗作于甲午以后，日俄战役之时。忠爱之思，溢于言表。博如官黔郡，而每忆辽吉之故乡。今日读之，更不胜新亭把酒之痛矣。

<h2 style="text-align:center">三</h2>

吴梅村《雁门尚书行》，以龙门史笔，行为韵语，与孙公《本传》相表里，洵诗史也。梅村叙云："潼关陷，公独身横刀冲贼阵以没。"与《本传》俱言不能得其尸。今读吕元素先生诗，始知孙尚书白谷先生系战败投黄河死。吕公新安籍，距郏邑潼关较近。又为时匪遥，父老传闻，不为无据云。

<h2 style="text-align:center">四</h2>

《梦月岩集·郏县行》云："郏县城南飞老乌，夜啼荒冢饥相呼。啄尽当年战场肉，只今尚有髑髅枯。崇祯年间何事无，关西寇盗纷驰驱。燎原初起可扑灭，车箱一战歼无余。推毂者谁由议抚，中原忍见血模糊。雁门尚书大都督，手提宝剑名昆吾。部下健儿一敌万，尚书料敌如孙吴。惜哉朝廷为计疏，催战不肯迟斯须。霖雨洗兵天亦酷，百万貔虎化为鱼，不然贼已伏天诛。嗟哉尚书烈丈夫，黄涛白马随伍胥（公自注：相传孙司马白谷投黄河死）。洛阳帝子死社稷，孝陵松柏同丘墟。五十年来说轶事，老翁为我泣城隅。其人白发鬒且剧，支离尚保百年躯。休矣老翁莫欷歔，且尽襄陵一杯酒，西山落月临征途。"此诗慷慨悲歌，得少陵神髓，叙事处补梅村所不及，尤关一代掌故也。

五

余读《非想非非想室随笔》，记载明福世子弘光帝为妄人伪托一则，并引唐孙华所咏《金陵旧事诗》为证。考此诗载在《吴诗集览》，久脍炙人口。余读吕元素《梦月岩诗集》，其《金陵杂感》五六两什，实专咏此事，足与唐诗相印证。盖福王之伪，不见于正史。兹录吕诗，以为研究史学者参考，亦所以广异闻也。《杂感》第五首云："凤阳佳气望中孤，牛首山云入有无。青盖不归新洛邑，黄金将贡旧幽都。殿前男子还乘犊，河北王郎亦撰符。他日传疑南史氏，龙蛇同尽一何愚。"其六云："丹楼绮阁自逶迤，内殿还闻选少儿。主第新歌旋被幸，回中故剑复谁知。河干乌鹊争填日，兰死蘼芜罢采时。天意岂犹怜薄命，不教宫井葬胭脂。"玩二诗语意，即唐诗所谓"贵阳一奸人，乘时思射利。奇货此可居，何暇论真伪"也。至"天意岂犹怜薄命"句，与梅村诗"幸迟身入陈宫里"互相发明。

按，吕元素先生，名履恒。清康熙年间任吏部侍郎，河南新安人。诗礼奕叶，为当时名卿云。

六

吾邑侯壮悔，以诗古文辞，名满海内。《四忆堂诗集》脍炙人口。然余读《侯氏家乘》，知商丘侯氏与雍丘侯氏，系同族连支。在明清二代，蝉冕奕叶，硕儒名卿，后先辉映。大梁望族，举推侯氏。雍丘有侯佩之先生应瑜者，为葵所中丞第四子，领明万历庚子乡荐，后由教谕擢知山东泰安州。在任数年，禁暴安良，为时称颂。适值妖人徐鸿儒之乱，公规画捍御，以大义激发人心，贼入境闻备而遁。后又有刘三方之乱，亦经公荡平。泰安人立石肖像以祀。先生著述宏富，有《简明律解》《水灾图说》《痘疹灵秘录》《岱帖三体》《是亦山集》百卷。今仅存《岱帖》与《固陵集》。《岱帖》者，先生守泰安所作诗，而手书之者也。其字有八分、真、行三体。书法遒劲，士人奉为楷模。有《岱岳》《华岳》各八首。《岱岳》云："天孙万古著名封，神异灵钟五岳宗。禅代崇禋阅帝王，潜修探策秘仙踪。岫函云气穿盘磴，窗贮岚光黯薜萝。登陟乍疑从世外，石间晻暖听鸣钟。""梁甫盘旋远映奇，天齐巨镇荐灵龟。飞声越地泉鸣斗，歆色跌巅树列眉。广运帝猷仍有迹，坤维造物自无私。岩花拜舞金坛迥，万岁嵩呼共祝厘。""青丘崎嶬倚云看，磴道迂回五十盘。灵气吁呵成庶品，风云吐纳住双丸。下方沸鼓喧晴陆，上界清钟隐夜峦。尺五窥天沧海近，日光闪忽万重丹。""神房香井秘灵符，俎父芝童事有无。玉几尘封钥未启，金床昼掩醒谁呼。依回空忆诸封禅，指点徒惭五大夫。我欲置身岩壑里，不随日月问荣枯。""嵯峨宫阙黄金衣，五色辉煌嵌翠微。玉简争传迎帝女，金函解道锡元妃。却从人巧窥云构，还自天工识化机。翻愧无缘宅斯宇，西山忽漫睨斜晖。""匹练曾闻尼父登，俯看寰宇一沤轻。城阇磨蚁微如掌，渤澥浮杯小欲擎。郁律群峰皆侍从，苍茫万里共逢迎。阴阳变化迷神怪，午夜星文逼短楹。""触石兴云满碧霄，凭陵止在半山腰。阴晴恍惚迷朝暮，星斗昏明闶沆寥。清跸曾临余辇路，仙阶并蹑足云韶。忘言最爱碑无字，竟日摩挲梦可邀。""上答神工下庇民，化文祎祀历千春。羲封虞望劳登瘘，汉时秦宫重典禋。天驾移星回地轴，扬竿揭日转阳宾。只今万国联镳至，共祝瑶图百代新。"此诗典丽宏博，有黄钟大吕之音。竟陵钟伯敬赠公诗，有句云："岱宗固常在，主者待其人。睹尔神情异，证予闻见真。"亦可见倾倒之至矣。

又佩之先生《华岳》八首，则缘聘入秦闱，归途游华所作，云："神纵灵岳展幽寻，潦倒风尘此日心。莲井危寒披绝顶，桃林新雨沐深阴。石边巨掌拓东壁，岩外长河挂远浔。天磴倾敧人迹少，依回跌坐欲抽簪。""虞帝时巡八月秋，于今万古仰皇猷。穿崇西镇扶龙驭，峻秀中峰照蜃楼。地坼河流昆柱迹，天低星转汉宫幽。临深挽石劳筋骨，四合回环取次游。""扪葛攀萝履断矼，涧流隐隐石淙淙。金天初地供危坐，玉女高峰引碧幢。云气铺来成枕席，石岩空处嵌疏窗。惭无谢朓惊人句，且觅醇醪倒玉缸。""石泉夹水漱苍苔，乘兴疑从碧落回。游倦神情还自爽，怀清魂梦许重来。峰高尽隐空岩月，洞陡虚传绝壑雷。为有龙居蟠地轴，遒然长啸万山开。""寥廓今狂汗漫踪，襜帷到处日相从。流泉挂眼山山瀑，曲径翻腰处处峰。峡里希夷千岁骨，坪前莎树万株松。扑衣紫气迎关尹，愧我疏愚亦见容。""灵峻裁成金帝尊，望中遥指集仙门。酒妪羽化龙堪扰，狂客雄谈虿可扪。石鼓无声流水击，玉浆不注露花吞。探云去住浑难定，回策阴崖日已昏。""万峰巀嶪露青天，石蹬纡回断复连。星斗若从冠上摘，风云只在履边悬。流萤万树然还灭，宿鸟千林定复还。小队莫传归路晚，中秋

余闰月重圆。""置身万仞羽毛轻,玉版金丹浪得名。柏箭千秋石窦迥,莲舟十
丈井华平。烟云不碍山人履,松桧犹悬旅客旌。五岳半生才一遇,百年何以惬
游情。"按此帖系先生八分书。书法遒劲,气格宏广。诗复逸气凌云,飘飘欲
仙,若唐人"天外三峰削不成"等句,犹觉多人间烟火气。

七

王渔洋《南将军庙行》有句云:"睢阳独遏江淮势,义激诸军动天地。时危
战苦阵云深,裂眦不见官军至。"《精华录笺注》只引《史记·天官书》,以释
"阵云",殊失本义。渔洋"阵云深"之句,乃用张中丞诗语。不过中丞诗,不
见于各家诗选,湮没未传耳。吾邑双忠庙(后易名为六忠词),有石刻张中丞诗
二首,谨表而出之。《睢阳城夜闻笛》云:"岧峣试一临,寇骑俯城阴。不辨风
尘色,安知天地心。门开边月近,战苦阵云深。旦夕更楼上,遥闻横笛音。"
《守睢阳城》云:"接战春来苦,孤城日渐危。合围侔月晕,分守效鱼丽。屡厌
黄尘起,时将白羽挥。裹疮犹出战,饮血更登陴。忠信应难敌,坚贞自不移。
无人报天子,心计欲何施。"读此诗,张公忠义之气,溢于言表。侯壮悔先生
《双庙联》云:"国士无双双国士,忠臣不二二忠臣。"典切自然。又某公集《本
传》成句为联云:"须髯皆张,凛凛有生气;颜色不乱,扬扬如平常。"二联是
吊张许二公,是咏双庙,不得移置他处也。

八

雍丘侯氏有从甫先生者,以清顺治甲午举于乡,旋登孙承恩榜进士,任浙
江景宁县事。兴利除害,丝粒无所取。值西南用兵,军饷繁急,岁荒民穷,不
忍索取,竟以身殉。士民感其德,哀哭送榇归里,请入名宦祠。先生诗有家法,
著《氾叶集》一卷。其论诗分体云:"十九首,出谁手。至今脍炙学者口。古朴
高浑未雕琢,堪与风雅同不朽。后来惟有少陵篇,骚人宗之如山斗。历代作者
森如林,更有何人嗣徽音。小杜难与大杜较,短李未窥长李深。张三影,温八
叉,清新亦自成一家。郊曰寒,岛曰瘦,刻峭各自为结构。或可张一军,或寿
五字城。或以易而得,或以苦而成。得心应手处,皆可以成名。学者欲追古人
踪,须向《三百》细细穷。胸中破万卷,然后兼收古人之长,而以真性贯彻于

其中。"

九

邓弥之先生辅纶，武冈人。五岁能诗，从宦南昌，与弟绎齐名。十三入州学，十五补学廪，肄业省城之南书院，左文襄叹为异材者也。以道光己酉拔萃，咸丰辛亥乡举副贡，旋以助饷叙中书。其行实大略，已见于许仙屏诗注中。先生晚隐于乡之白香湖畔，著有《白香亭诗集》四卷。诗宗工部，多发为幽愤沉郁之音。其致彭雪琴尚书古风一什，亦诗史也，题为《己丑夏彭雪琴尚书，由浙请疾还衡养疴，时余主讲东洲，有感而作》："忆昔寇棘咸丰朝，金田雾昏篝狐嗥。虎兕出柙鼍鼋骄，吴楚瓦解江滔滔。溢城铁瓮窟宅牢，羽书日急宵旰劳。师乃命相神柄操，礼罗兔罝征时髦。惟岳盘礴钟贤豪，仰天大笑投锥毛。如龙跃渊鹰脱绦，躯干虽小胆欲包，龙骧百斛凌鲸涛。十年血战殷寒潮，竟掘鼠穴焚枭巢。红巾白马纷潜逃，拥彗一扫氛祲消。功成不肯把节旄，但拜尚书领兵曹。戈船伐鼓沉巨鳌，牙旗猎猎飞舸骁。乃者法夷肆贪饕，剪我藩服吞南交。少保忠愤靴纳刀，指挥两粤摅戎韬。蕞尔岛夷盟敢要，有战无款夷心摇。海珠卧镇回夷艘，帝曰咨汝功宜褒。公谢臣绩无秋毫，丹诚耿耿腾烟霄。呜呼曾左竟已矣，少保孤忠果谁恃。古来悬车贵知止，抗疏引疴有谁美。圣恩未许老田里，扁舟聊学五湖蠡。船山遗民公同梓，薪传直接横渠子。东洲谁攀兰与芷，讲树新阴绕堂址。我公爱书尤爱士，高楼峨峨蠹云峙，黄金筑台自隗始。嗟余庸虚讵堪此，行撤皋比钓资水。爱公画梅清入髓，不觉千寻蟠尺咫。擘窠新诗亦奇伟，余昔求书得数纸。墨波隐蠁剑光紫，惜哉屈铁僵十指。安得虬干生腕底，蛟螭蜿蜒拔泥滓。今之画梅无公比，况复养士，亦如初胎未葩之琪蕊，山中宏景何足拟。愿从赤松固龀齿，岂独功名照青史。"

一〇

祥符史道麟先生（可法），孤忠亮节，史册照垂。其幼年奇行轶事，亦往往散见各家载记。独先生所为诗，世无传本。即零篇散什，见者亦稀。辛未春，余偶于大梁古玩肆中，获睹先生手书堂屏一幅，笔力遒健，毕见圆光。系先生旧作《新月》一律，上衔书立度年兄。诗境亦清逸旷邈，具凌云御风之气，可宝也。诗云:"是谁昨夜斫清波,剩得纤纤一曲多。出匣霜萍怜靓影,临妆倩女斗新蛾。还教万里同瞻仰,不为人间受玷磨。老桂婆娑青逾奋,伫看宏照满山河。"考阁部殉难扬州,其茔在今扬之东门外梅花岭上。有一联绝佳云:"数点梅花亡国泪,二分明月故臣心。"

———

山海关一名榆关,在历史上屹为重镇。自"九一八"事变后,复受迫于强倭炮火之下,天险授人。本年二月,榆关行政权由我方接收。重悬青白旗,不可谓非光复旧物。余考此关自有明以来,厥名尤著。凡达人名卿,辙迹所经,皆不胜留连凭吊之思。其"天下第一关"扁额,在临榆东门楼上。明顺天巡按王一鹗,蓟辽总镇戚继光,先后题诗刻石,均早见于《大公报》附刊中。然尚有其他名人题咏,足增吾人无限之喟感者,爰分次录之,殆亦关心国事者所愿闻乎。

明给事中张靖之先生,于天顺四年奉使朝鲜。《至山海关》二首云:"尘路临关断,云山际海多。驱车登峻坂,饮马下长河。跋涉真吾事,咨询奈尔何。旋归知不远,随处记经过。""望望逾高岭,遥遥知几程。野人清驿道,疲马历空城。茅舍山炊熟,松窗土炕平。依栖聊复尔,按辔又东行。"又《归途过山海关》七律云:"百二山河拥帝京,铁关金锁接长城。辽阳千里无烽火,蓟北诸屯有重兵。鼓角遥迎持节使,关门应讶弃繻生。壮游未尽登临兴,一骑云飞海浪横。"张公诸诗,写尽当时承平景象。今则辽阳千里,倭骑纵横;蓟北诸屯,雷池禁越。古今盛衰之感,不堪回忆矣。

又清吕元素先生《山海关》诗云:"天际重关虎豹扃,前瞻云树尚冥冥。山余落日千峰紫,海泻遥空一气青。汉塞烽烟亭甓坏,秦城膏血土花腥。漫吟碣石东临句,绝代雄才敢乞灵。"又前奉天省长王岷源先生《夜过山海关》云:"山绕雄城海绕山,汉秦残垒暮云间。春风橐笔三千里,月夜题诗第一关。剑底雄心双泪热,镜中华发几茎斑。奔腾云汉星辰睡,万派潮声落远湾。"二公两律,均极老健沉雄之致。夫斯关自吴三桂镇守以来,乞师事仇,历史上已留一难浣污点。今则主权虽复,形势已非。

一二

昨阅报载，宋委员长与张副司令先后归国，重登政治舞台。某报记者曾谓其是否忆及前赴热时同坐土炕之风味；又未识宋张二公同坐土炕，与诗人张靖之先生之土炕风味，有异同欤？呜呼，汉塞烽烟，秦城膏血，疮痍未复，战血犹殷。雕残姜女之庙，泪咽夕阳；倚徙结晶之碑，魂招天末。吴梅村句云："卢龙蜿蜒东走欲入海，屹然支拄当雄关。"岂天险之不足凭欤？抑亦人谋之不臧耶！

一三

据《琅琊山志》僧达修序文所称，促其创编志乘、分任编撰之劳者，为滁阳章公心培。主任编修与征文之役，俾鸿文巨制，有光琅琊者，为金华黄公维时。黄公题云："频年战伐庆方休，一统河山眼底收。最喜琅琊深秀处，重新梵宇壮神州。""继往开来振大鹏，鸿勋永照佛前灯。名山胜迹垂寰宇，惨淡经营仗老僧。""莫愁地老与天荒，搜剔残碑字几行。千古兴亡坟典在，好教他日证沧桑。""智仙创业醉翁传，后应前呼共一天。太守流风成韵事，佛门多少济时贤。"

解州薛公子良题云："蔚然深秀传今古，鹿苑迁流溯李唐。千载兴亡谁记取，独留山水费平章。""琳宫玉宇渺无痕，一现昙花在废垣。今日授经犹有处，自须合手拜伊存。""花雨钵莲自在天，劫来歌咏竞流传。风云月露因心证，尽待吾师入简编。""簿书旁午勤忧国，羯鼓能催鬓若丝。闻道山花满林院，翻劳惆怅几多时。"

番禺杜公纯题云："神州霸业久销沉，犹剩琅琊迹可寻。百废漫嗟民力尽，重修还仗佛缘深。天书龙汉非常劫，梵呗鱼山有嗣音。尽日悗蠲尘俗累，愿瞻法相过禅林。""庐陵四十早称翁，命意何尝在酒中。众醉独醒饶感慨，时清道浊悟穷通。斯民丰乐庸非福，我佛慈悲岂尽空。率尔借题占俚句，上人慎莫诮冬烘。"

兴义王公伯群题云："晋王休息地，山亦号琅琊。后有欧阳子，斯文诵万家。岩藏林际寺，春发劫余花。我欲寻溪隐，南滁落日斜。""地僻人踪少，山深佛殿荒。云根埋断碣，岭外动朝阳。一衲开灵境，千年继盛唐。喜当兵革息，重见法华场。"

<h2 style="text-align:center">一四</h2>

又僧达修倩人绘《琅琊山胜景全图》一幅。林壑梵院，青苍葱郁，收于尺幅寸缣中。黄公维时复为题句云："路转峰回翠接天，山城环抱几千年。东南风月谁家好，惟有琅琊道蔚然。"

<h2 style="text-align:center">一五</h2>

清流关，在滁州之西二十五里。清流山上有关山寺。铁轨未通时，南达京都，北通凤阳，为上下通衢。寺内供关圣帝君，极著灵应。民四，滁知事王一德，饬由琅琊山寺僧达修兼管重建。数武而上，又有包孝肃公祠。此山瞻望金陵，近若咫尺。削壁悬崖，乃天地造钟之一大藩屏也。五代时，南唐凭此以御北师。其中军帐基尚存。壁有明崇祯元年修路碑二，并有前贤遗咏。

陈琏《清流关》诗云："清流山高横碧落，崖石棱层犹铁削。忆自南唐始开凿，据守形势真险恶。殿前检点有雄略，麾兵飞度孰敢格。辉凤东门就擒缚，乃知恃险古所薄。当年意气归萧索，惟有青山宛如昨。圣朝德教溢六合，文恬武熙颂声作。四方无虞闲警柝，关吏何劳守鱼钥。我常登临驻雅骆，呼酒悠然引孤酌。怀古时时发大噱，万里天风起寥廓。"

又朱竹垞《咏清流关》诗云："清流关厜㕒，设险古来尚。细路缘秋毫，石角耸殊状。舍我一两车，拄此九节杖。初行井臼中，俄出松果上。回睇众山卑，连峰走颓浪。入关少礓砾，客意始萧放。平冈响枫叶，断壁偃花当。南滁暑未销，西涧水新涨。眺远怀昔人，儒衣谒戎帐。君臣既深契，一言判兴丧。偏师越死地，于此厥上将。遗迹虽已湮，过者心所向。山高而水清，独立但惆怅。"

又前亳州知州李廷仪《过清流关》诗云："石径盘纡步屡停，南唐废垒野花馨。雨余涧落双流碧，云际山排万叠青。古寺逢僧评旧榻，午钟送响度幽亭。升平转爱岩疆好，天与村人列画屏。"

又尹梦璧《清流瑞雪》诗云："岭控江淮高刺天，雪中形胜与云连。鳞飞霄汉龙犹战，步滑关山马不前。乱压长松成盖偃，半凝奔瀑化泉悬。道傍快听山翁语，飞尽遗蝗定有年。"

读陈朱诸公诗，足征兹关之险阻，山岚之幽绝。但设险以守国，而恃险者必败。古今之理一也。四郊多垒，士夫之忧，思昔人保邦固圉之言，不禁对兹一峰缥缈之清流，兴抚今怀古之感矣。

一六

滁州之琅琊山，以东晋元帝为琅琊王，渡江尝驻于此，因以得名。唐大历中，刺史李幼卿始与僧法琛于山之最深处同建开化禅院。自欧阳文忠公与其人士登临歌咏，作《醉翁》《丰乐》二记，而后斯山之蔚然深秀，著乎天下。

考开化寺，即世所称为琅琊山寺。唐后兴废不一。近者寺僧达修托钵四方历十余年，得金若干，先后建宫殿楼观数十楹，几复大历之旧。更因寺而及山，因山而及山之志。举凡前贤之歌咏文字，与夫嘉音懿行，搜罗殆遍。乃丹铅甲乙，纂为《琅琊山志》，可谓勤矣。复征集时贤题咏，冠诸篇首。既彰先贤之潜德，复汇当代之鸿文，有裨文献，岂浅鲜耶！爰录题词，实我诗话。

阎百川先生题云："南谯名胜地，巍巍琅琊山。贤王今何在，高僧时往还。有唐法琛释，于兹建禅关。宋元明清代，梵宇与古班。崇定德嵩辈，道行不可攀。林壑深秀处，西南窥一斑。路穷复轩溪，诸峰翠回环。白云自来去，流水时淙潺。塔影四十九，矗立出世寰。写经灵异著，乾德匾额颁。古刹埋蔓草，遗碣没榛菅。而有达修衲，鸠工作消闲。渐复昔日旧，醵金破囊悭。佚闻广搜讨，志积唐刘湾。惟我恨见晚，相知书札间。何年听秘谛，一洗尘俗颜。"

王亮畴先生题以四言云："维彼琅琊，林壑幽邈。有释达修，古迹是保。悉力经营，重新庙貌。搜茸遗闻，付诸梨枣。一集斐然，观游足考。名山名僧，两相辉耀。"

王正廷先生题云："占得名山住，禅房野趣饶。衣冠话东晋，林壑启南朝。残碣烦搜访，宗风未寂寥。开编寻胜迹，不待问耕樵。"

赵戴文先生题云："胜迹传东晋，琅琊旧擅名。十方开梵宇，万卷拥书城。独毓山川秀，曾无草木惊。遗文赖搜访，思古发幽情。"

一七

吾乡宋牧仲先生，在有清鼎盛时，开府江南，提倡风雅。所著《绵津山人诗集》，与渔洋方步一时。继起如山言、兰挥二公子，绍其诗学，均各名家。山言先生之《纬萧草堂诗》，合肥王公揖唐已采录于《今传是楼诗话》中。而牧仲先生第四孙经一先生，著有《授砚斋诗》一百六首，斐然竞爽，足嗣清音。盖牧仲公治吴最久，经一亦随宦受业于吴士玉先生之门，卒底于大成。牧仲公每铃阁清闲，一门啸咏，拈题倡和，有东山之风。牧仲诗有曰："永日披图坐，全家击钵吟。"又曰："新诗写就儿孙和，白傅当年似此无。"盖纪实也。

经一《授砚斋诗》，以《题李龙眠五马图》一什为当代传诵。王渔洋称为"才华络绎，笔力雄赡"，以大手期之。而秀水朱竹垞，亦有"轩轩楚楚，虎视凤观"之目。诗云："龙眠胸中有千驷（自注：东坡句），乘兴放出五骐骥。二十霜蹄最矫健，追风照地各有神。不施银鞍与金勒，惊鸿脱兔好奇特。碧眼奚官挽青丝，往来蹴踏留不得。凤头之骢八尺强，好头赤好频玉光。照夜白气如驰电，斑斓锦膊双瞳方。一匹来自大宛境，三花散作满川景。当年执笔几熟视，直取精魄入毫颖。案上画马画始成，真马健步不复骋。（自注：伯时画此马，放笔而马殂，人称画杀满川花。）涪翁题识好事者，空青（自注：空青老人曾纡）纪异更挥洒。鬼物护藏七百年，至今人间传五马。披图乍疑拳毛𬴂，谛视突过狮子花。九逸形影长寂寞，八骏踪迹飘烟霞。惟有五马屹然在，慎勿化龙还渥洼。"此图为宋氏家藏。清季中落，牧仲书楼五楹，凡所庋宋元书籍，暨书画珍玩，散佚殆尽，《五马图》不可复问矣。

按经一先生，名韦金。为锦含先生遗腹子，方娠而父没。牧仲先生痛爱子之殇，藏其遗砚，逮经一成人，授之曰："小子识之，毋忘尔父志矣。"经一涕泣拜受以名其斋，作诗励志。集中《自题授砚图》云："遗砚今依然，吾父不复作。对兹鸲鹆睛，几番清泪落。追忆二纪前，请陈砚始末（叶）。父没我未生（自注：先父没于八月，韦金生于十二月），赋命一何薄。三岁襁褓间，母兮欣有托。五岁能解事，负质颇不恶。就塾读父书，进取志踊跃。十二复失恃，犹如覆巢雀。零丁随王父，十载住官阁。一日呼我至，藏砚出囊橐。曰维尔父遗，畀尔为尔厝。小子拜稽首，摩挲剧虔恪。捧向柳塘边，墨痕清泉瀹。阿谁截云根，入手寒气薄。处士锡嘉铭，棱角宜用削。方外因自然，文章光焰灼。（自注：魏叔子先生《砚铭》云：女方其外而去其棱角，因其自然，而不琢其璞，斯文章所由作。）江天篸九华，芙蓉纷绰约。骀荡轻风来，指点望寥廓。（自注：先父《江行》诗云：'骀荡轻风日欲斜，云烟缥缈接平沙。舟人指点江天外，朵朵芙蓉是九华。'）念昔魂梦中，吾父何宛若。入门抚我顶，顾我展笑乐。觉来如有见，凉月挂帘幕。（自注：韦金数岁时，曾有此梦。）自兹音容远，迄今怅寂寞。抚砚增惋伤，光景恍犹昨。人生七尺躯，飘如随风箨。我遭不造家，奈何事戏谑。学问贵根柢，宁敢拾糟粕。日与此砚亲，恒惧趋向错。励志名我斋，绘图几筹度。晴窗时展卷，手泽叹萧索。洗砚赋是诗，寸心如受斫。"

一八

牧仲诗，有《示韦金孙兼送其省试》数绝句。兹摘录二首，以见宋氏家学有自，暨牧仲期之之意，云："百常名尔剧堪哀（自注：范镠遗腹子名百常，韦金小名取此），失怙重嗟身尚孩。谁知苦雨凄风后，酿出兰芽玉笋来。""授砚图成镇自随，骅骝远道去骙骙。征君题字分明在，万丈光芒为尔期。""征君题字"，谓魏叔子所作《砚铭》也。

一九

逊清道光年间，陶文毅公云汀任安徽巡抚，政成化治。乙酉初春，巡视皖北，于元日登凤阳龙兴寺，题诗一律。一时如戴观察春塘、程太守玉农，依韵奉和，极风雅之盛事。余今春于役凤阳，至龙兴寺，见壁间诗碑尚完好，三公叠韵至八首之多，读之甚有关风濠故实也。

陶诗云："霁景初开雪岫攀，凤阳城郭水云间。凭高尽揽诸峰秀，得岁欣同四皓闲。天近日精怀魏阙，春催晓色度雄关。熙熙愿溥登台乐，第一辰来第一山。（道光乙酉元日，同春塘观察、玉农太守登凤阳第一山有作。即奉朗真上人，云汀陶澍。）"又戴春塘题和云："乙酉元日，同程玉农太守陪陶云汀中丞登凤阳第一山。中丞赋七律一首，依韵奉和。"诗云："元礼门高不易攀，从游同上翠微间。郊原雪后韶光动，城市春回物态闲。暂放旌麾停绮陌，永留翰墨照禅关。羊碑杜稿俱千古，不数襄阳岘首山。"《又叠前韵，赠朗真禅师》云：

"连峰平远不难攀，古刹门通紫翠间。虽乏亭台供眺望，能添竹树便幽闲。赐庄幸尚存遗券（自注：寺田为前朝赐庄），荒圃无须学闭关（东西两园虽大，惜少竹树，几同荒圃）。珍重丹青留画像，龛藏千古镇名山。（浦阳戴聪稿。）"

又程玉农题和云《乙酉元日陪云汀中丞、春塘观察两夫子登第一山。中丞赋诗七律一章，依韵叠和》，诗云："问俗观风喜共攀，襜帏暂驻翠微间。春回大地人同乐，身到高峰意自闲。古堞苍茫怀胜国，清淮曲折赴雄关。诗僧乞得如椽笔，讵数坡公带镇山。（僧朗真能诗。以纸求字，公振笔疾书数幅。）""福星元日快跻攀，胜揽千门万户间。雪霁郊原春入画，心多欢喜佛同闲。凌云笔健新裁句，望阙情殷促度关。最是安澜劳茞念，披图不为访名山。（自注：观察出江南江道全图，商榷治水要略。）"

又程公《再叠前韵，赠朗真上人》七律二章："曲径通幽石磴攀，分明灵境在人间。凤阳形胜云霞映，鹁鸽风幡岁月闲。游屐每深今昔感，放怀谁悟利名关。无言笑对箖篸竹（自注：观音堂门外皆竹），绿遍西方半架山。""不信层峦迥莫攀，行行缓步到云间。草随春转一痕碧，人与僧分半日闲。别有香花供上界（自注：时闻午梵上供），本来清净印禅关（自注：'山色岂非清净身'，中丞书上人对联中语也）。和南方丈心如镜（自注：精舍有'镜心'二字门额），便是庄严七宝山。（云梦程怀璟脱稿。）"

余按，陶文毅公旋由皖抚升任两江制军，改订漕法，为时称颂。陶与左文襄为儿女亲。公子妇，文襄公长女也。其缔姻时，文襄年少而贫，与胡文忠公夙故。文忠，文毅婿也。省文毅江南督署，文襄与偕，文毅奇赏之。一日传优人治盛席堂上，文襄为宾，文忠为介，而文毅为主，凡三人，众莫测其故。酒酣，文毅命子桄出拜，指谓文襄曰："吾一子无可托者，观君志意出吾上，愿乞贤女配之，俾成立。"文襄慨然允诺。文毅薨，桄始八岁。文襄乃就文毅家，主持内外，岁修三百金，如是十年。文毅多藏书，清朝掌故之类尤备。文襄日夕讨论，遂以成业。文襄后出入将相，岁寄家人，亦以三百金为率。戒其子曰："吾昔受人重寄，岁入止此，汝辈安坐享之何厚乎？"文毅家号巨富。文襄佐湖南抚幕时，饷事有急，辄令陶氏输重金为倡，不少顾藉。其长女极贤干，有父风，能任家政焉。按，此则出自桐城徐宗亮先生《归庐谭往录》，书之以见文毅之特识，文襄之卓绝，俱足千古。

二〇

代州冯述仲先生，名志沂，以名进士官刑部。逊清同治间，出守庐州，荐历藩臬两司。与吴竹庄中丞在皖同彰治绩，为时称道。著有《微尚斋诗初续集》若干卷。张竹汀评冯公诗："于古人似东坡，于今人似惜抱。"故公有句云："瓣香玉局吾岂敢，惜抱一编常俯首。"

考先生在京时，问学于上元梅伯言先生。凡所为诗，多经梅氏点定。其《寿伯言六十生辰》诗有句云："奇文许商榷，疑事辄咨请。"又《送伯言先生南归》诗句云"昔岁辛丑时初秋，朱君介我从翁游。余二三子亦同志，微言奥义穷探搜。五年颇极文字乐，志欲拟此轻王侯"等语，读之可见冯折节于梅，师友渊源，有自来矣。

述仲先生在都时，与王丹麓、何子贞诸名辈，倾心论交。集中《赠王丹麓》诗云："昔年投笔慕功名，曾备征南幕府行。磨墨生风晨草檄，轻装乘月夜窥营。飘零部曲青衫在，牢落江湖白发生。且喜酒狂犹少日，醉提长剑拟欃枪。"《题何子贞同年村谷论心图，即送之四川学使任》云："痛饮狂歌不计年，可无豪兴对离筵（自注：子贞是日不饮）。两川道路疑天上，三友风流在眼前（自注：图绘石州、仙簏、子贞三公象）。古迹好寻诸葛垒，新诗应续浣花篇。张侯墓草今三宿，把卷临风一黯然。"张侯，谓石州也。

又公官部曹时，清室鼎盛，海邦尚多内属。其《寄朝鲜李藕船》五律云："海邦甚清晏，况复早悬车。岁月供耽酒，云山对著书。更闻诗律细，应念故人疏。憔悴春明客，何年返旧庐。"又《再集致经堂，藕船以〈春明话雨图〉属题》云："海东故人别十霜，忽乘天风来帝乡。忆初相识自庚子，筑篘角酒韩与张。少年惨绿居末座，只今髭鬓余沧浪。问君访旧几人在，清酒和泪沾衣裳。我家宅相君未见，经史贮腹如曹仓。机云经岁并俎谢，每值文酒摧肝肠。神仙与人异哀乐，笑言沧海三栽桑。东风亦似无喜愠，又欲吹绿千垂杨。人生有情那堪此，纵复沉醉忧难忘。君言宦游不得意，逝将归老烟水旁。我闻此语益气索，留君无计心彷徨。方今圣人贵柔远，万国重译争梯杭。东邦职贡二百载，时有文士朝天阊。愿君努力持使节，人日年年升此堂。"按，朝鲜枢使李藕船，道咸间常奉使来燕。李为韩国诗人，五言句云："我家溪畔路，归梦竹边桥。"

七言句云:"大开酒户迎秋气,高拥书城送夕阳。"又云:"此身晚计休相问,好向墙东隐薜萝。"均清越可诵。

冯公又有《即席赋赠朝鲜朴璛卿小饮寓楼》诗,暨《赠赵秋潭、申眉南、宋竹阳诸君》诗,不备载。其价重鸡林,于兹概见。而迄今回忆前朝,不惟藩篱尽撤,且剥床及肤,国势之岌,危于累卵,读公诗有余痛矣。

二一

王渔洋《秋柳》诗,和者不下数千。唐葆年云:"《秋柳》诗为郑妥娘作。妥娘,福藩歌伎,鼎革后,流落济南。当时在座者,有姊妹二人,故有'桃叶桃根'之句。"

余按,妥娘名如英,字无美,小字妥娘。工诗词。与卞赛、寇湄相翊翊。《桃花扇》传奇《眠香》《选优》等出,以阿丑之诙谐,作无盐之刻画,肆意打诨,若瓦巷陋姝,一丁不识者然,殆未深考。虞山《金陵杂题》云:"旧曲新诗压教坊,缕衣垂白感湖湘。闲开闰集教孙女,身是前朝郑妥娘。"《板桥杂记》谓:"顿老琵琶,妥娘词曲。只应天上,难得人间。"其风调可想。高丙谋先生《秋柳诗释》云:"余初至济南,见朱晓村先生于锦秋老屋。见壁间揭一画幅,乃《秋柳亭图》。座中一女子,上系跋云:'王文简公《秋柳诗》,为明福藩故伎作也。伎洛阳产,后随至金陵。鼎革后,流落济南。每于酒筵客座,谈及当年旧事。因叹人生盛衰无常,秾华易谢,故托秋柳以见意。诗中引用"白下""洛阳""永丰坊""隋堤水"等字样,无非伤其流落他乡,萧条景况,实无关于迁革大故也。'"

妥娘诗载《列朝诗选》闰集。《雨中送期莲生》云:"执手难分处,前车问板桥。愁从风里长,魂向别时销。客路云兼树,妆楼暮与朝。心旌谁复定,幽梦任摇摇。"《春日寄怀》云:"月露西轩夜色阑,孤衾不耐五更寒。君情莫作花梢露,才对朝曦湿便干。""沉沉无语意如痴,春到窗前竟不知。忽见寒梅香欲褪,一枝犹忆寄相思。"所著《红豆词》,采入《众香集》。《明词综》采其《浪淘沙》云:"日午倦梳头,风静帘钩。一窗花影拥香篝。试问别来多少恨?江水悠悠。　新燕语春秋,泪湿罗襦。何时重话水边楼。梦到天涯芳草暮,不见归舟。"

余者明季隆武、永历之际，有钱中丞邦芑者，亦有《秋柳诗》四律云："苏堤春色竟如何，一夜西风恨转多。细叶难胜秋雨重，柔条几奈晓霜过。徒从汉苑怜青眼，不复章台敛翠蛾。惆怅凭栏谈往事，百花深处拂清波。""蒹葭一望共苍苍，回首春游事可伤。征雁几行连影度，流萤数点惹丝长。旗亭折尽深秋色，砧杵敲残午夜霜。传语楚宫休见妒，纤腰不复旧时妆。""秋光瑟瑟晓妆前，叶堕惊乌拂素弦。张绪风流虽顿尽，小蛮腰怯尚堪怜。离披似欲迎来雁，摇曳何能系去船。客舍一枝青渐减，殷勤休唱渭城篇。""尽道君名应列星，何期残月逐浮萍。玉关莫怨春风度，上苑先愁晓露零。季子梦惊当日绿，韩翃书讯旧时青。阳和肯向清秋转，我欲重修种树经。"按，钱字开少，江南镇江人。云南亡后，屡谋光复不克。祝发于大理鸡足山为僧，号大错。著有《鸡山志》一卷，已无存。吴梅村《滇池饶吹》句云："龙坑壮马看驰骤，鸡足高僧任往还。"似系指钱公而发。考其境遇，钱诗较在渔洋以前。诗中语意，殆亦为如妥娘其人者，为之俯仰盛衰，对花写照。而诗之标格，风神韵味，较渔洋犹觉遒逸而上。乃一则名重当代，一则湮没不传。岂真文章憎命，殆亦有幸不幸欤。

二二

又按，钱中丞在滇时，孙可望初虽阳奉永历帝，而诛杀任意。一时廷臣皆收为腹心。有礼部主事于宣者，擢编修，谄事尤甚。为可望撰国史，称张献忠为太祖高皇帝，作《太祖本纪》，比崇祯帝为桀纣。又为定天子卤簿，定朝仪，言帝星明于井度，上书劝进。后可望为李定国所败，投降于洪承畴军前。于宣自知祸及，以钱中丞守死抗节，人心所归，驰书于钱云："欲纠集义旅，截擒可望，以报国家。"钱得书大笑，答以一绝云："修史当年笔削余，帝星井度竟成虚。秦宫火后收图籍，犹见君家劝进书。"未几缚至滇，以凌迟处死，人心称快。按，此则出自《旅滇闻见随笔》，附录之，以资谈柄。

二三

奉新许仙屏先生振祎，于清光绪中叶，任东河总督，驻节汴省。奖拔士类，提倡风雅。流风余韵，士林艳称。在河督任内，暇辄为诗。其《哭邓弥之先生》律诗十六首，尤传诵一时。盖先生忠爱之思，友谊之笃，暨当时江军之成败，与一时诸贤之离合聚散，不难就诗中得之也。

其一："泪河西注返湘舟，死尽浮生旧匹俦。岂忍衰龄为远别，更堪一诀是千秋。贤名信有蛇年厄，旅寓终罹鹏舍忧。我恸匪关知己尽，四朝文献恐难求。"

其二："少日都梁一俊人，褐裘岸帻照青春。小心四海能求友，茧足千程急卫亲。文字江湖余涕泪，遭逢天地有风尘。同时落魄长安道，尊酒招呼话苦辛。"

其三："怅望人间百事违，辞官重恋老莱衣。重围趋死义不辱，尽室报恩情庶几。完节居然名地好，冒功那问几人非。当时只有西江月，曾照危陴泪暗挥。（自注：君弃官省父于围城中。）"

其四："北兰寺前荒草稠，娄妃墓下寒江流。兵尘一扫无陈迹，旅客伤心更独游。避地酒徒颜尽墨，傍湖春树色光秋。可堪符节无人绾，付与书生类楚囚。（自注：江军招成，无人愿将。大府遂委君，领攻抚州。）"

其五："钟陵直下古临川，新领苍头士八千。劝客南行焚笔砚，从征西市买鞍鞯。异才不信为时出，强寇能摧弃甲旋。终是虎头无骨相，中山一谤又空拳。（自注：君率江军东征，连克进贤东乡，遂围抚州，数十战皆捷。）"

其六："霜天黄菊作重阳，战地书来更断肠。烈士尽为知己死，寒郊枉是哭人忙。鲸鱼失势成京观，燕雀何人处画堂。秋尽风蓬从四散，始知吾辈可怜伤。（自注：抚州之役，君于七月中谗谢去，余与同人皆返。而林君源恩、耿君光宣，以名将同殉。）"

其七："同谒征南幕下年，麻源高会最多贤。迂辛短李为欢谑，刻烛摊笺放老颠。告别又经新岁月，鏖兵重访旧山川。不堪并马城南路，暮雨萧萧绝可怜。（自注：咸丰己未春仲，君重访湘乡师相于建昌军中，复随大军驻临川，因寻林、耿二君殉难之所，凄咽欲绝。）"

其八："京尘相逐忽轩眉，三月杨花似海时。客久鸢龙雄意气，交深金石少磷缁。直言尽罢刘蕡策，远适终伤王粲诗。讵料吾军真早废，茫茫詹尹似先知。（自注：庚申春夏，同人聚京师者：湖南则君与郭筠仙、龙白皋、王壬秋、蔡与循，黔蜀则莫子偲、赵元卿、李眉生，云南则刘景韩、筠生兄弟，江南则尹杏农，江西则高伯足与余，迭为文酒之会，并时失意四散。子偲述杏农语为诗曰：

‘吾军久摧颓，不尔非全倾。诔哉否公语，沉痛不忍听。’盖纪实也。）"

其九："变起仓黄天地昏，累臣无复谒修门。满城一溃皆鱼鳖，失路方将化鹤猿。海国沧桑催返棹，楚歌兰杜与招魂。乘时各奋风云会，那有巫阳下问冤。（自注：浙江难后，君即奉亲不出。）"

其十："青山红树白香湖，免为君王再荷殳。返哺尽闻乌鸟乐，献嘲差幸草堂无。水中金石看千变，谷口池亭记八愚。犹有高名动寥廓，著书愤世陋王符。"

十一："翰墨场推老伏波，故人招隐出烟萝。军筹橄笔雄谁并，铜柱勋名勒几多。拜表元戎闻荐达，罢官下喂自蹉跎。萧然百粤经行地，只草龙蛇落涧阿。（自注：同年刘印渠制府，招君从事桂管，累欲论荐，而均力辞。）"

十二："悔别师门三十年，西州重过泪潺湲。遂良早白清湘鬓，供奉休回贺监船。曾感吐茵容国士，共来持菊荐江天。平生风义凄怀甚，更苦城危夜雨悬。（自注：别三十年，再见江南，因乞主讲文正书院。）"

十三："河鲤江鱼各自流，劳君高兴动扁舟。不辞千里迫年尽，相引一觞为道忧。老大心情双白鬓，啸歌天地总青眸。追欢却有前时感，力与排愁未解愁。（自注：君自江南犯岁暮风雪，访余大梁，时论壮之。）"

十四："雨丝风絮黯平台，此别分襟更可哀。目极天涯孤客返，梦悬江表尺书来。苦怀未忍从深诉，慰语重游约后回。白发故交寥落尽，不禁清泪湿苍苔。"

十五："千里飞书自告亡，一惊断尽故人肠。临危所眷惟知己，阅世如流益可伤。留集东林谋不朽，修文碧落恐犹忙。素车行哭吾无及，惭负人间范与张。"

十六："濡泪吟成纪实词，还如杜集有严诗。骑鲸天夺胡偏遽，扪虱谈深故可思。一例文章憎命达，从来孝友是男儿。龙骧鹊起俱尘土，日读林宗第一碑。"

综读全诗，苍凉悱恻，情见乎辞。第一首，总揽全文。二首，写二公在都同官中书时事。三首，叙邓公假归至南昌，佐其父按察公城守事。四首，叙邓公之将江军。五六两首，叙邓公领军之战胜攻败，及因谗去职事。盖邓公在南昌，以赋苹果诗愧某翰林。某乃以蜚语，致为提学劾奏，江军因飘零以尽。时许亦在江军幕，后始入曾公幕也。七首，叙在曾幕建昌临川时事。八首，叙庚申诸贤之聚，暨后来之散。九首，叙邓由曾公保荐，以道员赴浙。未几浙军溃，邓遂奉亲不出事。十二首，叙许公在江藩任内，建文正书院，延邓主讲事。十三、十四两首，叙许、邓在大梁之聚散。十五首，叙邓以书抵许，托后事事。十六首，归结于文章憎命，并推崇邓公之孝友。文情相生，大力包举，雄健处似杜，畅达处似苏。酝真不涸之源，沉机绝险之域，律诗之最高唱也。同光间江西诗人，当以许公为巨擘焉。

二四

东乡吴兰雪先生，名嵩梁。清乾隆朝以举人官中书，诗名震海内。著有《香苏山馆集》，名播外夷。朝鲜、日本，争相购置。亦犹唐之白傅，宋之东坡也。其集中以庐山纪游诗诸什为最奇伟。《由东城坂入九峰》云："久晴西风雨，久雨西风晴。我信野人语，遂作看山行。行行渡溪桥，步步皆云水。我爱流水声，人行白云里。云里有人家，柴门临水斜。门前怪松树，屋后高梨花。梨花高入云，一白迷行路。回风送香来，始悟花开处。"此诗高挹韦孟，纯入化机。又《李太白读书台》云："匡山读书处，头白不归来。金匮石室惟荒台，我疑太白非仙才。神仙御风行，暂居亦蓬莱。俯视九州若藩溷，出云入泥胡为哉。君本长庚星，人海偶游戏。朝下峨眉山，暮踏长安市。宫嫔如花捧砚来，沉香亭侍君王醉。了吾事者郭汾阳，识吾心者贺知章。将军脱靴颇吾辱，要挽银河濯双足。一朝谪满辞王公，依然手把金芙蓉。十洲三岛未免太卑湿，洞天即在五老之中峰。奈何不肯自韬晦，一生径坐因诗穷。高歌半夜鬼神泣，摇笔万里云烟空。天之所秘不可泄，夺以奇句天无功。上帝闻之怒其顽，罚令不得归仙山。烽烟踯躅行路难，岂容高卧云松间。我疑太白非仙才，乃以才累殊可哀。琅嬛一闭不复开，洞口日日惟风雷。请君投此梦花五色之神笔，埋以阴壑万古之苍苔。人间俯仰甘尘埃，悔过或望天心回。践汝丹崖翠壁旧盟誓，毋令山魈木客相嫌猜。我才非仙亦非鬼，折除清福今余几。昨夜见君弄明月，身跨鲸鱼瀑云里。诗虽苦吟才不高，天应薄罚宽吾曹。读书愿借青莲谷，不乞先生宫锦袍。"又《黄岩绝顶观瀑同恽子居司马作》云："君持一丈游山南，我戴一笠来山北。开先寺里一相逢，狂叫拍肩人不识。人间失脚四十年，朱颜漂泊俱华颠。今日同结名山缘，君宁非佛吾非仙。九十九峰高插天，峰峰妙有飞来泉。泉流所经我亦到，上求石梁下玉渊。青玉峡前水奔注，雷雨翻腾气逾怒。瀑布源从云上来，探源更入云生处。黄岩壁削天当中，山飞水立争清雄。水绡万丈卷回风，夕阳紫翠难为容。文殊塔顶摩苍穹，下界扰扰如沙虫。咄哉我辈布袜青鞋底，乃有星宿之海垂天虹。仰天一笠堕山背，吹作仙云大于盖。请将君杖掷空中，定化神龙戏沧海。云龙万古常相逢，投笔仍为双剑峰。"其他如黄龙寺、天池寺、佛手崖、三峡桥、五老峰、三叠泉、谷帘泉诸名胜，莫不被之歌咏，奔放飘逸，纵横奇诡，几使青莲却步。故曾宾谷先生赠诗云："黄岩诗屋赋诗罢，君与庐山皆入化。从知山骨即诗骨，奇秀方能甲天下。世无云锦九叠屏，东岱南衡孰雄跨。世无兰雪一枝笔，太白襄阳孰方驾。山中之人昨招我，谓我归来正闲暇。有君斯作我可谢，免似徐凝被嘲骂。""黄岩诗屋"四字，兰雪游庐后所刻印章也。吴瘦生炘，赠公诗有句云："此山游者日几辈，过眼烟云复谁在。陶谢之后李与苏，迢递千年若相待。先生梦里云游久，一日偿尽诗百首。从今不欠庐山诗，再来应换丹青手。"而就中尤以朱静渊先生赠公诗为擅胜场。朱名仁圃，诗云："匡庐名胜夸东南，登高作赋非同凡。太白东坡亦仅见，寻常游客徒清谈。先生才号兼仙佛，平生结愿游名山。恣观廿日诗百首，生面一一开屏颜。五老之峰三峡对，白云出没泉奔汇。人所罕到必穷探，身所未经以神会。磨崖片石拭苔斑，怀古有时发深喟。奔赴腕下万卷书，经以为经史为纬。忆昔泊舟彭蠡湖，紫烟缥缈来香炉。二十年来滞乡井，胜景已失难追摹。巨观一朝忽到手，泽如渴饮荷筒酒。一峰未了一峰回，云涛落低蛟龙走。逸才自昔推史公，亦借山水为豪雄。先生胸次有千古，笔力所纵皆奇峰。壮游如此真难得，仙山特与增颜色。匡庐不改此诗存，万仞芙蓉插天碧。"读兰雪诗，暨一时诸公投赠之句，不啻置身九十九峰，获识庐山真面，可谓山骨诗名同不朽矣（陈世庆先生题词，有"磨崖镌入翠芙蓉，山骨诗名同不朽"之句）。

二五

"烟霞文字本关情，袍笏山林味总清。两两凤凰天外叫，人间小鸟更无声。"此郑板桥先生《访青崖和尚和壁间晴岚学士虚亭侍读原韵》之第四首也。"晴岚"为张公若霭，"虚亭"为鄂公容安。二公俱一代佳公子。科名早达，荐历清班。虚亭于有清雍乾时，扬历中外，勋绩灿然。晴岚，则享年未久，知者较希。

按，晴岚学士，为桐城张文和公之子，以雍正癸丑成进士。殿试时读卷官进呈试卷，拟为二甲第二名，清世宗拔置一甲第三。时文和在相位，力辞，改置二甲第一名，授编修。晴岚幼承庭训，颖悟绝伦，不数年仕至通政使。奉命定内府书画数万种，编辑《秘殿珠林》二十四卷，《石渠室笈》若干卷。乙丑升授内阁学士兼礼部侍郎。丙寅扈从西巡，归途患病，遂以不起。惜哉！

晴岚扈从日久，又充日讲起居注官，故所为诗多颂圣之作。而朗润清华，迥超凡响，亦可见得天之独厚也。如《恭和御制题王谔〈丰年农庆图〉原韵》云："黄云千亩连村落，秋爽高原气寥廓。西成到处庆仓箱，击壤歌声达城郭。场稼初登手足闲，柴门临水听潺湲。葵黄枣赤瓜棚绿，人在豳风图画间。及时春酒介眉寿，米煮长腰鱼巨口。物色丹青点染新，想见丰年书大有。索绹寒夜对鸣机，中庭灯火连深闺。桑衢蓬户辛勤候，正是宵衣旰念时。"

又《题清高宗青宫时所画菊花水仙卷子》云："琉璃砚匣尘不生，墨君管子相逢迎。纷披红紫何足貌，此中寄托殊遥情。冰霜肌肤旃檀心，大罗仙子来玉京。金尊牙版岂复垢，皎然万劫瑶杯擎。西风吹草草不绿，重台犹占东篱名。坐枝双鸟鸣嘤嘤，渊明乍参师语清。得生净土良足贵，西湖配食堪餐英。豪端造化倍点染，春风秋露来无声。以此栽培遍万物，都看弱植乔林成。青宫闲暇穷物态，徐黄边赵难抗衡。万几偶一展蜀素，那能如昔多经营。臣得拜观命题识，墨林艺圃沾恩荣。"

按，晴岚阁学，为文和长子。张浣青先生云：阁学，为文和所笃爱。少年科第，书画皆精妙，尤善于鉴赏。一日文和至庶僚家，见名人山水，归语阁学，称善者再。既逾日则悬阁学斋壁中。文和审视毕，语阁学曰："我无介溪之才，汝乃有东楼之好矣。"阁学跪谢良久，旋归画其主乃已。阁学书画皆供奉内廷，皇太后间出玉佩方寸，命书《心经》一篇，竟日而就，赐上方珍玩无算。其病革时，清高宗命御医调治，护视回京。病笃，复遣内侍日赐询问。卒之次日，奉旨照伯爵品级，赏银千两，料理丧仪。其生死之间，际遇亦可谓隆矣。考晴岚卒于文和之先，年未及五十也。

二六

余德水云：纳兰容若，大学士明珠子。十七为诸生，十八举乡试，十九成进士（康熙癸丑），二十二授侍卫。早践清华，遭逢可谓极盛。乃处纨绔中，涅而不缁。《熙朝新语》称其拥书万卷，萧然自娱，人不知为宰相子也。容若词有《饮水》《侧帽》两种。其刻本有《通志堂集》，顾梁汾合刻两种。后袁兰村通复梓《饮水词》，附《小仓山房合刻》中。而最备者莫如镇洋汪仲安元治之《纳兰词》，凡五卷，三百二十三阕，比之袁本多百余阕，可谓搜罗无遗憾矣。其词哀感顽艳，得未曾有，诚哉不在南唐二主下也（陈迦陵语）。兹录其《浣溪沙》一首，题为《西郊冯氏园看海棠因忆〈香严词〉有感》，读之殊觉语妙天下，云："谁道飘零不可怜，旧游时节好花天。断肠人去自经年。　　一片晕红疑着雨，几丝柔绿乍和烟。倩魂销尽夕阳前。"容若尝曰："《花间》之词如古玉器，贵重而不适用。宋词适用而少贵重。李后主兼有其美，更饶烟水迷离之致。"盖李后主深于情者也，容若亦深于情者也，沆瀣相通，千古自有默契。故读容若词者，辄不喑一声河满，令人怅惘欲涕矣。但《饮水》《侧帽》等词，十九虽情致缠绵之作。而其宿滦河之《菩萨蛮》五首，以雄健之笔写绵缈之思，历代词人描写塞外景物者，此为仅见：

（一）玉绳斜转疑清晓，凄凄白月渔阳道。星影漾寒沙，微茫织浪花。　　金筇鸣故垒，唤起人难睡。无数紫鸳鸯，共嫌今夜凉。

（二）荒鸡再咽天难晓，星榆落尽秋将老。毡幕绕牛羊，敲冰饮酪浆。　　山程兼水宿，漏点清钲续。正是梦回时，拥衾无限思。

（三）惊飙掠地冬将半，解鞍正值昏鸦乱。冰合大河流，茫茫一片愁。　　烧痕空极望，鼓角高城上。明日近长安，客心愁未阑。

（四）榛荆满眼山城路，征鸿不为愁人住。何处是长安，湿云吹雨寒。　　丝丝心欲醉，应是悲秋泪。泪向客中多，归时又奈何。

（五）黄云紫塞三千里，女墙西畔啼乌起。落日万山寒，萧萧猎马还。　　笳声听不得，入夜空城黑。秋梦不归家，残灯落碎花。

丁药园云："容若填词多于马上樽前得之。"读上录数阕，豪迈不亚《敕勒歌》《出塞曲》矣。

稗官中《红楼梦》一书，或传为容若而作。则容若侍卫之妇，其姓氏极有考索之价值。蒋氏《昭代词选》录有吴兴女史沈御蝉（名宛）《选梦词》一首，注云："长白侍卫纳兰成德室。"《菩萨蛮》云："雁书蝶梦皆成杳，月户云窗人悄悄。记得画楼东，归骢系月中。　　醒来灯未灭，心事和谁说。只有旧罗裳，偷沾泪两行。"清词丽句，丰神不减夫婿。然味其词意，颇怨抑也。

按，纳兰词集中悼亡之作，不下十数首。其《沁园春》自叙云："丁巳重阳前三日，梦亡妇淡妆素服，执手鸣咽，语多不复能记。但临别有云：'衔恨愿为天上月，年年犹得向君圆。'觉后感赋长调。"其词云："瞬息浮生，薄命如斯，低徊怎忘。自那番摧折，无衫不泪；几年恩爱，有梦何妨。最苦啼鹃，频催别鹄，赢得更阑哭一场。遗容在，只灵飙一转，未许端详。　　重寻碧落茫茫，料短发、朝来定有霜。信人间天上，尘缘未断，春花秋月，触绪堪伤。欲结绸缪，翻伤漂泊，两处鸳鸯各自凉。真无奈，把声声檐雨，谱入愁乡。"情长语重，落叶哀蝉之曲，未足比拟。

或又以沈宛为浙江乌程人，谓为容若侍卫妾。然考《昭代词选》，闺秀妻称室，妾称副室。沈宛名下，既明注为纳兰成德室，则妻也，非妾也。殆误记欤？抑以旗人不应有汉妇耶？（长乐谢枚如语。）吴园次《序饮水词》末云："非慧男子不能善愁，唯古诗人乃可云怨。公言性吾独言情，多读书必先读曲。"嗟乎！若容若者，所谓翩翩浊世佳公子矣。

其集中佳句云："休近小阑干，夕阳无限山。""只是去年秋，如何泪欲流。"（《菩萨蛮》）"不恨天涯行役苦。只恨西风，吹梦成今古。"（《蝶恋花》）"谁翻乐府凄凉曲？风也萧萧。雨也萧萧。瘦尽灯花又一宵。　　不知何事萦怀抱，醒也无聊。醉也无聊。梦也何曾到谢桥。"（《采桑子》）是真秀丽在骨，不食人间烟火者。

又容若颇多自度曲，如《玉连环影》（三十一字），《落花时》（五十二字），《添字采桑子》（五十字），《秋水》（一百一字），《青衫湿遍》（一百二十二字），《湘灵鼓瑟》（一百三十二字）是也。若《踏莎美人》（六十二字），《剪湘云》（八十八字）则顾梁汾所度，取而填者。

又其中赠寄梁汾《贺新凉》《大酺》诸阕，念念以来生相订，所谓"后生缘、恐结他生里"者，交情至此，非金石所能比坚。《红楼》书中叙述金玉姻缘，木石同盟，或钗或弁，惝恍迷离。相其情事，颇与容若相类。

震泽赵函《纳兰词序》云："惠山之阴，有贯华阁者，在群松乱石间，远绝尘轨。容若扈从南来时，尝与迦陵、梁汾、苏友信宿其处。旧藏容若绘像及所书阁额，近毁于火。甚可惜也！"观此可知容若与当时诸名士交情浓挚，宜乎《金缕曲》数篇，一字一泪，脍炙人口也！

二七

吾国自鸦片战争而后，百年以来，国势既日就孱弱，民族亦渐趋于委靡。忧时之士，每致慨于阿芙蓉之作俑，而太息于国人陷溺之日深也。近代诗人，其以罂粟命题，形之歌咏，以讽世励俗者虽夥，而佳什概不多觏。惟曹县徐幼稚太守之《罂粟诗》，差足与林文忠公《高阳台》词，后先媲美。至沛县朱芝珊先生之《罂粟谣》，虽属近雅，究非元音，以较南林北徐，未免有风雅邪郦之判。爰汇录三公之作，可为谈阿芙蓉者，平添一段故实也。

朱芝珊《罂粟谣》云："四座且勿喧，听我歌罂粟。罂粟来自海西隅，海舶射利包瓯俱。载入中华昂价酤，厥利倍蓰人争趋。奸民负贩多欢娱，蚩蚩田舍翁，顾之目睢盱。今年麦无秋，嘉种一粒无。购之囊少钱，相对空嗟吁。乞得罂粟满一盂，播之薄田胜荒芜。忽闻上官示禁例，种者笞臀更鞭背。荷校街衢七十翁，半生半死空垂泪。伛偻于田急薙芟，敢以性命轻为戏。谁知一雨滋沟塍，种者虽除旅者生。旅生仅一芽，已足破一家。悍吏资口实，叫嚣来喧哗。老农低首会其意，延之上座词多媚。昨日鬻犊未籴粮，数串之钱供君醉。悍吏得钱威稍霁，出门又搜西邻地。吁嗟乎！悍吏去矣岂非福，老农闭户全家哭。"

徐幼稚《罂粟诗》云："米囊花卸实似罂，中有细粟摇盈盈。好事缀入群芳谱，取象爰以罂粟名。罂粟有花花争妍，重台千叶麦秋前。团团金带殿芍药，色色猩红照杜鹃。别号御米载花史，落而食之甘且旨。放翁细研具汤液，颍滨失笑煎蜜水。熬膏播毒者何人，英人种自印度始。佛界不薰笃耨香，祇垣已断菩提子。人生有涯随无涯，杜康曲蘖鸿渐茶。曾闻屈到尝嗜芰，可奈灵休偏癖痂。中原茫茫称陆海，残灯销膏不知悔。世人饮鸩皆自甘，罂粟罂粟尔何辜。"

林文忠公《高阳台·和嶰筠制府韵》云："玉粟收余（自注：罂粟一名苍玉

粟），金丝种后（自注：吕宋烟草，名金丝醺），蕃航别有蛮烟。双管横陈，何人对拥无眠？不知呼吸成何味，爱挑灯、夜永如年。最堪怜，是一丸泥，损万缗钱。　　春雷欻破零丁峡，笑蜃楼气尽，无复灰然。沙角台高，乱帆收向天边。浮槎漫许陪霓节，看澄波、似镜长圆。更应传，绝岛重洋，取次回舷。”

按，朱芝珊名延恩，道光己酉拔贡生，著有《破砚斋遗草》。徐幼稚名继孺，光绪壬辰翰林，官至山西太原汾州知府，著有《悔斋书诗存》。徐林两公诗词，著述极富，当另篇论列之。

二八

淮阳郝韶景先生，字华龄，号蓉塘，以道光壬午举于乡。自后踪迹所经，历吴、齐、鲁、燕、赵、幽、并。凡川岳之流峙，星霜之迁移，草木之变化，风气之淳漓，世态之炎凉，人物之邪正，戚友之升沉聚散，骨肉之哀乐死生，有感于心，辄寓于诗。所著有《养鹤堂诗集》，暨《日知录》若干卷。诗虽刊于同治丙寅，但流传绝少。兹在河南图书馆井馆长伟生座中，见一某氏藏本。谨摘录数章，愿与海内学者绎读之。《过黄粱观卢生睡像》云：“劳劳车马出长安，满路西风八月寒。偶到蓬莱仙境里，醒时权作醉时看。”“人间何处不丹丘，到此仙翁作小留。世上麒麟原有阁，底须苦向梦中求。”“遥望西山一点青，卢生祠傍吕仙亭。想因梦好重寻去，再熟黄粱唤不醒。”此三绝，可与“愿与先生借枕头”之句异曲同工。

《将之皖江，道固陵，邀李红樵同往未果，赋此留别》云：“德门高傍凤城开，桂露兰风绝点埃。绕宅静听流水去，推窗遥见好山来。暂教南郭几堪隐，不信东坡心已灰。百尺楼高人第一，从知胜地属仙才。”“年来漂泊似沙鸥，又向蓼城偶滞留。恨别杜陵常作客，思家王粲独登楼。未知宇内谁青眼，闻道交情期白头。自笑劳劳缘底事，无边空海尽浮沤。”“每向青铜照旧容，飞鸿踏雪拟行踪。因缘须问三生石，梦觉那烦午夜钟。到眼山川成楚越，关心韩孟属云龙。故人故态君知否，我道君狂更胜侬。”“遥山隐隐水茫茫，独对南风忆故乡。半亩荒园劳远梦，一年佳节又端阳。我闻爱日归心急，君奉慈云乐事长。漫道此身无着处，天边孤鹤也昂藏。”

《大观亭》云：“胜绝风光入望遥，何人到此恨能消。布帆几日归三峡，汉水同来送六朝。龙虎战争经岁月，江山寥落话渔樵。亭边留得忠魂在，洒酒临空赋大招。（自注：亭畔有元余忠宣公墓。）"

《余忠宣墓》云："独障江淮恃此身，睢阳以后更何人。盟心早掷头颅去，报国甘将石矢亲。宰树阴阴凝碧血，荒濠夜夜闪青磷。七年战守千秋恨，清水塘边草又新。（自注：公名阙，字廷心，一字天心。元末守皖七年，身经百战，城破合家殉难。公殉于清水塘。）"

又《浮山拜左忠毅公墓》古风一什，尤苍凉豪迈。诗云："先生之风高于山，山势岩岩犹能攀。先生之节坚于石，石骨棱棱尚可劈。浮山之石坚且高，上有孤坟凌岩峣。忠魂毅魄栖绝顶，摩空老鹤松为巢。忆昔魏阉盗国柄，尽驱东林归西曹。一时宵小争趋附，譬如一犬吠人群犬嗥。天鉴点将录初成，太阿倒置势纵横。日月无光天地闭，一木谁支大厦倾。先生故居临天堑，以身许国本素念。微臣愿斩佞人头，天子不赐尚方剑。诏予廷杖殊惨绝，干将莫邪竟缺折。为向丹宸剖赤心，遂教青山埋碧血。先生死矣二百年，墓门封树尚依然。圣朝褒忠赐祠荫，樵牧有禁登山巅。遥望峰头松万株，干霄插汉老不枯。四山云起风怒号，中有双鹤清而臞。松涛鹤唳听不断，终古浩气满太虚。（自注：先生葬处名松鹤庵。）身骑箕尾游碧落，定有鸾凤为前驱。衣钵能传史阁部，梅花岭下魂归无。"项城王诜桂，谓先生之为诗，由芬芳悱恻之怀，发沉雄悲壮之辞。敛才于法，纵法于情。数语是真知蓉塘之为诗者。固始李春园题辞云："风帆吴越辙幽燕，地北天南路几千。好水好山看不尽，一齐收拾入吟篇。""波漾帘纹起草挑，司勋风骨灌夫豪。倾心片刻延陵坐，已识元龙意气高。""奈何风雨误芳春，才子情深即恨人。我亦穷愁潦倒者，蓬门剩有苦吟身。""碧翁有意砺豪英，赌酒评花养性情。怪底中年多挫折，青萍惯作不平鸣。"

蓉塘于书无所不读，宣究古今，神解独超。其气宇昂藏，有野鹤古松盘云摇风之概。性通脱，家无担石储，以朋友为性命。其为学尤长于论史，数千年治乱兴亡，如指诸掌，殆博闻好学之君子欤。先生自传，谓赋性迂拙，与人言必尽。遇人有急，辄从井救之，不遑自爱惜。呜呼，此李春园诗句称为"司勋风骨灌夫豪"者也。未及知命，竟以郁郁陨。可伤已！

二九

侯官林文忠公,勋业文章,彪炳海内。所著政书,及《畿辅水利议》《荷戈纪程》等编,均已风行中外。其《云左山房诗文集》,尚未刊行。词则附于《诗存》之后。

公之诗,各家多有记载。所填词清华朗润,高挹群言。长乐谢枚如谓可与嘉道诸大老并驾齐驱。余前则所举《高阳台》一阕,已可见一斑。兹考文忠公和嶰筠制府词,共为四首。除《高阳台》一什外,尚有《月华清》《喝火令》《金缕曲》三阕。读之均属清空一气,寄托遥深。不惟远轶周柳,亦且上侪欧梅。

《月华清·和嶰筠〈沙角眺月〉原韵》云:"穴底龙眠,沙头鸥静,镜奁开出云际。万里情同,独喜素娥来此。认前身、金粟飘香;拚今宵、羽衣扶醉。无事。更凭阑想望,谁家秋思。   忆逐承明队里。正烛彻玉堂,月明珠市。鞍掌星驰,怎比软尘风细。向烟楼、撞破何时;怪灯影、照他无睡。宵霁。念高寒玉宇,在长安里。"

《喝火令·和嶰筠》云:"院静风帘卷,篁疏月影梢。闲拈新拍按琼箫。惹得隔墙眠柳,齐袅小蛮腰。   自辟清凉界,斜通宛转桥。家山休怅秣陵遥。剪取吴纨,写取旧烟梢。唤取幽禽入画,对影舞云翘。"

《金缕曲·春暮和嶰筠绥定城看花》云:"绝塞春犹媚。看芳郊、清漪漾碧,新芜铺翠。一骑穿尘鞭影瘦,夹道绿杨烟腻。听陌上、黄鹂声碎。杏雨梨云纷满树,更苹婆、新染朝霞醉。联袂去,漫游戏。   谪居权作探花史。忍轻抛、韶光九十,番风廿四。寒玉未消冰岭雪,毳幕偏闻花气。算修了、边城春禊。怨绿愁红成底事,任花开、花谢皆天意。休问讯,春归未。"公此词在鸦片战后,因夷事得罪出关时而作。读"谪居权作探花使"诸句,悱恻缠绵,哀而不怨,真得《小雅》之遗矣。

左文襄尝书公联句云:"芝草无根,醴泉无源,人贵自立;户枢不蠹,流水不腐,民生在勤。"文襄奉以为圭臬。而公于赐环后,即任陕甘制军。复以粤寇奉命督师,行次粤西,薨于军次。公次子听孙先生,泣述公于薨前有句云:"苟利国家生死以,岂因祸福避趋之。"殆诗谶欤!

<h1 style="text-align:center">三〇</h1>

吾乡陈小蕃先生重,咸同间以部郎至巡道,为迦陵词人后裔。诗有家法,出入盛唐。公于清咸丰庚申,扈从北狩。同治壬戌,公属秦炳文谊亭绘《长城饮马图》一帧,义质铁庵篆端,公自题古风一什,归德太守余珊汀庆为之序。

自题云:"留斡岭头白日昏,潮河堡前黑水浑。千乘万骑度沙漠,边城反闭边云屯。此意古画所未睹,胡乃书剑来关门。维时庚申秋九月,黄尘苍茫紫澜汩。旌旗无光战马喑,一鞭冲冷长城窟。据鞍四顾心茫茫,我马与我同凄凉。娲皇石堆尧年雪,化作流水湔饥肠。行人听嗟征戍苦,极北高寒厌金鼓。四十年来辇路荒,几重山外行宫古。苍梧九疑途迷漫,寻常牢落那堪数。即今塞上销甲兵,农人叱犊山前耕。一官复向沧海住,模糊鸿爪遗星星。秦君为我好追写,神妙丹青近时寡。可怜生世亦不谐,不画麒麟画饮马。风霜随笔满纸寒,尺幅欲走千重峦。横飞高插状无极,中有小道青盘盘。危楼天半势缥缈,崇墉岩际形巉屼。平沙枯草一望白,山枫水槲都成丹。敲冰澈溜落木干,绕径曲折生波澜。太仓笔妙亦恒见,此独边气疑飞蟠。似有远角鸣云端,令人目玩眉先攒。矧余揽辔旧游地,痛定思痛增悲酸。何当更唱边关调,写尽人间行路难。"

余珊汀序云:"是图为小蕃陈丈壬戌夏日补作。追述其庚申扈从木兰时,游踪所历者也。呜乎,凉秋九月,悲风凄牧马之声;古戍千年,冷月黯边城之梦。黏天白草,目击心伤;匝地黄尘,魂飞魄游。固已动烈士暮年之感,悲夫壮心;歌诗人出塞之章,惨其行色。而况凄凉剑阁,西巡嗟蜀道之难;涕泣桥山,南狩痛苍梧之驾。天何其酷,人奚以堪。此则嵇秀才之《入军》,不足方斯凄恻;江文通之《别赋》,未能喻其哀伤者矣。当夫羽檄星驰,鲸波鼎沸,沙虫尽化,心伤万户之野烟;风鹤频惊,目断千屯之烽燧。狼奔豕突,畿辅绎骚。犯露蒙尘,乘舆播越。乃时局属兹多事,朝班一几于空。公适襄臡局于云司,作寓公于日下。振衣而起,间关效臣子之忠;杖策以从,慷慨趋公家之难。短衣匹马,犯冰雪之严寒;落日荒城,饱风霜之阅历。辛苦而奔行在,感激而许驰驱。既而息战罢兵,寻盟修好。晋悼公不勤远略,用魏绛以和戎;汉宣帝特示怀柔,许乌桓之互市。然而非族之心必异,不虞之备难忘。岂款议之已成,遽虏情之可信。平凉一役,柳浑谨料敌之忧;河朔不庭,杜牧动罪言之忿。公以壬戌夏日，荐官司马，小住津沽。目击狡谋，心怀隐痛。慨夜郎之自大，愧鬼方之不宾。酒酣斫地以高歌，辄纵谈夫时事；拔剑深宵而起舞，窃有志于中原。无路请缨，徒劳运甓。此是图之作，所为其虑远而其意深也。呜呼！苏子瞻之歌《水调》，原不忘君；杜工部之《哀王孙》，无非忧国。以画手诗心之寄托，写忠臣义士之襟期。行李半肩，烟云一帧。天边鸿雁，如对哀鸣；塞上焉支，亦为生色。若夫他乡异县，感时惊河草之青；海水天风，寄远托鱼书之素。以是为写其离别之苦与行役之思也。是犹未知吾丈作图之本意也。光绪丁酉叶赫余庆珊汀甫谨序。"

曹县徐幼稚先生为题是图云："咸丰厄运构百六，横海鲸鲵来委属。郎署有人急国难，边关风露几餐宿。翠华北指望遥遥，诸将谁与柔天骄。鼎湖龙去杳无极，剃髦坠地余鸟号。时移事迁车转毂，苍梧望断神恍惚。虫沙猿鹤俱销沉，但记饮马长城窟。新皇嗣位登夔龙，行者居者皆酬庸。图画虽非麒麟阁（自注：小蕃先生自题有'不画麒麟画饮马'之句），尺幅犹能传孤忠。同治中兴四十禩，流观想见榛苓美。故国山河在眼前，离离彼黍今已矣。吁嗟盛衰如循环，天生豪俊名其间。乔木世臣飘零尽，坐看落日沉虞渊。汉晋之际田为海，武陵桃花终不改。鹓雏戢翼莫飞鸣，且向空谷养文彩。"按幼稚先生此作，题于民元壬子。眷念胜朝，陵谷非故，故诗中不胜黍离麦秀之感云。

三一

《随园诗话》载桐城方恪敏公《途中看花》三绝句。清词丽句，情致缠绵。及读公《问亭诗集》出入关塞诸篇，则沉郁慷慨，激壮苍凉。虽处伤心拂郁之境，略无怨怼不平之鸣。姚梦谷先生称为以名臣而兼诗人之盛，非虚誉也。李调元《雨村诗话》、方息翁《丛兰诗话》，仅录公摘句数语，难窥全豹。兹谨就公集中关塞诸作，采择数首，以饷读者。

《嘉峪门登筹边楼》云："敦煌戍外酒泉东，万里登楼驿尽通。望去单于新毳帐，牵来都护旧青骢。水分夹谷边重绕，山到阳关势略同。冷映高旌移暮色，塞云开处月如弓。"

《野宿》云："遥指行人入暮天，营依一匝短轮连。黑风饮马人呼井，白雪眠车夜裹毡。强抱梦魂来断碛，又听辘轳起荒烟。柳条数问边城路，传到冰河不易前。"此作三四语奇创确切，为从前边塞诗所未有。

《哈密东城》云："黄芦冈外去程赊，红柳城边夕照斜。漠影一行初见树，冰痕十月亦尝瓜。南山转粟梯长坂，西塞收兵牧浅沙。鄯善车师诸属国，都从此路问中华。"

《赵北口道中》云："马头尘尽出扁舟，赵北燕南树正秋。一水兼葭连数邑，长桥新月界中流。村粮入瓮兼鱼蛎，猎火遗烟杂鹭鸥。行处哀鸿飞不定，几回旌旆为迟留。"

读此数律，其气格苍健，庶几五十六字中无一剩字。拟以唐人，亦梦得、义山之俦也。

绝句如《上都河道中》云："歌残敕勒天如盖，路入滦阳水不回。一片黄云千载泪，秋风吹上李陵台。"《卜魁竹枝词》云："沙抟三月草芽干，曾少春游远树看。漠色乍青还乍白，东风吹暖复吹寒。（公自注：春草初生，经寒复枯。）""东门十日雨微凉，拾得蘑菇入市香。野水恨教迷去路，儿童闲杀柳条筐。""九月通铿猎骑纷，弓刀大雪从将军。一时马上齐回首，亲射雄猪六百斤。（公自注：江冰后，猎野甍于通铿河，得雄者贵。）""鄂伦春隶索伦围，庐帐千家裹桦皮。大树惊貂凭犬得，深山野鹿任人骑。（公自注：鄂伦春在索伦之北，与俄罗斯接壤，地产桦皮，用鹿与马同，招之即至。）""门闭炊烟暖御风，家家灶火坑头红。客来更拨泥盆焰，羊胛餐香炙马通。"

又公有《从军杂诗》百首。公自注云："平郡王拜定边大将军，余以布衣授中书从行。癸丑八月戒途，十一月至军门，明年六月进屯阿尔泰山山南，十月回乌良苏大营，鞬弓服矢而不知劳，磨楯草檄而忘其苦，乃为诗以纪之。"兹摘录五首如次：

"依山穴石起炊烟，接陇人耕屋上田。秋至输粮无别役，客来买酒有余钱。（公自注：自张家口至杀虎口，塞民与土兽特人咸业耕种。北路军储，岁取给焉。）"

"雁影西风去不回，寒鸦何事远能来。黄云渐起清泉少，行过关程十六台。（公自注：自张家口至博罗哈苏图，为第十六台，入瀚海。）"

"金钱不惜买明驼，龙额鸡膺具相多。五日犹龅三日饮，等闲瀚海几经过。"

"牧人遗火夜烧荒，近幕风来地柏香。何处马通烟更起，健儿猎罢煿生獐。

（公自注：地柏高一二尺，蒙古名阿尔察。马食之，粪作柏香。）"

"雨欲生寒风正斜，奔雷掣电势交加。龙来阴岭真儿戏，雷电光中舞雪花。（公自注：暑雨变雪，与电光相映。）"

边塞各种奇景异闻，非身到其地者固不能写出。公随所见闻，一达之于诗。李雨村称为诗多奇句，方息翁称其军中诗足抗岑之塞上、杜之秦州。读此可以概见。

按，公名观承，字宜田，号问亭。于雍正壬子入都。有族人荐于平郡王，与语，奇之。及征准噶尔，遂奏为记室，凯旋授中书，后官至直隶总督，加太子少保。公虽贵，手不释卷，工书善骑射。晚年生子维甸，清高宗尝命抱至，解所佩赐之。公赋《纪恩诗》云："造膝几人容抱子，眷怀昨岁诏迎医。珠囊佩解龙衣上，玉食颁尝穀哺时。"

三二

方维甸，字南耦，号葆岩。清乾隆庚子进士。官至兵部尚书，闽浙总督，谥勤襄。公性喜读书。虽案牍戎马之交，曾不释卷。与恪敏可谓一代名父子矣。

陆祁生曰："勤襄公诗甚多。犹忆为公子传穆聘妇外家，有'敢云甥似舅，可许侄从姑'之句。今《诗辑》仅存一律，全集散失，为之惘然。"窃闻公有《奏议诗文稿》一笥，门者误为废弃文卷焚之，公为之惘怅者逾年。所谓仅存一律者，乃由《张船山集》中录得者也。《寄船山》诗云："横塘春涨接江波，一舸凌风可暂过。郭外好山如有待，座中名士恨无多。闲邀野客寻松菊，闻载佳人出苎萝（公自注：闻新纳妾）。相约莫愁湖上去，扣舷同和竹枝歌。"考公诗词，于焚弃之余，幸赖其长女仲蕙，绍衣家学，汇录遗稿，仅得诗词若干首，厘为二卷。五言如《寄朱干臣吏部》三首云：

其一："苍松挺贞干，不共桃李芳。时鸟竞喧啾，不与鸿鹄翔。特立万物表，高风仰羲皇。往来有阖关，淳闳安可常。层厓积冰雪，穷阴起微阳。枯荄既芽蘖，将泄天地藏。和风一披拂，万汇皆丰昌。"

其二："夸父思逐日，愚公欲移山。精专恃志锐，宁复怯险艰。金石讵云固，豚鱼非冥顽。求深愿未远，尺寸穷跻攀。善行无辙迹，仁术非一端。迎机譬发弩，乘势妙转环。胡为敝精力，蹙蹙摧心颜。"

其三："四序递相嬗，卉木随荣枯。草或萎孟夏，花犹表冬余。寒暑固有常，物理安可拘。深索古今赜，变态纷乘除。陈言不尽意，况无尽信书。刚德天所贵，柔弱生之徒。天人岂殊致，执一良区区。"

玩公此诗，殆得道之言也。七言如《题蒋砺堂制府〈竹深荷净图〉，即送之岭南》云："芙蓉池上箓筜谷，水色山光围净绿。风驱残暑去无踪，月与佳宾来不速。野航并载任所之，林梢苹末吹参差。江南此境亦易得，况无热恼牵尘羁。水云深处坐清夜，此乐谁遣先生知。先生早历金华省，銮坡乌府高寒甚。手持白简披琅玕，口嚼红牙赋宫锦。年来开府镇吴越，冬日温温霜凛凛。驱除酷吏喝者苏，扇以清风安夜枕。更阑秉烛治官书，羽篦停挥汗流沛。葑田未忍役民开，曲院何曾留客饮。形劳能使神超然，梦游偶放西湖船。投身清净不受染，洗濯月露同娟娟。图成小影不示我，但寄一幅银光笺。故人面目劳想像，清气来往须眉颠。自昔风人歌有变，又说莲花比君子。眼前寄兴何必然，诗思苍茫落蒹苇。吴儿举棹越女歌，留公不住将如何。当从东海至南海，翠幢绛节遥相待。沧溟万里连虚无，百怪弭伏群灵趋。太乙仙人花作桴，钓竿欲拂青珊瑚。潮头擎月万影俱，明明可掇招凉珠。曲池幽谷殊寒窘，更写乘风破浪图。"

至七律断句，如《寄内》云："人经绝徼头初白，书到长安柳渐青。"《题王竹屿〈白云回望图〉》云："新阡负土松楸茂，故宅临江竹树荒。"均佳句也。

按，《花间谈录》云："方氏科目最盛，文望若灵皋先生，竟未典试。至葆岩中丞，则乾隆己酉，典试广西；甲寅，典顺天试，分校礼闱。于方氏为异数。"

三三

桐城方氏之能诗者，恪敏父子外，又有方天民觉，号制荷。著有《制荷诗钞》。张萝园曰："制荷与姚姬传同师方巨川先生。为文雅洁，诗学尤深，平生不轻示人，而里中知名士，莫不推重，以为老宿。晚年卜居龙眠，境益坎坷。"

姚惜抱《跋天民诗》曰："余少与方君天民同学读书。其时里中方待庐先生、张弼宸先生皆号能诗。天民年少即工诗，两先生每呼令唱酬联句。"又《怀天民》诗云："爱君深谷结茅茨，拥座梅花千万枝。贪就子云论字久，其如元亮欲眠时。松杉蔽径才通涧，风雪空山独咏诗。容有一函来见讯，樵夫担出白云迟。"读此可见惜抱与先生交谊之笃。乃惜抱早显达，而先生困于诸生。殆所谓诗人之多穷欤！

先生七言，有《赠韦五谦恒》云："君不见双鸟海外来中州，春风动地鸣啾啾。又不见延津神物一朝合，霹雳顿起蛇龙浮。丈夫心期志四海，安能局促守一丘。史公文字有奇气，山川而外贤豪游。我生僻处穷乡陬，槐黄强踏秣陵秋。昔闻鸠兹推才杰，韦子经术元成传。中心藏之近一载，未知相见真相侔。秦淮往还日数辈，十不记一阴为求。此君小异毋乃是，人前拍手呼曹刘。招之客舍使予近，拔剑慷慨歌相酬。纵谈千古极意气，辩口直似悬河流。忽然西风催去棹，离觞一举生离愁。人生材器各有用，安能潦倒终岩幽。眼中之人看腾踔，食苹呼类鸣呦呦。"谦恒，韦公约斋也。

《复至带子沟观桃纪游》云："忆昔六桥坐春风，湖波倒浸桃花红。山鹃舒紫柳衬碧，组织画锦烦天工。看花此地称最快，检点奚囊负诗债。今春旅寄古真州，新城竞道桃林稠。欺人却值飞廉怒，颠狂日夜翻春愁。吾侪兴亦不易败，轻舟沿赏心悠悠。连天翁桢升朝霞，一时剪散长林花。又疑刲血猩猩溅，糁粉匀调团作片。我时渡水立山峦，绛帕抹额襟流丹。乍羞白发被花笑，穿林抱树如童顽。儿童矜游群娅姹，校射征歌出花下。花阅游人历古今，流水空山自开谢。青阳欲暮嗟如何，纷纷桃李得春多。长歌绝叫西飞日，回光照我如花酡。苍然暮霭出深树，指点舟横下山路。呼朋更酌却回观，似入武林迷去住。风光如许纪勾留，他年更忆兹游处。"

七律，如《次韵孙思庵表兄将返青门留别》云："王孙门巷又萋萋，三上苏公绿柳堤。秋老帆悬清渭北（原注：思庵由青门来浙），春归人别圣湖西。梅含宿雨千枝亚，潮涨平江两岸低。多少壮心消不得，几回中夜舞鸣鸡。"《题姚梦谷诗集》云："争鸣下里沸淫哇，南指长怀大雅车。一代论才谁砥柱，千秋如子定名家。壮投朱绂亲兰佩，老切传经拥绛纱。弟子江东尽模楷，深知谁最似侯芭。"五言，如《重过颐庄看芙蓉》云："秋水临阶净，飞鸿天半闻。岸香浮小坐，枫色带斜曛。游兴秋偏逸，长歌酒易醺。前村烟霭近，樵唱已纷纷。"均属戛戛独造。

又先生有《三叟诗》，句云："我思生世人，七十古少有。三人更逾之，如耕乃有耦。"三叟者，姚君兴泉、张君曾徽及先生也。

迄先生卒，方展卿挽诗最沉痛："荒丘此去便千年，知命何劳复问天。生胜孟郊惟有子，死同康子合称贤。山中已断黄花约，架上独留白雪篇。引得泉林亦相吊，断猿无数哭溪烟。"

三四

桐城又有方诸字墨卿，号勿庵，清嘉庆间岁贡生。著有《岭南集》，诗情极佳。《送春曲》云："送春远至珠江曲，芳草萋萋马蹄绿。马蹄随意逐春风，花枝扑面珊瑚红。蜂腰蝶翅掠花蕊，珊瑚堕落珠江水。珠江水清似若耶，珠娘颜色艳如花。春归不知向何处，下马且醉珠娘家。"五绝《闻笛》云："云上月行速，风停花睡酣。一声折杨柳，回首望江南。"七绝如《望湖亭》云："孤亭百尺瞰苍凉，枫叶纷纷落照黄。人自南来江自北，白波九道下浔阳。"《枕上作》云："珠江北接曲江头，子午潮来月倒流。两岸红棉舟一叶，梦中昨夜出番州。"《无题》云："春江无定往来潮，燕子归时郎尚遥。二十四桥明月满，吴娘居处雨潇潇。"此等丽句，置之唐人集中，不辨其为牧之为义山也。

三五

合肥张靖达公树声，字振轩。清咸丰三年，值洪杨事起，以廪生与其弟树珊倡办乡团，故说者谓淮军之兴，实自张氏始。后屡以军功递保道员，荐至封圻，仕至两广总督。光绪十年，卒于任。公虽以武功起家，而自幼好学，苦读精思。于历朝经史、汉宋儒先各书，及义理词章之学，靡不研究而得其门径。故为文下笔千言，曲畅旁通。

考公之受知于湘乡也，在咸丰九年。公是时仍居乡治团练，李文忠时佐湘乡军幕。公曾上书，极论淮北将懦兵骄，官贪民困之状，筹所以补救维持者。文忠以书示湘乡，深蒙嘉许，题简端云："独立江北，今之祖生。"于以见靖达与湘乡文字因缘，非偶然矣。公有《奏议》八卷，出刊行世。惟诗赋词章之学，概未之见。甲戌秋季，因皖省筹赈救灾之役，识公从孙张君济洪于江上，暇出靖达公《杂著》一卷示予。乃公从侄云锦先生手辑，皆靖达自制稿件。如折片、书牍等篇，莫不委曲条畅，识卓议宏。独诗词一类，裒辑太少，仅载有七律二首于卷尾，吉光片羽，亦足珍矣。

《谒孝肃祠》云："城南一曲尚清流，风送荷香槛外秋。遗像至今传铁面，直臣岂肯作金钩。烟波浩淼藏鱼艇，苹藻馨香荐古洲。漫说阎罗关节重，青宫事业等安刘。"《过公瑾墓》云："鼎足功收一炬红，白杨古墓啸寒风。两朝心腹推知己，半壁江山效死忠。遗恨直吞漳水北，豪情犹唱大江东。英雄儿女今何往，埋玉深深惜此中。"

三六

张靖达公少子立青先生者，著有《席月山房诗稿》一卷，计一百二十余首。又诗余数首，附刻于靖达公《杂著》后。虽篇什不多，而观其咏古感事诸诗，寄托遥深，多可传颂。诗余如《满江红》《眼儿媚》《一剪梅》诸阕，亦自清靓可喜。《采石矶怀古》云："大江之水弥天长，天门直下势更狂。千古英雄淘不尽，至今山色郁苍苍。采石一峰如植笔，势从水底突飞出。云烟吞翕走蛟龙，洪波浩漾荡天日。上有谪仙百尺楼，披锦泛月此旧游。我今吊古空惆怅，勋名事业怀千秋。楼船东下拓晋土，中宵飞渡韩擒虎。朝廷大功出儒生，元文一战壮今古。龙盘虎踞忆前明，先登破敌常开平。低徊往事百感集，千古河山战一枰。吁嗟乎，风流已湮谢家宅，落帽挥麈成陈迹。牛渚矶边夜月寒，犹照长江万顷碧。"

先生因感于甲午之役，有《东征感事诗》云："藩服归王数百年，不闻海外起烽烟。我无战备轻开衅，敌启戎心遂扰边。铁骑纵横遍辽左，铜驼荆棘感朝鲜。伤怀畿辅长城圮，王旅何时奏凯旋。""羽书急走九连城，直北关山烽火明。风鹤频惊谁却敌，豕蛇荐食未休兵。岂惟藩服惩王会，坐见天骄拔汉旌。扰攘边氛何日息，从戎我欲请长缨。"《台湾感事》云："荒隅孤峙厦门东，辟土当年赖圣功（自注：乾隆朝，三定台湾）。人杂番夷争午市，地连海岛表雄风。经营未尽鱼盐利，弃掷旋教草芥同。遥望台南烽火黑，可怜苍赤已沙虫（自注：闻台民不服，遭倭杀戮甚惨）。""蠢尔倭夷寇帝京，要盟竟欲据边城。赤嵌烽火连天警，新竹旌旗蔽日明（自注：前台抚唐景崧，立为民主，驻守新竹）。海外孤臣怜越石（自注：此言刘渊亭军门），岛中义士痛田横（自注：此指台省各处义民）。金缯表饵空疏阔，回纥频烦借重兵。"四律忧时伤世，慷当以慨。

七绝，《蟂矶怀古》云："蟂矶日落秋江碧，极目枫林叶尽凋。巾帼尚余遗恨在，年年呜咽逐寒潮。"《天门山》云："天门对峙极巍峨，江水中流一矢过。五百年来争战地，皖淮门户此为多。"《观交翠轩精拓瘗鹤铭，因题其后》云："雷轰浩劫感当年（自注：此铭在焦山下，为雷雨所裂，故号雷轰石），残碣摩挲倍惘然。自有神光不磨灭，千秋宝气烛英天。""仙侣由来喜隐居，不留姓氏任人誉（自注：或谓右军书，或谓贞白书，论者纷纷，莫衷一是）。上皇山下泉清澈，奇字仍存八十余（自注：拓本仅存八十九）。"

又七律健句，如《丙申重至扬州》句云："珠箔风光仍处处，画桥弦管尚家家。"《重游平山堂》句云："绝涧松涛生户外，隔江帆影落樽前。"《再赠吴彦复》句云："直以浮云轻富贵，更将清节付儿曹。"是皆句浩声清，不落凡响。

诗余《满江红·本意》云："莽莽乾坤，问今古、英雄有几。君试取、青菱照面，恐非昔比。热血一腔何处洒，愁思万斛谁能洗。笑庸流、富贵纵漫天，浮云耳。　责偿费，犹未已；争割地，旋纷起。叹诸公衮衮，真堪愧死。我辈空兴鳌妇叹，汝曹枉自貂冠珥。愿鲽生、能作太平农，无求矣。"《眼儿媚·题画》云："凌波仙子是前身。罗袜静无尘。花中高品，座中清供，宜唤真真。

东风吹入罗浮梦，梦里恰逢春。数株香雪，几枝寒玉，绝世丰神。（自注：咏水仙腊梅。）"《一剪梅·题残荷帐檐》云："菡萏开时十里芳。风飐红裳，露浥红妆。梦回枕上日初长。万顷清香，一味新凉。　一夕秋风渡玉塘。烟又飘苍，叶又飘黄。江潭摇落起微霜。睡醒鸳鸯，梦绕潇湘。"绮岁清才，已窥淮海之门，而跻屯田之域。张云锦先生叙云："立青生而颖异，总角即如成人。笃信好学，志存继述，实吾家后起之秀。"又曰："以立青之才之美，与其志之进取，使天假之年，岂仅以诗自见。即其诗亦必有进于是者，乃甫逾三旬，赍志以殁，可悲也已。"

三七

燕京之报国寺，即明代之慈仁寺。明亡后，清旋改易今名。翁松禅太傅言："慈仁寺顾亭林先生祠，创于道光季年，曾随诸先生春秋会祠下，今祠已毁。又尝与潘文勤祖荫，疏请以顾氏亭林、黄氏梨洲从祠孔庙。而礼部尚书徐桐驳议，谓所学未醇，遂罢。"翁傅有《题〈渡江图〉亭林先生韵》诗，前已见于《益世报·艺术周刊》，兹不具载。窃考张穆《亭林年谱》，康熙七年，先生在都，寓慈仁寺。闻莱州黄培诗狱牵连，即星驰赴鞫。三月下济南府狱，十月狱解。李因笃《受祺堂诗集·答亭林赠诗》有云："忆折前津柳，同炊古寺羹。（自注：前年与先生同客慈仁寺，予先别去。）"盖即康熙七年事也。而吾宗湘乡文正公有《丙午初冬寓居报国寺》诗五首，其第三首为亭林先生而发，云："俗儒阁阁蛙乱鸣，亭林老子初金声。昌平山水委灰烬，可怜孤臣泪纵横。东西南北辙迹遍，断柯缺斧终无成。独有文书巨眼在，北斗丽天万古明。声音上溯三皇始，地志欲掩四子名。丈夫立言要须尔，击瓮拊缶乌足鸣。嗟余屡退昏庸百不力，付与四海刘传莹。""昌平山水"者，指明思宗也。余按，旧历五月二十八日，为顾亭林先生生日，自道光末年，辄祭之于慈仁寺旁之顾祠。笔者为何子贞先生。

三八

宁都吾宗青藜先生，为有明二濂侍郎次子，著有《六松堂诗集》，笔力清健，虞山钱蒙叟极所称道。《杪秋哭先帝》七律四首，故国离黍之悲，遗民冬青之痛，情见乎词矣。

其一："仰首长空忆所天，行行秋雁入幽燕。玉鱼昨日葬无地，金马同时爨有烟。日落关山吞四海，烽传宫阙照三边。遥知此夜伤心处，哭向空山吊杜鹃。"

其二："千骑突入禁门中，谁向城头报晚烽。一夜挑灯传血诏，三声挥泪急晨钟。丈夫气概同红日，英主功名贯白虹。万古伤心无限恸，猛然抚剑涕临风。"

其三："一纸忠经事若何，未闻绅佩杂铜驼。可怜海关蛟龙泣，但看台空麋鹿多。白帝城中巢水鹤，青枫江上吊流波。五陵裘马有谁贵，情起挥天一枕戈。"

其四："闻道长安似弈棋，秋风战罢不胜悲。寒鸿不下江南久，征马终为塞北迟。三尺镆铘谁壮士，半挥戈甲孰吾师。少年直节当今贱，不使壮心老大违。"

又先生有即事诗《步杜子美〈诸将五首〉韵》，其第二首，刺左宁南也：

"千骑争锐赣江城，又向宁阳仆汉旌。壮士恨无三尺剑，将军空有一枝兵。新亭举目山河异，濠水何年日月清。我辈衣冠今尽此，丈夫宁不愧生平。"宁南地下有知，应有余恧。

七古《羊城歌》一什，写尚定南之骄侈，军队之暴横，绘影绘声，深得工部三昧者。歌曰："羊城楼上鼓声急，羊城楼下兵马入。西风刁斗彻夜惊，满城儿女皆垂泣。一望烟尘昼不开，火光风势如崩雷。马上折箠跨宝刀，一骑驱卤百人来。白梧黑索满阡陌，男在东头女在北。但闻男儿号哭声，不见妇人憔悴色。可怜妻子属他人，更苦无钱赎一身。田园圈去作王庄，华屋一朝成灰尘。艰难留得余生在，瓯石已空赋不改。正供钱谷万难输，官吏私派百十倍。征符忽下王师徂，老幼壮丁为役夫。鞭打骨肉血满野，楼船高会吹笙竽。吁嗟！羊城亿万户，半销锋镝半征赋。白日阴风天欲寒，萧条闾巷无归路。"夫纵兵自恣，为害闾阎，宜乎定南王之封号，紫泥犹新；五羊城之宗祐，血食不再。知几不及佗尉，残暴有类刘龚。征彼前车，可为殷鉴。吾窃据青藜先生之诗，以定尚定南之功罪焉。

三九

王渔洋《池北偶谈》，谓桐城姚端恪公，好生之念，出于天性。拈句云："常觉眼前生意满，须知世上苦人多。"命子侄书之于壁。戊子典试山左，得先考功兄卷，异之，曰："他日必为风雅名家。"考姚公名文然，字若侯，号龙怀。崇祯癸未进士。至清顺治间，荐授给谏，累仕至刑部尚书。有《虚直轩集》，歌诗甚富，蕴藉醇厚有古风。渔洋司李扬州时，公寄诗云："博士风流马系阶（自注：谓令兄西樵），扬州东阁酒如淮。后来不尽乌衣秀，曩昔徒知法护佳（自注：西樵为予所取士）。墨妙春风挥判牍，咏怀凉月步官斋。山人十载真焚砚，此日行吟破竹鞋。"此公与二王交谊之可考者。其歌行尤擅长。而《黄陂丞歌当古雁门太守行》一首，深得汉魏之遗，为乐府正宗。公自注云："余姑夫夏公统春，以保举授黄陂县丞。黄人惠之，城陷不屈死，未请恤而京师不守。余惧其事久而湮也，追作歌纪之。"歌辞云："崇祯帝在时，黄陂丞夏君，本自桐乡诸生。少笃孝弟，通达五经。（一解）家世良吏，为桐所称。应学贤良方正，恪共官职，乳哺百姓，惠我黄人。（二解）贼围我黄城，城圮隍湮。云梯楼车，百道齐登。君正衣冠，誓殉以身。（三解）贼曰尔降，尔侯尔卿。尔不降者，尔斫尔烹。公立公廷，张目而瞋。劓鼻刮舌，至死骂不绝声。（四解）公死事未上，贼陷神京。公卿载道，稽首贼前称臣。嗟尔殉国，黄陂县丞。（五解）"此篇直起直住，叙事述语，脱手如生，仿古真得古意者。又《客有言宁武关周将军遇吉事者，作歌以志》："宁武关前贼骑逸，宁武将军披甲出。壮士身当百战余，小臣誓守孤城毕。积骸弃甲与城齐，城边飞骑踏如泥。将军死战云梯侧，血污铁衣归不得。贼骑城中血洗刀，夫人初着锦战袍。矢房箭尽弓弦绝，手挥双剑如刈蒿。妇向高楼纵火死，白虹贯日暮烟紫。我为忠烈歌国殇，招魂好侍鼎湖旁。"可歌可泣，真当行出色之作。嗟乎！宁武将军死，而大同宣府降书继至，明社以屋矣。周公夫人氏刘，事详本传。而传奇载其太夫人死烈，未知何据。敢以质之博雅君子。

又公有《思妇词效初唐体》，公自注云："广陵曲巷，忽听琴音凄断。异而询之，则新嫠也。于归未期而寡，投缳誓殉，气绝复苏。其父母逼之，遂致再适。予闻而悲之，遂作此篇。"词云："高楼有女拂金徽，珠泪涔涔奏楚妃。鸳鸯池上原双宿，燕子楼前遂独飞。忆昨初嫁贴花黄，二八郎君共曲房。揽镜手开菱碧匣，画眉邀近郁金床。郎君一去悲黄鹄，嬴女宵停栖凤曲。宝髻如云不欲梳，纱窗映日为谁绿。妾时揽泪誓从君，手系雕梁白练裙。不见马嵬销丽骨，可怜巫峡返春云。一自归宁心事阻，贫家鞠女空辛苦。高堂白发垂如霜，贱妾红颜泪如雨。妾心一日九回轮，欲报亲恩敢顾身。鸾袖欲扬怀旧穴，蛾眉重扫事新人。新人珠箔璇闺里，宝瑟银筝鸣北里。青陵台上乌双栖，白玉堂前燕新垒。可怜哀乐尽芳年，徒向云鬟整翠钿。泪落桃花难共语，断肠惟诉续胶弦。"

按，潘蜀藻云："公成进士，改庶吉士。甲申之变，投缳，家人救之，苏焉。"此诗名咏思妇，不啻自况。读之觉意致婉曲，情词凄惋，可与梅村相颉颃。至其怅触之怀，长歌当哭，所谓欲坠之叶，无假烈风；将陨之涕，不烦哀响者，读其诗可以察其志矣。又公《喜晤王敬哉》句云："可怜碧海桑三变，不待金城柳十围。"《挽陈大士先生兼唁孝威逸少》句云："道周枌杜无消息，江上芙蓉久寂寥。"《送吴鹿友相国视师楚中》句云："只拟谢安游别墅，重劳裴度慰淮西。"均于乔皇之中寓缠绵之致。至《哭慈亲》句云："儿能强饭浑无恙，母若含饴尚复来。"几令读者同《蓼莪》之悲焉。

四〇

王可庄仁堪殿撰，为有清同光间一代文宗，所为诗词联语，每一脱稿，海内传诵。余于岁首无俚，偶阅先生壬午新正与周石君倡和之作。觉二公吐辞造语，悱恻缠绵，抑扬要眇，有非寻常诗人所能企及。兹谨汇录数首，以见叠韵之诗，非工力悉敌，难臻上乘也。可庄诗云："爆竹动天地，萧斋知岁首。破寂思酒朋，上饯问厨妇。鲨帆与蚝山，奇嗜话乡亩。如何无蟹州，乃有监官守。岂惟臭味殊，一望涌兰秀。衣冠襁褓场，交情孰薄厚。五马报君来，倒屣开笑口。（自注：谓林星北太守。）真率馔五簋，尽欢酒一斗。同里二三子，乡音达户牖。深屋顿生温，春火彻榆柳。少长娱新年，何似永和九。人海暂相聚，趣乃逾于久。驰驱役吾形，案牍桎吾手。宦味较浓淡，斟酌杯中酒。酒酣能高歌，持作当筵寿。情谊醉愈真，惆怅醉醒后。漫云人事劳，双丸日夜走。及时适其适，大笑齐荣朽。"

周石君先生题云《壬午上元夕，读可庄学使诗，即次原韵呈教》："灯市何喧阗，兀坐但低首。感动时沉吟，亦如愁思妇。归耕十年迟，苦无负郭亩。楼烦古边郡，一麾惭试守。属县多花田，乱苗实恶莠。缘病得固辞，旷官颜益厚。抑郁语向谁，逢场总箝口。词宗旧相识，景仰若山斗。持衡来晋邦，多士资启牖。天涯眼独青，依依眷新柳。入坐春风和，顿觉寒消九。略分尊则忘，论交淡弥久。所愧樗散才，难当斫轮手。西斋屡造谒，叨陪新岁酒。老梅香正浓，祝公无量寿。开向百花先，和羹期日后。而我独何为，尘俗事抗走。抗走且未遑，奚暇谋不朽。"《叠前韵再呈可庄殿撰》云："高吟五字诗，叹服真俯首。我未工效颦，窃比村野妇。砚田况已芜，刈获遑计亩。幕府皆名贤，经畲坚素守。萍聚值河汾，兰言辟蒿莠。永缔知己欢，益承主人厚。鸟亦怀好音，花都开笑口。官斋屋数椽，容膝小于斗。旧雨联琴樽，春风拂轩牖。客有沈东阳，腰瘦如病柳。此老今耆英，不数香山九。（自注：谓沈仲玉。）清谈杂谐谑，毕景坐愈久。我乏著作才，敢抗骚坛手。许参末坐茵，共醉元正酒。愿持柏叶觞，跻堂介眉寿。公门桃李多，被泽常恐后。我亦欲追随，负笈疲奔走。大厦倘庇寒，幸勿弃庸朽。"可庄先生叠韵赠之云："幕席溢天地，世外独昂首。杰哉刘伯伦，醉死不听妇。男儿郁奇志，蜷曲耻栖亩。刺毛宁求荣，衣缁匪易守。张目瞻八

纮，莽莽半榛莽。叱驭上畏阪，眷世情何厚。忆昔识君初，快决悬河口。滑稽
动四筵，尽醉无石斗。礼法非我设，名言若天牖。时复发浩倡，高调压秦柳。
如何十年别，意气减八九。一曲勺湖波，语我怀归久。争劫观弈棋，推枰起敛
手。得意讵忘言，独醒思止酒。千秋梁栋器，偏说不才寿。为君进一觞，一语
申其后。俊翮不忘骞，逸足不厌走。偃蹇老空山，只合让樗朽。"按，可庄先生
于光绪辛未、壬午之时，曾任山西学政。时周石君先生以京曹出守山西平阳泽
州各郡，故于公余之暇篇什投赠，才藻纷披，可以继苏李而步刘卢矣。周石君
名天麟，丹徒人，著有《水流云在馆诗钞》。

四一

　　史阁部复摄政王多尔衮书，为吾邑侯壮悔作。是时壮悔至扬入史公幕，而
一时忠正公左右，意必名士如鲫，惜多不传。嗣读吴德旋先生《闻见录》云：
"姚休那，有隽才卓识。何相国如宠为《吴江周忠愍墓志》，为世称诵，出休那
手。后入史忠正幕中，代史公为檄文，亦多为世所称。有《评货殖传》《黄巢
传》刊行于世。"因知忠正幕府有姚休那先生者。考《姚梦谷集》，《姚休那墓
表》云："先生为白苓姚氏。明诸生，屈于场屋，里中何文端延为客。数年，适
文端被召，先生见时不可为，题《卧猿图》以讽。文端遂称病不赴。改革后，
屏居田野，郁邑悲伤，作《忍死录》，以纪其家四世事。"由是观之，休那盖有
心人也。

　　予按，休那原名士晋，后改名康。万历末诸生。崇祯中有以贤良方正荐者，
辞不赴。史阁部延为记室，旋归里，不与扬州之难。所著有《红亭本草》《筹绩
堂稿》《宋史改本》《太白剑诗文集》。

　　先生为诗，独出机杼，不袭三唐。古文辞纵横奇肆，汪汪千顷。所慕效尤
在弇州，故诗有"弇州梦断见吾衰"之句。先生五言，《清明后至弟墓》云：
"地下今安否，人间竟有斯。更无天可问，只有死堪祈。急难怀兄弟，飘零感岁
时。清明寒食事，自此或愆期。"七言《渔钓翁》云："华发萧萧雪满头，平生
无计觅封侯。百花潭上三间屋，万里桥西一钓舟。短笠轻衫烟雨晓，白苹红蓼
海天秋。醉来懒把羊裘着，怕有君王物色求。"可想见其高致。又《寄方尔止》
云："人事天心总乱丝，高阳犹自酒成池。醉中竟失雷惊耳，别后频经火到眉。

避世贫无三窟想，借君读补七分诗。凭将此意留公案，尚似旗亭贳酒时。"读之
兀奡之气，犹觉喷薄纸上也。又《金山即事》云："秋风残暑未全消，望里烟波
咫尺遥。北固山回常带郭，东来江阔更迎潮。千寻倒影楼台动，一抹苍烟溆浦
摇。落日空廊凉吹满，暂辞尘上对清宵。"三四对属精切变化。七绝《题丁兰
庙》云："秋风江上客衣单，天路何由借羽翰。一日三公无换理，凭将此意问丁
兰。"咏古之作，先生独具卓识矣。而《随园诗话》仅选先生《闺怨》一首，不
足以见先生。故特采辑各家之说，迹其生平，著于篇。

四二

刘宾客《金陵怀古》诗"王濬楼船下益州"句，元白为之搁笔。怀古诗之
不易作也。

明景泰间，桐城姚景旸先生，官给事中，以上书讼于忠肃冤忤权贵，适因
争科道坐次，谪郑州判。在郑著有《郑州怀古诗》十首，兹录其三。《仆射陂》
云："名陂如练净无波，倒浸青天一镜磨。两岸绿阴芳草合，满川红锦藕花多。
沙边日暖眠鸥艇，水底春晴掷鲤梭。仆射想当蒙赐后，画船尊酒日相过。"《夕
阳楼》云："危楼百尺凌霄汉，面面玲珑透夕晖。波冷蒹葭孤鹜落，烟昏杨柳乳
鸦飞。依依皓魄开明镜，隐隐青螺列翠微。城郭已非风景异，西昆花萼任芳
菲。"《管叔城》云："管城废址草茫茫，屈指曾经百战场。但有鸥鸰鸣夜雨，不
堪车马送斜阳。山含秋色迷孤馆，树引荒云覆女墙。试上层楼频怅望，镐京离
黍总堪伤。"豪情逸韵，望古遥集。其《丞相冢》句云："小儿坦腹绯衣日，元
老全名绿野时。"《列子观》句云："苔荒药鼎云常护，春暗丹台草自闲。"均娴
雅可颂。按，公名旭，号菊潭，景泰辛未进士，官至云南参政。有《菊潭集》。
当时由郑州判擢南安知府，勤求民瘼，旱祷雨辄应，境产佳禾。南安人绘为图，
作《嘉禾诗》，至今存。秩满，擢云南右参政，告归。年七十八卒。为有明一代
循吏云。

四三

"到来残月上帘栊，知在阑干第几重。鹦鹉唤人新睡起，鸳鸯织字旧题封。
碧纱窗外歌声小，红藕舟中酒气秾。最是关情肠断处，他乡寂寞五更钟。"为桐

城姚元公先生孙枚《无题》诗也。

姚公康熙间举贤良方正，未就，隐居龙眠，教授生徒。自号西峰处士。又有《思隐》诗一首："结茅期与远山齐，草护篱根竹满堤。野鸟调簧春气早，牧人横笛夕阳低。书临蜀素烟浮雪，酒贮吴瓶香剖泥。他日王乔如借问，万花溪畔石桥西。"雅致逸情，萧然意远。先生《白鹿山樵诗集》中佳句甚多。又《无题》句云："寒生锦茜芙蓉幕，响堕香篝茉莉簪。"《题画》句云："湘浦欲留仙子佩，罗敷不作使君吟。"《颂嘉堂》句云："移座近山青到眼，隔村呼酒翠盈卮。"《逢张钟阳》句云："人来燕市真如梦，雁过天南未有书。"《挽嵩肇》句云："天殊难问三声叹，地可埋愁五尺坟。"《秋夜》句云："芰荷水上鸳鸯梦，瓜豆棚边络纬声。"《秋色》句云："寒草青留山薜荔，野花红尽木芙蓉。"真觉佳句欲仙，雅韵欲流。

四四

徐花农先生琪，光绪年间，所谓文学侍从之臣，蜚声京国。徐一士先生随笔中载其召对事颇悉。柏乡之柏井驿行馆壁间嵌石，镌有先生《蛟潭奇石歌》七古一章，清言漱玉，不啻先生自写照也。诗曰："翠蛟潭畔得奇石，蜂房无数皆蛟窟。仇池雪浪未足夸，我恐东坡有惭色。携之满袖秋云生，顷刻千山闻雨声。莫非山灵惜此宝，靳而不与来相争。我思此石在潭底，千载何人陈棐几。我今空谷来足音，石乎石乎亦知己。比之奇士老岩阿，忽作明堂清庙歌。岂云出山遽嫌浊，将为砥柱挽江河。山灵闻之亦狂笑，回首峰颠露斜照。慨然赠我压轻装，我以新诗一篇报。"

周石君先生步原韵和之云："袖底轻携一卷石，诗云得自潜蛟窟。妙句镌留片石间，驿馆萧条顿增色。词宗风骨本天生，天风吹下鸣珂声。鸾掖文章致身早，得路宁与鹓鸿争。我愧沉吟百僚底，尘梦劳劳思隐几。梦致蓬莱料亦难，谬附风骚托知己。不才只合终槃阿，且放忧怀人瘝歌。方今时事不可说，纵令有口空悬河。一官落拓真堪笑，老去名心付残照。天涯远和玉堂诗，燕石敢期琼玖报。"

四五

余读近代诗集，自光宣以来，遗老耆宿，多为"门存诗"。兹考其起原，倡始于义宁陈伯严先生。先生所著《散原精舍诗》，依门存韵者，约十余首。爰摘而录之，于见先生之作，变化不拘，不可以迹象求也。《过伯弢，出示所藏旧札有诗志感次韵答之》云："盈盈带水绕闲门，看作乌啼溪上村。中有歌声出金石，更宜风叶与呼喧。零缣细忆平生语，暗烛能温儿女魂。那料携君供醉眼，放鸢城阙几人存。"《园夜和答姚叔节陶宾南》云："薜萝在眼月窥门，怪汝初寻红树村。书壁蜗牛灯自静，移床蟋蟀夜还喧。嗫吟已了秦庭客，橘颂终伤楚些魂。莫面云山笃行李，鸿蒙原有槁梧存。"《十月十四日夜饮秦淮酒楼，闻陈梅生侍御、袁叔舆户部述出都遇乱事感赋》云："狼嗥豕突哭千门，溅血车茵处处村。敢幸生还携客共，不辞烂漫听歌喧。九州人物灯前泪，一舸风波劫外魂。霜月阑干照头白，天涯为念旧恩存。"《遣兴》二首云："九天苍翮影寒门，肯挂炊烟榛棘村。正有江湖鱼未脍，可堪帘几鹊来喧。啸歌还了区中事，呼吸凭回纸上魂。我自成亏喻非指，筐床刍餐为谁存。""刺绣无如倚市门，区区思绕牧牛村。晚移筋榼溪桥隐，晨听篝车田水喧。俯仰已迷兰芷地，伶俜余吊属镂魂。江长海断风雷寂，阴识英雄草泽存。"《宾南伯弢皆有见和遣兴之作，掇此酬之》云："何人大嚼过屠门，为指初霜梅柳村。天放湖山兼晚色，陆沉怀抱有孤喧。居夷莫问乘桴事，掌梦难招负石魂。赢得风流说江左，新亭明灭谢墩存。"《柬日本藤泽元》云："三山才隔一重门，笑认鸦飞不到村。独抱楹书明绝学（自注：君父为大阪名儒），来探国论谢群喧。惊猜豺虎凭陵地，收拾虫沙惨淡魂。更有卮言名吊诡，榑桑十日可长存。"《寄肯堂》云："拗怒横流束一门，凭谁疏引灌千村。公知吾意亦何有，道在人群更不喧。碌碌已穷鼯鼠技，姝姝欲并蠹鱼魂。痴儿种海求瓯脱，任被麻姑目笑存。"《返西山墓庐将过匡山赋别》云："谢客谈经隐石门，陶公采菊杖南村。苍茫余亦自兹去，九道江流相与喧。枫落舟帆明户牖，松吹云气合精魂。孤儿犹认啼鹃路，早晚西山万念存。"《用门存韵寄和黎薇生郎中，并示谭组安，破戒掇此，后不复徇为之矣》云："草玄漫许隐黄门，龌龊看佣卖饼村。好佩琼琚念孤子，自依灯火问豚喧。浩园虫鸟残僧句，大陆龙蛇望帝魂。赌酒匆匆过十载，兰苕翡翠眼中存。""谭生谈艺亦多门，环裹千村与万村。二士风流古宜有，一尊夷夏暂无喧（自注：谓已结辰州教案）。大波横雁洞庭雨，独树鸣蜩枉渚魂。披发自寻眠食地，闲来双桨为谁存。"郑海藏谓先生诗，源虽出于鲁直，而莽苍排奡之意态，卓然大家，非可列之江西社里。读先生"门存诗",可见一斑矣。

四六

丹徒周石君都转所著《水流云在馆诗钞》,于五七古已录其和韵数章。其今体律诗尤沉郁顿挫,流利清新,无一槎枒生涩之语与凌厉叫嚣之气。先生尝谓诗之为道,必先有真性情,而后能深之以学问。故其集中所为诗,皆谨守唐律。长篇短什,无不声调铿锵,音节圆美。先生初宗少陵,晚年酷嗜子瞻。于二公集皆能暗诵,尝集成句至数百首,一气挥洒,章法浑成,绝无饾饤之习。顾所自为诗,则又能尽变古人之形貌。此固由于学深养邃,然非性情之真挚,亦何能及此也。

四七

仆年来于役江干,襄理粮赈。感三冬无雪,将成灾象。幸五出蚩玉,瑞兆新年。乃检录石君集中《和东坡尖叉韵》数首,对雪续之,藉以抒我怀抱,并期澹兹灾况云尔。题为《雪中遇何恺亭参军瑛福,因留小饮,其淑配吴琴修夫人属和东坡尖叉韵》二首,诗曰:"斜飞犹讶雨帘纤,渐觉寒威向晚严。下里歌难酬郢曲,梁园吟好续吴盐。新醅竹叶香浮瓮,清梦梅花笑索檐。时听爬沙疑似蟹,尊前乡味忆团尖。""缩项人同集冻鸦,寒云催暝阻羲车。清才毕竟输吟絮(自注:谓琴修夫人并王仲润夫人,皆工诗),老树居然尽着花。策蹇有谁闲觅句,飞鸿如我苦思家。当年白战骚坛壮,赋手深惭温八叉。"

又,《雪后与闺人夜坐叠前韵》二首云:"冰箸分明想玉纤,坐聆宵柝气清严。贫家风味谐艺韭,孱妇心情累米盐。翠袖自怜寒倚竹,纸窗时讶每窥檐。遥知滑涬深山里,踏尽樵夫屐齿尖。""强支寒瘦不如鸦,闷损光阴疾似车。怕触伤怀吟谢絮(自注:谓亡妹),敢夸同梦艳江花。最宜蓑笠横孤艇,何惜琼瑶满万家。沽酒预愁明日路,出门几莫辨三叉。"

《三叠前韵》二首云:"木落空林月影纤,宵寒倍觉十分严。围炉乍熟鹅儿酒,傍砌犹堆虎子盐。此日冰霜愁晚岁,几人风雪念茅檐。闺中赖有能诗侣,一字吟安损黛尖。""中庭积素静栖鸦,巷僻常回俗客车。炭屑暖煨茶铫水,冰纹寒结砚池花。绝无烟火怜袁径,但有羊羔笑党家。输与东坡老居士,每多吟兴遏刘叉。"

《雪霁四叠前韵》二首云:"窗纸初烘日影纤,敝裘犹怯朔风严。杯斟白傅新酤酒,句补昌黎旧拟盐。泥迹都为鸿印爪,冻晴时见雀翻檐。分明昨夜寻梅去,梦里青山失翠尖。""一林霁色散寒鸦,门外泥深渐没车。如许年光愁蔗尾,几番春信问梅花。桥边驴背饶诗思,江上渔蓑属画家。险句不妨追瘦岛,俨如矛戟互鏖叉。"

《五叠前韵》二首云:"新篇欲写吮毫纤,诗境虽宽律苦严。画里乡心浓水墨,闲中况味淡齑盐。消寒小饮围炉火,忍冻孤吟侧帽檐。料得故山风雪后,嫩红先坼早梅尖。""絮聒生憎是晓鸦,径泥何处又鸣车。丰年有喜宜占麦,蚤起多情为惜花。冒雪消谈无俗客,闭门高卧即山家。几竿待补疏篱竹,倚向闲阶当画叉。"恺亭与琴修夫人倡和叠韵甚夥。

《六叠前韵奉酬》二首云:"镜台双赌笔花纤,一粟寒繁夜课严。咳唾词华霏玉屑,聪明才思镂晶盐。但期白战销金甲,不许红心拂玳檐。毕竟闺中多韵事,闲寻诗句斗新尖。""风尘踪迹等羁鸦,晨夕来过不用车。壁上诗题随意画,尊前酒共赏尘花。常怀旧雨如寻梦,怕送流年当别家。渐觉艳情销似水,冰天雪屋手同叉。"

盥读一过,真觉无词不丽,有句皆香。

四八

螺矶山灵泽夫人祠诗碑。螺矶山在芜湖对岸石岩突起,直撼江流。仆于今春,携同侨芜胜侣,放舟渡江。是日正如东坡所云:"清风徐来,水波不兴。"舟泊山下,相将登临。黄山谷云:"螺矶山有灵泽夫人庙。相传蜀先主孙夫人葬此。"考山谷曾由戎州再贬宜州。芜湖广济寺为山谷读书处,密迩螺矶,考据尤信而有征。此矶传为老螺窟穴。山不在高,颇占形胜。庙门题额"螺矶山"三字,笔力遒劲,为彭刚直手书。盖彭在清光绪年间,督长江水师,驻节太平(今当涂县),沿江名胜,多为彭公建造恢复。灵泽夫人祠,其一也。殿宇嵯峨,庙貌严肃。寺门俯枕江流,风帆沙鸟,掩映成趣。寺内墙壁嵌有名人诗碑甚多。仆匆匆游览,未暇详载作者名氏,良可惋惜。明代某公七绝十首词意均佳。其一云:"浩荡春波染绿芜,愁云怨月满东吴。稿砧为帝身为石，莫问沉江事有无。"其二云："大江东去莽苍苍，突兀神祠水一方。艳说孙刘婚媾事，锦囊失计笑周郎。"其三云："豢龙竟枉女儿身，房闼森严壁垒新。今日云车施翟茀，侍儿剑戟两行陈。"其四云："夫妇归来履至尊，不闻中使逴鱼轩。英雄恩怨浑闲事，蜀道空归望帝魂。"其五云："沉江归国说纷纷，史传无从证旧闻。一曲神弦春社散，似听瑶瑟奏湘君。"其六云："香火灵宫映碧浔，当年石鼎莫联吟。螺矶祠宇蓬莱阁，化石流传直到今。"其七云："烟雨迷离锁翠矶，祠名灵泽是耶非。辞吴原为思归蜀，难道芳魂犹未归。"其八云："江流滚滚日回环，洗尽思亲泪血斑。无限离情无限恨，总因不见望夫山。"其九云："万顷烟波思渺然，可怜埋玉九重渊。而今杜宇声声里，似听当年泣所天。"其十云："危矶突兀咽江流，夜半如闻诉怨愁。莫道红颜多命薄，捐躯本是为安刘。"

又明代某公续题十绝。其一："一矶突兀撼江空，敌国孙刘在眼中。不惜珠沉龙窟里，断魂飞入永安宫。"其二："锦江春水合滦江，日夜涛声怒未降。凤去屏空迷处所，一时环佩付寒淙。"其三："金铺妆阁俨生存，耿耿犹怀汉主恩。无奈危矶烟水上，三更杜宇暗啼魂。"其四："锦囊计就破良姻，吴蜀兵戈上翠蹯。难道贤妃逊齐女，为郎不杀采桑人。"其五："当时拥卫剑如林，较比周郎侠气深。可怜千古波间月，独照青天碧海心。"其六："江东算左弃吴侬，岂认深闺可豢龙。玉垒浮云隔天堑，遥将眉黛写芙蓉。"其七："剑阁芜关各一天，鲛宫灵闼自年年。馨香仕女各云集，枉杀西陵多墓田。"其八："巫岫休将十二夸，居然帝后隔三巴。临江血溅东流水，自古英雄不顾家。"其九："春花春树压江湄，肠断宫人斜里时。若非秦女磨笄冢，定是湘灵鼓瑟祠。"其十："留得千秋香火因，灵宫贞烈焕然新。沉江事轶从何考，过客苍凉问水滨。"

读上数诗，能将夫人贞烈心迹曲曲写出。而清光宣间，续勒之诗碑，复有数方，兹择尤佳者，摘抄数律，不独为稗史上增材料，亦足为剧曲家立注脚也。

其一碑镌律二什云："渝盟事业竟何存，玉垒银塘总勿论。独有蛾眉襟碧眼，至今鹃血照湘痕。不逢劲石留仙佩，肯伴闲云住野村。一望苍波愁渺渺，无端感集竟难言。"其二："冷落荒矶万劫存，灵魂着迹费评论。香飘蠲首浇新酒，墨沈墙头掩旧痕。隔浦楼台云外障，一帘烟雨水中村。登临不觉凭栏久，石咽潮声若有言。"又一碑镌二律云:"正朔堂堂终在蜀,归刘心比玉壶清。六军不下黄陵庙,八阵空拦白帝城。云影江声余涕泪,英雄儿女各棋枰。二乔枉说连襟感,熟读兵书误一生。"其二:"永安遗诏下苍黄,家国何堪半夕阳。甘抱明珠沉劫海,重教斑竹染潇湘。鹃啼蜀道春三月,花落吴宫梦一场。建业何年仍汉土,漫将虎踞论凶王。"二律堪称后劲,以较正殿席天池先生"思亲泪洒""望帝魂归"联语,各擅胜场,读之令人缅想前朝胜迹,英风宛在。观云间之甲马,怀波上之灵旗,而穆然发思古之幽情也。

四九

安阳吴起王先生,名振周,于明季国变,退隐林泉。清初力辞征辟,相台高士也。为诗原本风骚,俯视魏晋,著有《岳起斋诗存》二卷。张鸣岐先生,于民九后长豫时,访得遗稿,欲付刊未果。巩县刘雪雅主席,主持风雅,辛未冬补刻就绪,先民遗著,资以流传。其七言如《清明登阳台山同盘禹王孙》云:"孤峰峭拔如覆瓿,湖陂四绕回渰蓝。山城风软散朝雾,一夜新绿垂毵毵。襄流渺渺区汉郢,远帆几点浮环湾。瑶姬弭节奠下土,巫螺十二分兹鬟。星幢羽葆肃灵蚃,云雨入梦何经绵。东来岩岫若屏案,罗列起伏当其南。划然山断接烟树,米家绘手卑荆关。我来凭眺值初霁,桃花无数飘空潭。夕烽鼓角洞庭外,鱼龙五色春波间。夷吾江左复谁是,自扪鬓影惭巾纶。生儿何乃作犬豕,仲谋不愧江东男。方寸五岳隐难抑,惜无斗酒双黄柑。独携磊块下微径,石不可语真冥顽。"又《题赵国所画朱竹》云:"诸王梁翰并风雅,于赵乃有西园君。何时研朱写此竹,霞标直欲凌高旻。闻昔海舟泊烟岛,芗林细路僧庵小。萧然一钵共军持,赤竿丹叶翻千藃。绿深乞得一枝回,胡僧瞥见礼且哀。云亲音龛乃有此,希有岂止轻琼玫。从此人间始传告,顿令淇澳空擎箓。表章不数文湖州,规摹或云苏玉局。一从劫海见尘飞,白发书生甘采薇。故人睹此泪沾臆,芳草王孙竟不归。"咏阳台山,不作绮语,寄兴桃源;咏赵国画竹,悲帝子之不归,托首阳以见志,涉笔超脱,用心良苦矣。

侠 堪 诗 话

陈颂洛

载于《实报半月刊》1935 年第 2 期。

陈颂洛（1897—1965），名中岳，字颂洛，又字诵洛、嵩若，号侠龛、侠堪，浙江绍兴人。一生名享诗坛，广交名流，曾任满城、肃宁、三河、玉田等县县长，1922 年加入城南诗社，后为社长。

《实报半月刊》，1935 年创刊于北平，是一种综合性刊物，宗旨为"报道消息，贡献学术，介绍文艺"。

本篇诗话所收皆为近现代名人诗作与轶事，提及尊经书院院长、国史馆修撰、四川国学院院长宋育仁，城南诗社诗人、国学书院院长王揖唐，清末改良派政治家潘若海，民国词人向仲坚，民国"联圣"方地山，中晚唐派诗人樊增祥等。对同光派诸名家的生平诗风、为人为诗，记录较多：评郑孝胥诗"每一成不改"，其为人亦"目无余子"；记陈衍教弟子张玉裁诗法：好诗当"朴直而足惊人"；评范当世"范伯子诗，震荡开阖，变化无方，殆与昌黎、山谷为近"。陈颂洛本人诗论，是反对一味模唐范宋、效仿古人。本篇诗话亦能博采众家之长，识广而格高。

一

欧阳永叔恒自道曰："知圣俞诗者莫如修。尝闻圣俞举平生所得最好句，圣俞所自负者，皆修所不好；圣俞所卑下者，皆修所称美。盖知心赏音之难如是。"宋芸子《书陈伯弢诗后》曰:"圈点不知何自始,论文者心所谓然否,由是以识之。往岁曾圈点伯弢诗,余所谓然,伯弢容逊志焉。余所谓否,伯弢或惬心焉。不必尚同,作者与读者各尽其怀而已。"清潘少白句曰:"作诗正好自圈点,饮酒不须人唱酬。"杨叟昀谷每为予诵之,亦谓人功力有深浅,不能强不解为解也。

二

王弇州创为"文章九命":一曰贫困,二曰嫌忌,三曰玷缺,四曰偃蹇,五曰流贬,六曰刑辱,七曰夭折,八曰无终,九曰无后。王丹麓更定之:一曰通显,二曰荐引,三曰纯全,四曰宠遇,五曰安乐,六曰荣名,七曰寿考,八曰神仙,九曰昌后。如前说将群视文章为不祥之物,如后说岂不大为吾侪吐气乎?王什公《次和李范之》诗曰:"九命文章各一时,几人不负镜中髭。得闲要是天优我,遣兴无过酒与诗。"一"优"字兼擅遣辞命意之胜。

三

潘若海《梧州杂诗》曰:"终古鸳鸯水,双流入故乡。故乡今夕梦,能否托鸳鸯。"又《泊永淳秋风江》曰:"何意秋风江,着此秋风客。秋风偏有情,吹我孤舟泊。"皆用叠字而不觉其复。向仲坚近写寄《虞美人》词曰:"崩涛日夕喧扬子,处处流民泪。三年疏凿库储空,谁信滔天势急、竟无功。 轻舟一叶和愁载,难了风波债。人间随地是风波,望里风波如此、怎生过。"什公去岁东游,亦有绝句曰:"一衣带水路无多,胡越参商独奈何。不是有风波不起,要从心上定风波。"与仲坚词,可谓异曲同工。

四

作诗而不腾笑,岂易言哉。晋桓温少与殷浩善,浩尝作诗贻温,温玩侮之曰:"汝慎勿犯我,当出汝诗示人。"宋滕达道帅真定,朝中送诗者数十人,临行,启之曰:"某以粮裹未办,凡送诗者,愿假以十千,如送到钱,其诗候到任日,与免上石。"宋陈简斋诗曰:"宁食三斗尘,有手不揖无诗人。宁饮三斗醋,有耳不听无味句。"其语殊趣。偶述于客座间,时有新自独流镇归者,戏曰:

"近方讶醋价胡日昂，闻君言，吾乃了了。"予急止之曰："唐突诗人，罪过罪过。"

五

方地山诗，能出己意而曲尽其趣。清季流寓天津，袁项城属张仲仁问讯，方以一诗一联答之，诗曰："先生休矣复何如，出或无车食有鱼。近市一楼天地窄，时还读我线装书。"联曰："食必鱼，出必车，当代孟尝谁客我；金未尽，裘未敝，今年苏季不还家。"又丁巳、戊午之际，恒见其为人书扇头曰："心知东海必扬尘，但种桑田待好春。便得麻姑搔着痒，被人鞭背太无因。"题为《书麻姑仙坛记后》，当时若有为言之。

六

地山与袁寒云由师生而联姻好。寒云死，予哭以联曰："家国一凄然，谁使魏公子醇酒妇人以死；诗文余事耳，亦有李谪仙宝刀骏马之风。"地山见之，叹为杰构。今春予约同社西沽看桃花，归途偕地山及侯疑始、王伯龙、萧重梅诣视寒云葬所。疑始谱《齐天乐》词纪之曰："几年不到西沽路，缘陂绛桃如故。绮鄠霏霞，琼枝疏翠，似识刘郎前度。联翩俊侣，早诗播方干，才惊同甫。花下分笺，碧盦凉影蘸今雨。　　人归漫留鹤语，断魂残照里，华表何许。玉树长埋，蛾眉未远，狼藉落英无数。凄迷烟缕，忍重忆当时，尔蚤吾驵。来日清明，一尊还酹汝。"词中"蛾眉未远"，盖谓寒云姬人眉云葬所正相接壤也。伯龙诗曰："地老天荒进一哀，墓门短碣委蒿莱。寒云座上三千客，落尽桃花几个来。"哀感顽艳，固宜独步。

七

张玉裁为石遗室诗弟子，郑苏堪尝评其诗："坚苍有气，稍伤朴直，若'雁行薄暮作云黑，人影渐长知月低'一联，乃唐贤佳作也。"石遗不甚以郑言为然，谓坚苍既所长，朴直何伤，朴直而足惊人，则善耳。陈又语玉裁曰："鄙人年来论诗，颇以语不惊人为戒。语不惊人，即不必作，以此道作者太多，殊难出色也。"迩顷《采风录》时载陈诗，类皆游两粤之作，予尤爱其由迁江至柳州道中一律曰:"路入迁江千万峰,峰峰离立似尖锋。共争薛伯滕侯长,或挈童孙幼子从。罗汉浮图高突兀,砚山笔架列雍容。桂林阳朔羞相见,溪涨冲途断客踪。"又《客舍阻雨,寄题柳州祠五绝句》之一曰:"昌黎驱鳄偶然耳,润色山川即事功。山不丹青水宫徵,诗人谁到粤西东。"朴直而足惊人,夫子盖自道之矣。

<h2 style="text-align:center">八</h2>

苏堪诗,每一成不改,在天津《与石遗书》,所谓"骨头有生所具,任其支离突兀也"。其为人亦复如其为诗,记其《送稚辛弟入都》有句曰:"向来负盛气,不自谓我非。"广坐中抵掌高谈,目无余子,神情盖可仿佛焉。去秋郑有诗曰:"此局端看称意无,疲民广漠暂枝梧。天心倘与收残劫,王道何妨起一隅。尹也就汤应得所,禹之行水岂其愚。西南亿兆当谁寄,愁绝乾坤老腐儒。"螺江太傅时在天津,闻而遥和之曰:"试扪此局称心无,劳苦昭琴与惠梧。莫以孤行惊北斗,可能晚效补东隅。善人毕竟言能受,盛德何妨貌若愚。忝长数年及亲炙,津津求阙总真儒。"原诗坦率,和诗则婉而多讽,"孤行""晚效"一联,尤可深味也。

<h2 style="text-align:center">九</h2>

范伯子诗,震荡开阖,变化无方,殆与昌黎、山谷为近,尤好和山谷诗,尝语言謇博:"吾发宏愿,欲遍和此老七古。"不知终成谰语否。又《与謇博书》曰:"诗第一韵味胜,而气势乃次之,典实文雅,或居其三。"

范伯子尝问方地山,《红楼梦》《醒世姻缘》二书优劣。方云:"《红楼梦》爱好,《醒世姻缘》不爱好。爱好者固好,不爱好者更好,但一般人却谓《醒世姻缘》不好。"范叹为知言。此旨可通于论诗,宜梅村、渔洋之有时见讥也。

<h2 style="text-align:center">一〇</h2>

唐房琯语人:"竹声最清,及听松声,始知竹俗。"樊樊山辟以诗曰:"松清竹俗强区分,次律寻声未识真。太尉岂能知许事,听秋别是一流人。"末句隽妙,可为强作解人,下一当头棒喝也。予尝谓松竹声以外,如荷叶着雨,梅花

坠雪，其声皆为最韵。西湖六月，孤山万株，辄令人悠然兴故乡之思。

———

苏东坡谓："世人见古有见桃花而悟道者，争颂桃花，便将桃花作饭，五十年转没交涉，正如张长史见担夫与公主争道，而得草书之气，欲学长史书，便日就担夫求之，岂可得哉。"清金亚匏《西施咏》曰："溪水溪花一样春，东施偏让入宫人。自家未必无颜色，错绝当年是效颦。"近贤为诗，动诩模唐范宋，读此当知所自返矣。

亚匏一字弓叔，生丁洪杨之乱，谭仲修序其遗诗，谓其"既不获作息承平之世，兵刃死亡，非徒闻见而已，盖身亲之。甚而《式微》之播迁，《兔爰》之伤败，《清人》之翱翔，《黍离》之颠覆，不自我先，不自我后。则夫悲歌慷慨，至于穷蹙酸嘶，有列国变风所未能尽者，亚匏之诗云尔"。《石遗室诗话》谓其"所历危苦，视古之杜少陵，近之郑子尹，盖又过之。其古体极乎以文为诗之能事，而一种沉痛惨淡阴黑气象，又过乎少陵、子尹"。可与谭序相发明。集中古体，如《原盗》《将问》《兵问》《议团》《兰陵女儿行》《痛定篇十三日》诸作，久播人口。近体如《野寺见桃花题壁》曰："才有花枝叶露开，等闲蜂蝶便飞来。红尘谁报香消息，多恐春风是自媒。"《村外小步》曰："雨后春光绣不如，四边新绿绕山居。无花老树知多少，桃杏词人不道渠。"短幅中仍不掩其壮阔。至如《咏落花》曰："万点残红谢故枝，漫天匝地受风吹。余生茵溷都无恨，恨是飘零未定时。"桓子野闻歌辄唤奈何，正同此感。

且谈风月阁诗话

龙眠章六

连载于《风月画报》1934 年第 4 卷第 32 期至 1935 年第 6 卷第 3 期。作者龙眠章六，本名与生平不详，在《风月画报》上发表有多篇短文。

《风月画报》，1933 年 1 月创刊于天津，三日刊。主要刊登倡优照片及介绍、风月轶事、言情小说等。

本篇诗话专写与风月场相关的诗文轶事，有狎客之作，也有妓女之作。选诗格调较高，多选香艳凄婉之诗，称赏风尘女子的才情节义，同情其不幸命运。通过这些作品，可观近现代妓女生活图景。她们中有好学者如东瀛名妓三三，有倜傥不群者如"妓隐"杨三，但大多数人命途多舛、生活艰难，或因早失怙恃而被亲戚所卖，或因夫死而流落烟花，或自幼被拐卖至勾栏，即使从良，也常遭摧残，郁郁而终。她们的诗作往往感伤身世，真情流露；文人对她们的歌咏也体现出一定的哀怜同情。篇中还有些诗，是风月诗的经典之作，如袁翔甫《洋场感事诗》、茗上野人《申江杂诗》等，藉之可观沪上风月场风气。

——

梁溪瘦红馆主人邓似周，风流教主也，具安仁之风貌，作沪渎之春游。酒畔呼灯，屡入软红之梦；花边觅句，轻施退绿之丸。鸿爪所留，鸾笺竞劈。记其《忆旧》四律云："爱惜韶华爱惜身，湘弦弹彻感前因。笼中鹦鹉犹呼我，洞口桃花惯误人。帘幕迷离偏隔梦，袜罗柔腻尚留尘。茜纱孤负三更月，算有婵娟影可亲。""碧箫一曲忆前游,枫叶萧萧接素秋。锦瑟至今空怨凤,银湾曾恐拜牵牛。窗垂云影关幽梦,车过雷声碾别愁。燕子不知人去尽,双双犹上小红楼。""绿窗凄断月三更,弹碎相思旧锦筝。蝴蝶扑残红袖影,鹧鸪啼断碧云声。萍花身世卿怜我,柳絮生涯我误卿。回首前情多是梦,玉钗恩重记分明。""约略纤容问镜鸾,鸾胶寂寞凤衾单。梨花有梦随云去,梅子无情带雨酸。柳为牵愁丝易结,烛因惜别泪难干。夜来写出销魂句,多恐萧娘不忍看。"

二

钱塘袁翔甫先生,风流好事,尽人皆知,其《沪上洋场感事诗》数首,写景描情,旖旎有致,足征当时海上繁华,日趋时尚也,兹录于左,聊备塵谈。诗曰:"云鬓新编脑后拖,时新衣服剪纱罗。倾瓶香水浑身洒,风送芳香扑鼻过。""刺花短袜窄鞋帮,裤脚重重黑缎镶。装束双趺娇俏甚,行来绝似女儿妆。""钻石深嵌约指空,黑油牙柄扇摇风。个人赠物分明在,排穗鲛绡出袖中。""一段洋烟插口斜,墨晶眼镜避尘沙。同游欲博如花笑,亲手拉缰坐马车。""京都式样学偏难,学到天津意亦安。大袖宽袍摇复摆,旁人不赞自家看。""今朝难得摆双台,请客尤难个个来。月满花芳春不贱,便倾家产也心开。""迷香终日醉昏昏,团得新衣尽绉痕。犹自津津向人说,昨宵光景最消魂。""诸遢呼逐集门前,一避居然计万全。任尔满街搜索遍,已如黄鹤渺云烟。"

三

尝有人题诗妓院云:"准备明朝谒梵宫,痴情不与别人同。衣笼彻夜香薰透,故意勾人立上风。""盈盈一见下香阶,便许痴侬两意谐。生怕眼波人易觉,暗传心事蹴弓鞋。"可谓描写逼真,特一将伎俩说尽,此辈实抱无处藏身之憾也。

四

茗上野人《申江杂诗》八首,其二云:"益庆门边路未遥,行人尚指陆家桥。可怜斫尽垂杨柳,不见飞花送落潮。""腰细裙宽面障沙,飞尘影里驾轻车。

谁怜绝域多情女，解看江南二月花。"风流旖旎，绝世无双，于花浓酒艳之时，寓感慨流连之意，岂月露风云，一味艳情绮思之旨趣乎！

五

扬州女校书霞卿者，姓陈氏，工谐谑，善诗词，尝有《访苏小墓》一绝云："南朝金粉忍重论，宿草萋萋满墓门。油壁香车零落尽，繁华如梦已无痕。"殊清俊可喜，后归贾人张某。洎张死，即雉经以殉。然则如霞卿者，岂仅以才见哉？呜呼烈矣！

六

曩有友人，以妓家题壁诗示余，不著作者姓名，其词曰："碧城漂渺隐红霞，十二阑干屈曲遮。神女峰前云是梦，嫦娥天上月为家。春呼白凤裁灵药，晓乞青莺扫落花。小录名镌知第一，诗成亲自刻苕华。"回环硕诵，清韵欲流，仙乎仙乎，其殆兜率宫中人乎！

七

程黛香者，沪上弹词女也，色技兼绝，而尤长于才。尝自负欲兼黛玉、香君而有之，故以为名。其《题冯小青题曲园》云："焚将诗草了今生，莫再他生再有情。卿说怜卿惟有影，侬将卿画可怜卿。""卿题艳曲我题诗，旧事钱塘有所思。后有小青前小小，一般才女两情痴。""美人命薄本多愁，浓福还须几世修。一语慰卿兼自慰，留些诗草也千秋。"缠绵悱恻，读之恻然。同时有陈芝香者，与黛香齐名，葛影耕诗云："前辈芝香与黛香，会书未肯便登场。若教往事谈天宝，一曲琵琶泪数行。"正谓此也。

八

独悟因氏所作《扬州竹枝词》四首云："三里浓烟五里风，荷花打桨去匆匆。无情只恨红桥水，流入红桥总不红。""红牙紫玉旧生涯，花里重门是妾家。郎自多情侬不解，背人偷哭玉钩斜。""一双红豆意如何，笑煞檀郎读曲歌。愿祝欢情同夜月，阿侬常占二分多。""绿云深处小蓬壶，多少楼台入画图。如此莺花如此月，怪郎只是忆西湖。"旖旎风流，香生齿颊，循诵数遍，不禁神往于绿杨城郭间矣。

九

尝见李香君小像一帧，颜曰《南朝剩粉》，并题诗二律云："长板桥边第几楼，溪声淮水尽西流。将军白马沉瓜步，义士黄冠哭石头。当日寡人能好色，只今天子惯无愁。中原三百年陵寝，只下屠王一酒筹。""彩云仙队化为尘，一曲清歌一美人。燕子演成亡国恨，桃花唱尽过河春。中兴战鼓留名士，南部烟花葬主臣。终古繁华旧明月，照谁哀怨向谁论。"惜未署作者姓字耳。

一〇

卯桥《秦淮诗》云："雪鸿几度爪痕留，风月年年记胜游。画舫烟波桃叶渡，绣帘金粉李香楼。妆分螺黛山如笑，河腻燕支水不流。俯仰六朝兴废感，悲歌岂为白门秋。"旖旎缠绵，无出其右，真佳作也。

一一

郑廉卿名铃，别字拜鹃，禾中名士也。工小楷，尤精八分书。诗虽喜作绮语，而时露隽爽之致。唯拙于治生，中年潦倒，客死笋滩，惜哉。其《记梦》十六首之二曰："枇杷花下叩朱门，往事如尘忍再论。酒劝橘筵情宛转，灯昏罗帐梦温存。早知好事成虚事，悔把情根作恨根。今日天涯重回首，不禁衫袖泪留痕。""绿水桥西访杜兰，枣花帘底听微叹。乍醒午梦离冰簟，为爱新凉倚画阑。称体单衫裁越纻，障羞团扇洁齐纨。翩翩最好惊鸿影，几度偷从背后看。"观此亦可谓尝鼎一脔矣。

一二

"冷雨凄风瘦可怜，落花无主听啼鹃。棠梨几树珠葭阁，谁吊金陵许紫烟。"此苕溪落如花馆主人哀许紫烟校书作也。校书又号幼琼，以色艺鸣沪上，与浙西惜红生有啮臂之好，捉月盟星，誓同生死，盖鹣鹣比翼，不啻怡红之与潇湘也。嗣生应试北上，旅食京华，再更寒暑，洎束装南下，则玉殒香销，已无复桃花人面矣。生哭之痛,赋《惜玉词》三十首。既又求得遗骸,为埋玉于城西珠霞阁畔,岁时必酹酒焚帛,至今曲院中犹传为佳话焉。

一三

沪上逆旅多藏置名花,四方商贾捆载而来者,苟有所昵,则萍水因缘往往固于胶漆,固不但如陶谷之邮亭一夜眠也。有银宝者,居法界大马路,神清似雪,貌艳于花,既擅筝琶,亦耽词翰。灯边相见,赠以四诗。卿如絮果圆成,莫使蛾眉蕉萃;仆已兰因勘破,那禁鸿爪留痕。读者以樊川之薄幸疑之,则谬矣。诗曰:"屡向申江载酒过,花粗柳俗奈情何。谁知一角湘帘底,别有佳人字墨娥。""花枝照眼月当头,清福应从夙世修。何事酒阑银烛畔,四弦如雨写闲愁。""漫将泼墨笑涂鸦,古麝轻施翠袖斜。我有合欢团扇在,可容妙格仿簪花。""后约湖州总不渝,莫将故态笑狂奴。黄金作屋终嫌俗,纸阁芦帘贮得无。"

一四

陈玉卿词史,广陵人,本良家女,性敏慧,能诗工弈。父母俱殁,依其族叔某。叔无赖也,利其姿色,以计鬻勾阑中。乙亥夏,随假母转徙至沪上。沪上为烟花巨薮,姊妹行俱以涂脂障袖为工。玉卿芝兰自芳,不屑与小草为伍,以故未知名于时。缕馨仙史本海上知名士,一见倾倒,赋诗揄扬,名遂大噪。一时王孙公子,走马章台者,无不以得入迷香洞、题诗照春屏为荣。玉卿对客,虽酬应圆适,而倾心绝少,独于浙西陆吉仙及缕馨仙史二人,向慕流连,缱绻倍至。吉仙尝赠诗作缠头资,玉卿步韵,和曰:"愁眉深锁怨芳时,佳句飞来比色丝。从此春江花月夜,新歌不唱唱新诗。"又叠韵赠缕馨仙史云:"画楼寂寂锁芳时,烦恼多于十丈丝。只有鹦哥能解事,口衔红豆记新诗。"颇清脆可诵也。玉卿居小东门外,湫隘嚣尘,不堪驻足。有某君者,戏曰:"凤凰亦栖于枳棘耶?"则应之曰:"凤凰何敢当。妾此生有似鹦鹉困于樊笼耳。"其聪颖也类于此。后闻为吉仙量珠聘去云。

一五

三三亦名珊珊,东瀛名妓也。光绪壬子秋航海来沪渎,艳帜初张,芳名鹊噪。珊珊发才覆额，瓜字未分，蛮语侏离，伊婴可爱。三河年少之评花异域者，莫不色授魂输，缠头争掷，而三三视之漠然，独与城北公为莫逆交。暇辄焚香煮茗，相对忘言。三三性简傲，调筝度曲，不甚留心，独与文字有嗜痂之癖，屡求城北公讲解。绿窗昼静，问字东亭。宋人词中"等闲妨了绣工夫，笑问鸳鸯两字怎生书"之语，殆为此君写照也。同时有李三三者，以吴苑之名花，噪沪江之芳誉，枇杷门巷，佳话争传。钱塘仓山旧主，曾赋《三三词》，登诸《申报》，一时诵虞学士杏花词者，袖角裙边，蝇头争绣。畹香留梦室主因师其意为《三三词》曰："檀云轻挽鬓氍氀，半带庄严半带憨。十万名花谁管领，李三三后又三三。""绿窗私语细喃喃，格磔钩辀苦未谙。安得鹦哥能解语，替传密意叩三三。""残红落尽绿阴酣，静掩文纱客思含。我欲天台践佳约，只愁芳径误三三。"

一六

历阳海上钓客，作客申江，听歌甲部。猩屏记曲，新歌传玉茗之词；凤纸描愁，小集俪《金荃》之体。碧桃天上，易结相思；红豆风前，时萦绮恨。偶趁三余之暇，戏成四美之吟。其《赠想九霄》云："柳想腰支花想容，九华灯下唱吴侬。高唐神女知何处，云雨逃离十二峰。"《周凤林》云："名擅苏台正妙年，还来沪上逗鹍弦。微雨淡墨天风下，一树梨花湿晓烟。"《水上飘》云："不群风致自飘然，恍惚灵妃出洛川。两部哀丝豪竹里，一声河满泪如泉。"《李长生》云："旖旎丰神绰约姿，个中谁复辨雄雌。泥人更作含颦笑，娇遇桃花着雨时。"

一七

有某太史者，以木天之清望，作春申之艳游，与粤妓某邂逅于枇杷花下。红偎翠倚，形影不离，时而油碧同乘，时而画栏斜凭，同心系就，真不数比翼鹣鹣矣。嗣以催归符急，火速登程，临别依依，赠以四绝，录之简端，亦珠海中风流佳话也。诗曰："饮罢葡萄尽醉归，画船红烛飏残辉。巫云入夜浓为许，漫向劳人梦里飞。""良宵风月快清谈，十里波光色蔚蓝。座侧雏鬟嘲暂解，反教人笑宝儿憨。""玉笛风声谱落梅，珠江锦绣枉成堆。垂髫人唱黄河远，艳绝旗亭第二回。""仿佛湖州看水嬉，三生杜牧本情痴。他年领郡来宜早，莫待成阴子满枝。"

一八

顾芝香校书，竹西亭畔人也。艳擅苏台，久驰芳誉，品花者辄比之杜宛兰、王月贞诸人。戊寅己卯间，吴苑有烟花之禁，打鸭惊鸳，毁妆风暴，遂移艳帜于沪北尚仁里。时绿叶成阴，非复华年碧玉，而秋波一转，犹复媚态动人。黄协埙于卖文之暇，辄偕髫天忆恨生访之。银灯照影，细诉离愁，卿怨花飞，我嗟萍泊，江湖老大，各有隐怀。既而转袖拨弦，歌《劈破玉》，如怨如慕，哀感动人。白香山江上遇裴兴奴，当亦无此凄惋也，因赠以二绝句云："云和斜抱试登场，指上余音欲绕梁。众里生防弦误拨，暗抛星眼掷周郎。""柳傔花俣唤奈何，华年似水各蹉跎。凭君莫更歌商调，但诉伤心泪已多。"

一九

扬州名妓花韵香，年华双十，婀娜多姿，且工吟咏。一夕香洞口春深，红潮忽至，因预书一绝，榜诸妆楼之间壁，以示客曰："梦醒云屏笑语温，诸君到此漫消魂。蓝桥隔断红尘路，未许僧敲月下门。"辞句诙谐，虽名作家，亦望尘莫及也。

二○

邵飞飞，福州人，色艺俱佳。有罗某者，入闽见而悦之，厚赂媒氏，佯为欲娶继室，其父母得千金许之。既嫁，携之北归。大妇悍妒不能容，以飞飞配以奴。飞飞哀痛几绝，乃作《薄命词》三十首，流传京师。有欲娶之者，旋以疾死，所谓杨花无力，只好随风也。兹摘录数章，以志惋惜。其词云："韦鞲仍是紫台宫，马上琵琶曲未终。嫁得伧夫双足捷，报人佳婿好乘龙。""烟树关山几万重，残妆零落为谁容。如何的的亲生女，只爱金钱不爱侬。""荻帘日影上迟迟，乱绾乌云不画眉。羡煞隔邻谁氏女，金钱闲掷买胭脂。""鹣鹣比翼两相依，文采蹁跹世所稀。不料风涛生洛浦，铩翎又逐野鸡飞。""自伤薄命又谁知，兰蕙当门竟被锄。回首五年成底事，风流好似梦华胥。""无端选婿慕金珠，堪痛双亲一样愚。寄语故园诸姊妹，荆钗裙布好欢娱。""白云飘渺望中迷，独依南窗掩面啼。万里飘零亲念否，碧梧不是凤凰栖。""积雨污泥已没阶，行行湿透小弓鞋。遥思多少侯门女，指点青鬟对对排。""骡车阵阵响如雷，门外风吹百尺灰。可惜春葱纤似玉，自生炉火簇烟煤。""土屋茅檐扑面尘，可怜触目总伤神。看他赫赫晨司牝，端坐华堂常带嗔。""炎天斗室秽难闻，郁郁葱葱尽日薰。记得故园风景好，白罗衫衬石榴裙。""狮子容他吼独尊，却将侬去嫁司阍。儿郎薄幸真堪恨，不记添香枕畔温。""忆昔双双倚画栏，名花曾对并头看。何其弃置如秋叶，忍把琵琶别调弹。""哼言猁语夸多般，翻道奴侬鴃舌蛮。怅望夕阳芳树外，娇声嘹呖语家山。""挑灯含泪叠云笺，万里函封报可怜。为问生身亲父母，卖儿还剩几多钱。""淡淡春山楚楚腰，菱花自对亦魂消。如何愿食鹩鹏妇，相见谁怜竟不饶。""自悔当初望太高，今成明月水中捞。风筝本是无情物，莫怪丝丝线不牢。""鲛绡染血蹙双蛾，搔首呼天唤奈何。俗子不知人意懒，灯前只解唱燕歌。""想后思前恨转加，误人多是浣溪纱。既然负却当年意，何必寻春向若耶。""良宵无奈酒人狂，雨怨云愁总断肠。一枕难成乡国梦，凄其残月照空梁。""丰韵全消病已生，人人犹说妾倾城。郎心何似春江水，一任桃花逐浪萍。""土屋茅檐气郁蒸，嗡嗡满屋闹苍蝇。有人水阁珠帘里，犹说今朝热不胜。"

二一

山左魏大可，风流倜傥，以诗见称于时。有友某眷一妓，迷而忘返，大可调以诗曰："月入纱窗分外明，绣屏锦帐满春风。痴情恰似长江水，才向西来又转东。"

二二

高凤清，扬州名妓也，故宦家子。八岁时随家人上元夜观灯，为匪徒窃负走，展转鬻于扬州勾栏中。既长，知文翰，工丹青。尝于病中有自题所画竹兰帐额云："袅袅湘筠馥馥兰，画眉笔是返魂丹。旁人漫拟园花谱，自写飘蓬与自看。"后为沪某大腹贾重金脱籍去，因不见容于大妇，凌折抑郁，委顿以殁。时年未三十也。

二三

如皋冒辟疆，家有园亭声伎之胜。歌者杨枝，态极妍媚，知名之士，题赠盈卷，惟陈其年擅长。阅二十年，杨枝老矣。其子亦玉人也，因呼小杨枝。一日宴集，辟疆出前卷相示，虞山邵青门题其后云："唱出陈髯绝妙词，灯前认取小杨枝。天工不断消魂种，又值春风二月时。"

二四

清汪元御，号玉淙居士，曾有《泛舟西湖，戏访小青旧居》二绝云："回波借影指痕鲜，倩女游魂未可传。最是东风能写照，西泠流水断桥烟。""湿云如髻水如鬟，处士东邻惜玉颜。千树梅花愁不堕，小青只合嫁孤山。"音节清脆，有晚唐风格。

二五

倩扶，华亭人，善花草，多写意，工诗有集。尝口占一绝调善书者张星云："年少翩翩客，风流弱冠初。能将画眉意，悟入折钗书。"同时有吴媛和云："风流京兆胜当初，昨应蛾眉入画余。每看晴山浑黛色，倒拈班管不成书。"媛字文青，无锡人，自号梁溪女史，亦善画，有《墨荷图》《设色菊花扇》，两人并为吴梅村东山胜侣。后兰阳有丰质者，字花妥，妙音律，善演剧，而性度闲雅，焚香鼓琴。好画墨兰，学王觉斯法，花叶舒畅潇洒，绝无拘滞修饰，不得以风尘笔墨忽也。寓居睢州，名甚重。陈其年柬侯六叔岱诗云："闻说睢州女校书，春愁才妥上头初。今朝人卧梁王苑，歌板槽床只欠渠。"忽了悟，即于睢州从一贫人，勤苦作家，卒年三十云。

二六

海上名妓许桂林，小字莲因，年十九，本小家女，所天早去世，孤苦伶仃，不得已辗转至申江，以歌唱博糊口。广筵对客，粉颈低垂，诚可怜也。有某词客悦之，桃花潭水，一见情深，为赋《弹筝曲》七古贻之云："玉壶传漏春云薄，璧月玲珑隔罗幕。高楼梦醒夜迢迢，忽听邻家动弦索。十三筝柱含愁颦，渐觉凄凉不可闻。弹到伊州双泪尽，桃花飞落红纷纷。曲终无奈伤怀抱，谁把新声翻古调。忙邀相见话生平，雪儿才思红儿貌。见罢从容便致词，请将幽恨诉君知。飘零久向他乡住，憔悴能无故里思。儿家本是维扬女，恰与飞琼同姓许。学得弹筝旧有名，芳年便结吹箫侣。富贵悠悠白日消，春光如梦暮连朝。海棠露冷烧银烛，杨柳风轻按玉箫。绣被禁寒身懒起，绿窗锁恨黛慵描。看花绮陌衣裳薄，斗草香阶笑语娇。关心更有难忘处，夫婿风流居粉署。玉镜台前倩画眉，茜纱窗下看裁赋。紫縠为裙怯柳腰，黄金贴地慵莲步。岂知乐极固生悲，无限繁华容易度。忽惊鸾凤各离群，失手菱花宝镜分。葬玉埋香尘劫尽，可怜年少卓文君。仓皇一炬家门破，漏网余生遭坎坷。弱女孤儿死有期，春风秋月愁无那。无家从此走风尘，南北东西历苦辛。薄命只悲成底事，知音未解属何人。我闻此语真凄恻，感事伤时肠断绝。天涯几许有情人，同时生离与死别。促坐休辞为我弹，其时月落星漫漫。未胜哀怨伤心易，似惜婵娟下指难。幽咽凉泉流夜壑，凭陵铁骑度关山。寒空断雁飞还落，碧树啼莺语复残。须臾调转或参错，徵羽宫商相间作。朝云暮雨近巫山，白草黄山连大漠。塞外孤臣欲滞留，舟中嫠妇嗟沦落。曲罢凄然起敛容，芳心一片遥相托。自古红颜潦倒多，香愁粉怨奈卿何。旧人尚听何戡曲，老妓曾传白傅歌。闻言乞我新诗赠，为道人生各有定。又似秋娘遇牧之，千秋幸得传名姓。今夕相逢信有情，明朝卿又赋长征。为卿试作弹筝曲，顾影茫茫百感生。"苍凉感喟，《琵琶行》之嗣音也。

二七

武林歌者薛宝笙，号瑶卿，年十八，苏州人，色艺冠一时。梦瑶馆主赠诗四律，其引曰："鹿台丽质，鹫岭游踪，淑气催花，柔肌削玉。梨涡浅晕，春酣芍药之天；檀板微鸣，艳夺樱桃之价。仿鸥波之小笔，秀夺湘兰；和燕市之新吟，韵添麝栗。为问舞衫歌扇，知己伊谁；剧怜宠柳娇花，昵人不少。仆湖山雅兴，风月闲评，幸接兰芬，弥谐蕙性。目成前度，认条脱之双双；心赏当场，听参差兮一一。看羊车之并载，潘果抛余；喜螺盏之交传，唐花开后。怜卿太弱，药裹亲缄；愧我多情，杏衫过访。画船荡月，对倩影于初蓉；罗袖搴云，试温香于早桂。敢说比肩之好，真同把臂之游。聊作小诗，并疏短引，岂真别有怀抱耶,亦觉情见乎词矣。"诗曰:"侧帽风标太俊生,唐鸡点缀惹闲情。纤腰未合施金缕,暖液初宜炙玉笙。殢我幽踪寻舞蝶,泥人芳气醉雏莺。别来多少相思恨,并倚罗衾话旧盟。""吴越同舟却二年,歌场回首总如烟。红灯绿酒怀人夜,稚柳雏花试暖天。翠袖压云搜雨梦,青琴待月弄冰弦。多卿读曲陪清课,一串明珠颗颗圆。""年时忆逐璧人车,女酒春灯问那家。密坐传柑珠蜡艳,寒宵称药玉蝉斜。燕台旧谱抽兰叶,吴苑新评续藕花。我拟幔亭重启宴,翩翩小队梦宾霞。""垂手词翻玉佩低,临风恰恰嫩莺啼。樱吹细粒波生酒,椒爱新香壁碾泥。半阕红霞迷彩凤,一潭白月映灵犀。歌尘缕缕谁收得,轻逐游丝漾处栖。"

二八

赵今燕彩姬,与马湘兰并称,金陵旧院人也,与张幼千往来唱和。《送幼千归吴门》云:"花前双泪湿衣裾,把酒江亭落日余。此去洞庭霜月满,好凭新雁寄来书。"幼千《七夕同今燕赋》云:"翠帐红妆送客亭,佳人眉黛远山青。试从天上看河汉,今夜应会织女星。"

二九

孙灵光,号瑶华,艳名噪秦淮河上。筑楼城南,读书松下,经营花草,鉴别图书,具有名隽之气。新安汪景纯以畏友目之。景纯在里门,灵光诗以寄之,有句云:"闭妾深闺惟有梦,怜君故国岂无衣。"

三〇

名妓齐景云,不详邑里时代,与士人傅春狎,备极绸缪。春坐事系狱,景云为脱簪珥,送饎粥。既春谪戍,欲从行不得,赋诗赠别云:"一咿春醪万里行,落花芳草咽金莺。愿将双泪啼为雨,明日留君不出城。"春去后,竟以想念殁,悲矣!

三一

江夏妓名文如者,明慧能诗,妙解琴趣。识邱谦之,欲托以终身,为谦之父所阻。刺血寄谦之诗云:"长门当日叹浮沉,一赋翻令帝宠深。岂是黄金能买客，相如会解《白头吟》。"后与谦之复过武昌，于石榴树下赋诗云："安石孤根托谢庭，合欢枝见日青青。要知雨露深如许，结子明朝似小星。"竟为篷室，遂所愿矣。

三二

秋香无姓，乃秦淮河上名妓也。早慕青莲，不逐杨花漂泊。适人后，有旧相识仍欲昵之，乃以扇画柳，题诗拒之云："昔日章台舞细腰，凭君攀折嫩枝条。而今写入丹青里，不许东风再动摇。"后有湘云者，亦适仕族，守志终身，咏荷花以见志云："濯濯红衣映水滨，闲花野草不为邻。纵教生在污泥里，细看原无一点尘。"二诗即物见志，用意相同，长谢烟花，脱离尘垢，亦青楼中矫异人哉。

三三

程贞卿，钱塘人，能吟诗，兼工相士。或遇少年姣好，则唱和尤多。有和某赠诗云："梅花明月几生修，曾泛孤山山下舟。何日重游生长地，湖光如镜照梳头。"

三四

红杏，委心山阴某，誓欲相从，赠诗云："分明连理订良期，愿事樵青誓不离。忽忆儿家歧岭住，教人肠断足临歧。""杨花飘泊感西东，别恨山程水驿中。生小烟波怜荡桨，可堪巫峡梦难从。""一曲琵琶泪不休，喃喃絮语四弦留。相思远似程江水，绕过清溪尚欲流。"

三五

红兰，逸其姓，浙东人。本名家女，沦落津门，能诗，善调笑。海虞孙赤崖识之，极为眷恋。及赤崖归，红兰赠诗，有"清泪好随流水去，送君双桨到姑苏"之句。孙有留别诗数首，倍极凄艳，其警句云："珍重旗亭留后约，红巾小字泪模糊。"情致缠绵，可称双绝。

三六

"山外青山楼外楼，楼前杨柳意轻柔。可堪历历樯帆过，不见郎家寄信舟。"

此丁畹兰倚栏怀人之作也，畹兰本青楼中人，后适闽人张氏子，方张之有约未来也，盼不及待，诗以咏之。

三七

朱斗儿，字素娥，沪上名妓，有送人诗云："扬子江边送玉郎，柳丝牵挽柳条长。柳丝挽得行人住，多向江边种数行。"

三八

陈宝琴，亦青楼翘楚。有某幕客，一见倾心，遂至积思而病以殁。方其疾剧，绵惙数日，友走乞宝琴，欲得一着体物以殉。宝琴泪泗纵横，解里以与。斯人见此，乃得瞑目。其友为咏云："茫茫恨事独情痴，说与婵娟苦不知。浑似春蚕真薄命，分明到死尚含丝。"宝琴于来春寒食，亲为哭奠，极哀，旋在某庙清修，乃报知己也。

三九

彰德府左近之旅馆，时有游娼入店荐枕。记某君作嘲该处娼妓诗云："落店请看媳妇儿（注：该处土俗呼土娼为媳妇儿），客中大半尽痴迷。粉条薄饼高粱酒，韭菜蒸馍猪肉丝。土炕鱼水情未已，布衾木虱痒难支。问谁解此温柔味，不是登徒恐不知。"形容尽致，极堪喷饭也。

四〇

某妓面麻，索某诗家赠诗，以夸耀姊妹。某乃书七绝予之，诗曰："公主明妆额点梅，芙蓉人面绣成堆。赠卿一镜临窗照，蘸着些儿麻上来。"后经某游者说其故，乃大骂不已。

四一

周飞卿，吴江人，寄范洛仙云："黯淡销魂独倚楼，登山临水又逢秋。檐前垂柳丝千尺，只系柔肠不系舟。"

四二

钱雪姣，维扬人，意气豪迈，某公子昵之，几忘日夜。而雪姣薄视金钱，每于灯明夜静，茶香酒醒之余，力讽以还家务业，勿复留恋狭斜。公子感之，卒成富室，娶雪姣为侧室，乡人皆贤称之。有艳其事者，咏之云："佳话维扬又一新，妓楼烟月见情真。贤明直似闺中妇，毕竟成全赖美人。"

四三

妓女倩萍，吴姓，擅诗词。曾向所欢索一束带，所欢问带之长短尺寸，乃答以诗曰："既许红绫系，何须问短长。纤腰君抱惯，尺寸自思量。"后嫁某富商，贮中金屋，某君寄诗讥之云："淡红衫子淡罗裙，淡扫蛾眉淡点唇。淡淡一身全是淡，为何嫁个卖盐人？"盖所嫁者，乃盐商也。妓仍答以诗曰："香钱买得西施去，底事干卿梦不安。亦淡亦咸风味好，惹人都为一身酸。"

四四

洁兰姓高氏，皖江人，喜与文士往来，无门户习，有豪侠风。与陈某善，陈游燕京归，度岁颇窘，高以三百金赠之。未几病亟，邀陈面晤，泣曰："十年之交，不及见君发迹，兹别良可恸也。"遂绝。有客纪之以诗云："琴剑飘零返上都，残年风雪迫穷途。怜贫高谊青楼在，翠袖无烦婢卖珠。"

四五

青箱、红楼两词史，本良家子，以故堕落平康。曾经狱讼，阳云樵明府代雪其冤，比阳去任，姊妹各以诗赠行。青箱七律云："自怜弱质貌娉婷，魂梦惊飞叹几经。鸟坠网罗愁玉翮，花摇风雨镇金铃。曾推云鬓双鬟绿，依旧山眉一样青。公到前途询往事，兰闺曾有血衣腥。"红楼一绝云："生长红闺不识官，吐绒窗下影团圞。五组亲拣文蚕色，好绣琴堂护彩鸾。"姊妹多才，后先辉映，而遭逢不偶，两人竟出一辙，信乎天之善厄红颜也。

四六

书生某，大家子也，以不入正轨，沦落为贼。虽窘至盗窃，酷爱狎邪游，而诗兴尤豪焉。识一妓，妓亦工吟咏，乃不时联咏，绸缪异常，一则不脱妓家色相，一则总露偷儿口吻。其联咏诗云："柳花朵朵逐人飞（妓），七尺墙高不用梯（贼）。放下帘钩低拂燕（妓），掘开洞壁暗偷鸡（贼）。黄莺枝上频惊梦（妓），黑狗门前乱咬衣（贼）。嫁得才郎侬愿足（妓），大家唤尔贝戎妻（贼）。"

四七

"几丛零落夕阳中，冷蕊疏枝也自红。莫效轻罗作团扇，恐随汉苑弃秋风。"语意可怜，寄慨实深，此蒋苣香校书咏剪秋罗之作也。苣香质娇罗绮，性僻烟霞，与名流往还，辄有憔悴自伤之意。喜吟诗，间亦能画，青楼中有数之人。同时有梁桂林者，亦喜吟诗，又工度曲，其《咏菊》断句云："纵教篱落添佳色，过尽春时不算花。"寄托悲凉，饶有别趣。

四八

万雅翠，见忏情侍者《沧海遗珠录》，谓其仪静体娴，有大家风度，绣余妆罢，吟韵时闻。顾其诗不多见，仅得其《闺思》一绝云："针线慵拈倦欲眠，妒他双燕逗帘前。小鬟未识侬心意，戏扑飞花贴翠钿。"殊觉艳丽可喜。

四九

"五度春风四十抽，鸳衾一夜记绸缪。诸君莫笑衰翁懦，压倒人间未入流。"某翁年逾知命，因纵欲过度，已得痿症。然春蚕将飞，犹不自悟，与某妓颇昵，不惜重资，献媚老鸨，以图真个消魂。妓虽不欲，迫于鸨威，酒阑灯灺之际，不得不逐客留髡。当其解罗襦，亲香泽，衣裳颠倒，意态如何，局外人不知也。翌晨，有询问昨宵事者，翁乃口占右诗答之云。

五〇

海上青楼中，昔年有杨三者，性格高岸，丰致嫣然。僦居沪北金隆里，足不出户，凡歌楼舞榭，酒肆茶寮，绝不一临玉趾。虽有力者折简相招，亦色然严拒，故群以"妓隐"称之。致久游海上者，虽耳其名，实难邂逅相遇。枇杷花下，闭门而居，于千红万紫间，别开生面，亦俨然薛涛再世矣。上舍秦某，独与之昵，友朋中有嘲之以诗云："欲得杨三一点情，明珠十斛尚嫌轻。半文不费偏知己，妒煞琅玕上舍生。"可见其人倜傥不群，非贪钱卖笑者可同日而语。若使现时津上，重有其人，吾虽为之执鞭，亦所忻愿也。

五一

张某，家素封，性倜傥，有奇癖，喜作狎邪游。宿妓每左拥右抱，方称意旨。然反侧酣战，春色平分，实难兼顾。每感莺叱燕嗔，驾驭不力，乃有诗自嘲云："不寒不暖二月天，唤得双妓共榻眠。鸳鸯枕上三头共，翡翠衾中六臂联。开口笑时还若品，侧身卧处恰如川。方才了得东边事，又被西边打一拳。"诗意逼真，情趣如画。

五二

鲁人张某，美丰姿。少读书，屡试不售，遂弃儒习贾焉，常往来于苏扬间。年近而立，尚虚中馈。偶因访友，过一巷，有女郎携小婢，街头闲立，姿态浓艳。张目注视久之，徘徊不忍去。女亦频凝其眸，似甚相慕。张不敢措词而返。后逢人探访，知为名妓陆霞卿，喜甚，竟造访焉。霞卿能诗，吐属风雅，每念青楼非久居之所，欲脱离苦海，择良而从。自见张后，遂倾心愿，与谋偕老计，张以三百金为之脱籍。霞卿既作商人妇，屏除脂粉，以诗自娱，举凡武林六桥三竺之间，皆有题留。记有《访苏小》一绝云："南朝金粉忍重论，宿草萋萋满墓门。油壁香车零落尽，繁华如梦已无痕。"清新可诵。后张遘疾卒，遂服毒以殉，诚青楼中成真正果者也。

五三

吴某，苏之乡人也，貌美而谨慎。遇妇女路侧，每低头而让，目不斜视，人咸以呆子笑之。一日，因事之沪上，偶作闲游，为野鸡所弄。某文人闻之，戏成六绝嘲之云："三三两两逐人飞，态尽妖娆韵尽稀。寄语夜深行不得，纵非熟客也牵衣。""拉拉扯扯进伊门，踏遍危楼十二层。何物鸨婆频致意，可能真个此消魂。""干湿装来价值低，一盆瓜子一生梨。麻疤臭恶肥兼矮，如此名花怎品题。""搜寻衣袋不知羞，极力撑扶汗直流。土语维扬纯熟透，问他坚说是苏州。""惯凭胡调卖清娇，头脑昏沉意兴遥。苦苦留宿苦推却，伪将好事定明朝。""英蚨一翼破囊悭，深悔无端相好攀。更有不堪回首处，断云零雨隔房间。"

五四

柳河东旧藏古镜，盖唐时物也，背面镌辞曰："日照菱花出，临池满月生。官看巾帽整，妾整点妆成。"遍征名流题咏，查池山《金陵杂咏》一绝云："宗伯衮清世莫知，菱花初出日临池。点妆巾帽俱新样，不用传吟镜背诗。"言外之旨，婉而弥讽。

五五

吴眉纤，皖江人，本大家妾也，不见容于大妇，遂移居宜城。有娼妇李玉卿者，一见惊为奇货，重价购之，因隶乐籍。眉纤姿态姣媚，亭亭玉立，以风情胜。尤长于歌，一曲未终，消魂满座，纵老技师亦自叹弗如也。玉卿有妹曰巧娘，韶丽过于其姊，使从之歌，亦能继其声，但柔媚有余，而雅静不足。眉纤既入平康，艳名大噪。魏塘金生，弱冠负时誉，停棹访之。既见，眉纤向壁默坐，不酬应一语。生强使之回顾，曰："卿不识我是名士耶？"眉纤注视微笑曰："妾初以名士必风流可喜，今知亦纯盗虚声耳。不然，何得借名士恫喝人也。"生悻悻而去。时有诗人邵楚吟者，年方十八，慕名过访，赠以七绝数首，有云"何事当年霍小玉，药铛茶臼泪浪浪"，盖讽之也。眉纤执诗以泣曰："邵生真知我心者。"由是辄托病谢客，施复卜宅于城外僻巷中，幽闺深阁，不复炫售，非素知心不得见。暇辄绣《黄庭经》以自忏，泊如也。一日，楚吟偕友造其庐，则门巷依然，主人非旧。楚吟叹为秋水芙蓉，非尘世中也。阅日往访，适眉纤感嫩寒，晓妆未竟，蛾眉不扫，螺黛已捐，案惟置《法华》《楞严》经数卷而已。继问姓名，知为楚吟，眉纤欣然谢曰："承惠新诗，足为温柔乡棒喝，顿使妾花下警幻，情海息波，故长斋绣佛，绝念纷华。昔东坡吟'门前冷落'之句而琴操悟，况妾岂止是哉。今之键关屏迹，即以了此日烟花之劫，庶几无负君此诗耳。"楚吟肃然致敬曰："卿有慧根，并通禅谛，自足力弃柳街，心依莲座。不然，黑风成障，红粉误人，绮罗丛里，沉溺良多，安肯皈依登彼岸哉。"因复赠一偈以坚其志。此又青楼中真成净果者，见《艳异编》。

五六

姚湘云，楚产也。少遇丧乱，随母流离，至冀北，遂家焉。既长，色艺俱妙，兼能为有韵之言，名亦日起。时东海徐太史釚，皖江沈明府子民，陈布衣金鳌，迭兴诗社，每燕会，座无湘云，客不为欢。而士大夫道出冀北者，咸愿一登其妆阁，当时为人所艳慕如此。诗所传不多，惜皆散轶。记有《送王生入都》云："樱桃湖上依依柳，折送行人欲断肠。此日尚衔椒柏酒，几时重染橘橙香。纵拈宝柱慵弹瑟，更有何人为解珰。珍重临歧无别语，脱双藕覆作思量。"风雅天然，是亦平康中不数见人物也。

五七

陈圆圆，明末苏台名妓也，其事迹关系明清兴覆至巨，谈史者类能知之。五华山之华国寺，有小楼，相传为圆圆妆阁，中悬圆圆小影一帧。大兴舒铁云因事过其地，寺僧导之登楼，见其小影，栩栩如生，为题诗云："武安席主事如何，玉帐秦川夜渡河。岂有佳人难再得，可怜朝士已无多。黄尘燕市三军泪，青史吴宫一曲歌。至竟桓温老奴子，五华缥缈睇双蛾。"

梅 斋 诗 话

秦俯铭

载于《学生文艺丛刊》1934 年第 8 卷第 2 期。作者秦俯铭，生平不详。

本篇诗话选有戴天仇《闺思》诗、《哈哈报》上《红豆词》四首、教书先生与贼对答诗，皆饶有兴味。最后一首杨云史《夜沉沉》新诗最为独特。杨氏原以旧诗著称，是近代诗宗唐之大家，在 20 世纪 20 年代却创作了一组游戏新体诗，此诗即为其一。这显然是受到新文化运动影响，今之论者（程中山）以为写得"浅白而谐趣，近似元曲味道"，可惜未引起学界重视。本篇诗话作者亦称赞它"婉转有致，句句耐人寻味，名人作品，的是不凡"，将其选入诗话，刊于学生读物，可见此诗在当时的流传与风评。

——

戴天仇，字季陶，乃老同盟会会员，亦现时南京国民政府重要之人物也。国学根底极深，曩主《民权报》笔政时刊有《闺思》一诗云："两地一相思，相思不相见。中夜起凭栏，皎皎月光灿。望君君不归，使我心伤悲。愿化黄鹄鸟，朝夕傍君飞。"又《劝君当早归》云："劝君当早归，欢笑能几回。莫学瞿塘贾，偏使妾心悲。劝君当早归，早归妾如旧。莫待燕飞时，人比黄花瘦。"情词缠绵，旖旎动人，颇极婉丽之致。

534

二

《哈哈报》载有《红豆词》七绝四首，已失名，特录之。（一）"名自风流体自轻，更怜颜色太凄清。等闲识得梢头豆，灯灺宵深无限情。"（二）"弱质端宜掌上擎，汉家飞燕欲输卿。只怜太觉匀圆甚，转尽相思梦不成。"（三）"豆是无情人有情，将人数豆易分明。一升红豆三千粒，惟有相思数不清。"（四）"只为相思谁救济，晶盘贮豆饲黄莺。待他啄尽相思去，剩得团圞一片明。"

三

有某甲，执教鞭于某村小学，性滑稽，寄宿校中。一夕夜阑，就寝，因思潮上升，未入南华梦境，乍闻墙边砖瓦发声，并听有人扒掘，料为梁上君子。一时无计可施，因就枕上狂吟曰："剥啄声声倚枕闻，料知鼠辈是同群。诗书架上堆千卷，财帛箱中无半文。此去莫惊黄犬吠，好行休损绿苔文。兹因露冷霜华重，不及披衣起送君。"贼闻诗不觉黯然，亦吟一绝答曰："早知斯文富有余，闲来夜月到君居。听君一夕凄凉语，收拾丝纶钓别鱼。"事虽齐东，用作饭后茶余谈资，颇堪发噱。

四

杨云史，吴子玉之秘书也。才具卓识，风流倜傥，工诗词，兼长白话文。予曩读其《夜沉沉》新体诗一则，婉转有致，句句耐人寻味，名人作品，的是不凡。其诗曰：

夜沉沉似这般玉骨清凉，怎一会儿疏星残月转过纱窗。起来推枕撩云鬓，说三更时候了，送我过红墙。

送你过红墙，来的时花片深深步步香，去的时风露零零院落长，只怕是犬拥金铃人语响！携手下银床，出云房，这细骨轻躯怎禁得单薄罗裳。我替你把花冠重整，披上翠云氅。呀！甚功夫这片片花儿，落满了衣襟上？

女 子 诗 话

桂　英

载于《国货月报》1934 第 1 卷第 12 期。作者桂英，生平不详。

《国货月报》，1934 年创刊于上海，1935 年即停刊，月刊，以提倡国货、振兴民族工商业为宗旨。该刊重视向负责采购家庭物资的妇女宣传国货运动，曾刊文建议妇女立志不用洋货，并规劝家庭成员都用国货。

本篇诗话选评女子之诗，特色是重视妇女的爱国情怀。作者批评杜甫《兵车行》中的妇女"只知儿女之私情，不急国家之大难，诚足耻也"，推崇劝丈夫以身殉国的"征妇"。录金芷兰《战场行》，称赞其"慧心尚武"。鼓励女子尚武、呼吁妇女爱国，这与《国货月报》提倡妇女买国货，其用意是一致的，即希望妇女积极参与到爱国救亡浪潮中去。这体现出经过近现代的女权运动，妇女已成为不容忽视、必须争取的群体，也说明战争局势下的全民动员活动，一定程度又促进了妇女政治地位的提高。

———— 一 ————

古代社会家庭之情状，恒描写于名人诗歌中。读少陵《兵车行》，足见当时妇人，只知儿女之私情，不急国家之大难，诚足耻也。然古之妇人，岂尽若是；不观宋刘孟熙《征妇词》乎？曰："征妇语征夫，有身当殉国。君为塞下士，妾作山头石。"慷慨激昂，深知爱国之大义，方诸南北美战时之妇人，当无逊色。

二

近代金芷兰女士，曾作《战场行》长歌，其末章云："将军手提贼人头，英风凛冽见者愁。马行迷路不可识，醉卧沙场枕白骨。"慧心尚武，意态如虹，足为木兰后之嗣响。

三

文人爱书，自昔已然。每闻朋友之家，藏有珍本，无不广求借阅；每多久假而不归，故古人诗云："异书浑是借荆州。"又云："借书常送迟。"诚通病也。近代程浣青女史有《辞人借书》一绝云："年来自笑蠹成鱼，不惜金钱只惜书。白璧恐无归赵日，世间谁是蔺相如。"剧有趣味。

四

清道光中，黄子植比部为其夫人购一狐裘于燕市，典肆中人谓系内家物。携归重制，于衣内得一绝句云："一入深宫二十秋，长门侍奉只添愁。宫衣典尽非沽酒，不及长卿鹔鹴裘。"此可于御沟红叶及宫袍诗句外，又添一佳话矣。

五

元微之《遣悲怀》诗，悼其亡妇，词浅意深，古今同概。近见某女士为兄悼其亡嫂，仅五绝一首，诗曰："物在人何在，人亡物尚存。无人偏见物，见物更思人。"寥寥二十字，简单已极，且着笔平淡，不落前人窠臼。诗中不用一哀苦字，而伤逝之情，悼亡之感，已包括殆尽矣。

六

有新纳妾者，其妻贺以诗云："恭喜郎君又有他，从今我便不当家。愿将事事都交付，柴米油盐酱与茶。"从表面上观之，此妻可谓贤德，惟诗中却明明隐含一"醋"字矣。

春 池 馆 诗 话

唐玉虬

载于《越风》1935 年第 5 期，1936 年第 6、7、8、10、11 期。

唐玉虬（1894—1988），名鼎先，字玉虬，号臀公，以字行，江苏省常州市武进区人。明代散文家、军事家唐顺之之后。自幼家贫，发奋读书，师从名儒钱振锽（名山），力学成才，兼精医学。作此诗话时，唐玉虬正居杭州，任浙江省建设厅文书科科员。

《越风》1935 年 10 月创刊于杭州，1937 年停刊，共发行二十九期。其中一期为 1937 年第二卷的增刊。每月 26 日由越风社发行，由黄萍荪主编。月刊，属于文史类刊物。以刊载东南史料掌故、乡贤名人之轶闻、诗词小品等为主要内容，带有鲜明的地方色彩。

本篇诗话首先选录明末常州金象晋、章大士之诗，颂其志节，哀其诗之不传。其后主要讨论王夫之诗论，如王夫之以为徐渭、汤显祖作品超过李白、王昌龄，而贬低前后七子，而唐玉虬则批评王夫之有门户之见，对徐、汤过度标榜，对前后七子持论不公。唐玉虬还指出，后人作品不如盛唐诗歌之声远境高，原因在于后人不会"吟咏"，致使诗声式微。篇中第四则较为特殊，因"九一八"事变后，浙民厅视察陈炳麟请改题西湖博览会纪念塔为"戚继光纪念塔"，唐玉虬便为此创作歌行一首，兼述戚继光向唐顺之学枪法事，抒发对唐顺之、戚继光、俞大猷三位爱国儒将的景慕与追思。最后则录明代江以达五律二首，并品评历代咏梅诗。

《春池馆诗话》多关注明末爱国将领或遗民的悲歌，这与当时日军正蚕食中国的严峻国情和作者的爱国热忱是分不开的。

一

吾邑金象晋，字子开，号竞庵，忠洁公铉犹子。忠洁公际明鼎革，起义师图恢复，兵败身死（事详《明史》传）。竞庵昼夜饮泣，校刻其遗稿。缁衣芒履，为方外游。暮年病革，知不起，有"酒扶将死病，花笑欲归人"之句。竞庵同邑友人章大士，字我任，传高忠宪（攀龙）之学者，亦工诗。《西台怀古》云："柴门偃仰苦衔杯，剩有遗民溷水隈（吾邑有溷湖，与太湖通，五湖之一也）。不惜孤踪飘一叶，东风吹泪上西台。""露出刀瘢与箭疮，曾将一旅效勤王。死生只倚文丞相，夜夜清宵祝剑铓。"《抵京口即事》云："飘蓬湖海已忘情，书剑相携有宿盟。带水埶云天设险，孤舟又泊润州城。"《春监泊下关》云："江上扁舟思不胜，飞花万点浪千层。可怜衰须飘蓬日，偏到春归望孝陵。"《挽恽南田》云："家世东南仰巨儒，名驹千里望前途。悲来只有西台恸，手挈江山入画图。"又律句云："云中宫阙谈天宝，月下荆榛泣靖康。""浊酒欲浇皋羽墓，清流只向子陵台。"悲壮苍凉，字字血泪。吾师名山云："明季忠义工诗者，无过张苍水先生，竞庵、我任可与伯仲矣。"又云："玩我任'刀瘢''箭疮'，及'天险'语，似躬与义师者，然不可考矣。"愚谓苍水先生义声动天地，其诗亦传诵士夫之口。我任虽秉义节，工诗与苍水埒，然其所著《圃田集》勿传。寥寥数章，盖劫火之幸草也。而竞庵所传，只此二句。长天冰雪，孤雁数声，有心者听之泪下矣，吾安得不表而出之。

二

明遗民衡阳王夫之船山，著书土室，当时名不出闾里。二百年后曾文正公刻其遗书，声光乃著，炳耀乾坤，世以配梨洲、亭林为三巨子矣。其所著《读通鉴论》，士林几人手一编。然人知其史学与经学、理学之湛深，而不知其诗学亦自负之甚也。船山所作诗有《姜斋诗分体稿》四卷、《姜斋诗编年稿》一卷、《姜斋诗剩稿》一卷、《柳岸吟》一卷、《落花诗》一卷、《遣兴诗》一卷、《和梅花百咏诗》一卷、《洞庭秋》一卷、《雁字诗》一卷、《仿体诗》一卷、《岳余集》

一卷、《忆得诗》一卷、《鼓棹初集》一卷、《鼓棹二集》一卷、《潇湘怨》一卷，其所评诗则有《古诗评选》《唐诗评选》《明诗评选》诸种，其论诗则有《诗绎》《夕堂永日绪论》等作。即其所著诗篇之多，亦足与王凤洲相敌，岂不泱泱乎大国之风哉！然船山论诗则不与凤洲、于鳞，而其平生所最倾心悦服者则义仍、天池也。兹得其评二家诗，略录于本刊第六期。

<h2 style="text-align:center">三</h2>

天池《龛山凯歌》云："无首有身只自猜，左啼魂魄右啼骸。凭将老译传番语，此地他生敢再来。"船山评云："才是雄浑，才是悲壮，七才子优装关羽耳。"《边词》云："四壁龙门铁削围，枉教邓艾裹毡衣。莫言虏马愁难度，即使胡鹰软不飞。"评云："但'软不飞'三字，古今除却夕堂，无第三天池也。"夕堂，船山自谓也。观此，船山之倾倒天池与其自负，尽于此数字中矣。《武夷一线天》诗云："双峡凌虚一线通，高巅树果拂云红。青天万里知何限，也伴藤萝锁峡中。"评云："以为真则谲，以为谲亦真，只恁劈空说去，此则夺青莲之座，不但梦得。然梦得之于青莲，奚同奚别，正不许浅人知之。知之则于作小诗也不远矣。"又云："文长、义仍坛坫各立，而于七言小诗，往往有合，技到绝处必合也。"义仍《病酒答梅禹金》诗云："青楼明烛夜欢残，醉吐春衫倚画阑。赖是美人能爱惜，双双红袖障轻寒。"评云："若非声情之美，但有此意，令谭友夏为之，求不为淫哇不得也。"《江宿》诗云："寂历秋江渔火稀，起看残月映林微。波光水鸟惊犹宿，露冷流萤湿不飞。"评云："沉酣而入，洗涤而出，诗之道殆尽于此乎。"《朔寒歌》云："白道徐流过五重，青春绣甲隐蒙茸。归骢莫缓游乡口，噪鹊长看小喜峰。"评云："不关边事，亦不关边愁。无所倚以立意，空中着色，撰出此一首诗。正使言事言愁者，取之无尽，惟许'黄河远上白云间'相为后先，'秦时明月'犹落思路中也。王、李标盛唐之宗，何尝得此？"《胡姬抄骑过渭河》诗云："渭南兵火照城山，十八盘西探马还。似倚燕支好颜色，秋风欲向妙娥关。"评云："不离此等诗，自得圣证，其妙固不可以言传也。临川绝句，有似江宁（王昌龄）者，有似播州（刘禹锡即梦得）者，有出播州江宁上者。其妙全在空中楼阁，尺寸不差，定是千古一人。"《送卖水絮人过万州》诗云："江西水絮白轻微，残腊天南尚葛衣。见说先朝曾雨雪，槟榔寒落冻

鱼飞。"评云："且道渠因甚恁底说结施俊语，遂可令人疑止此耳。此所谓似播州而出播州上者也。"《达公来别云欲上都》诗云："艇子湖头破衲衣，秣陵秋影片云飞。庭前旧种芭蕉树，雪里埋心待汝归。"评云："雄浑如斯，历下（谓李于鳞）策马追之不及，顾不欲雄浑孤行。"

天池，山阴徐文长渭；义仍，临川汤若士显祖也。观船山之言曰："除却夕堂无第三天池。"又云："后来嗣音者，临川定许何人，不敢昧心。"数语弥见倾倒山阴、临川之至，而直认为其替人矣。然山阴、临川之诗，自有其佳处。盛唐龙标（王昌龄）、太白之诗则特有其佳处。谓义仍之诗，有时突过梦得则可，谓其突过太白、龙标则不可。梦得固非唐代一等高手，元遗山尝论之矣。至龙标、太白之绝句，九霄神龙，何可几及也！请得而言之：声、香、色、味、境、格、神、韵八字咸具者，盛唐之佳诗也；得其三四，遗其三四，或得其一二，遗其六七者，后人之佳诗也；得其三四，遗其三四，以上船山所录义仍之佳诗也；得其一二，遗其六七者，以上船山所录天池之佳诗也。八字中他字后人犹可几及，其声之远、境格之高，惟盛唐人为独到，后人无论如何不能几及。此其限于天欤？限于时代欤？实则工力不如古人耳。请但以"声"言：声贵宏远有余音，古人所谓声震简外者也。盛唐诗之声，洪钟噌吰之声也；后人诗之声，能为长笛嘹亮之声为最高矣，最下则如击土鼓朽木耳。欲声之高且远，贵在酌字。酌字之法，古人亦有言之者矣。如"不教胡马度阴山"之"马"字，试易以"骑"字，未尝不可读也，然声容则大减矣。"群山万壑赴荆门"之"群"字，试非老手，对"万"必用"千"字，然以"群"易"千"，则韵协而音弥远矣。"不教胡骑度阴山"之句，譬之于射，彀弓七八分而发矢者也。"不教胡马度阴山"之句，彀弓至十二分而发矢者也。然后人则足于"骑"字，不上取"马"字矣。其何故欤？曰：古人求师，今人不求师；古人善读，今人不善读。今人胡琴唱二黄皆有师，一字半音，穷年累月究之不已。至于诗则不然，屠贾贩夫，识字如瓜不论担者，皆能为之。七字一顿即为七字诗，五字一顿即为五字诗，此其所以愈作愈下也。昔有人诵己作于东坡前，问曰："何如？"东坡曰："七分诗，三分读。"此诗所贵善读也。读律绝诗，当如苏门之啸，有凤鸣鸾哕之声。准其字之四声，抑扬高下，字字送到，跌荡顿挫，曼声诵之，此古人所谓咏也，所谓长吟也。今人则直其声哼之而已，又何能得其音节之高下哉。洪钟无别于土鼓，安能辨"骑"与"马"之得失，此诗声之所以日趋于微也。

盛唐佳诗，敦厚高雅；义仍佳诗，精颖俊爽，然其格调亦何能与盛唐相拟？船山谓"噪鹊长看小喜峰"一首，"惟许'黄河远上白云间'相为后先，'秦时明月'犹落思路中"云云，未免阿其所好，标榜太过。船山上不取前后七子，下不取钟谭，所推服者惟义仍、天池。不知后七子中弇州实有佳诗。其《正德宫词》七绝一首云："夜半毬灯出未央，俄传鞭铎向平阳。六宫处处如秋水，不独长门玉漏长。"则真唐人格调、唐人意境也。船山亦不选录，知其于此道，尚隔一层，义仍在南都取《弇州集》涂抹之，送还弇州。弇州见之怃然曰："吾知更有涂抹若士文章者，在其后也。"弇州此时客气已消，义仍则方盛气勃勃不可遏。船山既欲追步义仍，此所以摈弇州诗不录，亦门户之见也。天池则自谓诗不如画，船山则颂之不置。《龛山歌》用意甚奇伟，然用字狰狞。船山讥七子优装关羽，而独赞此诗为雄浑悲壮。然亦安能禁后人不讥此诗为优装翼德乎？惟"即使胡鹰软不飞"一首，确是佳诗。而天池《边词》又一首云："墙头赤枣杵儿斑，打枣竿长二十拳。塞北红裙争打枣，江南白纻怯穿莲。"而船山亦力为宣扬，誉为刘梦得绝技，绝句则近魔障矣。又如义仍"天开贵竹当雄楚，地拥西台接丽江。"明明是套太白《上皇西巡歌》句调，乃谓较太白原诗深远十部，能服太白之心乎？

四

"九一八"之役，举国愤慨，闻鼙鼓而思颇牧。于是浙民厅视察陈君炳麟请改题西湖博览会纪念塔为"戚继光纪念塔"，以示激劝，当事已许之矣。会浙省政府改组，前后未相关白，迄未实行。然拙诗已成，可为异日湖上采风与纪故事者，增一资料也。诗曰："戚家枭将风霆发，天锡朱明歼猾贼。大小纵横百战余，廿载阴霾一朝抉。东南日出照瀛寰，赤岸千城老蛟血。风流叔子雅好文，南塘兵法垂千春。（中节）将军树勋在浙闽，善用浙彦如弟昆。遗爱殊威两难忘，峨峨新塔西湖滨。赤堇之铜可铸剑，会稽之竹可造箭。越中奇才甲天下，金（金华）乌（义乌）勇士如雷电。安得将军起九原，重帅沙场恣酣战。予亦当年老将庭，西兴楼舍对暮云。（谓先荆川公教戚南塘枪法事。）家传使得长枪法，飞入辽阳馘战人。"戚继光《纪效新书》曰："巡抚荆川唐公于西兴江楼自持枪教余，继光请曰：'每见他人用枪，圈串大可五尺，兵主独圈一尺者，何也？'荆翁曰：'人身侧影，只有七八寸，枪圈但拿开他枪一尺，即不及我身膊可矣。圈拿既大，彼枪开远，亦与我无益，而我之力尽。'此说极得其精。余又问曰：'如此一圈，其工何如？'荆翁曰：'工夫十年矣。'一艺之精，其难如此。"此拙诗中所引故事，亦钱塘江上千载韵事也。顾《纪效新书》，近人读者尚有，而注意及此者鲜矣。荆川公有月夜登谯楼教俞虚江（大猷）枪法事，一时两名将皆亲受枪法于荆川，公真足以自豪矣。荆川以文儒而精熟枪法，俞、戚以武将而能著述（戚著《纪效新书》《练兵实纪》等书外，更著《止止堂集》；俞著《正气堂集》，更精易理），三公均万古伟人也。

五

贵溪江午坡，名以达，字于顺，明嘉靖丙戌进士，仕至福建湖广提学使，先荆川公友也。方午坡为刑部主事，会有郭勋、邱聚一狱讯鞫，不随尚书聂贤旨，执法不挠，直声动海内。暨督楚学，值章圣梓宫附显陵，午坡绾三司篆，制城门钥。楚王欲假迎灵为名，远邀百里外，引祖制不许，为所诬陷，逮击诏狱。事白释归，永废于家。有诗文集四卷，其五世孙天淯刊于清顺治初。余纂《荆川公年谱》，恳赵公幼梅由天津图书馆借寄读之，文颇古拗，盖不欲效唐宋以下者，诗有静境。兹录其五律二首。《病起读书台小坐》云："病起怯登台，伤春独坐来。鸟鸣移白昼，花落点苍苔。尽日重门掩，焚香一卷开。知无奇字问，不是草玄才。"《获稻》云："容易吴牛刀，收成楚泽田。水声开白粲，霞气入红鲜。偶尔幽栖处，均逢大有年。滞穗从渠利，无劳问十千。"林君复诗云："柴门自掩苍苔色，过客时惊白鸟飞。"午坡"鸟鸣"一联，庶乎近之。

六

咏梅诗佳者殊罕，崔道融"香中别有韵，清极不知寒"；僧齐己"前村深雪里，昨夜一枝开"，佳句也。苏东坡只有"竹外一枝斜更好"一句而已。林和靖"雪后园林才半树，水边篱落忽横枝""疏影横斜水清浅，暗香浮动月黄昏"两联，世称高唱。吾师名山谓："'忽横枝'三字，嫌太生硬；'浮动'二字，亦殊可议，仍只两句可称。"姜白石"梅开竹里无人见，一夜吹香过石桥"，亦佳句也。高季迪"雪后山中高士卧，月明林下美人来"，世讥其俗格。吾友郑曼青《咏梅》云："惆怅南枝放已过，无人来偿此山阿。明朝我又飘然去，让与清溪对影多。"此诚风神绝世者矣。

杏岩书屋诗话

连载于《实报半月刊》1935—1936 年第 3、4、9、12、14、15、18 期。

王森然（1895—1984），原名樾，字森然，号杏岩，河北定县人。教育家、艺术研究学者。毕业于北京大学文史研究所，后任教于河北大学、北京师范大学、中央美术学院等，与齐白石等书画名家交游，收藏名作甚多。著有《中国国文教学概要》《近代二十家评传》《中国近代画史》等。

《实报半月刊》，1935 年创刊于北平，是一种综合性刊物，宗旨为"报道消息，贡献学术，介绍文艺"。

王森然钻研美术，好以艺术思想论诗。如引用王尔德之语，论证诗和时间流动的关系，认为"诗是时间上动之连续分割而成空间之静止，与绘画等艺术同"。诗话中重点讨论了"有情化"的问题，认为"自然有情化，为绘画观点上最重要事，诗亦然"。又具体分析了一些自然景物的"有情化"，认为古诗拟鸟之有情化，胜过绘画，因为鸟之声音形态为绘画所不能兼能。诗话中还收有一些画家之诗，如齐白石、孙墨佛。王森然自己的《杏岩书屋诗稿》今已佚，幸此诗话中存录数首，亦多用将自然有情化之手法。诗话中还有陈宝琛《题梁节庵山水画册》一诗，是陈集之佚诗，由王森然在西单书摊访得，今已收入《沧趣楼诗集补遗》。

—

汪国垣纂《光宣诗坛点将录》，将南湖廉泉推为地微星矮脚虎王英，推万柳夫人吴芝瑛女士为地慧星一丈青扈三娘。南湖诗差有风韵，树骨未高，王英在山寨亦平平，取拟南湖，实相称。小万柳堂主人，在女界文家中，自是俊物。散人家法俱存，诗尚诗音，平生风义最笃故人，秋坟惓惓，亦挽近女侠也。其《哀山阴》二首（时将赴山阴为秋瑾营葬，故有是作）有云："爱书滴滴冤民血，能达君门死亦恩。今日盖棺论未定，轩亭谁与赋招魂。""天地苍茫百感身，为君收骨泪沾巾。秋风秋雨山阴道，太息难为后死人。"并有挽秋女士联语并跋载《神州女报》第一号："一身不自保，千载有雄名。有是哉，秋女士殒戮已旬日矣，既为之传，又纪其遗事。回顾壁间小影，一痛欲绝。忽忆萧选得二语，乃濡泪墨之尺素，他日当大镌其墓门。呜呼，女士其长此党冤耶？丁未六月大暑日桐城吴芝瑛扶病书于南园草屋。"

二

数年前在西单书摊，得听水老人陈橘叟弢盦《题梁节庵山水画册》一首："断桥溃岸数家村，雨少晴多减涨痕。雪白鹅儿绿杨柳，日高犹自掩柴门。"不独画入诗中，即以号称白话诗人者，亦不能更替一字，予甚爱之。

三

妹丹轩，适河间刘纪之，二妹楠香适六合谢东伯，幼时尝在东旺村田野散步，群从赋诗。丹轩有"卜居城市外，景色属江乡。树里蝉琴乱，池边蛙鼓忙。双堤垂柳荫，一片野花香。独步村头路，闲消夏日长"。楠香有"清晨喜散走，出入小园林。踏草绿侵屐，摘花红袭襟。晓风来曲径，残月没遥岑。更有花间鸟，双飞送好音"。予甚激赏。

四

余幼作《家贫》诗，有"多债望天雨，缺柴盼树枯"句，继读杨思立之"家贫留客干妻恼，身病闲游惹母愁"，徐兰圃之"可怜最是牵衣女，哭说邻家午饭香"句，令我三日不敢作诗。

余初咏柳絮有云："风吹柳絮晴天雪，雪落瑶池鱼不寒。想是玉龙春脱甲，缤纷万里白漫漫。"再读燕以韵："小院无端点绿苔，问他来处费疑猜。春原不是一家物，花竟偏能离树开。质洁未堪污道路，身轻容易上楼台。随风似怕儿童捉，才扑阑干又却回。"一似乡农上火车，一似美人入浴池，相形见绌也。继读"我比杨花更飘荡，杨花只有一春忙""明知绣阁多春思，故傍帘前款款飞"句，愈不敢着笔矣。

五

《杏岩书屋诗稿》存八卷约八百首，存故乡家中，未敢示人。近年诗兴过涩，久不动笔。闲披日记，见乡贤刘振声先生跋云"安得放翁日日诗，森然与我共敲推。先生寿享八旬五，笑彼万余不算奇"句，能不愧煞？

六

余十六岁时执教李村店育英小学校，喜读邹世楠《夜归》诗："儿童喧笑各纷纷，未解灯前刺绣纹。夜半醉归人不觉，叩门独有老妻闻。"同事刘子钰，年老鳏居，颇不能耐，遂作《鳏居》诗云："世间最苦是孀居，自有鳏居更苦于。灯下空剩偕老句，床前懒读合婚书。半生若死魂非鬼，终夜不瞑目似鱼。茕独焉能嫌再醮，文君何日嫁相如？"

七

诗是美之生命创造者（王尔德语），生命本是流动，客观之变化，本无一刻停止，因吾人感觉迟钝，故吾人之印象，只是流动之一片耳。故诗是时间上动之连续分割而成空间之静止，与绘画等艺术同。

八

自然有情化，为绘画观点上最重要事，诗亦然。古以花之拟人化者，如"衰桃一树近前池，似惜容颜镜中老"（温庭筠），"微有风来低翠盖，断无人处脱衣红"（陈崿《咏荷》），"一去姑苏不复返，岸旁桃李为谁春"（楼颖），"无情最是台城柳，依旧烟笼十里堤"（韦庄）；他如"有情芍药含春泪""感时花溅泪""桃花依旧笑东风""丁香空结雨中愁""燕子不归花有恨""晓桃凝露妒啼妆""颠狂柳絮随风舞，轻薄桃花逐水流""我比杨花更飘荡，杨花只有一春忙"

等句，均将花有情化也。更如《妒花歌》，尤为入骨三分矣："昨夜海棠初着雨，数朵轻盈娇欲语。佳人晓起出兰房，折来对镜比红妆。问郎花好奴颜好？郎道不如花窈窕。佳人闻语发娇嗔，不信死花胜活人！将花撞碎掷郎前，请郎今夜伴花眠！"两句一韵，真情毕露无余，此非古之白话诗乎？

九

古诗中拟鸟之有情化者尤多，以鸟有关于声音及形态两方面，为绘画所不兼能，惟诗有之。如"兴阑啼鸟换，坐久落花多""晓莺啼送满宫愁""鹦鹉嫌寒骂玉笼""隔花啼鸟唤行人""打起黄莺儿，莫教枝上啼。啼时惊妾梦，不得到辽西"，将鸟之鸣声，听作唤声、骂声、啼声，极鸟之有情化矣，除诗不能得其真似。又如"沙上凫雏傍母眠""鹦鹉无言理翠衿"，是又鸟之关于形态者。

尚有以月与其他景物拟人化者，如："多情只有春庭月，犹为离人照落花""暮从碧山下，山月随人归""蝶来风有致，人去月无聊""举杯邀明月，对影成三人""新弯画眉未稳，似含羞、低度墙头""宛如待嫁闺中女，知有团圞在后头""一二初三四，蛾眉影尚单。待奴年十五，正面与君看"，均极优美沉静之致。

"云因笼月常觉淡，风为吹花不敢狂""东风作态来舒柳，西雨瞒人去润花""蜡烛有心还惜别，替人垂泪到天明""春蚕到死丝方尽，蜡炬成灰泪始干""人去秋千闲挂月""野渡无人舟自横""若有人知春去处，唤取归来一同住"，此皆将时间上动之连续分割，而拟以空间有情化之静止者也。

一〇

余不善为诗，亦曾经一时之灵感，偶得数首："春风冉冉送香来，傍晚出游亦快哉。我有疑团相问讯，春花到底为谁开。"（《春晚出游》）"山容如洗树如妆，雨后诗人喜欲狂。一曲莺歌天色霁，东风十里杏花香。"（《喜晴》）"美人对镜理红妆，几度思量欲断肠。燕子不来春又去，一年画帐为谁香。"（《盼郎归》）"数朵香腮露笑情，丹鬟玉粒院中擎。金津竞裂胭脂脸，满腹琼浆醋一瓶。"（《石榴》）"倚窗独自醉芳醇，洗尽铅华见性真。月下篱边谁送酒，寻香雅称白衣人。"（《咏白菊花》）。虽皆本自然有情化，而欲创造美之生命，及来笔下，则失其本色矣。

一一

刘春池《赋白牡丹》谓："神仙队里风流易，富贵场中本色难。"是何等笔力，是何等自然！《咏柳絮》："明知绣阁多春思，故傍帘前款款飞。"是何等幽美，是何等情深！足见为诗，取景构思易，逼真自然难。欲下此等工夫，必深诗人修养。

一二

余题侯子步画有云："孤寺夕阳千万鸦，断桥流水两三家。荒村一样红霜树，半似烟云半似花。"是景虽逼真，然非创造，盖由画面得来也。是画从自然得来，诗由画面得来，从画面易，从自然难。画面为自然之缩影，自然乃画面之放大，缩则简，大则繁，简易造形，繁难逼似。

一三

去岁秋执教保阳河北省立医学院，路成《过易水有感》七律三首："落叶萧萧芦荻秋，片云疏雨总堪愁。苍烟红树河边寺，露冷风清野外楼。壮士白冠看匕首，将军赤血溅刀头。雄情自是高千古，冀北空余易水流。""野树经霜好辨枫，丹黄到处尽良工。三分暮色随流涧，一种闲情渡晚风。气老荻潭秋水白，天寒蓼岸夕阳红。伤心怕过萧条地，不见荆高盖世雄。""英风侠骨今安在，此地空余水去来。了了残星乡梦远，沉沉落月野船开。荻花蟹火惊鸥鸟，枫叶渔灯乱舫桅。满目凄凉今古恨，天荒地老独徘徊。"

一四

"种类庞杂"，实为现代艺术之最大特色；诗亦艺术，当不外此，不过无论若何庞杂，诗之为物，要为音乐般所表现之文字，而受有横溢之情感与谐和音调所支配之一种形式，否则非诗。

一五

湘潭白石老人，光绪壬寅，行年四十，友人相招，始远游。至宣统己酉，五出五归，行半天下。游兴尽矣，乃造借山吟馆于南岳山下，青灯玉案，口不绝吟。民国丁巳，湘中军乱，草木疑兵，遂来京华，借居法源寺僧舍，以卖画刻印为活计。朝则握笔把刀，日不暇给，惟夜不安眠，百感交集，作为绝句，得一千二百余首。友朋往返唱和，又四百二十余首。亲手写为四本，以二本寄湘绮删改，不数日湘绮没，其稿遂失。所余二本求樊鲽翁删定后，遂束之高阁。丙辰秋，竟为人窃去，曾悼之云："平生诗思钝如铁，断句残联亦苦辛。对酒高歌乞题赠，绿林豪杰又何人。"又云："草堂斜日射阶除，诗贼良朋影不殊。料汝他年夸好句，老夫已死是非无。"先生今年七十有六，仅存诗草二集，轻朗闲淡，见称于世。今春拟蜀游，险山怪浪，诗材盈囊，必多佳获。

一六

津门寓翁刘芝老，年逾古稀，而神明如故，作画刻石无异壮年。虽目见耳闻，时多感慨，然兴之所至，犹复挥毫，有东坡、放翁之旷达，兼义山、长吉之遒劲，人之度量相越，真不可以道里计也。有《梦中题竹》句云："不疏亦不密，干直而独立。虚心以待人，有节皆知己。"又《感怀》云："途穷天地窄，诗瘦古今愁。多少英雄泪，都从笔底流。"又《登富士山旷怀》："直上霄汉摘星斗，下瞰风云雷霆走。群山点点形如拳，茫茫大海掩青天。万年古石千年雪，白头不老老日月。"又《题梅花》："破碎河山颠倒树，那堪涂出与人看。"又《戊午秋月夜渡珠江偶感》："频年漂泊感秋蓬，南下孤帆趁晚风。满饮珠江一瓢水，好将明月葬胸中。"其生平澄清之志，不在南州卧龙下也。

一七

莱阳孙墨佛天舌山人，博闻绩学，夙负撰述之才，襞积网罗，洽通群籍。性倜傥不羁，豪于饮，醉后喜为诗，以纵横排奡，不可控御之奇气，发之于诗，故多惊人语。其《自题拍像》诗云："我是天涯过客，胸罗星斗文章。细嚼壶中日月，饱看大地沧桑。"其《题苦禅补竹叶》有云："点点复离离，参差动若水。

虚心人不知，大节藏于里。"又《题雏凤画红荷花》云："风吹细雨淡无痕，绿影摇空醉墨翻。一领红衫初出水，含香不语立黄昏。"《题芒碣山人王青芳画〈金鸡独立图〉赠翰青老弟将军》五绝一首："金鸡声了了，不怕知音少。独立在高峰，一鸣天下晓。"又《题吴梅村画桃图手卷》二首："一代风流足可观，传留卷轴到诗坛。世间那有桃源境，笑向先生画里看。""江南高士孰堪评，洞里真人不计名。如果桃源仙境在，贰臣决不是先生。"明末吴梅村先生，以诗名海内，文章气节，冠绝一时，与虞山钱牧斋，不可同年而语。明亡牧斋降清，梅村不死，伦辈忌其清高，故拖之降清，以杜其口，非梅村本意。此二诗以《春秋》大义书之，使梅村九泉有知，亦必默含。

合肥诗话续集

杨运知

　　载于《学风》1935 年第 5 卷第 6 期、第 7 期。在第一部分末，附有作者所书的文献征求告示。另，《皖事汇报》1936 年第 26—27 期第 20 页载有安徽歙县人江彤侯（1880—1951）所作《合肥诗话续集序》。

　　作者杨运知，又称杨韵芝，运知或为其别号。安徽合肥人，生平未详。活跃于 1929 年至 1936 年间。他是李家孚的好友。与虞社人士往来唱和颇多，或为虞社社员。

　　《学风》，1930 年创刊于安徽安庆，停刊于 1937 年 6 月，共出版五期。安徽省立图书馆编印，安庆旧藩署内本馆发行。月刊，属图书馆业务刊物。主要栏目有书报评介、安徽文化史料、安徽文化消息等。

　　此前，合肥李家孚曾著《合肥诗话》三卷，民国十七年刊印。此书收录了明末清初之后合肥各诗家生平及诗作，是合肥重要的历史文献之一。据杨运知刊登告示所言："亡友李子渊著《合肥诗话》，关沘上三百年文献，极有价值之书，惜未成而子渊殁，士论惜之。余近搜罗合肥先贤遗什，得数十家，编为《诗话续集》。"可见李氏书未成而殁，杨为其好友，故作续书以补之。今李氏《合肥诗话》收入黄山书社《皖人诗话八种》（1995 年初版），杨氏《续集》尚未得整理出版。

　　《合肥诗话续集》记录了从清初至民国时期合肥地方部分文人的生平、诗篇和著作传世情况等内容，并进行了简要的点评。所选取的文人大多是作者认为诗才不为人所知所识者，对于名士、乡贤、侠士、闺秀、方外诗人，无不采录。可为李氏《合肥诗话》之补充。

合肥诗话续集序

合肥居江淮之间，其方音备四声，得天地中和之气。余尝与其贤士大夫游，大抵广博温厚，修礼义，希风雅，盖亦深于诗教之国也。民国己未之岁，余以闲居，承修《安徽通志》，征艺文于各县。杨君运知，数以合肥先贤遗著见贶，而诗集尤多。今夏乃录其《续编合肥诗话》稿本，出以示余。举凡名官名将、文人侠士，以逮闺媛方外之流，靡不采录。世有治乱，故声有正变。其正者足以抒性情而通讽喻，其变者足以惊风雨而泣鬼神，郁郁乎其盛哉！自清季以来，天下士竞谈新学，风雅道丧，而世教日衰。今杨君独异时趋，搜讨艺文，采掇风什，积十年之久，所得多至百四十余家。且每录一人之作，必首撮其人生平行事，著于篇。将使后世之士，诵其诗者，想见其为人。孟子曰："闻伯夷之风者，顽夫廉，懦夫立；闻柳下惠之风者，鄙夫宽，薄夫敦。"然则斯编之集，其有裨于诗教，岂浅鲜哉？中华民国丙子长夏歙县江炜序。

一

李子渊（家孚），伯琦先生元子。性敏慧，穷究经史。尝读书夜分，父尼止之，则挟书隐讽帐中。年未冠，文采斐然。予与君髫龄缔交，切劘道义，均喜搜罗先贤遗什，思有以表彰于世。然君思虑深远，淡于世味。丁卯秋日，江东被兵，幽忧损性，仰药自裁，时双十节十六周期之日。范文祈死，世多哀之。遗著《一粟楼遗稿》二卷，《合肥诗话》三卷。伯琦先生为之梓行。录其《暮秋登南高峰绝顶古寺》云："峰回古寺出尘埃，浩荡天风长碧苔。一径松萝谢人迹，钟声微度下方来。"《沧浪亭》云："沧浪胜迹已千年，乱石颓垣草色妍。欲向寒流问清浊，孤亭南望尽陂田。"《题长姊孝琼画扇》云："树色山光两不分，清溪风起折波纹。苍苔寂寂无人迹，只共奚童踏白云。"《寄杨韵芝》云："朔风振庭树，岁月忽已晚。故人在乡国，贻我尺一简。简短意无穷，低徊露深款。忆昔赋别离，木叶三黄陨。羲和鞭白日，奔驰不复返。大块本蓬庐，百年一瞥眼。愿子爱春华，努力加餐饭。"近体澹逸似渔洋，古体遒健绝类萧《选》。

二

何鹅亭大令（五云）号蜀隐，康熙贡生，官泗水县知县。著有《对未斋集》《红桥词》，均散佚不可见，只庐陵聂人先、长水曾玉孙合选《名家词钞》，载大令词二十六首。秀水朱竹垞《国朝词综》选大令《减字木兰花》一首。同邑李孝琼女士家恒，辑刊一卷，始传于世。予近得大令诗三首，亟录之。《登中庙凤凰楼》云："仙阁翚飞翠霭间，蓬莱原自在尘寰。绿围细柳千村雨，青映澄波四面山。阆苑鸟传春信远，瑶台凤住彩云间。我来倚遍栏杆月，鹏路天门夜不关。"《同羽士游姥山》云："高山四面俯晴波，突兀中流野趣多。乱石堆云皆鸟道，轻舸泛月尽渔蓑。飞烟影落寒江燕，脱叶声传空谷歌。喜有黄冠成逸兴，买鱼沽酒醉青螺。"《送友人之官嘉禾》云："水涨官河进画舟，望中烟雨一帆收。地连震泽莼鲈美，宦入分湖稻蟹秋。应载琴樽探越绝，肯因丝茧辍吴讴。十年缟纻虚相忆，因尔将成棹雪游。"诗格在石湖、荆南之间。

三

王言如推官（丝），顺治戊子举人，为黄州推官。雪两案谋杀事，申冤狱，黄人德之。又白副将高诚旦之狱，高夜遗人金数小罂，诡云甘鼏，公严拒之，其廉直多类此。少年以诗文见赏于熊雪堂大令。官黄后，与宋牧仲为友，磋磨文史，诗境尤高。著有《年草》《续年草》二集。录其《冬泊彭蠡湖》云："冬水高于夏月中，客身夜半上寒空。浪头似是崩雷下，定击孤山走向东。"《读五柳先生传》云："摇落风尘瘦柳条，读书饮酒意萧萧。奈何有客甘劳瘁，无米依然去折腰。"《雪堂怀古》云："犹是峨眉入画无，素光今已散平芜。文心深夜随雷电，诗客荒天剩鹧鸪。叠浪声翻残瓦石，群峰影失旧屠苏。自怜空有千秋在，未取前人雪意孤。"《丙申孟春送徐仲升赴塞上》云："建奇自古半西荒，塞上威名满汉唐。兵气已销庐岳稳，旗声初动玉门长。军中白马分秦壁，幕下青羌尽朔方。万里不须留别怨，春风应未隔河梁。"《庚子孟夏晚登黄鹤楼》云："兀然峙此江之滨，排阊插角饮古春。上而与霄分一半，我欲因之拭星辰。下而与地避千尺，我欲因之摘沙尘。亦复举手招文袆，安得翱翔缀仙轮。亦复高声呼幸老，安得虚空酒入唇。指点前火即大别，数里参差开岵嵝。汉阳百雉紫烟孤，晴川万瓦沉云子。中有长江动冷光，两岸城郭如倚雪。却遇今日鬼神入，各乘黑夜争没灭。此中词人相背肩，多少心血挂山川。谁谓迷蒙不可破，偏持奇句凿空天。我来客兴何其渺，大观压我墨气小。回首耆阇之飞峰，惟怜一点乡山杳。"断句如《丁亥远归》云："塞雁有声呼日短，树花无色补山空。"《襄阳途中》云："孤骞城郭云中雉，杂起山川雨后虹。"《开封》云："千年雪压梁王苑，万里风悲汉帝宫。"诸联读之似易而为之实难，盖善用熟字炼作生字法也。雪堂大令序其集，谓其孤异之性情，仙居物表，萧闲之风咏，迥别群伦，信然。

四

王燕友通政（纲），号思龄。顺治九年壬辰进士，官至通政司参议，著有《贶鹤亭诗文集》十四卷。通政磊落好交游，复耽吟咏，清丽冲融，妙入晚唐诸家之室。如《过徐总宪园林》云："临流每搁笔，诗思与人殊。双阙城中影，千山槛外图。得鱼宽世网，投鸟爱吾庐。叔子碑犹在，风徽薄鉴湖。"《仅园自题》云："清时容解绶，中岁得悬车。地僻烟霞痼，台荒劫火余。无情同草木，有榻置琴书。鼎鼐弗吾愿，千秋一敝庐。"《秦淮文讌，同林茂之、杜于皇、方尔止、张绣虎、梅杓司、刘远公同作》云："古寺深深坐翠微，移来桃渡倍清晖。白头一老扶鸠杖（林茂翁年八十有二），琼节诸君薄衮衣。衰柳暮烟歌既醉，残山剩水赋将归。开樽江上耆英集，郢曲于今和者稀。"《润州禅院》云："开士幽居古渡头，门临七十二河流。虚堂明月青松夜，隔岸闲云碧树秋。岂有鲁连真蹈海，不堪王粲独登楼。与师重订来年约，闲向沙边数白鸥。"

五

龚禹会先生（嘉稷），芝麓宗伯子。《寿冒辟疆六十诗》云："六十年来水绘园，笔酣五岳小乾坤。鹿车偕隐推先达，虎观传经有后昆。一日党人留信史，千秋才子骂权门。锦堂犹作斑斓舞，忠孝清名海内尊。"虽颂祝之作，而能不落世俗窠臼。门韵一联，尤奇特惊人。辟疆先生号巢民，如皋人。与方密之、陈定生、侯朝宗，称明季四公子。鼎革后，隐居不出，筑水绘园，与诸名士觞咏不绝。巢民后辑友朋筹诸答什，名之曰《同声集》。

六

高逸少明经（笃恭），康熙岁贡生，苦学嗜诗，虽环堵萧然，而吟哦不倦。尝自咏云："劳劳耻作驱名客，淡淡甘为守拙人。但有商歌出金石，家徒四壁不知贫。"读之可想其襟怀。

七

李秀升明经（秀），顺治甲午恩贡生。性潇洒，极喜读书论古，与芝麓宗伯为友，得其薰染，故亦以诗鸣。《过巢湖登姥山圣姥庙》云："湖上赏梅细雨过，辞舟独步傍山阿。梧声滴下阶含绿，云气飞来壁有波。一带远峰横翠黛，几拳奇石隐幽萝。坐深众响盈虚室，莺语尤添百样和。"写湖山幽景，清越可诵。明经晚年移居舒邑，徜徉以终。

八

林畅亭茂才（周），乾嘉诸生，隐居肥东北乡南冈，授徒自给，著《南冈漫草》四卷。张渔村明经序其诗，谓"直写性灵，与剑南、后山为近，能道人人意中所欲言，而不肯言与不能言，而先生独言之"。或有病其易者，先生曰："吾自适吾适，消遣岁月耳，岂与骚人墨客校短长于僻字涩句间哉。"录其七绝《读〈桃花源记〉》云："返棹重寻洞口寒，空余流水自漫漫。渔郎只恨仙缘薄，记得分明再到难。"《席上赠歌者》云："檀板敲残烛影斜，欢场忘却鬓毛华。扬州梦已多年觉，又听新词《蝶恋花》。"古体《杂感》云："人皆笑东施，而我独夸彼。非夸颜色好，夸其学西子。自恨貌不如，效颦非得已。揽镜长叹息，激发在知耻。胡为称丈夫，罔识里仁美。里中有仁人，齿德重桑梓。凡有向善心，各官亲意旨。见贤不思齐，丑妇应冷齿。"断句如《郊行即事》云："溪寒晚稻收镰早，树隐村鸡叫午迟。"《落花》云："因知乐境皆为梦，莫怪禅机尽说空。"《□十》云："黄金非祟偏迷客，白发无知解上头。"《春夜》云："啼鸟莫惊忘晓客，残灯易恼未眠人。"《雪后》云："低檐溜冻长拖地，枯树花开白过棉。"《读放翁集》云："直写性灵方耐读，不经雕琢始为工。"《和渔村四十自述》云："矢口言愁终是病，闭门寡偶不为清。"《漫兴》云："枕上得诗期速晓，檐间听鸟祝飞迟。"收句如《送春》云："自笑痴情忙闭户，恐将春放别人家。"《春游阻雨》云："杏花村上多赊酒，晴典春衫即是钱。"均直摅蕴蓄，清真有致。而《杂感》诗"激发在知耻"五字，尤动人深省。惟明经穷居僻壤，困于一衿，无贤士大夫表而出之，致声名不出于乡里，惜哉。子昂千亦能诗，遗集未梓。

九

王子枢学博（时柄），号晓亭，嘉道间增生。高才博学，工诗古文，尤邃于经史，遇有疑义，辄录存而辨论之。著有《群经稽疑》，及诗文若干卷。其《寄赵野航山居》云："山雀唤天晴，山鸠呼阴雨。阴晴各有期，智者应知取。青峰绝世情，峻壁远尘土。悠悠白云飞，霭霭青烟吐。愿君摅旷怀，啸傲自今古。"一往情深，足见前辈交道之挚。

一〇

李荫庭茂才（业槐），嘉庆诸生。有《春草诗》三首，传于乡里。诗云："万里平原一色铺，青于袍袖碧于湖。曾经野烧痕犹在，才着阳和气便苏。杨柳堤遥烟似幕，清明节近雨如酥。玉骢金靳频回首，多少江山入画图。"又："水满长桥花满村，年年南浦送王孙。香牵谢客池塘梦，青锁明妃月夜魂。人对东风添别绪，马嘶古道易黄昏。平川十里留残照，引得山光绿到门。"又："寒食风轻蜡屐遥，平铺驿路复山桥。淡烟疏雨迷三径，流水斜阳认六朝。陌上有人惊翠拾，天涯何处不魂消。寻芳更有南国蝶，寄语滕王着意描。"雅洁清超，如食橄榄，味美旋回。

一一

梅毓馨教正（子魁），康熙壬子举人。官吴江县教谕。《登教弩台晚眺》云："独立高台上，悠然寄远怀。登临收楚豫，吞吐尽江淮。渔火摇星渚，墟烟带石厓。心随云出岫，忽已到天涯。"气格高秀，不落凡响。

一二

蔡肯堂上舍（承基），光绪廪生，著有《松荫堂诗钞》。居城内逍遥津畔，授徒为乐，启迪后进，亹亹不倦。余曩年教授郡城，尝商评诗词。上舍性雅洁，疾俗如仇，闭门淡处，吟咏为乐，卒于己巳年。遗作未梓，余犹记其《过裕溪登石矶》云："塔影鞭山人唤渡，波声鼓棹客归舟。"《过梁山》云："天衔落日峰回影，风动寒苹水带秋。"《偕方筱亭杨运知晚眺》云："万劫寒津清鉴胆，数声晚磬韵宜诗。"均清婉可诵。

一三

胡中一茂才（来化），康熙时诸生。事母至孝，四十二年不少违色笑。居城西，建别业，日与友人啸咏其中。知府周有翼颜其亭曰"扶碧"。栽花莳竹，逍遥自乐。常自吟曰："长镵终朝手内持，不教寸草长园基。还将心地频频铲，好令儿孙出土泥。"为乡里传诵。

一四

郭乐山督学（怀仁），咸丰己未中乡榜，同治癸亥成进士，改庶吉士，授编修。己巳充贵州正考官，癸酉督学广西。著有《乐山诗集》。督学少承母训，有文名，下笔千言，有倾峡倒海之势。通籍后，尤溺苦于学，湛深经术，博通渊雅，喜汲引后进，有一技之长，辄奖说不已。督学桂省，阐明谟训，搜扬隽文，所选拔皆知名士。任满告归，侨寓北下，与诸逸老诗酒流连，唱和为乐。平生集稿颇富，惜未梓行。兹见其《广州元夕》诗云："玉树光摇锦绣城，斜街箫鼓杂歌声。不知越秀山头月，可似东华道上明。"缠绵悱恻，得风人之遗。

一五

杨士敏茂才，佚其字，嘉庆诸生。所作诗乡里鲜传，汪文端公廷珍选刊《立诚编》，载茂才《隗嚣宫碗歌》七古一首，亟录之。诗云："马嵬金钿铜雀瓦，当时古物埋荒野。牧荛村叟那得知，宝藏传观赖风雅。观察好古第一流，建武以上多穷搜。陇坻千年出遗器，夸示座客诗歌留。忆昔炎汉运中否，王刘易腊群雄起。缇群塞人欲上天，糺族援旗誓天水。筑宫据地自尊崇，翠袖捧盏如花红。斫异镂奇制精妙，土方佳制难为工。一朝汉兵振鼙鼓，镂鉴文□渐灰土。拾捃零落归地中，野花剥蚀苔封古。得非游魂精未亡，糗糒餐尽饥中肠。

故将此物贲人世，拂拭尘土出晶光。不然得自耕夫手，耒耜櫌锄能无负。胡为完好尚如初，尤物岂有鬼神守。观察去今几岁华，迁流不识落谁家。安得精莹一到眼，高吟折戟沉风沙。"造语沉着，一洗纤靡叫嚣之习。

（附）亡友李子渊著《合肥诗话》，关淝上三百年文献，极有价值之书，惜未成而子渊殁，士论惜之。余近搜罗合肥先贤遗什，得数十家，编为《诗话续集》。倘承海内名流收藏家及关心淝上文献诸贤达，惠寄合肥先贤遗作为子渊《诗话》所未收入者，俾得依据采录，尤为感谢。

杨运知谨启。（通信处：合肥店埠镇）

一六

施凝香处士桂庭，别号墨痴，嘉道布衣。工丹青，得南唐界画法。尤善写真，豆人寸马，妙析秋毫。常客淮上，与名流交接，若寿春孙不庵茂才，孙陶圃通守，怀远宫庶侯太史，定远方莲舫太守，调臣广文，皆与订车笠盟。莲舫太守怀墨翁有句云："下笔欲追吴道子，前身合是李公麟。"推许至矣。墨翁尝为陶圃画《四十贤人图》，皆同时士大夫，题咏极夥。处士虽布衣终身，而孤怀高洁，不事干求。诗品健逸，雅如其人。《自咏》云："尹野倪迂只自夸，丹青深悔不繁华。者番净洗酸寒笔，学写人间富贵花。"《东篱偶作》云："酣饮篱边句易裁，一回吟罢一徘徊。平生尚有骄人处，能必催科吏不来。"居贞之谊，即此可概见矣。子森柏字小痴，能世家学。女一适寿春顾献麟，夫逝守节，亦工绘事。处士故居肥东撮镇。余曾过其家，访遗稿，得诗数首。小痴先生与先大父峻峰公为契友。先大父尝手录其诗，因子渊已选入《诗话》，兹不复录矣。

一七

吴引之赠公献，晚号四鼎山樵。以孙建寿从军，擢副将，得赠官。家居湖滨，草屋数椽，嚣嚣自得。工六法，山水专事皴染，竹石小品，酷肖晴江。予曩过史友柏征君家，征君出示赠公梅林画幅，自题七绝一首。诗云："梅林酒醉月横空，一段清芬入画中。我自趋尘常作客，美人误识赵师雄。"亦潇洒可喜。

一八

王奕蕃茂才世禄，道光诸生。性恂谨，然诺不欺。课徒养母，以孝闻。周天爵督漕淮上，重其品，延课子。有属吏持重贿，求关节，拒而不纳。生平肆力八法，尤喜吟哦，著有《爱亭诗钞》。有《闽中秋诗》云："萧飒金风卷夕阴，客中诗境费沉吟。重阳气味中秋月，故国云山旅客心。天上清光终不改，人间旧梦渺难寻。姮娥犹觉多情思，一片冰寒照古今。"沉着自然，不落纤靡。

一九

唐俊侯提戎定奎，同治中与兄殿魁，从刘省三中丞平吴平捻，积功至总兵。甲戌，日本构兵台湾，生番焚掠牡丹社，提戎奉命同沈葆桢率师渡台。日人慑其威，和议撤兵，而狮头番社，又迭出戕民，各社受抚，亦怀观望有异心。提戎因率王德成、张光亮、周志本诸将，逐地廓清，鱼贯进剿，各番社震恐乞降。台乱平，以功授福建陆路提督。丁亥卒于任，谥果介。公赋性果决，有勇知方。戎马余闲，崇尚文学。驻军徐州时，得康对山《武功县志》、韩五泉《朝邑县志》，乃正德时合刊本，为镂版重印行世，著《戎余小草》一卷。最爱其《题杨贵妃墓》云："千古兴亡自有因，如何归罪后宫人。将军若上安边策，何致君王薄太真。"推陈出新，自是英雄口吻。

二〇

唐少侯观察致隆，果介公定奎子。光绪辛卯副贡，官江苏候补道。著《白薇花馆诗钞》。录其《秦淮送刘春浦部郎入都》云："连朝细雨洒轻尘，桃叶江头无限春。烟柳如丝花似锦，停桡多为卷帘人。"《丙午夏日归沘西故居有感》云："绿树荫浓绕故庐，小桥初放野芙蕖。邻翁争集沽村酒，稚子才能读父书。三径就荒松菊在，一官冷落友朋疏。倦飞暂作投林鸟，待养霜翰拂太虚。"句极清遒。观察嗜文史，不慕荣利，吟啸自赏，极有萧闲容与之致。

二一

程伯凫茂才铣，道咸诸生。工书法，为赵响泉教正高足，复学书包慎伯大令。用北魏笔法，参唐人体，苦学三十年，虽寒暑不间。卒成其艺，迁妍有致。小岘山人靳理纯，字见白，学书程门，颇能传其衣钵。茂才间作诗，亦有名于时。余近检先大父手录诗册，得茂才《晚坐龙泉寺》一首。诗云："落日坐禅窗，清风涤尘思。泉声漱石喧，竹色侵衣翠。岚光如酒浓，不饮疑亦醉。"清迥颇似王、韦。

二二

李星槎刺史银汉，咸丰茂才。同治初年参周刚愍公盛波军事，积功候补知州。运筹之暇，极喜吟哦。录其《贼退即事》云："烽烟才息爨烟稀，树木依然屋舍非。紫燕多情偏恋旧，朝朝犹傍故园飞。"《与周薪如军门由溧阳往定埠》云："乘兴西游坐小艭，层层芦荻拥篷窗。夕阳指点残秋景，空水澄鲜雁影双。"又《落花》断句云："六代繁华惊过眼，三生聚晤证来缘。默默情思参造化，珊珊仙骨认前身。"均好句也。

二三

王泳思大令舟，顺治辛丑进士，言如推官第四哲弟，官四川太平县知县。太平经张献忠焚劫，久荒残，野无居人。大令招抚流民，充实闾阎，振兴教育，培植多士。去官后，民怀其德，立祠祀焉。遗著《宦巴吟集》久佚。顷获张纯修重修《庐州府志》，载大令诗一首，亟录之。《晚眺次李湘北太史韵》云："有客题秋欲近天，还看暮色落峰前。江湖波浪皆成雨，城郭苍黄总是烟。绝调曾期沧海外，奇心常向华山巅。从来别有登临快，一对茱萸更旷然。"诗境宕逸不群。

二四

王石仓大令裹，号两溟，言如推官之孙。康熙辛未进士，官商河县知县。著《冰翠堂诗集》，刊于乾隆间。洪杨乱后，故家文献，散失殆尽，大令集世遂鲜见。近裔孙象明以家藏孤本见示，因得读之。大令负逸才，博通典籍，尝受业渔洋山人，得唐贤家法，彬彬然一代作手也。录其《登怀远荆山》云："楚国已无宝，卞生尚有山。转移鱼篆失，寂寞凤岩斑。夕照通淮浦，寒云带市阛。

千秋惆怅泪，燕石重人间。"《登芙蓉岭》云："刬壁悬香刹，侵云倚碧栏。敞危高阁出，回合众峰看。佛面岚光冷，禅床竹响寒。却怜窗下路，来往送征鞍。"《姑苏怀古》云："香径春芜湿，啼乌起废宫。越兵罗绮内，吴沼管箫中。烟草迷残蝶，城楼隐断虹。可怜长夜饮，谁道子胥忠。"《望灵岩山》云："山色愔愔云不起，千年吹作燕支紫。吴宫已沼有谁知，冷雨腥风啼山鬼。楼台麋鹿总成尘，香径迷离知孰是。野花仿佛烟鬓边，松响依稀画屧底。至今不使路人悲，当日岂但千夫指。破时却令越王惭，兵力不如一女子。"《泊芝麻河》云："凌晨挂风帆，薄暮泊烟渚。林峦澹余晖，水市腥网罟。人家缘石埼，江云带荒莽。贾船集如鸦，各自解乡语。夜中溽暑清，人静山月吐。碧空无点翳，川路渺修阻。望远多怀思，清波鸣虚橹。"《自奉化至东瓯纪游》云："濒海饶奇峰，乱云堆岝崿。沧波嚼不尽，地骨相缠络。灵气连三壶，险怪凝五岳。中多神仙窟，金银秘楼阁。日月光蔽亏，寒暄候参错。阴崖飞夏霜，阳巘开冬蕈。摩天古不通，盘礴谁铲削。奇峰一千里，似启九关钥。其间稍平衍，辄复有城郭。风俗相沿缘，不知谁荒度。波涛汇众流，邑里流其恶。往往瘦蛟龙，出没归大壑。贾利尽鱼盐，山畦潮耕获。何时始章甫，民气破浑噩。安知荒崦外，未经五丁凿。不有避秦人，此中聚村落。我行秋冬际，俯仰望寥廓。宿露沾征衣，寒霜振飞霍。北眺阻重江，东指惊海若。长风万里来，客怀惨不乐。攀缘我仆痡，俯首视飞鹗。暮同虎豹宿，朝与云霞作。修竹如美姝，怪松似虬攫。众木寒不凋，叠巘翠重幄。时时望山涧，手弄白石瀹。好鸟鸣笙簧，飞瀑洒珠箔。遥睇桃花溪，未能往采药。银阙郁苔莈，挥手谢仙嬖。策蹇游云峰，扪萝散猱玃。绝顶四望宽，元气茫磅礴。始见赤水树，朱实垂璎珞。螺鱼亦异种，千年废鳞壳。凌晨过雁山，群峰更骇愕。有如众仙人，攘袂争投搏。龙湫古不竭，万仞飞瀺濯。拟欲结鸟巢，岁月恣游谑。日暮别山灵，惆怅尘鞅缚。肃驾循海涘，厕足踏鳌角。汹涌动我前，仿佛见神峤。安得羡门子，遗我双红鹤。汗漫游八瀛，鸿蒙逢雀跃。群山如聚米，溟渤浮一勺。兹游既不遂，风程仍屈蠖。瓯江趁卯潮，维舟瓯城脚。快哉华萧峰，危亭吞斗杓。鹿花几千年，屡怜兵火掠。孤屿矗江心，双塔入冥漠。缅怀文信公，艰难扶倾弱。挥毫题寺壁，日星光照灼。昨过正学里，登山忆孤爵。仓卒席不歆，肯负平生约。吁嗟两先生，前后心相诺。山水映清晖，祠宇长丹腹。丈夫既不仙，处世须拔擢。英风振天地，千载名濯濯。安能空崎岖，负此双芒屩。"诸作清迥警炼，神似王孟。《自奉化至东瓯纪游》篇，沉郁顿挫，逼真杜韩。盖大令以隽迈之笔，写山川之胜，意境胥融，令人读之如神游其际。

二五

张小山先生桂，乾隆布衣。二亭明经从兄。李调元《雨村诗话》载其《偶吟》诗云："西风吹树叶声干，追忆年光兴欲阑。不读书人偏厚福，但成名士总清寒。蛩当秋晚争鸣急，花未春时着色难。负郭有田樽有酒，闭门真觉魂梦安。"又《赠沙西岩》句云："人非豪气无肝胆，士到奇穷见性情。"语极烹炼。

二六

倪鸿侣先生，雍乾间布衣。《雨村诗话》载其断句云："荒鸡啼野水，独犬吠寒星。"写乡村景况，十字抵人千百。

二七

汪蕉饮孝廉应蓬，乾隆甲子举人。性旷达，不乐仕进，茅屋数椽，晏然自乐。著有《蕉饮诗草》。今已佚。乾隆辛巳居巢祇严，辑《中庙志》，载孝廉诗一首，亟录之。《晓登寺楼》云："大圆镜照影重重，胜景天然属化工。高阁纵观千里月，晨星惊散一声钟。帆扬飞渡潮喷雪，桥卧狂波势拟虹。世阅沧桑仙迹古，湖光山色总无穷。"

二八

汪筠亭茂才应义，蕉饮孝廉介弟，弱冠补诸生，以文名。中年弃举子业，怡情山水。《登中庙凤凰楼》有句云："云散遥山开锦嶂，风来虚牖响鸣球。"写景尚佳。

二九

龚佩芬女史素英，照书太学女。少聪慧，喜读典籍。长适王象清大令。女红之暇，辄事吟咏。咸丰九年，女史避乱肥北，猝遇粤匪，大骂不屈。贼怒刃数下，血注如雨，衣尽赤，昏绝委地。贼他去，邻妇怜而舁之归，僵卧一日夜复苏。时象清客淮上，女史染血为书以诀曰："世乱如此，吾得地下从李氏幸矣。"李氏者，女史弟妇，八年遇贼自殒于水者也。创既瘥，取著诗稿焚之曰："诗非女子所宜有也。"及象清归，女史已卒，年二十有五。搜残帙中所遗，及平时记忆者，共得数十首，署曰《静辉楼剩稿》。未梓，而乡里转相抄录，得见数首。《春日闻乱》云："无兴赏花却负春，伤心锦里遍黄巾。江淮已入腥膻境，何处桃源可避秦？"《乙卯客凤阳九日书感》云："欲舒郁闷强登临，破碎河山感不禁。故国烽烟迷望眼，他乡骨肉系愁心。一声雁叫青天远，万里风吹白日沉。哀此劳人歌板荡，两行清泪自沾襟。"雄健入古，不类闺阁语气。

三〇

胡冠芳女士，渔笙道尹之女。母周氏，保定人，为渔笙侧室。渔笙卒于衡阳道尹任，随母归肥，家庭胶戾。女士善病多愁，幽郁以殁。遗作数首，友人蔡佩珩录以见示。其《晚眺》云："夕阳欲落月轮高，一阵归鸦恋旧巢。闲倚阑干数花朵，芙蓉出水为谁娇？"又《秋叶》断句云："西风撼竹凉侵梦，夜月笼花影似烟。"盖伤身世之幻也。

三一

张问坡太守祖良，咸同间从戎山左，以军功补用山东同知，加知府衔。后解官，隐居城内，构别墅，诗酒以娱。有《谦斋偕琴南通守过小园看菊》云："万瓦鳞鳞胜短垣，终年闭户理荒园。新栽梧竹浓阴合，不剪蒿莱野趣存。君起闬闳承旧泽，我居湫隘笑寒门。晚香持赠须珍惜，好趁秋阴护宿根。"

三二

俞吉儒上舍安贞，咸同间廪生。孝友笃行，刚正不阿，甘贫苦学，不事干谒。教授三河镇，执贽称弟子者甚众。沈石坪鸿博，称其品格高尚，可以廉顽立懦。著有《补拙斋诗集》。有《咏蔷薇》诗云："东邻蔷薇压墙红，西邻蔷薇压墙白。等是东风一样花，如何开出两般色。"朴直如读古歌谣。

三三

高铁君大令寿衡，别字警斋，宣统己酉优贡生，俞安贞上舍高第弟子。博学洽闻，有经济才，历官贵池、和县、无为、芜湖等县知事。严戢盗匪，振兴教育，清介廉明，浊世之循吏也。尝作诗，沉郁悲壮，凄恻动人。如《演佛》断句云：“庄严临地狱，悲智证天亲。”又《自述》云：“文字无灵惭我辈，江湖有泪泣人才。”味其语可知其抱负出众矣。

三四

王子固学博南金，谦斋翰簿族兄。道光增生，官候选训导。尚义侠，倜傥拔俗。咸丰二年，太平军陷庐州。学博困城内。五年，巡抚福济提督和春谋复城。学博与郡人沈广元、沙文懋、鲁云鹏、沈照藜等约内应。十月庚子朔，夜漏四下，学博率义民径趋威武门，噪呼杀贼。熊天喜都司，奋勇登城。和春趋兵进，贼溃，城遂克复。而学博名字，益振江淮。喜作诗，冥搜孤诣，别出机杼，虽无意求工，而发摅襟怀，已足不朽。著有《碧云馆诗集》。其《赠北垣弟》云：“淝水文章冰翠盛，晚怜吾弟以诗名。狂言我畏陈同甫，纵酒人嫌阮步兵。豹喜山深蒙雾隐，龙安渊默蓄雷声。穷年参破南华秘，与汝闲吟了一生。”《冬杪遣怀》云：“穷搔华发阅周星，老恋寒毡守故青。檐雪冻消晨洗砚，炉香火续夜温经。草玄未就乌先去，食字能仙蠹亦灵。冷对梅花堪索笑，问字谁过子云亭？”《夜坐书斋叠前韵寄毅甫谦斋》云：“草堂夜迥带春星，灯影疏窗照眼青。化蝶醒忘庄叟梦，降龙秘授梵王经。贫甘淡泊娱书味，老减聪明益性灵。头白可堪新柳绿，攀条重过短长亭。”诸作胎息风骚，雅淡浑成。固非世之白腹野战、哆哆性灵者，所能几及。

三五

王二石别驾墭，道光辛巳副榜，官河南睢宁厅通判。负隽才，幼承家学，博综经史，噪声艺林，与全椒王小鹤明经订莫逆交，时有“二王”之称。尝于城南建赏雨茅屋，集诸名士，觞咏为乐。惜就官河南，不久谢世，年未四十，士林哀之。如张渔村明经诗云：“造物怜才也忌才，一棺漂泊剧堪哀。梁园客散寻常事，不分无人赏雨来。"盖伤其身后萧条，遗骨不克归葬。别驾著有《笑园诗偶存》，未能梓行。然单辞流传，自足不朽。《春晴》云："雨窗一月昼冥冥，辛苦流莺唤不醒。今日破晴开倦眼，直须招鹤出郊坰。"《寿春道中》云："晓帐辕门画角清，屯田处处带刀耕。三家村落廉颇墓，一线淮流下蔡城。鸿宝书成同姓珍，当涂谶起列侯争。绝怜泗上从龙彦，满眼西风野烧平。"笔意超绝，得宋人矩范。别驾父存庵明经，讳永烈，嘉庆贡生，亦工诗，今佚。

三六

戴曙林明经昌曜，同治恩贡生。性澹白，笃志经学，间作诗，不事雕琢，天采斐然。如《重游元洞山》诗云："一别禅关三十年，今朝重到翠微巅。斜看杂树红于火，仰视浮云白满天。壁上诗篇才子韵，石中棋局野人镌。兴来欲作苏门啸，却恐惊他上界仙。"

三七

徐公佑观察国显，号东谷，康熙壬子拔贡，官山西翼城县知事。岁饥给牛种，制药疗疾。以卓异擢御史，除金衢道，以年老乞归，有疏广之风。著《庆云楼文集》《寒梅吟草》，均已佚。顷见庐江陈子言先生著《皖雅》，载观察诗一首，亟录之。《送纪擘子归真州》云："雪后东风渐解寒，玉河春气动冰湍。长途结伴穿花去，倦客羁栖顾影单。渚鹤汀鸥情自逸，残书旧剑枕偏安。游人莫折沿堤柳，留坐新莺唤酒阑。"神似晚唐，结意尤新颖可爱。

三八

褚亮侪大令启宗，号望亭。乾隆庚辰进士，官江苏青浦县知县。青浦田低洼，松江久淤不治，每夏秋水泛，田亩多漂没。大令度江势迂曲，水流不畅，乃从白鳝湾直抵许家村，凡四里，疏为新河，以畅其流。又建千秋桥于其上，行旅称便。以丁艰归，服阕疾卒。遗作有《和杨敬斋新开小池》二首云："使君清似水，余润掬新池。竹近含秋早，花深得月迟。垂青峰弄髻，摇碧荇抽丝。枕漱风流在，须眉只自知。"又："偃仰成丘壑，森如物外游。遥倾三泖碧，别贮五湖秋。径滑苔侵屐，檐低花拂头。夜来才小睡，清梦到罗浮。"二诗隽永，耐人寻味。

三九

龚伯通金事士稹，芝麓宗伯长子。顺治丁酉副榜，以荫官工部虞衡司员外郎，历官至湖广按察司金事。性慷慨，好施予。尝自都门归道河间，会景州牧贡彧卒于任，其子以逋累逮系，乃垂橐救之出。宗伯闻而喜曰："凡事如此做去，不减范氏麦舟矣。"后官湖广，值宣城孙日都令衡阳，亦以亏欠羁湖南，复捐俸助之。及官虞衡，适滇黔荡平，朝议各省铜铁炮解京。抗谕解京，有伤民力，报可。金事晚年解官归里，多为义举，乡人至今称之。康熙丁丑张纯修重修《府志》，采金事诗入艺文。《蜀山即事》云："重到城西感梦华，拥炉杂坐醉流霞。钟鸣禅院林逾静，雪满山峦望欲赊。共拄瘦筇寻鸟道，细谈觞政剪灯花。何时随意成孤往，拚解春衫付酒家。"闻金事工诗文，能世家学，何传于后者竟寥寥耶？

四〇

龚仲明教正士稚，康熙拔贡，官宿松教谕，芝麓宗伯次子，亦嗜诗。有《呈李醒斋宗师》诗云："昭代崇文治，词林拥重名。著书推贾傅，稽古得桓荣。藻鉴悬南国，丝纶简上卿。谭经凌虎观，空冀走诸生。松塵群英服，仙丹物望倾。文章关间气，儒术壮家声。一柱登金掌，三阶重玉衡。帝方资献纳，时已际升平。衔列冰为署，灯围火作城。彩毫瞻北斗，紫气动西京。孔李原敦好，欧苏迭主盟。纱笼看护体，衣钵系深情。鸡肋力华薄，龙门赏鉴精。盐车惭一顾，奋迅欲长鸣。"刻意锻炼，峻整不朽。

四一

刘先生琪，佚其字。康熙时人。工吟咏，乡里鲜传。顷李伯琦先生觅得遗诗二首见示，读之快慰。《咏扬州董子祠天人三策碑》云："汉廷半是申韩学，儒术焉能动至尊。三策直成王相业，一祠还着士人恩。邗河绕堞常分岸，春草侵碑自闭门。千载布衣重侧目，不闻遗庙有公卿。"《扬州文选楼怀古》云："白云笙鹤渺何乡，空倚层楼仁夕阳。佳丽昔输隋大业，典谟今峙鲁灵光。清风江上寒潮远，明月城边古寺荒。临眺不须伤蔓草，六朝烟树久悲凉。"气格清苍，雅近唐贤。

四二

王勖白茂才嵩峦，乾嘉诸生。少负逸才，肩承家学，出语沉雄，超出尘埃之外。如《送友人从军》诗云："漫将别泪洒征骖，酒尽旗亭别意酣。君到玉门关上望，暮云无际是江南。"言简意赅，不落恒蹊。

四三

蒯子范太守德模，号蔗园。道光诸生。咸丰末，治团练剿匪，积功荐保知县。同治甲子，李文忠公鸿章克苏州，檄知长州县。长州承乱后，降人散卒，相聚为盗。德模抚其魁，使钩治三日无不获者。知长州四年，所治凡八百狱，民以不冤，判牍传海内外。或译为俚曲野辞，衢巷歌之。后擢太仓知州，苏州、镇江、江宁知府，光绪中，简授四川夔州知府，卒于任。所至有循声，卒后民建祠祀之。著有《带耕堂诗文集》。录其《甲子秋权篆长州留别沪上同人》云："检点征衫便出门，潮声送我长离痕。十年不第同罗隐，百里非才愧士元。定有东山围赌墅，重劳北海饯行樽。诸君谁制裘千丈，借与吾民着体温。"《丹阳途次》云："云阳西去乱山丛，解却烟帆控玉骢。旅店留宾村酒绿，田姬度岁布裙红。草经野烧情根在，门贴春联吉语同。喜看满畦新菜甲，鸦锄一柄试东风。"《岁暮书怀》云："酒痕灯影送寒宵，枕上江南梦未消。春雨杏花扬子渡，秋风萍梗峡门潮。十年作客尘容满，千里怀人草色遥。自喜一官民尚近，闲来犹得话渔樵。"《比租行》云："租税有常期，征取无太促。采风莅苏城，惊闻比租局。比租者何人，贰尹县尉属。官绅一堂坐，计钱数敲扑。一比不肯休，再比未能足。体制既多乖，观瞻将焉肃。人生同此心，所重在耻辱。输纳偶愆期，宽之可自赎。一朝罹官刑，坦然无畏缩。去其羞恶心，遂成昏冥族。凛凛三尺条，有罪皆折服。轻用威轻狎，激为刁抗俗。自知不及死，拚此空皮肉。政刑有时穷，恐非天下福。况是耕田人，力余田更沃。收租无留遗，佃逃永不复。有田将荒芜，安望再丰熟。膏腴弃不收，自计亦不淑。昨日过街头，荷校相继续。中有黠桀者，代比遂所欲。谁非有心人，睹此真惨酷。民散曰乖离，民和曰亲睦。乖离召灾殃，亲睦召祥谷。扬言告大吏，可为一痛哭。"又断句《权守苏州》云："财赋减征培国脉，俸钱增给愧民脂。"《齐东》云："贼氛才退官宜朴，民气能苏物亦华。"《入夔境》云："滩势千军排石阵，峡流三月作秋声。"又："将培嘉种先除莠，欲济穷黎补种桑。"均能发摅胸臆，不失风人之旨。金坛冯蒿庵中丞谓《比租行》与集中《仆女谣》《征漕行》诸篇，可为天地生民吐气，洵非过誉。

萧 斋 诗 话

连载于《河南政治》1936年第6卷第5期至第12期（现缺第8期），署名"钟美"，应为萧劳的笔名。

萧劳（1896—1996），诗人、书法家。原名禀原，字钟美、重梅，号萧斋，晚号善亡翁。原籍广东梅县，生于河南浚县。曾为北京中国书画研究社社长、中央文史馆馆员。有《北征草》《震余集》等。

《河南政治》，1931年创刊于开封，月刊，属于地方政务刊物，也有文艺栏目。

本篇诗话取材广泛，贯通古今，对南朝以来历代诗都有品评。很多材料来自古代笔记、诗话，如《青箱杂记》《唐诗纪事》《诗人玉屑》《湖海诗传》《墨庄漫录》等。萧劳极其推崇庾信，称其诗"或绮靡精工，神有独到；或瑰奇密丽，七宝庄严"。对明代李梦阳也颇为称许，认为其"才力富健"，尤其七律"雄视一代"，不应被钱谦益等人过分贬低。在诗论上，萧劳重视作诗的学问与勤奋，不赞同"妙手偶得之"，认为"妙手者，元从熟读与苦吟功夫中得来"。诗话中提及的友人，以陈诵洛（颂洛）最多。最后摘抄了李宪乔《论朱竹垞、王渔洋、查初白、沈归愚四家诗》的部分内容，此书今已佚，萧劳得见残抄本，录数段于诗话中，颇具文献价值。

萧劳常借古人酒杯浇心中块垒。如引陆游二绝句，表达自己对东北四省失陷之感；读陆游《示儿》，"不知涕之何从"；李梦阳《艮岳篇》言中州之不可轻

570

弃，"今日读之，倍觉沉痛"；又引清代卢元昌咏明代抗倭烈士的《群忠祠》，号召国人同仇敌忾。随着日寇侵占华北，国事日益危急，时人对古代忠义爱国之诗愈发能感同身受，例如陆游诗，就被各种诗话大量选录。1938年丹荔《抗战诗话》就引数首陆游诗借古讽今，1941年卓又文《关于民族精神的诗话》开篇即介绍陆游。刘琨、岳飞、戚继光等英雄与宋明遗民诗作，在这一时期也广受欢迎。这与抗日救亡的时代主题是分不开的。

一

唐宣宗《瀑布》诗"溪涧岂能留得住，终归大海作波涛"，王霸之意可见。昔游西湖，观鱼玉泉，四壁题咏殆遍，大抵言鱼之乐。余亦题一诗曰："赤鲤白鲦三百尾，乾坤俯仰一池深。此间孰与濠梁乐，雷雨难忘纵壑心。"读者谓此必山林放逸之士，不能施以羁革。

二

苏之东城，古吴都也，后为樵牧场，有桂一株，生于城下。乐天过此，惜其不得地，作《桂华曲》曰："遥知天上桂花孤，试问姮娥更要无？月宫幸有闲田地，何不中央种两株。"此诗音韵怨切动人，怀才不遇，沉沦下位者，想同此怀抱。

三

李义山诗《行次昭应道上送户部李郎中充昭义攻讨》一首云："将军大旆扫狂童，诏选名贤赞武功。暂逐虎牙临故绛，远含鸡舌过新丰。鱼游沸鼎知无日，鸟覆危巢岂待风。早勒勋庸燕石上，伫光纶綍汉廷中。"近传某省称兵内犯，逆迹昭然，举国上下恨其狂悖。诵"鱼游沸鼎""鸟覆危巢"之句，重有感焉。

四

封豕长蛇，荐食上国，严疆失陷，未闻将军死绥。诛罚不申，酬庸有加，法纪弛矣。诵陈子昂《送著作佐郎崔融等从梁王东征》诗云："金天方肃杀，白露始专征。王师非乐战，之子慎佳兵。海气侵南部，边风扫北平。莫卖卢龙塞，归邀麟阁名。"结局二语，诛心之论也。

五

杭堇浦先生书拥百城，胸罗四库。雍正入翰林，未久，即以言事罢归。沈文悫公送之有句云："邻翁既雨谈墙筑，新妇初婚议罢炊。"意盖深惜之也。

六

李茶陵《游岳麓寺》有句："万树松杉双径合，四山风雨一僧寒。"炎夏读此诗，觉飒然风雨欲来，胸襟为之一爽。申笏山先生诗："行攀石磴无人迹，静听流泉冷客心。"两诗冷俊，境界相同。

七

李梦阳《艮岳篇》："宋家行殿此山头，千载来人水一丘。到眼黄蒿元玉砌，伤心锦缆有渔舟。金缯社稷和戎日，花石君臣弃国秋。漫倚南云望南土，古今龙战是中州。"盖深惜南渡之失计，言中州之不可轻弃也。今日读之，倍觉沉痛。

八

周让谷先生官至许州知州，有《十诵斋集》，诗以雄博见才。其绝句中《与吴南涧说丁山湖之胜》一首"春波瑟瑟小桥横，十里沿洄似掌平。记得年时轻舸别，杏花疏雨近清明"，与余诗《双泪吟集》中一绝云"一池春水縠纹生，小艇风吹叶叶轻。最忆携诗山下泊，寒花几点过清明"，颇觉神似。

九

李空同才力富健，工诗古文辞，以复古自命。五古宗法陈思、康乐；七古雄浑悲壮，极纵横变化之致；七言近体，尤能开合动荡，规模少陵，故当雄视一代。乃钱受之诋其模拟剽贼，等于婴儿之学语，至谓读书种子从此断绝，未免掊击太过，不知其为何心也。其《土兵行》一首："豫章城楼饥啄乌，黄狐跳踉追赤狐。北风北来江怒涌，土兵攫人人叫呼。城外之人徙城内，尘埃不见章江涂。花裙蛮奴逐妇女，白夺钗环换酒沽。"起处数语，绝似少陵，而掊击之者，亦正于此处借口也。《泰山》一首："俯首无齐鲁，东瞻海似杯。斗然一峰上，不信万山开。日抱扶桑跃，天横碣石来。君看秦始后，仍有汉皇台。"此四十字是何等气概，讵喧啾之辈可与伦比。

一〇

文宗儒《舟中有怀林待用》诗："相思人在青山外，尽日舟行细雨中。"二语未及两岸风景，但一经悬想，便觉江山如画。

一一

石曼卿《筹笔驿》诗："意中流水远，愁外旧山青。"钱晔《过江》诗："三国旧愁春草碧，六朝遗恨晚山青。"同是一种神韵。

一二

黄九诗"桃李春风一杯酒，江湖夜雨十年灯"，张文潜谓为奇语。忆先君子诗中一联"东风草绿人千里，南院花红酒一卮"，足与黄诗相颉颃。

一三

龚定盦诗："谁肯栽培木一章，黄泥亭子白茅堂。新蒲新柳三年大，便与儿孙作屋梁。"藉眼前景物，道胸中委曲，盖讥当时朝廷用人，不求贤才。此诗当与《小游仙词》十五首互观。其一云："谛观《真诰》久徘徊，仙椠同功一茧裁。姊妹劝书尘世字，莫瞋仓颉不仙才。"两诗同含讽刺。

一四

吴均《从军行》一首："男儿亦可怜，立功在北边。阵头横却月，马腹带连钱。怀戈发陇坻，乘冻至辽川。微诚君不爱，终自直如弦。"今之男儿功未立而气已骄，正与是异，读此诗能无愧色？

一五

"风开无主花"与"门外野风开白莲"二句意境相似。

一六

昔游碣石，得五言一联，曰"乱石点丛薄，繁星放野花"，迄未足成。近读吴胥石诗曰"乱泉横短灼，荒墅缀疏花"，能绘出眼前风景，便觉诗中有画。

一七

庾子山《和炅法师游昆明池》有句："密菱障浴鸟，高荷没钓船。"夏日放棹玄武湖，尝目睹此景，乃高哦此诗，不复有作。

一八

僧贯休《战城南》云："碛中有阴兵，战马时惊蹶。轻猛李陵心，摧残苏武节。黄金锁子甲，风吹色如铁。十载不封侯，茫茫向谁说。"此等诗足馁将士之士气而启其功名之念。花蕊夫人《述国亡》诗："君王城上竖降旗，妾在深宫那得知。十四万人齐解甲，宁无一个是男儿。"二十八字，声泪俱下，愧煞须眉矣。

一九

竹枝，乐府之名，本出巴渝，后人以七绝咏土俗琐事，多谓之竹枝词。渔洋答郎梅溪问云："竹枝泛咏风土，柳枝专咏杨柳，此其异也。南宋叶水心又创为橘枝词，而和者尚少。"

二〇

向文简与寇忠愍同以太平兴国五年登第，后文简秉钧，忠愍以使相守长安。文简作诗寄忠愍，忠愍酬之曰："玉殿登科四十年，当时僚友尽英贤。岁寒惟有公兼我，白首犹持将相权。"此诗与"公道世间惟白发，贵人头上不曾饶"一绝同时吟诵，可发一噱。

二一

曹仁虎，字来殷，号习庵，以乾隆二十六年成进士，官至侍讲学士，有《咏典》《秦中》《刻烛》《炙砚》诸集。其诗横空排奡，才力富有，如"奸细几曾诔赵信，征人空见老班超""紫雾千盘开汉碣，碧霞四气拱秦封""梨花小院重重树，燕子高楼面面风""叱犊声闻黄稻陇，归鸦影点绿杨村""东风树树生红豆，南浦迢迢送绿波""明窗曲几弹棋地，小雪疏梅咏絮天""客路正当归雁后，乡心多在落花初"等句均可诵。

二二

友人自辽东逃至汴中，问中原人士对四省陷后感想，因录示剑南二绝句云："洮河马死剑锋摧，绿发成丝每自哀。几岁中原消息断，喜闻人自蔡州来。"又："百战元和取蔡州，如今胡马饮淮流。和亲自古非长策，谁与朝家共此忧。"相对欷歔者久之。

二三

放翁绵惙示儿之作云："死去元知万事空，但悲不见九州同。王师北定中原日，家祭无忘告乃翁。"濒死犹存爱国之思，尚冀王师北定中原。东北四省沦于岛夷，冀察复被荐食，偶诵此诗，不知涕之何从。

二四

唐崔国辅作《丽人曲》："红颜称绝代，欲并真无侣。独有镜中人，由来自相许。"与"妆竟倚东风，百花不敢红。只憎明镜里，尚与妾颜同"用意相同，若论藻丽，则前诗逊于后诗。

二五

余每喜持剑南"黄昏云齐雪意熟，二更雪急声簌簌。地炉对火得奇温，兔醢鱼鳙穷旨蓄。引杯且作槁面红，脱帽不管衰鬓秃"一章与工部"清夜沉沉动春酌，灯前细雨檐花落。但觉高歌有鬼神，焉知饿死填沟壑"数句同诵。一写雪夜小酌情景，一写春宵对酒豪兴，俱足移情。

二六

放翁《月下醉题》一首有句云："闭门种菜英雄老，弹铗思鱼富贵迟。"用事如不用事，绝无雕琢之痕，叹不可及。

二七

太白诗"月下飞天镜，云生结海楼"，谓为奇句。庾开府《寻周处士弘让》有句云"泉飞疑度雨，云积似重楼"，两联用意几同。子山固先太白言之矣，虽杼轴于予怀，怵他人之我先，岂其太白摹拟子山耶？

二八

庾子山博览群书，摛藻艳丽，骈俪之文，实集六朝之大成。杜工部极致推崇，数见于集中，曰"清新庾开府"，曰"庾信文章老更成"，曰"庾信平生最萧瑟，暮年诗赋动江关"。子山诗中多清新秀丽之句，其乐府如《昭君辞应诏》云"冰河牵马渡，雪路抱鞍行。胡风入骨冷，夜月照心明"，《出自蓟北门行》云"笳寒芦叶脆，弓冻纻弦鸣"，《燕歌行》云"洛阳游丝百丈连，黄河春冰千片穿。桃花颜色好如马，榆荚新开巧似钱"；其诗如《奉和泛江》云"春江下白帝，画舸向黄牛。锦缆回沙碛，兰桡避荻洲。湿花随水泛，空巢逐树流"，《奉和山池》云"荷风惊浴鸟，桥影聚行鱼"，《陪驾幸终南山和宇文内史》云"长虹双瀑布，圆阙两芙蓉"，《和宇文内史春日游山》云"风逆花迎面，山深云湿衣"，《游山》云"涧底百重花，山根一片雨"，《奉报穷秋寄隐士》云"秋水牵沙落，寒藤抱树疏"，《上益州上柱国赵王》二首云"两江如溃锦，双峰似画眉。穿荷低晚盖，衰柳挂残丝"，又"寒沙两岸白，猎火一山红"，《从驾观讲武》云"急风吹战鼓，高尘拥贝装"，《奉报赵王出师在道赐诗》云"弯弓伏石动，振鼓沸沙鸣"，又"低桥涧底渡，狭路花中行"，《伏闻游猎》云"马嘶山谷响，弓寒桑柘鸣"，《奉和法筵应诏》云"新禽解杂啭，春柳卧生根"，《和何仪同讲竟述怀》云"秋云低晚气，短景侧余辉。萤排乱草出，雁舍断芦飞"，《奉和赵王隐士》云"涧险无平石，山深足细泉。短松犹百尺，少鹤已千年。野鸟繁弦啭，山花焰火然。洞风吹户里，石乳滴窗前"，《拟咏怀》云"乘舟能上月，飞幰欲扪天"，又"胡笳落泪曲，羌笛断肠歌。纤腰减束素，别泪损横波"，《和宇文内史入重阳阁》云"旧兰憔悴长，残花烂熳舒"，《忝在司水看治渭桥》云"跨虹连绝岸，浮鼋续断航。春洲鹦鹉色，流水桃花香"，《同会河阳公新造山池聊得寓目》云"横阶仍凿涧，对户即连峰"，又"沙洲聚乱荻，洞口碍横松"，《北园射堂新成》云"转箭初调筈，横弓先望堋。惊心一雁落，连臂两猿腾"，《山斋》云"滴沥泉浇路，穿窿石卧阶"，又"圆珠坠晚菊，细火落空槐"，《望野》云"有城仍旧县，无树即新村"，《奉和夏日应令》云"麦随风里熟，梅逐雨中黄"，《和乐仪同苦热》云"鞭石未成雨，鸣鸢不起风"，《聘齐秋晚馆中饮酒》云"残秋欲屏扇，余菊尚浮杯"，《奉和永丰殿下言志》云"池水朝含墨，流萤夜聚书"，《奉答赐酒鹅》云"冷猿披雪啸，寒鱼抱冻沉"，《喜晴》云"雨住便生热，云晴即作峰。水白澄还浅，花红燥更浓"，《咏画屏风》云"管声惊百鸟，人衣香一园"，又"石险松横植，岩悬涧竖流。小桥飞断岸，高花出迥楼"，又"涧水才窗外，山花即眼前"，又"辒拂缘堤柳，氅飘夹路花"，又"细管吹丛竹，新杯卷半荷"，又"半城斜出树，长林直枕河"，又"浅草开长埒，行营绕细厨。沙洲两鹤迥，石路一松孤"，又"水似桃花色，山如甲煎香"，又"路高山里树，云低马上人"，又"水光连岸动，花风合树吹"，又"竹动蝉争散，莲摇鱼暂飞。面红新着酒，风晚细吹衣"，又"沙城疑海气，石岸似江楼"，又"水流平涧下，山花满谷开"，又《寻周处士弘让》云"藜红大谷晚，桂白小山秋"，《咏镜》云"光如一片水，影照两边人。月生无有桂，花开不逐春"，《斗鸡》云"解翅莲花动，猜群锦臆张"，《应令》云"浦喧征棹发，亭空送客还"，《尘镜》云"何须照两鬓，终是一秋蓬"。以上诸句，或绮靡精工，神有独到；或瑰奇密丽，七宝庄严。其描画朴率，真觉富不如贫；其想象游仙，便能霞举云高。吾于开府，瓣香膜拜矣。

二九

元稹《咏桃花》诗："还向万竿深竹里，一枝浑卧碧流中。"尝于春初缘溪行，乍见桃花一枝，斜卧水面，着花才几点，恰如元诗境界。因乘兴高哦，得句，终不惬心，故不录入集中。后见《欧公诗话》云：裴晋公绿野堂，在午桥南，旧属张齐贤家。罢相归，日与宾客宴其间，惟郑文宝工部一联最为警绝，云："水暖凫鹥行哺子，溪深桃李卧开花。"次句新颖，犹胜元诗，两诗传神均在一"卧"字。

三〇

《明皇传信记》载：明皇将幸蜀，登花萼楼，使楼前善《水调》者登楼而歌曰："山川满目泪沾衣，富贵荣华能几时？不见而今汾水上，惟有年年秋雁飞。"顾侍者曰："谁为此？"对曰："宰相李峤辞也。"明皇曰："真才子！"不待曲终而去。山河满眼，富贵浮云，于明皇适将幸蜀之时，使闻此曲，那得不增其怅触。太白诗"越王勾践破吴归，战士还家尽锦衣。宫女如花满春殿，只今惟有鹧鸪飞"，与前诗同一感慨。前三句极写破吴后意气之盛，末句斗然一转，便觉凄凉无限，较前诗为胜，且文藻过之。

三一

去年三月，余方佐冀省幕，陈诵洛作饯春之会于天津西沽，分韵赋诗，纵酒高谈。座间有人诵某君诗，忆其警句一联云："十有九输天下事，百无一可眼中人。"

三二

《夷白斋诗话》载：沈茶卿隐于许市，其诗澄洁，有出尘之格。如云"隔花水乱响，中酒人高眠"。杜诗"暗水流花径"妙在"暗"字，此诗则在"响"字。

三三

定盒投包慎伯世臣云："郑人能知邓析子，黄祖能知祢正平。乾隆狂客发此议，君复掉罄今公卿。"邓析治名家言，尝改郑所铸刑书，别造竹刑，驷颛杀之而用其竹刑焉。正平有才辩，而气尚刚傲，矫时慢物。孔融荐之曹操，操不能用，遣人送刘表。表以侮慢不相容，复荐江夏太守黄祖，卒被杀。定盒此诗引前事以戒慎伯，盖亦自警也。

三四

有人问，如何便能为诗，告以熟读与苦吟。曰："'文章本天成，妙手偶得之'，何待熟读与苦吟耶？"不知所谓妙手者，元从熟读与苦吟功夫中得来。工部谓"读书破万卷，下笔如有神"，及"吟安一个字，撚断数茎须"，古人于熟读与苦吟上作工夫，可见一斑。所谓"读破万卷书"，固不指读诗而言，然而诗在其中矣。余如"句向夜深得，心从天外归""吟成五字句，用破一生心""发任茎茎白，诗须字字清"，均能道出苦吟功夫。

三五

余《吊寒云》诗五律二首有句云："伤心更风雨，苍茫暂停车。""苍茫"作仄声用，天津寓公某名流讥其无据，不知东坡诗曰："苍茫瞰奔流。"又曰："愁度奔河苍茫间。"皆作仄用。按，扬雄《校猎赋》"鸿蒙沆茫"，"茫"字音莽。乐天《雪》诗"寒销春苍茫"，又曰"野道河茫苍"，并注音上声，类此者甚多。

三六

梅圣俞《河豚》诗云"春岸飞杨花"，永叔谓河豚食杨花则肥；韩渥诗"柳絮覆溪鱼正肥"，解者谓大抵鱼食杨花则肥，不必河豚。余意杨花飞时，亦正鱼肥时候，非鱼食杨花而后始肥也。张志和"桃花流水鳜鱼肥"，谓桃花开时，鳜鱼恰肥，岂鳜鱼食桃花而始肥耶？又东坡诗"知有江南风物否，桃花流水鳖鱼肥"。按前解，鱼食杨花则肥，不必河豚，此则当谓鱼食桃花则肥，不必鳜鱼。明是指时节而言，何必故为曲解。

三七

古人咏物之诗，每多借题发挥，隐含讽刺。《墨庄漫录》载：毗陵一士人，尝为《蟹》诗云"水清讵免双螯黑，秋老难逃一背红"，盖讥朱勔父子也。范希文有劲节，知无不言，仁宗时，数出外补。梅圣俞作《啄木诗》以见意，曰："啄尽林中蠹，未肯出林飞。不识黄金弹，双翎坠落晖。"又《翰府名谈》载：治平中有吉州吉水令，忘其姓名，治邑严酷。野人马道为《啄木》诗讽之曰："翠翎迎日动，红嘴响烟萝。不顾泥丸及，唯贪得食多。才离枯朽木，又上最高柯。吴楚园林阔，忙忙争奈何。"令见其诗，稍缓刑。两诗同咏啄木，但褒贬不同，缘隐含讽刺，各有所托也。

三八

诗语涉及闺阁者称"香奁体",大抵缠绵悱恻,绝少英气。惟定盦才思纵横,纵为香奁诗,亦能不落寻常窠臼。其《己亥杂诗》中一首云:"风云材略已消磨,甘隶妆台伺眼波。为恐刘郎英气尽,卷帘梳洗望黄河。"于温柔绮媚中,犹含磊落英多气。

三九

秣陵在国府建都前,市井颇荒落,南朝景物惟余石城、钟阜、幕府、鸡鸣诸胜迹,供人凭吊而已。定都后,日臻繁华,街衢一改旧观。成子抱青寄诗云:"平生数交游,子真共弟恺。对面心二三,冠盖满人海。老屋抱膝吟,坠欢已十载。昔日娃娃桥,门巷鸡豚改。"寥寥数句,写尽京华冠盖之盛,但心怀二三,孰共弟恺。因忆老屋抱膝吟诗之友,古道尚存,谈言微中,深得风人之旨。

四〇

吴丰南绮守湖州,喜宾客,四方名流过从赋诗,游宴无虚日,后竟以是去官。梅村赠诗云"官如残梦短,客比乱山多",可以想见风概。其诗清丽可喜,《程益言邀饮虎丘酒楼》云"七里水环花市绿,一楼山向酒人青",写山塘风景如画。《友人纳姬戏为催妆》一绝云:"蛱蝶轻罗押蒜金,灯前小立倚瑶琴。桃花潭水儿家住,只问郎情深不深。"亦极婉缛之致。

四一

卢文子元昌《群忠祠》诗云:"徐海楼船卷土来,角声吹落暮云哀。将军卧鼓空城闭,国士褰旗战垒开。五尺汪童能破贼,三千瓦氏浪衔枚。先朝祠宇还香火,萧瑟寒鸦夕景催。"群忠祠乃祀死倭寇之乱者,自注明世庙征瓦氏兵御倭,足征倭奴为中国患,由来已久,强弱之势,今昔异观。固吾边圉,甚望国人能同仇敌忾,剑及履及也。

四二

读《后汉书·逸民传》至严子陵与光武同游学，及光武即位，乃变姓名，隐身不见，披羊裘钓泽中，帝遣使聘之三反而后至，每深讶之。披裘之举，近于钓名，吾谓隐者不为也。读清张敦复诗《严陵江》一首云："千嶂桐庐道，清风几溯洄。不知天子贵，犹是故人来。垂钓本无意，披裘亦浪猜。翻嫌人好事，高筑子陵台。"能为严陵一洒瑕垢。

四三

康熙时辇下诗人有"十子"之目。十子者，宋子牧仲、田子纶霞、曹子颂嘉、颜子修来、王子幼华、汪子季角、谢子千仞、曹子升六、丁子瞻汝、叶子井叔也。牧仲古体主奔放，近体主生新，规模东坡，时人宗之，故为一时诗坛总持。纶霞才力既高，取材尤富，在山左诸家中另开蹊径。颂嘉后人，清门零落，其诗亦因之散佚，存者甚少。季角著有《百尺梧桐阁集》，其题《顾符真画》一首云："昭阳顾生画楼观，绛阙瑶房生白云。如蚁宫人三百六，丰神都似李将军。"渔洋赏之。幼华著有《黄湄集》，渔洋谓其诗每变而益上，足以传世行远。修来著有《乐圃集》，诗品端正厚大，于十子中为雅音。升六著有《珂雪集》，与弟澹余并长于诗，二曹齐名，时为安丘增重。商丘宋公极推作者《游黄山》诗，谓此山名作寥寥，向推虞山，今被实庵压倒矣。千仞学陶公，旨趣甚高，真朴处近似储太祝。渔洋谓去肤存骨，去枝叶存老干，真赏甚稀，存之箧中，以待元次山、杜清碧其人，定相赏于弦指之外，倾倒至矣。瞻汝一字雁水，累官湖广按察使，刻意为诗，力追唐宋诸家，有《涉江问山诗文集》。井叔号退翁，诗雅健，著有《嵩山诗集》。

四四

丁药园澎，少有《白燕楼诗》，吴下士女争书袖衫。婺州吴之器有句云"恨无十五双鬟女，教唱君家白燕楼"，为时倾倒如此。按，药园系顺治进士，官礼部郎中，早岁工诗，与同里陆圻、柴绍炳、毛先舒、孙治、张丹、吴百朋、沈谦、虞黄昊、陈廷会称"西泠十子"。通籍后与宋琬、施闰章、张谯明、周茂原、严沆、赵锦帆酬唱日下，又号"燕台七子"。后以事牵累，谪居塞上五年，卜筑南冈，躬自饭牛，吟啸自若。所著又有《扶荔堂集》。

四五

陈子诵洛中岳，怀嶔崎磊落之才，故其为诗，亦傲岸不平，不能施以羁革，读前在津门见赠之作，足窥一斑。诗云："世惟贫者侠，我亦古之狂。末路畴知己，萧郎同慨慷。寒灯泣形影，壮语激肝肠。莫道飘零久，飘零未足伤。"又："慨慷兆寒饿，寒饿出英雄。违俗宜多忤，工诗那便穷。苍茫一杯酒，凄峭满襟风。独咏谁当喻，天倪脉脉通。"

四六

《出塞》《入塞》曲，《晋书·乐志》谓李延年造。曹嘉之《晋书》曰："刘畴尝避乱坞壁，贾胡百数欲害之，畴无惧色，援笳而吹之，为《出塞》《入塞》之声，以动其游客之思，于是群胡垂泣而去。"《西京杂记》载，戚夫人善歌《出塞》《入塞》《望归》之曲，则是高帝时已有之矣。唐又有《塞上》《塞下》曲，盖即《凉州词》也。王之涣《出塞曲》云："黄河远上白云间，一片孤城万仞山。羌笛何须怨杨柳，春风不度玉门关。"当时已被之弦歌，为传诵之作。清徐兰有《出关》绝句一首云："凭山俯海古边州，旆影风翻见戍楼。马后桃花马前雪，出关争得不回头。"以眼前语，幻作奇绝之笔，宜乎万口流传，觉唐人边塞诸作，未足企及也。

四七

古人处非其位，则思洁身远引。阮步兵《咏怀》诗曰："林中有奇鸟，自言是凤凰。清朝饮醴泉，日夕栖山冈。高鸣彻九州，延颈望八荒。适逢商风起，羽翼自摧藏。一去昆仑西，何时复回翔。但恨处非位，怆恨使心伤。"陈祚明曰："可知远引之怀，特为处非其位，度无所济，惟可洁身。此意只可道之古人，今之人不足称此诗也。"沈德潜解曰："凤凰本以鸣国家之盛，今九州八荒，无可展翅，而远之昆仑之西，于洁身之道得矣。其如处非其位何？所以怆然心伤也。"处非其位，决非指既去昆仑之西而言。仍以前解为是，后说不足存。

四八

自古报恩之士，不必求之士大夫之林，而往往于屠沽之间得之。郁植《读史偶感》曰："兵压邯郸气欲吞，时危公子下监门。满堂珠履三千客，朱亥从来未受恩。"言朱亥从未受恩，而能随信陵君椎杀晋鄙，夺其兵柄，退秦存赵，贤于三千珠履多矣。按，郁植字大木，号东堂。八岁应试，作《五伦论》，梅村见而奇之。既长，研穷古学，为王新城尚书赏识。诗体裁盛唐，不落元和以下。读其集中《悲歌》六章，可以见其生平。

四九

昔在津门，与陈诵洛为文字交，赌酒酬诗，过从最数。一日因商易诗中一字，致醉后互嗔。越日诵洛以诗谢余曰："揭来都是转蓬身，客况同怜仕更贫。每见剧谭容抵掌，偶然大醉互生嗔。触蛮一笑成何世，蛮駏相依得此人。有约城南寻酒伴，夜归莫惜吐车茵。"针芥胶漆之投，于此可见。

五〇

浈阳冯蜀云，负倜傥之才，沉沦下位。昔年同参冀幕，与人每落落，独以交契许余，持《观剧杂诗》相示，自序云："一日观某伶演《湖天幻影》，归乃作书，指其编制未合，子夜一灯，千言下笔。某伶得书后，数年未闻再演此剧。因咏一绝云：'八幅投笺已五年，《湖天幻影》止哀弦。兜牟焜耀儒冠小，转是红颜解用贤。'"借游戏之事以泄胸中之郁愤之气，持"用贤"二字，责之今人，盖难言矣。

五一

崔曙《奉试明堂火珠》诗有句云"夜来双月合，曙后一星孤"，以是得名。明年卒，惟一女，名星星，人以为谶。清汪绎东山，康熙庚辰赐进士第一人，于胪唱日马上得句云："归计未谋千亩竹，浮生只办十年官。"后假归，未十年卒，盖已早征于诗谶矣。

五二

晚秋风光，枫叶最足点缀园林，诗人描写秋景，多及红叶。李咸用诗云"秋风红蝶散"，郭祥正诗云"枫叶翻蜀锦"，但写风景而已。乐天诗云："临风杪秋树，对酒长年身。醉貌如霜叶，虽红不是春。"杨万里诗云："小枫一夜偷天酒，却倩孤松掩醉容。"均能情景双关，生发新意，较描写状态者自胜一筹。

五三

王介甫诗云："江月转空为白昼，岭云分暝与黄昏。""一水护田将绿绕，两山排闼送青来。"东坡诗云："我携此石归，袖中有东海。"山谷曰："此皆谓之句中眼。"

五四

昔年客津门，应征存社，赋《早梅》一律，三四云"植土喜能立身早，着花翻恐待春迟"，结句云"为抱冬心历寒节，忍教先发向南枝"，主课极加赞赏。阅剑南《梅花》绝句云："幽谷那堪更北枝，年年自分着花迟。高标逸韵君知否，正在层冰积雪时。"用事相同，一道早开，一道晚开，至嘉其高标逸韵，则正相类耳。

五五

古人爱花，每折以插帽，杜牧之《九月齐山登高》诗云"人世难逢开口笑，菊花须插满头归"，陆放翁《次韵范参政书怀》云"故庐手种竹千个，醉帽时簪花一枝"，又《观梅至花泾高端叔解元见寻》绝句云："春晴闲过野僧家，邂逅诗人共晚茶。归见诸公问老子，为言满帽插梅花。"

五六

作诗生新甚难，求于衰飒之中，写出新意则尤难。放翁《荷花》绝句云："南浦清秋露冷时，凋红片片已堪悲。若教具眼高人看，风折霜枯似更奇。"乃于衰飒中幻出新意，便觉用笔奇绝。余去年秋过浚，登大伾，见松柏摧残，屋宇倾圮，有绝句一首云："不踏青苔十七春，大侄重对碧嶙峋。今番剧怪山容改，屋坏松摧老似人。"两诗意境略同，放翁诗能于衰飒之中写出兴会，余诗止托感叹而已。

五七

孟浩然《岁暮归南山》诗云："白发催年老，青阳逼岁除。"因年老而生白发固可悲。又读放翁《白发》诗云："疾病侵壮年，发恐不及白。"《说郛》载，有人咏镊鬓云："劝君莫镊鬓毛斑，鬓到斑时也自难。多少朱门年少客，被风吹上北邙山。"发不及白而朝露溘逝，则更可悲矣。

五八

《诗人玉屑》云："东坡谓晨饮为浇书，李黄门谓午睡为摊饭。"放翁《春晚村居杂赋绝句》云："浇书满挹浮蛆瓮，摊饭横眠梦蝶床。莫笑山翁见机晚，也胜朝市一生忙。"首联用为对仗，自然工丽。

五九

《蔡宽夫诗话》：王荆公晚年亦喜称义山诗，以为唐人知学老杜而得其藩篱者，惟义山一人而已。每诵其"雪岭未归天外使，松州犹驻殿前军""永忆江湖归白发，欲回天地入扁舟"与"池光不受月，暮气欲沉山""江海三年客，乾坤百战场"之类，虽老杜无以过也。朱少章《风月堂诗话》云："李义山拟老杜诗云：'岁月行如此，江湖坐渺然。'真是老杜诗也，其他句'苍梧应露下，白阁自云深''天意怜幽草，人间重晚晴'之类，置杜集中亦无愧矣。"余读其《韩碑》一首，因赋韩碑，即学昌黎笔法，极神物善变之致，乃知义山不仅于学杜，固亦折肱于退之矣。

六〇

幼龄读东坡诗，至"江头千树春欲暗，竹外一枝斜更好"，为之移情者竟日。后读《渔洋诗话》，谓梅诗无过坡公"竹外一枝斜更好"七字及"雪后园林才半树，水边篱落忽横枝"，所见正复相同。惟杜陵之"巡檐索共梅花笑，冷蕊疏枝半不禁"，亦自饶韵致。林逋之"疏影横斜水清浅，暗香浮动月黄昏"，安石之"风亭把盏酬孤艳，雪径回舆认暗香"，亦均不落俗格。至高季迪之"雪满山中高士卧，月明林下美人来"，则觉俗不可耐。若晚唐之"认桃无绿叶，辨杏有青枝"，渔洋谓直足喷饭，我则作呕矣。

六一

渔洋髫龄时，尝作《落叶》诗数章，有云"已共寒江潮上下，况逢新燕影参差"，又云"年年摇落吴江思，忍向烟波问板桥"。自八龄即能吟诗，至年十五有诗一卷，曰《落笺堂初稿》，因知其诗才盖由天赋也。

六二

阮亭入吴后，始自号渔洋山人，其自序《入吴集》云："渔洋山在邓尉之南，太湖之滨，与法华诸山相连缀。登万峰而眺之，阴晴雨雪，烟鬟镜黛，殊特妙好，不可名状。予入山探梅信，宿圣恩寺还元阁上，与是山朝夕相望，若有夙因，乃自号云。"余昔游邓尉凭眺诸山，烟峦矗立，问之居人，竟不知所谓渔洋山者。因思岩壑胜境，倘无骚人墨客游赏题咏，亦止供牧竖樵采而已。

六三

渔洋尝闻邓尉梅花盛开，遂轻舟入太湖口，自光福元墓，信宿圣恩寺，舟还，泊枫桥，过寒山寺。时已曛黑，兼值风雨，摄衣着屐，把炬登岸，径造寺中，题二绝句《寄西樵礼吉》云："日暮东塘正落潮，孤篷泊处雨潇潇。疏钟夜火寒山寺，记过吴枫第几桥。""枫叶萧条水驿空，离居千里怅难同。十年旧约江南梦，独听寒山半夜钟。"一时以为狂，不知诗人清兴正在风雨推篷之时，过胜迹不蜡游屐，曷能自已？

六四

济南范子痦公之杰云：昔司理豫章，闻李春湖先生家图书散佚，亟诣其庐，于故纸堆中得李宪乔先生《论朱竹垞、王渔洋、查初白、沈归愚四家诗》抄本二册。继客武昌，遭兵燹，查、沈两家原稿因以遗失，今所存仅论朱、王两家诗抄本，持以相示。按，李宪乔字子乔，号少鹤，高密人，乾隆间召试举人，官归顺知州。诗学陶、韦，一时门人讲习，称高密派，著有《少鹤诗钞》。其论竹垞怀古诸作，于《谒大禹庙二十韵》略云："凡古所谓怀古诗，必其精神意气有与相感通处，否则于前人论定之外，别有特识，故其诗在宇宙间不可没也。若仅抄录故实，藉为属对安排，而精神意气漠然不相关，又别无见解，乃无足取。是说历代诗之可证者，不可胜举，即以世所共知者若李杜，而李集之怀四皓、怀张子房、怀祢衡、怀谢尚谢朓皆取与自己相关，杜集之怀庾信、宋玉、昭君、先主、武侯，分明是抒发自己志事，岂漫然胪陈故实，毫无观感如此者哉？或云怀古帝王，止宜如此。曰：老杜不有《禹庙》诗乎？看其中十字中括尽大禹一生功业，而说来仍是当下指点，其上下千古之感，是何等精神！何等气概！'许身一何愚，窃比稷与契'，正以具此怀抱，所以能如此说，所以敢如此说。执此推之，则竹垞怀古诸作，直同稗官衍义，但可供衢市人耳，若以言诗，何足有无！"又论《于忠肃公祠》一首云："作者本意，不过将本事点缀排叙，使成一首怀古诗，殊不足为后来观感也。若恐后人不知其事而标著之，尚不如尤展成作《明史小乐府》，将当时谣语如'鹭鸶冰上走，何处觅鱼嗛'，直全录不加缀语，自足令人感叹。"其论《拟谢》诸篇，谓竹垞初年专精苦诣，是真正本领，其视世上不师古而漫为者，固加一等矣。又云："仆尝谓谢诗工处已造天妙，独每入后半言情志处，未免忸怩，不如陶公坦白，然尚有其所言也。至竹垞则直无可言，强摄而已。"其论渔洋诗云："阮亭平生宗尚在王、韦，故凡学王、韦者，乃其本相，但所造浅深，莫可掩耳。至后来渐事驰骋，规取杜陵局阵，不知是非性所近，难相入也。"又云："阮翁作七古，初本谨饬，虽力量薄，然却有所得。至后务为驰骋，反失之，要亦烦芜不能排戛也。"又云："阮翁律诗绝句以情韵胜，中亦有天妙，惟无解于秋谷'爱好'之讥耳。但其爱好中之有情味者，固亦不可废也。"又论《再过露筋祠》绝句云："阮亭自言从陆鲁望诗得兴，此诗却胜于陆诗远矣。本朝理宗如安溪相公，亦不能不喜阮亭绝句，可知是生平真有得处，欲使不传得乎？"后论其五律云："阮翁最留意五律，规模盛唐，而力挽前明七子之吞剥，当时所取，惟施愚山为作《摘句图》，可谓真好矣。然历阅诸什，仍止宫锦行家样耳，持之无物，非空壳哉？"论《雨止》一首云："亦清亦闲，亦静亦净，如何不逮古人？曰：止是空耳。所谓实者，亦不必皆有圣贤义理贯注，但实境、实情、实感、实志、实兴，能到真切处，皆实也。以大样袭之，谓之空。"又论其《秋柳》诗云："阮亭早年得名以《秋柳》诗，虞山目以典远谐则者，即在此等。虽其中不无名士欺人之病，然意取隐约迷离，亦《感旧集》之旨也。且平生得力，即专在此。归愚老子屏而不收，何以服悦者之心耶？"又云："赵秋谷谓阮翁诗如三河少年，风流自赏，盖明靓清圆，乃本体也。其与老杜郁勃沉着之什，正属相反。故阮亭不喜杜，亦不必为讳，性有近有不近耳。虽有意规模《秦州》以下诸篇，此如聋人学歌，本觉无谓。乃归愚专以此相取，谓为高华浑厚，又谓为苍茫雄杰，未免摸象之见，安得为庐山真面目耶？"少鹤论二家诗，确具正法眼藏，并非偏激。渔洋古体不宜驰骋，自是性情使然。其绝句韵胜思清，已臻天然妙境，至谓"无解于秋谷爱好之讥"，则未免求之过苛，而品量太严矣。论竹垞怀古诸作，谓将事实点缀排叙便成一首怀古诗，少精神感通之处，且未能别具特识，余亦正同此见。集中其余亦鲜佳什，不能与渔洋颉颃。因知赏音固有雅俗之分，得名亦有幸有不幸耳。

现 代 诗 话

贝 贝

载于《黄沙诗刊》1936年第2期。作者署名"贝贝",即为孟英。

孟英(1913—2020),天津人,现代诗人,笔名安外、贝贝、船舵、立明、李铭等。曾创立飞流社、黄沙诗歌会。抗战期间积极从事进步诗歌的创作与译介。1936年加入中国共产党,新中国成立后长期从事外交工作。

《黄沙诗刊》,新诗双月刊。1935年7月创刊于北平,是黄沙诗歌会的社刊。黄沙诗歌会的成员有孟英、吴泽、朱穆之、杨予英等,主张中国新诗要"走现实主义道路",要成为"社会生活实践的高歌,时代意识尖锐的表现"。1937年1月,黄沙诗歌会和天津草原诗歌会、上海诗歌生活会等协会共同发起成立中国诗歌作者协会,呼吁广大诗人创作国防诗歌,是国防诗歌运动的先驱之一。诗社的创作以抗日救国为主题。

本篇诗话实际是一篇阐述诗学宗旨的评论文章。作者大力提倡现实主义诗歌,认为"五四"以后中国新诗实现了进步,"从缀锦饰花的无病呻吟,一转而为社会生活实践的高歌"。对于那些轻视诗的作用的人,作者予以反驳,指出他们"忽略了诗的全般功能和诗的社会科学基底"。最后,作者分析新诗在当前的使命,认为有"象征型的和现实型的"两条道路,"前者是消极的,唯美的,是基于空想而产生的,没有发展的前途;后者是积极的,写实的,是基于现实而产生的,它是未来的诗的发展的命脉,有着广大的前途"。本文鲜明地体现出了孟英的诗学主张。

五四文化革命以来，新诗从社会意识里应运脱胎，十六年来世界思潮之动荡与前趋，直到今日不论在形式或意识上，中国新诗创作是有了一步一步前进：从缀锦饰花的无病呻吟，一转而为社会生活实践的高歌，时代意识尖锐的表现。

中国文化是进步的，这是不可否认的事实，虽然过去的是缺陷不满，但在变态的社会中，我们又怎能找出划一共同的思想之路？诗，同其他艺术一样，是社会的存在反映出来的东西，而它却能反作用于社会的进化，这样，我们怎能忽略地抹杀诗在现时代的本质？一般短见者流之轻视诗，不但加以诽谤，而且百般摧毁，他们直认诗是人生的点缀，没有价值可言。这种谬误的观念正表现了他们曲解了诗的真义，忽略了诗的全般功能和诗的社会科学基底。

诗人是向人们启示和阐明当时代人类斗争生活的历史和社会意识的全般，无疑地，诗就是时代意识最尖端的表现了。反之，没有把握住时代意识的核心，歪曲了现实的，不能称为诗，那是荒唐不可索解的狂想。所以诗是人类社会中的一种不可缺少的机能。不了解诗与时代社会贯通的线索，如何能认识诗？

显然地，在新诗过去的发展进程中，有许多症结需要除掉，现代的诗依然保留着许多传统的缺点应该克服，否则将有永远徘徊在歧路上的可能性，因了自身的不充实，使人难于接近，难于认识，易遭一般人的误解。

现在的中国诗是在走着两条不同的道路，也可以说是有两种不同的典型：象征型的和现实型的，前者是消极的，唯美的，是基于空想而产生的，没有发展的前途；后者是积极的，写实的，是基于现实而产生的，它是未来的诗的发展的命脉，有着广大的前途。许多写诗的青年们从浅薄的泥沼中爬出来，走上现实主义之路，发扬前进在中国的诗坛上鸣起一片新声，这实在是中国诗坛光荣的现象，正表现了青年的诗人们认识了诗的新的历史任务，认清了现实，彻底地认清了现实中萌芽着光明的未来，而且，更进一步知道那未来不是任何企图所能造成的，是社会进化历程上必然的现象。这倾向不是偶然的，在帝国主义者群侵凌压迫的次殖民地——中国，在社会环境的重压下，敏感的诗人，他们必然地要采取他们应走的途径，喊出要求自由，要求光明的呼声。（十二月·廿四）

博 陵 诗 话

载于《学生文艺丛刊》1936年第8卷第6期。作者严子敏，生平不详。

本篇诗话是关于河北深县的地方诗话。深县，古称博陵。诗话中各诗多抄录自《深县县志》，涉及芜蒌亭、凌消村、下博村、旧州村等地，明初迁城、明末土匪陷城、太平天国战乱等史实，具有史料价值。惜所录诗作皆不存作者名姓。

博陵为深县之古名，以汉桓帝父翼之陵在深县境，其陵曰博陵，因置博陵郡，故城在今深县之北。前人有《过博陵》诗云："春风博陵道，惆怅渡河梁。积水通瀛海，遥峰接太行。荒城多古屋，远树半斜阳。野老闲相问，犹怜旧种棠。"

芜蒌亭在深县城上，史称汉大司马刘秀循河北时，冯异进豆粥处也。《登芜蒌亭》诗云："芜蒌渺何许？迢递带斜晖。栖鸟夕知倦，行人暮欲归。渚寒沙景静，天阔树光微。回首饶阳道，霞明桑叶稀。"

凌消在深县东北四十里，今为县境之一村落，地滨滹沱河。汉刘秀自蓟南驰，传闻王郎追兵在后，前阻于河，河水流澌，无船，不可渡。秀令王霸往视，霸还即诡曰："冰坚可渡。"比至河，河水果合，王霸乃护渡，未毕数骑而冰解，因以名其村。有《咏凌消》诗二首，其一云："传道层冰合，翩翩汉骑过。山川犹自昔，风景近如何。草树含青霭，凫鹥泛碧波。渡头斜日暮，处处起渔歌。"

其二云:"浩浩寒流急,茫茫晓望赊。绿洲迷杜若,碧波泛桃花。川树烟中没,云飘鸟外斜。欲寻冰合处,弥漫失津涯。"又《咏滹沱河》诗云:"光武经营业未兴,王郎兵革暂凭陵。须知后汉功臣力,不及滹沱一片冰。""征鼓连天战血红,存亡只寄寸冰中。凭谁剪取麒麟阁,画作云台第一功。"

深县下博村,汉时为下博县。《汉史》:光武趋驾南旋,至下博城西,惶恐不知所之。时有白衣老人在道旁指曰:"努力,信都郡为长安守,去此八十里。"光武因驰赴,信都太守任光出迎,遂定议破王郎,遂于其地建祠,曰白衣老人祠。某君曾咏《过下博》诗,诗曰:"弥茫积水连墟落,望里分明见城郭。鸥吟鸦噪路人稀,云是前朝之下博。将军壁垒枕衡漳,四野依稀古战场。汉庙有灵今尚异,道旁丛棘尽无芒。"

县西三里旧州村,为六朝时陆泽县故址,有《过陆泽故城》诗:"缓步览故城,荆榛蔽沙砾。周垣半摧塌,隍堑亦湮塞。豺狐号我前,雏雉起我侧。徘徊迷所次,疑是古陆泽。遗民眷乡井,星散事耕织。太息此荒墟,何从访陈迹。"

深在明清时为州,民国始改县。明洪武间,城没于水,遂迁今治。骚客诗人,每过故城,多感慨凄凉而系以诗。余选其一首云:"地古川原在,城荒市井存。人烟疏映郭,树色远连村。禾黍秋云绕,牛羊日暮喧。依然问风俗,淳朴似桃源。"

县西杜家庄有官兵义冢,为清咸丰时清军与太平军战死者葬此。县人马安常有《吊义冢》诗云:"年来负羽远从戎,用命冲锋共效忠。后队凭他牛喘月,前驱原自马追风。气冲甲帐云阴黑,血染征袍日影红。不思捐躯同报国,几人泪洒战场中。"

明崇祯间,土匪陷城,吏目熊国俊抽刀自绝,州人义之,为立墓建祠以祀之。墓前有碑,满载先哲题句。兹录其一云:"郊外松楸暗自垂,忠魂寥落几多时。血挥滹水千秋泪,节壮恒山万古悲。埋玉当年传野叟,题名此日重丰碑。莫伤薄宦家音绝,四海于今共一涯。"

清光绪间,吾县有一儒士,热心功名,闻学使将按临,乃请神扶乩以问之,得乩辞云:"莫问春来莫问秋,忙把经史细推求。胸中藏有书千卷,哪怕朱衣不点头。"

深县高级小学教员马君,厌操粉笔生活,毅然从戎江皖,得任书记官等职,同人寄诗以贺之。诗曰:"聚处深城岁几更,慨然辞去岂无情。风光冷落催人老,事变纷纭利我行。刘裕从军方授首,何生入幕便知名。故交引领天涯望,平地春雷响一声。"

按,以上各诗,多载《深县县志》,予只抄录于此,未敢加以评语。

历代诗体略说

连载于《统一评论》1937 年第 3 卷第 16—20 期。作者叶倚南，生平不详。

《统一评论》，1935 年 11 月创刊于成都，政治刊物，主要刊登新闻及时评，也发表学术文章。

本篇诗话梳理了历代诗体演变，上自骚体，下至同光体，共论及三十四种诗体。自晚清以降，学者们已开始尝试构建系统性的诗学史，如 1910 年黄节《诗学源流》一书，堪称近代第一部诗歌史（后于 1918 年以《诗学》之名重刊）；1913 年霞长《蜕庐诗摭》论述古今诗体递嬗，亦显示出清晰的诗学史观。本文正是在这一学术背景下产生的。

诗之源起，盖由于《三百篇》采取民间歌谣，以观民风；取四百年朝野歌谣，以为后世法，而诗道以成。世衰道危，周室政教不行，采集不闻。至战国时，诗歌一变而为《离骚》。屈原之徒，以《九歌》《天问》，大鸣于时，而骚体以立。逮及两汉，苏武、李陵，相为赠答，而四言遂变而为五言，古体以立。其后汉武帝造柏梁台成，命群臣会于台上，有能为七言诗者，始得上坐，而七言诗乃发明，遂开联句之始，而柏梁体以立。是时汉武帝命李延年为协律都尉。延年知音律，善歌舞，而乐府体以立。降及季汉以后，迁都许昌，曹氏父子并立，七子竞长，而建安体乃立。

骚体：屈原作《离骚》，后人仿其体，谓之骚体。其语尾皆有"兮"，故虞舜之《南风》歌，为骚体之所仿。汉以后，歌行、琴操，多用之。

古体：对于近体诗而言。古体分为五言古诗，七言古诗，三言诗，六言诗，或用平韵，或用仄韵，或转韵，或不转韵，平仄字数均无定。

柏梁体：汉武帝元丰三年，造柏梁台成，诏群臣有能为七言诗者，乃得上坐。人各一句，句句用韵，仿其体者，谓之柏梁体，实开联句之先声。后唐中宗景德四年，御大明殿，会吐蕃驸马之戏，重为柏梁体。

乐府体：本诗歌之变体，始于汉武帝定郊祀之礼，乃立乐府，以李延年为协律都尉，乐府之名始此。其朝庙所用乐章，皆谓之乐府。其后复采民间歌谣，谓之新声乐府，别于《三百篇》也。陈隋之际，又有变体，亦谓之乐府，于是汉乐府为古乐府，以示区别。至唐人则达乐者已少，其乐府不过借古人体制，写自己胸臆，未必尽可被诸管弦也。

建安体：汉魏间之诗体，建安者，汉末年号。曹子建父子、孔融、陈琳、王粲、徐干、阮瑀、应场、刘桢等皆建安时人，故称其诗为建安体。

典午当国，过江以还，渊明胸次恬淡，诗笔冲穆，雅与人称，于是有渊明体；逮及葛洪《抱朴》，而游仙体出焉；下及六朝之际，南宋南齐诗才辈出，于是有元嘉体、永明体，而齐梁体亦随之而出；逮沈约"八病""四声"之说起，而五言律诗创始，而近体以成；六朝之季，徐陵、庾信继出，于是有"徐庾体"；徐陵在梁世，父子俱事东朝，时承华胄，颇好文雅，崇尚宫体，陵采西汉以来乐府艳诗，借以讽谏，于是有"玉台体"；梁世昭明太子辑数代之文词，而成《文选》一书，而"选体"因之而成。

渊明体：谓陶渊明之诗体也。《竹林诗话》："古今诗人多善陶渊明，如陶者曾不多见，终逊其雄丽也。"渊明胸次，恬淡于名利，故诗亦淡远。

游仙体：游仙体，本是有托而言，"坎壈咏怀"，其本旨也，谓游心仙境，而脱离尘俗也。晋何劭、郭璞皆有游仙诗，率本此意。其后唐代曹唐作《游仙诗》，及《小游仙诗》，多叙仙人儿女情怀，意格又别。所谓游仙，大抵皆仙人游戏人间之意耳。

元嘉体：元嘉者，南朝宋文帝年号也，当时颜、鲍、谢三人之诗，均盛行于时，世人称之为"元嘉体"。颜谓颜延之，谢谓谢灵运，鲍谓鲍明远也。

永明体：永明者，南齐武帝年号也，诗之讲声律者，为永明体。齐永明沈约、谢朓等为之。五字之中，音韵悉异，一句之中，角徵不同，不可增减，后世称之为永明体。

齐梁体：六朝诗体中，又有所谓齐梁体者，盖指萧齐以后而言。《沧浪诗话》："齐梁通两朝而言。"

近体：对古体诗而言，自沈约"四声""八病"之说起，诗始有声律，而五言律诗、七言律诗，由之而起。唐初古近体，显分为二，因名律诗、绝句为近体诗，字数、句数、平仄，皆有一定，韵亦有一定，不能随意转韵也。

徐庾体：徐谓徐陵，庾谓庾信，两人齐名，所为诗文颇近旧体，辞靡绮，颇多绮罗香粉之句，更富温柔之遗，为香艳诗之鼻祖，世称徐庾体。

宫体：艳体诗也。梁简文帝为太子时，好作艳诗，境内化之，浸以成俗，谓之宫体。见《大唐新语》。与宫词有别。宫词者，所以吟咏宫廷琐屑之事也。

玉台体：因《玉台新咏》而得名也。《玉台集》有徐陵序，汉魏六朝各时代之作皆有之，或谓诗之纤艳者，皆称之"玉台体"，实则不然。

选体：诗体之一，以梁昭明太子所纂《昭明文选》而得名，但选诗不同，时代各异，体制亦更。

有唐一代，诗学昌明，且以诗试士，于是试帖体及应制体立，而七言律诗亦于唐初创始。唐初诗人以沈佺期、宋之问为最，而"沈宋体"以立。至中唐而元稹、白居易以诗并鸣，遂成元白体，且成元和体、长庆体之名。李杜齐名，而材力雄大，近体各诗，每每不为规矩法律所拘束，于是有拗体。至晚唐温李并驾齐驱，于是有西昆体、晚唐体，而韩偓复有"香奁体"焉。

试帖体：唐以来，科举取士咸以诗。大抵以古人成句命题，冠以"赋得"二字，亦名试帖体。其诗或五言，或七言，或八韵，或六韵，皆以刻划为工，于诗中别为一体。清代试士亦尚此体，八股文之外，必试以诗，亦称试帖体。

应制体：唐宋诗人，多有称应制之诗，皆奉和君上之韵，或和君上之作，多主颂扬语，亦有暗寓讽谏者。王维应制诗颇多。

沈宋体：谓唐初诗人沈佺期、宋之问之诗也。自汉时苏武、李陵为五言诗，建安以后迄江左，诗格屡变。至沈约、庾信，以音韵婉相附属精密。及沈佺期、宋之问，又加以靡丽，学者宗之，号曰沈宋体。语曰：苏李在前，沈宋比肩。

元白体：谓元稹、白居易之诗体也。白香山诗以平易近人见长，不用深奥，不尚典故，老妪都解，其忠君爱国之忱，与杜甫相等。杜以沉雄胜，白以平易胜，其趋一也。元稹与白同时，所作亦复相同，故称平易近人一派之诗体为"元白体"。

元和体：元和者，唐宪宗年号也。元和体者，诗与文体和而言之也。诗则元稹与白居易齐名，尤长于诗，天下传诵，号曰元和体。《唐国史补》云："元和以后，为文笔则学奇诡于韩愈，学苦涩于樊宗师，歌行则学流荡于张籍，诗章则学矫激于孟郊，学浅切于白居易，学淫靡于元微之，俱名之曰'元和体'。"

长庆体：长庆者，唐穆宗年号也，白居易、元稹之诗文集，均题"长庆"，盖编集于改元长庆之初，因著是名。后为续集，元白之诗，体格相似，均称《长庆集》。后称叙事明浅，为长庆体。

拗体：近体诗之声律，不依常格，不合平仄者，谓之拗体。杜少陵之诗最多，如《郑县亭子》之类，李商隐、赵嘏辈，创为一格，以第三字、第五字平仄互易，如"溪云初起日沉阁，山雨欲来风满楼"之类。至元遗山又创一格，在第五六字，如"来时珥笔夸健讼，去日攀车余泪痕"。集中此体，不可枚举。

西昆体：李商隐、温庭筠之诗，多是绮罗脂粉句，颇极典丽堂皇之能事。至宋，杨亿与刘筠、钱惟演等倡和之诗，编为一集，名为《西昆酬唱集》。其诗大抵以李商隐、温庭筠为宗，故称"温李体"为西昆体。

香奁体：语涉闺阁者，曰香奁体。《唐书·艺文志》载韩偓《香奁集》一卷，按，《宋朝类苑》实为和凝所作，贵后，乃嫁名于韩偓尔。偓之香奁体，盖亦有所寄托存于其间者也。

晚唐体：晚唐诗家，多半倾向于香艳绮丽一派，重外形而不重意境，浓鲜柔媚，已近诗余。情不足而文多，此晚唐诗家之通病。李义山于绮丽中而有沉着顿挫之处，杜牧之于绮丽中而有豪侠之处，罗隐、杜荀鹤，则于香艳中时有俚语，均为晚唐体之变相，而绮丽香艳，则为晚唐体所共具者。

五代时，为政治紊乱之际，文艺退化，诗学颓放，幸有回文体，亦于诗中别开生面也。

回文体：诗词之别体，以晋苏伯玉《盘中诗》为肇端，前秦窦滔妻作《璇玑图》，而体制大备。其屈曲成文者，盘中之遗；其反覆往还、左右相通及交加借字、三五六七言互诵者，皆璇玑之制也。今世文人，偶尔及此，惟取颠倒成诵，视为游戏笔墨，作者盖少。

宋初铲五代旧习，诗有白体、西昆体、晚唐体等，皆承唐代之遗风。先有九僧体，迨欧阳公出，乃一变而为李太白、韩昌黎之诗，时有禁体之作。至苏东坡则神智体，为其游戏之笔。迄南渡以后，诗人乃有"四灵体"等。

白体：即白乐天之诗体，以平易近人为胜。

禁体：欧阳修守汝阴日，因小雪会饮于聚星堂，赋诗不得用玉月、梅梨、练絮、白舞、鹅鹤等言，谓之禁体。苏轼《聚星堂雪诗序》云："与客饮会于聚星堂，忽忆欧阳公作守时，雪中赋诗，禁体物语，于艰难之中，特出奇丽。"诗云："当时号令君听取，白战不许持寸铁。"

四灵体：即永嘉四灵也。宋时诗人徐照，号灵晖，有《芝兰集》；徐玑，号灵渊，有《二薇亭集》；翁卷，号灵舒，有《西岩集》；赵师秀，号灵秀，有《清苑集》，皆永嘉之人，故称"永嘉四灵"，又称"四灵体"。其诗大率宗唐之姚合，写景于琐屑，寄情于偏僻，虽刻意雕作，而取径太狭窄，不免于破碎尖酸之痛。

神智体：宋苏轼之诗，有神智体，如《晚眺诗》一首："长亭短景无人画，老大横拖瘦竹筇。回首断云斜日暮，曲江倒蘸侧山峰。"其法亭字写长，景字极短，画字写作畵，无人，老字写稍大，拖字横写，筇字竹头写得极细，首字反写，江字写作氵工，蘸字倒写，峰字山旁侧写，云字上雨下云中间距离须远，暮字下日字斜写，称之为神智体。《回文类聚》云："神宗熙宁间，上命东坡馆伴北朝使，北使以诗自矜，以语上林诸儒。北使以诗诘东坡，东坡曰：赋诗易，观诗稍难耳。遂作《晚眺诗》示之。北使惶愧，莫知所云，从此不复言诗矣。"

有明一代之诗，莫胜于明初。若犁眉、海叟、吴四杰、粤五子、闽十子，二肃二蓝等，当时各抒心得，无前后"七子"矜轧之习。永、宣以还，三杨"台阁体"以兴，而有文无诗，其微可知。弘治后，诗人多显达，皆秉钧衡，掌六曹，挟风雅之权，以令当世。三杨台阁之末派，为之一振。迨何、李起，而坛坫下移，及其季也，则衰于"公安体"而颓于"竟陵体"。

公安体：袁宗道，公安人，与弟宏道、中道，其为诗主妙悟，尚清真，于唐好白乐天，于宋好苏子瞻，名其斋曰"白苏"，学者多舍王、李而从之，名之曰"公安体"。隆、万间，王、李之遗派，充塞天下，公安昆弟，起而排之。

竟陵体：公安行时，为空疏者所依托，流于浅率，间杂以俚语嘲谑，于是竟陵钟惺、谭元春复矫之，变而为幽深孤峭。钟、谭名满天下，谓之"竟陵体"。然两人学不甚富，识解多僻，通人讥之。

有清一代之诗学，以清初为最盛，首数"江左三家"，继而渔洋、竹垞，争长南北，而浙派、常州派随之而起。清代素重科举，于是馆阁体，遂崇尚于儒林。至清末而有同光体。大抵清诗出入于唐宋者，各有其人，比明人之摹仿自较优也。

馆阁体：馆阁体，亦犹明之台阁体也。统诗赋词章而言，清代科名，素重翰林，入翰林者，必长于馆阁体，于典丽裔皇之中，而声律调协，斯为上乘。

同光体：为同治、光绪时代之诗体，其时最著名者，为沈子培、郑太夷、陈石遗、陈岩庵、陈伯严诸公，极一时之盛云耳。

远山楼诗话

张白英

连载于《真光杂志》1937年第36卷第4—9号。

张白英（1891—1978），广东东莞人，画家，国画研究会、清游会成员。擅长山水画及草书。曾于广州白云山麓筑远山楼读书，抗战时居澳门，后返粤。著有《眉楼画语》《远山楼诗稿》《流泉琴室杂记》等。

《真光杂志》，最初是《真光月报》，1902年由美国传教士湛罗弼创办于广州，1921年1月改为《真光》，1928年1月起又由《真光杂志》继承。由张亦镜、刘维汉编辑。本为基督教刊物，后亦设诗歌、随感录等栏目。张白英为该刊主要撰稿人之一。

张白英兼擅诗画，认为"诗为有声之画，画为无声之诗"，在诗话中欲采古今书画家之诗作。文中提及明代文徵明、沈周、傅山，制墨大家方于鲁，近现代岭南画家廖平子、邓诩等，所录题画诗尤多，还对题画诗嵌人名的问题进行了讨论，颇具特色。张白英的诗学思想接近性灵派，主张诗不是用来"见博学、竞声名"，而是用来表达真情实感的。真情流露，即是好诗。有主张"性灵"的意思。在此基础上，他认为白话诗易于学习，可以让青年学子"抒其情愫"，故而支持白话诗，赞同胡适的"四大解放"说："若能发于真诚，则白话亦何尝不可，亦何必强今人而学古人之语言乃为佳耶？"亦鼓励旧体诗中用新名词。

序

　　余不工诗，何能论诗，然则诗话曷为而作？顾素性喜静，尤好夜坐，当乎一灯荧然，万籁俱寂，树影摇窗，花阴压槛，茶韵未歇，炉香正温，无事扰心，清兴辄发，于是翻阅古今诗集，录其可诵者，阙其可疑者。偶有兴会，讽吟所得，可录者录之。与乎朋侪篇什之赠，里巷歌谣之传，凡韵事逸闻、名言佳话，有可为诗之资者，皆拉杂书之。夜窗自遣，习以为常，日久积之，裒然成帙，姑名之曰"诗话"云尔。非敢侈口妄议，谬加评骘，以伤"温柔敦厚"之旨也。古人云"不薄今人重古人"，吾诗话有焉。

一

　　诗为有声之画，画为无声之诗。古今来真能诗画兼工者，首推唐之王摩诘。若宋之苏东坡，元之倪云林、赵松雪，明之文衡山、唐伯虎辈，皆最著者也。有清一代，若恽南田、金冬心、钱箨石、郑板桥等，亦称大家。其山陬海隅之士，怀奇抱异，无籍籍之名者，吾亟欲表而出之。

二

　　粤之博罗韩荣光，字珠船，道光年间人。弱岁官谏垣，中年退隐，工山水，有书卷气，著有《黄花集》，其中多自题画之作。兹录最清隽者："西风鸣疏林，落日下遥岭。人语晚烟中，前汀泊孤艇。""丹枫叶老碧梧黄，月色如霜水阁凉。秋气逼人眠不得，数声渔笛起沧浪。""龙溪高阁俯秋江，卷起湘帘近水窗。一抹斜阳红树杪，门前时系卖鱼艎。""两间茅屋白云岑，云懒初无出岫心。纵作山泉下山去，只添浣水一泓深。"集中又有《咏黑牡丹》七律十首，极工。

三

　　先舅父李肇榜，字桂墀，能诗，善填词，写花鸟笔趣生动，设色古艳。年甫三十而没，子凤廷，时只十二龄，故诗词稿皆散失，画亦不知保全。迨凤廷长成，能继父业，金石书画，颇有名于时，惟恒以不能保父之遗作为恨。一日在市偶购回其父所作《三多图》，喜极，旋又在老屋丛残中得诗稿一小册，乃亟为刊行。今录其《春朝六榕寺闻莺》云："湛露霏微佛座清，黄鹂恰恰唤平明。寒朝未便携柑酒，多负东风百啭声。"《新秋夜雨不寐》云："冷到寒窗梦不成，新秋天气觉衣轻。西风一夜萧条甚，添得残荷战雨声。"《对酒》云："对酒万欢合，胡为独忍醒。狂来呼李白，不敢效刘伶。"余有《题舅父遗稿》云："自有精神在，残篇尚可求。萧条搜遗稿，落日莞城秋。老屋虫鱼满，高文天地留。蹉跎惭宅相，吟望一登楼。"

四

诗话可补注本评本之不及，大抵多为片段，而少有统系。章学诚分诗话为"论诗"及"事辞"两种，最为明白。成书最早之诗话，要推梁钟嵘《诗品》，将汉以来五言诗作者分上中下三品，所论以辞为主。唐司空图《二十四诗品》，所论甚精。至宋始有"诗话"之名，诗话亦以此时为极盛。若魏庆之《诗人玉屑》，能采撷南宋诸家诗话，分类编成，引人入胜。严羽《沧浪诗话》，始创"诗有别才别趣"之说，影响后世甚大。若王士禛《渔洋诗话》，则多主律韵；袁枚《随园诗话》，则专主性灵。虽各执一说，要皆有精到处也。

五

周栎园论诗曰："诗以言我之情也，故我欲为则为之，我不欲为则不为。原未尝有人勉强之，而使之必为诗也。是以《三百篇》称心而言，不著姓名，无意于诗之传，并无意后人传我之诗。"嘻，此其所以为至乎！今之人欲借此以见博学、竞声名，则误矣。又常宁欧永孝序江宾谷之诗曰："三百篇《颂》不如《雅》，《雅》不如《风》，何也？《颂》《雅》人籁也，地籁也，多后王君公大夫修饰之词；至十五《国风》，则皆劳人思妇、静女狡童矢口而成者也。"《尚书》曰："诗言志。"《史记》曰："诗以达意。"若《国风》者，真可谓之言志而能达意矣。宾谷自序其诗曰："予非存予之诗也。譬之面然，予虽不能如城北徐公之美面，然予宁无面乎？何必作窥观焉。"各说均精当，并录之。

六

宋刘克庄，字潜夫，后村其号也，尝为建阳令。有《咏落梅》诗云："东君谬掌花权柄，却忌孤高不主张。"谗者笺其诗以示权臣，由此闲废十载，因有《病后访梅》绝句云："梦得因桃却左迁，长源为柳忤当权。幸然不识桃和柳，也被梅花误十年。"余谓文士性既不能谐俗，则文字最宜谨慎，明哲保身之道，不宜昧昧也。

后村诗虽不多，然中可诵者，《宿庄家》云："茅茨迷诘曲，度谷复逾陂。世上事如许，山中人不知。牛羊晴卧野，鹅鹜晚归池。粗识为农意，秋输每及时。"《北山作》云："骨法枯闲甚，惟堪作隐君。山行忘路脉，野坐认天文。字瘦偏题石，诗寒半说云。近来仍喜聩，闲事不曾闻。"《送徐鼎夫》云："一春风雨郡斋寒，荒了麻姑老子坛。吏抱文书排闼至，客携诗卷退衙看。愁来镜里丝难染，老去胸中锦已残。若棹扁舟见安道，为言岁晚习申韩。"统观全集，当以五律为最佳。

七

余曩年于除夕得琴一张，厥名流泉，书法殊类唐人，裂腹缺首，色黝然以黑，似千数百年物，因纪以诗云："春后渐渐上轻衣，十里香风送落晖。自笑生平独痴绝，万花如海抱琴归。"后陈叔举过小楼，见琴讶为良材，余丐为修之。携归既久，忽寄一诗云："蛇腹龟纹岁月深，补苴罅漏费重斟。师襄去后无人管，惆怅王孙大雅琴。"致以此琴比之赵松雪大雅琴。余喜极携归，果见断纹毕现，古泽可鉴，试安弦弹之，声清以宏，始知此琴果佳也。既而作山水十二帧以酬叔举。

八

除夕看花，亦是人生乐事。是日广州花市，万紫千红，游人如卿。忆余尝约邓次卿看花，而次卿乃于除夕前一夕病发，历十月遂卒。次卿聪明绝世，工文，喜诗词，精金石，余之小印多为次卿所刻。每过小楼作雅集，恒流连不忍去。逝世时为初冬，余感念前尘，为诗以吊之云："永忆看花约，茫茫别后春。鸟啼江馆寂，梅发垄头新。富贵何由达，文章欲等身。修文天府去，歌啸莫愁贫。"呜呼！吾每岁除夕看花，辄念念次卿不置也。

九

廖平子字苹盦，广东顺德人。早岁以文字鼓吹革命，亦有功于民国。反正后，乃为广州各报馆主笔，尝与余共事于七十二行商报，颇称投分。苹盦能诗能画，书法亦自成一家，著有《自怡室诗钞》。尝录其《赠王秋湄》一首于便面见贻，诗云："春后已去阴还在，君及归时我正闲。等是乱离伤不偶，会当沉寂了余艰。山行十里频欹帽，酒入三更未解颜。为我安排旧箫管，好凭慰藉鬓毛斑。"又尝作浅绛山水赠我，题诗云："夏山犹是黛痕青，重掩柴门午梦醒。似解畸人孤洁趣，天风无日不泠泠。在山时踏落花行，梅是先生柳是兄。暇欲更寻云际寺，乱山斜日走钟声。"诗钞中佳者甚多，暇当择录之。

一〇

吾粤顺德，文风颇盛，风旄之士，代不乏人。友人谭胜梧尝贻《龙山竹枝词》一册，亦可见其乡之风俗。叶宝明云："桂花风里酒帘飘，买醉谁来挂榜桥。往日每逢年大比，村头文燕盛秋宵。"陈纬南云："甘竹龙江岸口开，分流两道暮潮来。阿侬怎得如涌水，日日相逢合一回。""十亩桑阴牡蛎墙，缫丝声里近昏黄。嫁娶自顾都忘作，日为群生衣被忙。"金芝庭云："大陈涌又小陈涌，处处桃花映水红。一路春风吹草色，绿拖裙屐上金峰。"冯心溥云："茫茫西潦浸街前，明月当头不夜天。掉向竹桥桥外去，衣香人影粉红船。"其最奇者，叶菊南云："管水容易管山难，管水食水山食山。食山山钻钻山惨，食水水车车水间。"

一一

梁鼎芬，号节庵，广东番禺人，前清光绪间翰林。为诗取神于晚唐，取骨于北宋。没后，余绍宋等辑其诗六卷行于世。其最为人所传诵者，则有《春日园林》云："芳菲时节竟谁知？燕燕莺莺各护持。一水饮人分冷暖，众花经雨有安危。冒寒翠袖凭阑暂，向晚疏钟出树迟。倘是无端感春序，樊川未老鬓如丝。"《赠康长素》云："牛女星文夜放光，樵山云气郁青苍。九流混混谁真派，万木森森一草堂。岂有疏才尊北海，空思三顾起南阳。搴兰揽茝夫君意，蕉萃行吟太自伤!"吾最爱其《画荷花绢》云:"飘渺秋江绝世姿,玲珑湘管断肠时。红蕖碧杜长相忆,玉露金风要自持。栏槛有人伤婉晚,衣裳在水写参差。绿波骄尽芙蓉色,朝揽蛾眉讽楚词。"他如《绿阴》四首、《落花》六首,皆绝似义山,为集中不可多得之作。节庵长广雅书院时,获一得意门生,有"行尽江山识此才"之誉。其人江姓,名逢辰,字孝通,广东归善人。后亦入翰林。善金石,能画,诗才横逸,无体不备。虽不永年,而遗诗甚多,集中美不胜收。其《和陈元孝怀古诗》十首,《楚中》云:"两岸猿啼对九嶷,美人香草重相思。风凄斑竹千年泪,日落黄陵二女祠。湘水无情波浪阔,巫山有梦雨云痴。红蕖碧杜芳怀抱,莫更行吟续《楚词》。"几可及独漉原作。《游大通寺》云:"流水渺然去,钟声何处寻?大江遥入海,初日乍明林。沙见因滩落,树藏知寺深。来观烟雨井,小坐涤尘心。"《越王台》云:"胜概开南越,高台压大荒。潮吞珠海白,云瞰玉山黄。老树多秋色,危楼下夕阳。英雄又安在?世事感沧桑!"类此者甚多,不能尽录。

一二

张亦镜晚年喜藏书画,尝出黄子久山水长卷属题,余为七绝四首云:"九十如童貌若仙,羡君笔底起苍烟。人间留得江村景,一幅生绡七百年。""古木苍松怪石根,幽人栖老水云村。山中习静浑无事,黄叶萧萧自掩门。""欸乃声中出荻芦,苍茫烟水漫平湖。青蓑翠笠生涯好,可有吾家旧钓徒?""萍踪漂泊真无定(亦镜所居名萍寄),车脚劳薪我亦愁。他日青山赋招隐,一船诗画桂江秋。"亦镜朗吟一遍,笑曰:"诗大佳,然子敢断为子久真迹乎?使果为赝品,则奈何?"余笑应曰:"未能起子久而问之,谁敢断其不真?凡人一生所为书画,必分少年、中年、晚年三时期,少作必稚弱,晚年易颓唐,惟中年所作多佳。然得意之作,一生亦必不多。使见古人之画不甚佳者,必断其为非真,又安知其非少年与晚年作品乎?若与其中年得意之作较,固相去远甚。即题款书法,有时亦变,自不能以少数佳品为真,而其他则皆断为伪也。公善书,然少年作品,必不若今日,岂不皆张亦镜手笔乎?后人评公书法,亦必有真伪之判矣!"亦镜闻言大笑,谓能自圆其说。

一三

今之白话诗，诗格太宽，不须押韵，不拘句之长短，及句之多少。其稍长之白话诗，读之恒类一篇短文。然实亦便于今之青年学子，以其熟习白话文，一缩短即可成白话诗，不为格律所困，而又可抒其情愫，亦犹《三百篇》多为闾巷风谣，脱口即可成诗，而感人之深，至今亦不能废。不过古人乃说古人之语言，今人乃说今人之语言，若能发于真诚，则白话亦何尝不可，亦何必强今人而学古人之语言乃为佳耶？于此乃忆及胡适论诗之"四大解放"，其文略谓："中国诗，从《三百篇》变为骚赋，是第一次解放。从骚赋而变为五七言古诗，是第二次解放。从五七言诗变为词，是第三次解放。直到近来之新诗发生，不但打破五言七言之诗体，并且推翻词调曲谱种种束缚，不拘格律，不拘平仄，不拘长短，有什么题目做什么诗，诗该怎样做就怎样做，是为第四次诗体大解放。这种解放，初看去似乎很激烈，其实只是《三百篇》以来的自然趋势，自然趋势逐渐实现，不用有意的鼓吹他，那便是自然进化。自然趋势，有时被人类的习惯性、守旧性所阻碍，到了该实现时不实现，必须用有意的鼓吹去促进他的实现，那便是革命了。"此论颇精警，学新体诗者不可不知也。

一四

昔一工匠性极孝，丧母，抚尸哭甚哀，因信口成一诗云："哭一声，叫一声，儿的声音娘惯听，如何娘不应？"情真意挚，感人甚深。工匠固目不识丁，而能成此妙诗，以真情流露不能自已也。

一五

吾友邓诩，字次卿，广东三水人。性聪颖，工诗古文词，善草书，刻印亦骎骎入古。与余往还甚密，每岁必为余制小印数枚。余所作书画，非次卿之印不用也。顾家赤贫，掌教某中学，积劳而成肺病，致不得永年。余尝挽以联云："高轩屡过，清话时深，永昼为君添茗椀；剪纸相招，诗魂何处？寒风吹泪洒梅花！"初，次卿得肺病，时发时愈，而清游之兴不衰。一年相约于除夕逛花市，届期余坚候之，致于日暮不来，后始知其于前宵呕血入医院矣。故今年除夕有诗怀次卿云："永忆看花约，茫茫别后春。鸟啼江馆寂，梅发垄头新。富贵何由达，文章欲等身。修文天府去，歌啸莫愁贫。"次卿死后，诗稿幸不散失，存吾箧中亦有十数首，兹择其最佳者录之。《偕友出北郭访村帘》云："出郭穿林夕照斜，佩壶同适野人家。青山对面宜纵酒，黄叶何心映晚花。似此物情羞老大，转怜春事强繁华。几时共得抛尘鞅？来结茅庵学种瓜。"《清明出郭遇寂园同至北园憩坐》二首云："相逢皆戴笠，绕郭得诗狂。花雨沾衣润，春泥印屐香。踏青人窈窕，啅絮燕低昂。此日山阴道，兼过顾辟疆。""负郭园临水，繁阴合翠帏。听泉非旧响，映竹有晴晖。誓墓客题壁，求浆人叩扉。诗成恨佳节，未得醉同归。"《寂园自柳州归话旧》云："去岁雷州此柳州，怜君飘泊复淹留。崎岖乞食歌行路，萧瑟还家畏及秋。苏子亭荒诗梦冷，柳侯祠古旅魂愁。暂逢好惜尊前意，风雨他时独夜舟！"赠余七绝一首云："闭户闲删感遇诗，知君长与白云期。焚香镇日摊书坐，帘外远山横翠眉。"又《白子邀集远山楼赋赠》云："东皋张白子，隐几小楼间。煮茗延佳雪，开帘对远山。世情江鸟没，诗思碧云还。向晚藤萝月，倏然照掩关。"

一六

吾于报界同业中，得二友焉：一为廖平子，字苹盦，顺德人。性倜傥磊落，尝以文字鼓吹革命。能画山水，工书法，诗亦不凡，有《自怡室诗钞》行世。尝绘便面赠余，并书其《赠王秋湄》一首云："春光已去阴还在，君及归时我正闲。等是乱离伤不偶，会当沉寂了余艰。山行十里常欹帽，酒入三更未解颜。为我安排旧箫管，为凭慰藉鬓毛斑。"近又作一山水小条赠我，题诗二绝云："夏山犹是黛痕青，重掩柴门午梦醒。似解畸人孤洁趣，天风无日不泠泠。""在山时踏落花行，梅是先生柳是兄。暇欲更寻云际寺，乱山斜日走钟声。"一为王树，字雪溪，号绮秋生，少年好学，工诗文。尝召试秘书，诗题为《闻塘沽协定感赋》，出场后袖诗稿走示余，诗为七律二首云："坐弃东陲事可猜，长城无复望崔嵬。其亡一国英雄尽，拜赐他年鼓角开。曾见狐狸聚曹社，直愁麋鹿上苏台。江关萧瑟终无赖，剩欲登楼赋七哀。""健者宁当让董公，要盟此日太匆匆。美人帐下秦淮月，壮士军前易水风。人异申胥终复楚，事殊魏绛竟和戎。烟云牢落旌旗冷，莫问昆明旧汉功。"余读之，击节不已，许为冠场之作，已而榜发，果列首名。

<h1 style="text-align:center">一七</h1>

基督教徒，而以诗画著名者甚少，有之，厥为吴历。吴历字渔山，常熟人，因所居有墨井，故号墨井道人。山水宗元人，尤长大痴，笔法秀润，与王翚齐名。时论清初画家，以四王吴恽并称，而吴所传极少。书仿大苏，工诗，又善鼓琴。崇祯壬申生，康熙乙未，年八十有四，尚强健，后浮海不知所踪。或云吴历晚年酷爱西洋画法，苦不得其门，遂弃家游上海，舍身西教，得西教士指示；故晚年所作，有参用西洋画法者。卒年八十有六，今上海城南有其墓云。

<h1 style="text-align:center">一八</h1>

傅青主先生，为明季遗民，品高洁，书画亦神逸，倪高士后一人而已。曾见范鼎卿所藏先生行书立轴一幅，绢本，高四尺许，广一尺五寸，书七绝一章，字既飞舞，诗亦奇古，特录之："鹣不卤蛮竜不零，行乾霙礴洞冋清。少年僝僽说闲事，遥隔彩云睇笑声。"见会稽顾燮光《襟堪墨话》。

<h1 style="text-align:center">一九</h1>

友人尝语余曰："昔旅行某地，见旅店有某女士题壁诗五绝一章，极媚秀幽峭：'杯止鸡声乱，窗昏月色残。殷勤告夫婿，扶梦上雕鞍。'"

<h1 style="text-align:center">二〇</h1>

广州北郭，宝汉茶寮，为南汉宫人马廿四娘屋址。主人掘地得石，乃镌屋券者，因名"宝汉"。余十年前，尝游此地，见壁上题诗一绝云："读罢残碑马四娘，美人零落白云乡。只今何处多游屐，明月清风上下塘。"款署退盦，诗甚清隽，退盦不知为何许人。

<h1 style="text-align:center">二一</h1>

胡适虽为新文学派，但旧学根柢颇深。尝读其所著《尝试集》，其白话诗、译诗，固有可观；然又能填词，能古诗，颇爱其《耶稣诞歌》云："冬青树上明

纤炬，冬青树下欢儿女。高歌诵神歌且舞，朝来阿母含笑语：'儿辈驯好神佑汝，灶前悬袜青丝缕。灶突神下今夜午，朱衣高冠须眉古。神之下来不可睹，早睡慎毋干神怒。'明朝袜中实饧粔，有蜡作鼠纸作虎。夜来一一神所予，明日举家作大酺。杀鸡大于一岁豵，堆盘肴果难悉数，食终腹鼓不可俯。欢乐勿忘神之祜，上帝之子天下主。"

二二

陆放翁在朝日，尝与馆阁中人会饮于张功父南湖园，酒酣，主人出小姬新桃者歌自制曲以侑尊。以手中团扇求诗于翁，翁书一绝云："寒食清明数日中，西园春事又匆匆。梅花自避新桃李，不为高楼一笛风。"盖戏寓小姬名于句中，以为一笑。当路有忮之者，遽指以为所讥，竟以此去。此事颇与李白之进《清平调》，为高力士谗于贵妃，谓比之赵飞燕，因被放相类。古今来文士以文字获祸者尚不止此也。欲加之罪，何患无词，则亦防不胜防矣。

二三

张建，自号兰泉，其论诗云："作诗不论长篇短韵，须要词理俱足，不欠不余；如荷中洒水，散为露珠，大者如豆，小者如粟，细者如尘，一一看之，无不圆成，始为尽善。"此论甚妙，似未经人道者。

二四

邓次卿没后，其夫人亦病，恐终不起，故甚欲见其夫遗稿刊行。今朋辈编其稿为六卷，而属余为序。吾既与次卿交甚厚，虽自惭不能文，亦不敢辞，爰为之序曰："邓诩，字次卿，粤之三水人。性高洁隽逸，能诗古文词，金石刻画，工草书，通音律，固负绝世姿而不谐于俗者。余识次卿且十余年，情性契合，酬唱独多。每春秋佳日，折简相招，雅集于小楼。当乎树影摇窗，凉月入户，花气压槛，清风透帘，炉香正温，茶韵未歇。次卿高词远出，逸情云上，辄顾而乐之，以为有晋人风度。第以安仁病肺，长吉呕心，弱体损年，恒动愚虑。何图一病不起，吾言竟不幸而验也，悲夫！遗稿都如干卷，自命曰《燕泥》，皆高洁隽逸，一如其为人。是知文章贵有真，非若汩没性灵，舞弄文墨，亟亟以钓当世虚名者可比；而世鲜知之，又乌足怪。鸣呼！山阳旧笛，不忍更闻。彦先遗琴，何堪再鼓。高文宛在，剪烛悲吟，既痛逝者，行自念也！"次卿尝任国民大学高中国文主任，闻该校拟出金刻此稿云。

二五

尝读《咸平集》，记其佳句云："磬韵似烟和烛袅，松声如雨入窗流。""行色迎秋清似画，别情因景化为诗。""秋色数行江上雁，残阳一簇渡头人。"皆清丽可诵。

二六

东山四月马缨花盛开，全山皆香，余甚乐之！尝有诗纪之曰："楼台飘渺绿阴间，策杖寻诗独往还。春去尚留香满树，马缨花气压东山。"朋辈闻之，恒于此时来游，亦佳话也。

二七

明七子诗，固以李攀龙、王世贞为最负盛誉；然结社之始，本为谢榛执牛耳。当时诸子于有唐诸家，茫无适从，茂秦则主选十四家，读熟之，以夺神气；申咏之，以求声调；玩味之，以衷精华。此三要造乎浑沦，不必塑谪仙，而画少陵，诸子心师其言。惟明时重资格，诸子皆显贵，于章服之中，杂以韦布，终以为嫌。故论诗不合，争摈茂秦，遽削其名，风气所趋，贤者亦未能免俗。可笑也！然茂秦近体，工力深厚，句响而字稳，诸子皆不能及也。兹选其五言律数首。《暮秋即事》云："十见黄花发，孤樽思不胜。关河秋后雁，风雨夜深灯。留滞愁王粲，交游忆李膺。相随年少子，走马猎韩陵。"《宿淇门驿有怀》云："驻马淇门夕，堂空暑气徂。乱云关树溟，风雨驿灯孤。身计聊时序，乡心复道涂。何当报知己，秋雁满江湖。"《榆河晓发》云："朝晖开众山，遥见居庸关。云出三边外，风生万马间。征尘何日静，古戍几人闲。忽忆弃繻者，空惭旅鬓斑。"《大梁冬夜》云："坐啸南楼夜，孤灯客思长。人吹五更笛，月照万家霜。归计身多病，生涯鬓易苍。征鸿向何许？春意遍湖湘。"《洞庭湖》云："南望岳阳郡，苍茫吴楚分。帆迥孤岛树，楼出九江云。落日波中没，秋风天外闻。

何时采苹藻？湖上吊湘君。"《元夕道院同公实、子与、于鳞、元美、子相五君得"家"字》云："长空月正满，游骑隘京华。夜火分千树，春星落万家。乘闲来紫府，垂老问丹砂。笙鹤归何处？依稀见彩霞。"以上所录五律，皆句烹字炼，气逸调高，余尝喜诵之以取法。

二八

屠隆，字长卿，鄞县人，万历进士，除颖上知县调青浦，升礼部主事，历郎中。愚山云："长卿令青浦，延接吴越名士，青帘白舫，纵浪泖浦间，以仙令自许。在郎署，益放诗酒。西宁宋小侯，少年好声诗，相得欢甚。两家肆筵曲宴，男女杂坐，绝缨灭烛之语，喧传都下，中白简罢官。壮年不自聊，纵览关塞，寻邀游吴越七闽间，长篇短什，矢口而出，未尝起草。朱竹垞论其诗曰：'长卿才非不高，而纵情奔放，不知所以裁之者也。'《潞河晚泊》云：'回浦落帆尽，长堤带郭斜。暮烟平吐树，春雨薄沉沙。白艇藏渔市，黄茅覆酒家。一瓢云水外，不复问年华。'《竹枝词》云：'木槿编笆土筑墙，田家住在水中央。五月穿棉六月冷，门前夜夜稻花香。''水仙爱种水仙花，一湾江水庙门斜。女冠夜送小姑出，四野无人好月华！'《渡黄河》云：'野旷天阴日欲西，北风吹雪雁行低。黄河渡口行人少，一路寒沙没马蹄。'"

屠长卿晚年尝著《考槃余事》一书，凡评书论画，涤砚修琴，相鹤观鱼，焚香试茗，几案之珍，巾舄之制，靡不曲尽其妙。雅人深致，独具胜情，浮云轩冕宜矣。

二九

明代画称四大家者：曰文、沈、仇、唐；四子只仇英不能诗。文徵明凡画必题诗，吾爱其《池上》一首云："杨柳阴阴十亩塘，昔人曾此咏沧浪。春风依旧吹芳杜，陈迹无多半夕阳。积雨经时荒渚断，跳鱼一聚晚波凉。渺然诗思江湖近，便欲相携上野航。"读之令人有出尘之想。沈周诗甚多入画之句，然全首可诵者，吾爱其《写怀寄僧》云："虚壁疏灯一穗红，闲阶随处乱鸣虫。明河有影微云外，清露无声万木中。泽国苍茫秋水满，居民流落野烟空。不知谁解抛忧患？独对青山忆赞公。"唐寅尝举乡试第一，或称为唐解元，坐事下狱放归，沦落不偶，卖画为生，故其诗曰："领解皇都第一名，猖披归卧旧茅蘅。立锥莫笑无余地，万里江山笔下生！"又云："青山白发老痴顽，笔砚生涯苦食艰。湖上水田人不要，谁来买我画中山！"诵之殊令人悲恻！然子畏尝筑室桃花坞中，读书灌园，家无担石，而客常满座，风流文采，照映江左。谓："人生贵适意，何用刿心镂骨，以空言自苦！"故其著述多不经深思，语殊俚浅也。

<h2 style="text-align:center">三〇</h2>

李流芳字长蘅，号檀园，画格甚高，诗亦为嘉定四君之冠。《白门七夕》云："旧日维舟处，悬情独柳条。秋风又京国，客思正江潮。长路有时别，欢期难再邀。徘徊望牛女，愁绝向中宵。"《黄河夜泊》云："明月黄河夜，寒沙似战场。奔流聒地响，平野到天荒。吴会书难达，燕台路正长。男儿久为客，不辨是他乡。"

<h2 style="text-align:center">三一</h2>

余喜藏古墨，收罗几百种，百年以上者则珍之，其数十年之品，则为作书画时常用之墨。故求吾书画者，恒喜以古墨报，亦雅事也。惟常欲求一方于鲁之墨，迄不可得；吾重于鲁墨，乃以其非墨工，乃诗人也。考方于鲁为明人，歙布衣，有《佳日楼诗集》。其制墨最夥，上自符玺圭璧，下至杂佩，凡三百八十五式，刊成图谱。所造云笺，匪止成都十样。尝以百花香露和墨自作长歌。朱竹垞《静志居诗话》选其《送张山人归粤》七绝一首云："雉子斑斑麦正齐，黄梅时节雨凄凄。新安江上携尊酒，送尔看山入浙西。"殊有清致。

<h2 style="text-align:center">三二</h2>

余尝有《清游》一首云："不计阴晴不待潮，清游真使客魂销！芦花点水白浮艇，枫叶引人红过桥。屐齿苍苔留驳驳，帽檐疏雨听萧萧。明朝若过鸳湖曲，记取鱼竿与酒瓢！"尝题祝蒉画扇上，但他日祝蒉为诗，乃强夺我"枫叶引人红过桥"一句为己有，今《凹园诗集》中居然有此句存也！文士好名，巧偷豪取，可笑可笑！

三三

一夕无事，偶检各家诗集，忽夹一笺，视之乃七律一首，云："西风瑟瑟下梧桐，门掩楼台第几重。细雨药炉秋卧病，孤灯帘幕夜闻虫。铜瓶花落香初敛，玉砚尘生匣半封。好景今年太辜负，海棠开遍又芙蓉。"忆为廿年前卧病岭南学校时所作，尚有情致，乃录于此。

三四

题画之诗，偶嵌其人姓名，亦有风趣；或以为不恭，此真腐儒之论。经亨颐尝居东山，为余作墨水仙一帧，画既清拔，题诗云："花非尽为白，白必冠其名。此花无杂色，体素抱独清。冰霜成往事，寒水春风生。谁识个中趣？质之张白英。"其诗意，盖谓吾不乐仕进，而喜任教育云尔，故吾甚喜之。顷为雪溪作山水，题诗云："湖上秋山翠欲迷，湖边草色碧萋萋。哦诗爱向林风立，白板桥头画雪溪。"雪溪过小楼，展画读诗，喜跃持去。

三五

余恒喜夜坐，功课已了，预料明日无事，则静坐每每至于宵分，境愈静愈妙，愈坐愈有趣。吾友慈溪尝赠一联云："春意已为诗人所觉，夜坐能使画理愈深。"余颇爱此二语也。余尝有《春寒夜坐》七绝云："萧萧风树作春寒，室有琴书伴夜阑。窗上忽来丛桂影，始知新月过栏杆。"

三六

古今来诗人，善写骨肉之情者甚多，以其情真而语挚，故感人甚深，使天性凉薄者读之，能油然兴天伦之念，是亦世道人心之一助也。马君武，广西桂林人，现代文学家兼教育家，亦尝致力于革命事业。其《思慈母弟妹》一篇云："旅馆夜梦醒，心寒呼慈母。万里别家愁，念年育儿苦。荒村隐茅屋，雪深今几许？家贫耽远游，儿罪不可数。他乡知交稀，乞米恐无处。含泪别母去，出门何茫茫！国仇未能报，国恩未敢忘。九岁阿爷死，教养赖阿娘。同胞凡五人，追忆恻肝肠。三弟命最短，七日葬北邙。次妹颇敏慧，得病亦寻常。家贫无医药，坐视为鬼殇。长妹有暗疾，其命遂不长。次弟生九岁，读书盈半床。夜深不肯睡，一灯声琅琅。一夕得喉疾，哀哉医不良。倏忽为异物，早慧竟不祥。弟死后五年，阿兄适四方。弟墓无碑碣，践踏恐牛羊。"此诗语极真切，孤苦伶仃者不堪卒读也。

三七

张謇字季直，江苏南通人，近代古文家，兼实业家。其《检衣》一篇云："北风动庭树，落叶浩如雪。游子身觉单，检衣辄呜咽。游子还家时，襦袴污且裂。垢者忽已浣，裂者忽已缀。浣斯复缀斯，不闻慈母说。游子计出门，终岁常十七。还家慈母劬，出门慈母悢。念母心孔伤，泪下不可掇。游子眼中泪，慈母心上血。"此诗游子念母之苦，读之真令人泪下。

三八

七夕诗少新颖者，且多荒诞不经，语涉迷信。或有借此以寄意者，为沈归愚《七夕》诗："只有生离无死别，果然天上胜人间。"乃借此以悼亡，类此者甚多。余去年尝有《七夕》诗二绝句云："邻家瓜果集中庭，烛影花光照画屏。败兴忽闻痴女语，银河原是小恒星。""一抹林梢上月钩，曲栏儿女话凉秋。星星灯光穿云去，恐有飞机犯女牛。"读者以为语极新颖，未经人道过。余笑曰："古人未知所谓恒星，更梦想不到有飞机，此时何能作此语。今称吾诗为新，恐是时代使然耳。然今之诗人，恒以新名词入诗为俗，使人读之，不知为今世之诗，似亦太守旧。"

三九

刘后村《获砚》诗云："二砚温如玉琢成，信知天地有精英。马肝紫润尤宜沐，鸲眼青圆宛似生。未爱潘郎呼作友，便教米老拜为兄。今年几案多奇获，应是穷儒命渐亨。"再获一砚自和云："三砚联翩买券成，绝胜玉杵聘云英。扪摩无粟向肌起，涂抹有花从笔生？韫匮每愁逢暴客，倾囊或笑费方兄。古来事业由勤苦，不信磨穿道不亨。"此等诗一时兴到，信笔直书，以志欣喜，不能以工拙论；然语必真挚，使人诵读，恍见其获砚时狂喜之态也。余亦嗜砚成癖，群砚中或有佳者，然迄无为诗以志之，自愧真情流露，尚不及古人之挚也。

四〇

《广州府志·传》："张家珍，字璩子，增城侯家玉仲弟。家玉起兵时，家珍年十七，常着小金冠，披紫铠，别率所部千人为奇兵，转斗数胜。家玉没，以兄荫拜锦衣使。广州再破，家居奉养，始折节读书，通宾游。所居室不三亩，而客常数十人。自高僧、羁人、剑士、技术，无不披肝胆，写义气，人竭其欢。援笔为诗歌，画兰竹，皆伉爽有致。年及三十而卒。"按，吾族中家玉公，于明末入翰林，后起兵抗敌战死。其弟家珍入仕，即拜一品官。比弃官归，居莞邑之铁园，日事诗歌，著有《寒木居诗钞》。吾最爱其《梦马诗》序云："昔余军中得一良马，汗血权奇，陷阵溃围者屡矣，不意死于龙门，埋之小丘已十年所。今归卧蓬蒿，忽夜梦之，驰驱如前，悲鸣犹恋，觉而为诗以吊之。"诗云："久失飞黄马，空余血战衣。可怜横草后，不得裹尸归。力尽犹追敌，功高几溃围。年来生髀肉，梦尔泪频挥。"念死马而感髀肉复生，有英雄失路之感！

四一

咏物诗必有寄托方佳，若咏此物，只是此物虽刻意摹描，亦是味同嚼蜡。余深知此意，故亦偶一为之。忆尝得《红棉旧图题诗》云："买得红棉旧画图，生绡黯暗影模糊。奇花古干人难识，无用英雄似腐儒。"又《题胆瓶鸡冠》云："啼月无声意有余，书窗相伴好闲居。自从磨折昂藏气，齿渐增时胆渐虚。"二诗俱寄意之作，良以岁月蹉跎，垂老无成，又困于家累，不能作远大之图，故一时寄慨，不能自已也。

四二

人有言之无心，而闻者别有会意，于诗何独不然。一友性孤高，绝不诣人，虽与余善，从未一过小楼。尝为绘一山水便面，顺笔题一绝句云："野树连连好，江花岸岸开。小亭亦孤绝，只有白鸥来。"余为此小诗，只是题画景耳，无他意也。不意此绝不诣人之友忽飘然而过小楼，余深以为异，及后思之，始知彼读吾小诗乃别有会心也。又尝为故交每作山水一帧，题诗云："离离树色映清波，淡淡山光上绿蓑。镇日江头垂钓去，得诗终比得鱼多。"一帧题诗云："松竹萧疏影，幽人澹荡心。谁能载诗酒，烟水更相寻。"一帧题云："晴波如练夕阳开，古木荒亭傍水偎。似欲吟诗答秋色，青山缺处刺船来。"三诗皆写景而略有韵味者，友人读诗，互有酬赠；故人投以雅物，取之虽不伤廉，然终是题诗者无心，而读诗者有意矣。

四三

熊景星字荻江，粤之南海人，咸同间孝廉。工画山水，砚田所入甚丰，乃朗诵唐六如句云："闲来写幅青山卖，不用人间造孽钱。"后求者渐鲜，又朗诵六如句云："湖上水田人不要，谁来买我画中山？"闻者皆笑。

四四

诗能真切，感人必深，盖人非木石，同具感情，动于中而不能自已也。余十年前尝有《哭女》诗云："小面团团玉雪清，牙牙学语见聪明。翻怜误作诗人女，贫病相依又一生。""雁侣依依影自亲，失群相觅倍伤神。别来知否阿兄忆，每饭犹啼少一人。""白杨荒草陇云荒，三尺孤坟向夕阳。寄语夜来休更哭，乱山无处觅爷娘。"此为一时伤心语。后友人抄刊报章，老友邓君读此诗，乃痛哭数场，吾知邓君所感深矣。

佛 教 诗 话

恭默、歇庵

载于《佛学半月刊》1937年第7卷第10号，1939年第8卷第10、11、18、19号，1940年第9卷第23号，1941年第10卷第2号。作者恭默，续七为歇庵续作，二人本名皆不详。

《佛学半月刊》，由佛学半月刊社编辑，佛学书局发行。1930年10月创刊于上海，1937年8月后停刊，1938年6月复刊，1944年11月最终停刊，共出313期。是一种颇有影响力的佛学刊物，主要弘扬佛学理论，报道佛教界消息。

本篇诗话主要选录历代诗话中与诗僧、佛寺有关的内容。诗话中涉及如唐代灵澈、灵一、皎然、无可、可朋、清塞，五代贯休、齐己，宋代九僧、仲殊等诗僧；也有耿沣《赠朗公》、钱起《送僧归日本》、常建《题破山寺后禅院》、韦丹《思归寄东林澈上人》、李涉《题鹤林寺僧室》、张祜《题金山寺》等名篇；还收录诸多禅诗，如引《韵语阳秋》录苏轼禅诗多首。诗话无甚原创内容，但对历代诗话及笔记征引颇多，以诗人为中心编排材料，如对仲殊，汇集了《东坡志林》《复斋漫录》《白香词谱笺》《花庵词选》《中吴纪闻》《老学庵笔记》中的相关记载，非常全面。旁征博引，颇有禅意，很能体现"佛教诗话"的主题。

一

（《翻译名义集》第十一"译师"条）义净三藏《题取经》诗云："晋宋齐梁唐代间，高僧求法离长安。去人成百归无十，后者安知前者难。路远碧天惟冷

617

结，沙河遮日力疲殚。后贤如未谙斯旨，往往将经容易看。"

二

（《全唐诗话》卷六）僧子兰《太平里寻兵部裴郎中》云："不语凄凉无限情，荒阶行尽又重行。昔年住此人何在，空见槐花秋草生。"

三

僧灵澈，生于会稽，本汤氏，字澄源。与吴兴诗僧皎然游，然荐之包吉、李纾，于是上人名由二公而飏。贞元中，游京师，缁流嫉之，造飞语激动中贵人，浸诬得罪，徙汀州，后归会稽。元和十一年，终于宣州。

刘梦得曰："诗僧多出江右，灵一导其源，护国袭之；清江扬其波，法振沿之。如幺弦孤韵，瞥入人耳，非大乐之音。独吴兴昼公，能备众体，澈公承之。至如《芙蓉园新寺》诗曰：'经来白马寺，僧到赤乌年。'《谪汀州》云：'青蝇为吊客，黄犬寄家书。'可谓入作者阃域，岂止雄于诗僧耶？"

《九日和于使君思上京亲故》云："清晨有高会，宾从出东方。楚俗风烟古，汀洲草木凉。山情来远思，菊意在重阳。心忆华池上，从容鸳鹭行。"

四

僧灵一，大历贞元间诗僧也。《新泉》诗云："泉源新涌出，洞澈映纤云。稍落芙蓉沼，初淹苔藓文。了将空色净，素与众流分。若对清宵月，泠然梦里闻。"刘长卿和云："东林一泉水，复与远公期。石浅寒流处，山空夜落时。梦阑闻细响，虑澹向清漪。动静皆无意，惟应道者知。"

高仲武云："自齐梁以来，道人为文者多矣，少有入其流。一公乃能克意精妙，与士大夫更唱递和，不其伟与？'泉涌阶前地，云生户外峰。'则道猷、宝月，曾何及此。"

《酬皇甫冉西陵见寄》云："西陵潮信满，岛屿没中流。越客依风水，相思南渡头。寒光生极浦，落日映沧洲。何事扬帆去，空惊海上鸥。"

《溪行即事》云："近夜山更碧，入林溪转清。不知伏牛地，潭洞何纵横。曲岸烟初合，平湖月未生。孤舟屡失道，但听秋泉声。"

《重还宜丰寺》云:"再寻招隐寺,重会宿心期。樵客问归日,山僧记别时。野云阴远甸,秋水涨前池。勿谓探形胜,吾今不好奇。"

《酬皇甫冉将赴无锡于云门寺赠别》云:"湖南通古寺,来往意无涯。欲识云门路,千峰到若耶。春山子敬宅,古木谢敷家。自可长偕隐,那云相去赊。"

《宿天柱观》诗云:"石室初投宿,仙翁幸见容。花源随水远,洞府过山逢。泉涌阶前地,云生户外峰。中宵自入定,非是欲降龙。"

五

僧皎然一日于舟中抒思,作古体十数篇,求合韦苏州,韦大不喜。明日献其旧制,乃极称赏云:"何不但以所工见投,而猥希老夫之意?人各有所得,非卒能致。"昼大服其鉴裁之精。

《同裴录事楼上望》云:"退食高楼上,湖山向晚晴。桐花落万井,月影出重城。水竹凉风起,帘帏暑气清。萧萧独无事,因见莅人情。"

《赋得猿啼送客三峡》云:"万里巴江外,三声月峡深。何年有此路,几客共沾襟。断壁分垂影,流泉入苦吟。凄凄离别后,闻此更伤心。"

按,皎然有《诗式》一卷,明作诗之方法,今入《历代诗话》。又有《诗集》十卷,入《四部丛刊》,今商务印书馆有单行本。

六

僧无可《冬日寄僧友》云:"敛履入寒竹,安禅过漏声。高杉残叶落,深井冻痕生。罢磬松枝动,悬灯雪屋明。何当招我友,乘月上方行。"

《秋夜宿西林寄贾岛》云:"暗虫喧暮色,默思坐西林。听雨寒更尽,开门落叶深。昔因京邑病,并起洞庭心。亦是吾兄事,迟回直至今。"

姚合《送无可往越州》云:"清晨相访门前立,麻履方袍一少年。懒读经文求作佛,愿攻诗句觅成仙。芳春山影花连寺,独夜潮声月满船。今日送行偏惜别,共师文字有因缘。"

七

秭归郡僧怀濬,不知何所人。乾宁初,知来识往,皆有神验。刺史于公以其惑众，系而诘之。乃以诗代通状云："家在闽山西复西，其中岁岁有莺啼。如今不在莺啼处，莺在旧时啼处啼。"又诘之，复有诗云："家在闽山东复东，其中岁岁有花红。而今不在花红处，花在旧时红处红。"守异而释之。详其诗意，似在海中，得非杯渡之流乎？

八

僧可朋，丹陵人。少与卢延让为风雅之交，有诗千余篇，号《玉垒集》。曾题洞庭诗云："水涵天影阔，山拔地形高。"《赠友人》曰："来多不似客，坐久却垂帘。"欧阳炯以此比孟郊、贾岛。刘公诗话（刘邠《中山诗话》）云："有僧读洪州滕王阁诗，谓守者：'诗总不佳，何不除却？'守曰：'僧能佳乎？'即吟曰：'洪州太白方，积翠满空苍。万古遮新月，半江无夕阳。'守异之。然南方浮图能诗者多矣。予尝见可朋诗云：'虹收千嶂雨，潮落半江天。'又云：'诗因试客分题僻，棋为饶人下着低。'不减古人。"

九

僧云表《寒食》诗云："寒食时看郭外春，野人无处不伤神。平原累累添新冢，半是去年来哭人。"

一〇

僧贯休，姓姜氏，字德隐，婺州兰溪人。钱镠自称吴越国王，休以诗投之曰："贵逼身来不自由，几年辛苦踏林丘。满堂花醉三千客，一剑霜寒十四州。莱子衣裳宫锦窄，谢公篇咏绮霞羞。他身名上凌烟阁，岂羡当时万户侯。"镠谕改为"四十州"乃可相见。曰："州亦难添，诗亦难改。然闲云孤鹤，何天而不可飞！"遂入蜀。以诗投王建曰："河北河南处处灾，惟闻全蜀少尘埃。一瓶一钵垂垂老，千水千山得得来。秦苑幽栖多胜景，巴歈陈贡愧非才。自惭林薮龙钟者，亦得亲登郭隗台。"建遇之甚厚。休与齐己齐名，有《西岳集》十卷，吴融为之序。卒死于蜀。

"赤旆檀塔六七级，白菡萏华三四枝。禅客相逢只弹指，此心能有几人知。"石霜问云："如何是此心？"休不能答。石霜云："汝问我答。"休即问之。霜云：

"能有几人知。"

《春山行》云:"重叠太古色,蒙蒙花雨时。好山行恐尽,流水语相随。黑壤生红术,黄猿领白儿。因思石桥月,曾与道人期。"

《晚泊湘江怀古》云:"烟浪漾秋色,高吟似得邻。一轮湘渚月,千古独醒人。岸湿穿花远,风香祷庙频。只应谀佞者,到此不伤神。"

《天台老僧》云:"独坐无人处,松龛岳色侵。僧中九十腊,云外一生心。白发垂不剃,青眸笑更深。犹能指孤月,为我暂开襟。"

《寒思庐山贾生》云:"山深诗僻甚,寒夜更何为。觅句如顽坐,严霜打不知。石膏黏木履,崖栗落冰池。近见禅僧说,生涯胜往时。"

《题峥桐律师禅院》云:"律中麟角者,高复出尘埃。芳草不曾触,几生如此来。螯风吹磬断,杉露滴花开。如结林中社,伊余愿一陪。"《言诗》云:"经天纬地物,动必是仙才。竟日觅不得,有时还自来。真风含素发,秋色入灵台。冷向霜蟾下,终须神鬼哀。"

"讵是言休即便休,清吟孤坐碧溪头。三间茅屋无人到,十里松门独自游。明月清风宗炳社,夕阳秋色庾公楼。修心未到无心地,万种千般逐水流。""心心心不住希夷,石室巉岩白发垂。惜竹不除当路笋,爱松留得碍人枝。焚香开卷云生砌,卷箔冥心月在池。无限故人头尽白,不知头白更何之。"

——一一

僧齐己诗云:"自古浮华能几几,逝波终日去滔滔。汉王废苑生秋草,吴主荒宫入夜涛。满屋黄金机不息,一头白发气犹高。岂知物外金仙子,甘露天香滴氄袍。"

《戊辰岁,湖中寄郑谷郎中》云:"白发久慵簪,常闻病亦吟。瘦应成鹤骨,闲想似禅心。上国杨花乱,沧洲荻笋深。不堪思翠华,西望独沾襟。"

《山寺喜道士至》云:"闰年春过后,山寺始花开。还有无心者,闲寻此境来。鸟幽声忽断,茶好味重回。知在南岩久,冥心坐绿苔。"

——一二

僧栖蟾《短歌行》云:"蟾光堪自笑,浮世懒思量。身得几时活,眼开终日忙。千金无寿药，一镜有愁霜。早向尘埃外，光阴任短长。"

<h2 style="text-align:center">一三</h2>

僧清塞，东洛人，姓周氏。少从浮图法，遇姚合而反，乃易名贺。初与贾长江、无可齐名。《赠王道士》云："药力资苍鬓，应非旧日身。一为嵩岳客，几葬洛阳人。冰缝瓢探水，云根斧劚薪。关西往来熟，谁得水银银。"

《赠幼郡公法师》云："北京从别后，南越几听砧。住久白髭出，讲长黄叶深。香连邻舍像，磬彻远巢禽。寂寞应关道，何人见此心。"

《送耿逸人南归》云："南行随越僧，旧业一池菱。两鬓已如雪，五湖归挂罾。夜涛鸣栅锁，寒苇露船灯。此去应无事，却来期未能。"

《早秋过郭劲书斋》云："暑消冈舍清，闲坐有余情。石水生茶味，松风减扇声。远云收海雨，静角掩山城。此地清吟苦，时来绕菊行。"

《送康沼归建业》云："南朝秋色满，归去思如何。帝业空城在，民耕坏冢多。月明台独上，栗绽寺频过。篱下西江阔，相思见白波。"

《赠柏照禅师》云："野寺绝依念，空山曾遍行。老来披衲重，病起读经生。乞食嫌村远，寻村爱路平。多年柏岩住，不记柏岩名。"

《晚秋江馆》云："病寄泗州居带城，傍门高柳一蝉鸣。澄江月上见鱼掷，荒径叶干闻犬行。越峤夜无侵阁色，寺钟凉有隔原声。故园卖尽休归去，湖水秋来空自平。"

《哭柏岩师》云："林径西风急，松枝构杪余。冻须亡夜剃，遗偈病时书。地燥焚身后，堂空卧影初。此时频下泪，曾省到吾庐。"时贾岛亦有诗云："苔覆石床新，师曾过几春。写留行道影，焚却坐禅身。塔院关松雪，经房锁隙尘。自嫌双泪下，不是解空人。"时人谓其诗相侔云。

唐有周贺诗，即清塞也。《秋宿洞庭》云："洞庭秋叶下，旅客不胜愁。明月天涯夜，青山江上秋。一官成白首，万重寄沧洲。只被浮名系，宁无愧海鸥。"

《巴陵秋思》云："杨柳已寒色，楚田方刈禾。归心病起切，败叶夜来多。细雨城蝉噪，残阳峤客过。故乡余业在，杳隔洞庭波。"

《岳阳楼》云："平楚起寒色，杪秋犹未还。世情何处淡，湘水向人闲。空翠隐高鸟，夕阳归远山。孤舟万里外，惆怅洞庭间。"

一四

僧文益《看牡丹》云："拥毳对芳丛，由来趣不同。发从今日白，花是去年红。艳色随朝露，馨香逐晚风。何须待零落，然后始知空。"

一五

僧修睦《闲居》云："是事不相关，谁人似此闲。卷帘当白昼，移榻就青山。野鹤眠松上，秋苔长雨间。岳僧频有信，昨日得书还。"

《睡起》云："长空秋雨歇，睡起觉精神。看水看山客，无名无利身。偈吟诸祖意，茶碾去年春。此外谁相识，孤云到砌频。"

《题东林》云："欲去不忍去，徘徊吟绕廊。水光秋澹荡，僧好语寻常。碑古苔文叠，山晴钟韵长。翻思南岳上，欠此白莲香。"

一六

僧景云《画松》云："画松一似真松树，且待寻思记得无。曾在天台山上见，石桥南畔第三株。"

一七

僧处默《题圣果寺》云："路自中峰山，盘回出薜萝。到江吴地尽，隔岸越山多。古木丛青霭，遥天浸白波。下方城郭近，钟磬杂笙歌。"《织妇》云："蓬鬓蓬门积恨多，夜阑灯下不停梭。成缣犹自陪钱纳，未值青楼一曲歌。"

一八

僧澹交《病后作》云："未得身亡法，此身终未安。病肠犹可洗，瘦骨不禁寒。药少心神馁，经无气力看。悠悠片云质，独坐夕阳残。"《写真》云："图形期自见，自见却伤神。已是梦中梦，况逢身外身。水花凝幻质，墨彩聚空尘。堪笑吾兼尔，俱为未了人。"

一九

（《蜀中诗话》）唐僧隐峦《在蜀中送人游庐山》诗："居游正值芳春月，蜀道千山皆秀发。溪边十里五里花，云上三峰五峰雪。君上匡庐我旧居，松萝挪地十年余。君行试到山前问，山鸟只今相忆无。"

二〇

（《指月录》卷一）《洞山诗》云："一池荷叶衣无尽，数亩松花食有余。刚被世人知住处，又移茅屋入深居。"

二一

（《全唐诗话》卷二）杨郇伯《咏妓女出家》诗云："尽出花钿与四邻，云鬟剪落厌残春。暂惊风烛难留世，便是莲花不染身。贝叶欲翻迷锦字，梵声初学误梁尘。从今艳色归空后，湘浦应无解佩人。"

二二

耿沣，宝应元年进士，为左拾遗。《赠朗公》诗云："来自西天竺，持经奉紫薇。年深梵语变，行苦俗人归。月上安禅久，苔深出院稀。梁间有驯鸽，不去为无机。"

二三

钱起《送僧归日本》云："上国随缘去，东途若梦行。浮天沧海远，去世法舟轻。水月通禅观，鱼龙听梵声。惟怜慧灯影，万里眼中明。"又《送僧自吴游蜀》云："随缘忽西去，何日返东林。世路无期别，空门不住心。人烟一饭少，山雪独行深。天外猿声夜，谁闻清梵音。"

二四

常建《题破山寺后院》云："清晨入古寺，初日照高林。竹径通幽处，禅房花木深。山光悦鸟性，潭影空人心。万籁此都寂，但余钟磬音。"欧阳永叔云：

"我尝爱建'竹径通幽处,禅房花木深',欲效其语作一联,竟不可得。始知造意者难为工也。"

二五

(《全唐诗话》卷三)韦丹字公明,京兆人,幼孤,从外祖颜真卿。元和中,帅江西,功第一。丹与东林灵澈上人为忘形之契,丹尝以《思归》绝句寄澈云:"王事纷纷无暇日,浮生冉冉只如云。已为平子归休计,五老岩前必共闻。"澈答以诗曰:"年老心闲无外事,麻衣草座亦容身。相逢尽道休官去,林下何曾见一人。"

二六

李涉《题鹤林寺僧室》云:"终日昏昏醉梦间,忽闻春尽强登山。因过竹院逢僧话,又得浮生半日闲。"

二七

裴休,字公美,孟州人。大中六年为相,能文章,为人蕴藉,进止雍闲。宣宗曰:"休真儒者。"尝赠黄药山希运禅师诗曰:"自从大士传心印,额上圆珠七尺身。挂锡十年栖蜀水,浮杯今日渡江滨。一千龙象随高步,万里香华结胜因。拟欲事师为弟子,不知将法付何人。"

二八

(《全唐诗话》卷四)唐球有诗名,隐蜀之味江山。《赠行如上人》诗云:"不知名利苦,念佛老岷峨。衲补云千片,香焚篆一窠。恋山人事少,怜客道心多。日日斋钟罢,高悬泸水罗。"

二九

韦蟾字隐桂,下杜人。大中七年进士登第。初为徐商掌书记,终尚书左丞。《赠商山僧》云:"商岭东西路欲分,两间茅屋一溪云。师言耳重知师意,人是人非不欲闻。"

<h1 style="text-align:center">三〇</h1>

李洞，唐诸王孙也。尝游西川，慕贾浪仙为诗，铸铜像其仪，事之如神。洞《送僧归南海》云："春往海南边，秋闻半路蝉。鲸吞洗钵水，犀触点灯船。岛屿分诸国，星河共一天。长空却归日，松偃旧房前。"

<h1 style="text-align:center">三一</h1>

张祜《题金山寺》云："一宿金山顶，微茫水国分。僧归夜船月，龙出晓堂云。树影中流见，钟声两岸闻。因悲在朝市，终日醉醺醺。"

（《全唐诗话》卷六）润州金山寺，张祜、孙鲂留诗为第一。山居大江中，迥然独秀，诗意难尽。罗隐云："老僧斋罢闭门睡，不管波涛四面生。"孙鲂句云："结宇孤峰上，安禅巨浪间。"又云："万古波心寺，金山名目新。天多剩得月，地少不生尘。过橹妨僧定，惊涛溅佛身。谁言张处士，题后更无人。"鲂，南昌人。唐末郑谷避乱归宜春，鲂往依之，后有能诗声，终于南唐。

<h1 style="text-align:center">三二</h1>

（《六一诗话》）国朝浮图，以诗名于世者九人，故时有集号《九僧诗》，今不复传矣。余少时闻人多称之，其一曰惠崇，其八人者忘其名字也。余亦略记其诗有云："马放降来地，雕盘战后云。"又曰："春生桂岭外，人在海门西。"其佳句多赖此。其集已亡，今人多不知有此谓九僧者矣，是可叹也。当时有进士许洞者，善为词章，俊逸之士也。因会诸诗僧，分题出一纸，约曰："不得犯此一字。"其字乃山、水、风、云、竹、石、花、草、雪、霜、星、月、禽、鸟之类，于是皆搁笔。（按，《九僧诗集》，今存，上海医学书局有铅印本。）

（《温公续诗话》）欧阳公云："《九僧诗集》已亡。"元丰元年秋，余游万安山玉泉寺，于进士闵交如舍得之。此谓九僧诗者，剑南希昼、金华保暹、南越文兆、天台行肇、沃州简长、贵城惟凤、淮南惠崇、江南宇昭、峨眉怀古也。直昭文馆陈充集而序之。其美者亦止于世人所称数联耳。

惠崇诗有"剑静龙归匣，旗开虎绕竿"，其尤自负者，有"河分冈势断，春

佛教诗话

入烧痕青"。时人有讥其犯古者，嘲之曰："河分冈势司空曙，春入烧痕刘长卿。不是师兄多犯古，古人诗句犯师兄。"

三三

（《竹坡诗话》）聪闻复，钱塘人，以诗见称于东坡先生。余游钱塘甚久，绝不见此老诗。松园老人谓余言：东坡倅钱塘时，聪方为行童，试经。东坡谓坐客言："此子虽少，善作诗，近参寥子作'昏'字韵诗，可令和之。"聪立成云："千点乱山横紫翠，一钩新月挂黄昏。"坡大称赏，言不减古人。因笑曰："不须念经，也做得一个和尚。"是年聪始为僧。

三四

东坡游西湖，僧舍壁间见小诗云："竹暗不通日，泉声落如雨。春风自有期，桃李乱深坞。"问谁所作，或告以钱塘僧清顺者。即日求得之，一见甚喜，而顺之名出矣。余留钱塘七八年间，有能诵顺诗者，往往不逮前篇，正以所见之未多耳。然使其止于此，亦足传也。

三五

钱塘关子东为余言：熙宁中，有长老重喜，会稽人。少以捕鱼为业，然日诵观世音菩萨不少休。旧不识字，一旦辄能书，又能作偈颂。尝作颂云："地炉无火一囊空，雪似杨华落岁穷。乞得苎麻缝破衲，不知身在寂寥中。"此岂捕鱼者之所能哉？解悟如此，盖得观音智慧力也。

三六

余读东坡和梵天僧守诠诗，所谓"但闻烟外钟，不见烟中寺。幽人行未已，草露湿芒履。唯应山头月，夜夜照来去"，未尝不喜其清绝过人远甚。晚游钱塘，始得诠诗云："落日寒蝉鸣，独归林下寺。松扉竟未掩，片月随行履。时闻犬吠声，更入青箩去。"乃知其幽深清远，自有林下一种风流。东坡老人虽欲回三峡倒流之澜，与溪壑争流，终不近也。

三七

（《紫薇诗话》）江西诸人诗，如谢无逸富赡，饶德操萧散，皆不减潘邠老大临精苦也。然德操为僧后，诗更高妙，殆不可及。尝作诗劝余专意学道云："向来相许济世功，大似频伽饷远空。我已定交木上座，君犹求旧管城公。文章不疗百年老，世事能排双颊红。好贷夜窗三十刻，胡床跌坐究幡风。"又《送外弟蔡伯世》诗云："要做仲尼真弟子，须参达摩的儿孙。"时诸说禅者不一，故德操专及之（德操出家后名如璧）。

三八

东莱公（吕祖谦）崇宁中，闲居符离，尝步至村市。作诗赠僧云："柳外阴中檐铎鸣，老僧拄杖出门行。自言老病难看读，只坐蒲团到五更。"

三九

（《彦周诗话》）晦堂心禅师初退黄龙院，作诗云："不住唐朝寺，闲为宋地僧。生涯三事衲，故旧一枝藤。乞食随缘过，逢山任意登。相逢莫相笑，不是岭南能。"此诗深静平实，道眼所了，非世间文士诗僧所能仿佛也。

四〇

僧了义，字廓然，本士族，钟离氏。事佛慈玑禅师为侍者。仆顷年逴见佛慈老人，廓然与仆在嵩山游甚久，颇能诗。仆爱其两句云："百年休问几时好，万事不劳明日看。"不独喜其句，盖取其学道休歇洒落自在如此。

四一

近时僧洪觉范颇能诗，其《题李愬画像》云："淮阴北面师广武，其气岂止吞项羽。公得李佑不肯诛，便知元济在掌股。"此诗当与黔安并驱也。顷年仆在长沙，相从弥年。其他诗亦甚佳，如云："含风废殿闻棋响，度日长廊转柳阴。"颇似文章巨手所作，殊不类衲子。又善作小词，情思婉约似少游。至如仲殊、参寥，虽名世，皆不能及。

四二

（《彦周诗话》）韩熙载仕江南，每得俸给，尽散后房歌姬。熙载披衲持钵，就诸姬乞食，率以为常。东坡以玉带赠宝觉，宝觉酬以衲衣。东坡作诗谢之曰："病骨难将玉带围，钝根仍落箭锋机。欲教乞食诸姬院，故与云山旧衲衣。"《江南野史》亦载此事，与此小异。

四三

饶德操为僧，号倚松道人，名曰如璧。作诗有句法，苦学副其才情，不愧前辈。尤善作铭赞古文。其作《佛米赞》，谓武将念佛，以米记数，得三斗也。将军念佛，难于遣词，而曰："时平主圣，万国自靖。不杀而武，不征而正。矫矫虎臣，无所用命。移将东南，介我佛会。久闻我曹，念佛三昧。喑呜叱咤，化为佛声。三申五令，易为佛名。一佛一米，为米三升。自升而斗，自斗而斛。念之无穷，太仓不足。"观此，虽柳子厚之曲折，不过是矣。

四四

裴休《题渤潭》云："渤潭形胜地，祖塔在云湄。浩劫有穷日，真风无坠时。岁华空自老，消息竟谁知。到此轻尘虑，功名自可遗。"诗格律止此，然裴参黄檗，其语不夸不怨不怒也。

四五

（《青琐后集》）僧乾康，零陵人。齐己在长沙，居湘西道林寺，乾康往谒之。齐己知其为人，使谓曰："我师门仞，非诗人不游。大德来，非诗人耶？请以一绝代门刺。"乾康投诗曰："隔岸红尘忙似火，当轩青嶂冷如冰。烹茶童子休相问，报道门前是衲僧。"齐己大喜，日与款接。及别，以诗送之。乾康有《经方干旧居》诗云："镜湖中有月，处士后无人。荻笋抽高节，鲈鱼跃老鳞。"为齐己所称。乾德中，左补阙王伸知永州，康捧诗见。伸睹其老丑，曰："岂有状貌如此，能为诗乎？宜试之。"时积雪方消，命为诗。康曰："六出奇花已住开，郡城相次见楼台。时人莫把和泥看，一片飞从天上来。"伸惊曰："其旨不浅，吾岂可以貌取人也？"待以殊礼。

四六

（《冷斋夜话》）东吴僧道潜，经临平，作诗云："风蒲猎猎弄轻柔，欲立蜻蜓不自由。五月临平山下路，藕华无数满汀洲。"东坡见之，大称赏。及坡守徐，潜访之，馆于逍遥堂。士大夫欲识之，坡馔客，招以俱来。坡遣一妓乞诗，道潜作诗云："寄语巫山窈窕娘，好将魂梦恼襄王。禅心已作沾泥絮，不逐春风上下狂。"一座大惊。然性偏憎凡子，作诗云："去岁春风上苑行，烂窥红紫厌平生。如今眼底无姚魏，浪蕊浮花懒问名。"士论少之。其作诗追法渊明，有逼真处。如曰"数声柔橹沧浪外，何处江村人夜归"是也。

四七

西湖僧顺，怡然清苦，赋《十竹》诗云："城中寸土如寸金，幽轩种竹只十个。春风慎勿长儿孙，穿我阶前绿苔破。"《林下》诗云："久服林下游，颇识林下趣。从渠绿阴繁，不碍清风度。闲来石上眠，落叶不知数。山鸟忽飞来，啼破幽寂处。"荆公甚爱之。

四八

（《唐子西文录》）诗在与人商论，深求其疵而去之，等闲一字放过则不可。殆近法家难以言恕矣，故谓之诗律。东坡云："敢将诗律斗深严。"余亦云："律伤严，近寡恩。"大凡立意之初，必有难易二途。学者不能强所劣，往往舍难而趋易。文章罕工，每坐此也。作诗自有稳当字，第思之未至耳。皎然以诗名于唐，有僧袖诗谒之，然指其《御沟》诗云："'此波涵圣泽'，'波'字未稳，当改。"僧艴然作色而去。僧亦能诗者，皎然度其去必复来，乃取笔作"中"字掌中，握之以待。僧果复来云："欲更为'中'字如何？"然展手示之，遂定交。要当如此乃是。

四九

（《韵语阳秋》卷四）僧祖可，俗苏氏，伯固之子，养直之弟也。作诗多佳句。如《怀兰江》云："怀人更作梦千里，归思欲迷云一滩。"《赠端师》云："窗间一榻篆烟碧，门外四山秋叶红。"皆清新可喜。然读书不多，故变态少。观其体格，亦不过烟云竹树山水鸥鸟而已。而徐师川作其诗引，乃谓自建安七子，南朝二谢，唐杜甫、韦应物、柳宗元，本朝王荆公、苏黄妙处，皆心得神解，无乃过乎？师川作《画虎行》，末章云："忆昔余顽少小时，先生教诵荆公诗。即今耆旧无新语，尚有庐山病可师。"不知何故爱其诗如是也。

五〇

张祜喜游山，而多苦吟，凡历僧寺，往往题咏。如《题僧壁》云："客地多逢酒，僧房却献花。"《万道人禅房》云："残阳过远水，落叶满疏钟。"《题金山寺》云："僧归夜船月，龙出晓堂云。树影中流见，钟声两岸闻。"《题孤山寺》云："不雨山长润，无风水自阴。断桥荒藓涩，空院落花深。"如杭之灵隐天竺、苏之灵岩楞伽、常之惠山善卷、润之甘露招隐，皆有佳作。李涉在岳阳，尝赠以诗云："岳阳西南湖上寺，水阁松房遍文字。新钉张生一首诗，自余吟着皆无味。"信知僧房佛寺，赖其诗以标榜者多矣。

五一

（《韵语阳秋》卷十二）钱起投南山佛寺云："洗足解尘缨，忽觉天形宽。庶将镜中像，尽作无生观。"盖知百骸九窍，本非天形。《至悟真寺》云："更闻东林磬，可听不可说。兴中寻觉化，寂尔诸象灭。"盖知妙明真心，不关诸象，起于是理，亦可谓超然者矣。

五二

子由诵《楞严》，悟一解六亡之义，自言于此道更无疑。然其作《风痹》诗，乃有"数尽吾则行，未应堕冥漠"之句，则其于理犹有碍也。而东坡乃谓"子由闻道先我"，何耶？东坡《奉新别子由》诗云："何以解我忧，粗了一事大。"《哭遁儿》诗云："中年忝闻道，梦幻讲已详。"故《赠钱道人》诗云："首断故应无断者，冰消那复有冰知。主人苦苦令侬认，认主人人竟是谁。"又云："有主还须更有宾，不知无镜自无尘。只从夜半安心后，失却当年觉痛人。"《赠东林总老》诗云："溪声便是广长舌，山色岂非清净身。夜来八万四千偈，他日如何举似人。"如此诗句，虽尊宿老衲，不能屈也。

五三

（《东坡志林》）苏州仲殊师利和尚，能文善诗，及歌词，皆操笔立成，不点窜一字。予曰："此僧胸中无毫发事。"故与之游。

（《复斋漫录》）元丰末，张诜枢言龙图之守杭也，一日宴客湖上，刘泾巨济、僧仲殊在焉。枢言命即席赋诗曲，巨济先唱云："凭谁妙笔，横扫素缣三百尺。天下应无，此是钱塘湖上图。"仲殊遽云："一般奇绝，云淡天高秋夜月。费尽丹青，只这些儿画不成。"枢言又出梅花，邀二人同赋。仲殊即作前章曰："江南二月，犹有枝头千点雪。邀上芳樽，却占东君一半春。"巨济不能继也。后陈袭善云："我为续之。"曰："尊前眼底，南国风光都在此。移过江来，从此江南不复开。"

（《白香词谱笺》卷一）仲殊名辉，姓张氏，安州进士。弃家为僧，居杭州吴山宝月寺，有词七卷。

黄叔旸云："仲殊之词多矣，佳者固不少，而小令为最。小令之中，《诉衷情》一阕又其最。盖篇篇奇丽，字字清婉，高处不减唐人风致也。"

《花庵词选》载仲殊《诉衷情》词凡五首，兹并录存。《春情》云："楚江南岸小青楼，楼前人舣舟。别来后庭花晚，花上梦悠悠。　　山不断，水空流，漫凝眸。建康宫殿，燕子来时，多少闲愁。"《建康》云："钟山影里看楼台，江烟晚翠开。六朝旧时明月，清夜满秦淮。　　寂寞处，两潮回，黯愁怀。汀花雨细，水树风闲，又是秋来。"《宝月寺作》云："清波门外拥轻衣，杨花相送飞。西湖又还春晚，水树乱莺啼。　　闲院宇，小帘帏，晚初归。钟声已过，篆香才点，月到门时。"《春词》云："长桥春水拍堤沙，疏雨带残霞。几声脆管何处，桥下有人家。　　宫树绿，晚烟斜，噪闲鸦。山光无尽，水风长在，满面杨花。"《寒食》云："涌金门外小瀛洲，寒食更风流。红船满湖歌吹，花外有高楼。　　晴日暖，淡烟浮，恣嬉游。三千粉黛，十二阑干，一片云头。"

（《中吴纪闻》）仲殊字师利，承天寺僧也。初为士人，尝与乡荐。其妻以药毒之，遂出家为僧。工于长短句，东坡先生与之往来甚厚。时时食蜜解其药，人号曰蜜殊。有《宝月集》行于世。慧聚寺僧孚草堂以其喜作艳词，尝以诗箴之云："大道久陵迟，正风还陊隳。无人整颓纲，目乱空伤悲。卓有出世士，蔚为人天师。文章通造化，动与王公知。囊括十洲香，名翼四海驰。肆意放山水，洒脱无羁縻。云轻三事衲，瓶锡天下知。诗曲相间作，百纸顷刻为。藻思洪泉泻，翰墨清且奇。惜哉大手笔，胡为幽柔词？愿师持此才，奋起革浇漓。骛彼东山高，图祖进丰碑。再续辅教篇，高步凌丹墀。他日僧史上，万世为蓍龟。迦叶闻琴舞，终被习气随。伊予浮薄人，赠言增忸怩。倘能从我言，佛日重光离。"殊竟莫之改。

（《老学庵笔记》）仲殊长老，崇宁中，忽上堂辞众。是夕闭方丈门，自缢死。及火化，舍利五色，不可胜计。邹忠公为作诗云："逆行天莫测，雉作渎中经。沤灭风前质，莲开火后形。钵盂残蜜白，炉篆冷烟青。空有谁家曲，人间得细听。"

五四

（《墨客挥犀》）华亭船子和尚偈曰："千尺丝纶直下垂，一波才动万波随。夜静水寒鱼不食，满船空载月明归。"丛林盛传，想见其为人。

五五

（《南雷文约·题释铁夫诗》）唐人之诗，大略多为僧咏。如岑参之"相识惟山僧"，卢纶之"几年亲酒会，此日有僧寻"，郑巢之"寻僧踏雪行，留僧古木中"，皇甫曾之"吏散重门掩，僧来阁复闲"，项斯之"劝酒客初醉，留茶僧未来"，李山甫之"槛前题竹有僧名"，李洞之"壁记醉僧书""邻僧点寒竹"，张乔之"僧说读书年""吟僧欲伴行"，朱庆余之"时复留僧宿""唯僧得往还""江僧伴晚吟"，崔涂之"暂得同僧静""偏逢僧话久"，耿沣之"寻僧已白头"，唐球之"问寒僧接杖"，马戴之"孤壁野僧邻"，其他不可枚举。岂不以僧为至清之物。僧中之诗，人境俱夺，能得其至清者，故可与言诗多在僧也。齐己云："五七字中苦，百千年后清。"此之谓也。岂若今之国人撰述，恶诗村偈，粗厉叫呶之音，剽取市廛以为脚本乎？平阳铁夫名元立，二月之间，两度过我。已而出其诗，不染纤尘，真英灵衲子，唐人之所咏也。有天岳以为之师，当趁此色力，专志读书。无徒普说茶话，理会馒头夹子也。

五六

（《焦氏笔乘》卷三）董萝石以垂老之年，坐进于道。读其诗，风格翩翩，真奇士也。许黄门相卿志其墓，今略载之："先生讳沄，字复宗，浙澉浦人。平生乐义好善，兄贫，割私产让之。所知邹鲁以田来质，鲁疾革，出券毁焉，复经纪其丧。闻贤达所在，不计远近寒暑，投赞纳交。见后辈工一词，挟一善，亟称叹不已，人以此多之。然先生不解世俗生计事，独好咏歌，家四壁立，不以屑意。一时名能诗者，沈周、孙一元、郑善夫，皆邮寄赓和。晚造阳明夫子，闻良知之说，幡然改曰：'不尔，得称人乎？'悚然就弟子列，时年六十七矣。故所与游者招之，先生曰：'吾从吾所好而已。'因号从吾道人。先生未复究心内典，忽若有悟，喟然叹曰：'今乃客得归矣！'于是援匡庐故事，与僧法聚纠诸缁素，结莲社于海门精庐。又号白塔山人。嘉靖甲午某月日卒。呜呼！先生，我丈人行也。忘年友予，盖三十年矣。吾见先生，始专于诗，遗其家，甚难之；晚志于道，遗其诗，甚愧之；终入于佛，嗒然自遗也。予愈益怪之，莫能窥已。观乎法聚之言曰：'先生在先劫中，殆业豢龙，气相感召，近可远，大可小，有可无。虚实相因，动静相体，若有类焉。'盖先生学三变，归于空。而自所谓吾者，且见为妄矣，尚安事铭？予将安所铭？无宁试妄求之。铭曰：'一颗蓬颗，蝶化蝉蜕。吁嗟董翁墓于是。'"

五七

（《焦氏笔乘》卷四）金陵顾居士，名源，字清甫。少豪隽，诗书画皆不泥古法，信笔点染，天趣迥绝，然实自古法中来。中年究心禅理，大有悟入，然未尝以得理而薄修因。晚节与名僧举西方社，戒律精严。临终，端坐而瞑。举室闻莲花香，三日始歇。居士尝手书数绝句贻予，今笔于此："十个蒲团九个穿，谁家枯井雪难填。而今法法成三昧，声色无妨到耳边。""鼎食何人晓夜忙，全机随处好参详。渔竿不负秋如锦，两岸黄花扑棹香。""短褐长镵老石门，蔬盘容易度朝昏。百年智巧消磨尽，惭愧人传粉墨痕。""雪屋寒菹有岁华，黄金过斗不须夸。若言竹帛功难朽，也是空添眼上花。""藤叶青莎称体长，菊花新酒满瓢香。时人若访庞居士，万树云萝护草堂。""布发曾为授记人，草衣随处属闲身。十年明旧尘劳破，香火同酬野寺春。"

五八

子瞻云："子美诗：'王侯与蝼蚁，同尽归丘墟。愿闻第一义，回向心地初。'知其文字外别有事在。"然子美亦偶及此耳，要非本色，必也其摩诘乎！观魏居士书《胡居士》三诗，可谓妙绝。如'即病即实相，趋空定狂走。无有一法真，无有一法垢'；又'因爱果生病，从贪始觉贫'；又'何津不鼓棹，何路不摧辀'。非其见地超然，安能道此？"

抗 战 诗 话

丁之中

载于《流声机》1938年第2—7期。作者丁之中，生平不详。

《流声机》，时事刊物，三日刊。1938年创刊于厦门，为《福建公教周刊》副刊。以宣传抗日救亡为宗旨。丁之中为其主要撰稿人之一。

本篇诗话全部选录抗战主题的旧体诗，收录的范围较广。所录诗人有政治人物，如驻日大使许世英、福建教育厅厅长郑贞文；有旧体诗名家曹聚仁、黄炎培、林庚白、郁达夫等人；有鸳蝴派女作家陈小翠；还有许多新文学作家，如老舍、欧阳予倩、施蛰存。诗话摘句评诗，寄寓着作者的一片爱国之情。如许世英诗中有"今多刘豫真为患，古有荆卿未易逢。白发使君还健在，归期南亩事春农"句，丁之中评曰："诗以见志，许氏感慨之深，可于诗中之字里行间求之。国步方艰，吾人诚不愿许氏能达其'南亩事春农'之期，而愿其能一秉精忠，贯于剑锋，而能一摧强敌也。"尤为值得注意的是，本篇诗话中保存了许多新文学作家的旧诗作品，并有中肯点评。如郁达夫，他的旧诗在当时很有影响，本篇诗话录郁氏"年年风雨黄花节，热血齐倾烈士坟。今日不弹闲涕泪，挥戈先草册倭文"一诗，说"达夫固悲歌慷慨之士，人目郁氏为颓废作家，诵此一诗，吾绝对不敢相信"。又说老舍"偶有所作，必成佳构"，录其记述乱离的《流亡》《伤心》《自励》三首七律，认为"不啻读其一部长篇小说也"。这些录评，颇有见地。

一

敌域遄归大使许世英精神虽健，鬓毛已斑，劳瘁之态，可以想见。许氏于折冲外交之余，尚不废吟诵，其近作《廿七年元旦》一首云："河山破碎裂疆封，收拾精忠贯剑锋。拱卫雄师尊白虎（我军固守南京七昼夜，敌人誉之为白虎队），复仇痛饮抵黄龙。今多刘豫真为患，古有荆卿未易逢。白发使君还健在，归期南亩事春农。"又《港汉飞行道中》一首云："大鹏展翼九千里，黄鹤摩空几万重。仰视苍穹青影落，俯看碧海白雪封。军中飞将思廉岳，天下归心在士农。忆昔御风巡汉水，喜今仲子尚追踪。"诗以见志，许氏感慨之深，可于诗中之字里行间求之。国步方艰，吾人诚不愿许氏能达其"南亩事春农"之期，而愿其能一秉精忠，贯于剑锋，而能一摧强敌也。

二

百粤战士英勇转战，记者曹聚仁尝撰文刊于《救亡日报》，为其宣扬，后又成诗一绝赠之，诗云："中原鼙鼓催人急，万里寒江带雪看。记取钟山一杯酒，凯歌相许上龙幡！"想百粤壮士聆之，当更奋发杀敌也。

三

黄炎培到港，赠王洁女士诗一绝云："相逢海外读新书，多难何曾损玉姿。一事报君应快眼，江南敌骑已饥疲。"是黄于称赞王女士之姿容后，复报以捷音也。

四

林庚白为南社健战，别署"摩登和尚"，擅诗，有"大胆诗人"之称。其《陇海路见雁感赋》云："入冬初见雁横空，举国能群杀敌功。兴夏一成吾欲起，此身宁以过江终！"又《迟陇海车夜发》云："车多壅塞路纡回，一日程途三日来。守夜群思行役苦，飞空寇为市廛灾。节适小雪初闻雁，地近中州未见梅。绕室当门人似蚁，能谋一榻亦佳哉。"上首描写举国一致杀敌同仇敌忾之气，下首描写灾民苦况，意境俱佳。

五

自抗战以来,少见郁达夫先生之诗文,近见郁氏在《救亡日报》发表其近作《黄花节》一首:"年年风雨黄花节,热血齐倾烈士坟。今日不弹闲涕泪,挥戈先草册倭文。"诗为心声,达夫固悲歌慷慨之士,人目郁氏为颓废作家,诵此一诗,吾绝对不敢相信。

六

幽默作家老舍,原名舒舍予,鲜作诗,自谓以其说是旧诗之拥护者,无宁说是旧诗之破坏人。惟偶有所作,必成佳构。近在汉口所作三部曲,其《流亡》一律云:"弱女痴儿不解哀,牵衣问父去何来。话因伤别潜成泪,血若停流定是灰。已见乡关沦水火,更堪江海逐风雷。徘徊未忍道珍重,暮雁声低切切催。"又《伤心》一律云:"遍地干戈举目哀,天南有国亦难来。人情鬼蜮乾坤死,士气云龙肝脑灰。贼党轻言拥半壁,流民掩泣避惊雷。更怜江汉风波急,艳舞妖歌尚浪催。"又《自励》一律云:"黄鹤楼头莫诉哀,酒酣风劲壮心来。烟波自古留余恨,烽火从今燃死灰。如此江山空暮雨,有谁文笔奋英雷。奇师指日收河北,七步诗成战鼓催。"近人绝句选编者陈旭初先生,尝赞许世英之《汉口洪水有感》一绝,谓可抵一幅郑侠之《流民图》。予吟老舍先生此作,不啻读其一部长篇小说也。

七

全国文艺界抗敌协会在汉成立,老舍先生亦贺以诗云:"三月莺花黄鹤楼,骚人无复旧风流。忍听杨柳大堤曲,誓雪江山半壁仇。李杜光芒齐万丈,乾坤血泪共千秋。凯歌明日春朝急,洗笔携来东海头。"诚如不佞所言,读老舍诗,如读其文,但更尖锐有力耳。

八

红树室主陆丹林离沪,赠参梅诗一绝云:"中原满目尽疮痍,那有闲情赋别诗。只合相看无一语,滔滔江水寄离思。""那有闲情赋别诗",而"别诗"到底

"赋"出来矣。

九

民国廿六年秋冬之交，广州国立中山大学教授吴君敬轩，应蒋（中正）、汪（精卫）二公之约，赴庐山参加谈话会。未几，而卢沟桥事起，敌寇侵凌，战云网网，吴乃反粤，续成长句数首。其《庐山归粤》一首云："危难今谁是，烽烟为汝歌。风尘为倦客，乡国叹行窝。肝胆国心照，干戈满眼过。复兴知有日，收拾旧山河。"言简意切。当时日寇潜服乡国，干戈满地，我方准备收复失地，复兴民族，盖早有定策也。

一〇

上海沪江大学校长刘湛恩，因拒绝敌方之请求出任伪政府教育部部长，为日谍所枪杀，凶手捕获，竟诬刘为汉奸。戏剧家欧阳予倩对此极为愤恨，乃离沪如港，赋以诗云："中原寇炽卷腥风，赴难如归举国同。壮士负戈频报捷，先生秉铎共争雄。情依芳草连绵远，血染春花灿烂红。继志有人应瞑目，行看后起竟前功。"前仆后继，腾之赓之，愿诸君勿为毒手所屈，再接再厉，以成先生之志也。

一一

施蛰存自去年松江吃紧，流离他乡。十一月二日，施得家报，谓松江家屋已为敌机投弹炸毁，翌日，成《感赋》一律云："去乡万里艰消息，忽接音书意转烦。闻道王师回濮上，却教倭寇逼云间。室庐真已雀生角，妻子都成鹤在樊。忍下新亭闲涕泪，夕阳明处乱鸦翻。"施先生自中学时代即常作旧诗，难怪其娴熟若此。惟今全面抗战，当以国家为重，愿施君勿以区区家屋之毁焦而过于戚戚也。

一二

香港《天文台》主笔陈孝威将军，《四月二日薄暮渡湘江作》一律云："苍茫暮色渡江行，荡气中流击楫声。习战揣摩司马法，冲锋仿佛火牛兵。出师未可轻千乘，折节还须广百城。等是上游形胜地，相期努力早收京。"陈将军精通兵法，此次入长沙，意者对于军事计划必有多多贡献。"相期努力早收京"一语，初非《烧饼歌》可比也。

一三

《逸经》作者白蕉，有《绕道抵沪》一诗云："绕道几千里，惨戚聊栖迟。流亡得饱暖，结交异昔时。凛寒忽亡起，重衾尚不支。痛念卅万众，嗷嗷多灾黎。饥肠岂得饱，风雪宁有私。侵凌良未已，百姓日多遗。将军计不疏，生还定有期。"可作叙事诗读也。

一四

鸳鸯蝴蝶女作家陈小翠，别署翠娜，著有《湖上吟》诸书，为中国女子书画会常委。自上海陷敌后，女士仍留居焉。每一出门，辄有举目河山之感。其近作一律云："风雨天涯客思深，闭门愁病尚相侵。长闲骏马消奇骨，出塞秋鹰有壮心。患难与人坚定力，乱离无地寄哀吟。杜陵四海飘蓬日，一纸家书抵万金。"亦足见其乱离思家之切。"四海飘蓬日""家书抵万金"，盖杜工部诗也。

一五

抗战军兴，学生练习后方服务，无间寒暑。福建教育厅长郑贞文通令戴竹笠，以御风雨烈日。一月二十四日全省高中以上男女学生二千余人，在福州东湖受民训干部训练卒业，行除队式分赴各县训练民众。陈主席各授一剑，以壮行色。郑厅长见诸生挂笠佩剑，精神奋发，因以树立笠剑学风，勖以笠剑为质朴、勤劳、庄严、公正、勇敢之象征，并作歌以志云："出东湖，意气激昂。我肩上挂着笠，怕甚么狂风暴雨，炙背骄阳！我腰间佩着剑，怕甚么鸷鹰毒虺，张口贪狼！一齐到乡村去，倡质朴生活，守勤劳习惯，养端庄品性，表公正态度，奋忠勇气概，唤起民众，效命疆场！角帽怎比得竹笠坚？倭刀怎敌得铁剑刚？准备向炮烟弹雨，锄强权，伸正义，发扬武力，为国争光！"又同韵一首云："返校门，意志坚强。我把笠悬着壁，恍过去山川阅历，镂上赘笔。我把剑贮着匣，恍过去星霜淬厉，濡并干将。大家归学舍来，戒奢侈风习，除懒惰性癖，革轻佻行动，矫私伪思想，变怯弱气质，勖我同学，励志胶庠。受教要比那竹心虚，养气要似那剑锋藏。准备当欧风美雨，崇道德，研学术，发展文化，为国争光！"郑氏系一科学家，鲜作诗，此作尚称工整而有力也。

抗 战 诗 话

丹　荔

载于《大风》1938 年第 1、2 期。作者丹荔，生平不详。

《大风》，时事旬刊。1938 年创刊于香港，1941 年停刊。由大风社发行，该社社长为林语堂、简又文。主要刊登新文学作家与时事相关的随笔、杂论。

这篇诗话多借古人之诗，浇今人块垒。录陆游诗作甚多，感慨其诗意和情感与当下极为相似。如放翁"中原草草失承平，戎火胡尘到两京。扈跸老臣身万里，天寒来此听江声"一诗，丹荔评曰："起二句云云，一若预为今日道者。然而放翁之感慨深矣！"又借放翁诗讽刺上海租界"孤岛"中醉生梦死、昼夜笙歌之徒。又借贾岛"十年磨一剑"诗抒发感慨："今日不平之事，孰有过于全民族之被压迫者乎？霜刃应向谁一试，不待问矣！"选刘琨《答卢谌诗》，借题发挥，批评东晋文士"世乱国危，不着只字"，显然是借古讽今。还有一类内容，是选今人之诗，反映上海租界"孤岛"情形。尤其对租界报业情况记录较详。如记"大上海陷落之后，租界已成孤岛，战时如火如荼之抗战诗章，各种刊物上皆已不可复睹"。又引某周刊《社会杂吟》记报刊记者在报纸停刊之夕，与同事共醉，作为临别纪念，有人称之为"惨宴"："记从笔底发奇葩，无冕荣衔尽足夸。今欲衔杯愁欲绝，萍踪吹散已无家。"可为上海"孤岛"之诗史。

一

昨夜月冷霜重，空中似闻雁叫，因忆陆放翁诗："新雁南来片影孤，冷云深处宿菰蒲。不知湘水巴陵路，曾记渔阳上谷无？"情景何其相似也！

又，放翁诗云："每因髀肉叹身闲，聊欲勤劳鞍马间。黑槊黄旗端未免，会冲风雪出榆关。"（《双流旅舍》三首之一）今日同此感想者，谅亦不少。

"中原草草失承平，戍火胡尘到两京。扈跸老臣身万里，天寒来此听江声。"（《龙兴寺吊少陵先生寓居》）此亦放翁诗也。起二句云云，一若预为今日道者。然而放翁之感慨深矣！

又，《剑门城北，回望剑关诸峰，青入云汉，感蜀亡事，慨然有赋》一首云："自昔英雄有屈伸，危机变化亦逡巡。阴平穷寇非难御，如此江山坐付人。"虽时地不同，可为李服膺辈写照。

近日上海租界中，笙歌处处；江上后庭之唱，不独商女为然。放翁诗云："葡萄酒绿似江流，夜燕唐家帝子楼。约住管弦呼羯鼓，要渠打散醉中愁。"若辈岂欲以放翁诗解嘲乎？然"金尊翠杓犹能醉，狐帽貂裘不怕寒。安得骅骝三万匹，月中鼓吹渡桑干"。若辈何能解此！

二

曹子建《白马篇》云："长驱蹈匈奴，左顾陵鲜卑。弃身锋刃端，性命安可怀？父母且不顾，何言子与妻！名编壮士籍，不得顾中私。捐躯赴国难，视死忽如归！"词意甚壮。"父母不顾"数语，尤为古今诗人所未道。梁任公题剑南集云："诗界千年靡靡风，兵魂消尽国魂空。集中什九从军乐，亘古男儿一放翁。"未免抹煞其他一切。阮嗣宗《咏怀》诗："一身不自保，何况恋妻子？"语气颇与子建诗相类，然阮诗凄厉，曹诗悲壮，故自不同。卢纶《塞下曲》："鹫翎金仆姑，燕尾绣蝥弧。独立扬新令，千营共一呼。"（其一）"林暗草惊风，将军夜引弓。平明寻白羽，没在石棱中。"（其二）"月黑雁飞高，单于夜遁逃。欲将轻骑逐，大雪满弓刀。"（其三）"野幕敞琼筵，羌戎贺劳旋。醉和金甲舞，雷鼓动山川。"（其四）谱为军歌，亦复不恶。唐人诗如此者尚多，此又岂能一概以"靡靡风"目之？

三

贾岛诗："十年磨一剑，霜刃未曾试。今日把似君，谁有不平事？"境界高绝！今日不平之事，孰有过于全民族之被压迫者乎？霜刃应向谁一试，不待问矣！

四

天寒酿雪，蹲处蜗庐，生活迫人，无聊已极。偶读陆放翁诗，精神为之一振，兹录其《雪中忽起从戎之兴戏作》七绝四首云："狐裘卧载锦驼车，酒醒冰髭结乱珠。三尺马鞭装白玉，雪中画字草军书。"（其一）"铁马渡河风破肉，云梯攻垒雪平壕。兽奔鸟散何劳逐，直斩单于衅宝刀。"（其二）"十万貔貅出羽林，横空杀气结层阴。桑干沙土初飞雪，未到幽州一丈深。"（其三）"群胡束手仗天亡，弃甲纵横满战场。雪上急追奔马迹，官军夜半入辽阳。"（其四）近日前线将士冒雪抗战，读此景象如在眼前也。

五

大上海陷落之后，租界已成孤岛，战时如火如荼之抗战诗章，各种刊物上皆已不可复睹，间有吟咏，但见满幅凄凉，盖因环境关系，不得不如是耳！白蕉《绕道抵沪》一首云："绕道几千里，惨戚聊栖迟。流亡得饱暖，结交异昔时。凛寒忽云起，重衾尚不支。痛念卅万众，嗷嗷多灾黎。饥肠岂得饱，风雪宁有私？侵陵良未已，百姓日多遗。将军计不疏，生还定有期。"又胡剑啸《血泪词》两首并序云："海上国军既撤，青浦相继失守，内子文琴，及金人、银人、铜人三儿，避居青属之珠溪，音问遂绝，至今生死未卜。而沪西寓所，亦为炮火所毁，化为劫灰。惟余孑然病躯，偷息洋场，寒宵被酒，悲从中来，濡笔赋此，正不知是墨是泪也。""子散妻离剧可伤，青溪西望断人肠。可怜十载天伦乐，变作春婆梦一场。"（其一）"莫向城西问故居，祖龙一炬已无余。从今我是无家客，潦倒天涯一病躯。"（其二）诗未见佳，然侵略者所加于我国平民之惨痛，于此可见一斑矣。

六

日来敌军进逼陇海铁路，将在临城一带展开大战。忆东坡有《临城道中作》一首并序云："予初赴中山，连日风埃，未尝了了见太行也。今将适岭表，颇以是事恨。过临城内丘，天气忽清彻，西望太行，草木可数，冈峦北走，崖谷秀绝。忽悟叹曰：吾南迁其速返乎？退之衡山之祥也。书以付迈，使志之。""逐客何人着眼看，太行千里送征鞍。未应愚谷能留柳，可独衡山解识韩？"按，临城在太行之麓，其地山川秀丽，而峻拔险阻，在昔萑苻出没，有梁山水浒之称，想敌军至此，必难推进耳。

<h2 style="text-align:center">七</h2>

上海某周刊载《社会杂吟》二首，第一首《惨宴》诗云："记从笔底发奇葩，无冕荣衔尽足夸。今欲衔杯愁欲绝，萍踪吹散已无家。"注云："迩来各日报颇多自动停版者。闻有数报于停版之夕，发起离筵，聚往日同事于一室，相与一醉，以作临别纪念，有人名之为'惨宴'。我知与宴诸君，于衔杯之际，必感别离滋味到心头也。"第二首为《两饱》，诗云："本是衣斯食于斯，而今百物尽居奇。看他一饱和拳饱，滋味还容赞一词。"注云："日前经过某饭店，见有一人果腹而出，不名一文，店中以其不付饭资，即挽之入内，拳足交加，然后逐出门外。据云在此数日内，类此之事已连续发生至四次矣。语云'开了饭店不怕大肚皮'，而今开了饭店却怕大肚皮，又在此种情形之下。饭店老板固然大受损失，但此辈尴尬朋友，虽饱以饭，复饱老拳，滋味何如，恐亦难言之矣！"二诗均未见佳，阅者但作"孤岛"新闻读可也。

<h2 style="text-align:center">八</h2>

刘琨闻鸡起舞，志在澄清中原，可谓豪士。其《答卢谌诗》："横厉纠纷，群妖竞逐。火燎神州，洪流华域。彼黍离离，彼稷育育。哀我皇晋，痛心在目……旌弓骍骍，舆马翘翘。乃奋长縻，是辔是镳。何以赠子？竭心公朝。何以叙怀？引领长谣！"其于宗国之怀思，复兴之勠力，跃然纸上。然其《扶风歌》："惟昔李骞期，寄在匈奴庭。忠信反获罪，汉武不见明。我欲竟此曲，此曲悲且长。弃置勿重陈，重陈令心伤。"于李陵殊有恕辞。昔人谓李陵身降匈奴，已辱国体；及至老母被戮，犹复能不以一死自明，靦颜事敌；律以为将之道，兵败者死，尚何所用其诡辩？此言得之。后世为李陵不平者，实因司马子长文章所蔽；吾国自昔崇尚文辞，而子长文章，又人所必读，遂于不知不觉之

间，受其熏陶，而不暇明辨其是非耳。

东晋文士，竞尚清谈，比诸南宋道学，其弊尤甚。除刘琨略见气魄外，欲求一如陆放翁、辛稼轩者，乃渺不可得！纵有旷代才华，而其文止于文酒之会，生死之悲。世乱国危，不着只字，哀莫大于心死，思之忾然！

九

《桃花扇》写苏昆生南京卖柴，路过孝陵，编《哀江南》一曲，凄怆独绝，其《驻马听》一节云："野火频烧，护墓长楸多半焦。田羊群跑，守陵阿监几时逃？鸽鸰蝠粪满堂抛，枯枝败叶当阶罩。谁祭扫？牧儿打碎龙碑帽！"读此令人想起今日紫金山上孙中山先生之陵园，弥增感慨。

民 族 诗 话

黄照熹

载于《全面战》1938 年第 16、17、20、22、25、40 期；《抗战新闻》1939 年第 1 卷第 2 期特 7 页。

黄照熹，广西桂林人。曾任教于广西省立桂林中学、无锡国专，抗战期间任广西省立桂林中学罗锦分校校长。在《全面战》《扫荡报》《国防周报》《前锋》等抗战爱国刊物上发表了大量文章。

《全面战》，1938 年创刊于广西桂林。是抗战时期的政治宣传刊物，由第五路军总政训处发行。除宣传抗战之外，还讨论广西本地建设问题。

这篇"民族诗话"内容分为三类，一是古代爱国志士之诗，如岳飞、戚继光、明遗民陈潜夫等人诗作；二是清末民初革命家之诗，如孙中山、蔡锷、秋瑾诗作；三是与抗战相关的诗歌，如李宗仁为南宁《民国日报》国庆特刊题诗，上海青年"援马团"（"九一八"事变后援助东北马占山将军的团体）中一位女学生所作诗，郁达夫爱国诗等。这些诗歌，无论古今，都弘扬民族气节，在抗战时期有感奋人心的意义。

一

本省革命领袖，主张焦土抗战之李总司令宗仁，尝于一九三六年双十节，为南宁《民国日报·国庆特刊》题诗一首云："跋浪鲸鲵舞，侏儿正举兵。和戎宁上策，请剑赴长征。诸葛出师表，燕然石勒铭。明年今月日，万马庆辽城。"

其矢志抗日令人鼓舞。

二

"九一八"而后，东北马占山将军孤军苦战，上海青年组"援马团"，内有一女校学生自动参加北上援马。当其北上时，留书与挚友及其家中，均附七律一首，悲壮淋漓，读之令人血热心跃。致学友某女士函中附诗云："北门掌管已无人，大好神州渐陆沉。昆岗焚时玉石毁，机声歇处木兰行。誓瞻马首平倭寇，羞画蛾眉效摩登。纵死疆场亦作厉，故乡不必赋招魂。"上父母书中附诗云："爷娘不必日倚门，儿已戎装塞北行。屡念春晖辄泪下，难甘国土任瓜分。木兰壮志终平虏，约翰雄风遂却英。转瞬功成归故里，倭头十个献双亲。"按，约翰乃一三四六至一四五三年间英法百年战争时之法国农女；年十九，时英军围奥耳良，约翰自称天使，率众败英军，而解奥耳良之围者。

三

岳武穆为南宋一代之民族英雄，所作诗文如《满江红》已脍炙人口，当其驻兵新淦时，当题伏魔寺壁有诗云："胆气堂堂贯斗牛，誓将直节报君仇。斩除元恶还车驾，不问登坛万户侯。"恢复祖国之心，活跃纸上。又有《池州翠微亭》诗云："经年尘土满征衣，特地寻芳上翠微。好山好水看不尽，马蹄催趁月明归。"潇洒风流，可称儒将。

四

蔡锷将军人皆知其为革命先烈，奔走革命，为国呼号。然亦颇能诗，有《军中杂诗》云："蜀道崎岖也可行，人生奸险最难平。挥刀杀贼男儿事，指日观兵白帝城。""绝壁空山九月寒，风尖如刃月如丸。军中夜月披衣起，热血填胸睡不安。"按，此诗系民国五年将军起义讨袁，率师入川时作。

五

秋瑾女侠以女子而奔走革命事业，后为奸人所害，其好友为之葬于西子湖滨，平日喜为诗文，多富革命思想，谨录二首。《感怀》云："莽莽神州叹陆沉，救时无计愧偷生。抟沙有意兴亡楚，博浪无椎击暴秦。国破方知人种贱，义高不碍客囊贫。经营恨未酬同志，把剑悲歌涕泪横！"柬某君云："河山触目尽生哀，太息神州几霸才。牧马久驽侵禹域，蛰龙无术起风雷。头颅肯使闲中老？祖国宁甘劫后灰？无限伤心家国恨，长歌慷慨莫徘徊。"

六

我国华侨不知何时入澳洲，将荒芜之地，辟成腴沃之乡。惜我政府不知保护，后被白人发觉，初藉华侨之力，极力经营，继而排斥华侨，我侨胞之苦况，更仆难数。现游澳洲者，于石壁大树间，尝发现诗文，惟多残阙，完整成篇者不多。其中有诗二首云："沦身绝域古澳洲，到处荒凉满目秋。峰恩未开罗网设，捶胸惟恨足轻投！""流落蛮邦不自由，囊空如洗向谁求？故乡有路难回首，异地无亲莫乱投！"诗虽俚俗，读之不觉黯然伤神。

七

明代剿平倭寇之戚继光将军，威震遐迩，其诗亦多英雄气概。尝见有《盘山绝顶》诗云："霜角一声草木哀，云头对起石门开。朔风鲁酒不成醉，落叶归鸦无数来。但使玄戈销杀气，未妨白发老边才。勒名峰上吾谁与，故李将军舞剑台。"又有《纪事》诗云："十年荼毒悲闽徼，壬戌扬旌邑水湄。剑倚秋风平剧垒，帆悬涨海聚新夷。翻思往日同盟地，何似中流击楫时。报国志酬民恨雪，艰虞此意更谁知。"盖因闽苦倭患数年，将军适至其地，作诗以纪之也。

八

中国新文学运动时代，创造社中之郁达夫先生以文章名。赋性忧郁，近于颓废，因著《沉沦》一书成名。后与杭州名媛王映霞女士结婚，即卜居于西子湖滨。名士佳人，唱随相得。孰料倭寇来侵，云影波光，亦蒙腥膻之气，想郁早已携眷远避矣。郁年来感于国家多故，感慨丛生，成绝诗一首云："大醉三千日，微吟又十年。只愁亡国后，营墓已无田。"破碎河山，弥增感喟。又于前"三二九"革命先烈纪念日，先生又成《黄花节》绝句一首："年年风雨黄花节，热血齐倾烈士坟。今日不弹闲涕泪，挥戈先草册倭文。"慷慨情怀，活跃纸上。

九

民国廿七年四月七日台儿庄之胜利，无论此后之战局如何变化，终已为吾国光荣战史之一页，因此战之胜，固不仅在收复台儿庄而已也。中央委员邹鲁先生曾有诗话其事云："闻报克台儿，元戎善驭师。全军奋义勇，顽敌尽披靡。抗战能终胜，斯言信不疑。还期戒骄怠，雪耻莫功亏。"

一〇

本党总理毕生从事革命事业，在革命进行中，不忘读书。故总理之博学，早已为中外人士所欣佩。然总理亦一能诗者，有《悼刘道》一诗云："半壁东南三楚雄，刘郎此去霸图空。尚余遗策艰难甚，谁与斯人慷慨同。塞上乘风悲战马，神州落日泣哀鸿。几时痛饮黄龙酒，横揽江流一奠公。"一代伟人，气概自是不同。

一一

读《浙东纪略》，记明末诸忠义事甚详。有监军御史陈潜夫，字元倩，旧讳朱明，兵溃，归寓小赭，作绝命诗曰："万里关河戎马奔，三朝宫阙夕阳昏。清风血染苌弘碧，明月声哀杜宇魂。白水无边流姓氏，黄泉耐可度寒暄。一忠双烈传千古，独有乾坤正气存。"后同妻妾联臂入河而死。

滑 稽 诗 话

蛰 庐

连载于《立言画刊》1939 年第 32 期至 1941 年第 129 期。作者蛰庐，真名不详。

《立言画刊》，1938 年创刊于北平，主要介绍戏剧表演，评论山水画创作，亦刊载文学作品。

本篇诗话在民国泥沙俱下的滑稽诗话中，算是格调较高的一种。如对于滑稽诗话热衷收录的嘲驼背等诗，作者却难得地指出："人身缺陷，本属可悯，文人弄墨，无乃不情？"篇中虽亦选许多香艳狭邪之诗，但较为含蓄。主要收录趣味性的诗作和轶事，涉及社会生活的各方面，如民初改良私塾、女戏、打麻将、天津妓院、北京厂甸春节集市、北京路政的改善、物价腾飞等，颇具时代风情。还录有一些尖锐讽刺权贵的滑稽诗，如嘲讽晚清军机大臣、刑部尚书刚毅不学无术、满口白字的诗，讽刺袁世凯自导自演的"女子请愿团"闹剧的诗，皆辛辣激烈，可谓颇得风人"主文谲谏"之旨。作者亦有对旧诗前途的看法，他认为旧诗在现代仍多有生动可喜之作，"孰谓旧诗是死的文学耶？"诗话中选了一些以新事物入诗的新派诗，如《今别离》，以电话、电报、留声机等表现离别之情，显然是效仿黄遵宪《今别离》乐府诗；《新乞巧词》，有"天孙亲属太无情，强涉人权误妙龄。若使牵牛通法律，应将此案诉天厅"之句，陈言务去，将古代传说现代化。这都是以旧风格表现新事物的尝试，体现出旧诗在新时代的生命力。

<h1 style="text-align:center;">一</h1>

诗有颠倒语句，另成一义者，信乎文人笔下变化无穷也。传昔有某士人春暮游山，偶过一寺，见其泉石之胜，乃忆及唐人"终日昏昏醉梦间，忽闻春尽强登山。因过竹院逢僧话，又得浮生半日闲"之句，顾而乐之。比见方丈，一俗僧也，与语格格不相入。欲去，僧又强留，郁郁久之，颇不自堪。乃索笔以前诗错综其辞题壁云："又得浮生半日闲，忽闻春尽强登山。因过竹院逢僧话，终日昏昏醉梦间。"亦雅谑也。

<h1 style="text-align:center;">二</h1>

"博得朝南凳一张，之乎者也说荒唐。身穿土布袍儿绿，头戴瓜皮帽子黄。辫线斜拖三尺短，烟筒倒曳一枝长。闲来笑对东翁道，第一聪明是令郎。"嘲塾师诗，所见甚多，当以此为最生动可诵。

<h1 style="text-align:center;">三</h1>

某君谋事未遂，成诗十首，亦一讽世佳构也，爰录之。其一《出门》云："匆匆检点旧行装，壮志男儿在四方。辞别亲朋珍重道，他年衣锦始还乡。"其二《初到》云："到得城来第一天，团团满面是金钱。洋楼旅馆居然住，日夜盘桓茶酒烟。"其三《拜客》云："见面难时说话迟，不言心事已先知。将军大树能容我，特地前来借一枝。"其四《挡驾》云："不过匆匆一面缘，再来浑不似从前。早言许久方传达，挡驾声声刺耳边。"其五《倒运》云："凄凉旅舍久盘桓，典尽秋衣吊影单。今日荆州谁识面，愧非李白上书难。"其六《决计》云："米珠薪桂可如何？决计归家靡有他。况复近来情势恶，可疑形迹弋人多。"其七《辞别》云："天寒金尽独徘徊，远道家书屡次催。拜托先生常注意，他时有事原重来。"其八《算账》云："握账持筹汗欲挥，那堪栈主故相讥。一肩行李姑留此，寄得钱来再赎归。"其九《走路》云："来来去去苦奔波，大好光阴一瞬过。乡里行人皆笑问，别来事业又如何？"其十《到家》云："望门投止夕阳斜，默默无言只自嗟。憔悴容颜苏季子，小儿错认客来家。"

四

古人诗有偶以孩童语气出之，而一片天真，饶有奇趣者。五绝如："昨夜醉酒归，仆倒竟三五。摩挲青莓苔，莫嗔惊着汝。"七绝如："池昨平添水三尺，失却捣衣平正石。今朝水退石依然，老夫一夜空相忆。"断句如："浩劫信于今日尽，痴心疑有别家开。"又："老僧只恐云飞去，日午先教掩寺门。"均可味也。

五

前清某巡抚升任漕运总督，路出某县。知县忙于接差，误将高脚牌上"漕运"二字书为"糟运"。总督见之，未动声色，默记于心。抵任后，闻知县已升湖南五岗州，乃寓一书，并附七律一首以调之。诗云："生平不是醉乡侯，况奉纶音速置邮？岂有尚书加麹部，何劳邑宰作糟丘。读书应自知鱼鲁，作客原同风马牛。闻道邑区已迁转，五岗莫误五缸州！"

六

扬州《教场竹枝词》五首，描写市井，宛然如画，读之令人喷饭。兹录之，诗云："露天摊子日熬糖，块块均匀费较量。饕餮小儿争欲买，阿娘笑说有生姜。""小锣小鼓唱淮书，后汉前朝信口呼。一马闯将楼上去，不知当日有梯无。""缝穷大姐爱穿青，不是鱼儿惯惹腥。茶社倌人无个事，裤头小洞补零星。""锣鼓喧天镇日鸣，奋腔奋调亦怡情。故将春画开还闭，不惠铜钱看不清。""相面先生列肆多，断人休咎说无讹。晴天问事联踪到，残月孤冬奈雪何？"见《血黄冷香馆谐谭》。

七

数日前偶跌一交，误伤膝盖，步履维艰，苦痛万状，顷已将次复元矣。因忆昔人有《咏跛》诗一首云："相君玉趾最离奇，一步高来一步低。款款行时身欲舞，飘飘踱处手如挐。只缘世路皆倾险，累得芳踪尽侧欹。莫笑腰肢常半折，临风摇曳亦多姿。"调侃跛子，颇堪发噱。

八

妇人多妒，天性使然。闺房之内，燕叱莺嗔，亦一煞风景事也。前见报载《妒妇歌》一首，署名梦花馆主，附录于下："我国自古多妻制，妇人从此妒焰炽。何不效学欧美邦，一夫一妇过一世。世上每恨妒妇人，地名犹说妒妇津。其实妒妇君莫怪，此心端的爱君身。君若贪花多外好，坠入迷途谁管教。设无妒妇来唤醒，身家财产焉能保？妒妇妒妇大有功，奈何恨杀妒妇凶。一般男子多薄幸，是非颠倒何矇矇。安得男女平权力，多妻之制全消灭。醋海永远不扬波，何必仓庚疗妒疾。"此君独同情于河东狮，殆亦季常之流亚欤？一笑！

九

淳安吴棠荫先生（企奭），清嘉庆时人，官嵊县训导。有《向郑松巢乞蟹，戏介以诗》五古一首。诗云："昔君作蟹诗，历历疏所记。典故悉搜罗，隶事可云备。我欲学步吟，苦不留余地。譬如读吕览，无能易一字，涤笔手自抄，珍重藏箧笥。时或出披吟，口角有余味。想君于此物，性情有独至。挥毫一抒写，乃尔极工致！今者水落滩，蟛蜞已输穗。遥想杯盘间，胥奴争入侍。两螯砍霜雪，八跪森芒刺。新黄擘乍开，玉液膏流腻。嗟予拙生涯，多为口腹累。饕若坡公馋，渴似相如嗜。一诗两尖团，颇饶古人致。良工再带糟，入瓮令骨醉。握管已垂涎，何况亲尝试？盍分令公厨，归向细君遗。余甘及豚儿，尊前遥拜赐。并授君蟹诗，解摘俾多识。庶免蟛蜞误，不落君谟戏。但恐佳节过，区区不予畀。愿遣急足奚，速向云峰寄。"先生欲膏馋吻，大索枯肠，亦可谓极幽默之能事矣。

一〇

清黄菽田先生（庆澄），嘉善人，诗才敏捷，赋性疏懒。其集中有《坐睡》七律一首，为时传诵，诗云："倦思薯腾懒上楼，黑甜乡较胜糟丘。手中书卷忽惊堕，梦里湖山聊当游。欲养神心须合眼，暂消傲骨且低头。童奴未解跏趺意，为报门前客刺投。"颇有趣致。

一一

故友韩子振轩，别署绿怜。倜傥不羁，风流自赏，一浊世佳公子也。乙丑夏某日，赴城南游艺园顾曲，当坤伶任绛仙演二本《虹霓关》向台口磨刀时，君方俯首斟茶，蓦然举首，首距刃不三寸，因之一惊。有《自嘲》一绝云："十九婵娟脸若桃，柔荑擒纵不辞劳。书生只剩头颅好，借与卿卿试宝刀。"见者为之忍俊不禁。

一二

往见报载某君《中元竹枝词》六首，绘影绘声，爱不忍释，爰录之。诗云："雨余饭罢斜阳后，信步闲循马路行。不厌桥边什刹海，灯光人语两分明。""花灯人语正喧阗，汽笛呜呜车似烟。士女翩翩争让路，地安门外月初圆。""道旁焰口度亡灵，群向听经脚不停。步履歪斜小儿女，荷花灯燎半边青。""热闹丛中忽有声，令人回顾转心惊。谁家阿母寻儿急？乱向沿街唤小名。""狰狞恶鬼大渔船，探立船头意卓然。一火光明通世界，送他高处上青天。""凉露清风半夜天，背街曲巷已成眠。归途更听人相告，去岁中元多管弦！"

一三

私塾误人，为害非浅。民国后，又有以改良私塾为号召者，其误人子弟之程度，亦只五十步百步之差耳。某君为作打油诗八绝，刻划入微，颇堪发噱。诗云："改良私塾榜门楣，茅屋三间植竹篱。中有老儒开讲席，皋比坐拥手拈髭。""十数儿童坐一堂，先师牌位供中央。每逢朔望齐香烛，三跪深深拜素王。""形式精神洵足夸，讲堂洒扫更冲茶。先生莫叹瓜分祸，我道师娘老破瓜。""束脩初到二三千，喜得先生舞欲旋。待唤新生来会宴，未曾进嘴已流涎。""帽脱头颅光滑如，维新老辈合推渠。教科一册标初等，演讲东西乱嚼蛆。""老眼昏花墨镜悬，兴酣落笔泼云烟。片时阅遍三张字，一半叉儿一半圈。""学庸论孟诵隆隆，一阵乌鸦闹晚风。者也之乎随屁滚，满堂臭气纸窗烘。""牛羊鸡犬命题易，雪月风花应对工。听到先生呼散课，履声得得去如风。"

一四

《花王阁剩稿》一卷，景城纪厚斋先生（坤）著。先生为纪文达公高祖，胸襟旷达，诗名满天下。其集中有《失琴》诗五绝二首，原题为《崇祯戊寅，孟村土寇忽夜至，尽室踉跄以逃，比归，囊箧尽空，并掠一古琴去。嗟乎！贼亦具赏鉴哉？因戏书二绝以排闷》，诗云："廿载悬尘壁，何人问此琴？可怜兵火里，此辈乃知音。""枯桐阅岁多，神物含灵爽。正直七条弦，汝弹恐不响！"全诗着墨无多，调侃不少，亦可见先生风趣之一斑矣。

一五

宗子威先生，当代文豪，海内宗仰，所为诗文，散见各报。十年前，有人剽窃先生旧作《纪游》诗多首，易署己名，投登某报。先生见之，大为骇异，乃戏成七绝四首以嘲之。其诗婉而多讽，兹特录实诗话。诗云："且把新诗细较量，裁云镂月费平章。漫夸活剥生吞手，笑煞当年一枣强。""零篇剩稿认依稀，翻讶吟成姓字非。我笑杨衡多吝惜，鹤声一一上天飞。""文人末技耻雕虫，风雅于今道已穷。莫道钱塘罗隐好，愧无诗集媲江东。""已秃江郎旧彩毫，羌无一字笑题糕。禅坛倘筑陈芳国，依样葫芦又姓陶。"

一六

慨自欧风东渐，恋爱竞谈，结婚之前有订婚，订婚之前有试婚。试婚，即所谓先行交易，择吉开市者是也。近见咏此一绝，语殊诙诡。诗云："昔为朋友今夫妻，老店新张大吉兮。携手入帏各一笑，依然两件旧东西。""旧东西"三字，奇绝妙绝！

一七

曩见《题画屏》诗六绝六首，逸趣横生，颇堪传诵，走笔移录，惜不知作者谁何也。诗云："曲水争环左右，奇峰乱插西东。佳句且行且得，喁喁说与邻翁。""片石悬崖似榻，古松覆顶如棚。何事垂头闭目？静听风声水声。""一道长桥压水，看他欲渡仍留。不是此山景好，缘何步步回头！""扰扰利名争逐，

656

人情尽是波澜。谁似清闲渔父，一蓑一笠一竿。""爱此云容水态，松根坐读道经。想为人世不解，故来说与山听。""无数山回路转，石边独自徘徊。顾盼不知何意，先生等着谁来？"

一八

遂宁张船山（问陶），为有清一代诗人，风情旖旎，人尤慕之。集中载有两诗，可算佳话，闻者当学太白语曰："何令人仰慕一至于此！"爰录之。题为《秀水金筠泉孝继，忽告其所亲，愿化作绝世丽姝，为余执箕帚。无锡马云题灿赠余诗，亦有'我愿来生作君妇，只愁清不到梅花'之语，戏作二律，以谢两君》，诗云："飞来绮语太缠绵，不独青娥爱少年。人尽愿为夫子妾，天教多结再生缘。累他名士皆求死，引我痴情欲放颠。为告山妻需料理，典衣早蓄买花钱。""名流争羡女郎身，一笑残冬四座春。击壁此时无妒妇，倾城他日尽诗人。只愁隔世红裙小，未免先生白发新。宋玉年来伤积毁，登墙何事苦窥臣？"妙人妙语，匪夷所思。

一九

近人萧君湛恩，文名籍甚，所为诗多脍炙人口。其《梁口关》五古一首尤饶趣致，诗云："日在惶恐中，不觉到梁口。十八急流滩，及今只过九。搜得床头钱，且沽一樽酒。歌唱大江东，击节舷可叩。更藉西风便，为语关津守。小小舴艋舟，他物都无有。所有只离愁，满载十千斗！"爱其格调，特录存之。

二〇

"人生残疾是前缘，嘴在胸前耳在肩。仰面岂能窥白日？侧身方可见青天。眠如心字无三点，坐似弯弓少一弦。单等百年身死后，棺材只好用犁辕。"此嘲驼背诗也。"笑君两眼忒稀奇，子立近旁问是谁？日照瓦楞拿弹子，月移花影拾柴枝。因看画壁磨穿鼻，为锁书箱夹断眉。更有一番堪笑处，吹灯烧破嘴层皮。"此嘲近视眼诗也。人身缺陷，本属可悯，文人弄墨，无乃不情？但以文字论，固不失为绝妙好辞也。

二一

曩阅某报，有自署黄叶村人者，题其友某君女装小影云："不信梅花有化身，多时疑幻复疑真。痴心识得红颜苦，愿堕情场替美人。""梁王惧祸居家日，卫主蒙衣返国时。果是须眉心尚在，何须色相辨雄雌！""巾帼何人识晋公？此身儿女亦英雄。知君别有深情托，只在拈花一笑中。""摆脱庐山真面目，何郎傅粉太风流。惭予未有船山福，可许他生订白头？"设想甚新颖。

二二

杀黄兄主辑之《喜彩莲专集》，刻已正式问世。琳琅满目，美不胜收，排版印刷，尤推独步。集中所最惹人注目者，厥为金息侯少保《题喜娘浴装相》之七绝一首，其诗云："那得这般可喜娘，美人胎子美人腔。魂灵儿早飞天外，况见海风吹浴装。"不图此老有此闲情，可宝也。

二三

袁随园西泠诗社，有女弟子某，颇著艳名。其门人李香岩，必欲见之。一日，着青衣，随先生轿步行而往，值其病，废然归。翌日招先生论诗，香岩欣然又随往，中途遇大雨，身陷泥淖，衣履尽湿。乃赋七律一首以自嘲云："听说凌波有洛神，思量觌面唤真真。谁知两度成虚往，始信三生少宿因。红粉得知应笑我，青衣着尽不如人。襄王那有行云梦？空惹巫山雨一身。"

二四

相传诗人黄某，文名籍甚，有慕之者，致简误黄为王。君乃戏赋七律一首以报之云："江夏琅琊未结盟，廿头三画最分明。他家自接周吴郑，敝姓原连顾孟平。须向九秋寻菊有，莫从四月问瓜生。右军若把涪翁换，辜负笼鹅道士情。"全诗切合黄王，一时叹为绝唱。

二五

长夏无俚，偶阅某杂志，见有俞绣荪女士《忆旧述怀》七绝二首，诗云：

"几回搔首忆从前，五柳园中嬉戏年。惯倚娇痴偷出学，落花风里弄榆钱。""纱厨冰簟日初长，风过红莲淡淡香。最爱晚凉明月好，满庭花影捉迷藏。"又有葛蕙生女士《调妹即事》七绝二首，诗云："潜踪蹑足过墙匡，一瞥惊鸿影已藏。拍手花阴呼阿姊，红丝缚得小螳螂。""姗姗细步出芳丛，花晕犹留两颊红。才坐蓦惊娇唤急，鬓边摸得刺毛虫。"两诗能将小儿女憨态，曲曲传出，斯为可贵。孰谓旧诗是死的文学耶？

二六

易实甫先生（顺鼎），才情跌宕，文采风流，与樊山老人有一时瑜亮之目。民国初年，膺史馆闲职，兴之时至，颇昵女伶孙一清。一夕，孙为某有力者攫去，先生愤无可泄，乃纪之以诗云："铜台高峙浊漳横，飞去美人天四更。筮月有黄奔后羿，占星太白窃梁清。珠衣迷雾原无质，罗袜涛波岂有声？鹦鹉乌龙都睡了，步虚谁听董双成？"某君和之云："网疏黄蝶任纵横，月暗尘宵不计更。乔木丝萝缘岂定？聘钱河汉水难清。歌云已渺朝云影，吐凤空翻火凤声。底事汝南饶艳福，海山无处觅双成。"两诗皆蕴藉而多讽，必传之作也。

二七

"晓来清梦警疏钟，携手寻春春色浓。将貌比花侬未及，花无夫婿不如侬。"此山阴苏织云女士《看花诗》也。"嫣然相对镜中娇，绝世丰神画里描。怪底旁人齐说好，怜卿侬也自魂销！"此苏州葛兰生女士《对镜》诗也。一则谦光可挹，一则豪气如虹，意境虽殊，并皆佳妙。

二八

清人某君，有《九无吟》之作，妙绪纷披，颇饶趣致。诗以穷而工，其信然欤？亟录之。其一《无米》云："空椟何愁鼠啮穿？任他橐橐只安眠。劝伊巧妇休眉皱，薇蕨青青足俸田。"其二《无薪》云："灶口炊烟迹渐湮，范家破甑欲生尘。待他风雪消停日，呼子山中去折薪。"其三《无伞》云："只因埋狗忒情多，蔽盖无存可若何。偏怪邻翁垂钓急，晚来不肯借渔蓑。"其四《无屐》云："难从葛屦赋宵征，苔滑须凭蜡屐行。户限忽教双齿折，非关儿辈善谈兵。"

其五《无酒》云："晚来风雪一灯残，御冷偏愁日堕难。强学古人茶当酒，奈他七碗不驱寒。"其六《无炭》云："满炉榾柮已成灰，暖气冰销未有煤。叹息世情真是薄，雪中相送有谁来？"其七《无油》云："寒檠何自负兰膏，月在云深未许邀。安得有城名不夜？不须惆怅度清宵。"其八《无烟》云："解渴消闲醒昼眠，阮囊偏少一文钱。人间烟火今休食，学得餐霞好作仙。"其九《无仆》云："柴门晓起仗谁开？独负诗囊自往回。下急不同萧颖士，如何无仆解怜才！"

二九

一年容易，又是秋风，乞巧佳期，弹指即届。因忆友人某君，往岁尝有《新乞巧词》七绝十首之作，觅录于此，以佐轩渠。其诗云："还从旧历纪新秋，预算今宵会女牛。分付侍儿备瓜果，与郎同上合欢楼。""神仙信用总无讹，莫把光阴妄错过。数学天文先演准，算他几点到银河。""风气于今已大开，自由团体样新裁。笑他牛女真顽固，相会犹须七夕来。""底事漩涡以外身，也将恋爱表精神。经年否认通音问，好似脱离关系人。""天孙亲属太无情，强涉人权误妙龄。若使牵牛通法律，应将此案诉天厅。""此夕双方得自由，同心不必费要求。金针许可穿银线，介绍全凭月一钩。""同情表示共穿针，乞巧双双目的深。一线光明来腕底，与郎交点在中心。""应知难免是情痴，定向风前怨别离。何处能通长电话？听他怎样诉相思。""为云为雨两难收，只为相逢话别愁。望远镜边比肩看，看他清泪孰先流？""共信航空瞻略粗，写真快镜带来无？银河摄出神仙影，愧杀人间秘戏图！"全诗陈言务去，妙绪环生，是能将牛女二星时代化者。

三〇

吾人诗文，口吻各异。如同为《咏雪》，胡大海诗云："大雪纷纷下，下得满瓦垄。黑狗身上白，白狗身上肿。遇坟一鼓堆，遇井一窟窿。江山浑宇宙，大明归一统。"张献忠诗云："飞飞飞，好一似十万八千小鬼在空中洒石灰。咱老子在这里羊羔美酒多滋味，不知道那些狗×××没饭吃的孩子们怎过的？"二人一为名将，一为乱贼，泾渭之判，瞭如指掌，固不容丝毫矫揉造作于其间也。

三一

才过七夕，又届中元，会启盂兰，秋澄银汉。顷承友人钞示《中元竹枝词》十首，云系得自民十一某报者。爱其风趣，亟录存之。其诗云："阴曹地狱本难言，迷信人多万口喧。佳节两番称鬼节，清明以后又中元。""良宵共望月轮高，羽士缁流兴致豪。东听讽经西打醮，大家闹得一团糟。""虎疫今年到处行，盂兰集会更欢迎。想缘僧道神通大，伏虎降龙件件精。""天阴鬼哭不胜愁，独有今宵鬼自由。钟磬一声群鬼集，鬼头鬼脑语啾啾。""召请孤魂一一过，争尝甘露等琼波。转愁施食施难尽，世上人多鬼更多。""水陆连连建道场，香花灯烛颇辉煌。画符念咒无闲刻，出尽风头吴鉴光。""僧道居然法力坚，能将苦鬼救黄泉。有钱个个皆欢喜，僧道金钱鬼纸钱。""高宣梵呗度沉沦，热闹浑如百戏陈。我劝佳人休寓目，牡丹花下鬼迷人。""救得亲娘出狱来，目连往事亦堪哀。子虚乌有何须辨？游殿还看大转台。""白驹一瞥岁华增，又到中元感不胜。记得髫年嬉戏况，阿娘携手看河灯。"

三二

往见题美人图诗多首，以摘艳薰香之笔，写销魂蚀骨之词，旖旎风光，毕露纸上。如李笠翁《题西子半身像》一绝云："半纸天香满幅温，捧心余态尚堪扪。丹青不是无完笔，写到纤腰已断魂。"又孙原湘《题周昉背面美人图》二绝云："小朵樱桃折得不？无人窥见绿蛾愁。玉阶唤煞红鹦鹉，不是欢来不转头。""脸波藏却媚霞痕，只露双肩削玉温。心自向君身自背，省他一见一销魂！"又赵瓯北《题美人春睡图》一律云："海棠春暖正微曛，午睡聊收绣线纹。香篆碧萦魂一缕，枕痕红透肉三分。画师何处窥曾见？侍女私相语弗闻。且莫真真唤名字，梦中或已去行云。"又邹亚云《题裸体美人画片》一律云："玉骨冰肌腻似梅，香肩斜斜漫低回。春含蓓蕾酥应透，风飐腰肢瘦欲隤。画本争传名士笔，行云未上楚王台。阿谁觑破红中罅？端的奇花尚未胎。"异曲同工，并皆佳妙。

三三

物价飞腾，生活日高，一般平民，遂时有在陈之惧。犹忆前岁受申兄主编

《正报》时，有以努力减餐，发为妙文者。吾友刘君湛青戏为打油诗三首以咏之。出语极趣，堪破愁颜。其诗云："藜藿充肠食无肉，乱年饭量反增加。只余一事非难办，少吸香烟莫饮茶。""学仙辟谷世无方，采蕨西山未免狂。好把两餐拼一顿，早眠晏起度时光。""油盐柴米都增价，找事谋生实在难。一语告君须省得，睡乡总比饿乡宽！"

三四

顽父不知何许人，有《津门游戏竹枝词》十六首。沽上花丛，描摹尽致，走笔移录，用实吾篇。诗云："玉兰花插髻丫双，艳色衣裳俏面庞。不等开腔先叫好，牌红端底有人扛。""节义忠奸事认真，悲欢离合自传神。全场鼓掌输魔力，着意描摹本绝伦。""结伴偕行访旧游，相将更上一层楼。阿姨也卖三分俏，博得人称好应酬。""年龄娇小态轻盈，不擅风骚不受惊。怪底个人偏急色，连呼面子讨人情。""春宵未半怯衣单，秀色由来自可餐。不好意思撩拨甚，侬家毕竟是清倌！""偶膺寒疾掩重门，两鬓新添指捻痕。慵整花钿钗欲堕，问他真个可销魂？""悄语低言细品评，问声么事煞风情。非关故作痴聋态，南省乡音听不清。""多时不见似含嗔，一笑嫣然巧入鬈。半撒娇痴半羞涩，为谁透出十分春？""欲行故止步迟迟，眉眼传情未了时。珍重一声明日见，回头又上隔墙枝。""茗碗冰壶次第斟，畅谈不觉到更深。欢迎边客临歧嘱，明日陪来更费心。""刚收牌局绮筵开，新辟香巢为捧台。赢得声声谢谢你，眼前快乐管将来！""莫悲沦落客天涯，垂老风怀客当家。姊妹双双真解趣，将机就计认干爷。""十日相违另眼看，居然艳帜树花坛。笑侬熨贴心何细，作孽疗饥咽饼干。""同样生涯派别清，闻呼见客已心惊。有时无屋容招待，特别提高吼一声。""不因等第判低昂，各赏风流各擅长。莫谓闲花任攀折，十分轻薄太难当。""好凭俚句警愚蒙，及早回头苦海中。一笑皈依欢喜佛，慈航渡尽可怜虫。"

三五

诗有不事雕琢，纯出天籁者，生平仅见两首，均足千秋。传有诸名士集严子陵钓台，辛苦推敲，惜无佳句。一舆夫忽援笔疾书云："乐哉严子陵，可惜汉光武。子陵有高台，光武无寸土！"又有数人以白发为题，分韵赋诗，尚未落稿。一水夫过而闻之，乃随口吟云："人见白发愁，我见白发喜。父母生我时，惟恐不及此。"信手拈来，都成妙谛。

三六

当涂黄左用先生（钺），为清嘉道间诗人。其《壹斋集》中，有《放猫诗》五古一首，颇饶逸趣。原题为《舟人以二十八钱购一猫，不捕鼠而善盗，怒欲沉之江。旋以众劝，放之江岸。戏为放猫诗，以警猫之不能捕鼠者》。诗云："猫性最阴柔，本属不仁兽。向无捕鼠功，谁复家为畜？昨登楚人船，群鼠夜发覆。窃啮翻瓶罂，攀援等猱狖。此时忆狸奴，何惜千金购！诘朝语榜人，入市欣有售。身作芦花斑，嘴如大鸟咮。论相颇无取，所愿实不副。或者藉安眠，孰知事果谬。盗暴全不悛，跳梁尚如旧。猫乃事深藏，避鼠如避寇。蒙头灰洞眠，泽吻灶觚候。击钵呼之来，摇尾始一就。稍见足跟移，先看鼻端嗅。馋只伺鱼篮，饿不窥鼠窦。一饭三遗矢，到处有余臭。种种懒不堪，色相无一漏。行客笑且哗，榜人怒而诟。竟欲沉之江，不令旁观救。我前为致词，三杀还之宥。罪诚乌得无？杀亦未免骤。不闻鸡失晨，汤火急相授。不闻主亡财，阍犬前自首。灵蠢任物情，豢养谁劝侑。不如送之岸，或亦惩其后。我非妇人仁，未免小儒陋。但觉天地间，似此不胜究！猫乎好自为，是殆不可又。"借题发挥，言中有物，亦游戏文章中之有功世道者也。

三七

翁媪联姻，民所罕遘，偶遇此事，亦谐诗之绝妙题材也。昔人有七律一首，诗云："华梯空作枯杨兆，二老新婚乐有余。未及破瓜先落齿，还从熟路驾轻车。莱衣今与新郎着，金屋聊为寿母居。鹬蚌相争持不久，暗中笑煞武陵鱼。"传诵颇久，人已习知。又有七绝四首，诗云："白头人尚恋佳期，重着红裙试画眉。若合老彭年八百，此生何止抱孙时。""六十新娘七十郎，提刀我欲赋催妆。羡伊一出风流戏，唱到团圆好下场。""红鸾星耀恰芳辰，筵设华堂饮众宾。快请新人扶杖出，腰弯容易拜媒人。""发落难梳鬓似鸦，薄施脂粉即盘茶。少年拍手都相笑，如此夫妻有几家！"冷嘲热讽，尤堪喷饭。

三八

某君有《今别离》五绝十二首，以古典文字，写近代事物，读之另饶逸趣，爱录之。其一《摄影镜》云："君如松柏姿，妾似菱花照。芳影为君留，须眉欣毕肖。"其二《电话》云："相思谁可诉？分影各西东。多少缠绵语，惟凭一线通。"其三《电报》云："弹指一须臾，万里音书寄。斑点认模糊，疑是数行泪。"其四《邮便》："莫被洪乔误，舟车万国通。音书乘便寄，一一付邮筒。"其五《留声机》云："妾日锁深闺，君行在何处？开匣试一听，仿佛闻君语。"其六《火车》云："六丁争凿路，双轨铸纯钢。一夕驰千里，何嫌道路长？"其七《汽车》云："车行疾始驰，瞬息不能逐。所幸君归时，尤盼君行速！"其八《轮船》："借得轮机力，扁舟恍隔凡。离人时远涉，不必借风帆。"其九《电车》云："商人争逐利，销尽轮蹄铁。犹复惜金钱，终日随车辙。"其十《飞机》云："洋海望无边，波涛亦骇然。君如横大陆，恰合趁飞船。"其十一《电灯》云："刻烛计灯辉，不借引燃力。彻夜放光明，好照妾颜色。"其十二《轻气球》云："妙制浑如球，轻清竟上浮。愿君如学士，乘此登瀛洲。"

三九

韩文公（愈）《石鼓歌》，高古雄浑，莫能抗手。忆有仿作《麻雀歌》者，通体悉用原韵，妙在毫不牵强。其诗云："有人手持麻雀牌，劝我试作麻雀歌。我实不娴方城战，对此麻雀将云何？从来赌场似战场，人人奋起欲挥戈。大开赌局坐四面，旗鼓相当互琢磨。似效诸葛八阵图，风云龙虎尽包罗。此物不知何人造，白骨黄竹势嵯峨。白骨虽朽若有灵，黄竹采取山之阿。世人耽此无冬夏，汗雨挥兮冻手呵。君从何处得此物？一刻一画无差讹。刻画精细如图印，文字不类隶与蝌。红龙绿凤与白板，简索奇状如蛟鼍。一战合围意兴酣，观者也忘斧烂柯。运筹制胜各入妙，摸打碰吃势穿梭。急时惊风与骤雨，缓时纡舒与委蛇。朝斯夕斯沉迷海，日居月诸废羲娥。赢来手足欲舞蹈，输后涕泪几滂沱。疑是竹楼听围棋，敲子丁丁声韵和。疑是七贤竹林游，人数不同品殊科。疑是春宴桃李园，赋诗无此乐趣多。俗人见此多骇怪，妄将肿背马拟驼。不知此是时髦派，声价自诩百倍过。叶子之戏相仿佛，花样翻新费切磋。樗蒲戏与骰子戏，视为腐败肯逐波？惟有扑克差堪比，并驾齐驱尚不颇。诸公衮衮多耽此，笑骂由人不顾佗。民脂民膏任挥霍，一局千万岂婵婳。更有男女混杂坐，履舄交错互摩挲。乐极有如齐髡酒，善戏谑兮发吟哦。四八相加论圈数，又如排阵学鹳鹅。伤风败俗莫此甚，无人禁止理则那？方今天下正多事，谁念世路多坎坷。取之作歌唤迷人，不过信口胡开河。麻雀之歌止于此，呜呼吾意其蹉跎！"天衣无缝，妙语如环，故乐为录之如上。

四〇

《桃花源记》本为陶氏寓言，子虚乌有，莫可究诘。某君戏以问答体裁，拟得七律六首，词藻典丽，情意殷勤，亦游戏文章中之上品也，为录于下。其一，武陵渔者问桃源人云："此身误入路三叉，到处欣闻笑语哗。洞口桑麻传几代？村中鸡犬属谁家？可曾草种长生药？底事桃开夹岸花？好与居人问一一，从头指点定无差。"其二，桃源人答武陵渔者云："不必猜疑问凤因，半篱桑柘昔安贫。万千禄耥终何恋？一二耕樵久结邻。是地从来无俗客，当年到此避强秦。洞天迥与尘寰异，不管人间秋复春。"其三，桃源人问武陵渔者云："自从挈眷入花汀，世外奇闻久不听。徐福可真寻幻境？蒙恬曾否享遐龄？城应筑就人呼癸，简已焚余孰识丁？欲藉清谈供访问，人间消息快同聆。"其四，武陵渔者答桃源人云："莫向中原觅故乡，沧桑变易几情伤。桥经鞭石埋荒草，宫号阿房剩夕阳。两姓齐兴争逐鹿，几生历劫走烧羊。光阴终古嗟驹隙，世事都如梦一场。"其五，武陵渔者辞桃源人云："久蒙款纳敢思归？盼断家山隔翠微。此去无心聊鼓柚，重来有日幸开扉。那堪话别肠都折，未免多情泪暗挥。长揖远辞桃叶渡，斜阳送我过渔矶。"其六，桃源人送武陵渔者云："相亲未久遽分离，饯别愁斟酒满卮。送客溪头争放鹤，怀人渡口此歌骊。扁舟行李欣如旧，绕屋蟠桃正及时。凄绝落花啼杜宇，春风隔断水云湄。"

四一

北国花事，首重津沽，前既录《津门游戏竹枝词》十六首，顷又承友人钞示《天津妓院竹枝词》若干首，摘录八绝，以见一斑。诗云："进班见客免呼名，两市同楼辨未清。住到花中顶盘局，登徒可算不虚行。"（初次挑人即住局者，谓之顶着盘子住。）"事有难言拿立杆，情无可却打烟筒。百枚晚点堪咀嚼，准备登床好办公。"（住局时，例支百枚点心费。）"吃饭未完才告假，串门方到又催场。器车日日街头过，红派姑娘果是忙。"（器车为四灯包车之像形别称。）"全套乌烟隐士卧，满堂红紫玉人歌。包厢戳活殷勤捧，题目今宵有几多?"（旧历年关，妓皆穿红衣上台献技，曰满堂红。）"万象包罗应号高，孤芳自赏怕抗刀。年来混事多经历，苹果桃儿变烂桃。"（生意不佳曰抗刀。）"大壶小灶剧精神，场面牙牌耍几巡。怪道尹邢斗眉妩，今朝刚好进新人。"（每进新人，旧妓皆应有牌。）"未免有情齐喊劲，不堪回首竟挨墩。捱泥无术空搔首，血料而今欲断魂。"（妓女受窘曰捱泥，好胡调曰血料。）"包得房间更养人，每逢冲账便分银。只愁茶客无多拨，白板连朝缺上宾。"（妓无客，水牌上无账曰白板。）余诗尚多，不备录。

四二

明社既屋，诸生有匿迹者，及开科，乃相率而来。人为诗以嘲之云："一队夷齐下首阳，六年观望好凄凉。当时义不食周粟，今日还思哺达粮。头上整齐新结束，胸中打点旧文章。早知薇蕨终难餍，悔杀无端骂武王。"比试日进院，以桌椅限于数，仍驱之出。人又为诗以嘲之云："失节夷齐下首阳，院门推出更凄凉。朝来饱饭周家粟，晚去仍炊仲子粮。头上撞歪新结束，脑中惊乱旧文章。从今决意还山去，薇蕨堪嗟一扫光。"事见明人笔记曹千里《说梦》。

四三

兴化郑板桥先生（燮），长于书画，好为谐诗。少时清寒，尝为蒙师，以糊口。及居显要，回忆当年，乃作诗自嘲云："教馆原来是下流，傍人门户过春秋。半饥半饱清闲客，无锁无枷自在囚。课少父兄嫌懒惰，功多弟子结冤仇。而今幸作青藤客，遮盖当年一半羞。"又先生自定画润，系以一诗云："画竹多于买竹钱，纸高六尺价三千。任他亲友谈交旧，只当秋风过耳边！"其风趣多类此。

四四

河间纪文达公昀，为有清一代名臣，性滑稽，好谐谑。尝有七律一首云：

"昔曾相府拜干娘，今拜干爷又姓梁。赫奕门庭新吏部，凄凉池馆旧中堂。君如有意应怜妾，奴岂无颜只为郎。百八牟尼亲手捧，探来犹带乳花香！"缘当时金坛于文襄当国，门下多士，皆知名人，惟某探花，无从见知，乃遣其妻拜文襄夫人为干母，遂得进用。后文襄出枢垣，继之者为梁天官。探花又遣其妻拜天官为干爷，以珊瑚珠为寿，竟置文襄于不顾。前诗云云，盖纪实也。探花见诗，即挂冠去，一时传为笑柄云。

四五

偶检敝箧，得旧钞《四尖吟》一纸，爱其香能解语，艳不伤纤，亟录于此，以公同好。其一《舌尖》云："瓠犀微露口脂芳，小隐朱唇色暗藏。绣箔吮绒针避涩，书檠唾线纸分张。爇笺嘘气燃能助，佐膳闻香味首尝。别有滑稽三寸杪，故为伸吐假惊慌。"其二《鞋尖》云："红罗一捻瘦于秋，分挂裙边现复廋。粽角细摹形逼肖，花阴倦弹手频揉。玉阶蹴鞠惊狸梦，古锦鲜妍踏凤头。偏是绣工多妙慧，丝缨拂拂扣双球。"其三《指尖》云："摩挲搜剔玉纤纤，春笋春葱色相兼。画榼调莺银甲护，紫脂染凤袖香添。瑶筝宝柱微微拨，绣褟丝针细细拈。记否开元钱有迹，半弯弓月嫩黄签。"其四《眉尖》云："远山袅袅态惺忪，媚妩娇鬟问个侬。妙处流传经一撇，入时深浅晕三峰。曾修新月张郎笔，淡扫轻烟虢国容。八字蛾湾翻旧谱，窄棱拖秀展清丰。"至作者谁何，则已不复省记矣。

四六

板桥谐诗，已录二首，兹复忆及一事，尤可资为谈助。相传板桥为潍县县令时，有某寺僧人，与某庵尼姑发生肉体关系。当地流氓，敲诈未遂，乃鸣之于官。不意板桥因见僧尼年少，竟令还俗结婚，并戏赋七律一首，以纪其事。诗云："一半葫芦一半瓢，合来一处好成桃。从今入定风规寂，此后敲门月影遥。鸟性悦时空即色，莲花落处静偏娇。是谁勾却风流案？记取当年郑板桥！"亦佳话也。

四七

京市路政，昔极窳败。曾记十年前某报，有咏北京马路排律一首，形容尽致，颇堪发噱。其诗云："路说头头是，翻修岁几何？微风能起土，暴雨便成河。石出高低齿，坑横大小波。驱车航海似，闭眼涉山么？秽水狂飘泼，奇香拂面过。配将枯树秃，专让大车磨。道口碴车阵，人丛走粪萝。电灯连路黑，汽虎满街梭。羞说交民巷，应名长坂坡。真无惭蜀道，处处感蹉跎！"比年以来，柏油路兴，古都市容，非复旧观矣。

四八

诗有调侃死人者，亦趣闻也。《辍耕录》载，曹操疑冢七十二，在漳河上。宋人题七古一首于墓旁云："生前欺天绝汉统，死后欺人设疑冢。人生用智死即休，何有余机到丘垄？人言疑冢我不疑，我有一法君未知。直须尽发疑冢七十二，必有一冢藏君尸！"又元相伯颜，专权蠹政，食恶无比。及卒，寄棺驿舍。时人题七绝一首于败壁云："百千万定犹嫌少，垛积金银北斗边。可惜太师无运智，不将些子到黄泉！"字挟风霜，诗严斧钺，虽身后犹难逃讥讽，可见恶人万做不得也。

四九

素园老人，姓朱氏，字芷青，辛酉年重宴鹿鸣，当代名诗家也。集中两诗，颇饶逸趣。其一系七律一首，题为《表兄陈星斋（应禧）文定戏柬》，诗云："桂枝才满一轮香（辛酉副车，今秋正榜），冰语偏教两地忙。天遣明蟾为月老（执柯者为王仲蟾），人疑司马作赘郎（传闻奁赠甚厚）。定情自古珍金盒，归娶从今待玉堂。我识丁陵多妙曲，吹台侧耳听鸾皇（君口吃）。"其二系七绝四首，题为《星斋素少吟癖，昨闻其文定戏柬，不料遽报东门之役也。走笔答和，再请嗣章》，诗云："元霜捣尽尚踟蹰，窟里神仙问有无？容易云英来下嫁，怕寻玉杵费工夫。""绝代丰姿总费猜，牡丹多是待春开（将以来春，玉堂归娶）。眉痕深浅郎休问，自把黄荃画笔来（夫人氏黄）。""卿卿相对羡前人，料得期期语更亲。免俗还应嗤尔尔，多情恰许唤真真。""果然青桂嫦娥近，绝胜黄花晚圃香。我识陈思好才调，邺宫先与赋催妆。"两诗均以口吃相调，谐谑风生，令人绝倒。

五〇

《拜石山房集》四卷，无锡顾兼塘先生（翰）著。古风近体，并擅胜场，就中以《赁屋》诗五首，尤饶逸趣。兹备录之，以实吾篇。原题为《眷口北来，赁屋盆儿胡同，成五言五章，简刘芙初编修、施研云光禄、杨湘槎上舍、张晓亭茂才》。诗云："长安不易居，一身常苦饥。如何八口来，使我只手支？况我恋鸡肋，头衔本经师。即获一囊粟，不供三日炊。今尚守株待，性拙人所嗤。岂无团圞乐，曷胜贫窭悲。老牛强服轭，病蚕强作丝。苍苍松桂林，何处借一枝？""侧闻南西门，地有屋数椽。居处虽僻冷，胜牵岸上船。槐柳四五株，绿影当门前。时方值初夏，上有临风蝉。居人为余说，屋主久远迁。寥落无住者，至今三两年。引我入室看，爽垲完且坚。破灶久未然，一搭煤炱烟。纵横鼹鼠迹，烂漫蜗牛涎。问价喜不昂，七串青铜钱。""半郊半郭间，有此环堵室。上可置儿榻，下可置琴瑟。左可诵书诗，右可事纺织。莫嫌家具少，中已仅容膝。莫嫌来往稀，闭户可著述。葡萄马乳垂，秋至甜如蜜。分遗小儿女，差免索梨栗。""少小厌尘网，卜居爱林丘。谁知冠盖地，得此云木幽！出门见西山，苍翠一览收。江亭无半里，葭苇鸣飕飕。古寺名龙泉，树杪浮钟楼。坐石足以憩，策杖足以游。或言多盗贼，盗贼何所求？我室一物无，盗贼百不忧。""丛书两版间，仿佛闻剥啄。呼僮出应门，饥鸟上枯木。鸟饥我所怜，欲饲苦无粟。谁知不飞去，反就檐下宿。含愁语妻子，强笑对童仆。似我拙谋生，此鸟尾秃速。亲朋倘过访，不必问樵牧。寂寂无炊烟，知为我家屋！"语语旷达，字字调侃，是深得箪食瓢饮之乐者也。

五一

受申兄精研食谱，海内知名，年来发表此种文字，无虑百数十篇，纸贵洛阳，甚盛事也！忆沈云潜老人，尝有《食物戏题》七绝八首之作，敬录于此，以当大嚼，兼博受申兄一粲。诗云："髫年十四便飘苹，某也东西南北人。饮食虽多知味少，漫夸海错与山珍。""鱼翅燕窝位上公，海参瑶柱亦称雄。可怜此辈如枭帅，攘夺人功作己功。""菌分羊肚与猴头，酒市标新一例收。入口方知名异实，味同嚼蜡气横秋。""盐渍猪肝同鹿尾，熊蹯松子有余香。八珍美品寻常味，不及云英一碗浆。”“肉鱼鸡鸭比豪杰，称有千秋独率真。一任纯真炉火煮，不离本味更精神。”“笋丝甘脆豆丝柔，更有莼羹滑似油。写到《黄庭》刚好处，晚菘早韭愈珍羞。”“牛羊涮烤肉鲜肥，美酒膏粱坐四围。别有天然佳境在，檐前数点雪花飞。”“梨园岁有窝头戏，市上时闻烧饼歌。无数贫民甘淡食，朱门酒肉臭如何？”

五二

《新娘十索曲》，古邗刘铁冷君旧作也。摘录六章，用实诗话。其诗云：“冰透板桥霜，犹记张良纳。蹈月步非莲，游春屐无蜡。新样画圆肤，从郎索革踏。”“相思病红豆，瘦损玉葱弯。学绣娇无力，贪书懒整鬟。鸳盟俦作证？从郎索指环。”“归期幸有期，策骑劳亲迎。华堂见客新，鲽鲽肩相并。那堪偷眼觑？从郎索晶镜。”“君言花胜人，人今媲花美。远山画入眉，余霞散成绮。一段雪输梅，从郎索香水。”“春满销金帐，倒颠凤与凰。海棠初着雨，竹叶重堆霜。气压那禁得？从郎索铁床。”“独宿非鸳鸯，同梦须同寝。粉颈喜相交，香衾拥云锦。不用竹夫人，从郎索气枕。”摘艳薰香，咳珠唾玉，此中有人，呼之欲出矣。

五三

嘲新婚诗，虽属诙谐之作，而必须出之以蕴藉。若过于猥亵，则失之矣。某君有友结缡，戏赠七律一首云：“鸳枕鸾衾色色鲜，双燃莲炬照神仙。可知的是前缘矣，无所用其客气焉！这般这般何便尔？如此如此竟公然。明朝相视还相笑，心照大家都不宣。”通篇暗写，不落言筌，颇为一时传诵。又有《颂媒人》七律一首云：“鼠同狗恋有前因，究赖氤氲使者身。燮理阴阳功并相，调和云雨妙如神。能将私事成公事，善把非亲作至亲。寄语世间吃饭客，休教忘记种田人！”亦佳。

五四

昔有狂士某，好作十七字诗，触目成咏，语多奇趣。值天旱，太守祈雨未成，某乃作诗嘲之云：“太守出祷雨，万民皆喜悦。昨夜推窗看，见月。”守见诗怒，捕之至前，即以己号"西坡"二字命题，令其面作。某应声云："古人号东坡，今人号西坡。若将两人较，差多。"守愈怒，责以十八板。其又吟云："作诗十七字，被责一十八。若上万言书，打杀！"守哂而逐之。后某终以诽谤罪，发配郧阳。其舅送之，相持而泣，其复吟云："发配在郧阳，见舅如见娘。两人各下泪，三行。"盖舅乃眇一目者也。

五五

前清末年之北京，因士大夫习于逸乐，繁华景象，乃称空前。好事者尝赋七律一首以咏之云："六街如砥电灯红，彻夜轮蹄西复东。天乐听完听庆乐，惠丰吃罢吃同丰。头衔尽是郎员主，谈助无非白发中。除却早衙迟画到，闲来只是逛胡同！"盖天乐、庆乐为戏园名，惠丰、同丰则饭庄名，而胡同又为妓馆所在地，区区五十六字，实不啻当时之一幅写真图也。

五六

柏酒生香，桃符绚彩，又是一番新气象矣！城南厂甸，开放如昔，百货云屯，游人踵接，允为新年中唯一娱乐场所。犹忆往岁，报端征诗，有濮弥庵君《厂甸竹枝词》八首一卷，庄谐间作，俊逸无伦。谨为录存，以志钦仰。其诗云："岁岁风光换鬓丝，闲中何事不相宜？和平门外春如海，一样繁华似旧时。""无限书摊并画摊，东西排列任人看。可怜鼓角争春日，只有癯儒肯抱残！""百宋千元次第陈，篓中风物一时新。今年眼福真无比，乍见桓侯画美人。""竹石铜磁列若麻，海王村里话天涯。负嵎休怪雄如虎，无奈先生老眼花。""鼠璞鱼珠四海珍，陆离装出汉宫春。东邻西舍娇儿女，一一将钱媚火神。""波卷飞蓬映日黄，蛮靴鹤氅斗新妆。佳人毕竟难忘俗，糖蘸葫芦一丈长！""鼙鼓声中思将帅，弓刀影里望麒麟。北儿终比南儿健，小舞风车十五轮。""风雅频年久不知，忽闻运动到征诗。欲吟厂甸新春景，独立窗前二小时。"

五七

新年消遣，竹战是尚。友人某君有《麻雀诗》七律六首云："上场议定八圈庄，或是轮推或砌墙。掷骰开门分几点，补牌数搭发初张。多摸少吃言非谬，有听无贪法最良。双碰钓单都不问，胡成难得是嵌当。""扣牌无奈上家凶，亡命追来不放松。顺手我才拿二饼，跟身他便打幺筒。终场未见三张凤，到底空留一对龙。生怕有人充炮手，东风白板满台冲。""只怪先生手气差，九张幺九一时拿。本门对死终何用？换座重来不信邪。惯作相公多一只，可怜矮子会三家。平胡一副轮庄落，如此风头莫再叉。""算定今天是要输，入场便已发糊涂。两张见后方成对，一坎拆开才听胡。打去摸来偏不错，出多入少总难敷。有牌三六九条叫，直到拉黄影也无。""打牌本为开心计，纵有输时也有赢。骂座殊难为座客，怪人太不近人情。痴心总想三元做，到手先贪一色清。越恃倒棉偏倒运，庄家走运又何成？""当头硬做想翻梢，生坐三台不用焦。竟把东风摸作坎，居然发字暗开招。手中尚有三张白，桌上明摊两对幺。数到四番休再算，牛皮吹上九重霄！"全诗写来，别饶奇趣。觅录之，以博有是癖者胡卢焉。

五八

《苦吟》诗五古一章，近人罗义芸君作，颇多意趣，为录于此。诗云："古有钓鳌客，苦吟常似痴。妻孥唤不应，佳句来何迟！我愧乏壮才，效颦时一为。构思游六合，轧轧形神疲。或据胡床坐，闭目捻吟髭。或欹圆枕卧，叉手自敲推。盥浣不时起，馈餐且忘饥。呕出苦心肝，面灰兼脱眉。家人走相告，莫是病支离？急煞厨下娘，姜汤调玉厄。势将饲牛饮，灾近剥肤施。伸手挥之肱，欲行行不移。我得味中味，他生疑外疑。徐声告以故，内子心唯唯。返身关户出，听汝自娱嬉。他日复如此，一见即相嗤。背指向儿笑，又是苦吟诗！"

五九

清末废除科举，改建学堂。一般寒儒，无以为生，依旧招聚生徒，理其咕哔呻唔之旧业。教育当局，恐若辈贻误青年，遂有传习塾师，期满考试，以定取舍之举，谓之改良私塾。时人有七律一首以嘲之云："发苍苍更视茫茫，聊为家寒亦改良。老宿漫矜曩日学，阿婆竟作少年行。须通笔算兼心算，莫笑操场等戏场。业卒有时蒙派后，先生从此不饥荒！"涉机成趣，妙语解颐，调侃冬烘先生不少。

六〇

明墨工方于鲁，字建元，安徽人。名重万历间，交多缙绅客。某年四月，有长安友人寄兰州绒于方。方爱如拱璧，急制为衣，服之以炫耀侪辈。虽天暑，不顾也。汪南溟嘲以七律一首云："爱杀兰州乾靴绒，寄来春后趱裁缝。寒回死等桃花雪，暖透生憎柳絮风。忽地出神持细脚，有时得意挺高胸。寻常一样方于鲁，才着绒衣便不同！"逸趣横生。

六一

诗有一语破的，搔着痒处者。传有一女郎，才高咏絮，颇著文名。后适某君，花烛之夕，例有闹房之举，宾朋杂遝，坚请赋诗。女辞不获已，当赋一绝以却之云："谢天谢地谢诸君，妾本无才那会吟？记得唐人诗一句，春宵一刻值千金！"众人见诗，乃鸟兽散。婚后数年，并无所出。某君欲借口纳妾，事闻于女，又赋一绝以贺之云："恭喜郎君又有他，从今我便不当家。愿将事事都交付，柴米油盐酱与茶。"某君见诗，乃笑而止。若此女郎一赋诗而息闹房，再赋诗而杜纳妾，可谓得诗之妙用者已。

六二

《池北偶谈》载，德清蔡尚书启傅，康熙庚戌状元。公车入都，山阳令某公同年也，往拜之。名纸既投，令于纸尾判以"查明回报"四字，蔡大怒去。明年及第，书一绝于扇寄之云："去年风雪上长安，举世谁怜范叔寒？寄语山阳贤令尹，查明须向榜头看！"令大惭。

六三

偶于友人案头，见旧钞《四老吟》一纸。诗各为七律一首，惜已忘为谁氏所作，爱录之。其一《老医》云："晓起稀闻款户声，悬壶老矣未知名。徒夸三世传针诀，懒教诸儿诵脉经。枕底丹方经验少，袖中红纸谢仪轻。肩舆偶视朱门病，归去逢人诧药灵。"其二《老吏》云："工为鬼蜮与人殊，抱牍堂前慎走趋。累世居仓成大鼠，有时分芋弄群狙。印偷圣相知能返，钱盗乖崖不畏诛。

包老来时翻得计，愈清严处愈糊涂。"其三《老妾》云："退为房老几何春，衰丑翻为大妇亲。手硬怕梳娇女髻，分卑难议小男姻。菹盐料理还多事，巾栉只承别有人。三十年前团扇子，空箱检得一沾巾！"其四《老尼》云："小多灾疾寄檀林，雪刺盈头艾炷深。偏访同参惟见塔，欲装古佛恨无金。腹虚枉托求斋钵，目耗难穿补衲针。十上普陀三入藏，早年行脚到如今。"笔飞墨舞，尽态穷形。惟第一首，八庚与九青杂糅，未免为白圭之玷耳。

六四

秦时有翁仲者，貌魁梧，娴韬略，出守北边，威震殊俗。及其卒也，镕铁铸像以纪念之。后人于墓道置石人，如守卫状，亦号翁仲。传明武宗西巡时，翰林王某扈从，道出某公墓前，见石人卧丛草中，武宗询以有无名称，王虽知名为翁仲，但一时记忆不清，遽答以"仲翁"二字。武宗因其错误，乃笑赋七绝一首云："翁仲如何误仲翁？必然窗下少夫工！如今不得为林翰，发往江南作判通。"王即惶恐谢恩，去江南作通判矣。此诗妙在四个名词，颠倒竟能叶韵，亦谐诗中别开生面者也。

六五

近人某君，有七律二首，极饶趣致，特检录之。其一《嘲麻面》诗云："若遇麻姑天上回，东床择婿定无猜。貌虽傅粉难磨玷，额不黏钿也点梅。黑子直同高祖股，泪珠常满阮郎腮。如渠真是春风面，毕竟风从孔窍来。"其二《嘲跛足》诗云："跛履由来惯健行，长街囊囊若雷鸣。柳腰波折浑无主，莲步高低绝有情。到处欢声惟雀跃，那堪翻影作鸿惊？年来世路风涛险，怪底渠身总不平！"想入非非，诙谐得妙。

六六

近人澹庐君，有《集唐艳诗》七律十二首，瑶思琼想，雅韵欲流，特备录之。其一《闺艳》云："珊珊秀骨体轻舒，才可容颜十五余。却扇缓邀交拜后，隔窗应认打门初。玉容浑似羞来客，纤履缘何巧对余？料得不言心许可，一生消瘦只怜渠。"其二《行聘》云："一家欢笑设红筵，今日姮娥聘绛仙。却敛细眉归绣户，厌闻谰语戏花钿。称心曾否添新样，鲞分终疑累凤缘。阿母呼来伴不睬，解人谁索倚帘前。"其三《嘱奁》云："不问明珠与翠珰，花鞯重叠满牙床。瑶姬学绣流苏帐，王母亲裁紫锦囊。眉语任人嘲杵臼，心香祝枕付鸳鸯。无知最是娇痴妹，问姊何时去嫁郎？"其四《佳期》云："心惊今日是佳期，此事如何欲问谁？顾我有怀同大梦，倩人无术费凝思。待将暖席交斟后，可奈重衾欲启时？惭愧满房诸女伴，过来情话晕双眉。"其五《合欢》云："几番羞却可怜生，指滑香柔万种情。眉际忽添三绺线，牙根时度一声莺。小擎锦被松郎体，暗掷香绡衬褥平。到得尽情无说处，透胸珠汗浥盈盈。"其六《婚晓》云："翠幕纱窗莺乱啼，与郎醋梦压眉齐。唇须拭透脂痕渍，枕倩敲匀颈迹迷。膝肯降尊为我屈，头因碍眼向人低。小姑拾帕伴无赖，红颊生春不敢诋！"其七《婚夕》云："犹是含羞意未倾，银钩半下戒高声。饱看快婿垂疏幔，偷换花鞋背短檠。领略成言声缓缓，慢回娇眼笑盈盈。揾腮小送樱桃口，记否胸前爪数茎？"其八《归宁》云："更卜同衾一两宵，回家定约在花朝。呼郎启匣收条脱，瞩婢开奁整步摇。香印平安经手记，唾绒方胜任针挑。家常琐语闲来话，他字含糊舌未调。"其九《婿访》云："收裙整鬓故迟留，遥被人知半日羞。却是欲言难破齿，几回抬眼又低头。伊成三点挑茶写，尽送双眉当酒筹。巧订归期传手语，慧心瞒过婢明眸。"其十《浓旧》云："与郎分手惯家居，豆蔻梢头二月初。孤枕不成来好梦，单栖谁为覆轻裾。当时欢爱情俱可，此夜横陈画不如。悄引指尖低语道，得人怜处是生疏。"其十一《孕玉》云："顾影看身又自惭，回思往事却成愍。枝头绿子将盈百，洞口红潮已退三。早是自家无气力，偏于此事未经谙。紫蕉衫应萱囊小，一索爻占震是男。"其十二《育珠》云："两朵芙蓉宝镜开，一时传喜傍妆台。闻伊早祝须多子，似我应知小有才。哺乳不教村妇捧，洗儿留待侍郎来。分明记得当年事，十六年前共举杯。"综观全诗，恍出一手，所谓天衣无缝者，非耶？

六七

清季刑部某尚书，善读讹字。尝于广座中，称虞舜为舜王，瘢死为瘦死，聊生为耶生，种种笑柄，不一而足。又皋陶之陶，亦读本音。左右有正其讹者，某亦颔之，然不旋踵而遗忘矣。好事者戏为七律一首以嘲之云："帝降为王虞舜惊，皋陶掩耳怕闻名。荐贤曾举黄天霸，远佞常除翁叔平。一字谁能争瘦死？万民可惜不耶生！功名鼎盛黄巾起，师弟师兄保大清。"光绪庚子，拳匪之乱，某实为构祸之一人，故末句及之也。

六八

民初春申初创女戏，无非以色相号召，谈不到艺术价值，时人称之曰髦儿班，盖谓其趋向时髦者也。一萍君有《打油诗》六首，刻划入微，令人喷饭。其诗云："一口花腔拆烂污，得来全不费工夫。苏州京调扬州白，不是哎唷便是奴。""乔装改扮步郎当，半截男人半小娘。真个戏中人若此，林之洋嫁女儿王。""不重唱工与做工，腰儿扭捏脸儿红。要求群犬如狂吠，只在横波一扫中。""筋斗翻来尺半高，刀枪棍棒一团糟。下场背影真难看，两片尊臀摆摆摇。""洗却胭脂学画皮，面□朱墨两淋漓。翻新小调装花面，忠义堂前唱李逵。""开心最是拆白党，惯向梨园认外家。报道有情人出幕，阿姨阿姊叫喳喳。"全诗写来，虽云近虐，亦足觇当时情况之一斑。若今日坤伶，人材辈出，足与男伶分庭抗礼者，自不可同日而语矣。

六九

昔日旧京人家，喜召瞽人度曲，弦索丁东，别饶风味。一盲女，亦业此，某君嗜其歌，至一日不听则不欢。友人廉得其情，为赋七律四章以调之，诗云："弦管生涯计已非，筵前心事两相违。调音未必输师旷，送盼何须效洛妃？望断秋波人不见，触来春恨泪空挥。羞从尘世舒青眼，品格如卿世所稀。""何须对镜画双蛾？深浅描来总任他。山好不嫌秋水涸，月明空怅暮云多。丰神未减罗敷媚，艳曲新翻子夜歌。为恐檀郎禁不起，临行从不转秋波。""茫茫世事总如烟，赢得闲愁付管弦。眼界何妨空一世？情苗应已苗经年。哀丝豪竹樽前泪，软玉温香梦里缘。莫怪眼前无一物，太虚原是有情天。""飘零何处证前因？送盼无心却解颦。世界任他成黑暗，年华今已误青春。人来洛浦终疑幻，梦入巫山恐未真。星眼向人羞不启，怕看灯下影横陈。"妙语如环，一时传诵。

七〇

吾人行经街头巷尾，常见小家碧玉，倚门偷窥，及至近前，则又翩然掩入。此情此景，颇耐寻思！友人某君有《巷口即事》一绝云："转过街头转巷弯，倚门有个小云鬟。怕侬瞧见娇模样，扑的一声门忽关。"寥寥二十八字，如闻其声，如见其人，白话诗之正鹄也。

七一

民四之冬，洪宪议起，京中忽发现女子请愿团。某报有署名刘郎者，戏拟新唐诗十首，出语极趣，为录其八。诗云："民军队里寻常见，参政声中几度闻。正是北京好风景，雪花时节欲朝君。""京师北望路漫漫，双鬓低梳粉未干。车上相逢无纸笔，凭君传语附筹安。""闺中少妇不知愁，冬日凝妆上酒楼。忽见复行封爵制，快教夫婿觅封侯。""立冬时节雨蒙蒙，多少人家停女红。借问会场何处是？车夫遥指里胡同。""登场开会逐香尘，电话邀人心自春。并坐调情偏吊膀，君媒犹是作媒人。""娉娉袅袅廿三余，妃子妆成入选初。阴风赫赫宫闱路，太监仪容总不如。""花想衣裳玉想容，风头出足兴方浓。若非协进会中见，会向中华门里逢。""劝卿莫听玉明言，劝卿且结自由婚。马来堪拍直须拍，莫待马飞拍脚跟。"

高咏楼诗话

连载于《更生》1939 年第 2 卷第 8 期至 1940 年第 7 卷第 3 期。

《更生》，1939 年 4 月创刊于上海"孤岛"，政论刊物。有"杂俎"栏目，刊登诗词等。奇梵，真名不详，为本刊重要撰稿人之一。

本篇诗话别出心裁，除最后一段随笔闲谈以外，全按诗体分类而述，评论了唐五律、五古、七律、七古、排律、五绝、七绝诸多名作，注重不同诗体的独特性，如七律最重起结，五律可靠顿悟而七律必赖苦学。作者间有新论，例如指出李白《古风》诗可能是影射时事，亦可称"诗史"；认为杜诗七律当以《诸将》五首为压卷，而贬《秋兴》；以韩偓为唐宋七律第一。

乐府古词，陈陈相因，易于取厌，张文昌、王仲初创为新制，文今意古，言浅讽深，颇合《三百篇》兴观群怨之旨，白乐天尤工此体。至欲借以感悟宸聪，敷陈民瘼，其积愈厚，故其言愈昌。特音节骫骳，乖于杜韩正响，要亦天地间不可少之一种文字也。元微之骨色稍庸，择数篇自足相敌，至张、王当有古音，元、白始全今调，则尤可为知者道也。李长吉不屑作一常语，奇处直欲突过昌黎，不善学之，得其晦昧格塞，则堕入恶道矣。

温飞卿遁作别调，七言之齐梁欤？录其一二，以备歌行之变。郑嵎《津阳门》诗，七言百韵，为三唐歌行中第一长幅，可与《连昌宫词》《长恨歌》参观。惟七言音节，昌黎以后，顿尔销亡，知之者仅长吉、义山数人，至宋永叔、

678

子瞻、鲁直诸公而后复，此篇正恨其读之不响耳。

唐 五 律

昔人论五言律诗，如聚四十韵贤人，更着一屠沽不得。解此自不敢苟于下笔。太宗、明皇并工五言，以至尊为风雅倡。王勃、陈子昂、沈佺期、宋之问、张说、张九龄之徒，比肩接迹，莫不渊岳其心，麟凤其采，称盛代之元音焉。

开、宝诗人之为五言古者，无不工为五言律，各选所载，殆无篇不佳。然古人亦惟作五古多，作五律少，此其所以能工也。

太白五言律，如听钧天广乐，心开目明；如望海上仙山，云起之涌。又或通篇不着对偶，而兴趣天然，不可凑泊。常尉孟山人时有之，太白尤臻其妙。不知者多篡入古诗，反减其美，今皆一一正之。

孟襄阳仁兴而就，摩诘、太白，亦多得于自然。嘉州间出奇峭，究非倚以全力。惟老杜苦学力思，久而大适，恢张变化，律切浑成。兹集所登，殆当前后各家之半，以学者取法，莫备于是也。

少陵一生，笃于伦谊，"梦中吾见弟，书到汝为人"，同气之爱也；"香雾云鬟湿，清辉玉臂寒"，伉俪之情也；"世乱怜渠小，家贫仰母慈"，父子之恩也；"已用当时法，谁将此义陈""一病缘明主，三年独此心""尽哀知有处，为客恐长休"，友朋之谊也；至于爱君忧国，每饭不忘，尤不可以枚举，其得于诗之本者厚矣，故曰"诗圣"。

杜集《洞房》以下八章，皆取篇首二字为题，盖联章也。俯今仰昔，与《有感》《伤春》等作，异曲同工。俗选有止登《洞房》一首，而遗其下七章，殊不可解。

温庭筠"古戍落黄叶"，刘绮庄"桂楫木兰舟"，韦庄"锦瑟怨遥夜"，便觉开宝去人不远，可见文章虽限于时代，豪杰之士终不为风气所囿也。李樊南集中沉着之作，自命亦复不浅。

唐 五 古

初唐五言，尚沿排偶之迹，陈拾遗翩然脱去，直接西京。"国朝盛文章，子昂始高蹈"，昌黎岂欺我哉。

张曲江襟情高迈，有遗世独立之意，《感遇》诸诗，与子昂称岱华矣。

岑嘉州独当警拔，比于孤鹤出群，陶员外、高常侍，沉着高蹇，亦不与诸君一律。

李太白《古风》一卷，上薄《风》《骚》，顾其间多隐约时事，如"蟾蜍薄太清"，为王皇后被废而作；"胡关饶风沙"，为哥舒开边而作；"天津三月时"，为林甫斫棺而作；"羽檄如流星"，为鲜于丧师而作；至后一章云："比干谏而死，屈平窜湘源……彭咸久沦没，此意与谁论？"又一章云："奸臣欲窃位，树党自相群。果然田成子，一旦杀齐君。"直指国忠、禄山乱政跋扈，不啻垂涕泣而道之也。世推杜工部为"诗史"，而知太白之意者少矣。故特揭而著之。

太白五言，有极经意，有极不经意。乐府咏古诸题，合节应弦，极经注意之作也；寻常酬应，乱头粗服，不经意之作也。于经意得其深奇，于不经意处得其洒脱。

发秾纤于简古，寄至味于淡泊，韦柳诗之定评也。苏州没后，识之者仅一乐天；柳州文掩其诗，得东坡而始显。当时虽荣，没则已焉，文章之道，乃反乎是。

张王乐府多七言，易于曲折动人也。白乐天《秦中吟》等五言，而能质古，足以当采风之献。

五言肇兴，至唐将及千载，故其境象尤博，即以有唐一代论之，陈张为先声，王孟为正响；常建、刘眘虚，几于苏李天成；李颀、王昌龄，不减曹刘自得；陶翰慷慨，喜言边塞；储光羲真朴，善说田家；岑嘉州峭壁悬崖，峻不得上；元次山松风涧雪，凛不可留；李供奉襟情倜傥，集建安、六代之成；杜员外气韵沉雄，今古词乐府之变；韦柳以澄淡为宗，钱李以风标相尚；韩孟皆戛戛独造，而涂畛又分；乐天若平平无奇，而裨益自远。其他一吟一咏，各自成家，不可枚举。于戏，其极天下之大观乎。

唐 七 古

七言古诗，若卢照邻《长安古意》，骆宾王《帝京篇》，刘希夷《代悲白头翁》，张若虚《春江花月夜》，何尝非一时杰作，然奏十篇以上，得不厌而思去乎？非开宝诸公，岂识七言中有如许境界？何大复未之思也。

王摩诘善能错综子史，而言不欲尽，词旨温丽，音节铿锵，蔚然为一朝冠冕。

李东川七言古诗，只读得两汉书烂熟，故信手挥洒，无一俗料俗韵。

李供奉歌行长句，纵横开合，不可端倪。高下短长，唯变所适。"昂昂若千里之驹，泛泛若水中之凫"，太白斯近之矣。

韦苏州落落数篇，气息古雅，正不可废。大历诸子，兼长七言古者，推卢纶、韩翃，比之摩诘、东川，可称具体。独刘随州通篇少振拔处，亦笔力之限于天授也。

李杜既没，正声诎然，昌黎崛起，始杰然复有大夫之气；惟波澜顿挫，小不及耳。

刘宾客长篇，虽不逮韩之奇横，而健举略足相当。七古刘之敌韩，犹五古郊之匹愈也。即梦得五言，亦自质雅可诵。世乃谓其不工古诗，何其武断。

五言用虚字易弱，独工部"江山有巴蜀，栋宇自齐梁""古墙犹竹色，虚阁自松声"，转从虚字出力。七言用叠字近凑，独工部"无边落木萧萧下，不尽长江滚滚来""江天漠漠鸟双去，风雨时时龙一吟"，转就叠字生色。

闺阁之诗，不能与士大夫争胜，以其学力终浅也。独李冶"远水浮仙棹，寒星伴使车"，比同时所称刘长卿"楚国苍山古，幽州白日寒"、钱起"破镜催归客，残阳见旧山"、郎士元"荒城背流水，远雁入寒云"、韩翃"潮声当昼起，山翠近南深"、皇甫冉"岸明残雪在，潮满夕阳多"、于良史"风兼残雪起，河带断冰流"等句，殆皆有过无不及。中兴高步，若准周才之例，吾必以作者与焉。

唐 七 律

五言律诗，有性灵人可以顿悟；七言则非攻苦积学，不能至也。论者谓如挽百石之弓，非腕中有神力者，止到八九分地位，斯言最善名状。

七言律诗，出于乐府，故以沈云卿《龙池》《古意》冠篇；初唐之作，皆当以是求之。张燕公《舞马千秋万岁词》、崔司勋《雁门胡人歌》，尤显然乐府也。王摩诘"秦川一半夕阳开"，为乐府高调，见《乐天集》。

崔颢《黄鹤楼》，直以古歌行入律。太白诸作，亦只以歌行视之。祖咏《蓟门》之作，调高气厚，为七言律正始之音，惜不多见。

王右丞精深华妙，独出冠时。终唐之世，与少陵分席而坐者，一人而已矣。

李东川摛词典则，结响和平，因当在摩诘之下，高岑之上。

高常侍律法稍疏，而弥见古意，岑嘉州始为沉着凝练，稍异于王李，而将入杜矣。

开宝以前，如孙逖、王昌龄、卢象、张继、包何辈，皆不以七言律名而流传一二篇，音节安和，情词高雅，迥非后来可及，信乎时代为之也。元次山尤称与世聱牙，而《橘井》一章，又何其流逸乃尔！

独孤常州《早发龙沮馆》一篇，比之少陵拗律，正复不减。其《同皇甫侍御斋中春望》，则又大历之高唱也，七律中兼此两种笔墨者甚难。

七言律诗，至杜工部而曲尽其变，盖昔人多以自在流行出之，作者独加以沉郁顿挫，其气盛，其言昌，格法句法，字法章法，无美不备，无奇不臻，横绝古今，莫能两大。

少陵七律，自当以《诸将》五首为压卷。关中、朔方、洛阳、南海、西蜀，直以天下全局，运量胸中，如借兵回纥、府兵法坏、宦官监军，皆关当时大利大害，而廷臣无能见及者，气雄词杰，足以称其所欲言。每章起结，皆具二十分力量，俗选有止登"回首扶桑"一首者，于本诗"回首"及第七句"朔雪"字，蒙前数章而下，当无理会，何暇与之道黑白哉？

《秋兴》八章，只一时遣兴之作，其得意处固入神品，而亦时有利钝。又对结最未是杜公好处，而此凡三用之，后人以此摹杜，则耳食之见也。

说者多以读少陵后，继以随州，便觉厌厌无色；不知文房开宝进士，《全唐诗》编在李杜之前，特其诗与大历诸公并瓣香摩诘，原与子美异派。善读者，自当另出一番手眼心胸。

十子而降，多成一副面目，未免数见不鲜，至刘柳出乃复见诗人本色，观听为之一变，子厚骨耸，梦得气柔，元和之二豪也；其次则张水部风流蕴藉，不失雅音；柳少尹情致缠绵，又其次也。

以昌黎之神力，而七言律未能擅场，弓强而手不柔也。

善学少陵七言律者，终唐之世，惟李义山一人，胎息在神骨之间，不在形貌，《蜀中离席》一篇，转非其至也。义山当朋党倾危之际，独能乃心王室，便是作诗根源。其《哭刘蕡》《重有感》《曲江》等诗，不减老杜忧时之作。组织太工，或为挦扯家借口，然意理完足，神韵悠长，异时西昆诸公，未有能学而致者也。

温飞卿久困名场，故学力独为透到。其于玉溪，何止偏师之攻，顾华玉盛诋之，亦蚍蜉撼树也。

七言律至长庆以后，奄奄一息，温李二集，正如渔歌牧笛，忽闻钟鼓嘈吰。

唐宋七言，韩致尧为第一，去其《香奁》诸作，多出于爱国忧君，而气格颇近浑成；次即吴子华亦推高唱；司空表圣《归王官谷》作，有蜕弃轩冕之风；罗昭谏《驾幸蜀》诸章，见不忘本朝之意。

五律解散不对，为孟李创格，详前篇矣。七言变体，始于崔司勋之《黄鹤楼》，太白深服之，故作《鹦鹉洲》诗，全仿其格；其后白乐天"早闻元九咏君诗，恨与卢君相识迟。今日逢君开旧卷，卷中多道赠微之"、李义山"杜牧司勋字牧之，清秋一首杜秋诗。前身应是梁江总，名总还曾字总持"、韩致尧"往年曾在溪桥上，见倚朱栏咏柳绵。今日独来芳径里，更无人迹有苔钱"，虽气体不同，杼轴各出，要皆《黄鹤楼》为之滥觞也。

大历十子，所传互异，而不及随州，或以长卿为开宝进士，辈行略先。顾钱仲文与摩诘联吟，皇甫茂政与独孤至之赠答，而皆居其冠，何也？今就诗而论，且用五七言律定之，当以刘长卿、钱起、郎士元、皇甫冉、李嘉祐、司空曙、韩翃、卢纶、李端、李益前后十人为定，而皇甫曾、耿湋、崔峒辈为附庸，苗发、吉中孚、夏侯审，略之可也。

大历诸公，善于言情，工于选料，学为七律者，从此进步，可以涤去尘俗。自此而至乎开宝，则沿河入海矣。

白乐天失之流易，自序所谓"率然成章，非平生所尚"也。披沙拣金，往往见宝，惟善择者能之。

凡律诗最重起结，七言尤然。起句之工于发端，如贾曾"铜龙晓辟问安回，金辂春游博望开"、岑参"相国临戎别帝京，拥旄持节远横行"、王维"无才不敢累明时，思向东溪守故篱"、杜甫"花近高楼伤客心，万方多难此登临""群山万壑赴荆门，生长明妃尚有村"、刘长卿"送君厄酒不成欢，幼女辞家事伯鸾"、韩翃"江城五马楚云边，不羡雍容画省年"、刘禹锡"王濬楼船下益州，金陵王气黯然收""将星夜落使星来,三省清臣到外台"、柳宗元"十年憔悴到秦京,谁料翻为岭外行"、张籍"圣朝特重大司空,人咏元和第一功"、杨巨源"晴明紫阁最高峰,仙掖开帘范彦龙""天眷君陈旧在东,归朝人看大司空"、李商隐"玉帐牙旗得上游,安危须共主君忧""清时无事奏明光,不遣当关报早霜""七国三边未到忧,十三身袭富平侯"、温飞卿"十年分散剑关秋,万事皆随锦水流"、罗隐"爪牙柱石两俱销,一点渝尘九土摇";落句以语尽意不尽为贵,如王维"饱食不须愁内热,大官还有蔗浆寒"、李白"此处别离同落叶,明朝分散敬亭秋""总为浮云能蔽日,长安不见使人愁"、杜甫"王师未报收东郡,城阙秋生画角哀""同学少年多不贱,五陵裘马自轻肥""一卧沧江惊岁晚,几回青琐点朝班""庾信平生最萧瑟,暮年诗赋动江关""最是楚宫俱泯灭,舟人指点到今疑""三年饥走空皮骨,信有人间行路难"、刘禹锡"若问旧人刘子政,如今白首在南徐"、柳宗元"今朝不用临河别,垂泪千行便濯缨"、张籍"宾筵戏乐年年别,已得三回对御看"、白居易"共看明月应垂泪,一夜乡心五处同""曾经烂熳三年着,欲弃空箱似少恩"、杨巨源"满筵旧府笙歌在,惟有羊昙最泪流"、李商隐"日晚鹓鹚泉畔猎,路人遥识郅都鹰"、薛逢"中原骏马搜求尽,沙苑年来草又芳"、韩偓"莫怪天涯栖不稳,托身须是万年枝"、罗隐"跪望巉山重启告,可能余烈不胜妖",皆足为一代楷式。

颔、颈两联,如二句一意,无异车前驺仗,有何生气?唐贤之可法者,如王维"愁看北渚三湘远,恶说南风五两轻"、岑参"愁窥白发羞微禄,悔别青山忆旧溪"、杜甫"岂有文章惊海内,漫劳车马驻江干""忆昨赐沾门下省,退朝擎出大明宫""万里秋风吹锦水,谁家别泪湿罗衣""路经滟滪双蓬鬓,天入沧浪一钓舟""时危兵甲黄尘里,日短江湖白发前""万里悲秋常作客,百年多病独登台"、钱起"且贪原兽轻黄屋,宁畏渔人犯白龙"、韩翃"落日澄江乌榜外,秋风疏柳白门前"、刘禹锡"黄河一曲当城下,缇骑千重照路傍""怀旧空吟闻笛赋,到乡翻似烂柯人"、白居易"当君白首同归日,是我青山独往时""曾犯龙鳞容不死,欲骑鹤背觅长生"、杨汝士"文章旧价留鸾掖,桃李新阴在鲤庭"、李商隐"此日六军同驻马,当时七夕笑牵牛""永忆江湖归白发,欲回天地入扁舟"、温庭筠"石麟埋没藏秋草,铜雀荒凉对暮云""回日楼台非甲帐,去时冠剑是丁年""百二关山扶玉座,五千文字阃瑶缄"、薛逢"一自犬戎生蓟北,便从征战老汾阳"、唐彦谦"耳闻明主提三尺,眼见愚民盗一杯"、韩偓"谋身拙为安蛇足,报国危曾拚虎须""左牵犬马诚难测,右袒簪缨最负恩"、谭用之"鹦鹉语中分百里,凤凰声里住三年",皆神韵天成,变化不测,宋元以后,此法不讲,故日近凡庸。

唐 五 排

元宗《早渡蒲关》,藻耀鲜明,气势稳称,王荆公《百家诗选》以为压卷,吾无间然。

陈子昂之《白帝》,杜审言之《赠苏味道》,沈佺期之《和韦舍人早朝》,宋之问之《晦日昆明池应制》,景龙以前之名篇也。

张曲江、宋广平、张燕公、苏许公应制诸作,雄厉振拔,见一代君臣际遇之盛。

卢象《送綦毋潜》、祖咏《清明宴刘郎中别业》,潇洒脱俗,全是古诗兴趣,不独李太白"黄鹤西楼月"一篇也。

王摩诘之舂容,李青莲之洒落,岑嘉州之奇警,高达夫之沉着,长律中缺一不可。

李杜二公,古今劲敌,独李七言律与五言长律,寥寥数篇而已,岂若少陵之"琼琚玉佩,大放厥词"哉!

少陵长律,排比铺张之内,阴施阳设,变动若神,元微之素工此体,故能识其奥窔,而李之逊杜,实在此处;元遗山以讥微之,亦好高而不察实也。

杜工部有三体诗,古今无两,七言古、七言律、五言长律也。

大历诗人,多用此体诗为祖饯,如钱起《送刘相公江淮催转运》《送王谏议任东都居守》《送郑书记》《送皇甫冉》《送吉中孚》《送归中丞使新罗》、韩翃《送王相公幽州巡边》、耿沣《送蒋尚书东都留守》、卢纶《送鲍中丞赴太原》、皇甫曾《送和蕃使》,莫不声华冠冕,词旨安和,使节星轺,得之增重,才子之名,信不虚也。

柳子厚《同刘二十八述旧言情八十韵》,韵愈险而词愈工、气愈胜,最为长律中奇作,称柳诗者,未有及之者也。刘梦得《历阳书事七十韵》,亦足旗鼓相当。

白傅百韵律诗三首，字字调和，铢两悉称，学者未能骤窥少陵门径，且从此置力，亦犹七律从大历诸公入也。元微之次韵一首，亦同声之应焉。

李义山瓣香子美，此体尤可乱真，得意处非特不愧之而已。温飞卿才多而捷，又善蕴藉，皆施之长律尤宜。

试帖一体，特便于场屋，大手笔多不屑为，昌黎所谓类于俳优者之词也。惟钱起《湘灵鼓瑟》一篇，以其结句入神，而人遂忘其为试帖也。且吾见能为试帖，而终身无与于诗者矣；安有能为诗，而顾不能为试帖者哉？

唐 五 绝

八音之内，磬最难和，以其促数而无余韵也，可悟五言绝句之妙。

王勃绝句，若无可喜，而优柔不迫，有一唱三叹之音。

读崔颢《长干曲》，宛如舣舟江上，听儿女子问答，此之谓天籁。

专工五言小诗，自崔国辅始，篇篇有乐府遗意。

王维妙悟，李白天才，即以五言绝句一体论之，亦古今之岱华也。裴迪辋川唱和，不失为摩诘劲敌。

王之涣"黄河远上"之外，五言如《送别》及《鹳雀楼》二篇，亦当入旗亭之画。

王维"红豆生南国"，王之涣"杨柳东门树"，李白"天下伤心处"，皆直举胸臆，不假雕镂，祖帐离筵，听之惘惘，二十字移情，固至此哉。

韦苏州五言高妙，刘宾客七律沉雄，以作小诗，风流未远。

钱起《江行》，卢纶《塞下》，大历之高唱也；李君虞声情凄婉，尤篇篇可入管弦。

孟郊之《古别离》，即其古诗；王建之《新嫁娘》，即其乐府。

司空曙之"知有前期在"，金昌绪之"打却黄莺儿"，张仲素之"提笼忘采叶"，于武陵之"远天明月出"，刘采春所歌之"不喜秦淮水"，盖嘉运所进之"北斗七星高"，或天真烂漫，或寄意深微，虽使王维、李白为之，未能远过。张祜"故国三千里"，亦自激楚动人。

李义山《乐游原》诗，消息甚大，为绝句中所未有。

唐 七 绝

　　初唐七绝，味在酸咸之外，"人情已厌南中苦，鸿雁那从北地来""独怜京国人南窜，不似湘江水北流""即今河畔冰开日，正是长安花落时"，读之初似常语，久而自知其妙。

　　摩诘、少伯、太白三家，鼎足而立，美不胜收。王之涣独以"黄河远上"一篇当之，彼不厌其多，此不愧其少，可谓拔戟自成一队。

　　王李之外，岑嘉州独推高步，惟去乐府意渐远。常建、贾至，作虽不多，亦臻大雅。

　　少陵绝句，《逢龟年》一首而外，皆不能工，正不必曲为之说。然质重之中，时得《铙吹》《竹枝》之遗意，则亦诸家所无也。

　　韦苏州《和人求橘》一章，潇洒独绝，匪特世所称"门对寒流""春潮带雨"而已。

　　大历以还，韩君平之婉丽，李君虞之悲慨，犹有两王遗韵，宜当时乐府，传播为多。李庶子绝句，出手即有羽歌激楚之音，非古伤心人不能及此。

　　刘宾客无体不备，蔚为大家，绝句中之山海也，始以议论入诗，下开杜紫微一派。玄都观前后"看桃"二作，本极浅直，转不足道。

　　张仲素《塞下》《秋闺》诸曲，升王江宁之堂；张籍《秋思》《凉州》等篇，入岑嘉州之室。

　　竹枝始于刘梦得，宫词始于王仲初，后人仿为之者，总无能掩出其上也。"树头树底觅残红"，于百篇中宕开一首，尤非浅人所解。王涯诸作，佳者几可乱群。张祜喜咏天宝遗事，合者亦自婉约可思。

　　杜紫微天才横逸，有太白之风，而时出入于梦得。七言绝句一体，殆尤专长，观玉溪生"高楼风雨"云云，倾倒之者至矣。

　　于鹄、雍陶，名不甚著，而绝句颇多雅音。

　　李义山用意深微，使事稳惬，直欲于前贤之外，另辟一奇，绝句秘藏，至是尽泄，后人更无可以展拓处也。

　　王阮亭删定洪氏《唐人万首绝句》，以王维之"渭城"、李白之"白帝"、王昌龄之"奉帚平明"、王之涣之"黄河远上"为压卷，违于前人之举"葡萄美酒""秦时明月"者矣。嗣沈归愚亦效数首以续之。今按其所举，惟杜牧"烟笼寒水"一首为当。其柳宗元之"破额山前"、刘禹锡之"山围故国"、李益之"回乐峰前"，诗虽佳而非其至。郑谷"扬子江头"，不过稍有风调，尤非数诗之匹也。必欲求之，其张潮之"茨菰叶烂"、张继之"月落乌啼"、钱起之"潇湘何事"、韩翃之"春城无处"、李益之"边霜昨夜"、刘禹锡之"二十余年"、李商隐之"珠箔轻明"，与杜牧"秦淮"之作，可称匹美。

唐末惟七言绝句，不少名篇，司空图《赠日东鉴禅师》、崔涂《读庾信集》，骨色神韵，俱臻绝品，可以俯视众流矣。

曹唐《小游仙》、王涣《惆怅诗》，至为凡陋，然"玉诏新除沈侍郎""他年江令独来时"，未尝无孤鹤出群之致。罗虬《比红儿》百首，胡曾《咏古》诸篇，轻佻浅鄙，又下二人数等，不识何以流传至今，真令人不可解。

诗中谐隐，始于古稿砧诗。唐贤绝句，间师此意，刘梦得"东边日出西边雨，道是无晴却有晴"、温飞卿"玲珑骰子安红豆，入骨相思知不知"，古趣盎然，勿病其俚与纤也。李商隐"只应同楚水，长短入淮流"，亦是一家风味。

杂　　说

初唐五古之有张陈，犹隶楷之有钟傅也；王孟李杜之作，则羲献之神明变化矣。世知韦苏州之学陶，而不知元次山之亦学于陶也。苏州有意学陶，而得陶之性情；次山无意学陶，而得陶之志节。

韩柳皆古文名家，所谓"余事作诗人"者也。然昌黎之七古，柳州之五古，李杜王韦之外，亦子焉寡俦。昌黎逊李杜一筹，顿挫处较少；柳州逊王韦一筹，刻划处较多耳。

李东川五七古俱卓然成家，沧溟独取其七律，非作者知己也。

王孟诗品清超，终是唐调；惟韦苏州纯乎陶谢气息。青莲绝句，纯乎天籁，非人力之所能为；少伯则字字百炼而出之，两家蹊径各别，犹画家之有南北二宗也。

或谓王之涣"黄河远上"一篇之外，何不多见？余应之曰：神来之作，即作者亦不能有再。

王孟韩柳，诗惟一体，太白有古体，有唐体，已当分别观之；至少陵五古，则赋序记论，碑传诔赞，一切杂体之文，无不以入之，故其体愈杂，而其观愈奇矣。《北征》诗千古奇作，吾欲以庾信《哀江南赋》敌之，昔人配以昌黎《南山》，失其伦矣。

题画诗透过一二笔，便觉不止于画，少陵每篇有之。太白"山随平野尽，江入大荒流"、摩诘"江流天地外，山色有无中"、少陵"星垂平野阔，月涌大江流"，意境同一高旷，而三人气韵各别，识曲听其真，可以窥前贤家数矣。

"一病缘明主，三年独此心""楚筵辞醴日，梁狱上书辰"，杜公于王李二公，皆竭力为之湔雪，要是当日实在情事，非阿私所好也！昌黎《永贞行》，于刘柳罪状，直书不讳，吾以为易地皆然。

七言律诗，最要五六句得力，如"忆昨赐沾门下省，退朝擎出大明宫""万里秋风吹锦水，谁家别泪湿罗衣"是也。宋元以后，只是三四句好耳。

崔颢《黄鹤楼》，以古体入律也；少陵《白帝城》，以古调入律也。

摩诘为正雅，少陵为变雅，观二《樱桃》诗可见。

杜公"蓬莱宫阙对南山"，六句开，两句合；太白"越王勾践破吴归"，三句开，一句合，皆是律绝中创调。

七律对结，七古复收，此是明人学杜最可厌处。

韩君平"春城无处不飞花"，只说侯家富贵，而对面之寥落可知，与王少伯"昨夜风开露井桃"一例，所谓怨而不怒也。

不知其人，视其友，观义山《哭刘蕡》诗，知非仅工词赋者。

五言古诗，琴声也，醇至淡泊，如空山之独往；七言歌行，鼓声也，屈蟠顿挫，若渔阳之怒挝；五言律诗，笙声也，云霞缥缈，疑鹤背之初传；七言律诗，钟声也，震越浑铿，似蒲牢之乍吼；五言绝句，磬声也，清深促数，想羁馆之朝击；七言绝句，笛声也，曲折嘹亮，类羌城之暮吹。

某学士官词苑，食天厨，未至于屡空也。第水旱频仍，岁遭荒歉，每甘贫而歠粥焉。一日有感，咏诗云："水旱年来稻不收，至今煮粥未曾稠。人言箸插东西倒，我道匙挑两岸流。捧出堂前风起浪，将来庭下月沉钩。早间不用青铜照，眉目分明在里头。"彼不识岁之凶荒而惟欲饱食终日者，可以醒矣。

旧时以裙忽脱者，俗谓之腰欢喜。与小蜘蛛垂丝坠人衣巾，俱言有喜事。唐权德舆《玉台体》诗云："昨夜裙带解，今朝蟢子飞。铅华不可弃，莫是稿砧归。"始知相传已久。

"清亏桂阙一分影，寒落江门几尺潮。"此李空同《咏十六夜月》警句。当时京师士夫称赏。

陆稼堂在南村寨佛寺中，有诗云："亦是聪明奇伟人，能空万念绝纤尘。当时可惜生西土，未听尼山讲五伦。"观其议论，自是绝顶，然未免道学气太重耳。

张文饶曰："处心不可着，着则偏；作事不可尽，尽则穷。先天之学，止是此一语，天之道也。"愚谓邵子诗"夏去休言暑，冬来始讲寒"，则心不着矣；"美酒饮教微醉后，好花看到半开时"，则事不尽矣。至于"花开堪折直须折，莫待无花空折枝"，则专为自己打算，未免太偏太尽，有些煞风景耳。

苏人风俗，凡妇女下山，舆夫每倒抬而行，有句云："妾自倒行郎自看，省郎一步一回头。"杭人风俗，凡妇女游湖，每逢上岸，观者如堵，有句云："郎自乞晴侬乞雨，欲他微雨散闲人。"妙句天成，且极风致。

故人虞山庞檗子，为南社骚坛健将，诗境清利，尤擅倚声。犹忆民二二次革命，沪南战事猝起。六月二十五日夜午，愚寓斋后遭弹火起，合家老幼，遂在流弹横飞中，仓皇避北。次男年十四，素患龟背疯症，不良于行，受惊之余，病遂转剧，急于七月十二日言旋，初七日即不治而殇。蒙题遗照云："一夕秋风起，庭前绿早凋。死非真不幸，生亦太无聊。浩劫漫天起，惊魂何处招。钟情在吾辈，泪共纸灰飘。"时庞君亦丧一次女。又《送田姬归太原》七绝二首云："吴侬生小本娇痴，雨意云情半未知。此后酒阑忙不得，画楼银烛坐怀时。""今生拚取不相逢，莫再花飞堕劫中。只羡官奴偏有福，载将桃叶过江东。"又《即事次鹓雏韵》七绝二首云："年芳欲去首重回，还想当筵索醉来。堆眼花间兴废事，清樽银烛有余哀。""题叶吹花一例空，故家歌舞付东风。清谈厌数山河劫，又报樽前嫁小红。"句意蕴藉。今则故人墓木已拱，重展遗作，不禁有黄垆之感。

闺 秀 诗 话

娟秀楼主人

载于《南星月刊》1939 年第 1 卷第 3 期，为连载之四，前三期待补。作者娟秀楼主人，生平不详。

本篇诗话部分抄自咸丰二年（1852）棣华园主人刊行的《闺秀诗评》，但点评中夹杂有几段白话文，是作者所写，较有特色，反映出一些新趣。如张素娉新婚诗"人前见夫婿，端的要低头"被诸多闺秀诗话采录，唯本篇诗话评曰："有此活泼才情，我意'低头'是旧礼教下的过度缚束，不在人前，定不如此。"又评钱婉香中秋寄夫诗云："当日如果有无线电传真的话，又何必飞身入明月以看郎？"结合今人生活经验和情趣对前人之作进行解读，诙谐幽默。

—

杭州洪翠云，李仲容茂才室。能诗善谑，有表妹初嫁，洪作《新娘词》十余首以调之。一时传论，录三首以实吾诗话。

> 流苏宝帐怯春寒，日影初惊上曲栏。镜里双眉羞学画，怪郎偏要泥人看。

> 晓妆初竟换罗襦，问了姑安看小姑。恼煞闲人齐说笑，凤凰明岁可将雏？

问姑安看小姑一事，固非现代女子结缡后应有之事；但闲人饶舌明岁将雏，仍不免于旁人多嘴，且江浙一带此风最流行。将眼前景、眼前话一一道出，自是写情妙手，时翠云年才十九耳。

> 翠翘珠络七香车，归省双亲美语初。最是一言惭应答，阿娘私问婿何如。

娇羞口吻，料是翠云现实的自身描写，以视尤西堂的"月下云翘早卸，灯前罗帐眠迟。今宵犹是女儿身，明日居然娘子。　小婢偷翻翠被，新郎初试蛾眉。最怜妆罢见人时，尽道一声恭喜！"其鄙俚娴雅，为何如？

二

南昌张素娉，适郑衡甫，善画工诗，才思敏捷，其夫不及也。婚后两月，戏占云：

> 两月为新妇，珠帘乍上钩。人前见夫婿，端的要低头。

有此活泼才情，我意"低头"是旧礼教下的过度缚束，不在人前，定不如此，其后有《答郑索画》句云：

> 一个鸳鸯一首诗，将侬画笔换郎词。工夫指着花栏影，看是郎迟是妾迟？

聪明娇小，如见其人，深闺丽质，性灵多于学力，白描妙手，何贵堆砌点鬼簿，如吴梦窗之"七宝楼台，拆卸下来不成片段"乎？

三

顺天李云帆室陈氏，字湘娥，性勤俭，事姑至孝，工诗词。李攻读邻邑，湘娥寄《答夫诗》云：

别离情味两心同，况忆慈帏客舍中。有妇代儿堪告慰，事姑如母敢言功？成名要借分阴惜，寄意全凭尺素通。但愿春晖能永驻，更无余事祝东风。

柔顺之情，溢于言表。我之所以采录斯作者，盖以其有规劝，有慰藉，诚不愧为贤妻楷模。此又非徒以训伏如鹿豕者，方诩为贤妻也，噫。

四

咏月诗，闺中最多，亦以闺秀所咏为最佳。盖幽美的蟾光，唯女子独能领略此种大自然之美趣，正如林黛玉赞美香菱的"绿蓑江上秋闻笛，红袖楼头夜倚栏"为好句也。虽然女子善怀，不论古今中外，无不相同，又月的神秘处，最能令人惹起离别相思之苦。此又新会梁启超氏所以赞美《广东木鱼书》中那首"无情月呀！挂住个奈何天，月呀！你照人离别，点解自己团圆？"为极好的白描诗也。兹谨就记忆所及，录闺秀咏月诗数首如下：

福州倚岚女子，忘其姓氏，有《和夫中秋诗》云：

一家同作广寒仙，水浸楼台倒影悬。欢乐未央回首望，眼前已到十分圆。

亦忧亦喜，深蕴弦外之音。

周安郑淑娥云：

画屏银烛冷无辉，莲漏迟迟听已微。不敢庭前看凉月，一声孤雁正南飞。

闭了双目不敢看，但掩不了双耳，却听着孤雁飞过，情境何等可怜。

海宁杨德贞云：

倦鸟依群自稳眠，闲花交影亦争妍。年华半已归离别，又向他乡看月圆！

客中观月，倍觉凄其，况半世年华，消耗在别离滋味中，何忍独看耶？
铅山袁伯成妇钱婉香云：

　　一丝情绪两心知，料得宵来睡亦迟？恨不飞身入明月，看郎看到
夜深时。

当日如果有无线电传真的话，又何必飞身入明月以看郎？但人心是不知足
的，到了今日有了无线电传真了，情可通，面可观，语可听，然暌离两地，依
然是暌离两地，临风送上一个爱吻，奈终隔着一层玻璃电版何！

诗 话 纂 集

曙 园

连载于《粤汉半月刊》1947年第2卷第23期至1948年第3卷第22期。作者署名曙园，生平不详。

《粤汉半月刊》，原名《粤汉月刊》，为专业性交通月刊，1937年创刊于湖北武昌，由粤汉铁路总务处编辑发行，主要刊登铁路有关论著，但其中"粤汉园地"栏目亦刊载文艺作品。

本篇诗话名为"纂集"，即以采编历代诗话为主。但亦有作者本人诗论及一些近人诗作。如录近人黄侃、梁寒操、徐嘉瑞等作，又选陈独秀旧体诗数首，称其"于旧文学固造诣甚深，且亦才情蕴藉"。篇中亦有关切当代时事的内容，如记报载《焚券词》一绝，讽刺金圆券贬值如废纸，颇具时效性。

序

诗话之源，本于梁钟嵘《诗品》，然考之经传，如云："为此诗者，其知道乎！"又云："未之思也，何远之有？"此论诗而及于事也。又如"吉甫作诵，穆如清风；其诗孔硕，其风肆好"，此论诗而及于辞也。至若"《关雎》乐而不淫，哀而不伤""《诗》三百篇，一言以蔽之曰：思无邪"，此则论诗之旨趣也。事有是非，辞有工拙，旨有邪正，触类旁通，启发实多，后世诗话家言，虽曰本于钟嵘，实滥觞于东周时矣。李唐一代，诗学最盛，诗话之作，亦蓄有徒，如司空图之《诗品》、孟棨之《本事诗》，其尤著者；至赵宋而诗话始盛，欧阳修、司马光、刘攽、陈师道、胡仔、杨万里、严羽而外，不下数十家，其蔚为成书，流传后世者，有若计有功之《唐诗纪事》、阮阅之《诗话总龟》、胡仔之《苕溪渔隐丛话》、魏庆之之《诗人玉屑》、尤袤之《全唐诗话》，广搜博采，品汇详明，足示后人以津筏矣。明清两代，递有作者，若明顾元庆之《夷白斋诗话》、李东阳之《怀麓堂诗话》，清王士禛之《渔洋诗话》、袁枚之《随园诗话》，搜扬名隽，宏奖风流，颇有可观；而清吴景旭之《历代诗话》，凡八十卷，统论历代之诗，上起三百篇，下迄明季，取材宏富，可称淹贯考索。诗话源流，略具于是。兹于公暇，随手纂集诗话，盖实述而不作，搜采陈编，以公同好，班门弄斧，未免贻笑大方，幸阅者谅之！

一

宋西夏之叛，其谋皆出于华州士人张元、吴昊。张、吴皆关中人，负气倜傥，有纵横才，相与友善。尝薄游塞上，观览山川风俗，有经略西鄙意。张为《鹦鹉》诗卒章有曰："好着金笼收拾取，莫叫飞去别人家。"其《雪》诗曰："五丁仗剑抉云霓，直取银河下帝畿。战死玉龙三十万，败鳞风卷满天飞。"其跅弛不羁之概，溢于词表，一股杀伐气，读之悚然。诗以道性情，观此益信。

二

唐欧阳詹游太原，悦一妓，将别，约至都相迎，途中寄以诗，有"早晚期相亲"之句。妓思之不已，得疾且甚，乃刲其髻，藏之，谓女弟曰："欧阳生至，可以为信。"又作诗曰："自从别后减容光，半是思郎半恨郎。欲识旧来云髻样，为奴开取缕金箱。"绝笔而逝。及詹至，如其言示之，詹启函，一恸而卒。自昔才士美人相悦慕钟情之笃，每至如此。

三

昔白居易乐天分司东洛，朝贤悉会兴化亭送别，酒酣，各请赋一字至七字诗，以题为韵。白居易赋"诗"字，诗云："诗，绮美，瑰奇。明月夜，落花时。能助欢笑，亦伤别离。调清金石怨，吟苦鬼神悲。天下只应我爱，世间惟有君知。自从都尉别苏句，便到司空送白辞。"从二字至七字，句句对仗，别创一体。盖以文字为游戏者，当即今宝塔诗之所自昉也。

四

唐相裴晋公度，初立第于街西兴化里，凿池种竹，起台榭。贾岛方下第，或以为执政恶之，故不在选，怨愤题诗曰："破却千家作一池，不栽桃李种蔷薇。蔷薇花落秋风起，荆棘满庭君始知。"词意双关，尽讽刺之能事。

五

贾岛与孟郊并为韩愈所重。岛初为僧，韩愈惜其才，俾返俗，应举，贻之诗云："孟郊死葬北邙山，日月星辰顿觉闲。天恐文章中断绝，再生贾岛在人间。"由是振名。岛赴举至京，骑驴赋诗，得"僧推月下门"之句，欲改"推"作"敲"，引手作推敲之势，未决，不觉冲大尹韩愈，乃具言，愈曰："敲字佳矣！"遂并辔论诗。今谓斟酌文字为"推敲"，本此。

六

唐李贺七岁能词章，韩愈、皇甫湜未信，联骑造访。贺总角，荷衣而出，作《高轩过》一篇，操觚立成，二人见之，大惊，其诗云："华裾织翠青如葱，金环压辔摇玲珑。马蹄隐耳声隆隆，入门下马气如虹。云是东京才子，文章巨公。二十八宿罗心胸，元精昭昭贯当中。殿前作赋声摩空，笔补造化天无功。庞眉书客感秋蓬，谁是死草生华风。我今垂翅附冥鸿，他日不羞蛇作龙。"诗境苍古，魄力雄沉，不解髫龄何以得此。诚宋景文所评为"鬼才"者矣。

七

项斯，字子迁，唐江东人。始未为闻人，因以卷谒杨敬之，杨苦爱之，赠以诗曰："几度见诗诗尽好，及观标格胜于诗。平生不解藏人善，到处逢人说项斯。"今因谓为人游扬曰"说项"，本此。

八

唐之荆州，衣冠薮泽，每岁解送举人，多不成名，当时号为"天荒"。后刘蜕以荆解及第，人号为"破天荒"。宋绍圣间谢民师《寄何昌言》云："万里一时开骥足，百年今始破天荒。"又苏轼诗："沧海何曾断地脉，朱崖从此破天荒。"均运用此故事，今谓事属创例者皆曰"破天荒"，但鲜有究其来历者。

九

近体诗规律极严，不能出韵，然杜少陵《雨晴》诗："天际秋云薄，从西万里风。今朝好晴景，久雨不妨农。""农"不在东韵，可见古人作诗，有时亦不屑拘泥也。又五言近体诗第一句，或不押韵，全诗押平韵者用仄韵起，押仄韵者用平韵起；或借用旁韵者，谓之借韵。唐诗："犬吠水声中，桃花带雨浓。""浓"字属二冬，而第一句"中"字借用一东韵是。

一〇

诗贵词微旨远，语近情深，如曹松之"凭君莫话封侯事，一将功成万骨枯"，聂夷中之"二月卖新丝，五月粜新谷。医得眼前疮，剜却心头肉"，曹邺之"难将一人手，掩得天下目"，寄托高远，一往情深，有《三百篇》遗意。若饾饤獭祭，堆砌成诗，以艰深文浅陋，则末矣。

一一

唐吕温《守衡州逆毛令》绝句云："布帛精粗任土宜，疲人识信每先期。今朝临别无他祝，虽是蒲鞭也莫施。"细绎诗意，恺恻慈祥，可谓蔼然仁者之言也。今之邑宰抚字心宽，催科政迫，悍吏临门，叫嚣隳突，民命何堪！世运之每况也，噫！

一二

王阳明先生娠十四月而生，祖母梦神人自云中鼓吹送儿下，因名云。五岁不能言，异人拊之，更名守仁，乃言。一日诵其祖竹轩公所尝读过书，讶问之，曰："闻祖读诗，已默记矣。"十一岁，随竹轩翁如京师，过金山寺，翁与客酒酣，拟赋诗未成；先生从旁赋曰："金山一点大如拳，打破维扬水底天。醉倚妙高台上月，玉箫吹彻洞龙眠。"客大惊异，复命赋《蔽月山房》诗，先生随口应曰："山近月远觉月小，便道此山大于月。若人有眼大如天，还见山小月更阔。"一种高明开阔气象，澄怀妙悟境地，儿时吐语，已见端倪。

一三

杜子美诗所以高出千古者，"不薄今人爱古人"也。王杨卢骆之体，子美能为而不屑为，然犹护惜之，不欲人訾议，故其诗有曰："王杨卢骆当时体，轻薄为文哂不休。汝曹身与名俱灭，不废江河万古流。"结语备致推挹，脱尽文人相轻之习，允符敦厚温柔之旨。

一四

杜子美言诗："语不惊人死不休。"韩退之言诗："横空盘硬语，妥帖力排奡。"陆务观云："诗到无人爱处工。"白太傅诗期于老妪都解，张子厚云："致心平易始知诗。"此诸家自道其功力与作风如是，读古人诗者，善自体味此中三昧可耳。

一五

从来小有才，而素养不具者，往往妄自称诩，疑于狂惑，如唐之薛能论诗，有"李白终无取"之句；从事蜀川日，每短诸葛功业，有诗云："阵图谁许可，庙貌我揶揄。"又云："焚却蜀书宜不读，武侯无可律吾身。"如此目空一切，信口雌黄，适自形其狂病耳，曾何损古人之毫末。故吾人题咏，固以词高意远为上，要须自有分寸也。

一六

张居正为吾国历史上一大政治家，明神宗时，为首辅。综核名实，信赏必罚，为相十年，海内称治，勋业文章，两俱不朽。著有《张太岳集》。其勇于负责与牺牲精神，主席蒋公亦拳拳服膺，且以风励僚属。其诗亦清新遒逸，自具风格，兹录其《泊汉江望黄鹤楼》《渡黄河》二章，尝鼎一脔，全味可知。《泊汉江》云："枫霜芦橘净江烟，锦石游鳞清可怜。贾客帆樯云外见，仙人楼阁镜中悬。九秋槎影横清汉，一笛梅花落远天。无限沧洲渔父意，夜深高咏独鸣舷。"《渡黄河》云:"十年此地几经过,未了尘缘奈客何?官柳依依悬雨细,客帆渺渺出烟多。无端世路催行剑,终古浮云感逝波。潦倒平生江海志,扁舟今日愧渔蓑。"二诗见景抒情,飘飘意远,落落词高,结句健羡隐沦,襟怀旷澹,非热中利禄、往而不返者可同日语也。

一七

明儒方孝孺执义仗节,以不肯为燕王草诏,被磔于市,并灭十族。其弟方孝友就戮时,孝孺目之泪下,孝友口占一诗曰:"阿兄何必泪潸潸,取义成仁在此间。华表柱头千载后,旅魂依旧到家山。"士论壮之,以为不愧孝孺之弟。

一八

朱庆馀《闺意上张籍水部》者:"洞房昨夜停红烛,待晓堂前拜舅姑。妆罢低声问夫婿,画眉深浅入时无。"细味此章刻画情景,无限缠绵,原不谈量女之容貌,而其华艳韶好,体态温柔,风流酝藉,非第一人不足当也,欧阳修所云:"状难写之景,如在目前;含不尽之意,见于言外,然后为工。"斯之谓也。

一九

彭孙遹,清海盐人,顺治进士,号羡门,文才敏赡,尤工于诗,与王士禛(渔洋)并称"彭王"。其《秋日登滕王阁》云:"客路逢秋思易伤,江天烟景正茫茫。依然极浦生秋水,终古寒潮送夕阳。"词意蕴藉,潇洒出尘,末二句登临怀古,有弦外音,尤觉隽永。

二〇

唐博陵人崔护,姿质甚美,而孤洁寡合。清明日,独游都城南,见庄居桃花绕宅,乃叩门求饮。有女子启关,问姓名,以杯水至,其人姿色秾艳,情意甚殷。来岁清明,复往寻之,则门已扃锁,因题诗左扉曰:"去年今日此门中,人面桃花相映红。人面只今何处去?桃花依旧笑春风。"后数日再往,忽闻哭声,有老父出曰:"子崔护耶?吾女读左扉诗,绝食而死。"护入祝之,女复活,遂归之。后护登贞元第，官至岭南节度使。按，此诗自来脍炙人口，情节亦极离奇，可谓旖旎缠绵，为艳情诗之特妙者。

二一

唐柳宗元为柳州刺史，《种柳戏题》云："柳州柳刺史，种柳柳江边。谈笑为故事，推移成昔年。垂阴当覆地，耸干会参天。好作思人树，惭无惠化传。"柳州诗苍深遒炼，此特浅近流利，缘戏笔耳。然由现在设想未来，结笔活用召伯甘棠故事，立意自觉超越，读之足启人诗思。

二二

陆游，宋山阴人，字务观，别号放翁，才气超逸，尤长于诗，清新圆润，自成一家。以爱蜀中风土，题其诗曰《剑南诗稿》。生际南宋，夷虏横行，中原板荡，不胜《麦秀》《黍离》之感，故其诗多慷慨悲歌，热情奔放，写到横戈跃马，斩将搴旗，气尤豪宕，故有"爱国诗人"之目。其绝笔《示儿》诗云："死去原知万事空，但悲不见九州同。王师北定中原日，家祭无忘告乃翁。"忧国忠忱，至死勿替，尤为后人所称颂。梁任公《读放翁诗》有云："诗界千年靡靡风，兵魂销尽国魂空。集中十九从军乐，亘古男儿一放翁。"非溢美也。

二三

诗句中固以善用虚字，而见轻灵生动，然亦往往有全句中无一动词，纯用实字参以数字，结构而成，倍觉精彩遒劲，状物尤为工刻，别饶佳致。兹就记忆所及，胪举数例。七言如唐人崔涂《春夕旅怀》："蝴蝶梦中家万里，杜鹃枝上月三更。"赵嘏《长安秋望》："一千里色中秋月，十万军声夜半潮。"清人王维坤《寄慰乾一落第》："三巴二月莺千啭，万里双鱼泪一封。"郁植《客晓》："两岸菱芦千里雁，五更霜月一村鸡。"陈恭允《虎丘题壁》："半楼月影千家笛，万里天涯一夜砧。"五言如"五湖三亩宅，万里一归人"（王维句）、"鸡声茅店月，人迹板桥霜"（温庭筠句）、"乾坤万里眼，时序百年心"（杜甫句），皆不着一虚字，而写景抒情，自觉精切，然贵在情景妙合，偶然得之，非可矫揉学步也。

二四

近人杨树达《贺刘子植倭京结婚归》诗云："自从采药神山后，徐福千年渺不回。今日万人翘首望，童男童女一双归。"不着旖旎顽艳语，而兴会标举，妙称题情，弥觉隽永可诵。

二五

今人混言文笔，而在古人则以有韵者为文，无韵者为笔，盖始于六朝时，文尚华藻，故但认有藻采声韵者为文。《南史·沈约传》称："谢玄晖美为诗，任彦升工于笔，沈约兼而有之。"唐人犹沿习称韩愈之散文为笔，杜牧之诗云："杜诗韩笔愁来读，似倩麻姑痒处搔。"即其例也。

二六

东坡尝云："口体之欲，何穷之有？每加节俭，亦是惜福延寿之道。"其《撷菜》诗云："秋来霜露满东园，芦菔生儿芥有孙。我与何曾同一饱，不知何苦食鸡豚。"想见此老恬淡自得光景。何今之豪贵，食前方丈，盘陈八珍，穷口腹之养，而不加检也？

二七

近阅某刊物载《射鸭行痛浦城农民熊登明子妇事》，亟喜其美，能以雍容闲雅之笔，写暴戾惨苦之情，曾无一丝剑拔弩张气忱，却能令读者感刻至深，凄然泪下。其诗云："老翁生子能当门，妇腹彭亨行抱孙。饭牛屋角秋阳暖，浴鸭门前塘水浑。锦毛黄脚尾短短，鸭鸭自呼朝伏卵。戎装鞿鞯施施来，公然取鸭无人管。乡愚不识兵吏尊，夫前妇后相追奔。前行一怒枪出匣，回身射人当射鸭。鸭声已远人惊呼，卧地者谁妇与夫。呜乎，两人三命亦何有？可怜不死倭奴手！如君差射真英雄，何不并射无儿翁！"煞尾二句以讽谑出之，顿觉凄怆欲绝，尤有曲终奏雅、余音绕梁之致。

二八

韩昌黎文起八代之衰，诗亦健美富赡，卓然大家。司空图称："韩吏部歌诗，驱驾气势，若掀雷挟电，撑抉于天地之根。"皇甫湜称："先生之作，豪曲快字，凌纸怪发，鲸铿春丽，惊耀天下。"故宋张戒《岁寒堂诗话》评："唐人诗当推韩杜，韩诗豪，杜诗雄。"盖昌黎为诗沉浸雅颂乐府，于唐则综李杜之长，镕裁以别启蹊径者，故其于李杜推崇备至。《调张籍》云："李杜文章在，光焰万丈长。不知群儿愚，那用故谤伤。蚍蜉撼大树，多见不自量。"当系时人对李杜有妄肆诋諆者，昌黎乃大声疾呼以驳正之。

二九

好酒称"青州从事"。《世说·术解》：桓温有主簿善别酒，有酒辄令先尝，好者谓"青州从事"，恶者谓"平原督邮"；青州有齐郡，平原有鬲县，从事言至脐，督邮言在鬲上住。苏东坡《章质夫送酒六壶，书至而酒不达，戏作小诗问之》，其前四句云："白衣送酒舞渊明，急扫风轩洗破觥。岂意青州六从事，化为乌有一先生。"不直言酒，而代以"青州从事"，便觉典雅有味。

三〇

报载某君《焚券词》一绝云："当年叱咤看登台，今日威风安在哉！化作青烟归去好，休嗟白骨已成灰！"词致滑稽，旨存讽刺，看似寻常，却亦奇崛。作者自跋云："囊中检得千元币券数纸，俱已破烂不堪，以之犒赐儿辈，儿辞曰：'不足市糖一包，焉用此？'以之布施乞丐，丐辞曰：'无以买饼一方，何贵此？'乃知此物之终无用武地矣，怜其促处囊底，颖脱无期，遂付之一炬，送之登天，免教长在人间遭人白眼。当彼以'大票'姿态翩然降世之日，亦曾叱咤风云，令人刮目相看。今若此，能无命如纸薄之叹乎？"兹并录之，阅者当为解颐。

三一

律诗以中间四句对仗稳称为定则，然亦仅有前六句对仗者，如苏东坡《八月七日初入赣过惶恐滩》："七千里外二毛人，十八滩头一叶身。山忆喜欢劳远梦，地名惶恐泣孤臣。长风送客添帆腹，积雨扶舟减石鳞。便合与官充水手，此生何止略知津。"又如黄山谷《次韵奉寄子由》："半世亲交随逝水，几人图画入凌烟。春风春雨花经眼，江北江南水拍天。欲解铜章行问道，定知石友许忘年。脊令各有思归恨，日月相催雪满巅。"至于通首皆对者，于律诗中另具一格，亦间见之。如黄山谷《和师厚郊居示里中诸君》："篱边黄菊关心事，窗外青山不世情。江橘千头供岁计，秋蛙一部洗朝醒。归鸿往燕竞时节，宿草新坟多友生。身后功名空自重，眼前樽酒未宜轻。"一气浑成，不病板滞，乃佳，若须为之，必不能工矣。

三二

诗以发抒志趣，疏瀹性灵，故曰："诗言志，歌永言。"又曰："敦厚温柔，诗教也。"故古人于诗，不苟作，必也发于至情，言之有物，乃以传世而行远。然若沉浸过深，嗜之成癖，转入诗魔矣。方干云："吟成五字句，用破一生心。"裴说云："苦吟僧入定，得句将成功。"卢延让云："吟安一个字，撚断数茎须。险觅天应闷，狂搜海亦枯。"杜甫云："语不惊人死不休。"作诗艰苦，至于此极。得非自陷苦海，如昌黎所讥"可怜无补费精神"者耶？（整理者按，"可怜"句出自王安石《韩子》。）

三三

近代已故国学大师鄂人黄季刚《北湖人家即事》云："丛树阴阴水拥洲，芦田深处出群鸥。当门山是忘形客，绕屋花供卒岁谋。城上鼓笳声自急，湖中渔钓事偏稠。身经治乱无心叟，看到曾玄未白头。"章太炎评其最为澹远。感寄虽深，而辞无噍杀，七言律中难得之作也。

三四

韩昌黎诗文，雄视百代，虽天才之高，亦其功力极诣有以致之。皇甫湜《韩先生墓志》有云："先生平居，虽寝食未尝去书，怠以为枕，餐以饴口。"可见其困学之一斑矣。又若白居易之诗才敏赡，似不甚吃力也。然史称其"苦节读书，课赋课诗，不遑寝息，至于口舌成疮，手肘成胝。既壮而肤革不丰盈，未老而齿发早衰白。盖缘苦学力文所致。"尤以嗜诗成癖，曾有句云："惟有诗魔降不得，每逢风月一闲吟。"故其篇什，流传极富。

三五

有唐诸家中，惟李太白天才特高，昔人评其诗文，气势奔放，如天马行空，不可控勒，然未尝自道其艰苦。且曾戏杜甫云："饭颗山头逢杜甫，头戴笠子日卓午。借问别来太瘦生，只为从前作诗苦。"可见其不肯搜枯肠，呕心血，以从事于苦吟也。

三六

宋代诗家黄庭坚，籍江西分宁，为江西诗派之宗，字鲁直，号山谷道人，尝谪居涪州，因又号涪翁。与秦观、张耒、晁补之游苏轼门，称"苏门四学士"；又与轼齐名，并称"苏黄"。为诗奇崛，欲道古今所未道语，往往流于拗拙险怪，世或少之，然集中正不乏浑成流丽之句。如"桃李春风一杯酒，江湖夜雨十年灯"（《寄黄几复》）、"万卷藏书宜子弟，十年种木长风烟"（《为郭明父作西斋赋》）、"诗酒一年谈笑隔，江山千里梦魂通"（《夏日梦伯兄寄江南》）、"日晴花色自深浅，风软鸟声相应酬"（《次李夷伯韵》）、"横笛牛羊归晚径，卷帘瓜芋熟西畴"（《次韵答柳通叟求田问舍之诗》）、"落木千山天远大，澄江一道月分明"（《登快阁》）、"盖世功名棋一局，藏山文字纸千张"（《题李十八知常轩》）、"轻尘不动琴横膝，万籁无声月入帘"等联，风格清遒，纯乎天籁，可诵也。

三七

古人诗句，今成习用语，而未暇究其来历者甚多，如"爱莫能助"，出《诗·大雅·烝民》："惟仲山甫举之，爱莫助之。""不可救药"，出《诗·大雅·板》篇："多将熇熇，不可救药。""空穴来风"，出宋玉《风赋》。"聚精会神，相得益彰"，出王褒《圣主得贤臣颂》。"庶士倾风，万流仰镜"，颜延年诗也。"事与愿违"，嵇叔夜句也。"努力加餐"，本《古诗十九首》中"弃捐勿复道，努力加餐饭"句也。美称他人居宅曰"潭府"，本韩愈《符读书城南》诗

"一为公与相，潭潭府中居"句也。"一落千丈"，本韩愈《听弹琴》诗"攀跻分寸不可上，失势一落千丈强"句也。"走马看花"，本孟郊《登第》诗"春风得意马蹄疾，一日看遍长安花"句也。"胸有成竹"，本晁补之"与可画竹时，胸中有成竹"句也。"千里送鹅毛，礼轻人意重"，邢俊臣句也。"人不通古今，马牛而襟裾"，韩昌黎句也。"野火烧不尽，春风吹又生"，白乐天句也。"旧书不厌百回读，熟读深思子自知"，苏东坡句也。诸如此类，不能遍举。惟自宋以后则殊鲜见，盖以时代愈近，不足为典雅，且用之嫌僻，不能共晓也。

三八

钱镠为五代吴越开国之君，居临安，即今浙江省杭州市。在位四十一年，卒谥武肃。五代干戈扰攘，迄无安谧，惟吴越雄峙东南，保境息民，尚留得一片干净土。至宋太祖有天下，其孙俶入朝纳土，国除。五代僧贯休《献武肃王》诗"满堂花醉三千客，一剑霜寒十四州"之句，想见其意气之盛，不可一世。清张船山诗云："我闻吴越当年兵马雄，霸才独守钱江东。坐看五代等儿戏，干戈篡乱殊匆匆。父子祖孙兄及弟，四王三世传忠懿。虎视眈眈不负嵎，迎周归宋知天意。"自来雄视江左，虎负一隅，而能以民命为重，如武肃一家者，诚历史中所罕睹也。故船山诗称颂及之。

三九

又武肃生于临安，诞时闻甲马声，父欲弃于井，祖母不许，故至今井名婆留。幼与群儿嬉，端坐石上指挥，如布阵势，其卅二世孙广德钱文选（士青）有诗云："茅山池内久潜龙，天挺贤豪间气钟。甲马声喧光绕户，华枢诞降彩云浓。""王考惊看欲弃遗，主持留养赖重慈。报刘异日偿宏愿，井号婆留胜迹垂。""绮年树下戏群儿，指画居然是导师。后日登坛军令肃，岂知石上植初基。"盖述祖德之作也。钱君曾为欧洲留学生监督，学贯中西，事业显著，绳武继世，相得益彰。

四〇

王荆公尝至饶州按察酒务，始至厅事，见屏门有题小诗云："呢喃燕子语梁间，底事来惊梦里闲。说与旁人浑不解，杖藜携酒看芝山（今江西省鄱阳县北）。"大称赏之，问知为刘季孙所作，默记于心。时刘官职微末，不为人知，适郡学生持状请差官摄州学事，荆公即以刘应之，一郡大惊，刘遂知名。可见人生遇合自有缘。柯亭笛，焦尾琴，必待蔡邕而后显也。

四一

当代名卿巨公中文采辉映，风流自赏者，颇不乏人。且亦多老成清隽之什，固未必待穷而后工也。近见梁寒操《游台诗草》中《涵碧楼留题》云："入山处处都成画，涵碧楼头境最诗。八月花开红踯躅，两潭水赛绿琉璃。老松新竹分苍翠，浓雾疏烟幻陆离。更远人间近天上，益知造物是真师。"又《涵碧楼头小立》五律一首云："闲煞楼头立，周遭绕翠微。林深樵迹罕，山静鸟声稀。潭水心同寂，云峰意共飞。不禁肥遁想，尘世事多非。"二诗清真淡雅，兴会遒然，亦殊可诵。"潭水""云峰"一联，情与景化，尤有蕴藉，末二句枨触世情，希踪肥遁，颇有昨非今是，冲抉尘网之想，足以表见作者心境。

四二

近人徐嘉瑞《庐山高》七言古风一首，风格遒上，气魄雄沉，雕镂众形，牢笼百态，笔阵酣放，寄慨无穷，亦七古中佳构也。特录之以资共赏。其诗云："庐山高高与天齐，倚栏下望层云低。遥识彭蠡归帆远，旋看归帆雾中迷。凌空忽见璎珞幢，锦屏云障飞仙泷。夏口微茫烟霭外，如钩新月映九江。时有白云来访问，临风楼阁开轩窗。古松怪石盘虬龙，飞瀑挂雪响空蒙。此山绵亘五百里，呼吸直与天相通。但有一丘一壑已足骄五岳，何况千岩万壑横看成岭侧成峰。峰峰倒挂麈尾松。仙人拄杖皆方竹，皓首庞眉映方瞳。万壑仙花不识名，春光常在此山中。紫霞照积雪，白云隐丹枫。中有太白高卧处，枕下五湖荡心胸。我来正值夏六月，白袷不胜晚来风。一片乳云新出谷，夕阳辉映半肩红。烟霞万变晴复雨，仙山楼阁明灭中。未必庐山即是我，喜怒哀乐竟与我相融。浔阳封缸酒味美，似与渊明饮者同。举杯含醉邀白云，白云笑我朱颜红。无怪陶令终日醉，庐山佳酿殊凡庸。山下疮痍正满目，醉后忽闻阮籍哭。杯中倒浸庐山影，举杯吸尽庐山绿。云雾迷三湘，滇池天一方。去年痛饮苍山酒，腹中满贮苍山苍。此中今日竟何有？酿得万斛清泪满愁肠。云雾走风雷，轩窗四面开。愁多恨酒少，临轩更举杯。忧愁似与心相结，酒亦不能破愁怀。忽觉高处太寂寞，便作神仙亦可哀。庐山千峰泻飞瀑，疑是神仙清泪九天来。嗟予碌碌五十载，百忧煎熬念已灰。狂呼大啸心如割，直欲下坠舍身台。珠泪隐隐三千丈，下与黄龙争喧豗。酒尽泪偏浓，泪尽愁已空。栗里人不识，白鹿洞久封。不闻虎溪笑，难听东林钟。天涯莽莽云山远，惟有愁与山齐高无穷。"

四三

《隽永录》中载有李党学长女适巴长卿，巴贫甚，人均以为苦，而女颇安之，尝作诗云："谁道巴家窘，巴家十倍邹。池中罗水马，庭下列蜗牛。燕麦纷无数，榆钱散不收。夜来添骤富，新月挂银钩。"淡泊高怀，盎然流溢，少君提瓮，孟光举碗，妇德之懿，何以加兹，属辞诙谐，殊觉隽永。

四四

近见报载《弃妇吟》，为于潜国代余烈之妻曹祥芝被夫遗弃，挈儿女赴京哭诉，要求赡养事感赋，其词云："春风吹绿江南草，花草江南颜色好。自顾不如江南春，输与春光红颜老。红颜老去苦回思，十七年前初嫁时。人面桃花红灼灼，正如江南好花枝。今朝踏上江南道，不是琵琶向别抱。一曲君前诉苦情，只伤芦花衣襁褓。移爱割恩总不宜，新人含笑旧人悲。劝君莫作随阳雁，故扇秋风应护持。"见景兴怀，一起得势，随即转入年老色衰，惨遭遗弃，而一片苦情，只在爱钟儿女，何等哀婉温厚。末以移爱割恩之不宜，普劝世间男子，词亦蕴藉，有当风人之旨。谅薄幸郎读此，当亦为之天良激发，其颡有泚。

四五

荔支为珍果，盛产粤闽境，而四川忠州亦产之。白居易《荔支图序》称荔支生巴峡间，而不著粤闽，盖但就所见言耳。此序又云："自离枝后，一日而色变，二日而味变，三日而色香味俱变，故惟新鲜者味最美。"大抵岭南产者品质尤胜。野史称杨贵妃嗜食鲜荔支，自岭南驰驿递送，至长安，而色味未变，历史上传为佳话。杜牧之诗云："长安回望绣成堆，山顶千门次第开。一骑红尘妃子笑，无人知是荔支来。"即咏此也。

四六

　　陈独秀先生思想激进，当年曾与胡适之、钱玄同诸先生，倡导新文化运动，诋斥旧文学，不遗余力，然其于旧文学固造诣甚深，且亦才情蕴藉。偶见其遗作旧体诗数首，极饶韵致，亟录之，以见一斑。《偕曼殊自日本归国舟中》云："身随番舶朝朝远，魂附来舟夕夕还。收拾闲情沉逝水，恼人新月故弯弯。"《春日忆广州》云："江南目尽飞鸿远，隐约罗浮海上山。曾记盈盈春水阔，好花开满荔枝湾。"《卅一年春作》云："桃花欲堕梨花白，落尽梨花闻杜鹃。为恋轻寒春缓去，一帘疏雨冻桐天。"《自鹤山坪寄怀江津诸友》云："竟夜惊秋雨，山居忆故人。干戈今满地，何处着孤身？久病心初静，论交老更肫。与君共日月，起坐待朝暾。"一腔诗情，绮如新月，可诵也。

诗 语 录

连载于《宇宙文摘》1948 年第 2 卷第 2、3 期。

《宇宙文摘》，1946 年 12 月创刊于重庆，月刊，由宇宙出版社编辑发行，主要内容是摘录国内外畅销书籍，兼具知识性与趣味性，销路甚广。

本篇诗话亦是摘录各报刊书籍诗论文章而成，文段来源有《申报》《台湾新生报》等，皆用白话文；诗论主要出自外国诗人，如泰戈尔、豪斯曼、马雅科夫斯基等；而以"语录"为名，随笔摘句，又颇似传统诗话之形式。总之，本篇诗话颇能显示民国末期传统批评体式新旧交融的特色。

诗 人

吴 缶

"诗人"是什么？要解释这个名词，是相当困难的，因为人们对于诗的解释向来不同，所以什么叫做"诗人"，也就是各种的答案，各样的争论了。

前些时日，报纸上登过这么一段消息，说英国桂冠诗人梅思斐尔在英国诗歌展览会致开幕词，给诗人下了一个新定义，称："诗人者，不拘世俗，从美感、神秘与生命的辉煌之丰富感觉中写作。"

这个定义，虽然是梅思斐尔自己的见解，多少可以代表一些诗人的创作态度。可惜在这里面，含着象征的意味，隐晦的情绪，似乎未曾完全摆脱"为艺术而艺术"的观点，初看是新，其实却很旧。

谈到这里，不禁想起了和梅思斐尔同样有名的法国天才诗人爱侣亚。他在战前是法国超现实主义的领袖，法国沦陷后，即参加地下工作，实际的组织地下战斗者和地下出版社。他的杰作《自由》，就是当时的作品，那首诗以繁复美妙的节奏，表现他无时无地不在追求自由，结尾更是光辉而动人……

> 于是由于一个字的力量
> 我从新开始我的生活
> 我是为了认识你
> 为了唤你的名字而生的
> 自由

听了他热烈的呼唤，接触了他燃烧着的精神，我们是不难领悟到诗人为什么要写作，和应该写些什么了。

较之梅思斐尔，爱侣亚是会有更深刻更广泛的影响的。

（《台湾新生报》）

说　　诗

波萝

在《春之循环》里，太戈尔说："我们把人类从他们欲望的束缚上解放出来。"黑格尔说："诗的目的在把和谐的宇宙的究竟理想的形状，放进想象的形式里。"从这几点看起来，我们可以知道诗是一种和谐的真理。

诗　语　录

溶　束

诗给我们的是简单和……无彩色的喜悦。

我想，移注情感是诗的特殊的工作——并不是传达思想，而是在读者的感官里唤起一种摆动，这种摆动与作家所感觉的摆动是符合的。

诗应有宏观的诗韵——一股强而不理智的兴奋抖擞……它能吸引泪，能进入人心，去找到在那里隐藏潜伏着的某件东西，那件东西比他此刻性格的组织还要古老……（A. E. Housman）

诗　语

沈先源

能创造横贯宇宙诗篇的诗人，并非使驽马变成龙驹的幻术家，而是以自己智慧的力驾御着龙驹，使它奋起追风的蹄子，奔驰得有如穿云的羽箭。人若是徒然的羡慕或嫉妒别人的侥幸获此名驹，而忘掉磨炼自己的骑术，是最悲哀的。

作 诗 的 条 件

东方蒙雾

苏联作家玛耶珂夫基在《我怎样写作》一文里，曾谈到我们作诗的时候，有四个必需的条件，确可作为一般诗作者的参考，故特抄录如下：

（一）一种唯有凭借诗才能达到的社会任务的存在，所以诗必须有一种社会的"使命"。这儿就有一个常被忽略的，值得研究的有趣的事情：那是诗人负起了那种社会的使命与实际地被给与的使命之间，并没有多大的关联。

（二）对于你所代表的社会，你要有正确的知识，或者至少要有一种热烈的情感；换句话说：你必要有坚决态度和确定的目标。

（三）你必须有材料，词汇贮藏室，你心里的贮藏室应该存贮着你必需的字汇——各种明畅的，罕见的，新鲜的，简练的，独创的字汇。

（四）作诗的人须养成一种推敲字句的习惯。这种习惯完全是属于个人的，而且要长年不断的工作才能够养成。它包括音节，音律，脚韵，想象，编排，风格，情节，诗尾，标题，布局等等。

诗 的 语 录

苇　咏

诗是带有情感色彩的智慧。

——Prof. Wilson

所谓诗就是一种用字的艺术——也就是用字使心象上产生出一种幻象的艺术。

——Macaulay

诗是音乐性的字。

——Fuller

诗是思想的音乐，而由语言的音乐带给我们。

——Chatfield

诗是至乐至上的心灵在至上至乐时的记载。

——Shelley

诗是那深奥的、真诚的真理之言辞。

——Chapin

作诗是挑选最好的果实。

——Eastman

诗，是情感在平复时候的追忆。

——Wordsworth

诗的产生，文字的表现占十分之一，其余十分之九是你生活反应的方式。

——Husted

诗是情感的共鸣。

——Armand

（《申报·春秋》）